MONSTRUM

DU MÊME AUTEUR

La Chute de l'Empire soviétique, éd. Sylvie Messinger, 1982

DONALD JAMES

MONSTRUM

*traduit de l'anglais
par Joseph Antoine*

l'Archipel

Ce livre a été publié sous le titre
Monstrum
par Century Books, Londres, 1997.

Si vous désirez recevoir notre catalogue et être
tenu au courant de nos publications, envoyez
vos nom et adresse, en citant ce livre,
aux Éditions de l'Archipel,
34, rue des Bourdonnais, 75001 Paris.
Et, pour le Canada,
à Édipresse Inc., 945, avenue Beaumont,
Montréal, Québec, H3N 1W3.

ISBN 2-84187-252-1

« Rien ne vaut un vent favorable
pour un homme qui ignore où il va. »
Sénèque

Monstrum. Dès le troisième assassinat, le mot se mit à surgir à chaque alerte, à chaque coup de sifflet de la Milicia, à chaque cri poussé par une femme dans un quartier de Moscou – où on ne pouvait pas dire que les cris étaient rares. Et, la semaine qui suivit le crime, on assista à la naissance d'un culte. Le mot fut taggé sur les murs ou cousu tel un écusson sur les blousons des jeunes ; dans les boîtes de nuit, certaines filles particulièrement téméraires portaient même des T-shirts où les mains de Monstrum s'écrasaient sur leurs seins.

Mais le soir, quand elles rentraient chez elles, leur témérité s'évanouissait. Elles n'avaient plus seulement l'angoisse du pas qui résonne derrière vous, du sac qu'on vous arrache. Le vocabulaire de leurs craintes s'était enrichi de ce nouveau nom : *Monstrum*. Telle une marée fétide, il léchait les maisons lépreuses de Presnia, chassait les habitants des allées sombres et des ruines, laissait derrière lui son écume de peur.

C'était ainsi. C'était à Moscou en l'an 2015. L'année même où les Russes devaient commencer à rêver d'une nouvelle aurore.

1

Nous venons d'entamer notre descente sur l'aéroport de Moscou. Par le hublot du vol 120 Spécial Police, grâce à une trouée entre les nuages, j'aperçois la Moskova qui serpente dans la ville en direction du sud. Même de cette hauteur, les dégâts sont visibles. Les quartiers où les Forces anarchistes ont tenu le plus longtemps ont été ravagés par les obus. Ailleurs, tout semble normal.

Nous perdons rapidement de l'altitude. J'aperçois une grande route, des lignes de chemin de fer. L'avion vire sur l'aile. Je distingue aussi un grand lac et une banlieue. Sûrement Chimki-Chovrino. J'ouvre mon plan sur mes genoux. Mes yeux n'arrêtent pas de faire l'aller-retour entre la carte et ce patchwork, en bas, où je cherche en vain des repères.

Je me conduis peut-être comme un provincial mais j'ai des excuses : je suis un provincial. Je viens de Mourmansk. Ça ne vous dit rien ? Extrême nord du golfe de Kola. C'est la première fois que je me rends à Moscou.

Les nuages s'épaississent : j'arrête de scruter la ville. La vitre me renvoie le reflet de mon visage. Je rejette la tête en arrière et m'examine avec une expression d'intense surprise, tel un oiseau devant une glace. Je secoue la tête de gauche à droite. Passe l'hôtesse de l'air. Je fais semblant d'ajuster ma ceinture…

Je n'ai pas toujours eu cette apparence : un nouveau nez bien droit, une lèvre supérieure un peu plus épaisse, ces plis précoces au coin des yeux à force de sourire… Pourquoi ajouter une poignée d'années supplémentaires aux trente et quelques années que Dieu m'avait déjà consenties ? Une question que Julia Petrovna aurait pu se poser, elle qui connaissait ma vanité comme seule une ex-femme est capable de la connaître. Ma réponse sera décevante, de la part d'un homme qui aspire à être le héros de ce récit : je n'avais jamais été vraiment en position de choisir.

En même temps, il y avait une compensation. D'après Julia, la nouvelle courbure de ma mâchoire me rendait nettement plus sympathique. C'est ce qu'elle disait. Et je voulais croire que la remarque pouvait être prise pour argent comptant. Parce qu'avec Julia, bien entendu, on ne pouvait jamais être sûr de rien…

En ce moment, nous survolons le lac vers Chimki. Atterrissage à Moscou-Tuchino dans dix minutes. Pour les autres officiers en route actuellement vers la capitale, je suis exactement celui qu'on leur a présenté : Constantin Vadim, un inspecteur affecté aux Homicides – moi qui n'ai jamais enquêté sur aucun meurtre. On m'a fraîchement promu au 13ᵉ district de Moscou, où mon astuce et ma subtilité devraient faire merveille – c'est ce que mon collègue officier a déduit de cette nomination.

S'il savait à quel point il a raison !

Mais, pour dresser vraiment la chronologie de mon déclin et de ma chute, il me faut commencer ce récit plus tôt. Vous ramener presque trois mois en arrière. Dans mon studio à peine meublé de Mourmansk. Au début de cette soirée historique du 1ᵉʳ septembre 2015.

On frappait à ma porte avec insistance. Je sortis de la douche en m'enroulant dans une serviette. Nous avions du chauffage, cette année-là, luxe très nécessaire à Mourmansk en cette période. J'ouvris la porte en anticipant le souffle d'air froid venu du palier. Comme on dit là-bas, il n'y a que Norilsk qui soit plus froid que Mourmansk en hiver.

C'était l'homme du marché noir.

— C'est moi qui régale, souffla-t-il.

Penché au-dessus d'un carton de champagne, il essayait de reprendre son souffle après la longue volée de marches en pierre qui conduisait à mon studio. Je ne pouvais voir son visage mais j'avais reconnu Vassikin à la frange de cheveux noirs qui ornait son crâne bossu et jaunâtre. Il était accompagné d'un garçon de six ou sept ans vêtu d'une parka bleue trop grande pour lui.

Vassikin releva la tête.

— Les meilleures choses ont une fin, dit-il en poussant avec son pied le carton vers moi.

J'ouvris plus largement la porte.

— Qu'est-ce que c'est que tout ça, Vassikin ? Qu'est-ce qui a une fin ?

Il affichait un sourire de spectre.

— Vous n'avez pas écouté les nouvelles, inspecteur ? Ils viennent d'annoncer que Moscou est tombée il y a une heure aux mains de l'Armée nationaliste. Les derniers îlots de résistance anarchistes ont capitulé. On a gagné la guerre, inspecteur !

— Moscou est tombée ? Le Front populaire a capitulé ?

— C'est la victoire des honnêtes gens, intervint le garçon.

Vassikin frottait l'arrière de son crâne bosselé. Il s'autorisa un deuxième sourire de fantôme.

— Et je vous apporte du champagne pour fêter la paix.

Il ajouta pieusement :

— Pourvu qu'elle se révèle aussi fructueuse que la guerre !

Ils restèrent là tandis que je soulevais le carton pour le porter sur la table. Vassikin était un homme de haute taille, dont le corps ingrat rappelait une poire. On avait toujours l'impression qu'il avait choisi ses vêtements avec soin dans les rebuts d'un riche Occidental : costume bleu à rayures élimé et cravate jaune à motifs hippiques. Ses yeux tristes lui donnaient l'air d'un dandy pitoyable.

— Qu'est-ce que tu vas faire en temps de paix, Vassikin ? Rentrer chez toi, à Pétersbourg ?

— Mon fils préfère que nous restions à Mourmansk.

Le garçon avait hérité le regard brun foncé de son père. Il confirma d'un hochement de tête.

— C'est ton fils qui décide, chez toi ?

— On n'est plus que deux, maintenant.

Je demandai au garçon :

— Pourquoi penses-tu que c'est une victoire pour les honnêtes gens ?

— Parce que nous avons de l'amour dans nos cœurs pour notre pays, répondit-il sans hésiter. Et pour la justice.

Vassikin haussa les épaules. Je repris :

— Tu crois que les gens du Front populaire n'ont pas d'amour dans leur cœur ?

C'est un âge où l'on ne s'embarrasse pas de doutes. Le garçon déclara avec autorité :

— Les anarchistes et les marxistes n'ont d'amour que pour eux-mêmes.

Je n'invitai pas Vassikin à entrer prendre un verre car je craignais de briser le délicat équilibre qui régnait entre nous. A Mourmansk, au 7e district, tous les vieux de la vieille le savaient. Les cadeaux de Vassikin, tu pouvais les accepter. En échange, tu fermais les yeux sur le contenu de ses entrepôts. Mais tu ne l'invitais jamais à ta table.

Vassikin et son fils partis, je considérai le champagne. La fin de la guerre n'était pas une surprise, évidemment. Le Front populaire, alliance des marxistes et des anarchistes, était sorti vaincu de toutes les batailles importantes. A présent, cette longue guerre civile était terminée. Nos armées nationalistes (plus exactement les armées de notre Démocratie nationale), dont le drapeau blanc s'ornait d'un aigle noir à deux têtes, l'avaient emporté, grâce au professeur Peter Paul Romanov et au général Leonid Koba.

Mais, comme toutes les victoires, elle avait son envers. Apparemment, la moitié du territoire de la Russie était revenue mille ans en arrière. Là où les troupes du Front populaire avaient été défaites, il restait un vide que nos armées blanches mettraient du temps à combler. Les seigneurs de la guerre régneraient désormais sur des marécages et des forêts, d'où nous devrions les déloger avant d'entreprendre la reconstruction. Mais Moscou, du moins, était tombée. Le président américain serait bien obligé de reconnaître le nouveau gouvernement du Parti russe national et démocratique : ce n'était plus qu'une question de temps.

Tout citoyen de Mourmansk se doit de célébrer la bonne fortune. Les gens, ici, avaient soutenu la Démocratie nationale depuis le début – c'est-à-dire depuis cinq ans. Contrairement à nombre d'autres populations à travers la Russie, nous avions peu souffert. A présent, le jour de la victoire était là. Une victoire sur laquelle planait pourtant un épais nuage.

Je transportai le carton dans la cuisine et en tirai deux bouteilles que j'allai mettre au frais sur le rebord de la fenêtre. Je restai un moment à observer les toits à faible pente, typiques des années 80. Un pâle soleil se réfléchissait sur le golfe de Kola. L'air froid me saisit la poitrine. Dans quelques semaines, le soleil disparaîtrait pour tout l'hiver. Quatre mois de nuit arctique. Des températures si basses qu'il fallait allumer des braseros aux arrêts de bus si on ne voulait pas que les ouvriers meurent de froid pendant l'attente. Mais enfin, c'était la paix.

J'avais commencé cette guerre auprès d'une femme dont j'étais amoureux. Pourtant, nous n'étions pas du même camp. Cinq ans plus tard, mon camp triomphait. Pourtant c'est elle, Julia, qui avait atteint la renommée. Elle avait combattu comme général, chef talentueux d'une unité entièrement composée de femmes. Comment aurait-elle pu ne pas devenir célèbre ? Les médias occidentaux avaient couvert ses exploits pendant toute la durée du conflit. Le *New York Times* avait publié des articles sur elle ; j'avais même entendu les services d'Europe de l'Est de la BBC brosser un portrait de la belle anarchiste russe élevée au rang de général de bataillon.

Mais où se cachait Julia, maintenant ? Dans les bois de bouleaux autour de Pétersbourg ? N'était-elle plus qu'un matricule dans un groupe de prisonniers exténués, retenus derrière des barbelés ? Était-elle, Dieu nous pardonne, morte ? Un cadavre sous un tas de neige battu par le vent, dans l'une des douze zones tenues par les anarchistes entre Pétersbourg et Mourmansk ?

2

Mourmansk en fête. L'idée aurait fait sourire Julia. Mais nul doute qu'elle se serait arrêtée, comme moi, pour regarder les autos tamponneuses place Koba. Le jazz américain du milieu du XXᵉ siècle faisait rage. Quelques adolescentes portaient des ballerines qu'elles s'étaient fabriquées et des jupons bouffants. Une fille forte, de grande taille, dansait obstinément avec son cavalier. En minijupe et talons hauts, elle luttait avec lui pied à pied, l'obligeant à le suivre dans son style et son rythme effrénés.

J'avais trente-huit ans – j'étais trop jeune pour la nostalgie. Mais j'en viens à me demander si, pour les Russes, la nostalgie ne commence pas au berceau. Vous savez, nous sommes comme les Irlandais, notre passé nous obsède. Et nous leur ressemblons aussi à d'autres égards, peut-être. Mais, tandis que je me tenais là, en bordure de la place, à regarder ces étudiants danser, je ne voyais que de touchantes réminiscences d'une jeunesse qui me semblait avoir duré quelques heures plutôt que des années.

De temps en temps, à un fort coup de sifflet, l'orchestre s'interrompait. Un roulement de cymbales saluait une nouvelle victoire des nationalistes. Les danseurs cessaient de danser, puis commençaient à frapper dans leurs mains, de plus en plus fort, jusqu'au tonnerre d'applaudissements. Un régiment d'infanterie traversait alors la place. Les soldats défilaient dans leurs uniformes en lambeaux, derrière leur drapeau blanc frappé de l'aigle noir à deux têtes.

Et l'orchestre de jazz attaquait *La Rodina*, notre hymne national. La foule se mettait à chanter et à pleurer pour que finisse enfin la guerre, pour qu'enfin la Russie mette un terme à ses interminables souffrances.

Moi, j'avais d'autres motifs de pleurer. Mais le fait est que Mourmansk était transportée de joie. Le couvre-feu était levé, les rues pleines de fêtards et de soldats. On voyait partout des chevaux – attachés à l'entrée des cinémas ou des meetings et même parfois dans les couloirs, au rez-de-chaussée des immeubles. On avait beau être au XXIᵉ siècle, il n'y avait plus d'essence. Et les soldats se battaient à cheval, dans la plus pure tradition russe.

Je traversai la place pour me diriger vers cet immeuble aujourd'hui connu comme le 1, rue Pouchkine. C'est là que s'était installée l'Okhrana, notre police secrète nationaliste. Certains parmi vous auront reconnu dans cette appellation, *Okhrana*, une réminiscence de l'époque tsariste ; ils y verront aussi un nouvel exemple de la répugnance qu'ont les Russes à perdre le contact avec leur histoire. Mais si les nationalistes avaient ressuscité le nom de l'ancienne police tsariste, le peuple s'obstinait à user plutôt de l'expression *Tcheka* – du nom des services secrets soviétiques. Quoi qu'il en soit, Okhrana ou Tcheka, c'est sur elle que tout reposait. Et, pour ma part, j'étais invité à m'y rendre par Katia.

Je n'ai jamais baisé Katia Rolkin. Son mari s'appelait Roy, un homme doué d'ubiquité. Roy occupait de hautes fonctions dans la Tcheka. Nous étions tous au lycée ensemble : Roy, Katia, Julia et moi. Dans les derniers temps de la vieille Union soviétique, nous étions des Pionniers. C'était notre adolescence. On était inséparables.

Rue Pouchkine, la grande pièce à l'étage. Katia était en conversation avec deux étrangers d'âge moyen. Un verre à la main, elle se tenait adossée à une sculpture représentant la Vierge et l'Enfant (ai-je précisé que l'immeuble avait autrefois abrité un couvent ?). Elle parcourait désespérément la pièce des yeux. Il était clair que je n'étais qu'un invité parmi une demi-douzaine d'autres susceptibles de devenir l'élu de son cœur. Peut-être même avait-elle déjà passé une partie de la journée avec l'un d'eux. Mais elle eut bel et bien le réflexe de venir vers moi. Abandonnant ses hôtes, elle joua des coudes dans la foule pour me rejoindre, une coupe de champagne à la main.

— A quoi tu penses ?

— A ta robe.

Elle pointa le bout de sa langue.

— Constantin !

Elle vint plus près.

— Ça fait des mois que je ne t'ai vu...

Je lui donnai un baiser risqué tout près des lèvres ; sa langue m'effleura la joue.

— Tes voleurs de poules te prennent tout ton temps, c'est ça ? Tu n'arrives même plus à venir passer une heure avec les honnêtes gens. Et les amis, alors ? Mais quelle soirée ! Tu as vu le monde ? Ils sont tous admiratifs.

Elle se tut un instant.

— Si seulement Julia pouvait voir ça !

— Si Julia était là, dis-je, ce ne serait sûrement pas pour boire du champagne. Elle serait en bas. A la cave. Bouclée dans une cellule.

Elle hurla de rire, et stoppa net.

— Pas drôle. On ne plaisante pas avec ça, Costia.

— Je ne plaisantais pas.

— Allez, donne-moi un autre verre. Tu sais très bien ce que je veux dire.

Je tendis la main vers la table, non loin de moi, où reposaient les verres. Katia continuait :

— Si seulement Julia avait vu les choses comme nous. Et comme nous les voyons maintenant.

Elle marqua une pause. Elle me fixa, un peu ivre déjà. Elle reprit :

— Tu comprends ça, toi ?

— Non.

— Pourquoi elle ne voyait pas les choses comme nous, Costia ? Comment a-t-elle fait pour devenir anarchiste pendant que nous devenions nationalistes ?

Combien de fois m'étais-je moi-même posé cette question ? Mais je n'avais pas envie de l'aborder avec Katia. Pas plus qu'elle n'avait envie d'en discuter avec moi.

— Il paraît que...

Son esprit était capable de changer de sujet à la vitesse d'un obturateur.

— Il paraît que Leonid Koba a une liaison...

Elle remuait le pelvis d'avant en arrière.

— ... avec la fille du président Romanov. Celle qui est mariée.

— Ça m'étonnerait que son mari élève une objection, dis-je.

Le père avait beau être le président de la nouvelle République, Leonid Koba était tout de même le patron de la Tcheka.

— Tu es un vilain, dit-elle. C'est pour ça que tu as toujours refusé les avances que je t'ai faites sans la moindre vergogne ? Parce que Roy est commandant à la Tcheka ?

— Et parce que c'est un vieil ami, répondis-je avec un sourire. A propos, où est-il ?

Je scrutai le sommet des crânes, à la recherche du vieil ami en question – son visage épais, l'inévitable uniforme.

— Il viendra plus tard, dit Katia. J'espérais que tu arriverais de bonne heure.

— Pourquoi donc ?

— Parce que je voudrais te montrer quelque chose. Et te demander ton avis.

— Je peux emmener mon verre ?

Elle se dressa sur la pointe des pieds et balaya la pièce d'un regard circulaire – qui s'attarda du côté de la porte.

— Il n'est pas là, dis-je. J'ai déjà vérifié.

Elle se tourna vers moi en disant :

— Prends une bouteille.

Un instant plus tard, nous étions collés l'un à l'autre dans un débarras à l'étage. Nos langues s'enroulaient et s'entortillaient comme les serpents d'un accouplement mythologique. Nous poussions de violents soupirs tandis que nos verres tombaient par terre, suivis de près par les sous-vêtements de soie.

— Mon Dieu, Constantin... Costia... Dans tes bras j'oublie tout !

Mais pas son mari. La voix de Roy Rolkin résonna dans la cage d'escalier. Katia et moi n'étions décidément pas destinés à devenir amants, ni même à assouvir nos désirs.

Elle avait l'habitude de ce genre de situation : elle n'eut besoin que de quelques secondes pour quitter l'ombre du débarras. J'attendis cinq minutes, le temps de fumer une cigarette en observant les allées et venues dans la cour faiblement éclairée par une lumière humide. Puis je redescendis l'escalier pour me glisser aussi discrètement que possible dans la foule des hôtes de la Tcheka.

La main dodue de Roy Rolkin me saisit par le coude.

— Laisse-moi te servir un verre, Constantin. J'ai à te parler.

Bien sûr, il était en uniforme. Je l'observai tandis qu'il allait chercher un second verre de champagne puis revenait vers moi. Nous avions le même âge. Mais les rondeurs de son corps et de son visage posaient sur lui comme un vernis juvénile ; ses joues étaient si lisses qu'elles semblaient n'avoir jamais connu le rasoir. Ses yeux en forme d'amande et ses paupières effilées lui donnaient l'air d'un Asiatique – ou d'un lézard. Sauf que son regard était bleu.

— Trop de monde, commença-t-il. Essayons de trouver un endroit tranquille.

Je le suivis jusqu'à l'escalier, me demandant l'espace d'un instant si nous n'allions pas nous retrouver dans le débarras où je venais de renoncer à faire l'amour à sa femme. Mais non, il prit à gauche vers le palier pour descendre une volée de marches. Je savais où elle menait. Je n'étais jamais descendu dans les sous-sols du couvent mais je les connaissais de réputation, comme tout le monde à Mourmansk.

Au bout d'un couloir aux murs de pierre, deux sentinelles se figèrent au garde-à-vous et saluèrent. Une bouteille de vodka vide roula sur la table ; Roy s'en saisit prestement et la brandit en s'exclamant :

— A la libération de Moscou !

Puis il jeta la bouteille à la sentinelle qui la leva à son tour et bredouilla :

— A la libération de Moscou, mon commandant.

Nous reprîmes notre marche. Nous passions devant des cellules silencieuses, dont il était impossible de savoir si elles étaient occupées, mais plus nous nous enfoncions dans les entrailles du couvent, plus l'air devenait fétide et lourd, comme dans une étable chaude et humide.

— Des nouvelles de Julia ? demanda Roy par-dessus son épaule.

Il m'entraîna dans une petite pièce au bout du couloir.

— Bien sûr que non.

La pièce sentait mauvais. Une odeur de sang et d'urine que recouvrait à peine un parfum de phénol. Certaines taches sur les murs n'avaient pas été complètement effacées. D'autres marques ne le seraient jamais, tels les sillons creusés dans le plâtre par les ongles des prisonniers. Roy m'avait conduit dans la salle de torture.

Il y avait deux chaises. Il m'en indiqua une et s'assit en face de moi. Aucun bureau ne nous séparait. Nous nous tenions penchés en avant, les avant-bras sur les genoux, nos coupes de champagne à la main.

— Ça fait combien de temps ? dit-il.

— Que je n'ai pas de nouvelles de Julia ?

Il fit oui de la tête. Derrière lui, une niche avait dû accueillir autrefois la statue d'un saint.

— Trois ans. Trois ans ou plus. C'est quand elle m'a envoyé ce message disant que Micha avait été tué. J'ai transmis l'information.

— Micha, dit-il. Un garçon adorable. Quel âge aurait-il aujourd'hui ? Onze, douze ans ?

J'estimais que ce n'était pas le lieu de parler de mon fils.

— Excuse-moi, dit Roy. Alors tu n'as pas de nouvelles de Julia depuis trois ans. Voire plus. Et tu n'as aucune idée de ce qui lui est arrivé ?

— Elle s'est battue sur le front de Pétersbourg. Je sais ce que tout le monde sait. Elle est devenue l'héroïne du Front populaire. Ce n'est pas toi qui m'as dit qu'elle était officier supérieur ?

— Commandant d'une unité de combat. Une unité de femmes. Elle occupait un grade très élevé dans la Troisième Armée anarchiste.

— Tu la connais depuis aussi longtemps que moi et aussi bien. Enfin, presque aussi bien. Au lycée, déjà, Julia était une meneuse.

Nous nous faisions face dans cette pièce abominable et dans cette position absurde, nos coupes de champagne coincées entre les doigts. Nos fronts se touchaient presque. Roy se redressa sans me quitter des yeux.

— Ta loyauté envers la cause russe, dit-il, n'est pas passée inaperçue. Elle a été appréciée à sa juste valeur.

— C'est une cause en laquelle je crois, Roy. Je ne pense pas que nous ayons toujours raison...

Il haussa les épaules.

— ... mais je crois que le président Romanov et Leonid Koba conduisent la Russie dans la bonne direction.

— A savoir, d'après toi ?

— Les origines de notre peuple. Le pays des racines ancestrales. Le village. N'est-ce pas ce modèle-là que nous recherchons ?

Il m'adressa un sourire.

— Tu ne t'es jamais senti attiré par l'idéal anarchiste ?

— Tu sais bien que non, Roy. Pour l'amour de Dieu ! C'est même ça qui a brisé mon mariage. L'anarchisme, c'est l'anarchie. La liberté suppose des règles. C'est ce que disait Camus.

— Et le communisme ?

— Je ne vois pas comment l'anarchisme et le communisme ont pu se débrouiller pour se retrouver dans le même lit. A moins de les considérer comme deux approches différentes du même idéal totalitaire...

Il approuva du chef. Ses yeux bizarres ne se détachaient jamais de moi. Nous sommes restés un moment sans plus rien dire. Tout autour de moi, je percevais des bruits sourds et lointains à la fois. Un homme toussait...

— Ce n'est pas pour discuter politique que tu m'as entraîné dans cet endroit atroce, hasardai-je.

— Pas vraiment, admit-il.

Il ajouta après une pause :

— Je t'ai entraîné ici pour te dire...

Il s'exprimait très lentement, sa lèvre épaisse remuait à peine.

— Je t'ai entraîné ici pour te dire que, si jamais Julia entrait en contact avec toi et que tu oubliais de m'en informer, ça me ferait beaucoup de peine.

— Ça te ferait de la peine ?

Il fit oui de la tête. J'avais la bouche sèche.

— L'expression est curieuse, dis-je. Dans ce cas de figure.

Il secoua la tête.

— Mais pas dans cette pièce, dit-il.

Il reprit rapidement son souffle. J'enchaînai :

— Si elle était arrêtée, qu'est-ce qu'il lui arriverait ?

— Elle serait traitée dignement. Tu peux compter là-dessus, Costia.

De nouveau, le vieil ami rassurant.

— Prisonnier de guerre. Elle n'a commis aucun crime, en dehors de son opposition à notre cause. Dieu sait que beaucoup de bons Russes se sont dressés contre nous. On ne peut tout de même pas les tuer tous.

— Ni en tuer autant que tu aimerais.

Il rit de bon cœur.

Je voulus finir mon verre mais, avec cet arrière-goût de phénol au fond de la gorge, le champagne était écœurant. Je jetai le contenu du verre contre le mur balafré.

— Tu es un idéaliste, Constantin. Je ne pourrai jamais te proposer à l'avancement. Même si tu joues franc jeu.

— Ne t'en fais pas pour ça.

Il se leva.

— N'oublie pas, Costia. Nous ne cherchons aucune vengeance.

Je m'étais levé aussi. Je me tenais à côté de lui. Même dans cette pièce terrible, j'avais le cœur battant ; je devais lutter pour contenir des bouffées d'espoir.

— C'est vrai, Roy ?

— Débarrasse-toi des vieux réflexes de pensée.

Il me donna une bourrade dans les côtes, comme au lycée mille ans plus tôt, puis reprit :

— C'est la nouvelle Russie, Costia. C'est pour ça que les gens comme toi et moi se sont battus. Il va nous falloir un peu de temps pour nous y habituer, voilà tout.

3

Ivre. J'étais ivre. Ivre comme un Russe. Ivre d'espérance à ne plus y voir clair. A 2 heures, les invités de Roy Rolkin s'étaient égaillés dans la rue. Ils brandissaient des bouteilles de vodka, embrassaient les filles qui passaient, s'écroulaient dans les portes cochères, se bousculaient pour faire la ronde, chanter le *Auld Lang Syne* et nous arracher des larmes, à nous qui entonnions *La Rodina*. Nos chants se mêlaient et s'élevaient jusqu'au sommet des toits de cette ville détestée et adorée.

Impossible de me rappeler ce que j'ai fait en rentrant chez moi. Peut-être me suis-je affalé sur une chaise avant de sombrer dans le sommeil – je n'ai aucun moyen de le savoir. Mais, comme l'aurore pointait (nous appelons toujours cela l'aurore, même si aucun filet de lumière ne vient effleurer le ciel de septembre avant midi), peut-être une heure ou deux après mon retour, on frappa à ma porte.

Je m'aperçus que j'étais étendu sur le sofa. La télévision était allumée. Des majorettes vêtues d'épais pantalons blancs allaient et venaient sous le drapeau à deux têtes, devant une maquette en carton du Kremlin qui branlait. Il n'y avait pas de son. On frappa de nouveau, plus fort cette fois ; et je me rappelai que c'est ce bruit qui m'avait réveillé. Je me mis debout et allai ouvrir sans vraiment réfléchir.

C'était une femme imposante, d'allure décidée, aux cheveux ras et piquants, au visage dur, à la bouche étroite. Ses yeux m'examinèrent un moment.

— Vous êtes seul ? demanda-t-elle en penchant la tête pour regarder derrière moi dans l'appartement.

Je passai ma langue sur mes lèvres sèches.

— Qui êtes-vous ? Qu'est-ce que vous voulez ?

Baissant la voix, elle répondit :

— J'ai un message pour vous. De la part de Julia Petrovna.

Impavide, elle attendit ma réaction.

A cet instant, au sortir d'un court sommeil, ce n'était plus l'ivresse que je ressentais mais la gueule de bois. Des coups de feu retentissaient encore dans d'autres quartiers de la ville. L'heure des règlements de compte. Je tendis la main vers le holster pendu derrière la porte.

La femme n'avait pas changé d'expression. Cela me gênait, cette attitude impassible, et cette façon qu'elle avait de me détailler.

— Julia Petrovna, répétai-je. Ça ne me dit rien.

Elle siffla d'un air impatient.

— Vous pourriez au moins m'inviter à entrer.

Je m'effaçai puis refermai la porte en décrochant le holster.

— Vous êtes très prudent, constata ma visiteuse.

Si elle affichait l'ombre d'un sourire, ce qui était loin d'être sûr, c'était un sourire de mépris.

— Julia m'a dit que cela vous ferait plaisir d'apprendre qu'elle est en vie.

J'essayais à grand-peine de maîtriser les muscles de mon visage. La jeune femme passa devant moi pour aller inspecter rapidement la chambre et la salle de bains. Puis elle revint se planter au milieu du séjour. Elle avait enfoncé les mains dans les poches de son caban. Elle me dévisageait d'un œil agressif.

— Ça vous fait plaisir d'apprendre qu'elle est en vie. Et même très plaisir.

Elle plissa les yeux, amusée.

— Julia et moi sommes divorcés, répondis-je doucement. Je ne l'ai pas vue depuis trois ans. Je n'ai reçu aucune nouvelle. Pourquoi vous aurait-elle chargée d'un message?

Je soulevai le rabat du holster pour saisir la crosse de mon Tango 762 réglementaire. Elle sortit les mains de ses poches et serra les poings.

— On a combattu ensemble, dit-elle. A Staria Russia, à Pinsk et ailleurs. J'ai été son bras droit pendant plus d'un an.

Elle avait dit ces mots avec fierté. Elle ajouta :

— Elle a confiance en moi.

Roy Rolkin m'avait dit que Julia était en vie. Et je l'avais cru. Mais cette femme étrange m'en apportait aujourd'hui la confirmation, et c'était très différent.

— Alors elle est vivante? C'est vrai?

— Vivante et en bonne santé.

— Quand l'avez-vous vue pour la dernière fois?

Elle marqua une hésitation.

— J'étais avec elle il y a quelques heures.

— Elle est à Mourmansk?

— Assez de questions, répliqua-t-elle sèchement.

— Pourquoi n'est-elle pas venue elle-même?

— Comment pouvez-vous poser une telle question? Elle est connue de votre Tcheka nationaliste. Elle a commandé une unité. Cela suffit à la placer en tête de liste des condamnés à mort.

— Le professeur Romanov a promis qu'il n'y aurait pas de listes de condamnés à mort. Uniquement des procès.

Elle pinça les lèvres.

— Il y aura des listes. Quoi que vous disiez, vous et les vôtres... Quoi que dise ce vieil idiot de Romanov. Leonid Koba réclamera son tribut de coupables...

— Je ne le crois pas.

— Croyez ce que vous voulez. Vous entendez ces coups de feu? Ça vient de la rue du Mémorial.

Je haussai les épaules.

— C'est quoi, à votre avis? Des ivrognes qui tirent en l'air?

Je secouai la tête et répondis:

— Des règlements de compte, rien de plus...

J'hésitai avant d'ajouter:

— Elle va bien? Je veux dire, elle n'est pas blessée?

La femme fit non de la tête.

— Julia coule des jours agréables. Elle a pris tellement de risques qu'elle aurait pu mourir dix fois. En un sens, elle est indestructible.

Pouvais-je croire ce que j'entendais? Je repris:

— Et ce message?

— Vous avez toujours le portrait?

Maintenant, je ressentais vraiment quelque chose. Seuls Julia et moi étions au courant pour le portrait. Mais avait-elle livré librement l'information à cette femme? Je laissai tomber mon holster sur la table.

— Vous auriez de la vodka? dit-elle.

Je gagnai la cuisine d'où je revins avec une bouteille et deux verres. La femme n'avait pas bougé. Elle se tenait toujours au milieu de la pièce, bien droite; seule la tête était légèrement inclinée en arrière tandis qu'elle fumait une longue cigarette Black Russian. Elle prit son verre de vodka.

— Julia Petrovna dit qu'au fond, vous n'êtes pas un nationaliste.

— Je suis russe, répondis-je. Quel est le message ?

— Elle dit que vous êtes un gentil bourgeois sans cervelle. Mais qu'il n'y a pas de mal en vous.

— Venant de Julia, c'est un compliment.

Elle me regardait en penchant le visage d'une façon bizarre.

— Julia dit que vous considérez les idées comme des abominations.

— Ses idées anarchistes à elle, sûrement. Comment voulez-vous que les gens puissent vivre sans gouvernement ?

— Cela les forcerait à être libres.

— Facile. Vous citez Julia.

Elle sourit brièvement.

— Non, dit-elle. Jean-Jacques Rousseau.

— Vous êtes une femme étrange. Mais je suis fatigué des effusions de sang. Qu'est-ce que Julia vous a chargée de me dire ?

Elle haussa les épaules, comme si elle s'était attendue à me trouver peu disposé à polémiquer avec elle.

— Julia demande que vous vendiez le portrait. Elle a trouvé un moyen pour passer à l'Ouest. Un bateau. Mais elle a besoin d'argent.

— De l'argent, je peux lui en donner. Vendre le portrait, ça risque de prendre du temps. Ce n'est pas le genre de tableau qui s'écoule en deux temps trois mouvements.

— Le bateau ne part pas avant novembre.

— Peu importe. Il vaut mieux que je lui donne l'argent. Elle n'aura qu'à emmener le portrait avec elle. A l'Ouest, elle en tirera cinq à dix fois plus.

— C'est maintenant qu'elle a besoin d'argent. Pour elle et pour d'autres camarades.

— Pour d'autres camarades ?

Elle confirma de la tête.

— Vous, par exemple ?

— Moi et plusieurs autres. Julia Petrovna ne laisse pas tomber les camarades qui ont combattu à ses côtés.

— Parlez-moi d'elle.

— Deux ans à commander l'unité sous le drapeau noir au front de Pétersbourg. Une unité presque anéantie à deux reprises. L'état-major ne comptait plus qu'une demi-douzaine d'officiers et les troupes moins de cent soldats valides. La Division féminine a écrit une page sanglante de l'Histoire...

— Où est-elle ? demandai-je en fermant les yeux.

— Avec ses officiers, sur la péninsule. Dans une mine de diamant désaffectée.

— Je veux la voir.

— Impossible.

J'avalai ma vodka.

— Je ne vendrai pas ce portrait, repris-je. Je ne suis pas prêt à risquer ma vie pour l'état-major de Julia. Je vais vous donner de l'argent pour elle. Mais vous et les autres, il faudra vous débrouiller pour trouver vous-mêmes votre route en ce monde.

— Parce que vous imaginez que Julia va accepter ça? Vous croyez qu'elle va accepter de l'argent pour payer son propre passage, et laisser les camarades aller à l'échafaud? Il faut que vous vendiez le portrait. Vous n'avez pas le choix.

Cette femme avait raison et je le savais. Combien de fois ne m'étais-je pas retrouvé dans cette position, avec Julia? Piégé. Si je voulais l'aider elle, je n'avais pas le choix.

— Comment lui faire parvenir l'argent? Grâce à vous?

— Le 1er novembre, à 22 heures. Ça vous laisse presque huit semaines. Ce jour-là, allez à pied jusqu'à la place de la Constitution. Faites une ou deux fois le tour. Sans vous presser…

— Quelqu'un prendra contact avec moi?

— Oui. Pour vous conduire au port.

— Et à Julia?

Elle fit oui de la tête.

— Je ne veux traiter avec personne d'autre qu'elle. Pas d'intermédiaire.

— Elle viendra elle-même. Vous avez huit semaines. C'est suffisant pour vendre le portrait?

— Peut-être.

— Vous avez un message pour Julia Petrovna?

J'en avais mille. Mille messages désespérés.

— Sûrement…

L'émotion des dernières heures avait été trop forte pour moi. Je voulais que cette femme s'en aille, maintenant. Avant de me voir craquer.

— Pas de message, rectifiai-je.

Elle vida son verre et prit la direction du vestibule. J'allai lui ouvrir la porte d'entrée. Quand elle passa devant moi, l'arme qu'elle avait dans la poche heurta lourdement le chambranle.

4

J'étais assis, ma bouteille sur les genoux. J'allais revoir Julia. Dans quelques semaines. Aurait-elle les mêmes manières rigides et militaires que son amie ? Sa bouche sensuelle aurait-elle renoncé à sourire ? La pratique du commandement aurait-elle durci son regard ? Je bus une gorgée au goulot. Excitation et chagrin se partageaient mes sentiments. Julia ! Pourquoi les choses ne sont-elles jamais simples avec toi ?

Je fermai les yeux. Julia m'adressa un clin d'œil amusé. Un appel au secours est toujours plus qu'un appel au secours. J'étais officier de police dans le nouveau gouvernement nationaliste, ce gouvernement qui régnerait dans quelques jours sur l'ensemble de la Russie. Et c'est à moi que l'on venait demander de participer financièrement à la fuite des soldats qui l'avaient combattu.

Certes, Roy Rolkin avait dit qu'elle ne serait pas persécutée ; tout ce qui comptait pour lui, c'est que l'ordre nouveau amènerait une Russie nouvelle. Mais pouvais-je le croire ? Roy était un ami. Et un ami de Julia. C'était aussi un tchékiste. Or, on ne devient pas tchékiste par hasard. Enfant, déjà, il y avait chez lui quelque chose de sournois. Je revis Julia sautillant sur le terrain de jeu en chantonnant, comme on récite une leçon apprise par cœur : « Un secret n'est pas un secret, sauf si c'est un secret pour Roy. »

Elle ne prêterait pas le moindre crédit aux promesses de Roy : aucun doute là-dessus.

Ayant reposé ma bouteille, je me dirigeai vers la chambre. Je passai le bras derrière la grande armoire – opération rendue douloureuse à cause de l'angle du meuble. Après avoir effleuré du bout des doigts l'emballage en toile de jute, je parvins à en saisir le bord effiloché entre le pouce et l'index ; je tirai doucement. Le portrait apparut en soulevant un nuage de poussière. Je le transportai dans le séjour et le sortis de son emballage. Il avait été peint au début des années 90 par un artiste anglais du nom de Francis Bacon, qui devait disparaître peu après. C'était au temps d'Eltsine, quand les Russes étaient autorisés à voyager en Europe. Je dois préciser que la mère de Julia était la poétesse Abrakova. Une femme aussi belle que talentueuse. A l'Ouest, tout le monde voulait avoir Abrakova à dîner. Elle avait rencontré, quelque part en Espagne, un génie débauché nommé Francis Bacon.

Cela dit, il ne s'agissait pas d'un croquis, d'une simple étude, ni d'un portrait destiné à saisir les caractéristiques de la beauté féminine. Mais il montrait un certain aspect d'Abrakova, aspect qui ne m'avait pas échappé durant les quelques années où je l'avais connue, avant qu'elle ne meure d'un cancer. Fierté, courage, confiance en elle-même et en ses convictions. Et derrière le sourire, le déclin qui déjà se profile.

Penché sur ma chaise, je buvais et buvais encore, incapable de détacher les yeux du portrait cruel et toujours magnifique. La mère de ma Julia. Avec la force et la détermination dont Julia avait hérité. Des qualités qui avaient d'abord fait la gloire de la mère, puis conduit la fille à soutenir les anarchistes – à s'éloigner de moi, aussi. Et le déclin caché derrière le sourire ? Le retrouverais-je aussi chez Julia ?

Vassikin, le type du marché noir, était officiellement connu des services du 7e district. Autrement dit, on le convoquait de temps en temps pour lui extorquer deux ou trois renseignements utiles sur tel ou tel personnage avant de le relâcher. Tous les districts avaient sous la main des gens comme lui. En fait, si on les avait tous arrêtés en même temps, Mourmansk se serait vidé de sa population.

Le matin qui suivit la visite de l'émissaire de Julia, alors que toute la ville se remettait d'une gueule de bois collective, je donnai l'ordre de convoquer Vassikin. Il se sentait tellement à l'aise qu'il se pointa avec cent grammes de vrai café colombien. Pas un pot-de-vin, grands dieux, non ! Juste histoire de partager un bon café avec l'officier pendant l'interrogatoire. Il savait qu'il ressortirait avant l'heure du déjeuner.

Dans la pièce réservée aux interrogatoires, je bus le café de Vassikin. Et je lui posai des questions. Un tableau, dis-je. Un tableau russe d'un petit maître, Lioubkine. *Les Tireurs embusqués*, 1912. On l'avait volé pendant son transport vers l'Ermitage, après avoir séjourné à Mourmansk pendant la période des troubles. Imaginons qu'un homme se retrouve en possession d'un tableau de ce genre. Et qu'il veuille le mettre en lieu sûr ou en tirer un bon prix. A qui s'adresserait-il, ici, à Mourmansk ?

— Il faudrait être fou ou au bout du rouleau pour essayer de vendre un bon tableau à Mourmansk, répondit Vassikin. Je peux vous donner cinq ou six noms d'acheteurs possibles. Mais ils n'en offriraient pas plus de deux ou trois pour cent de sa valeur sur le marché russe. C'est-à-dire une fraction dérisoire de sa valeur à Londres. A supposer qu'ils n'essaient pas de le voler…

Il marqua une pause et rectifia :

— Enfin, peut-être pas si c'est vous.

Nos yeux se croisèrent par-dessus les tasses de café.

— Tu crois que j'ai un tableau à vendre ? demandai-je.

— Vous vous êtes peut-être trompé. Il n'y a jamais eu de Lioubkine à l'Ermitage. Vous êtes sûr que nous parlons bien d'un Lioubkine ?

— Francis Bacon. Un peintre anglais.

Il leva les sourcils.

— Tu connais ?

— Et comment.

— C'est le propriétaire qui me charge de le vendre. Le propriétaire légal.

— Allez à Pétersbourg. Vous êtes de la police. Vous pouvez voyager.

— Combien puis-je en demander ?

— Si c'est vraiment un Francis Bacon et que la provenance est fiable, s'il n'a pas été volé, si ce n'est pas un faux, on peut vous en proposer jusqu'à 50 000 dollars. A cette adresse, sur la perspective Nevski. Mais à l'Ouest, sa valeur peut atteindre cent fois plus.

Naturellement, le temps que je m'organise, Vassikin avait déjà téléphoné et s'était débrouillé pour toucher sa part sur la transaction. A mon arrivée à Pétersbourg, ils savaient exactement quel prix ils pouvaient proposer – et ne pas dépasser. Mais j'étais tout de même reconnaissant envers Vassikin. Sans lui, j'en aurais obtenu tout au plus quelques milliers de dollars, sinon quelques centaines.

En sortant de la boutique, je marchai jusqu'au pont sur la Neva et restai un moment accoudé au parapet, à l'endroit où Raspoutine fut balancé dans le fleuve gelé, cette fameuse nuit de 1916. Dans la poche intérieure de ma veste en cuir, une enveloppe contenait cinq cents billets de 100 dollars. 50 000 dollars américains. Assez pour permettre à cinquante anarchistes – dont Julia – de s'enfuir à l'Ouest pour toujours.

De retour à Mourmansk, le lendemain, je me rendis au commissariat du 7e district. Le sergent de service avait de bonnes nouvelles, comme il disait.

— Cette histoire de vols avec agression chez Batov, vous savez, inspecteur ? On ne l'aura bientôt plus sur les bras. Au bureau du procureur, ils ont décidé de boucler le dossier.

Je fronçai les sourcils. Mikhail Batov était le maire de Mourmansk. Sa femme avait été agressée chez elle la semaine précédente. Le type l'avait ligotée bien tranquillement, non sans s'offrir au passage un délit sexuel mineur ; ensuite il s'était baladé un peu partout à sa façon pas très polie. Depuis, j'avais Batov et le ministère au téléphone deux fois par jour. Ils réclamaient une arrestation. Voilà maintenant que le ministère public avait décidé de prendre l'affaire en main.

— Ils exigent un procès rapide, reprit le sergent. Apparemment, le procureur a promis qu'une semaine suffirait pour juger Vassikin. Et qu'il serait condamné à mort pour viol.

— Vassikin ? Pour viol ? Vassikin fait du marché noir. Au pire, un peu de recel !

Je changeai de ton et poursuivis :

— Vassikin n'a jamais fracturé un appartement de sa vie. Il n'a jamais agressé ni ligoté une femme. Violence sexuelle ! En plus, je ne le vois pas aller voler des bibelots sans valeur chez les Batov...

Le sergent haussa les épaules.

— Excusez-moi, chef. Mais le Ministère public a réclamé un nom. Vous savez ce que c'est : où en est l'enquête, qui est votre suspect principal, etc.

— Comment sont-ils tombés sur Vassikin ?

— Son nom figurait dans le registre. Vous ne l'avez pas convoqué ici, vendredi dernier ? Pas d'investigation spéciale : c'est ce que vous avez mentionné dans le registre. Rien de retenu contre lui.

— Et alors ?

— Alors, ils ont décidé que ça signifiait autre chose. Que vous étiez sur une piste. Je leur ai dit que non, que vous cherchiez plutôt à convaincre Vassikin de vous ouvrir son stock de lingerie fantaisie pour faire un cadeau à une dame. Mais vous les connaissez, chef. Ils ne veulent jamais lâcher...

— Il n'y a pas le moindre début de preuve !

31

— Si. Maintenant, si. La femme de Batov est venue hier pour identifier l'agresseur sur des photos. Pendant que vous étiez à Pétersbourg.

Je sentis mes épaules s'affaisser.

— Où est Vassikin en ce moment ? demandai-je.

Le sergent indiqua du pouce les cellules derrière lui.

Je n'eus pas le courage d'aller voir Vassikin. Je préférai rentrer chez moi et regarder à la télé le match de foot Mourmansk-Dynamo de Pétersbourg. Le premier depuis quatre ans. Un match amical, en fait. Perdu 16 à 1. Le lendemain, j'appelai en disant que j'étais malade et je sortis pour une longue promenade dans la ville. C'était le seul moyen de tenir la bouteille à distance. Quand je rentrai chez moi, dans l'après-midi, il faisait déjà nuit. J'allais sortir mes clefs de ma poche quand je le vis.

Le fils de Vassikin. Il attendait devant l'entrée de l'immeuble, toujours vêtu de sa parka bleue trop grande pour lui. Il me fixait de ses yeux trop grands eux aussi. Sans rien dire, il me laissa ouvrir la porte. Je pénétrai dans le hall. Mais, comme je me dirigeais vers l'escalier, il vint coller sa figure contre la paroi de verre.

Il y eut du brouillard pendant tout le week-end. Je sortis à deux reprises : le garçon était toujours là. Pourquoi ne lui ai-je pas parlé ? Je n'avais pas assez confiance en moi. La victoire des honnêtes gens, vous comprenez. La victoire de ceux qui portaient dans leur cœur l'amour de la Russie et de la justice. Le lundi, je téléphonai de nouveau au bureau et je restai chez moi. J'avais peur de sortir. Peur de ce gosse aux grands yeux bruns.

Le mardi, jour où Vassikin devait comparaître, je fus convoqué devant la Cour afin de présenter des preuves contre un pickpocket. Quand je sortis de chez moi, le gamin était peut-être toujours là mais j'étais trop ivre pour le voir. En arrivant au bureau, je demandai le dossier Vassikin. Puis je tirai de mon tiroir une bouteille de vodka dans l'espoir qu'elle m'aiderait à digérer les mensonges. La preuve produite contre Vassikin venait du sergent Belevski, lequel ne pouvait être traité de menteur puisqu'il ne savait plus distinguer ce qui était vrai et ce qui ne l'était pas. Il affirmait dans son témoignage avoir vu Vassikin quitter l'immeuble peu après l'heure de l'agression. Toujours d'après Belevski, Vassikin transportait un sac rempli d'objets, parmi lesquels le sergent remarqua une paire de chandeliers ; ceux-là même qui figuraient dans la liste des biens dérobés chez les Batov.

Ensuite venait le témoignage de madame : elle avait identifié le voleur.

J'estimais que nous ne devions plus continuer à agir de cette façon. Le général Romanov et Leonid Koba nous avaient juré qu'il ne s'agissait pas là d'un trait de caractère propre à nous autres Russes. Et je savais qu'ils le pensaient vraiment. Les honnêtes gens avaient gagné. Pour de bon. Et voilà qu'à Mourmansk, au 7e district, à peine une semaine après que les drapeaux noirs étaient tombés à Moscou…

Je passai la matinée à boire. Vers 14 heures j'envoyai un secrétaire me chercher un autre demi-litre de vodka. Quand vint le moment de me présenter devant la Cour, j'étais saoul à ne plus y voir clair. Saoul comme un Russe. Il ne m'était encore jamais arrivé de prendre ce que vous appelez une décision. Je finis mon verre, puis je gagnai le bureau d'accueil où je trouvai le registre. J'y inscrivis les mentions de routine. Enfin je glissai le registre sous mon bras et je traversai la rue en direction du Palais de Justice. Je montai les marches à peu près droit. Je passai entre les piliers carrés où se voyaient encore les trous laissés par les ouvriers qui en avaient arraché la faucille et le marteau. Dans le hall d'entrée se trouvait le grand piédestal qui avait supporté jadis le bronze de Lénine pointant le doigt vers un avenir vertigineux, puis un Staline doux et souriant, déjà conscient de ce qu'allait être l'avenir en question. Je pénétrai dans la Première Chambre du tribunal. La porte, dont le capiton vert était en lambeaux, se referma brusquement et me poussa plus loin que je ne l'aurais voulu. L'homme qui leva vers moi une paire de sourcils broussailleux était le juge général de Mourmansk en personne. Le malheureux Vassikin n'était déjà plus, à ce moment-là, qu'à quelques centimètres du couperet. Je déclinai mon identité et demandai au juge général la permission de m'exprimer. Je sais très bien qu'aucun officier de police sain d'esprit ne se conduirait jamais comme j'allais me conduire. Mais j'étais loin d'être sain d'esprit. Je levai mon registre et commençai :

— Plaît-il à la Cour de considérer ce registre comme une preuve ?

Je reçus sans doute la permission de décrire la preuve en question. Je suis presque sûr de l'avoir reçue. Quoi qu'il en soit, je l'ai fait. Je demandai que l'on prête attention à un oubli très sérieux commis par mes services dans la préparation du dossier. Je demandai que l'on prête attention à certaine page du registre, où il était mentionné ceci : l'après-midi et toute la journée du vol, Feodor Vassikin se trouvait au commissariat du 7e district, enfermé dans la cellule 15b, arrêté sur mes ordres pour son implication dans des activités de marché noir.

J'étais dans le tribunal comme dans un puits, agitant faiblement la preuve susceptible de sauver Vassikin du couperet. Et je savais déjà, à cet instant précis, que le très prudent Constantin Vadim venait de pénétrer dans un trou noir et profond.

5

Je n'ai plus jamais reparlé à Vassikin. Pourtant je l'ai revu, quelques jours plus tard. Il courait en direction du stade du Dynamo de Mourmansk, à longues enjambées maladroites, flanqué du garçon aux yeux sombres qui bondissait au même rythme.

Mon problème était désormais de trouver un moyen d'occuper mes journées. On m'avait suspendu l'après-midi même où Vassikin avait été acquitté. Je traînais des heures durant, je regardais la télévision, j'allais marcher pour ne pas devenir fou. Roy Rolkin vint m'inviter à un match de football. Nos boiteux du Dynamo devaient perdre honorablement par 3-0 contre Norilsk. Norilsk ! Naguère, nous ne laissions même pas cette équipe franchir le milieu du terrain. Après le match, Roy et moi nous sommes efforcés de retrouver quelque chose qui aurait ressemblé à notre complicité d'autrefois.

C'était une des rares occasions où Roy ne portait pas l'uniforme. Nous avons échoué dans un bar. Un endroit désert décoré à la fin du siècle dernier dans le goût existentialiste. Il y avait là de grands portraits un peu flous de Jean-Paul Sartre en compagnie de cette femme qu'il traînait toujours à ses basques. Il y avait aussi des publicités Citroën et Gauloises, des bouteilles colorées Suze et Dubonnet. Au temps où Julia s'occupait de faire mon éducation, nous avions joué nous aussi les existentialistes. Le seul d'entre eux à m'inspirer une réelle sympathie avait été Camus. Lui, au moins, était prêt à prendre quelques risques.

Était-ce cela que j'admirais ? L'aptitude d'un homme à prendre des risques ? Si oui, m'était-il permis de tirer la moindre fierté de ce que j'avais fait pour Vassikin ? Ça n'avait pas été une décision longuement mûrie. Eussè-je vraiment réfléchi à la question, je n'aurais pas levé le petit doigt. C'est ainsi. Dans la plupart des guerres, la moitié des héros sont ivres quand ils se jettent sous les rafales. Non, je ne tirais aucune fierté de mon geste. Je ne l'avais pas accompli pour la bonne raison. C'était plus un geste à la Simone de Beauvoir (voilà, c'est le nom de cette femme) qu'à la Camus. Le bon geste accompli pour une mauvaise raison.

Je n'avais pas agi ainsi parce que c'était l'expression de ma nature ; ni parce que c'était une action juste. Je l'avais fait parce que je n'arrivais plus à trouver le sommeil : les yeux du gosse me hantaient. Des yeux noirs. Ceux de Micha étaient bleus. Mais les deux garçons avaient le même visage grave.

— J'aimerais pouvoir t'aider, dit Roy.

Accoudés au zinc, nous sirotions nos bières.

— Mais que peut un ami ? Tu as vraiment déconné, cette fois. Je n'arrive pas à comprendre pourquoi tu n'as pas tout simplement arraché la page, quand tu t'es aperçu que vous l'aviez bouclé ce jour-là. Pourquoi aller agiter ton registre sous le nez du juge général ? Costia, il y a des jours où je me demande si tu n'es pas cinglé.

Je poussai un grognement. Il y avait tout de même des consommateurs autour de nous, et quelque chose me disait que Roy faisait tout pour qu'ils entendent ses paroles. Ça l'amusait. Il avait jeté sa parka sur un tabouret. Il était en jeans et chaussures de sport, avec un maillot de rugby rayé jaune et noir. On aurait vraiment dit une grosse guêpe.

— Pas de nouvelles de Julia ? dit-il, un ton plus bas cette fois.

Je me penchai sur le comptoir et secouai la tête. Il leva vers moi ses yeux en amande.

— Tu es sûr qu'elle est en vie ? demandai-je.

— Sûr et certain. Ces derniers jours, tout ce qu'il restait de son unité, c'étaient trois tanks, deux ou trois véhicules à moteur et peut-être cinquante ou soixante chevaux. Ils ont laissé les tanks pour partir en convoi vers le nord. Nos patrouilles ont retrouvé plusieurs véhicules abandonnés. Et les restes des chevaux qu'ils avaient mangés. La dernière fois qu'ils ont été repérés, c'était au bord du lac Top. Autrement dit, à trois cents kilomètres d'ici. Julia commandait vingt ou trente soldats. Maintenant, il ne doit pas leur rester plus de deux douzaines de chevaux.

— Tu es sûr que c'était bien Julia ?

— Un pêcheur, sur le lac, nous l'a décrite.

Roy ajouta avec un sourire affectueux :

— Tu l'aurais reconnue tout de suite.

— S'ils marchent vers Top en venant du front de Pétersbourg, c'est sûrement qu'ils essaient de gagner la Finlande. J'ai entendu dire que les anarchistes prennent la fuite par là…

Les yeux étranges de Roy ne se détachaient plus de moi.

— Non, dit-il. Regarde la carte. Au moment où elle a été vue au bord du lac Top, elle avait déjà laissé passer plusieurs occasions de fuir par la Finlande. Alors?

Je savais que je devais me montrer très prudent.

— Alors je ne sais pas. Tu crois qu'elle cherche à rejoindre Mourmansk?

Il m'avait forcé à dire ça. Il approuva de la tête, satisfait.

— Oui, murmura-t-il. Mais pourquoi? Là est la question.

Je haussai les épaules.

— Essayons d'y réfléchir, reprit-il en frappant vivement le zinc de l'index. Voyons. Pourquoi cherche-t-elle à rejoindre Mourmansk? D'accord, c'est une région qu'elle connaît et les Lapons n'ont pas pris parti dans cette guerre. Ces enfoirés sont bien capables de lui fournir de la viande de renne. Mais qui choisirait d'aller se planquer dans la péninsule à cette époque de l'année? Pourquoi pas Norilsk, tant qu'elle y est? Alors? Qu'est-ce qu'elle a en tête?

— Roy, comment veux-tu que je le sache? Bon Dieu! Même quand on vivait ensemble, je ne la comprenais pas.

Il éclata de rire.

— C'est assez vrai, dit-il. Pourtant, il y avait une chose dont tu étais sûr. Julia n'était pas facile mais elle était folle de toi. Je veux dire, elle n'a jamais couru après les bites molles, comme Katia.

— Je ne connais pas très bien Katia…

Il sourit d'un air goguenard et dit:

— Julia, son horizon, c'était toi. Je n'ai pas raison?

L'idée d'une Julia fidèle n'était pas pour me déplaire. Loin de là. Mais une réaction superstitieuse me retint d'en donner confirmation à Roy.

— Peut-être, dis-je simplement.

— Si vous avez rompu, c'est pour des raisons politiques.

— C'est comme ça qu'on l'a compris à l'époque, oui. Mais le temps a passé. Je vois bien aujourd'hui qu'il y avait autre chose.

Il se pencha en avant.

— Tu ne penses pas qu'elle viendrait à Mourmansk pour te voir, des fois?

— Tu es trop romantique, Roy. Et pire que romantique si tu t'imagines que Julia a fait six cent cinquante kilomètres pour présenter son état-major à son ex-mari.

Je sus aussitôt que je venais de commettre une erreur. Il découvrit ses dents en collant sa lèvre supérieure à la gencive. Une grimace à lui.

— Son état-major... répéta-t-il en fronçant les sourcils. Qu'est-ce qui te fait dire ça?

— Je ne sais pas. Tu dis qu'elle est avec une petite troupe d'une vingtaine de femmes. Je suppose que ce sont ses officiers. Où est le problème?

— Il n'y a pas de problème, dit-il. Au contraire. C'est très exact. La description du pêcheur nous a même permis d'en reconnaître quelques-unes. Sophia Denisova, par exemple. Une grande femme maigre, mais une volonté d'acier. L'adjointe de Julia. Oui, elle se cache avec son état-major. Quelque part dans la péninsule. Pas très loin de Mourmansk.

Je fronçai les sourcils.

— Et elle attend quoi, à ton avis?

Il finit son verre de bière.

— C'est toi qui me le diras, lâcha-t-il d'un ton désinvolte. Si elle te contacte...

— Tu sais que je t'en parlerai.

Il s'essuya les paumes sur le devant de son maillot jaune et noir.

— Ce serait ton intérêt, Costia.

Il me regardait d'un air mauvais.

— Je veux dire, de jouer franc jeu avec moi.

C'est vrai. Je me rappelais maintenant. Mieux valait éviter de lui faire de la peine.

L'enquête concernant mon attitude professionnelle fut rapide. Elle se déroula à Mourmansk même, dans le bureau du commandant des Forces de police. C'était un homme au visage dur. Par deux fois déjà, il m'avait averti: il ne me trouvait pas assez impliqué dans mon travail. Je compris que les choses prenaient une mauvaise tournure quand il res-suscita mon premier écart de conduite.

— Inspecteur Vadim, je pourrais m'en tenir à l'affaire présente. Mais vous avez reçu deux avertissements au cours des trois dernières années – à chaque fois, pour avoir gravement oublié le sens de vos responsabi-lités. Dans le premier cas...

Il tapota sur son clavier.

— Dans le premier cas, vous avez agressé un officier de l'Armée nationaliste, sans être en mesure de donner une explication pour votre défense.

Quelle explication aurais-je pu donner ? Que ce capitaine avait insulté une femme officier supérieur dans l'Armée anarchiste ? Pouvais-je alléguer pour ma défense que j'avais voulu défendre l'honneur de ma femme ?

— Le second incident date de moins d'un an. On vous avait confié la protection de la femme d'un des principaux leaders du parti à Pétersbourg. Le mari a dû rentrer chez lui plus tôt que prévu, à cause d'une crise d'asthme. Et il vous a trouvé avec sa femme dans une situation inappropriée.

Que n'avait-on raconté à propos de cette crise d'asthme !

— Il semble que vous considériez votre travail avec un regrettable manque de sérieux, Vadim.

— Si vous permettez, monsieur, la question n'est pas là. La vérité est que j'ai un faible pour l'alcool. Et pour les femmes aussi. Elles attendent toujours que je leur manifeste des attentions.

Il hochait gravement la tête. Il n'y avait aucun mal, devant un tribunal russe, à confesser son penchant pour l'alcool et pour les femmes. Allait-on néanmoins me faire tomber pour ça ? Peut-être.

— Vous avez vos points faibles et je les accepte, Vadim. Dieu sait que vous n'êtes pas le seul... Mais j'ai également noté chez vous un certain manque de respect.

Là, ça devenait sérieux. Les gens de Mourmansk inclinent plus volontiers au manque de respect que les Moscovites. Et le commandant était moscovite. Tout était là. En plus, à cause de moi, le maire avait à présent une image déplorable de ses services. Plus grave encore : la femme du maire...

Son visage se fit plus dur.

— Inspecteur Constantin Sergeivitch Vadim...

Je redressai les épaules. Allait-il m'expédier à Norilsk ?

— Vous avez failli attenter à la réputation du système judiciaire.

Ses doigts rampaient lentement sur le bureau.

— Vous allez recevoir un avertissement sévère pour avoir omis d'examiner avec soin toutes les pages du registre de service...

Rétrogradation ?

— Vous conservez votre rang d'inspecteur. Mais avec diminution de salaire : vous perdez toute votre ancienneté.

Je laissai échapper un soupir de soulagement.

— Enfin, vous serez inscrit sur la liste des mutations.

La punition la plus sévère. La liste des mutations. On y mentionnait les noms des clients indélicats. C'est ainsi que je serais considéré, dorénavant. Une personne convenable ne se retrouvait pas sur la liste des mutations. A présent, la seule question était de savoir dans quelle partie de la Sibérie je serais expédié. A Norilsk ?

J'étais au désespoir. J'avais encore un mois à attendre avant de rencontrer Julia. Si ma mutation intervenait entre-temps, elle croirait que j'avais changé d'avis et que je refusais de l'aider. Cette nuit-là, elle m'apparut en rêve, vêtue d'une veste militaire, une écharpe de soie rouge autour du cou. Elle était assise près du feu de camp, à l'entrée de cette mine de diamants désaffectée, dans la péninsule de Kola. Elle griffonnait des ordres dans un carnet dont elle arrachait la feuille pour la tendre à un messager. Puis, reprenant une conversation interrompue, elle se tournait vers l'être de glace qui lui tenait lieu d'adjointe.

— Qu'est-ce que je t'avais dit ? Je savais que Constantin n'aurait pas assez de cran pour aller jusqu'au bout.

Et elle souriait de son beau sourire, d'un air supérieur et blessant.

Mais, le lendemain, le résultat de l'enquête me parvint. Il se présenta sous la forme corpulente d'un messager nommé Roy Rolkin, pour dire les choses à la façon des récits d'autrefois. Roy me téléphona et me demanda de le rejoindre toutes affaires cessantes dans son bureau au couvent.

— Mets un costume et une cravate, précisa-t-il. Et passe-toi la tête sous le robinet si tu étais en train de picoler.

Mais, quand j'arrivai au couvent, je ne fus pas conduit au bureau de Roy. On m'emmena dans une petite salle d'attente occupée déjà par cinq hommes qui, tous, inclinèrent aimablement la tête. Je m'assis à mon tour. Un ou deux lisaient *Polar Pravda*, notre feuille locale. Un autre contemplait ses ongles. Un troisième lissait les plis de son pantalon. Quelle que fût la raison de leur présence ici, ils semblaient tous, curieusement, faire les mêmes gestes. Ne sachant comment m'occuper, je m'adonnai à l'exercice qui consistait à essayer de comprendre la signification de ces comportements bizarres.

Il me fallut dix minutes pour y parvenir. Pendant ce temps, l'un des hommes avait été appelé, et deux nouveaux étaient arrivés. C'est alors que ma petite énigme trouva sa solution. Tous les hommes qui occupaient cette pièce n'avaient pas seulement l'air d'être les mêmes, ils l'étaient pour de bon. Tous avaient la même taille : 1,80 mètre. Ils étaient assez sveltes. Ils avaient entre trente et quarante ans. Leurs cheveux étaient noirs et légèrement bouclés. Ils avaient une allure longiligne et le nez droit. Réfléchissant à ces caractéristiques, je quittai peu à peu la position d'observateur : je compris que j'étais en train de me décrire moi-même.

Quelques minutes plus tard, on m'appela. Un sergent tchékiste me précéda le long d'un couloir et me conduisit à un bureau dont je savais qu'il n'était pas celui de Roy. J'y trouvai, assise derrière la table, une femme assez séduisante d'environ quarante-cinq ans. Elle ne leva pas les yeux de l'agenda électronique sur lequel elle pianotait, ce qui me laissa le temps de prendre connaissance des lieux. Les inévitables et loyaux portraits du professeur Romanov et de Leonid Koba étaient là ; mais, dans ce cas précis, puisque nous nous trouvions au quartier général de la Tcheka et que Koba en était le commandant, c'est lui qui occupait le plus grand espace. Je vis aussi trois miroirs en pied disposés dans l'angle de la pièce. Il y avait également une chaise.

La femme finit par me regarder et m'adressa un sourire aimable ; d'un geste, elle m'invita à m'asseoir.

— Je pensais rencontrer le commandant Rolkin, dis-je sans bouger.

— Aucune importance, dit-elle sans quitter son sourire.

Jamais une femme ne m'avait encore examiné avec une telle franchise et un tel sang-froid. De nouveau, elle eut un geste en direction de la chaise. Je m'assis.

— Le commandant va venir ? demandai-je.

Elle n'avait pas l'air d'avoir entendu ma question. Je repris :

— Voulez-vous que j'aille attendre à côté le temps qu'il arrive ? Je veux dire, si vous êtes occupée…

Elle secoua vivement la tête et recommença à me toiser. L'examen fut assez long. Quand je voulus changer de position, elle dit d'un ton péremptoire mais sans cesser de sourire :

— Ne bougez pas, s'il vous plaît.

Le problème, c'est que je n'avais aucun moyen de connaître son grade. Mes antennes me suggéraient que j'avais affaire à un officier supérieur. Je n'aurais pu dire avec certitude si ce qui tintait à mes oreilles était bien un signal d'alarme.

Je restai immobile. Elle continua de m'observer. Pendant plusieurs minutes, me sembla-t-il, bien que l'expérience en fait n'eût pas duré plus de vingt ou trente secondes. A la fin, elle se leva. D'un sac qui se trouvait derrière le bureau, et que je n'avais pas vu, elle tira un des derniers appareils photo américains à tirage instantané. Elle me photographia. Non pas une fois mais cinq fois. Et même dix. Ensuite, elle me demanda de me lever, de me déplacer, de m'asseoir sur le bureau, de me pencher en avant, de sourire, de hausser les sourcils, de prendre l'air sérieux – tout en continuant à faire des pellicules de dix photos.

J'étais vraiment embarrassé. En d'autres circonstances, je serais parti. Mais on ne quitte pas comme ça le quartier général de la Tcheka. A plusieurs reprises, j'essayai d'interroger cette dame mais elle ne faisait que sourire, changer d'angle, appuyer sur l'obturateur avec application. Je m'étais montré hésitant au début ; je finis par me soumettre entièrement. Cette dame, avec son tailleur bleu à jupe courte, avait au moins le grade de commandant. J'en avais décidé ainsi. Si ça se trouve, elle était même colonel. Colonel de la Tcheka.

Quand elle eut enfin terminé de me photographier, elle me fit rasseoir. Elle sortit alors d'un tiroir un appareil anthropométrique chromé avec lequel elle me mesura la tête et le nez. La distance qui séparait mes yeux, aussi. Les mesures étaient enregistrées sur le petit ordinateur dont elle scrutait quelquefois l'écran en silence, l'air profondément pensif.

Un second appareil anthropométrique apparut. Plus petit, celui-là. Elle l'introduisit dans ma bouche afin de mesurer l'espace entre mes dents, et ma bouche elle-même sous différents angles.

— Le commandant Rolkin dit que vous avez quelques ennuis, en ce moment.

Elle avait prononcé cette phrase sur le ton de la conversation.

— Je vais être muté, répondis-je. Quelque part entre Norilsk et Ambarchik.

Elle sourit. J'ajoutai :

— Puis-je vous demander si ce que vous faites a un rapport avec mes problèmes ?

— C'est possible, dit-elle, souriant toujours. Ce que je fais pourrait signifier qu'une ville de Sibérie sera peut-être privée de vos services.

— Je vais pouvoir rester à Mourmansk ?

— Certainement pas. Mais peut-être un poste à Pétersbourg ou à Moscou.

Pétersbourg ou Moscou ? Il fallait bénéficier de solides appuis pour obtenir des postes à Pétersbourg et Moscou. Le piston, comme on dit.

Et quand votre père avait servi comme simple capitaine sur un bateau de pêche à Mourmansk, vous n'étiez pas pistonné.

— A en juger par votre expression, on dirait que ce ne serait pas une perspective désagréable. Je me trompe ?

— Ce ne serait pas désagréable. Mais je suis de Mourmansk. Si j'avais le choix, je préférerais rester ici.

— Vous n'avez pas le choix, dit-elle.

Elle avait déjà commencé à ranger ses instruments. Elle s'arrêta et leva les yeux vers moi. Elle haussa un sourcil, l'air de me demander si je voulais franchir l'étape suivante, quelle qu'elle soit.

Je levai les mains, puis les laissai retomber.

— Parfait, dit-elle.

Ayant jeté de nouveau un coup d'œil à l'écran, elle conclut :

— Un minimum de chirurgie et ce sera parfait.

6

Je sortis de clinique et revins de Pétersbourg la première semaine d'octobre. On me demanda de rester dans mon appartement pendant au moins deux semaines. Un des tchékistes de Roy se chargeait de m'apporter chaque jour la nourriture et les journaux. J'avais un grand pansement sur le nez et d'autres en différents endroits de la figure ; chaque fois que je passais devant une glace, j'avais l'impression de tenir le rôle de l'Homme invisible dans un vieux film américain. On ne m'avait rien fait sur le corps, à part cette curieuse entaille qui allait, sur ma main droite, de l'ongle du pouce au poignet. La cicatrice avait été si mal cousue que je m'en étais plaint à la clinique, sans d'ailleurs obtenir satisfaction. Elle avait fini par guérir mais en laissant une trace irrégulière qui ne disparaîtrait pas de sitôt.

A la fin de la deuxième semaine, je reçus des visites. Celle de Roy Rolkin ne me surprit pas. En revanche, je ne m'étais pas attendu à le voir accompagné de la chirurgienne et d'une infirmière qui ôta mes pansements et me nettoya la figure avec une espèce d'alcool piquant. Ensuite, la chirurgienne sortit son appareil photo et prit de nouveaux clichés, comme si j'étais le dernier représentant d'une espèce en voie de disparition.

Elle s'en alla mais pas Roy. Je me précipitai dans la salle de bains pour examiner ma figure dans la glace. Je m'étais préparé à des changements spectaculaires. En définitive, abstraction faite d'une certaine rougeur et de fines cicatrices, je ressemblais plus ou moins au Costia d'avant. En un peu plus vieux, peut-être. Et mes joues s'étaient creusées, les chairs arrondies de la jeunesse avaient été gommées. Je regagnai le séjour où je nous servis une vodka. Roy souriait. Manifestement, il était content de lui.

— Alors, dis-je, je peux savoir, maintenant ? Bon dieu, qu'est-ce qui se passe ?

Il leva son verre et répondit :

— Rien ne presse. Dans un premier temps, je t'ai sauvé de Norilsk.

— Dans un premier temps ?

— Maintenant il faut attendre le rapport du médecin-colonel. Ça peut prendre quelques jours…

— Et ensuite ?

— Ensuite, on saura.

— On saura quoi ?

— On saura si je t'ai vraiment sauvé de Norilsk.

Je n'obtiendrais rien de plus. Il était assis là, affichant un sourire permanent et sirotant sa vodka à petites gorgées, d'un air satisfait.

— Toujours rien du côté de Julia ? dit-il en levant les yeux.

A la façon qu'il avait de poser la question, on aurait pu croire que Julia était partie deux ou trois jours s'occuper d'une vieille tante victime d'une mauvaise chute. Prenant exemple sur lui, je secouai la tête.

— Toujours rien, répondis-je.

Il approuva d'un signe.

— Non, je dis ça parce qu'ils se rapprochent.

— Ils vont se rendre ?

— Tu sais, ce sont des garçons et des filles de la campagne. Enrôlés par les anarchistes comme chair à canon. Tout ce qu'ils veulent, c'est rentrer chez eux.

— Tu te doutes bien que Julia ne partage pas les mêmes sentiments. Je ne la vois pas sortir de sa cachette, quelle qu'elle soit, pour débarquer comme ça à Mourmansk ou à Pétersbourg.

— Bien sûr, reconnut-il.

Il se leva pour prendre congé.

— Mais si elle venait à prendre contact…

Je lui donnai une tape à l'épaule.

— Bien sûr…

Trahir Julia pour toi, hein ? Au cas où elle viendrait à prendre contact… Bien sûr.

Je m'assis et j'allumai la télévision. Il devait bien y avoir un match de football quelque part. Je zappai. Kola Une donnait *Autant en emporte le vent*. La Deux proposait des infos. La Trois, des dessins animés. Sur quatre chaînes câblées, il n'y avait rien. Je revins aux infos. La plupart des nouvelles tournaient autour de la reconstruction. Une propagande fastidieuse. On nettoyait les décombres à Orel, on remettait la voie ferrée en service à Pinsk. Le vieux professeur Romanov, c'est-à-dire la moitié de l'équipe victorieuse, et désormais notre président, était trop faible pour pouvoir voyager à travers le pays, mais Leonid Koba était partout : il encourageait, exhortait, félicitait, fustigeait... Dans cette seule émission qui couvrait l'actualité d'un seul week-end, je crus bien le voir apparaître en une douzaine d'endroits séparés quelquefois par des distances de cent, deux cents et même trois cents kilomètres. J'admirais cet homme. Nul doute que l'emprise de sa politique sur la cause nationaliste ait été l'un des facteurs principaux de notre victoire. Certes, le professeur Romanov était important lui aussi. Il avait du prestige et des contacts à l'étranger. Sa poésie était tenue en grande estime à l'Ouest. Ni les anarchistes ni les communistes n'avaient trouvé quelqu'un pour rivaliser avec le « poète président », comme l'avait surnommé le *New York Times*. Mais Koba incarnait l'énergie de la guerre, et il prouvait sa valeur dans la paix.

On le montrait maintenant dans un petit village de l'Oural. Le pipeline qui acheminait le pétrole avait été coupé. On était en train de construire l'immense rampe qui supporterait la nouvelle structure : des centaines d'hommes et de femmes armés de pelles étaient déjà attelés à cette tâche. Il n'y avait pas de bulldozers car l'essence était rare et réservée aux vieux tracteurs qui traînaient les blocs de pierre. Mais Koba était là, dans un froid cinglant ; on le voyait prendre une pelle des mains d'un ouvrier et lui faire en riant une démonstration. Une démonstration et c'est tout. Il serrait sa main droite sur la poignée, tandis que la gauche tenait le manche avec plus de mollesse.

— Ceci est un outil, expliquait notre vice-président, conçu pour s'adapter au corps de l'homme.

Ensuite il poussait, en appuyant de tout son poids avec la cuisse. Il savait se servir d'une pelle. Gros plan sur sa main empoignant le manche.

Je détournai les yeux de l'écran. Je venais de recevoir un choc. La main de Koba. Sa main droite. Celle qui tenait la poignée de la pelle. Elle montrait une longue cicatrice entre le pouce et le poignet.

La même cicatrice que moi.

La journée du 1er novembre fut une longue nuit froide, avec des écheveaux de brumes qui s'accrochaient à la clarté jaune des réverbères. Je dois l'admettre, j'étais nerveux. Tôt le matin, j'étais allé comme bien souvent rendre une visite au bar du Planétarium. Pour mes premières sorties dans le voisinage, on m'avait fourni des lunettes d'écaille à verres clairs. La femme médecin-colonel m'avait assuré que même les gens qui m'avaient vu tous les jours imputeraient le changement de physionomie aux lunettes. De toute façon, chacun interpréterait ce changement à sa façon. Personne ne viendrait me demander pourquoi j'avais eu recours à la chirurgie esthétique si c'était pour changer si peu d'apparence.

Elle avait raison. Au pied de l'escalier, ma grosse voisine décida que je ne mangeais pas assez ; par deux fois, elle s'offrit de me donner une soupe bien nourrissante. Katia, la femme de Roy Rolkin, me toisa avant de me glisser à l'oreille :

— Tu t'es trouvé une nouvelle femme, ça se voit. Tu la baises toute la nuit. Et toutes les nuits.

Mais il est vrai que, pour la plupart de mes relations, les lunettes d'écaille suffirent à donner le change.

Je quittai la perspective Leonid Koba en direction de la place de la Constitution où je commençai à marcher d'un pas tranquille. Quelques-unes des filles me reconnurent. Elles me donnaient de petits coups de coude et me faisaient des propositions malhonnêtes. Je secouais la tête. Je les repoussais en disant que j'étais en service. Elles m'adressaient alors un clin d'œil, avant de revenir à la charge. Je finis par m'en aller.

Mais je fus surpris de trouver là aussi un certain nombre de nouvelles venues des faubourgs, qui ne me connaissaient pas. Pour elles, je n'étais qu'un client potentiel parmi les centaines d'hommes, principalement des soldats ou des marins, qui traversaient la place de la même manière. Ils rencontraient partout des bandes de filles vêtues de lourdes parkas blanches et de jupes très courtes. Elles s'approchaient furtivement, leur murmuraient quelque chose et insistaient quand ils faisaient non de la tête. Le gouvernement ne tarderait pas à s'attaquer à cette lourde besogne : nettoyer les rues des grandes villes de Russie. Mais je me souviens que cet automne-là, à Mourmansk, les filles étaient encore beaucoup plus nombreuses que les clients le long de la perspective et autour de la place.

Nous étions toujours dans les premiers temps de notre victoire sur le Front populaire. Le monde ne reconnaissait pas encore le nouveau gouvernement. Mais à l'Ouest, on penchait de notre côté. Après tout, ce Front populaire n'était rien d'autre que le communisme mâtiné d'une pincée d'anarchisme pour séduire les intellectuels. Et les communistes, d'abord au temps de l'Union soviétique, puis dans la période récente, lorsqu'ils avaient été au pouvoir, avaient par deux fois précipité la Russie sur une route effrayante et sombre – cette route que l'Histoire, semble-t-il, essaie si souvent de faire emprunter aux Russes.

Rome, dit-on, ne s'est pas bâtie en un jour. Mais, comme nationaux-démocrates, nous savions quelle route nous avions choisie. Nous sortions à peine d'une guerre civile. Nous l'avions emporté parce que nous étions, avant tout, un parti russe et ouvertement russe. Comme le président Romanov l'avait promis, les élections auraient lieu dès que nous aurions réussi à unifier le pays. Et, pour mener à bien cette tâche, nous aurions besoin de l'aide des Occidentaux. D'après les rumeurs, Leonid Koba était déjà en route pour Washington. Il allait tenter de persuader l'Amérique que le nouveau gouvernement était capable de faire régner l'ordre et la justice en Russie.

Comme policier, j'estimais que le plus tôt serait le mieux. Je n'aimais pas les alertes. Ni ces bandes de cinq ou six voyous que l'on voyait circuler dans des vans blancs frappés de l'aigle à deux têtes et qui s'étaient baptisées « Unités de service public ». Ils parcouraient les rues pour maintenir l'ordre et pourchasser ceux qui étaient sous le coup d'un avis de recherche.

J'avais presque fini le tour de la place. J'avais parlé avec pas mal de filles et refusé pas mal d'avances. C'est alors que j'aperçus une jeune Sibérienne en parka bleu sombre. Elle portait des chaussures de sport, des socquettes et une jupe à franges. Elle traversait le trottoir pour venir vers moi. Je levais la main pour l'écarter quand elle me saisit le bras et fit mine de poser la tête contre mon épaule.

— Julia vous attend, murmura-t-elle dans le col de mon manteau. Restez avec moi.

Nous avons gagné ensemble les rues qui se trouvent derrière la place. C'était un quartier de Mourmansk sans aménagements, où tout était resté comme au lendemain de la Seconde Guerre mondiale. Un quartier de cours et d'entrepôts. La plupart des filles y emmenaient leurs clients. Personne ne fut surpris de nous voir partir dans cette direction. Une ou deux filles qui me connaissaient poussèrent des cris moqueurs mais aucune n'était étonnée.

Les yeux de la Sibérienne furetaient partout. Elle se cramponnait à moi d'une façon plutôt convaincante, mais elle n'arrêtait pas de regarder par-dessus mon épaule pour s'assurer que nous n'étions pas suivis. Je tenais de Roy Rolkin que la Tcheka faisait toujours la chasse aux anarchistes, mais ce que je craignais surtout, c'était de tomber sur une Unité de service public. La Sibérienne aussi.

Nous étions tout près de la mer. La brume, qui s'épaississait encore, roulait et retombait comme pour imiter le mouvement des vagues qui l'avait repoussée vers les terres. Dans cette zone, les cours d'entrepôts étaient entourées de rues que longeaient les murs blancs des usines. Nous nous hâtions de traverser des espaces baignés des lumières de néons. Ici et là brûlaient des tas d'ordures.

Il faisait très sombre. Les murs renvoyaient l'écho de mes talons sur le sol. Nous avions parcouru la moitié d'une rue sombre quand je vis un van blanc tourner et avancer dans notre direction. Ses veilleuses étaient allumées, les essuie-glaces balayaient le pare-brise à petite vitesse. J'avais 50 000 dollars américains en poche.

La Sibérienne s'arrêta et s'adossa au mur. Les occupants du van ne nous avaient probablement pas encore repérés. Elle roula sa jupe autour de sa taille et m'entoura de ses bras costauds pour m'attirer contre elle en disant :

— Fais comme si tu prenais ton pied.

Je collai mes mains sur ses cuisses nues. Elle commença à aller et venir contre moi, les yeux rivés sur mon visage.

— Ne tourne pas la tête, dit-elle.

Je baissai les yeux vers ses cheveux noirs et luisants, ses pommettes saillantes et sa bouche tendue dépourvue de sourire. Plus bas, ses jambes écartées, maigres et nues, s'appuyaient au mur. Comme elle se poussait vers moi, les phares du van s'allumèrent. La fille m'étreignit plus fort, obligeant mon corps à imiter ses propres mouvements sauvages et exagérés. Le van passa dans un mouvement d'air froid et une explosion de cris moqueurs.

Nous sommes restés dans le noir. Le rythme de ses mouvements s'apaisa. Elle continuait de se serrer contre moi tout en ayant presque l'air d'ignorer ma présence. Je pouvais respirer l'odeur de la mer et, tant la fille était nerveuse, le parfum aigu de sa transpiration. Au bout d'un instant, elle cessa complètement de bouger. Elle s'écarta.

Nous avons parcouru encore une cinquantaine de mètres. Elle n'arrêtait pas de regarder en direction de l'endroit où le van avait disparu. Puis elle m'indiqua quelque chose devant nous. Je n'avais pas remarqué que nous étions si près des quais. Ce que j'avais pris pour un immeuble blanc fermant l'entrée de la rue m'apparut soudain comme un gros navire au mouillage. C'est alors qu'une silhouette féminine se détacha de la clarté d'un réverbère. Une seconde, elle agita la main comme une marionnette en guise de signal ; puis elle retourna dans l'ombre.

La Sibérienne était repartie. Elle regagnait sans bruit la zone des entrepôts.

Cinq ans que je n'avais pas vu Julia. Cinq ans que nous étions divorcés. Cinq ans qu'elle avait pris le train avec notre fils de six ans vers le sud et Pétersbourg. Elle était partie rejoindre les anarchistes. Quand j'arrivai à l'angle de la rue, elle entra dans ma vie à nouveau.

C'était novembre et il faisait froid. Pourtant, elle ne portait pas de bonnet. Ses cheveux étaient si courts et lumineux qu'elle avait l'air de sortir d'un salon de coiffure à Paris. Elle portait un long trench-coat clair et des bottes qui lui montaient aux genoux. Son visage était plus maigre. Comme je l'avais redouté, des ombres voilaient son regard. Elle avait changé. Bien sûr, qu'elle avait changé. Mais pas autant que je l'avais craint. Et surtout, sa bouche était bien la même. Comme son sourire.

J'imagine que j'ai dû cesser de marcher. J'étais peut-être à deux pas d'elle. J'attendais qu'elle dise quelque chose. Que tout devienne réel.

— Constantin, dit-elle. Costia.

Elle fit un pas vers moi. Je tendis le bras et la pris par la taille. Je la tins serrée contre moi durant quelques secondes. J'aurais voulu parler. Je sentais venir mes larmes. Je voyais venir ses larmes à elle.

— J'espère que je ne t'ai pas fait prendre trop de risques, soupira-t-elle.

Je fis non de la tête.

— J'ai trouvé un moyen, dis-je. J'ai fait un saut à Pétersbourg en prétextant un travail. J'ai vendu le portrait : 50 000 dollars.

Elle releva la tête en riant.

— Je savais que j'avais eu raison de m'adresser à toi. Je le savais. Tu n'es peut-être pas un type fondamentalement sérieux...

C'était son sarcasme favori avant notre séparation.

— ... mais qui aurait pu se procurer 50 000 dollars en si peu de temps ?

Elle se tut pour m'observer avec attention, puis m'attira sous la lumière du réverbère afin de m'examiner de plus près.

— Tu me trouves changé ? Tu trouves que j'ai le nez plus droit ? Les lèvres plus épaisses ?

— Constantin, ne fais pas l'idiot.

Elle me regardait toujours fixement.

50

— Mais si… tu as changé.

— Oui.

— Tu as maigri.

Elle rit.

— Et ta vision des choses, elle a changé, elle aussi?

Elle me toucha la joue.

— Non. Tu as l'air *vraiment* différent…

Elle haussa les épaules.

— Comme nous tous, j'imagine. Cela dit, j'aime bien ton nouveau visage.

— Je l'ai fait refaire exprès pour toi.

Elle eut un sourire – un triste sourire, me sembla-t-il.

Maintenant, nous nous taisions. Non qu'il n'y eût rien à dire. Mais parce que c'était loin. Trop loin.

— Au sujet de Micha, dis-je. Je voudrais savoir…

— Il n'y a rien à ajouter, coupa-t-elle brutalement.

Elle baissa les yeux, pour les relever aussitôt.

— Ne me pose pas de questions, Constantin.

— Un mot, ce n'est pas suffisant. Un mot de six lignes pour annoncer la mort d'un enfant…

— Je n'ai pas pu faire plus, Costia.

— Alors dis-moi, maintenant.

Elle jeta un coup d'œil alentour, et enfonça dans la neige le bout de son pied.

— Ici? Dans un endroit pareil?

— Il n'y a pas d'autre endroit possible…

Elle hocha la tête.

— On était en train de préparer une attaque, commença-t-elle doucement. Sur Pavlovsk. J'avais laissé Micha loin derrière les lignes. Confié à des amis du comité anarchiste. Un vieux couple. Des gens bien.

— Mais pour lui, des étrangers.

Elle me regarda et me pressa le bras.

— Je partais pour deux jours, pas plus. On savait qu'on n'aurait pas de mal à prendre Pavlovsk. Les nationalistes étaient affaiblis et en mauvaise posture. Il n'y avait plus qu'à donner l'assaut…

— Micha?

— Quand je l'ai laissé, il s'amusait avec un nouveau jouet. Un jouet allemand. C'est quelqu'un de mon équipe qui le lui avait donné. Une grue jaune.

Je vis le visage de mon fils, ses cheveux noirs bouclés, ses yeux bleus qui auraient pu être ceux de sa mère…

— Une grue jaune, répétai-je.

— La suite, dit-elle, tu la connais.

— Pour l'amour de Dieu… Dis-moi.

— Tu te fais du mal inutilement.

— Dis-moi, Julia.

Elle me considéra avec attention tout en se mordant le coin de la lèvre.

— On a lancé notre attaque sur Pavlovsk. Elle a réussi au-delà de nos espérances. Quatre avions nationalistes ont essayé de nous faire reculer en nous attaquant à basse altitude. On a répliqué. Ils se sont mis à tourner, en quête d'une cible. Mais ils ne trouvaient pas leur cible. Tout ce que je savais, c'est qu'ils avaient lâché leurs bombes et qu'ils étaient repartis.

Elle leva les yeux.

— Quand je suis allée le chercher, j'ai compris où les bombes étaient tombées.

J'essayais de lutter contre le trouble qui m'envahissait.

— C'est toi qui l'as retrouvé ? demandai-je.

Elle secoua la tête.

— Il était déjà à l'hôpital du camp. J'ai parlé au médecin. Il m'a dit que Micha ne s'était aperçu de rien.

— Il est enterré où ?

— A Pavlovsk.

— Pour l'amour de Dieu, où ?

Je sentais ma voix monter dans les aigus.

— Où exactement à Pavlovsk ?

Elle me prit le bras.

— Un petit village, dit-elle. A trente ou quarante kilomètres de Pétersbourg. Juste quelques maisons et une église. Un petit cimetière. C'est là qu'il est enterré.

Je respirais avec peine.

— Il y a un if au coin du mur de pierre. Et une croix de bois avec ces mots : « Micha, le fils adoré de Julia et Constantin. »

— C'est ce qui est écrit ?

— Je n'ai rien pu mettre de plus.

Je n'avais jamais fait le deuil de mon fils. Jusqu'à ce jour, je n'avais rien su de sa mort. Je tremblais.

— Ça va ? demanda-t-elle.

— Ça va.

De nouveau elle regarda autour d'elle. La sirène d'un navire retentit dans la brume. Je repris :

— Je voudrais t'embrasser. Avant que tu t'en ailles.

Elle réfléchit avant de faire oui de la tête. Elle passa les bras autour de mon cou et leva son visage vers le mien. Je baisai ses lèvres chaudes et froides à la fois. Nous nous sommes embrassés avec la même passion que lors de nos premiers rendez-vous. Cent souvenirs tournoyèrent dans ma mémoire. Enfin nos lèvres se calmèrent, doucement ; pendant quelques secondes, le passé nous submergea.

Tous les deux. Je l'ai senti. Cette nuit-là, dans ce pitoyable port en béton des mers arctiques, elle allait s'embarquer pour une vie nouvelle. Et moi, j'allais rester. Si seulement j'avais trouvé la force de dire à Julia ce que signifiait pour moi aimer la Russie ! Je savais que là était mon échec.

Je mis la main dans la poche de ma veste et en retirai l'enveloppe. Même au dernier moment, j'aurais tellement voulu l'entendre me dire : « Pars avec moi. »

Je ne suis pas très sûr de ce que j'aurais fait alors. En tout cas, elle se détourna et s'éloigna, me laissant seul avec l'image de cette tombe près d'un if où gisait un enfant ; avec aussi le goût de ses lèvres sur les miennes.

7

Dans la Russie nationale et démocratique toute neuve, les événements se précipitaient. On parlait de reconnaître le nouveau gouvernement nationaliste de Peter Paul Romanov. Les États-Unis avaient invité une délégation russe. La Grande-Bretagne, la France, l'Allemagne, l'Italie, le Japon et le Canada avaient suivi aussitôt et nommé des représentants officiels.

Le président Romanov ne pouvant voyager, c'est le vice-président Leonid Koba qui fut convié à Washington. Les écrans de télévision n'arrêtaient pas de montrer des poignées de mains et des sourires sur le gazon de la Maison-Blanche.

Dans les rues de Mourmansk aussi, les choses étaient en train de changer. Les vans des Unités de service public disparurent d'un seul coup. Où s'étaient-ils envolés ? Nul n'en avait la moindre idée. Il suffisait de savoir qu'ils étaient partis. Et que la Milicia, si peu efficace fût-elle, avait recommencé à jouer le rôle qui était le sien.

Ce furent pour moi des jours étranges. J'étais complètement guéri de mon intervention chirurgicale. J'avais laissé tomber les lunettes d'écaille ; personne désormais ne remarquait plus rien. Katia continua pendant encore une semaine peut-être à grimacer en observant ma nouvelle figure, puis elle fit comme tout le monde : elle s'y habitua. Comme je m'y étais habitué moi-même. Ma seule question, c'était de savoir à quoi tout cela rimait. Et je la posais sans cesse à Roy Rolkin.

La semaine qui précéda mon départ de Mourmansk pour Dieu sait quelle destination, Roy me convoqua dans son bureau au vieux couvent. Aucune trace de la médecin-colonel. Roy me servit une vodka. Nous avons évoqué des souvenirs de « saut sur la glace », un sport pratiqué par tous les gosses de Mourmansk (en cachette des parents) à la fin du printemps, quand la glace se fissurait sur le lac. Évoqué des souvenirs et porté des toasts aux champions que nous étions alors – et aux filles. J'insistai pour que nous buvions à Julia et lui, à Katia.

Ceci nous ramena à ce qui fut sans doute la période la plus heureuse de notre jeunesse. Nous avions dix-sept, dix-huit ans. C'était le milieu des années 90. Les années Eltsine. Les parties de pêche à l'automne le long du fleuve Umba, les forêts de bouleaux et de sapins où abondaient champignons et myrtilles, les campements dressés sur le rivage. On passait la journée à pêcher le saumon et la moitié de la nuit à faire l'amour aux filles. La Russie était-elle vraiment sur le point de basculer dans ce désespoir et cette exploitation avide qui allait déchirer la société et provoquer la guerre civile ?

Nous étions des jeunes gens au seuil de la vie. Nous pensions que la pêche au saumon et l'amour dureraient éternellement.

Roy et moi n'étions pas encore saouls. Mais nous nous approchions tranquillement de l'ivresse. C'est toujours dans ces moments-là que je voyais se dissoudre ma méfiance envers Roy. Naturellement, je n'oubliais jamais que j'avais affaire à un officier de la Tcheka ; mais je me sentais d'humeur à pouvoir lui demander n'importe quoi.

— Cette intervention chirurgicale, dis-je, qu'est-ce que c'est ?

Il descendit d'un trait un demi-verre de vodka.

— Je pensais que tu aurais deviné, répondit-il.

Je secouai la tête. Un sursaut de prudence russe me poussait à ne pas mentionner cette cicatrice qui ressemblait tant à la mienne et que j'avais remarquée sur la main de Leonid Koba.

Roy releva les yeux. Il avait quitté cet air familier qui remontait aux temps héroïques de la cour de récréation ; il me considérait clairement avec une pointe de supériorité.

— As-tu jamais réfléchi à ce que signifie gouverner la Russie ? demanda-t-il. La télévision ne suffira jamais à nous réunir. Dans ce pays, la dernière des paysannes espère avoir la chance de toucher la main du tsar. C'est ce qu'elle veut. Dans les villages, tu verras, ils voudront baiser ta cicatrice.

Je baissai les yeux vers ma main.

— Tu vas suivre un entraînement, reprit Roy. Tu vas passer des centaines d'heures à l'observer quand il marche, quand il parle, quand il boit avec un verre ou une tasse. Ce sont des gestes simples que chacun de nous accomplit d'une façon unique.

— Leonid Koba ? C'est ce que je vais être ? Son double ?

— Reste modeste, Costia. Tu vas rejoindre une équipe. Des sosies, il en a déjà six ou sept.

Il souriait. Il reprit :

— Qu'est-ce que tu en penses ?

Que pouvais-je en penser ? L'idée, en vérité, me paraissait énorme. J'étais là, en train d'y réfléchir, assis en face de Roy qui souriait d'un air stupide, et je sentais gonfler en moi un sentiment – un sentiment de quoi ? de fierté ? d'impatience ? Ce que j'en pensais ? Je me sentais *important*. Si ça se trouve, j'allais peut-être même pouvoir rester à Mourmansk.

Je pointai un doigt sur Roy en disant :

— Et toi, espèce d'enfoiré, tu vas surveiller mes progrès, c'est ça ?

J'avais dit ces mots en essayant tant bien que mal d'imiter l'accent de Leonid Koba. Nous avons éclaté de rire comme des adolescents.

— Alors ? demandai-je en reprenant mes esprits. Je serai nommé où ? Où est-elle, cette école de sosies ?

— Tu seras affecté à Moscou, répondit-il. Avec le même grade : inspecteur. Officier supérieur. Un boulot tranquille. Une planque. Tu aurais pu tomber plus mal...

— Norilsk, par exemple.

Nous avons éclaté de rire à nouveau.

En Amérique, Leonid Koba accomplit l'exploit de provoquer un choc dans l'opinion. De Washington, il s'était envolé pour New York où, dans un discours sombre mais profondément émouvant, il avait raconté les horreurs des dernières années de guerre en Russie. Il avait insisté sur les souffrances endurées par la population, hommes et femmes, à la fin de la guerre civile, et captivé l'attention de l'assistance en les comparant à celles subies au milieu du xxe siècle.

Sur l'écran, son visage était gris de tension. Chacun le savait, le poids du monde russe reposait entièrement sur ses épaules. Notre président Romanov n'était pas vraiment un homme d'État. C'était un poète éminent, un critique littéraire éminent, mais pas un politique éminent... Mais les Occidentaux l'aimaient et lui faisaient confiance. Je suis sûr que c'est la raison pour laquelle Koba lui avait demandé de rester président.

Le jour viendrait où nous pourrions enfin cesser de nous tourmenter à propos de l'opinion des Occidentaux à notre sujet. Ce serait alors le moment de choisir réellement notre chef. Mais j'étais convaincu alors que Koba avait raison. Aux yeux de l'Occident, le vieux Romanov représentait la sécurité de la Russie ; et la garantie d'une Russie aussi proche que possible d'une démocratie occidentale.

Oui, nous aurions tout cela un jour. Je n'en doutais pas une minute. Mais nous aurions aussi ce qui fait que notre pays est notre pays : la certitude d'être des Russes, la foi en notre propre histoire et en notre Église, la croyance en notre aptitude à devenir une communauté nationale guérie de son passé.

Koba, dans son discours, avait déclaré la mort du communisme. Dépassée, l'ancienne fascination représentée par le Parti aux yeux du peuple russe. Quant à son étrange corollaire, l'anarchisme, il le suivrait bientôt dans l'oubli. Car les Russes prenaient conscience du lien puissant et fasciste qui l'attachait à la doctrine communiste.

Nous avions besoin de l'aide occidentale et, en particulier, des experts occidentaux, pour nous aider à démanteler les sites de missiles nucléaires qui pullulaient un peu partout à travers le pays. Nous avions besoin d'aide pour remplacer les vieilles stations-service rouillées – et pour nous rappeler à nous-mêmes que nous appartenions pour de bon au monde civilisé, que nous n'étions pas un monstre amer et cruel prêt à montrer les crocs à tous ceux qui l'approchent.

Quand il parlait du passé, Leonid Koba ne manquait pas de sincérité. Mais à présent qu'il tournait ses regards vers l'avenir, il s'exprimait avec une passion retenue. Inévitablement, il y aurait encore du sang versé. Le gouvernement devrait faire disparaître les chefs de guerre qui s'étaient emparés du pouvoir dans les régions reculées du pays. Mais il promit que ces opérations seraient menées, autant que faire se peut, avec le souci de préserver la sécurité des populations. Il conclut son discours par ces mots :

« *Notre désir est de vivre en paix. Entre Russes. Il faut que notre pays cesse de se déchirer. Un premier pas dans ce sens sera franchi bientôt. En effet, le président Romanov m'autorise à vous annoncer que son gouvernement nationaliste ne poursuivra en justice aucun de ses adversaires vaincus, à l'exception de ceux, très peu nombreux, qui sont d'authentiques criminels de guerre. Nous rendrons publics les noms de ces gens. Et ils seront traduits en justice...*

« *Quant aux autres membres du Front populaire, soldats ou sympathisants, anarchistes ou communistes, qu'ils se présentent librement à la Milicia. Il leur sera demandé de reconnaître la victoire de la Démocratie nationale mais ils ne seront pas arrêtés. Ceux qui bénéficieront de l'amnistie seront libres de poursuivre leur vie. A ceux qui se sont enfuis, qui ont quitté le navire pour aller vivre ailleurs une vie d'émigré, je dis : revenez dans votre patrie. Nous avons besoin de vos talents et de votre savoir-faire. Il y a du pain sur la planche. Nous devons nous atteler à la reconstruction. Et chaque Russe a le droit de prendre part à cette tâche exaltante. »*

Je suivis le discours à la télévision, à Mourmansk, dans un bar en face de chez moi. J'imagine que les larmes devaient rouler sur mes joues car *quelque chose* s'égouttait dans ma bière. Julia était libre de rentrer. Le gouvernement, mon gouvernement, s'y était engagé devant l'opinion mondiale. Elle était libre de regagner sa patrie..

8

Et voici Moscou notre Mère. Et l'aéroport de Moscou-Tuchino. C'est l'atterrissage. J'aurai de la peine à trouver un taxi parmi toutes ces voitures officielles. L'aéroport est fréquenté surtout par des militaires et des hommes politiques dont les véhicules brillent sous un faible soleil. Les taxis de Moscou, eux, ne sont guère brillants. Quelqu'un a décidé récemment qu'ils devaient tous être peints en jaune. Et la seule peinture disponible devait être celle dont on se sert dans le bâtiment : elle couvre mal et laisse des traces de l'ancienne couleur sur les carrosseries pleines de bosses et d'éraflures. Les vitres souvent fissurées sont fixées avec de l'adhésif marron. Mais les choses vont finir par s'arranger.

Je transporte mes valises sur un chemin boueux. Ici, les chauffeurs sont mécontents de se voir tenus à distance des voitures officielles. L'un d'eux mâche une allumette. Il est chauve et arbore une moustache de cavalerie datant de l'époque pré-révolutionnaire. Il me regarde tandis que je mets moi-même mes valises dans le coffre. Je prends place sur le siège avant et lui demande s'il connaît le commissariat de police du 13e district, commune de Presnia-la-Rouge. Il connaît.

Le tableau de bord est en lambeaux. Au cours des deux semaines précédentes, et en tout cas depuis mon départ de Mourmansk, j'avais connu un mode de vie nouveau, d'une qualité très différente. J'avoue que j'avais pris goût à l'idée d'être transporté dans de moelleuses limousines. Telle avait été ma nouvelle vie. Ma double vie. Cela ne m'avait pas du tout écœuré. J'avais vu Pétersbourg, Orel, Minsk et Kharkov. Trouvé dans chaque aéroport une garde d'honneur à passer en revue et une voiture confortable avec chauffeur. Toutefois, à Vitebsk, il m'avait fallu apprendre à prononcer un discours sous la pluie. A Briansk, j'avais inspecté des égouts. Je me souvenais aussi d'avoir souri avec bienveillance au passage de colonnes d'écoliers marchant au pas et chantant « Rodina, Rodina, nous mourrons en ton nom ! ». Ça, c'était sur la grand-place de Prem... Non, à Tula... Peu importe. Tchekhov le disait lui-même : on n'arrive pas à voir la différence entre les deux.

Le travail est épuisant. Au bout de quelques jours à peine, visages et paysages se confondent. Des phrases vous résonnent dans la tête : « Nous souhaitons la bienvenue à Leonid Koba et saluons sa visite au nom de la Coopérative de fabrication d'uniformes de Podolsk. » Cela dit, l'affaire marchait très bien. Bien sûr, mes anges gardiens veillaient à ne laisser personne m'approcher de trop près. Et je ne savais pas encore assez bien mimer les gestes de Koba, ni imiter sa voix – en particulier son léger accent du Sud. Je pense que je manquais encore de confiance en moi. Je n'étais capable que de sourire aux écoliers. Mais j'avais promis de prononcer quelques mots lors du prochain voyage officiel.

La plupart de mes anges gardiens en convenaient : j'avais le physique du rôle. On m'accrochait sous le nez une épaisse moustache noire, on me saupoudrait les tempes de poussière grise, je revêtais un costume bien coupé et feignais un léger boitillement.

Bref, j'étais Leonid Koba. L'adjoint du président russe. Le commandant en chef d'une police secrète appelée Tcheka. Je me tenais debout sous la pluie à Prem ou à Tula en écoutant les chants des écoliers. Et, pendant ce temps, le vrai Leonid Koba se consacrait avec dévotion aux affaires sérieuses de l'État. Ces cérémonies devaient avoir lieu, je le savais. Comme au Moyen Âge. Et la Russie était si vaste, si incertaine. Comme disait Roy : « Nous sommes restés un peuple qui a besoin de voir ses chefs en chair et en os. »

C'est ainsi : les apparences ne sont jamais aussi trompeuses qu'en Russie. Même mes sinistres anges gardiens avaient tenu à me serrer la main au terme de mon premier voyage. La date du deuxième n'était pas encore arrêtée mais ils avaient confiance : c'est moi qui serais désigné pour le faire. En attendant, la vie continuerait dans ma nouvelle sinécure. A la section « Homicides » du 13e district.

J'avais hâte de voir Moscou. Les jolies filles sont toujours attirées par les capitales. Je m'étais laissé dire que certains quartiers étaient pas mal esquintés mais que, dans la majeure partie de la ville, on arrivait à se débrouiller comme on l'avait toujours fait. En tout cas, dans les campagnes, les gens vous disaient que l'on mangeait deux fois plus à Moscou que n'importe où ailleurs. Le marché y était gonflé par les produits de seconde main. Je caressais sérieusement l'espoir d'y dénicher quelque chose de nouveau et d'excitant, comme ces disques piratés de

Penny Lane, par exemple, qui se vendaient plus de 25 000 livres à Londres. Ou encore un remède contre les acouphènes.

Ai-je dit que je souffrais d'acouphènes ? Non. Dostoïevski, je crois, décrivait cette maladie comme un bourdonnement aigu de l'âme. C'est une affection qui n'est pas toujours désagréable. Dans une certaine mesure, ça tient lieu de compagnie. A d'autres moments, c'est aussi une alarme intérieure. Elle me rappelle que je suis un homme, et qu'à ce titre je ne puis vivre en paix avec moi-même. Mais surtout, elle va et vient comme une partie de mon moi qui serait dotée de sa propre autonomie. Comme une sorte de voix de l'âme. Une voix de femme, en fait. La voix de Julia, dites-vous ? Tout juste.

Mais il suffit. J'étais un type plutôt en bonne santé. J'avais eu mes nuits de cauchemars, surtout après le départ de Julia et Micha, inutile d'essayer de le nier. Mais, en débarquant à Moscou, c'est à l'avenir que je pensais.

— Moscou notre Mère, me dit le chauffeur. Ce n'est pas une ville. C'est un grand sac avec plein de villes dedans. Dans beaucoup d'endroits, la plupart en fait, on ne s'aperçoit même pas qu'on sort d'une guerre civile... Des clubs, des restaurants, des boutiques de luxe, des résidences en construction... Et pas seulement pour les étrangers. Les Russes aussi y ont leur place. Les Russes riches, évidemment. Ceux qui ont gagné de l'argent quand Eltsine était le *wozhd*, et qui ne l'ont pas encore perdu... Cela dit, il y a les autres quartiers. Là où ont eu lieu les derniers combats. Des ruines. Des clodos, des crimes...

— Ça ne correspond pas au tableau qu'on m'avait brossé, dis-je.

Il mugit comme si je venais de lui sortir une blague russe.

— Prenez un endroit comme Presnia-la-Rouge. Là où vous allez... Là-bas, ça se passe tellement mal que même les petits délinquants ne s'en sortent pas. Ils sont obligés de quitter le quartier s'ils veulent trouver des gogos à plumer.

Je soupirai. On m'avait dit que Presnia-la-Rouge était un quartier chic. Et qu'il avait échappé aux combats. On verra bien, pensai-je.

Sur la perspective Saint-Pétersbourg, la voiture fut secouée de bruyants cahots. Quelque chose me préoccupait. Une remarque de Julia. Une phrase qu'elle avait prononcée en me quittant. D'après elle, si j'étais si fragile, c'est parce que je ne savais pas dépasser les nécessaires déceptions de la vie. Moi, Constantin Vadim ! Moi qui exerçais à présent la profession de double ! Ironie des choses... Je m'étais abstenu de lui répondre. En réalité, j'étais fragile parce que j'avais peur. Oui, peur d'affronter ces déceptions – parce qu'elles m'auraient obligé à m'organiser. Cela nuisait toujours à mon sommeil. Je me tourmentais au sujet de mon vrai moi. Comme tout homme, je m'étais construit une image de moi-même. A présent l'image avait changé. Mais l'homme?

Tout aurait pu être différent si j'avais eu le choix. Mais Roy Rolkin avait pris soin de mettre les choses au point en disant :

— Il y a des endroits pires que Norilsk. Enfin, pas tant que ça.

Et il m'avait donné une claque sur la poitrine.

— Alors réfléchis, hein, Costia. Dans l'*oblast* de Norilsk, il y a des endroits tellement froids qu'on n'arrive même pas à y faire pousser des *filles*.

Je savais ce qu'il avait voulu dire. Une vie de moine dans un camp du Grand Nord. Une existence absolument privée de femmes. Un emploi de gardien dans un camp de criminels, par exemple. Une vie à peine plus supportable que celle des détenus.

J'avais accepté l'intervention chirurgicale. Promis d'assumer enfin les déceptions nécessaires. Je n'en avais pas parlé à Julia lors de notre brève rencontre sur les quais. Mieux valait lui laisser croire que j'avais vieilli de dix ans en cinq ans. Malgré tout, cela me plaisait de penser qu'elle appréciait la nouvelle forme de ma mâchoire.

Le taxi cabossé me conduisit vers le centre de Moscou. Le chauffeur se bagarrait avec le volant.

— Trois meurtres, dit-il. Trois jolies filles russes. Ils l'appellent Monstrum...

Je hochai la tête. Mais ce qui m'intéressait, c'était de regarder par la fenêtre du taxi. A première vue, les journaux avaient exagéré l'importance des dégâts. La féroce contre-attaque des anarchistes avait laissé peu de traces. De temps en temps, la façade d'un immeuble en ruine arborait le drapeau blanc frappé de l'aigle russe à deux têtes. Je me calai dans mon siège. Je fermai les yeux. Des haut-parleurs diffusaient des chants patriotiques. J'allais peut-être devenir un vrai Moscovite. Apprendre à apprécier Moscou. Une de mes ambitions secrètes – même Julia l'ignorait – était de découvrir les ballets et l'opéra.

Je rouvris les yeux.

Tout avait changé à une vitesse stupéfiante. Un kilomètre plus tôt, nous descendions une large avenue où l'on remarquait à peine un immeuble abîmé tous les cent mètres. Maintenant, on aurait dit que Dieu avait envoyé l'ange Gabriel dévaster toute la zone avec un bulldozer géant. Les immeubles étaient encore debout mais tachés de grandes marques brunes laissées par les obus. Les rues étaient jonchées de gravats, d'énormes tas de décombres. Même les gens étaient méconnaissables. Ils allaient d'un pas traînant, portant sacs à dos et tapis de sol. Ils mangeaient en se serrant autour de braseros allumés au coin des rues.

Un signal d'alarme retentit en moi. Mourmansk, par comparaison, c'était Paris, Rome. Je ne me sentais pas chez moi dans un tel décor. Comment pourrais-je jamais vivre heureux, ici? Le chauffeur m'arracha à ma rêverie :

— A quoi pensez-vous?

Il poursuivit :

— Le copain de ma belle-sœur est dans la Milicia. Il dit qu'il les mange.

Nous traversions un des rares carrefours dont les deux feux rouges fonctionnaient.

— Quoi?

— Monstrum. Quand il coupe une fille en morceaux, c'est pour la manger. Aussi vrai que je suis taxi. Il emmène les morceaux et il les mange.

Je soupirai. Même à Mourmansk, nous connaissions la réputation des chauffeurs de taxi moscovites. Il continuait :

— La police soupçonne un ancien soldat. Un anarchiste en fuite. Les docteurs disent que certains hommes, quand ils ont goûté à de la chair humaine, ne peuvent plus s'en passer.

La Rumeur et la Russie dansent main dans la main, pensai-je.

— Monstrum, dis-je. D'où vient ce nom?

— Personne n'en sait rien.

Il prononçait chaque mot avec lenteur. Lâchant le volant, il eut un grand geste, comme pour envelopper l'avenir.

— C'est ce qu'on raconte à Moscou...

— Les victimes, c'est qui? Des paumées? Des professionnelles?

La question le surprit.

— Non, non, non. Ne croyez pas ça, mon vieux. Des braves femmes russes. Qui travaillent.

Il avait dit ces mots avec emphase.

— Et ils ont lieu dans quel quartier de Moscou, ces crimes?

— Dans le quartier où vous m'avez demandé de vous déposer, bien sûr. A Presnia-la-Rouge.

— Bien sûr...

Je me couvris les yeux de la main.

— La galère, murmurai-je.

— Je vous dépose au prochain coin de rue, reprit le chauffeur. Je ne me risque pas dans la rue Severenski. Je ne tiens pas à bousiller ma suspension.

9

Le commissariat du 13ᵉ district, épargné par les tirs d'obus, demeurait un immeuble imposant. Un large escalier conduisait à un porche de pierre fissuré supporté à grand-peine par quatre colonnes doriques qui elles-mêmes penchaient dangereusement. Deux ailes partaient de ces colonnes, percées de hautes fenêtres autrefois belles, à présent fermées par des planches. L'aile de droite n'avait plus de toit ; en haut, par l'embrasure des fenêtres, on voyait les traces noires laissées par un incendie.

Portant mon sac, je grimpai l'escalier et franchis l'immense double porte. La réception, qui avait gardé quelque chose de sa grandeur originelle, offrait un vaste espace circulaire entouré d'une douzaine de piliers de quatre mètres de haut, sur lesquels reposait une modeste coupole. Devant moi, un large escalier dépourvu de tapis conduisait à l'étage au-dessus de la coupole. De part et d'autre de l'escalier, sous le demi-cercle formé par les piliers, figuraient des légendes en lettres d'or sur fond bleu : HOMICIDES, AGRESSIONS, VOLS, DÉLITS MINEURS, FRAUDES – le panthéon du crime moscovite.

Ces élégances prenaient fin lorsqu'on observait le rez-de-chaussée, vaste espace circulaire où étaient disposées vingt ou trente tables. Derrière chacune d'elles, une fille en uniforme de la Milicia se chargeait d'affronter un troupeau de citoyens. Il n'y avait même pas besoin de tendre l'oreille pour comprendre. C'étaient les lendemains de la guerre civile : on recherchait des parents disparus, des parents morts, des parents emprisonnés. Entre les colonnes se réfugiaient des familles éperdues et exténuées. Une longue file d'attente, composée majoritairement d'hommes, partait de l'un des bureaux et serpentait jusqu'à l'entrée. Sur la table, posé sur un chevalet, un carton brun grossièrement découpé où était écrite au crayon rouge la mention : « Candidats à l'amnistie. »

Je fus accueilli au milieu de la salle par l'inspecteur adjoint Ilia Dronski. Il me conduisit vers la porte battante surmontée de l'inscription en lettres dorées HOMICIDES. C'était un homme trapu en costume kaki, chaussé de bottes bleues. Je lui donnai mon âge, sauf qu'il avait les cheveux coupés ras et des crevasses autour de la bouche. Il avait l'air d'un homme doux endurci par les années et la force des choses. Mais peut-être étions-nous assez nombreux, en Russie, à donner cette impression.

Mon nouvel adjoint insista pour porter mon sac. Le ton employé, mêlé au doux accent de Moscou, trahissait une déférence qui me déconcerta. Et m'alerta aussi. J'étais presque certain que la déférence n'était pas le but recherché. Je n'aimais pas ça. J'appartenais à la hiérarchie de la police depuis assez longtemps pour savoir qu'un subordonné est presque aussi dangereux qu'un supérieur, du moment qu'il en a après vous.

La Division des homicides était en plein travail. Comme nous la traversions, je sentis que les enquêteurs levaient les yeux de leur rapport. Nul ne m'adressa un signe de la tête ou un sourire. A Mourmansk, un nouveau venu aurait été accueilli par un groupe d'officiers. On aurait tenu à lui serrer la main. Mais Moscou n'était pas Mourmansk.

Le bureau de l'inspecteur chargé des Homicides était une pièce carrée de belle taille, bien éclairée par une grande fenêtre donnant sur une voie de chemin de fer. On y pénétrait par une porte dont le verre dépoli se craquelait, et sur lequel était encore gravé (à l'envers lorsque j'étais à l'intérieur) le nom de mon prédécesseur. Et qui sait si ce n'était pas en fait le nom du prédécesseur de mon prédécesseur ? Le plafond était haut et les moulures grossièrement entaillées afin de laisser passer l'éclairage au néon. Les murs, garnis de boiseries à hauteur de la hanche, étaient peints dans un gris couvert d'éraflures.

— C'est bien, dis-je après avoir examiné les lieux. Pas mal.

Je me balançais dans le vieux fauteuil pivotant. J'en avais oublié Dronski. J'observais au-dehors, par la grande fenêtre, un terrain vague. C'est ici qu'il allait me falloir rassembler les fils de ma vie, ici que j'allais devoir réussir dans mon travail, trouver une femme avec qui vivre tranquillement, et pourquoi pas aimer… C'est d'ici que je verrais la Russie pousser et fleurir à nouveau.

A nouveau ?

Je me tournai vers Dronski.

— De vous à moi, Dronski… Quand la Russie a-t-elle poussé et fleuri pour la dernière fois ?

66

Impossible de donner un sens à l'expression qui traversa son visage.

— Je ne saurais trop le dire, inspecteur.

— Réfléchissez-y, Dronski. C'est une question pour les livres d'histoire.

En Russie, la vie officielle commence par une visite de politesse aux supérieurs. Brusilov, le commandant du district, était un petit homme rond tout pénétré de son importance. Le dossier ouvert sur son bureau venait de Mourmansk. Je me demandai ce qu'il contenait vraiment. Brusilov commença d'un air songeur :

— Votre dossier, Vadim...

Il avait de petites mains rouges et des poignets si gros qu'il arrivait à peine à boutonner ses manchettes. Il était manifestement fier de ses mains car il les déployait sur son bureau, appuyant de la paume sur la surface ou les relevant pour en examiner les ongles. Il suivait le fil de ses pensées :

— ... votre dossier est le meilleur qui soit. Et c'est ce qui nous manque désespérément en ce moment : un homme qui ait votre expérience de la criminalité.

J'approuvai gravement. Voilà qui ressemblait aux inventions de Roy Rolkin ; d'habitude il prenait la plume pour soutenir des causes moins généreuses.

— Bien sûr, votre réputation serait parvenue à Moscou bien avant tout cela, n'eût été la guerre. J'ai toujours un œil pour surveiller les nouveaux talents. Mais mieux vaut tard que jamais : maintenant, vous êtes chez nous, au moment précis où nous avons besoin de quelqu'un de votre calibre. Je vous mets sur l'affaire Monstrum.

Bien entendu.

— Deux points encore...

Il haussa les sourcils et les maintint dans cette position jusqu'à en avoir mal ; après quoi il se détendit.

— J'ai été informé qu'il me faudrait quelquefois vous libérer pour des missions d'importance nationale.

— En effet.

— Je n'ai pas de questions à vous poser à ce sujet. Et vous n'avez pas d'explication à me donner.

Je le gratifiai d'un sourire.

— Et le deuxième point ?

Il se leva.

— J'ai demandé que le photographe soit là dans un quart d'heure.

— Le photographe ?

— Ce sont les instructions du commandant Rolkin, dit-il froidement. Vous serez demain dans la *Pravda*.

— Le commandant Rolkin... Il est à Moscou ?

— Il m'a appelé ce matin. Personnellement.

Il me tendit sa petite main rougeaude. Je la lui serrai. Il la retira en vitesse, de peur sans doute que je ne la lui abîme. J'allais franchir la porte quand il reprit :

— En attendant, je reste votre supérieur direct, inspecteur. Et j'attends des résultats rapides dans l'enquête sur Monstrum. Une arrestation avant que la réputation de la bête ne franchisse les frontières...

Redescendu dans mon bureau, je demandai à Dronski quelles étaient les nouvelles. Un sourire s'étala sur sa figure.

— Quoi ? dis-je. J'ai tiré le gros lot à la loterie de l'État de New York ?

— Je savais que vous seriez affecté ici, inspecteur. A cause de votre réputation...

Encore une fois, il s'adressait à moi d'une façon inquiétante.

La séance de photos fut réglée en quelques minutes. Une jeune femme dirigeait le travail d'un non moins jeune photographe. Je posai assis à mon bureau, l'air à la fois narquois et déterminé. Dronski se tenait dans un coin, le visage inexpressif. Après le départ des photographes, je lui demandai de me parler du dossier. J'étais derrière mon bureau, muni d'un stylo et d'un carnet. Mais je n'avais pas la tête à l'écouter. Pourquoi Roy était-il à Moscou ? Pourquoi avait-il insisté pour que ma photo paraisse dans la presse locale ? Tout cela commençait à me mettre mal à l'aise...

— La dernière victime, disait Dronski, est Tania Chekova. Adresse et profession encore inconnues. Elle a été retrouvée près de la rue Severenski. Au fond d'une ruelle...

— Quand a-t-elle été tuée ?

Il leva involontairement les sourcils.

— Comme je vous l'ai dit, chef. La nuit dernière.

— La nuit dernière...

Je me mis à arpenter la pièce. Je venais de prendre conscience de quelque chose qui m'avait échappé dans le bureau de Brusilov, à savoir qu'on me confiait l'affaire brûlante du moment sans me laisser le temps de prendre mes marques.

— Ce qui nous fait trois meurtres, chef. La première victime était Anastasia Modina. Assassinée le 14 septembre, à l'angle du Bullfrog et de la rue Severenski. Moins d'une semaine après la capitulation du corps moscovite de l'armée anarchiste. Cadavre à moitié nu, on aurait dit qu'il avait été attaqué par un animal sauvage...

— Le deuxième meurtre intervient combien de temps après ?

— Trois semaines. Nina Golikova. Agression sexuelle. Salement amochée, elle aussi. C'est le docteur Karlova, la légiste du district, qui l'a examinée : plusieurs morceaux du corps étaient manquants. Elle pense qu'on ne peut exclure un cas de cannibalisme... Et enfin, le crime de cette nuit. Bon, ce que j'aurais besoin de savoir, chef, c'est comment vous avez l'intention de conduire cette enquête. Quelle méthode vous comptez utiliser. Où nous devons avant tout porter nos efforts. Quels domaines vous souhaitez réserver à vos propres investigations. Bref, la totale...

Je l'arrêtai en levant la main. Je me sentais gagné par un sentiment de panique atrocement familier. Des filles coupées en morceaux. Le cannibalisme. Ça m'avait tout l'air d'être une sinécure. Je pouvais renoncer définitivement à mes projets de vie paisible.

J'avais une certaine expérience des délits courants, mais aucune idée de la façon dont un inspecteur de grade supérieur, spécialisé dans les homicides, entre dans une enquête de ce type. J'ignorais comment évaluer les preuves en cas d'arrestation. Il était évident qu'on allait me demander d'examiner des cadavres. Des corps mutilés. Cette idée me retourna l'estomac.

Je voyais bien que Dronski m'observait d'un œil prudent. Et cela, au moins, était normal. Je cessai de marcher et j'allai me rasseoir.

— Monstrum, dis-je. Pourquoi l'appelle-t-on ainsi ?

— C'est du latin ancien, inspecteur.

— Je sais que c'est du latin, Dronski. Ce que je veux savoir, c'est qui a imaginé ce surnom. Comment c'est venu. Ça veut dire quoi, au juste ?

Dronski se titilla le lobe de l'oreille.

— C'est venu naturellement. Ça lui allait comme un gant. Les gens ont commencé à l'appeler comme ça...

— Songez un peu aux crimes de Jack l'Éventreur. Londres. L'automne de la terreur. 1888.

— Qui est Jack l'Éventreur, chef ?

— Le père des *serial killers*, Dronski.

Je l'avais lu récemment dans un livre écrit par un détective de Scotland Yard. C'était tout ce que je possédais comme information sur les affaires de meurtre : pourquoi ne pas les mettre en valeur ?

— Cinq femmes tuées à Londres. Il y a plus de cent ans. Jack l'Éventreur présentait déjà toutes les caractéristiques connues du *serial killer*.

— J'essaierai de me renseigner là-dessus. Jack l'Éventreur, c'est comme ça que vous l'avez appelé ?

— C'est comme ça qu'il se faisait appeler *lui-même*. Vous pigez le truc ?

— Il me semble, chef, répondit-il, guère sûr de lui.

— L'idée, c'est que le *serial killer* est souvent un exhibitionniste. Dans le cas de Jack l'Éventreur, il allait jusqu'à choisir son propre nom. Ce que nous cherchons, c'est un exhibitionniste.

— D'accord.

— Qui était chargé de l'enquête jusqu'à aujourd'hui ?

— Le commandant Brusilov me l'avait confiée, inspecteur. Mais c'était provisoire. Je peux vous faire un rapport complet sur l'état d'avancement des recherches…

— Mais vous ne pouvez pas répondre à la question fondamentale : que signifie exactement « Monstrum » ?

— Alors c'est par là qu'on commence, chef ?

— C'est par là que *je* commence.

Je me levai.

— Pour le moment, je vous laisse vous occuper des investigations formelles, Dronski. Les éléments essentiels de l'affaire. Essayez de découvrir ce que Tania Chekova faisait quand on l'a assassinée. Ce genre de choses.

Dronski en resta bouche bée.

— En ce qui me concerne, dis-je encore, je dois m'occuper de certains problèmes urgents.

10

Le quartier s'appelait Presnia, Presnia-la-Rouge. C'était une zone à l'ouest du Kremlin, près du cimetière Vagankov. A la suite de restructurations récentes, elle ne comprenait plus l'immeuble du Parlement, ni les rives du fleuve, ni certaines rues de Moscou demeurées intactes. Désormais, Presnia était entièrement délimitée par les dégâts résultant des récents combats.

Au début du siècle, c'est-à-dire du xxe siècle, Presnia était un quartier de taudis, d'usines lugubres et de foyers prolétaires misérables. En 1905, lors du soulèvement contre le tsar Nicolas, les travailleurs de Presnia s'étaient distingués en dressant des barricades et en se battant à mort contre les cosaques. L'expression Presnia-la-Rouge était entrée dans le vocabulaire des Moscovites onze ans avant le soulèvement bolchevique, pour ne plus en sortir. Une station de métro locale s'appelle toujours « Barricades » et la principale avenue, aujourd'hui défoncée, « avenue 1905 ».

Sous Brejnev et Eltsine, le quartier avait acquis un certain cachet. C'était bien fini, désormais. Les combats avaient été plus sauvages ici que partout ailleurs à Moscou. Presnia-la-Rouge avait été la dernière position tenue par les anarchistes. Elle n'était plus maintenant qu'une zone désolée, ravagée par les incendies et les tirs d'obus ; c'était un quartier de réfugiés, de baraquements et de tours peu sûres, un territoire redessiné par les bombardements.

Ce n'est pas un besoin irrépressible de voir Presnia-la-Rouge qui m'avait attiré le long des rues, parmi les cris des putains, l'odeur de cuisine montant des feux à l'air libre et la poussière de brique soulevée à chaque rafale de vent. Non. La vérité, c'est que j'avais éprouvé le besoin de sortir de mon bureau. Et pas seulement dans le but d'échapper à une visite à la morgue. Les dernières heures avaient vu s'effondrer mes rêves d'un boulot tranquille où l'on ne me demande-rait rien d'autre que d'entretenir mon rôle de double de Leonid Koba. J'avais besoin d'un téléphone, et de parler à Roy Rolkin.

Je trouvai un téléphone grâce à un pourboire versé au propriétaire d'un débit de vodka situé dans le Bullfrog, une allée étroite où se retrouvaient les putains. Mais il me fallut presque une heure pour trouver, à la Tcheka, la piste du bureau d'un nouveau venu appelé Roy Rolkin.

— Costia, qu'est-ce que tu fais ? Comment tu t'en sors, maintenant que la vie est agréable ?

— Maudite soit la vie agréable, répondis-je. Je suis tombé dans un nid de frelons !

— Un nid de frelons ? Comment ça ? dit-il d'un air qui pouvait paraître sincèrement surpris.

— On veut que j'enquête sur un meurtre. Trois meurtres, en fait.

— Eh bien, tu es un officier supérieur spécialisé dans les homicides, non ? A quoi d'autre est-ce que tu t'attendais, bordel ?

— Roy, repris-je patiemment, je croyais être appelé à de plus hautes missions. Tu vois ce que je veux dire ?

— Je vois.

— Et je me retrouve plongé jusqu'au cou dans des histoires de cadavres, de cannibalisme, avec un nouveau patron qui exige un résultat rapide. Je panique, Roy. Les affaires de meurtres, je n'y connais rien. Que dalle !

— Tire parti de la situation, Costia. Un mec aussi souple que toi ne devrait pas avoir de mal à s'en sortir.

— Je n'aime pas les cadavres.

— Tu vas t'y habituer.

Je n'appréciais pas les blagues de Roy. Déjà, à l'école, son humour frôlait la méchanceté. Je jugeai préférable de ne pas lui demander ce qu'il entendait par là.

— Il y a autre chose, continuai-je. Cette photo pour les journaux. A quoi ça rime ?

— Un petit coup de pouce pour ta carrière, Costia. Je pensais que tu m'en serais reconnaissant.

— Pour l'amour du Ciel, Roy, écoute-moi ! Je ne t'en suis pas *du tout* reconnaissant. Fais-moi muter ailleurs. Dans un endroit vraiment peinard. Une petite ville près de Moscou, je ne sais pas. Où je puisse être joint quand on a besoin de moi. Et laisse-moi retourner à mes petits délits, merde !

Je l'entendis grogner d'un air mécontent.

— Pas question de mutation, Costia. Enfonce-toi bien ça dans la tête. Tu es un officier supérieur chargé des homicides à Presnia-la-Rouge. Et tu vas le rester. Viens me voir demain, espèce d'enfoiré. Je crois qu'il va falloir que je t'explique de quoi il retourne.

Dans les mois qui avaient suivi la victoire, les débits de vodka et autres lieux où hommes et femmes pouvaient passer leur journée à boire tranquillement s'étaient multipliés dans tout Moscou. Et il me semblait que c'était exactement ce dont j'avais besoin. Je parcourus le Bullfrog, passant d'un bouge à l'autre. La plupart des consommateurs étaient déjà trop ivres pour se rappeler leur nom. Dans un de ces endroits, je me retrouvai assis en compagnie du propriétaire, lequel écoutait d'un air morose, à la radio, un reportage sur une tentative d'assassinat contre deux hautes personnalités politiques. On avait jeté une bombe sur leurs voitures alors qu'elles descendaient en convoi la chaussée Romanov. La bombe avait touché l'automobile de tête avant de rebondir pour aller exploser contre un mur, tuant plusieurs des femmes et des enfants qui assistaient à la scène.

Je ne considérai pas ces informations avec le même détachement qu'un mois plus tôt environ, quand je n'étais pas encore le double d'un des chefs du gouvernement.

— Pas mal de crimes, ces temps-ci, à Moscou, hasardai-je.

Le propriétaire était perché sur un des hauts tabourets de son bar improvisé. Il souleva les sourcils, qui retombèrent si lourdement qu'il en ferma presque les yeux.

— Et de toutes sortes, déclara-t-il d'un air endormi.

Il hocha tristement la tête. Un client poussa un cri étranglé et agita la main. Le patron se leva pour aller en trébuchant lui servir un quart de litre. Quand il fut de retour, je repris :

— Trois filles. Coupées en morceaux...

Le propriétaire confirma d'un profond soupir. Puis il se pencha par-dessus le bar, tandis que son menton se rapprochait de plus en plus de ses bras croisés.

— Est-ce qu'il reste seulement des endroits sûrs ? insistai-je.

Il grogna. Ma question était un défi intellectuel trop considérable. Sa tête reposait maintenant sur ses bras. Il s'était endormi.

Plus bas, sur le Bullfrog, je trouvai un meilleur endroit : dans une salle obscure, une douzaine de tabourets, quelques vieux fauteuils et un canapé praticable, même s'il avait l'air d'avoir été mitraillé. Les clients étaient assis autour de la pièce, leur bouteille posée à côté d'eux sur l'un des nombreux plateaux en fer-blanc qui reposaient à terre. Tous regardaient vers le centre. On aurait dit un groupe de thérapie en train d'attendre la prise de contact. Une femme d'une cinquantaine d'années était perchée sur un tabouret, voûtée ; des larmes ruisselaient doucement sur ses joues. J'allai m'asseoir à côté d'elle et levai deux doigts à l'adresse du propriétaire. Un moment plus tard, un plateau à fleurs portant le numéro 6 atterrit entre mes pieds, avec un verre et un demi-litre de vodka.

A l'autre bout de la pièce, un homme parlait en fixant le centre.

— Je me suis battu contre les anarchistes pendant quatre hivers. Sur le front de Smolensk. Dans une division de cavalerie. La garde rapprochée de Koba. On avait bien deux ou trois tanks mais, croyez-moi, quand on a pris la ville, c'était à cheval. Tout de même, on était nombreux à Smolensk…

Il avait la figure ravagée, mangée par des touffes de barbe.

— On pourchassait des femmes anarchistes, poursuivait-il. On écumait les caves et les greniers.

Tout en remplissant mon verre, je me demandai si Julia Petrovna avait jamais combattu sur le front de Smolensk. Si oui, elle ne m'en avait rien dit.

Un long silence s'ensuivit. Quelqu'un commença à faire bourdonner le goulot de sa bouteille, produisant un bruit de sirène indistincte. Dans l'angle de la salle, une toux humide se transforma en éclat de rire, un rire profond et guttural. Il venait d'un être aux longs cheveux graisseux dont je pensai qu'ils appartenaient à un homme. Mais c'est une voix de femme qui s'éleva derrière la flamme d'une bougie.

— Smolensk, dit cette voix. C'est là que je me suis mariée.

Elle se tut un moment ; elle reniflait.

— Si quelqu'un rencontre un grand type, un boulanger du nom de Kalemnev…

La voix s'éteignit. La femme qui pleurait se tourna vers moi.

— J'ai grandi dans une ferme de l'*oblast* Sverdlovsk. C'était sous Khrouchtchev. Vous vous rappelez Khrouchtchev ?

Elle me considéra de plus près.

— Tu n'étais pas né, dit-elle.

— J'ai entendu parler de Khrouchtchev.

— C'est le seul paysan qui nous ait jamais gouvernés.

— Tu oublies Raspoutine, lança une voix mâle et assurée. Le souverain virtuel de la Russie venu du lit de la Tsarina. Vous connaissez l'histoire de Raspoutine qui va au restaurant ? Un soir, il est présenté à une jeune et jolie bourgeoise qui le tarabuste pour qu'il lui organise un rendez-vous avec la Tsarina. Excédé, le moine finit par rugir : « Vous insistez pour rencontrer le souverain de Russie, madame ? Eh bien, vous l'avez devant vous. » Et, à travers sa robe, il donne un coup sur la table avec son membre, qu'on disait énorme.

L'histoire fut accueillie par des gloussements. Puis un silence s'ensuivit, et on n'entendit plus que le patron des lieux qui traînait sur le sol ses savates en crin de cheval. Comme une ombre, il accourait dès qu'un doigt se levait et sa masse en passant faisait vaciller les flammes des bougies.

Ma voisine essuya ses larmes et reprit :

— Pourtant, je vais vous dire ceci, mes frères... Qu'on le veuille ou non, le paysan Monstrum est en train de nous rendre service. A nous tous qui vivons dans cette ville.

— Un service ? coassa quelqu'un. Comment ça ?

— Ces assassinats vont attirer l'attention sur nos conditions de vie, ici, à Presnia. Au nouveau gouvernement, ils ne pourront pas fermer les yeux encore longtemps.

Des mains brandirent des roubles pour commander des demi-litres ; on comptait aussi les derniers kopecks à la lumière des bougies. Je demandai :

— Ces trois filles qui ont été tuées, elles étaient d'ici ?

— Ces trois filles...

C'est une jeune femme aux dents noires qui venait de parler en brandissant une bouteille : elle se moquait de mon accent du Nord.

— Ces *vingt*-trois filles, oui ! Et même ces *trente*-trois filles, si ça se trouve...

Je fus secoué par cette intervention. Autour de moi, les têtes approuvaient.

— Tous ceux qui ont vécu ici pendant la guerre le savent, poursuivit la fille. Ce bâtard en a tué au moins vingt.

— La police sait cela ? demandai-je.

Elle me regarda de travers et répondit :

— La moitié de la police a été remplacée.

— Quand les anarchistes avaient le contrôle du quartier, intervint une autre femme. Maintenant, c'est les nationalistes. Et ils ne savent pas comment c'était ici, avant.

— Pendant les combats, dit la voix d'un vieil homme, on ne signalait pas les cadavres à la police. Il y en avait bien trop. Et les gens étaient bien trop occupés à veiller sur eux-mêmes. Quand Monstrum voulait une fille, il n'avait que l'embarras du choix. Une morte ou une vivante.

Je commençai à avoir mal au ventre.

— C'est un sujet sur lequel on exagère toujours, dis-je. Les gens aiment colporter des histoires. Ça leur donne de l'importance. Mais trois filles assassinées, ce n'est déjà pas mal, non ?

Des regards sceptiques se posèrent sur moi.

— Je vais vous dire, vous êtes nouveau en ville.

C'était la voix mâle et assurée.

— Et ce qu'elle a dit est vrai. A l'heure qu'il est, nous connaissons tous quelqu'un qui a trébuché un jour sur le corps d'une jeune fille. Dieu merci, avec la paix, les choses deviennent plus difficiles pour lui…

Je crachai sur le sol. J'emplis mon verre et je bus en gonflant les joues pour m'imprégner de la chaleur de l'alcool. Quand la femme qui pleurait à côté de moi se leva pour partir, je la suivis.

Le Bullfrog est une voie étroite éclairée seulement, durant les sombres après-midi de Moscou, par les bougies qui brillent derrière les fenêtres des immeubles en ruine et des cabanes en planches dressées de part et d'autre. L'animation se trouve à l'autre bout de la rue. Il neigeait dru quand nous avons quitté le débit de vodka. La femme se sécha les yeux.

— Les engelures, dit-elle. Ça abîme les conduits lacrymaux.

J'avais suffisamment connu ce phénomène à Mourmansk.

— Vous croyez que la police se trompe ? demandai-je. A propos du nombre de filles…

— Je ne crois pas qu'on saura jamais le véritable chiffre. Pendant les guerres, on enterre les corps. Et personne ne les examine d'assez près. Le nombre de morts pouvait atteindre des centaines chaque jour. Mais la fille que ma sœur a trouvée cours du Rond-Point n'avait pas été tuée par un obus. Il n'y avait pas eu de tirs d'obus, ce jour-là.

— Votre sœur a trouvé une femme coupée en morceaux ? C'est ce que vous êtes en train de me dire ?

— Et ça ne vient pas d'une étrangère. Ce n'est pas une histoire qu'on m'a racontée. C'est ma sœur qui me l'a dit.

— Vous savez où cette fille a été enterrée ?

Elle me lança un regard oblique.

— Tu es de la police, c'est ça ?

Je fis oui de la tête.

— Et tu viens d'être affecté à Moscou ? Allez, je n'ai rien contre la police. Contrairement à beaucoup de gens, par ici.

Elle glissa vers moi et se cramponna lourdement à mon bras.

— Elle a été enterrée dans les décombres. A l'angle nord-ouest du cours du Rond-Point. Tu comprends ?

— Je comprends.

Elle avisa une porte cochère juste devant nous.

— Je suis presque arrivée, dit-elle. Tu veux entrer ?

— Trop de travail, répondis-je. Merci quand même.

Elle eut une grimace. Comme nous nous arrêtions devant la porte, je lui demandai :

— Pourquoi as-tu dit que Monstrum était un paysan ?

Elle m'offrit un visage sans expression.

— J'ai dit ça ? Un paysan ?

— Le paysan Monstrum, oui.

Elle haussa les épaules.

— Je suppose qu'il doit y en avoir aussi en ville. Les sages-femmes ne peuvent pas les avoir tous étranglés à la naissance.

Elle se pencha vers sa porte pour ouvrir le cadenas. Je regardai son dos.

— Les sages-femmes ne peuvent pas avoir étranglé qui ? demandai-je.

— Les simples d'esprit, grogna-t-elle.

— Les simples d'esprit ? Ceux qui ont le cerveau abîmé, tu veux dire ? Et les sages-femmes…

— Tu peux compter sur elles.

Elle s'était redressée et hochait la tête vigoureusement.

— Dans l'ancien temps, dit-elle, la sage-femme du pays savait comment s'y prendre. Sauf s'il y avait un docteur dans les parages. Mais c'était rare.

— Et s'il y avait un docteur ?

— Alors la sage-femme savait se retenir, évidemment. Parce que le docteur aurait tout de suite constaté les dégâts et sorti sa plume pour indiquer sur le certificat de naissance : « Monstrum. » Au bon vieux temps, dans la mère Russie, chaque village donnait régulièrement naissance à un monstrum.

11

A mon retour, je trouvai les bureaux du district en plein chaos. Le public avait été repoussé au fond du hall d'accueil circulaire et toutes les miliciennes en uniforme, ainsi que la moitié des policiers, jouaient des coudes pour voir ce qui se passait : au sommet du grand escalier central, des gens entraient dans le bureau du commandant.

Je pénétrai par la porte battante dans la Division des homicides. Tout était silencieux. Dronski bavardait avec une jeune femme blonde en manteau blanc au milieu des bureaux abandonnés. Il parut soulagé de me voir.

— Dieu soit loué, chef, vous revoilà. On vous demande au deuxième. Le commandant.

— Je suis le docteur Karlova, intervint alors la fille en me tendant la main. Le médecin affecté à votre enquête. J'ai laissé mes notes sur votre bureau.

Elle arborait un sourire désabusé. Elle ajouta :

— Peut-être pourrons-nous nous voir plus tard. Quand l'ambiance sera plus calme.

J'échangeai avec elle une rapide poignée de mains. Comme elle s'éloignait, je me tournai vers Dronski.

— Qu'est-ce qui se passe ? demandai-je avec un geste en direction des portes ouvrant sur le hall d'accueil.

Les policiers s'étaient calmés, maintenant. Ils regagnaient leurs bureaux par petits groupes.

— La Commission d'amnistie, répondit Dronski. Il y a une femme dans l'équipe. Une *Américaine*.

Des Américaines, j'en avais vu dans les vieux films, bien sûr. Mais cela n'avait rien à voir avec la réalité. Celle-ci était un artefact. Un être d'une beauté parfaite. Dans le bureau de Brusilov, les inspecteurs formaient contre le mur une ligne irrégulière. J'allai me glisser discrètement parmi eux. En fait, je n'avais d'yeux que pour cette femme éblouissante, assise jambes croisées dans un fauteuil profond. Tout ce qu'elle portait avait l'air d'irradier – ses bas, ses chaussures, son rouge à lèvres étincelant.

Le commandant lui présenta le nouvel arrivant. Il s'était exprimé en russe ; elle lui répondit dans un russe parfait, familier.

J'inclinai la tête. Elle me sourit de ses jolies dents et pencha le visage de côté, montrant ses cheveux courts, noirs et brillants. N'avais-je pas cru déceler chez elle un léger accent du Nord ?

— L'inspecteur Vadim est notre meilleur officier pour les affaires d'homicide. Il vient juste de prendre en mains le dossier Monstrum. Il va nous brosser le profil du tueur.

Elle remua à peine ses jambes croisées. Elle leva les sourcils. Ses yeux étaient braqués sur moi.

— Brosser le profil du tueur ? dis-je. Je ne saurais par quel bout commencer.

— Mais je suis sûre pourtant, dit-elle, que vous serez d'accord : le profil du tueur est un instrument utile pour l'enquête.

— Oui, dis-je, changeant vivement mon fusil d'épaule. Je tiens beaucoup à établir ce profil. Ce que je voulais dire, c'est que je n'avais pas encore réuni les éléments pour le faire.

— Vous connaissez les travaux de mon collègue de New York, le professeur Benson ?

Je me balançai sur mes talons.

— Des travaux récents ?

— Assez, oui.

— J'ai bien peur qu'ils ne soient pas encore parvenus jusqu'à Moscou. Hélas...

— Parlez-vous anglais, inspecteur ?

— La langue de Shakespeare, répondis-je en anglais. Mais aussi de Beavis et Butthead[1].

Elle rit, puis reprit :

— Très bien. Je m'arrangerai pour vous procurer un exemplaire du Benson...

---

1. Personnages d'un dessin animé « culte » aux États-Unis. (NdT)

Brusilov mit un terme à cet échange :

— Le docteur Shepherd, dit-il, dirige la Commission d'amnistie dans trois municipalités de Moscou, dont Presnia-la-Rouge. Elle est assistée d'un journaliste anglais, Richard Mottam, et d'un administrateur de prison français, Gérard Laventier.

Je fis un signe de la tête en direction des deux Occidentaux. Brusilov revint à elle et s'inclina lourdement :

— Puis-je vous demander de dire quelques mots, docteur Shepherd ?

Ingrid Shepherd se leva. Elle était grande et belle, mais pas spécialement svelte. Dans son magnifique russe (elle avait bel et bien l'accent du Nord), elle déclara espérer que la Commission ne viendrait pas perturber le travail de la police à Presnia ; elle espérait aussi que les inspecteurs n'hésiteraient pas à prendre contact avec elle. Elle communiqua son numéro de téléphone, que je gribouillai sur une enveloppe. Et elle conclut :

— Nous sommes à peu près une centaine à couvrir l'ensemble du district de Moscou. Tous étrangers, bien entendu. Mais j'espère que vous ne nous considérerez pas comme des gens venus jouer les mouches du coche. Nous sommes aux ordres de votre gouvernement pour travailler à l'amnistie.

Mais en cas de mauvais rapport, on fermera tout de suite le robinet de l'aide américaine, pensai-je. Je m'aperçus qu'elle avait de nouveau posé les yeux sur moi. Elle demanda :

— Des questions, inspecteur Vadim ?

On aurait dit qu'elle avait lu dans mes pensées. Je me hâtai de secouer la tête. Elle sourit encore et se tourna vers Brusilov avant de se rasseoir. Je compris qu'elle possédait une formidable autorité naturelle. D'un bref coup d'œil échangé avec Brusilov, elle lui permettait de se lever pour prendre la parole à son tour. De la même façon, la question qu'elle venait de m'adresser doucement était une réprimande : j'avais laissé mes pensées s'égarer. La démonstration était convaincante.

Brusilov, d'un geste, la remercia de lui permettre de s'exprimer dans son propre bureau. Puis il commença :

— La Commission est chargée de vérifier que nous enregistrons bien les demandes des personnes qui souhaitent bénéficier de l'amnistie, et ceci dans les termes prévus par la loi qui vient d'être promulguée. Selon cette loi, les délégués sont habilités à poser toutes les questions et à consulter tous les documents qu'ils veulent.

Brusilov baissa les yeux vers le papier posé sur son bureau.

— Enfin, le docteur Shepherd et ses collègues de la Commission nous ont fait l'honneur d'accepter mon offre de travailler ici, à Presnia, dans nos bureaux. Par conséquent, c'est de cet immeuble même que s'exercera leur responsabilité sur les trois municipalités.

Les inspecteurs furent invités à prendre congé. Bientôt, notre troupe silencieuse redescendait le large escalier. Je jetai des coups d'œil aux autres. Tous ces hommes étaient préoccupés par la même pensée : l'Américaine.

Je traversai l'accueil et, tout en affectant un air affairé, me dirigeai aussi vite que possible vers la Division des homicides – en pleine animation désormais. J'y trouvai Dronski occupé à se rouler une cigarette. La porte battante ne s'était pas refermée derrière moi qu'il bondissait de son bureau. Deux sergents en costume de milicien lui emboîtèrent le pas, transportant des dossiers.

Je retins la porte de mon bureau.

— Je pourrai vous accorder deux minutes chacun, dis-je aux sergents. Mais d'abord l'inspecteur adjoint Dronski.

Je contournai mon bureau et me laissai tomber dans le fauteuil pivotant. Cette femme était *extraordinaire*. Sous mes vêtements, la chaleur grimpait comme si j'étais dans un bus, à Mourmansk, par un jour d'été humide.

Dronski, debout, attendait. Il avait enfoncé les mains dans les poches de son pantalon kaki. Je ne lui en fis pas la remarque mais, avec ses cheveux en brosse, il donnait l'impression de revenir d'un camp de travail. Pourtant, il y avait en lui quelque chose de souriant et de mal soigné qui devait inspirer aux femmes l'envie de le materner. Il commença :

— Constantin Sergueïevitch…

Je levai la main comme un agent de la circulation, et lui désignai la chaise face au bureau.

— Pour vous, Dronski, je suis l'inspecteur Vadim. En tant que camarade, c'est Constantin. Quand on boira ensemble, ce sera Costia. C'est comme ça dans la national-démocratie.

— Inspecteur…

— Constantin, si vous préférez.

— Si cela ne vous ennuie pas, chef, inspecteur me convient très bien. L'autopsie de Tania Chekova a lieu cet après-midi. J'ai demandé au docteur Karlova d'attendre que vous soyez présent.

— Vous avez bien fait, Dronski.

Je frappai le bureau du bout des doigts. J'imaginai une salle blanche et carrelée, la puanteur des cadavres étendus sur les tables métalliques, les spectres en blouse verte armés de scies et de scalpels. Quelque chose se souleva et roula dans mon ventre. Impossible d'assister à cette autopsie. Je ne partageais pas le goût des jeunes pour les abattoirs. Je repris :

— Écoutons un peu ce que les sergents ont à dire.

Dronski alla les chercher. Je quittai mon fauteuil pour venir m'asseoir au bord du bureau. J'avais du mal à me rappeler leurs noms. C'était ma petite équipe triée sur le volet : le sergent Yakounine et le sergent Bitov. Tous deux avaient une trentaine d'années et portaient de vieux habits démodés, des imitations de costumes Armani avec des manchettes qui leur retombaient sur les phalanges. La cravate de Bitov présentait des vues de New York ; son Armani était bleu. Yakounine avait adopté un costume marron et une cravate à motif de danseuses de french cancan. Chacun ses goûts.

Après un examen plus approfondi, je vis que leurs visages étaient très différents. Yakounine avait une longue tête chevaline, Bitov une figure avide, au nez camus, qui affectait pour le moment un air sérieux. Tous deux ouvrirent des dossiers plastifiés. Je fis signe à Yakounine de commencer.

— Concernant l'enquête de culpabilité pour homicide intervenu à l'encontre d'Anastasia Modina, la première victime, sur le terrain vague de l'ancien zoo, dans le district de Presnia, quelquefois nommé Presnia-la-Rouge…

J'agitai la main.

— Pour l'amour du Ciel, sergent, dites-le avec vos mots à vous !

Yakounine tourna une ou deux pages, puis s'éclaircit la gorge.

— Au sujet du premier meurtre, chef, le sergent Bitov et moi-même avons suivi les instructions de l'inspecteur adjoint Dronski. Nous avons interrogé tous les témoins oculaires ou susceptibles d'avoir entendu quelque chose concernant ce meurtre et les circonstances au cours desquelles il s'est produit.

— Faites-moi un résumé de ce qu'ils ont dit. Les rapports, je les lirai plus tard.

Le sergent consulta de nouveau ses notes.

— Tous les témoins font état d'événements qui indiquent des choses pas ordinaires, inspecteur.

— Quel genre de choses ?

— On signale des hurlements dans la rue, immédiatement après le meurtre, dit Bitov.

— Avons-nous quelqu'un qui ait vraiment vu quelque chose ?

— Une silhouette qui fuyait les lieux du crime, proposa Yakounine.

— Et quelqu'un l'a vue, cette silhouette ? Ou était-ce juste une ombre ?

— L'ombre d'une silhouette, inspecteur, dit Yakounine, peu sûr de lui.

— Une ombre, quoi.

— Un homme. Sans le moindre doute.

— Et à part ça ?

— Des traces de pas bizarres dans l'allée, répondit Bitov. Des traces anormales.

— Et les autres meurtres ?

— Dans l'affaire de la victime Golikova, c'est la même chose : l'ombre d'une silhouette, des hurlements...

— Mais nous ne disposons d'aucune description d'aucune sorte ? Est-il grand, petit, gros, mince, russe, ouzbek, iakoute ? Ça a l'air d'être un homme. Ce n'est pas surprenant. Mais c'est tout ? Notre Monstrum est un homme sans visage ?

Les deux sergents se taisaient. Mon regard s'arrêta sur Bitov.

— Reprenons les principaux éléments, dis-je. Combien de corps ?

— Trois, répondit Bitov.

— Dans une zone de...

— De moins d'un kilomètre carré.

— Des blessures ?

— De graves blessures causées par un couteau, dit Bitov. Peut-être le même couteau. Certains organes enlevés. Tout est détaillé dans le rapport.

— Agression sexuelle dans les trois cas ?

— Probablement dans les trois cas, intervint Dronski qui n'avait encore rien dit.

— Probablement ?

— On n'est pas encore sûr en ce qui concerne l'affaire de cette nuit, dit Dronski. Quand Tania Chekova a été retrouvée, elle venait de passer deux heures sous une pluie battante. Tous les signes d'une agression sexuelle ont pu être effacés. Mais tous les autres indices conduisent au même individu. Agression violente suivie de prélèvements d'organes.

Je me tournai vers Bitov :

— Donc, trois meurtres en tout.

— Oui, chef.

Je déplaçai lentement mon regard vers Dronski qui approuva.

— Y a-t-il des rapports faisant état de corps pareillement mutilés que l'on aurait retrouvés pendant le siège?

Il écarta d'un haussement d'épaules la possibilité d'autres victimes.

— On a tous entendu parler de ce genre de choses, chef. Mais sans jamais trouver de preuves.

— Vous les avez cherchées, les preuves?

— Chef, les bombardements ont fait des centaines de cadavres.

Il pointa le doigt vers la fenêtre.

— Certains ont été emmenés au cimetière. D'autres dans des fosses communes. D'autres encore ont été inhumés sur place. On n'avait pas le temps de pratiquer des autopsies.

— Mais les rumeurs, sur quoi s'appuient-elles?

— Les Russes aiment se raconter des histoires. Surtout des histoires de meurtres. En ce qui me concerne, je pense que ce démon a commencé à agir après la fin de la guerre.

Je me tournai vers les sergents.

— Vous connaissez le cours du Rond-Point?

— Bien sûr, chef.

— Je veux que vous alliez là-bas. Avec une équipe munie de pelles et de pioches. Fouillez à l'angle nord-ouest. Sous les décombres. Les restes d'une jeune femme. Et demandez à notre blonde légiste si elle confirme le *modus operandi* de cet individu. J'ai l'impression qu'elle dira oui.

Je vis que les sergents étaient impressionnés. Dronski gardait un visage impavide.

— Avant de partir, ajoutai-je à l'intention des sergents, dites-moi une chose… Les témoins que vous avez interrogés ont-ils tous utilisé le mot « Monstrum »?

— Toujours, inspecteur. Dans le district, on n'entend plus que ça.

— Et il signifie quoi?

Tous deux baissèrent les yeux.

— Dronski?

Il secoua la tête. Je congédiai les sergents. Dronski s'était appuyé au chambranle. Il attendait une nouvelle réaction de ma part. Et il y avait quelque chose de typiquement russe dans cette façon de mêler à la déférence une pointe d'insolence. Si je voulais impressionner ce type-là, il allait falloir tirer un lapin de mon chapeau. Je descendis du bureau.

— Dans la Russie réelle...

Dronski m'écoutait avec une grande attention. Il tenait dans une main sa cigarette et dans l'autre, son briquet. Il penchait faiblement la tête.

Je laissai ma main glisser lentement le long des boiseries peintes en gris, puis je chassai la poussière qui s'était collée à mes doigts.

— Dans la Russie réelle, répétai-je, c'est-à-dire dans la communauté villageoise, il me semble me souvenir d'une pratique ancienne. Sur le certificat de naissance des bébés dont la naissance avait été difficile, occasionnant notamment des dommages au cerveau, était écrit le mot « Monstrum ».

— Très intéressant, chef, dit Dronski d'un air convaincu. Puis-je confirmer au légiste que l'autopsie aura lieu à la morgue Marisilov à 18 h 30 ?

Il avait déjà la main sur le téléphone. Mon sang se glaça dans mes veines.

— Je vous laisse vous charger de cette autopsie, dis-je d'un ton désinvolte. Vous m'en consignerez les conclusions importantes dans votre rapport.

— Je suis sûr que le docteur Karlova accepterait de retarder encore l'autopsie, si vous le lui demandiez.

Il me fixait d'un regard de défi. Il est connu que certains officiers chargés des affaires d'homicide ne supportent pas les autopsies. Et je savais que c'était à cela que pensait Dronski.

— Chargez-vous de cette autopsie, répétai-je d'une voix plus tranchante que je ne l'aurais voulue. J'ai suffisamment d'autres choses à faire.

Après son départ, je pris les dossiers des sergents et le volumineux classeur à couverture verte sur lequel une étiquette blanche indiquait, remplie de la main de Dronski : « Rapport sur les meurtres 1, 2 et 3. » Mais je n'avais pas l'intention de passer en leur compagnie ma première nuit à Moscou. Quand j'avais quitté Mourmansk, Vassikin m'avait envoyé un sac à bretelle en daim Louis-Marc Perrier : j'y fourrai les dossiers, rangeai le sac dans un tiroir de mon bureau et fermai le tiroir à clef.

Je traversai une Division des homicides soudain silencieuse. Deux ou trois policiers qui s'attardaient à leur travail levèrent les yeux vers moi. Dans le reflet de la porte vitrée sale, je vis qu'ils tournaient la tête pour me suivre du regard. Leurs visages déformés par le verre affichaient tous un air narquois, légèrement incrédule.

Je pris un taxi en demandant au chauffeur de m'emmener dans un endroit où les femmes étaient bien habillées et la vodka servie dans des verres, pas dans des bocks d'un demi-litre. Il me conduisit à travers un quartier bien éclairé jusqu'au Royal American Hotel.

Je n'avais encore jamais vraiment fréquenté ce genre d'endroits. Nous avions à Mourmansk de grands hôtels, mais aucun n'était aussi *fabuleux*. Des voitures hors de prix glissaient en direction du garage, ou en sortaient. Des chasseurs en livrée, coiffés de grandes casquettes à cocardes, surveillaient les portes à tambour d'où s'échappait à chaque révolution un souffle chaud et parfumé. Je montai les marches en déclamant en anglais :

— C'est au cours d'une telle nuit... Troïlus escalada le mur de Trajan et soupira de toute son âme vers les tentes des Grecs : c'est là que reposait Cressida.

Le regard soupçonneux du chasseur le plus proche se mua en un sourire passionné : l'anglais est la langue de ceux qui ont des dollars. Il s'effaça sur mon passage. La salle chargée de dorures ressemblait à la tombe de Néfertiti. Je me dirigeai vers le bar. Des filles élégantes s'y pressaient. Le temps de finir ma première vodka, je compris que les tarifs de ces exquises créatures étaient loin, très loin de mes moyens. Tout comme l'alcool, du reste.

Ayant décidé pourtant de dépenser la quasi-totalité d'une semaine de salaire, je passai une heure ou deux assis dans un scintillement de lumière et de parfum, à observer le va-et-vient de la vie moscovite. Peut-être parce que telle était ma véritable fonction, en tant que policier, je ne tardai pas à me rendre compte que presque tout le monde, dans ce bar, était là pour affaires. Ni les garçons ni les filles ne se cachaient. Pas plus d'ailleurs que les dealers. Moins faciles à percer à jour étaient tous ces jeunes gens en costumes chic et sans cravate, plongés dans des conversations sérieuses. Ils se gribouillaient des mots sur des bouts de papier et composaient des numéros sur leurs mobiles. Une des filles (celle qui *m'offrit* un verre) m'apprit qu'en ce moment, on pouvait tout acheter et tout vendre à Moscou.

Mais elle n'avait pas le temps de rester avec moi pour bavarder et je m'aperçus bientôt qu'il est aussi pitoyable et humiliant d'être ivre et seul dans une grande ville que n'importe où ailleurs. Je la regardai traverser le bar d'une démarche chaloupée. Elle s'approcha d'un groupe de jeunes Allemands et fit signe au barman de me servir un autre verre. Pendant que je buvais, on tamisa l'éclairage. L'atmosphère devint une brume rougeâtre. Une présentatrice vêtue d'une robe et de bas résille annonça un spectacle historique : *Le Viol des Sabines.*

Quand je décidai de consacrer mes derniers roubles à un taxi, j'étais trop ivre pour retourner au bureau chercher le sac contenant les dossiers. Et même trop ivre pour me rappeler où se trouvaient les bureaux du district. Mais j'avais une clef en poche, sur laquelle était écrite une adresse à Fili. Le chauffeur de taxi avait l'air de connaître.

Je pénétrai dans l'immeuble en trébuchant. Il y eut une série de portes qui refusaient de se laisser pousser et de boutons d'ascenseurs qui ne marchaient pas. Je finis par atteindre le quatrième étage, puis une nouvelle porte dont le numéro semblait correspondre à celui de la clef. La clef tourna dans la serrure. Quelqu'un du district était venu déposer mes bagages dans le petit vestibule. J'eus un rire bref, un de ces savoureux instants de triomphe connus seulement des ivrognes. Les ivrognes savent que les meubles, les murs et les circonstances n'existent que pour leur servir d'obstacles. Que les cartes tenues à l'envers et les virages ratés sont dans la nature des choses. Mais qu'ils sauront tout de même, eux, déjouer les lois impitoyables de l'univers.

J'adressai un tendre sourire à mon reflet dans le miroir du vestibule. C'était ma première nuit à Moscou. Je m'écroulai sur les quelques effets qui m'appartenaient en ce monde, et je m'endormis.

12

Ayant retrouvé le chemin du 13e district, je m'assis à mon bureau et commençai, pendant que j'étais seul, à lire le dossier de Tania Chekova. Une photographie trouvée dans son sac à main représentait une assez jolie fille aux cheveux noirs, d'environ vingt ans, avec un nez à peine trop grand mais une bouche bien dessinée et souriante. Elle portait un maillot de bain une pièce de couleur verte. Apparemment, le cliché avait été pris dans un hammam ou un établissement de ce genre.

Je l'observai un moment. Pour la première fois, l'affaire prenait une vraie signification. Cette fille était des plus ordinaires. Et elle était *jolie*. De quoi vivait-elle? Que savions-nous d'elle? Je fouillai dans le dossier. Le premier document de la pile était le formulaire standard utilisé pour les victimes d'un meurtre.

Un nom mais pas d'adresse. Pas de travail. Description physique : taille 1,62 mètre ; poids 50 kilos. Pas de cicatrices ni de signes particuliers. Des vêtements pas vraiment chers : étiquettes du Marks and Spencer de Moscou. Mains propres, soignées. Contenu du sac à main : la photo de la victime, une clef, cinq roubles et douze kopecks, une petite croix d'ébène avec un Christ en ivoire authentique, une boîte de cachous à la menthe.

Les bonbons à la menthe retinrent mon attention. Les buveurs suçaient souvent des bonbons à la menthe. Mais également les filles très ordinaires. Et Tania Chekova avait l'air d'appartenir à cette catégorie.

Je me sentais malade. A cause des excès de la veille. Ou peut-être à l'idée que ce monstre rôdait en ville, sur mon petit territoire. Je n'étais pas accoutumé à cette sensation. J'observai le portrait de Tania. La forme de son sourire. Je voulais arrêter l'homme qui l'avait sauvagement assassinée. Je voulais faire ce boulot et le faire bien. Trouver le type. Et vite. Je voulais *m'impliquer* dans l'affaire.

J'étais sur le point de prendre dans le tiroir les rapports concernant les deux autres filles, quand je vis la silhouette de mon adjoint se dessiner derrière la porte vitrée : il traversait la Division des homicides en direction de mon bureau. Je laissai les dossiers dans le tiroir pour ne garder devant moi que celui de Tania Chekova.

Dronski frappa et passa la tête dans l'entrebâillement de la porte.

— Bonjour, chef.

Tout en parlant, il ajustait son nœud de cravate.

— Je vous apporte un café ?

Je le remerciai. Il disparut en laissant la porte ouverte. J'attrapai les autres dossiers. J'avais à peine le temps désormais d'enregistrer quelques faits rapides. Anastasia avait été employée dans une boutique de la perspective Koba. Je feuilletai rapidement les photos du cadavre. Heure du décès : environ 1 heure. L'autre fille travaillait sur un marché aux puces. Corps retrouvé par une patrouille de la Milicia à 2 heures du matin. La masse confuse de Dronski s'approchait de nouveau. Je fis disparaître mes dossiers.

— Priorité des priorités, dit-il en posant un café devant moi.

Sa propre tasse dans la main droite, il sortait des papiers du classeur qu'il tenait sous son bras.

— Ordre de réquisition pour l'arme et la voiture, dit-il. Il me faut votre signature.

Je signai tout en buvant mon café. Il remit les feuilles dans le classeur et, avec force gestes, en produisit de nouvelles.

— Le rapport de la police de Moscou sur Tania Chekova, annonça-t-il.

Je fus obligé de faire semblant de le lire, mais il contenait trop de détails. Ce cinglé avait enlevé à Tania son utérus, ses reins et une partie du foie. Je repoussai le dossier en disant :

— En somme, on ne sait rien sur elle.

— Pas grand-chose, répondit Dronski en secouant la tête. Elle avait sûrement une chambre dans le coin. Pour le travail.

— Prostitution, vous voulez dire ?

— Aucune des habituées du Bullfrog ne la connaît.

— Il y avait un crucifix dans son sac à main...

— D'après le docteur Karlova, l'heure de la mort se situe entre 3 heures et 4 heures du matin. Je vois mal ce qu'elle pouvait faire d'autre que le tapin, à une heure pareille.

— Est-il possible d'établir un lien entre les trois filles ?

— On y est pas encore arrivé, chef. Les deux premières avaient un boulot. La dernière, on ne sait toujours pas.

Je mis mes pieds sur le bureau et repris :

— Si vous aviez à marcher, disons du métro « Barricades » à ici. Seul. Passé minuit. Vous feriez comment ?

Dronski répondit lentement :

— La question, c'est plutôt : que faisaient ces filles, seules et dehors en pleine nuit, dans un endroit comme Presnia ?

J'approuvai d'un signe. Il alluma une cigarette.

— L'une d'elles, Anastasia, vivait encore chez ses parents. On venait la chercher pour sortir. Pas souvent. En gros, une fois par semaine. Elle rentrait tard. Une fille très discrète. Sa famille soupçonnait l'existence d'un nouveau petit ami. Peut-être un homme marié. Mais on n'a pas eu la chance de le repérer…

— La deuxième ?

— Elle vivait seule dans une des tours désaffectées.

Dronski parlait en regardant ses pieds. Il poursuivit :

— Les voisins ne nous ont pas tellement aidés, mais une femme du dernier étage l'avait mise en garde. Elle lui avait dit de se méfier quand elle rentrait tard. Et pas qu'une fois.

Il prit soudain un air gêné.

— Hum… Chef, si vous me permettez… A cette heure-ci, en général, je prends toujours un fishburger. Pour bien commencer la journée…

Je soupirai et lui fis signe de sortir. Il partit en quête de son petit déjeuner. Je fermai les yeux. Était-ce la tête qui me lâchait, ou l'estomac ? Le téléphone sonna. Une voix de femme. Elle appelait de la part du colonel Roy Rolkin. Colonel ? Oui, colonel, répéta-t-elle d'un ton ferme. J'étais attendu place du Tsar Alexandre dans une heure. Aucun salut amical à un vieux copain fraîchement débarqué à Moscou. Non, rendez-vous dans une heure, c'était tout.

Je griffonnai un mot à l'intention de Dronski : il était chargé de l'enquête jusqu'à mon retour, ou jusqu'à plus ample information. En traversant le hall d'accueil, je l'aperçus poussant les portes de la division. Il tenait un sac en papier marron.

Je détournai les yeux. Le docteur Karlova se dirigeait vers moi, vêtue d'une blouse couleur olive maculée d'inquiétantes taches sombres. Des particules de sang séché s'accrochaient à ses cheveux blonds tirés sur les tempes.

— Pardonnez-moi, dit-elle en balayant d'un geste sa blouse verte. Je n'ai pas l'habitude de sortir de ma tanière dans cette tenue mais il paraît qu'à la boutique du commissariat, ils ont du poulet.

Je fis rapidement un pas de côté.

— Et alors ? demandai-je.

Ses yeux d'ambre s'élargirent.

— C'est formidable, répondit-elle. D'où débarquez-vous, pour ignorer que le poulet est un événement ?

— J'arrive de Mourmansk.

— Le Grand Nord gelé. Je vous plains…

— Mourmansk n'est pas Norilsk, répliquai-je.

— Alors j'ai parlé trop vite. Mourmansk doit avoir ses attraits.

— J'y suis né, dis-je. Et j'y ai grandi.

— J'ai parlé sans réfléchir, inspecteur. C'est ce poulet qui m'obsède. Je vous présenterai un de ces jours des excuses appropriées.

Elle essayait de se débarrasser de moi.

— Je vais y penser, dit-elle en s'efforçant de sourire.

— Pas la peine.

— Des excuses dans les formes, reprit-elle. Un jour où nous serons moins pressés.

C'est bien le genre des Moscovites, pensai-je en descendant le grand escalier. Un sentiment de supériorité stupide. Pour eux, tous les autres Russes sont des cousins de province.

Moins d'une heure plus tard, j'attendais dans une minuscule antichambre donnant sur la place du Tsar Alexandre (naguère place de l'Insurrection), sous le regard d'une secrétaire blonde. Plus très jeune, et visiblement très attachée au style Marilyn Monroe. Elle semblait n'avoir rien d'autre à faire que d'être assise en ma compagnie. La discussion s'orienta très naturellement vers la pluie et le beau temps.

Au bout d'une heure, elle prit son déjeuner : du pain et des saucisses qu'elle eut la bonté de me faire goûter, ce dont je la remerciai par une avalanche de compliments. C'est ainsi que le temps passa. A un certain moment, tard dans l'après-midi, on m'appela. La secrétaire me conduisit le long d'un couloir où flottait une odeur de soupe au chou. Dans une autre pièce, je trouvai Roy Rolkin assis derrière un bureau, le sourire aux lèvres. Je remarquai qu'il portait en effet des galons de colonel. Je le félicitai longuement pour cette promotion.

J'aurais fait de même s'il avait appartenu à une autre organisation que la Tcheka.

J'étais sincèrement ravi de le voir. Mais je crois que j'aurais été ravi de voir n'importe qui de Mourmansk. Même sa femme, Katia. Même Vassikin qui faisait du marché noir. La vérité, c'est que je me sentais déjà seul à Moscou.

Roy servit de la vodka et m'apprit qu'on l'avait affecté dans la grande ville, lui aussi. Il avait laissé Katia à Mourmansk et elle s'était mise en colère. Il ajouta avec un clin d'œil peu aimable :

— Surtout quand je lui ai dit que toi aussi tu allais vivre à Moscou.

Je reposai mon verre et m'amusai à gonfler les joues afin de montrer à quel point j'appréciais cette vodka. J'ignorais dans quelle mesure il était au courant pour ces tentatives jamais consommées entre sa femme et moi.

— Ils me font chier, dis-je. Je viens à peine d'arriver, merde ! Fais-moi nommer, ailleurs, Roy. Je n'en peux plus.

Il sourit.

— Tiens bon, Costia. Ça va aller.

Il m'apprit que l'ange gardien avait fait un rapport favorable sur mon dernier déplacement comme double de Leonid Koba. Il y aurait bientôt d'autres voyages. Et, un jour, quand j'aurais assimilé dans toutes leurs nuances les gestes de Koba, on me chargerait sûrement d'une visite officielle à New York ou Tokyo.

— New York ? dis-je. J'ai toujours voulu voir New York.

— Tout est ouvert, affirma Roy. Le vice-président Koba estime que beaucoup de voyages à l'étranger sont du temps perdu, en fait.

— Ça ne doit pas être facile d'employer un double lors d'une visite officielle à l'étranger.

Roy éclata de rire.

— Ne t'attends pas à pouvoir faire du pied sous la table à la *First Lady* pendant un dîner à la Maison-Blanche, Costia ! Mais tu pourras peut-être tenter ta chance pendant un opéra sinistre, ou pendant un match de football. Tu diras que le chef a besoin d'un peu de repos...

— Et en quoi consiste le repos du chef ?

Depuis que je jouais le rôle du chef, je brûlais de tout apprendre sur lui.

— Il n'est pas marié, continuai-je. Je veux dire, il aime beaucoup les dames...

— Et l'alcool ? Il boit ?

— Est-ce qu'il roule sous la table, c'est ça ?

— Non, non... Je me demandais juste s'il aimait l'alcool, comme un Russe.

— Comme un Russe? Crois-le ou non, ce qu'il aime le plus, c'est travailler. Il pense que c'est lui, grâce à son travail, qui a stoppé l'hémorragie de la Russie. S'il n'avait pas été là, le pays aurait été saigné à mort. Il est arrivé juste à temps. Estime-toi heureux d'être seulement son sosie. Car si tu avais sa charge de boulot sur le dos...

Roy avait employé un ton sévère et froid. Peut-être voulait-il dire que j'avais été façonné pour ressembler au chef, point barre, et qu'il était inutile d'essayer de me comparer à lui.

— Tu l'as déjà rencontré? demandai-je. En personne?

Il fit doucement oui de la tête, puis répondit :

— C'est le vice-président qui m'a fait venir à Moscou. Pour une mission spéciale.

— Une mission spéciale?

Roy n'avait aucune intention d'en dire plus. Pendant un moment, il fut question de la vie à Moscou. Je lui racontai ma soirée solitaire au Royal American Hotel. La distance entre nous finit par s'effacer. Il m'offrit de boire un autre verre. Il en remplit deux, souleva le sien et plongea les yeux dans le liquide clair.

— Vodochka, murmura-t-il. Reine de mon cœur.

Il porta un toast et nous bûmes. A la vodka ou à la reine de son cœur? Je n'étais pas sûr de la réponse. Si ça se trouve, les deux n'en faisaient qu'une.

— Julia n'a pas donné signe de vie, depuis ton départ? reprit-il d'un ton désinvolte. Rien de l'étranger?

— Si tant est qu'elle soit bien à l'étranger, rectifiai-je.

Je connaissais Roy. Je *sentais* que s'il m'avait fait venir, c'était pour ça. Il fourragea dans son tiroir.

— C'est à l'étranger qu'elle *était*, dit-il. On l'a vue à Londres. Et photographiée à New York.

Il jeta une photo sur son bureau. Je la pris doucement pendant qu'il m'observait, souriant à demi. La photo représentait Julia en train de monter dans une élégante voiture de sport Rapallo. Un homme en manteau de cachemire lui tenait la porte. Je ne savais que dire.

— Elle a changé, finis-je par lâcher.

— Depuis quand?

J'hésitai.

— Depuis toutes ces années. Alors comme ça, elle est à New York.

— Elle était. Elle déménage tout le temps. Il y a trois semaines, on l'a repérée à Paris.

Je me creusai la tête pour trouver la bonne question à poser.

— Qu'est-ce qu'elle fait à Paris ?

Question idiote pour un membre de la police politique. Roy arrondit les lèvres.

— Principalement des discours contre les membres de notre gouvernement.

Et il ajouta avec une chaleur soudaine :

— Mais rassure-toi. La loi d'amnistie s'appliquera à elle en toute justice.

Il se leva et nous servit encore de la vodka.

— Crois-moi, Costia, le Dynamo de Moscou n'est pas une mauvaise équipe. Il faudra qu'on aille les voir jouer. On s'achètera des écharpes et des bonnets. On deviendra des supporters.

Il tourna autour du bureau.

— Bon, dit-il. Je ne te retiens pas. Je sais où te trouver. Et, pour me joindre, tu t'adresses à la blondasse d'à côté. Miss Leningrad 1989. Les plus belles jambes de l'année. De toute façon, on reste en contact. Entre anciens de Mourmansk, je veux dire. Si tu as envie de discuter le coup, n'hésite pas.

— Pas si je suis obligé de poireauter six heures pour m'entendre proposer de devenir un supporter du Dynamo.

Roy sourit. Il se tenait devant la porte. Il dit :

— Devenir un supporter n'est pas une mauvaise idée. Tu devrais essayer une fois.

Il plissa les yeux et ajouta :

— Crois-moi, vieux frère, c'est un truc qui a toujours manqué dans ta vie.

Il rit et m'ouvrit la porte.

Au 13ᵉ district, une caisse de vin m'attendait sur mon bureau. Hongrois ? Roumain ? Non. Français. Incroyable. Château-margaux 1999. Comment était-ce possible ?

— L'Américaine a fait livrer ça pour vous, me dit Dronski en soulevant les sourcils, imitant Groucho Marx sans le savoir.

Je ne m'étais pas aperçu qu'il m'avait suivi jusqu'ici tant ses chaussures à semelle de caoutchouc étaient silencieuses. Il ajouta :

— C'est son chauffeur qui l'a apportée. Et il y avait aussi cela !

Il me tendait un livre.

— C'est de l'anglais, dit-il. Vous lisez l'anglais, chef ?

Je lui pris le livre des mains. Presses Universitaires de Harvard. *Profils de criminels : études de cas.* Par Paul Benson. J'ouvris le volume. La page de titre contenait une dédicace de la main de l'auteur. « Pour Ingrid Shepherd, sans les encouragements de qui ce livre n'aurait jamais vu le jour. Avec amour et admiration, Paul Benson, juillet 2011. »

— Vraiment, vous allez pouvoir lire tout ça ? insista Dronski.

— C'est un livre de médecine, répondis-je.

Et j'ajoutai, traduisant l'introduction :

— « Dans cet ouvrage, le professeur Benson relate l'histoire des profils de criminels, depuis les premières tentatives pour dresser le portrait psychologique de Jack l'Éventreur en 1888 jusqu'à ses propres études de cas concernant les plus célèbres meurtriers de la fin du XXe siècle. »

Je le lirais peut-être un jour. Dronski indiqua la caisse de vin.

— D'habitude, les inspecteurs en chef boivent de la vodka, dit-il.

Je déposai le vin à terre.

— Alors, et le cours du Rond-Point ? Bitov et Yakounine ont-ils trouvé quelque chose ?

Il tira sur sa cigarette avant de lâcher :

— Les restes d'une jeune femme.

— Mais encore ?

— Le docteur Karlova dit que le corps était trop décomposé pour qu'on puisse en conclure quoi que ce soit.

Il marqua un temps et ajouta, pas vraiment à contrecœur :

— Mais vous aviez raison, chef. C'est encore une victime à lui. Presque certainement.

— Monstrum ? Alors l'histoire des trois victimes, c'est fini.

— Oui, chef. A partir d'aujourd'hui, c'est entre trois et quarante. On ne sait pas.

Aussitôt après le départ de Dronski, je sortis de ma poche intérieure le numéro du docteur Shepherd, et je décrochai le téléphone. Quand sa voix résonna dans l'écouteur, j'avais déjà la bouche sèche.

— Docteur Ingrid Shepherd, j'écoute.

— Docteur Shepherd, dis-je, Constantin Vadim à l'appareil. Du 13e district. J'appelle pour vous remercier. Le château-margaux.

— Ce n'est pas de la vodka.

Il y avait comme un rire dans sa voix.

— Ce n'est pas non plus du vin ordinaire, dis-je. Je n'ai jamais rien bu de tel. En plus, il me semble que 1999 était une année exceptionnelle pour le bordeaux.

— Ah.

La voix exprimait une certaine satisfaction. Elle reprit :

— Je ne me suis pas trompée, alors. J'ai envoyé un petit cadeau à tous les inspecteurs du département... Je me suis bien amusée, à essayer de tenir compte des indications du commandant Brusilov. Et de mes propres observations. Vodka pour Kerelski, Tukhine et Borisov, whisky pour Grigoriev... Et pour Constantin Vadim, du château-margaux.

— Je suis très flatté.

Elle changea brusquement de ton :

— Merci d'avoir appelé, inspecteur. J'espère vraiment que vous aimez le bordeaux. Je suis sûre que nous aurons l'occasion de nous voir dans les prochains jours.

— Merci également pour le livre, dis-je.

— Rendez-le moi quand vous l'aurez lu.

— Bien sûr...

J'aurais voulu lui dire quelque chose à propos de la dédicace mais elle avait déjà raccroché. Zut ! J'aurais dû m'y prendre mieux que ça ! « — *Merci pour le livre. Je suis très impressionné, docteur Shepherd... — Vous pouvez m'appeler Ingrid. Vous me promettez de le lire ? — Il est là, sur mon bureau...* »

Je pris la caisse de vin mais je laissai le livre. Je descendis au garage par l'escalier de derrière. Je me sentais étrangement fier à l'idée d'avoir reçu un cadeau d'une femme aussi extraordinaire. Certes, j'avais raté mes remerciements téléphoniques mais c'était en partie à cause de ses manières abruptes à elle. Cela dit, j'avais perçu dans sa voix des accents de conspiratrice. Un curieux équilibre entre le désir de flatter l'interlocuteur et celui de lui donner congé. Étaient-ce les façons américaines ? La flatterie était-elle une habitude américaine et rien de plus ? Ne signifiait-elle vraiment rien de particulier ?

Je chargeai ma caisse de vin dans ma Renault Economy de police bleu et blanc. Et je sentis s'évanouir mon euphorie. Tous ceux avec qui je pouvais m'imaginer en train de boire un coup allaient s'estimer grugés si je leur offrais autre chose que de la vodka. D'ailleurs, tous ceux avec qui je pouvais m'imaginer en train de boire un coup vivaient à Mourmansk. Sauf Roy. Mais Roy, je l'avais assez vu pour le moment.

Quand je refermai le coffre de l'Economy, j'étais gonflé de tristesse. Au cours des dernières années, je m'étais toujours servi de mon sentiment de solitude comme d'un bouclier contre le monde, un système de protection pervers. Mais là, à Moscou, dans ce garage sinistre, alors que j'ouvrais la portière de cette voiture, il me sembla voir se dissoudre dans l'espace tout ce qui faisait que j'étais *moi*. Ce fut comme si mon enveloppe extérieure s'était soudain mise à augmenter de volume, à se modifier.

Comprenez-moi bien. Mes yeux demeuraient capables d'examiner en détail les cadrans et la pendule du tableau de bord. Mes oreilles percevaient les bruits émanant de l'atelier de mécanique. Mais là, dans ce garage, ce qu'il me fallait endurer tout à coup était beaucoup plus douloureux. Différent de tout ce que j'avais jamais ressenti. C'était, mettons, une agression contre mes sensations *fondamentales*. Et, en particulier, contre la sensation d'être moi-même.

Je puis vous jurer qu'une telle expérience n'était pas pour m'aider à me sentir mieux dans ma peau. D'autant que ce n'était plus tout à fait *ma* peau : elle avait été remodelée à la semblance d'un autre. Pire encore, je commandais à présent une équipe chargée des affaires d'homicides dans un district de Moscou, sans avoir la moindre compétence en matière criminelle. C'est mon identité qui m'échappait. Mon propre *moi*. J'étais là, debout près de cette voiture, essayant de construire des phrases à la première personne. Et toutes mes tentatives se soldaient par un échec.

J'entrai dans la voiture et je mis le contact. Pendant que le moteur chauffait, je regardai dans le rétroviseur la fumée du pot d'échappement s'élever vers les lampes orange. Un garage envahi de monoxyde de carbone dans les sous-sols de la police. L'endroit n'était pas des mieux choisis pour dresser le bilan de sa vie. Je fis ronfler le moteur et m'avançai vers la rampe. Un milicien me contrôla à la sortie. Au volant de ma Renault, je traversai Presnia-la-Rouge puis le fleuve, en direction de mon appartement.

A 18 heures pile, en ce doux mois de novembre, il faisait déjà nuit. De grandes bourrasques de neige surgissaient de l'obscurité pour venir exploser contre mon pare-brise. Heureusement, dès que l'on quittait la zone la plus touchée par les bombardements, les réverbères se faisaient plus nombreux. On trouvait même des feux de circulation en état de marche. Mais traverser le fleuve en venant de Presnia, c'était comme pénétrer dans une autre ville. Certes, Mourmansk n'était pas Moscou. Mais jamais je n'avais vu trafic pareil à celui qui régnait sur la perspective Koba : bus, trolleys, camions militaires de toutes tailles reconvertis dans le transport de civils ou les livraisons. Les seules voitures fabriquées en Russie étaient les rares Economy pareilles à la mienne. Les Audi, Rover, Nissan et Chevrolet, toutes achetées avant la guerre au cours des dernières opérations de marché noir, essayaient de doubler les camions sur l'avenue à quatre voies. Elles devaient appartenir, pensai-je, aux services du gouvernement. Ou alors, on les avait attribuées à des officiers supérieurs. Quand bien même elles continuaient de transiter par le marché noir et la mafia, comme Roy me l'avait dit. Il me semblait avoir repéré quelques-unes d'entre elles la veille, au Royal American Hotel.

L'obscurité donnait de l'allure à ces voitures étrangères. Leurs phares puissants illuminaient la carrosserie du véhicule précédent, dont les feux arrière jetaient de magnifiques éclats à la moindre pression du conducteur sur la pédale de frein. Pendant ce temps, le peuple de Moscou s'entassait sur les trottoirs, enfin délivré de ses longues heures de travail à l'usine ou de sa quête de nourriture.

En route, un officier est supposé rester branché sur la fréquence de la police. Mais moi, si j'allumais la radio, c'était pour écouter les infos. De nouveau ces attentats manqués contre le président Romanov et le vice-président Koba. Les deux hommes étaient sains et saufs. En revanche, on déplorait plusieurs blessés graves chez les passants. Écouter ces détails me procurait de curieuses sensations. Je ne m'étais jamais soucié jusque-là des risques attachés au fait d'être le double de Koba. Pourtant, ils existaient. C'était clair. Je crus entendre Roy s'amuser de mes craintes.

L'attentat n'était pas un cas isolé. On disait que, la semaine précédente, un officier supérieur de la Tcheka à Moscou avait été tué d'un coup de pistolet en sortant de son bureau. Cependant, nous reprenions petit à petit le contrôle de notre Russie. L'ambassade des États-Unis était de nouveau ouverte, même si elle n'était encore occupée que par une petite équipe et un chargé d'affaires. Nous serions bientôt pleinement reconnus à l'étranger. Les Anglais, les Français et les Allemands se partageaient un des palais du vieux syndicat. Les Japonais étaient quelque part. On racontait dans les débits de vodka que McDonald's était presque décidé à revenir s'installer sur la place Rouge.

Mon appartement se trouvait à Fili, sur l'autre rive du fleuve. Le quartier avait été le théâtre de rudes combats durant les derniers jours de la guerre. La plupart des immeubles étaient en béton. Ils mêlaient les styles Staline et Eltsine. Seuls deux ou trois immeubles construits dans le goût du Moscou ancien avaient survécu, même si les tirs d'obus avaient arraché de grandes plaques de plâtre à leurs façades jaunes, mettant à nu les vieux murs de brique rouge. Pourtant, comparée à Presnia-la-Rouge, la zone semblait presque intacte. Certains fonctionnaires de mon rang s'étaient vu assigner de petits appartements dans les immeubles staliniens qui occupaient la partie la moins agréable du quartier. Les officiers supérieurs avaient obtenu des logements plus grands sur l'Arbat. Quant à ceux qui étaient au-dessous de moi, ils devaient être consignés dans ces immeubles en béton, sur les terrains déserts des nouveaux quartiers.

— Aujourd'hui, inspecteur, l'ascenseur fonctionne, m'annonça mon voisin du quatrième, un inspecteur des Eaux du nom de Dimitri. Si on vous a livré du bois ou du charbon, c'est le moment de tout monter.

Il avait l'air de penser que ma caisse de vin ne représentait pas un fardeau bien sérieux.

— Vous voulez dire que ça ne durera pas?

— Je veux dire que notre gardien n'est pas un grand spécialiste des systèmes d'ascenseur.

Nous nous élevions en brinquebalant à une vitesse qui me semblait périlleuse. Dimitri soupira :

— Cela dit, il y a des compensations. Nous autres qui vivons aux étages supérieurs, nous nous musclons joliment les mollets !

Il marqua une pause avant d'en venir au plus important :

— Surtout les femmes. Avez-vous eu l'occasion d'observer madame Raïssa?

— Madame Raïssa? Non.

— Elle a un appartement au-dessus de chez vous. Dieu sait comment elle a fait pour l'obtenir. Elle n'est pas employée par l'administration, comme vous et moi, inspecteur. Elle n'est pas jeune non plus. Une bonne cinquantaine. Mais il y a un taxi qui vient la prendre deux fois par semaine. Le mardi soir et le vendredi soir et...

— Nous sommes arrivés, l'interrompis-je.

Il me regardait, surpris. L'ascenseur s'était arrêté. La porte s'ouvrit en glissant.

— Vous devez me prendre pour une vieille commère, reprit-il d'un air vexé. Je me disais seulement que l'information était l'outil essentiel de votre métier.

J'encaissai le reproche.

— C'est vrai, admis-je. Vous avez raison. Mais la journée a été longue.

Il parut hésiter, puis ajouta d'un air maussade :

— Si le cœur vous en dit, vous pouvez entrer prendre un verre.

A Moscou, alors comme jadis, mieux valait éviter de se faire des ennemis. J'acceptai l'invitation.

Deux heures plus tard, je regagnais mon propre appartement la tête pleine de ragots et de spéculations haineuses. Comme je refermais la porte, j'aperçus le papier blanc sur le tapis. C'était une enveloppe. Je la ramassai sans trop de curiosité. Je n'avais pas envie d'avoir des nouvelles de quiconque ; et je n'en attendais de personne en particulier. Sûrement un rappel au sujet des coupures d'eau ou des règles d'utilisation de l'électricité pendant les heures de pointe – j'étais déjà prêt à jeter le billet.

Mais, en prenant l'enveloppe, je vis la mention « Constantin Vadim » dans une écriture qui m'était familière. Mon cœur commença à cogner. Je déchirai l'enveloppe. Le mot disait : « En rentrant, va jeter un coup d'œil à la fenêtre – mais pour l'amour de Dieu, fais attention. » C'était Julia.

L'appartement comprenait une chambre-séjour, une petite cuisine et une salle de bains. Cuisine et salle de bains donnaient sur une autre rangée de blocs ; la pièce principale plongeait sur la rue et un immeuble à l'abandon. Ayant fourré la lettre dans ma poche, je me frayai un chemin dans le séjour. Devais-je allumer ou non ? Je posai la caisse de vin sur le canapé-lit puis m'approchai de la fenêtre. Un réverbère unique brillait au bout du passage Semyon. A part ça, l'éclairage venait des voitures et des feux allumés par les mendiants sous leurs abris en tôle ondulée, de l'autre côté de la rue.

En regardant bien, je distinguai les corps des mendiants et, parmi eux, des femmes. Fili marquait une étape dans leur voyage vers ce havre de sécurité que représentait Presnia. Pour les avoir croisés en rentrant chez moi, je savais que certains d'entre eux étaient mutilés ou très jeunes ; ils brandissaient leur tasse en fer-blanc sous le nez des passants pour obtenir quelques kopecks. Une bouffée de tristesse m'envahit. Du quatrième étage, je n'avais aucune chance de distinguer la forme d'un visage, pas même la forme de son visage à elle.

Je me détournai de la fenêtre et j'allumai. Au moins, elle saurait que j'avais eu sa lettre. Je réfléchissais à toute allure. Julia était à Moscou – premier point. Et Julia avait peur en dépit des promesses d'amnistie – second point. Mon esprit étudiait à la hâte les différentes possibilités, puis les rejetait. Peut-être n'avait-elle pas encore eu vent de l'amnistie. *Impossible.*

Elle en avait entendu parler mais elle n'était pas convaincue de la sincérité de Leonid Koba. *Beaucoup plus plausible.*

Elle était au courant pour l'amnistie mais elle ne croyait pas pouvoir en bénéficier en tant que leader de la seule division féminine de l'Armée anarchiste. *Hypothèse la plus probable.*

Quelle que soit la réponse, je savais qu'il me fallait respecter ses craintes. Faute de quoi je ne serais pas autorisé à lui porter secours.

Je tirai du placard un paletot de marin, tout ce qui me restait de l'héritage de mon père. C'était un vêtement qui modifiait ma silhouette. Le col relevé, je devenais un clochard comme des milliers d'autres à Moscou.

Je ne pris pas l'ascenseur pour descendre. Au rez-de-chaussée, j'entendis les commentaires d'un match de football en provenance de l'appartement du gardien. Je jetai un coup d'œil par-dessus mon épaule. Cela faisait des siècles que le gardien d'immeuble, en Russie, se doublait d'un espion de la police. Il n'avait aucun besoin d'être un grand spécialiste des systèmes d'ascenseur.

Au sous-sol se trouvait une porte de service donnant à l'arrière sur les jardins en friche. Tôt le matin, j'avais descendu mes cartons vides attachés ensemble. Je les avais rangés sur une pile d'autres cartons vides, parmi les meubles abandonnés et les rats. Passé la porte du gardien, je pris la dernière volée de marches. Bientôt, je sortis dans la neige. Je me tins près du mur. Au-dessus de moi, le gardien allait et venait dans sa cuisine, et son ombre se projetait au-dehors sur les ronces. Je quittai le jardin en rasant des murs éboulés. Un étroit sentier me conduisit passage Semyon.

Je relevai le col de mon paletot et traînai les pieds sur le trottoir humide. Personne ne m'aborda, pas même les clochards. Je m'arrêtai et m'adossai contre un mur dans l'ombre. Je faisais face à mon immeuble. Il y avait de la lumière dans le séjour du gardien, et dans d'autres appartements aussi. Mais, au troisième étage, tout était noir. On voyait au-dessus mon séjour éclairé, l'appartement de Dimitri aux rideaux tirés, ainsi que deux fenêtres aveugles. Au cinquième, une femme papillonnait derrière ses rideaux de dentelle. C'était peut-être madame Raïssa. Au même étage, la lumière perçait dans deux autres pièces à travers les trous des rideaux. Le dernier étage était plongé dans l'obscurité.

101

A cet instant, une idée me frappa. Si simple et effrayante qu'elle me cloua la bouche. Pendant que Dimitri y allait de ses jérémiades au sujet des voisins, Julia était là, en bas, en train d'attendre.

Elle m'avait vu entrer dans l'immeuble. Elle s'était dit que j'avais trouvé son mot. Je l'avais lu, puis j'avais décidé de ne pas l'aider. Elle était peut-être en ce moment même en train de se faire cette réflexion à mon sujet. Cette idée me plongea dans une angoisse absolue.

Mon pouls accéléra. Je scrutai les visages des gens. Chaque fois que mon imagination matérialisait Julia devant moi, j'en avais le souffle coupé. Elle m'apparut ce soir-là sous une dizaine d'apparences différentes : une passante, une silhouette fuyante, une ombre parmi les clochards dans la lumière des feux... Je crus l'apercevoir quand se croisèrent des phares de voitures. Je la voyais partout où se posait mon regard. Et je ne la voyais nulle part.

La tête me tournait. Julia était-elle vraiment à Moscou ? Y avait-il la moindre possibilité que cette lettre ne soit rien d'autre qu'un piège tendu par Roy ? La panique me gagnait. Je tirai le billet de ma poche pour en examiner l'écriture à la clarté d'un feu. Roy connaissait l'écriture de Julia, naturellement. Et il pouvait recourir à des experts en faux. Je relus le mot en tremblant.

Peu à peu, je me convainquis. Aussi sûr que Dieu existe, le message était bien écrit de sa main. Même s'il y avait d'indubitables différences : l'écriture était peut-être un peu moins ferme, un peu plus serrée. Avant de connaître Julia, les caractères russes m'avaient toujours fait penser à des vols de grues dans la blancheur neigeuse de la page. Mais c'était son écriture à elle. Tous mes doutes furent emportés. Et si c'était Julia, que faisait-elle à Moscou ?

La nuit était très avancée quand je rentrai chez moi. Longtemps avant d'arriver à l'appartement, j'entendis le téléphone sonner.

13

Les sirènes hurlaient dans Presnia-la-Rouge. Venues de la station Barricades et de la rue Tertevaya, les voitures de police fonçaient en répandant aux carrefours la clarté de leurs gyrophares. A mon arrivée, de petits groupes de gens, des femmes pour la plupart, regardaient vers le toit d'une grande usine qui s'étendait dans un champ de ruines sur une longueur de quatre-vingts mètres. Dronski avait déjà fait dresser un projecteur à trépied dont un milicien orientait et déplaçait le rayon sur la toiture plate du bâtiment.

La lumière captura une silhouette. Dans la foule qui grossissait, on murmurait et on retenait son souffle. Les gens de Mourmansk avaient réagi naguère de la même façon quand les projecteurs étaient parvenus à isoler dans le ciel un bombardier anarchiste. C'est alors que la silhouette se tourna vers nous. Jambes écartées, telle une rock star, elle agitait les bras devant son visage.

— Où sont les hommes les mieux placés ?

Dronski, cintré dans une veste striée de bandes réfléchissantes, accourut dès qu'il entendit ma voix.

— J'ai envoyé deux voitures à l'arrière du bâtiment, inspecteur. Le sergent Yakounine et le sergent Bitov sont en train de s'attaquer à la porte sur le côté.

Je regardai vivement derrière moi. A une vingtaine de mètres, la fille était étendue sur un bloc de béton. Ses jambes écartées étaient baignées de sang. Le bloc de béton était un socle de statue sans statue. Le sang y ruisselait sur les lettres de bronze qui formaient le nom : JOSEPH STALINE.

— Dispersez-moi ces gens, ordonnai-je à Dronski. Dressez un cordon de gardes autour de la fille. Et recouvrez le corps avec une couverture. Ensuite, venez avec moi.

— Une couverture ? On n'a pas de couverture, chef.

— Autre chose, alors, répliquai-je en le regardant de travers. Un manteau, une bâche en plastique, n'importe quoi.

— Inspecteur, le docteur ne l'a pas encore examinée.

— Vraiment ?

La rock star dansait dans le faisceau du projecteur en faisant des ciseaux avec ses bras. Dronski reprit :

— Ça risque de ralentir le processus de refroidissement du corps. Et l'heure de la mort sera plus difficile à établir.

Je lui dis de laisser tomber, de dégager plutôt le passage vers l'usine, et de me rejoindre dès qu'il le pourrait.

Je sautai dans mon Economy dont j'allumai le gyrophare. Je roulai à travers les ruines sur le bas-côté d'une route. Ayant tourné à gauche, je pris droit sur le bâtiment en observant le faisceau du projecteur qui balayait le toit. La silhouette avait disparu.

Je m'arrêtai sur un terrain où se dressaient les restes de baraques en bois calcinées. En descendant de voiture, je me blessai la cheville sur un clou qui dépassait d'une planche. Quelque part derrière moi, les autres voitures suivaient, gyrophares allumés. Une échelle de secours en fer rouillé pendait du toit, suspendue à un mécanisme incertain à deux mètres au-dessus de ma tête. Je cherchai des yeux un instrument quelconque. J'arrêtai mon choix sur la planche avec laquelle je m'étais blessé, suffisamment grande pour atteindre l'échelle. Je la tirai du tas dans lequel elle était enfoncée puis la dressai en l'air et l'accrochai par son clou au dernier barreau de l'échelle.

Quand je tirai, un craquement sinistre retentit, mais le clou avait l'air de tenir bon. La section inférieure de l'échelle s'abaissa. Je pouvais maintenant l'attraper avec la main. Je commençai à grimper.

La plupart du temps, une chasse à l'homme est une impasse mortelle. Je n'avais encore jamais vu de meurtrier. Mais j'avais poursuivi des maquereaux et des voleurs à la tire sur la moitié des toits de Mourmansk. Le danger, ce sont les balles de vos propres hommes. Tout en montant sur ce toit, je songeais que je ne portais ni veste brillante, ni brassard fluo ; quant à Bitov et Yakounine, ils ignoraient que j'avais pris part à cette traque.

Quand je franchis la gouttière et pris pied sur le toit, le faisceau du projecteur explorait la partie opposée du bâtiment. Je m'étais attendu à trouver une toiture plate. C'était en fait une couverture en panneaux de verre et de papier goudronné installés légèrement en pente pour permettre l'écoulement de la pluie et de la neige. Il y avait très peu d'endroits où se cacher, voire aucun. Pour lui comme pour moi.

C'était le genre de circonstance où se côtoient prudence et lâcheté. Je ne pouvais me fier qu'à mes sens. Je me trouvais sur cette toiture en compagnie d'un criminel maniaque. Le mieux était peut-être de marquer le pas et d'attendre l'arrivée des secours. Son couteau devait être encore maculé de sang. Cette pensée me glaça les veines.

Je tirais mon arme du holster quand un éclair aveuglant de Dieu sait combien de milliers de volts m'explosa dans les yeux. J'étais dans le faisceau. J'en restai un instant le souffle coupé. Puis je me détournai et me penchai pour me réfugier dans la gouttière. Les yeux mi-clos, je me recroquevillai tandis que le rayon de lumière se déplaçait au-dessus de ma tête. Quand je parvins à rouvrir les yeux, je pus distinguer sous les panneaux de verre les lampes de Bitov et Yakounine. Ils se déplaçaient à l'étage en dessous, dans des pièces séparées par des cloisons de contreplaqué.

Je progressai dans la gouttière en rampant sur une douzaine de mètres puis me glissai sur le toit. J'avais des picotements dans le dos à l'idée que le type se trouvait peut-être derrière moi. Et devant, dans les ténèbres, me parvenaient des bruits très différents des sirènes et des cris résonnant en contrebas.

Je m'aperçus bientôt qu'en son bord le plus éloigné, le toit était une dalle de ciment où se dressait une remise. Elle devait abriter le moteur de l'ascenseur qui desservait les ateliers. Je m'approchai, toujours en rampant. La porte de la remise était entrouverte. De l'intérieur venait un cri, peut-être une plainte. Que faire ? Attendre l'arrivée des autres ou arrêter ce type moi-même ? Quelques jours à peine après son affectation à Moscou, l'inspecteur Constantin Vadim, du bureau des Homicides, procède personnellement à l'arrestation du criminel. J'aimais cette idée. Mais le bruit qui sortait de la remise rendait un son inhumain. J'ôtai le cran de sécurité de mon revolver et progressai vers la porte. Je m'aperçus que je tremblais comme un dément. Et mes hommes, ils faisaient quoi ?

J'atteignis enfin la porte. Je tendis l'oreille.

Ce n'était pas un cri. Pas même un gémissement. C'était un chant. Un chant sans harmonie. Un chant d'homme ivre, dont les paroles me parvenaient avec netteté :

Tranquille, tranquille
Il gèle à fendre les dents d'un ours.

Une berceuse. La tension s'échappait de moi. Je me vidais de mes forces. Je fis un pas dans la remise. La lumière du faisceau éclaira la silhouette d'un homme recroquevillé sur lui-même, en train de bercer sa bouteille de vodka en bredouillant sa chanson.

Je le saisis par le col de sa veste et le traînai au-dehors sur la dalle de ciment.

Il me suivit assez volontiers. Je compris que je n'avais pas affaire à un type qui vient de commettre un crime de sang. D'ailleurs, ses longs doigts serrés autour de la bouteille ne présentaient aucune trace suspecte. Il me proposa un coup de vodka. Je refusai.

— Qui es-tu ? demandai-je.

Il était grand. Il n'était pas rasé. Sa veste semblait taillée pour un homme plus petit et plus corpulent. Il se présenta :

— Mikhail Mikhailovitch Gromek.

Il avait levé les bras, faisant jaillir de ses manches des poignets étiques.

— Veilleur de nuit, poursuivit-il. Gardien. Et ingénieur de maintenance.

— Dans cette usine ? dis-je en indiquant, à travers les panneaux vitrés, les machines à l'étage en dessous.

— Exactement. Voulez-vous une visite guidée ?

Il y eut un bruit de verre brisé tout près de mes pieds. La figure de Bitov apparut, surgissant d'un trou dans le toit.

— Ah, vous l'avez chopé, chef.

Il avait l'air déçu. On aurait dit que sa voix sortait d'une tête coupée.

Le temps de redescendre, beaucoup de miliciens étaient arrivés. Je renvoyai Bitov au 13e district avec le veilleur de nuit Gromek. Qu'il lui fasse une prise de sang. Qu'il enregistre sa déposition s'il en faisait une. Et qu'il relève ses empreintes.

Mais je ne pensais pas que cela donnerait grand-chose.

Je descendis de l'Economy puis revins sur mes pas en marchant lentement à travers les ruines. Les bombardements avaient détruit cet ensemble formé de blocs d'immeubles et de petites usines. Des murs se dressaient toujours à des hauteurs de dix et parfois quinze mètres, entourant des cours intérieures reliées par d'anciennes allées devenues des sentiers couverts de gravats. Des poutres calcinées pointaient dans toutes les directions. Le socle de Staline se dressait devant un terre-plein occupé par des immeubles défigurés.

De petits groupes de gens se réunissaient à l'extérieur d'un cercle formé par des miliciens en chapka de fourrure grise et long paletot marron. A l'intérieur du cercle, sur le bloc de ciment où le corps de la fille avait été découvert, une vaste tente en plastique déchiré se dressait à présent. Dans la lumière verte de la toile évoluaient de vagues silhouettes. Cinq ou six personnes, peut-être. Toutes les dix secondes, le mur de la tente prenait une coloration blanche : c'était le flash d'un appareil photo.

En m'approchant de l'entrée, je ne fus pas reconnu par le milicien. Je passai un bon moment à fouiller dans mes poches pour retrouver ma carte. Ce dont j'avais besoin, c'était de temps. Sur le point d'examiner de près le cadavre d'une personne assassinée, j'éprouvais les mêmes craintes et incertitudes que la plupart des gens. Allais-je me mettre à trembler ? à vomir, peut-être ?

Ayant pris une profonde respiration, j'écartai le rabat de plastique humide.

A l'intérieur régnait une chaleur insupportable. Deux photographes remballaient leur équipement. Dronski fumait une cigarette. On avait dressé dans un coin une lampe verte équipée d'un immense abat-jour argenté. La lumière faisait briller les cheveux blonds, noués en arrière sous un bonnet, d'une jeune femme en blouse verte et gants de caoutchouc rouge. Elle se tenait près du socle en ciment. Les pieds du cadavre pendaient. L'un était nu, l'autre encore dans une chaussure dont le talon était brisé. On avait caché le reste du corps.

Pour le moment.

Le docteur Natacha Karlova se retourna dès qu'elle entendit ma voix. Un halo de clarté verte scintillait autour des cheveux qui s'échappaient du bonnet. Elle avait une tache de sang sur la joue. Elle me sourit d'un air sévère.

— Docteur Karlova, dis-je.

Elle tenait dans chaque main une sonde en bois ensanglantée. Elle rectifia :

— Natacha.

A croire qu'on était sous la tente-buffet d'une garden-party. J'avais des bourdonnements dans les oreilles. Ma vue ne cessait de se brouiller, puis de s'éclaircir. Le docteur reprit :

— Constantin, l'inspecteur adjoint Dronski m'apprend que vous avez arrêté un homme sur le toit...

— J'ai arrêté un veilleur de nuit.

— Vous ne pensez pas qu'il ait pu faire ça ?

Elle eut un geste vers le cadavre, le découvrit et fit un petit pas de côté.

Je considérai avec horreur la boucherie qui s'étalait sur le piédestal en ciment. Le sang, noir sous cette lumière verte, s'écoulait sur les côtés. Entre les jambes nues de la fille, on distinguait une masse de chair meurtrie. Plus haut, le ventre était ouvert. Plus haut encore se dessinait un visage petit dont la bouche ouverte montrait des dents de lapins. Le docteur Karlova me toucha le coude avec son bras.

— Constantin…

Depuis combien de temps étais-je là, à observer ce corps ? Je n'en savais rien. Mais j'avais l'impression que mes yeux s'étaient élargis d'une façon surnaturelle.

— Un sauvage.

Je battis des paupières et me tournai vers elle.

— Oui, dis-je.

— Vous aviez déjà vu une chose pareille ?

Si j'avais jamais vu une telle chose ? Elle parlait sérieusement ? Je secouai la tête. Dronski lui proposa une cigarette, qu'elle coinça entre ses doigts gantés de caoutchouc rouge. Je ne fumais plus depuis la fin du siècle, mais quand il m'en tendit une à son tour, je la pris.

Karlova inhala de la fumée et, d'une langue experte, déplaça sa cigarette à la commissure des lèvres.

— Je vais vous expliquer, pour les blessures, annonça-t-elle.

Elle s'approcha du socle de Staline. La fumée de sa cigarette dessinait des volutes dans la lumière verte. Je commençais à avoir les yeux humides et l'impression qu'une substance visqueuse reposait au fond de ma gorge. Je baissai la tête et tirai une bouffée de cigarette. La fumée envahit mes poumons. Je me sentis mieux, tout à coup.

— Apparemment, dit Karlova, la mort est due à l'hémorragie et au traumatisme massif dû au prélèvement de l'utérus.

Je m'approchai du piédestal et me tins fermement sur mes jambes.

— Le prélèvement de l'utérus est la *cause* de la mort ?

— Oui, répondit-elle en me regardant par en dessous.

— Vous voulez dire…

Ma voix ressemblait à un coassement.

— Vous voulez dire qu'elle était vivante et consciente quand il lui a fait *ça* ?

— Plus ou moins.

Elle parlait d'un ton calme.

— Ce qui s'est passé ici, Constantin, c'est une vivisection. Au vrai sens du terme.

— La fille était vivante ?

J'avais du mal à répéter ma question.

— Comme dans les meurtres précédents.

Dronski m'observait. Savait-il que je n'avais pas encore vraiment lu les rapports ? Et cela avait-il encore de l'importance ?

— Et toujours la même marque sur le cou, continuait Karlova de sa voix patiente.

Je considérai le pâle visage de la morte. Elle avait l'air d'avoir huit ans. On voyait sous son menton deux demi-cercles : deux traces noires et profondes. Des traces de dents.

— Comme dans les trois crimes précédents, ceci indique à mon avis que le meurtrier réduit sa victime au silence et l'étouffe en partie. Et il le fait par une pression très forte sur le cou. Pendant qu'il la transporte.

— Il la transporte ? Mais depuis quel endroit ?

— C'est à vous de me le dire, répondit froidement Karlova. De l'endroit où il les agresse.

Je me tus pendant qu'elle procédait à une description technique et détaillée du cadavre. « La membrane supérieure de l'utérus amputé... » Mais mes pensées battaient la campagne. Quel genre d'esprit était capable de concevoir une agression de ce type sur un autre être humain ? Un coup de feu, d'accord. Un coup de couteau. Le but est de tuer : on tue, tout simplement. Le meurtre. Mais là, il s'agissait d'autre chose. Le but d'une telle boucherie n'est pas simplement le meurtre. « Ces marques de sang, juste sous le pli de la jambe gauche, indiquent que l'assassin a nettoyé là son couteau... » Quel type de désir se cachait derrière tout ça ? Quelle haine envers l'humanité, envers les femmes ? C'était inconcevable.

— Nous avons aussi certainement du sperme à l'intérieur de la cuisse droite, disait Karlova. Mais, étant donné la nature des blessures, impossible d'établir s'il y a eu pénétration ou pas.

Quelle importance ? Quelle importance pour cette pauvre gosse ?

— J'ai pu prélever un bon nombre de fibres sur le manteau de la fille. Dans le dos et sur les côtés. Sur la jupe également. Des fibres de moquette, je dirais, à ce stade de mes investigations. Elles peuvent fournir des éléments intéressants. Autre chose...

Je baissai les yeux vers le corps. A ma grande surprise, j'étais capable à présent de le regarder sans éprouver cette sensation dans la gorge.

— Et ça, qu'est-ce que c'est ?

Karlova se penchait.

— Regardez ici, dit-elle.

Elle indiquait une zone située sous le genou de la malheureuse. Je m'accroupis.

— Plus près. Que voyez-vous ?

Sur le côté du mollet gauche, à mi-chemin à peu près entre le genou et la cheville, on distinguait une marque rougeâtre d'environ dix centimètres de profondeur. Je me remis debout.

— Comme sur les autres victimes, dit Karlova. C'est une confirmation. Nous n'avons plus affaire à un individu entièrement mystérieux. Nous avons ouvert la boîte. Nous savons quelque chose sur lui. Une seule chose mais quelque chose...

J'attendais la suite.

— Il est gaucher. Ceci est la marque d'un coup porté sans doute au moyen d'un objet en bois. Un bâton, un piquet tenu comme le tiendrait une personne gauchère. Vous voyez...

Elle faisait la démonstration.

— Par derrière ?

— Exactement. Sur les autres corps, rappelez-vous, on trouvait aussi des ecchymoses sur la jambe gauche. Exactement au même endroit.

Excitée, elle agitait ses gants rouges, tirant sur sa cigarette et recrachant la fumée dans la lumière verte de la tente.

— Mon opinion est qu'il aborde ses victimes par derrière. Il s'accroupit, toujours en avançant vers elle, et il frappe à la jambe. Comme un coup de faux. Il lui fauche littéralement les jambes. Ensuite, il lâche le bâton et il la prend dans ses bras. Au moment où le cri se forme dans sa gorge, il lui enfonce les dents dans le cou.

Mes nerfs se vrillaient dans la tête. En arrivant aux Homicides, je m'attendais à une planque confortable dans un bureau. Signer des formulaires, renvoyer des documents d'un service à l'autre. Au pire, être appelé pour traiter un conflit entre un alcoolique et sa femme arrivés tous les deux au bout du rouleau. Des agressions bien propres : à coups de poing, à coups de tisonnier, voire à coups de revolver occasionnellement. A aucun moment je ne m'étais préparé à ça.

Karlova me regardait. J'essayais de trouver quelque chose à dire. Je fis un geste en direction du cadavre.

— Et pour faire tout ça, repris-je, est-ce qu'il a besoin de connaissances médicales particulières ?

— Des connaissances rudimentaires, rien de plus.

— Il n'est pas médecin?

Elle sourit en serrant les lèvres.

— Nombre de médecins, dit-elle, ne possèdent en chirurgie que des connaissances rudimentaires. Mais ça m'étonnerait. C'est tout ce que je peux dire.

Je dus faire un effort pour poser la question que l'on attendait de moi:

— Le couteau. On a une idée là-dessus?

— Long et tranchant.

— C'est tout?

Je me détournai du corps pour réfléchir une minute.

— Il doit en ressortir avec du sang plein les bras, murmurai-je.

— D'où ceci, enchaîna Karlova.

Elle souleva un grand sac en plastique. A l'intérieur, on aurait dit des poissons nageant dans du sang. Elle en pêcha un avec une paire de pinces médicales. C'était un autre sac en plastique, couvert de sang, fermé par un élastique.

— Comme dans les cas précédents, indiqua-t-elle. Pour travailler, le meurtrier s'enveloppe les mains et les avant-bras dans des sacs en plastique étroits, tenus par des élastiques...

— Pas de tablier?

— Peut-être.

Je me tournai vers Dronski.

— Qui a trouvé le corps?

— On n'en sait rien. Une femme. On a reçu un appel au commissariat. Elle a fourni une description rapide et elle a raccroché.

— On a pu identifier la fille?

— On ne connaît pas son nom. Il y avait une carte hebdomadaire de métro dans la poche du manteau. De Barricades à Place-Rouge. Je suppose que c'est une fille du coin.

— Pas d'argent? Pas de sac à main?

Dronski fit non de la tête.

— Le sac à main est quelque part, repris-je. Quand le docteur Karlova aura emmené le corps, laissez un homme devant la tente. Les autres, faites-leur passer la zone au peigne fin. Pour retrouver le sac. Il est tout près de là où l'agression a eu lieu.

Je me tournai de nouveau vers le corps sur son piédestal. Inutile de faire semblant de s'intéresser plus longtemps à ces chairs déchirées. Je regardai le petit visage, les dents de lapin. Des traces de rouge adhéraient encore aux lèvres minces. Une ombre de Rimmel subsistait autour des yeux. Celle-là, ce n'était pas une *putana*. Alors qu'est-ce qu'elle faisait? Quel besoin avait-elle de traverser au milieu de la nuit cette zone dévastée de Presnia-la-Rouge, comme Tania Chekova?

Quand le docteur Karlova eut fini, je signai l'ordre d'envelopper le corps dans un plastique et de le transporter à la morgue. J'observai Karlova tandis qu'elle ôtait ses gants et remballait ses instruments sinistres. Elle surprit mon regard quand il s'arrêta sur la bouteille de vodka dans son sac. Elle la prit et me la tendit. Je débouchai la bouteille et la tendis à mon tour à Karlova. Elle en but une gorgée. Puis ce fut le tour de Dronski. Et enfin mon tour. L'alcool me brûla comme il devait le faire. Ma gorge se délivra de la substance visqueuse. A cet instant, un des assistants de Karlova roula le corps dans une bâche et le déposa sur un brancard maculé de sang.

14

L'aube n'était plus très loin quand je quittai Presnia, ses rues sombres et ses tas de décombres, pour rentrer chez moi dans un quartier abandonné aux pauvres, aux mendiants, aux bandes de gamins et aux voitures chargées de meubles ou de foin, tirées par des chevaux. Partout, dans cette zone dévastée, les sans-abri buvaient de la vodka assis près des feux. Les femmes et les jeunes garçons se livraient à leur commerce au coin des rues. J'avais tellement honte que j'en venais à me demander si la femme de l'autre soir, celle qui pleurait dans le débit de vodka, n'avait pas raison ; si ce que je venais de voir n'était pas un message ; si Monstrum, étant donné la liberté avec laquelle il se déplaçait, ne cherchait pas à railler notre condition de Russes et ce monde en pleine décomposition morale.

Pire encore, une autre idée me glaçait les veines : Julia était ce soir à Moscou, peut-être seule, peut-être errant d'une rue à l'autre, peut-être même à Presnia.

Passé la frontière de Presnia, tout était différent. A un angle de la perspective Leonid Koba, d'étincelantes voitures étaient garées devant le trottoir où se dressait l'auvent d'une boîte appelée le Club Ironique. En sortaient des filles bien vêtues escortées par des hommes qui parlaient en agitant leur cigare. Plus loin, des limousines se pressaient à l'entrée des grands hôtels.

Je rangeai ma voiture dans le petit garage qui m'avait été alloué, au bout d'une allée non loin de l'immeuble, puis redescendis le passage Semyon d'un pas lent. Je croisai une famille dont même les plus jeunes enfants étaient chargés de paquets. Un vieil homme, soutenu par une fille d'environ treize ans, était si épuisé qu'il arrivait à peine à mettre un pied devant l'autre. Les gosses avaient les yeux fermés de fatigue.

A cause de la présence de ces gens, mon quartier n'était pas apprécié des riches. Trop de réfugiés le traversaient quotidiennement (même la nuit) pour se rendre à Presnia. Là-bas, leur avait-on dit, ils pourraient se procurer un toit dans les tours insalubres, sans risque d'être délogés par la police.

J'arrêtai un jeune homme qui portait dans ses bras un petit enfant, et sur son dos un vieux sac de l'armée soviétique. Je lui donnai quelques roubles. Et ce geste apaisa à peine le sentiment de culpabilité que je traînais depuis les scènes de cette nuit. Mais c'était toujours mieux que de passer son chemin après avoir lu le désespoir dans les yeux de ces gens.

L'ascenseur était en panne. J'empruntai l'escalier, plongé dans la pénombre à partir du premier étage. Il était un peu plus de 6 heures. Les rues étaient encore sombres. Mais, quand je m'arrêtai devant la fenêtre du palier, une lueur gris acier se levait à l'est.

Ma porte se trouvait à gauche. Devant moi, c'était celle de Dimitri, l'inspecteur des Eaux. Un bruit me parvint de l'étage supérieur. Un froissement de tissu.

Je m'écartai de la fenêtre et me cachai dans un renfoncement. Glissant la main dans la poche de ma veste, je détachai mon Tango de son holster. Mais une seule pensée m'occupait : Julia était là, sur les marches, dans l'obscurité.

On gratta une allumette. La flamme mourut en effleurant la mèche d'une bougie. Une lumière jaune, peu à peu, envahissait les ténèbres. La femme qui se tenait au-dessus de moi, entre les deux paliers, était vêtue d'une longue chemise de nuit à fleurs. Le visage encadré par une abondante chevelure rousse était rendu encore plus pâle par le rouge à lèvres et la poudre. Elle avait une cinquantaine bien sonnée.

— Madame Raïssa ? murmurai-je.

Un doigt sur les lèvres, elle me fit signe de la suivre. J'attendis qu'elle ait regagné son étage, puis je la rejoignis. Sa porte était ouverte. Elle s'arrêta. Elle tenait la bougie au-dessus de sa tête. Elle me fit signe à nouveau.

Je suis d'un naturel prudent, pour ne pas dire nerveux. Cette rencontre ressemblait à une scène d'opéra, impression encore amplifiée par les mouvements de la chemise de nuit, la chevelure sombre et épaisse, l'opulence de cette femme entrant dans son appartement sous la clarté d'une bougie. Je faillis lâcher la crosse de mon arme. Je franchis à mon tour le seuil de l'appartement. La femme me faisait face dans le couloir étroit. Elle dit dans un souffle :

114

— Fermez la porte, inspecteur.

Je lui obéis. Elle tendit le bras vers l'interrupteur et alluma. Elle ressemblait moins à une héroïne d'opéra, maintenant. Même sous le faible éclairage de l'ampoule.

Elle m'invita à avancer. L'appartement était petit. Je la suivis dans le salon.

— Ne faites pas de bruit, dit-elle. Dimitri habite juste en dessous. Il répand des ragots sur mon compte. Asseyez-vous. Je vais vous donner du café. Et autre chose aussi, de plus fort.

Étais-je devenu fou ? Me voilà assis à 6 heures du matin dans le salon d'une chanteuse d'opéra quinquagénaire qui m'avait invité à la suivre avec des gestes équivoques. Maintenant, elle voulait m'offrir du café – et autre chose de plus fort.

Madame Raïssa revint avec un plateau sur lequel étaient posés une cafetière, des tasses, une bouteille d'armagnac et deux petits verres. Elle installa le tout sur la table basse. Il ne manquait plus qu'un peu de musique : comme si elle avait lu dans mes pensées, elle mit un disque. Pas vraiment de la musique douce : des airs d'opéra. Les plus célèbres. Elle se dressait devant moi, telle une incarnation magnifique de la femme. Elle avait de toute évidence été belle autrefois. D'aucuns l'auraient trouvée belle aujourd'hui encore.

— Vous allez aimer mon café, dit-elle. Il vient de l'Ouest. Je le reçois par avion tous les mois.

Elle sourit.

— Mon frère Nicolai est commandant de bord à Air Russia. Il a la chance de faire le voyage à New York plusieurs fois par mois. Vous connaissez New York, inspecteur ?

J'acceptai le café mais je déclinai pour l'armagnac.

— Madame Raïssa, répondis-je, vous êtes très gentille. Mais il est 6 heures du matin, bientôt sept. Je rentre du travail. Un crime odieux à Presnia. Une jeune fille…

— Monstrum, dit-elle.

— Nous n'aimons pas utiliser ce nom.

En fait, au 13e district, personne n'appelait le tueur autrement.

— Ce Monstrum, inspecteur, est un avertissement adressé à nous tous.

Je me frottai les yeux.

— Vous avez sûrement raison.

— Je vous en prie, prenez un peu d'armagnac. Vous aimez cette musique ? C'est moi qui chante. Les grandes arias. Des fragments venus d'un autre monde, Constantin. Cela ne vous ennuie pas, si je vous appelle Constantin ?

Elle s'assit auprès de moi sur le sofa.

— Nous devons nous montrer discrets.

J'approuvai, mal à l'aise. Elle pointa le doigt vers le plancher.

— Cet homme, reprit-elle. A l'étage en dessous. Vous vous rendez compte qu'il ne manque jamais une occasion de regarder sous ma jupe dans l'escalier ?

— L'inspecteur des Eaux ?

— Dimitri. C'est un faux nom.

Je la regardai, surpris.

— Vous ne connaissez pas l'histoire du faux Dimitri ?

— Celui qui s'était substitué au prince Dimitri...

— ... à qui on avait donné l'apparence du prince Dimitri, et que l'on avait installé sur le trône des tsars.

Elle parlait d'un ton vigoureux.

— Le Dimitri qui habite en dessous est un faux Dimitri. Il ne travaille pas à la Compagnie des eaux. Il travaille place Lubianka.

— A la prison Lubianka ? C'est un officier de la Tcheka, vous voulez dire ?

— J'en suis sûre.

Elle vint plus près.

— Il ne doit pas savoir que vous êtes ici. Reprenez du café. Goûtez cet armagnac. Servez-vous de biscuits.

— Est-ce que la musique, à une heure pareille, ne risque pas d'indiquer une visite ?

— J'écoute de la musique à toute heure. Ma propre musique. Et je chante également. Et maintenant, Constantin, vous allez m'écouter. Je vais vous raconter une histoire. J'ai été autrefois une chanteuse d'opéra assez connue. Je chantais à Londres, à New York. Maintenant je n'ai plus les moyens de vivre. Tout ce que j'ai, ce sont mes deux vieux gentlemen. Des universitaires. Sans eux, je serais déjà morte de faim. Vous comprenez ce que je suis en train de vous dire, Constantin ?

Je hochai la tête. Elle poursuivit :

— Je me pose des questions... Croyez-vous que ce soit raisonnable, moralement parlant, de vouloir préserver, par les temps qui courent, le lien qui unit mon corps et mon âme ?

— Chacun de nous se débrouille comme il peut.

— A part mon frère, je n'ai aucune famille. Et aucun ami susceptible d'être choqué par mon attitude.

Elle posa sur ma cuisse sa main dodue.

— Je ferais n'importe quoi pour avoir des amis. Je suis loyale. Honnête. Pourquoi n'ai-je pas d'amis ?

La fatigue me pesait sur les paupières. Elle me servit une autre tasse de café. Et cette fois, j'acceptai un verre d'armagnac. De nouveau son refrain :

— Je n'ai pas d'amis parce que je suis une idiote. Je suis loyale, honnête – d'accord. Mais indiscrète aussi. Et idiote. Je parle trop. Je parle aux gens dans les cafés. Dans la file d'attente des magasins. Dans la cohue, à l'arrière des bus de l'armée. Je parle, je parle, je parle.

Je n'en doutais pas une seconde. J'avalai mon armagnac d'un trait, puis je me levai à demi pour partir.

— Non.

Elle appuyait lourdement sur ma cuisse.

— Vous voyez pourquoi je n'ai pas d'amis. Pendant cette guerre, j'ai pris des coups des deux côtés. Eh bien ! Sous la torture – non, j'exagère, sous les coups, je ne parle pas. Mais au café, je parle. Comme avec cette jeune femme dans le parc…

J'acceptai une nouvelle et généreuse rasade d'alcool. J'étais perdu.

— Quelle jeune femme ?

— Sonia, dit-elle. Elle pense qu'elle vous connaît.

Je me redressai. *Sonia*. Quand nous étions jeunes, Julia et moi, presque encore des enfants, nous nous amusions à nous appeler par les noms de ces stupides héros de bandes dessinées : Sonia et Vassili. J'étais complètement réveillé, tout à coup.

— Cette jeune femme, Sonia. Comment était-elle ?

— Fatiguée. Très fatiguée.

J'en avais l'estomac retourné.

— D'accord, mais grande ? Petite ? Et les traits de son visage…

— Elle était grande. Aussi grande que moi. Mince. Blonde. Avec les traits tirés. Elle avait l'air épuisée.

— Vous l'avez rencontrée dans le parc ?

— Je l'ai vue deux fois. Hier. Hier matin. Je sortais pour aller acheter du poisson. Je m'étais décidée pour du poisson. Un de mes amis universitaires m'avait donné un peu d'argent. Pourquoi ? Un gentleman tel que vous ne pose pas ce genre de questions. Non. Du poisson. C'était décidé.

— Où êtes-vous allée ?

117

— Vous connaissez ce marché qui se tient maintenant au parc Koba ?

— Le long du grand boulevard ?

— Il y a encore un ou deux mois, ça s'appelait le parc Kropotkine. Du nom du saint anarchiste. Mais on ne le regrette pas. C'est là que je trouve du poisson. La queue est désespérante mais j'y vais quand même. Même si on nous annonce que tout est parti. Et à la fin de la matinée, je rentre avec un beau morceau de morue fumée.

— Et cette jeune femme dont vous parliez ?

— Je suis entrée avec mon poisson au Café du Parc et je me suis offert une bonne tasse de vodka chaude. Quelques minutes après est arrivée une jeune femme en manteau clair. Elle avait de la présence, comme on dit au théâtre. Le café était plein. Elle a remarqué que j'étais seule à ma table. Elle s'est approchée et, avec un sourire discret, elle m'a demandé la permission de s'asseoir. De telles façons sont rares, de nos jours, Constantin.

— Vous avez parlé avec elle ?

— Je n'ai pas arrêté, j'en ai bien peur. Je lui ai dit comment je me débrouillais pour sauver le lien qui unit mon corps et mon âme. Elle n'était pas choquée. Je lui ai dit où je vivais. Je lui ai parlé du faux Dimitri. Et du jeune et séduisant inspecteur de police qui venait juste d'arriver dans l'immeuble. Bref, j'ai bavardé…

— Et Sonia ?

— Elle écoutait. Elle m'a dit qu'elle avait connu un jeune homme du nom de Vadim, quand elle était étudiante à Mourmansk. Et pour le cas très improbable où ce jeune homme pouvait être vous, elle m'a confié le billet…

— Ce billet que vous avez glissé sous ma porte ?

— Oui.

Elle voulut remplir mon verre : je n'essayai pas de l'en empêcher.

— Vous êtes sûre que Dimitri ne vous a pas vue ?

— Il n'était pas là.

— Et vous dites avoir rencontré cette femme une deuxième fois ?

— Hier soir. A une centaine de mètres d'ici. Je rentrais, il était tard. J'étais allée rendre visite à l'un de mes professeurs. Non, non, n'allez pas vous mettre de vilaines idées en tête, Constantin. Cette fois, c'était pour chanter. Chanter, c'est tout : je le jure. Sonia m'a abordée passage Semyon. Elle m'a embrassée gentiment sur les joues.

Raïssa se leva et se dirigea vers une petite table. Elle détacha une clef qu'elle avait au cou et ouvrit une écritoire en noyer du XIXe siècle.

Dans l'un des compartiments, elle prit une lettre. De la même taille et de la même forme que la précédente.

— Elle m'a remis ceci. Elle m'a assuré que ce serait une vraie preuve d'amitié si j'arrivais à vous la donner en mains propres. Aussi vite que possible.

Je glissai la lettre dans la poche de ma veste.

— Je vous dois un grand merci, madame.

Je lui baisai la main.

— Vous reviendrez boire un café avec moi ?

— Bientôt.

— Il faudra observer la plus grande discrétion.

Elle me fourra un paquet de café français dans la main.

— Nous ferons attention, promis-je.

Je quittai son appartement et me hâtai de redescendre d'un étage. En arrivant chez moi, je tirai l'enveloppe de ma poche pour la décacheter. Et je lus : « S'il te plaît, Vassili, je t'en prie, viens me chercher au cinéma permanent Président Romanov, sur la perspective Washington. J'y serai entre minuit et 4 heures du matin. Sonia. »

Je m'adossai à la porte d'entrée. Julia m'avait attendu jusqu'à la dernière séance au cinéma Président Romanov. Elle était seule. Elle avait besoin de moi. Et, pendant ce temps, j'étais sous cette tente sinistre en compagnie de Dronski et de Karlova. Près du corps mutilé de cette fille anonyme qui gisait sur son socle de ciment.

15

Je m'éveillai. J'avais dormi tout habillé sur le canapé. Il était 9 heures. Dehors, la brume épaisse s'était éclaircie. Le ciel bleu se mouchetait de fins nuages blancs. Dans les rues, la neige traîtresse de novembre avait fondu. Les gens marchaient avec leurs lourds manteaux ouverts. La radio nous promettait quelques jours de temps clair, presque doux. Mais j'avais la tête lourde et, dans la gorge, le mauvais souvenir des odeurs étouffantes et nauséeuses respirées sous la tente. Je préparai du café – le café français de madame Raïssa. Puis je me débarrassai de mes vêtements. Je pris une douche et me rasai. J'enfilai des habits propres après avoir jeté mon linge sale dans le panier. Enfin, j'allai boire mon café devant la fenêtre, en observant en bas le passage Semyon.

Le goût amer du café m'éclaircit la gorge. Et même le cerveau, du moins partiellement. J'essayai de réfléchir. Pourquoi Julia avait-elle jugé plus sûr d'entrer en contact avec madame Raïssa plutôt qu'avec moi directement? Pensait-elle que je faisais déjà l'objet d'une surveillance de la part de la Tcheka? Comment était-ce possible? Madame Raïssa était-elle vraiment aussi farfelue qu'il y paraissait? Avait-elle raison, quand elle disait que mon voisin était un faux Dimitri travaillant pour la Tcheka?

Ces pensées firent naître en moi des émotions confuses. La Tcheka n'était rien d'autre que la police secrète. Et nous étions, elle et moi, dans le même camp. Elle avait pour chef notre vice-président, Leonid Koba en personne, ministre de la Sécurité de l'État. Mais les gens tels que Roy Rolkin avaient plaisir à user encore de ce vieux nom chargé de peur qui rappelait l'époque soviétique. Et ils marchaient encore avec la Lubianka. L'immeuble avait jadis abrité les bureaux de la Compagnie russe d'assurances mais, sous Staline, on y avait installé des geôles, des salles de torture et des poteaux d'exécution. Le couple Tcheka/Lubianka était chargé d'histoire. Au point que n'importe quel Russe était toujours frappé de terreur lorsqu'il entendait prononcer ces deux noms.

Je laissais mes regards vagabonder le long de la rue. La triste caravane de réfugiés continuait sa route vers Presnia. Je buvais mon café. J'essayais de chasser la peur qui était en moi. J'essayais aussi de me convaincre que j'avais peur pour Julia et pour elle seulement.

Il me fallait admettre que j'étais surveillé. Admettre que Julia avait jugé dangereux d'entrer en contact avec moi. Et que j'allais bien devoir lui faciliter les choses, d'une façon ou d'une autre.

Quittant l'appartement, je descendis l'escalier en courant. Je préférais ne pas prendre ma voiture. J'attrapai un trolley sur l'avenue Filovskaia. Je descendis au quatrième ou cinquième arrêt pour entrer dans une grande église. Debout dans le fond, j'assistai à la messe. La chaleur et les couleurs rougeoyantes m'apportèrent un sentiment de confort et de sécurité. Les gens entraient et sortaient par différentes portes. Ayant suivi une file, je me retrouvai sous une petite galerie extérieure, à l'autre bout de l'église. Je me mis à marcher avec prudence. Je cherchais moins à semer un éventuel poursuivant qu'à le repérer. J'avais décidé de prendre par les rues anonymes qui mènent vers la perspective Leonid Koba. Cette route passait par le Café du Parc.

La terrasse était noire de monde. Le parc offrait à nouveau une herbe miraculeusement verte, malgré quelques taches de neige. Ce soleil froid était un vrai cadeau pour les Moscovites, même si la température matinale exigeait que l'on mette son manteau, voire la toque de fourrure hivernale. Hier, il avait neigé.

J'entrai et pris place au bar où je commandai un café serré que je bus lentement. Sur la terrasse, des gens abandonnaient leur table aux nouveaux venus. Un chien noir vint renifler mes chaussures et, après avoir paru leur marquer un profond intérêt, se mit à les lécher. Je déplaçai mon pied. Le chien gronda. Il en voulait encore. Je le repoussai, écœuré. C'est l'odeur du sang qu'il poursuivait. Le sang de la nuit.

Je finis mon café. Je ne m'étais pas vraiment attendu à trouver Julia ici, mais il me semblait comprendre sa façon de réfléchir. Plus exactement, je sentais qu'elle comprendrait *ma* façon de réfléchir. Si de bonnes raisons pouvaient m'avoir empêché de me rendre au cinéma Romanov, le Café du Parc était l'endroit qu'elle avait choisi pour rencontrer madame Raïssa ; par conséquent, c'est là que j'irais, là qu'elle retournerait elle aussi.

Un jour. Des yeux, j'inspectai chaque table. Mais pas aujourd'hui.

Je sortis et montai dans un camion-bus, puis je continuai à pied vers le 13ᵉ district à travers les ruines de Presnia. Comme la veille, la foule envahissait le hall d'accueil. Pourtant, l'ambiance semblait un peu moins chaotique. La file d'attente pour les amnisties, à présent dédoublée, était desservie par quatre bureaux équipés d'ordinateurs apparemment neufs. L'arrivée du docteur Shepherd au 13ᵉ district produisait déjà des résultats.

Je gagnai la tête d'une file d'attente et présentai ma carte au policier assis derrière le bureau. Il se détourna de l'homme qu'il interrogeait.

— En quoi consiste votre boulot ? lui demandai-je.

— C'est assez facile, inspecteur. On reçoit les candidats à l'amnistie. On relève leur nom, leur date de naissance et leurs états de service militaire. S'il y a un problème d'identification, on les envoie faire un relevé d'empreintes. Ensuite, on compare noms et empreintes avec nos listes de personnes recherchées pour crimes de guerre.

Il fit apparaître sa liste sur l'écran.

— Faites-la défiler, demandai-je.

Quelques centaines de noms, tout au plus. Et celui de Julia n'y figurait pas.

— Et si le candidat n'est soupçonné de rien ? demandai-je.

— Il revient deux jours plus tard, on lui remet sa carte d'identité, et il est libre.

— C'est aussi simple que ça ?

— Aussi simple que ça.

Je le remerciai et tournai les talons. Pourquoi Julia se conduisait-elle comme si sa vie était en danger, bon Dieu ?

Un nuage de parfum attira mon attention. J'allais me tourner vers l'entrée quand j'entendis claquer les talons du docteur Shepherd. Sa voix s'éleva :

— Inspecteur Vadim !

Elle traversait le hall, flanquée de ses deux collègues occidentaux. Elle portait un costume noir sous un manteau en zibeline. Une brève poignée de mains.

— Je dois vous remercier pour m'avoir prêté ce livre, commençai-je.

Mais elle m'interrompit d'un bref mouvement de la tête. Elle ne se contentait pas de porter un parfum enivrant. Sa silhouette aussi était parfaite.

— Mon domaine, reprit-elle, c'est la psychologie. Et ma spécialité, les enfants. Les sciences de l'éducation. C'est cela qui m'a attirée en

Russie, la première fois. Il y a chez vous tellement d'enfants maltraités. C'est pour eux que j'ai d'abord ouvert une clinique. Pour les *bezprisorny*, ces millions d'orphelins qui risquent de se transformer en adultes perturbés s'ils ne sont pas traités à temps.

— Où se trouve votre clinique?

— Ma clinique a été détruite par les bombardements. Je suis en train de la faire réouvrir. Les besoins dans ce domaine sont considérables à Moscou, inspecteur.

— Je crois que vous vous intéressez aussi à la personnalité des criminels, docteur. Et de près, si j'en juge par la dédicace du docteur Benson.

Cette fois, j'avais magnifiquement fait mouche. Ses lèvres s'entrouvrirent.

— Les enfants maltraités deviendront des adultes perturbés, reprit-elle simplement.

— Bien sûr. Mais, selon vous, peut-on affirmer que ce sont ces enfants-là qui feront plus tard des criminels?

— Oui.

— Et vous pensez que la science peut intervenir dans le processus qui va de l'enfant maltraité au criminel?

Son regard brillait d'une façon extraordinaire.

— C'est exactement ça. Votre Monstrum m'intéresse en tant qu'adulte perturbé. Je trouverais fascinant de parvenir à dessiner son profil d'enfant alors que nous ne le connaissons pas encore.

Son visage se modifiait sous l'effet d'une concentration intense.

— J'aimerais avoir l'occasion d'en discuter avec vous, dit-elle.

— Ce sera avec plaisir, docteur, répondis-je.

Elle leva un long index dont l'ongle brillait comme de l'émail.

— Alors nous essaierons d'arranger un rendez-vous.

Elle me gratifia d'un bref sourire et adressa un hochement de tête à ses collègues; puis elle s'éloigna. Policiers ou candidats à l'amnistie, tous les hommes présents se retournèrent pour la regarder passer.

Je poussai la porte battante de la Division des homicides. Une dizaine de policiers étaient au téléphone. Comme d'habitude, c'est à peine s'ils levèrent les yeux vers moi. Je refermais la porte de mon bureau quand je vis Dronski me rejoindre. Je lui retins la porte. Dronski portait les mêmes vêtements que sur le lieu du crime. Les policiers chargés des homicides travaillaient donc toute la nuit?

— Bonjour, chef. Un café?

— Si vous en avez...

— Avec un gâteau ou un sandwich au poisson fumé ?

— Vous avez un sens de l'humour plutôt noir, dis-je. Café seulement.

Je marquai un temps, puis je repris :

— Dronski, il y a à côté plus de vingt policiers occupés au téléphone. C'est mieux que de roupiller, me direz-vous. Mais bon, sans vouloir pousser au rendement, il me semble qu'en tant que responsable, j'ai le droit de savoir ce qu'ils fabriquent. Vous le savez, *vous* ?

— La question ne se pose pas, chef. Ils ne travaillent pas pour vous.

— Ils occupent la Division des homicides...

— C'est vrai.

— Et ils ne travaillent pas pour moi ?

— Non, inspecteur.

— Alors pour qui ?

Il prit sa respiration. Il avait l'air particulièrement mal à l'aise.

— Pour le beau-frère du commandant Brusilov, chef.

Les yeux baissés, Dronski frottait le lino du bout de sa chaussure. Relevant la tête, il ajouta :

— Igor Sergeivitch. L'un des plus importants fournisseurs pour les restaurants de Moscou. Fruits et légumes. Son problème, c'est de suivre à la trace les fournitures venues de Géorgie par avion. Ensuite, il les met aux enchères et les distribue aux restaurants de son choix...

— Quoi ? Ces policiers dirigent un marché de fruits et légumes depuis la Division des homicides ? Depuis *ma* division ?

— Ne vous en faites pas, chef. Ce ne sont pas de vrais policiers. Ils figurent sur le registre de la police de Presnia, c'est tout.

Je me détournai. « Les choses vont finir par s'arranger », me répétai-je comme on psalmodie un mantra. Mais j'aurais vraiment aimé savoir quand. J'allai me balancer dans mon fauteuil. Depuis la veille, le décor avait changé. Quatre cartes étaient à présent punaisées au mur, quatre grandes cartes légendées : Meurtre 1, Meurtre 2, Meurtre 3, Meurtre 4. Chaque cas était marqué d'un point rouge. Le lieu du meurtre commis cours du Rond-Point pendant la guerre était mentionné à part, et souligné d'un gros point d'interrogation. Les trois premiers meurtres avaient eu lieu dans des rues de Presnia inconnues de moi, mais aucune n'était très éloignée du Bullfrog. Le quatrième, bien sûr, était celui de la nuit dernière, sur le piédestal de Staline.

J'avais des questions à poser sur les deux premières filles. Des questions dont j'aurais déjà dû connaître les réponses, mais je n'avais toujours pas lu le premier des dossiers, qui était encore dans mon sac.

Quand Dronski fut de retour avec les cafés, il vit avec plaisir que j'étais en train d'étudier les cartes.

— Vous avancez, Dronski? demandai-je. Ce sera très utile.

Il sourit. Il était content. Je pris le café qu'il me tendait, puis le sucre qui reposait dans la cuiller. Cet homme pensait à tout. Je tournai mon café.

— Alors, ces recherches autour du piédestal? Ça a donné quelque chose? Asseyez-vous.

Il prit place devant le bureau et passa la main sur son crâne rasé.

— Pour commencer, dit-il, on a des empreintes. Toutes les empreintes qu'on veut. Sur les sacs en plastique.

— Voilà qui est prometteur. Elles n'ont pas été identifiées?

— Pas sur Moscou.

— Et au-delà de Moscou?

Il fit une grimace.

— La division des Empreintes qui rassemble les dossiers « homicides violents » est sortie de la guerre à peu près en bon état. Mais en province, beaucoup de dossiers ont été salement abîmés. S'il a commencé à commettre des meurtres à, disons Novossibirsk, alors on n'aura guère de chance d'établir un lien. Mais qui sait? La chance sera peut-être avec nous.

— Le docteur Karlova a trouvé des traces de sperme très nettes sur la cuisse de la fille.

— De ce côté-là aussi, on a des soucis. Le Centre de médecine légale de Moscou a dû être évacué pendant la guerre. Ils viennent juste de se réinstaller. Le docteur Karlova doit leur envoyer les prélèvements et les tissus ce matin...

— Comment a-t-on procédé dans les cas précédents?

— Le docteur s'est arrangé avec un labo privé. Il fallait bien improviser, chef. On a fait ce qu'on a pu.

— Bon mais... Ces recherches autour du piédestal, alors?

— Très fructueuses. En fait, on a identifié la victime. On a aussi localisé le lieu de l'agression.

— Vous avez trouvé le sac à main?

— A la périphérie de la zone, dans les gravats, là où il est tombé. A vingt, vingt-cinq mètres du piédestal, je dirais. Comme vous aviez dit.

Je n'avais pas le souvenir d'avoir eu un tel don de prescience.

— Dedans, il y avait quoi?

— Ce qu'on trouve dans un sac à main : maquillage, cigarettes, vingt-cinq roubles. Lydia Primalova. Dix-sept ans. Née à Moscou, Presnia. Femme de ménage à la Compagnie Stakovski.

— C'est l'entreprise près de laquelle elle a été tuée ?

Dronski approuva de la tête.

— On est en train de vérifier ses horaires de travail. Elle a peut-être travaillé tard. Elle rentrait sûrement chez elle, dans cette tour qui fait l'angle de la rue Pavlova. J'ai envoyé Bitov et Yakounine vérifier s'il y a des parents, des voisins.

— Allons examiner ce sac à main...

— Je vais voir s'il est revenu de la Médecine légale.

Après le départ de Dronski, je restai les yeux dans le vague. Je fermai les paupières pour prendre trente secondes de repos, comme on m'avait appris à le faire dans la marine. Peu à peu, je sentis mes muscles se relâcher et la tension s'évanouir.

La porte s'ouvrit sur Dronski qui entra avec un sac en plastique noir. Le seuil franchi, il s'arrêta pour me dévisager.

— Tout va bien, chef ? On dirait que vous venez de voir un fantôme.

— Technique de la marine, dis-je en me rasseyant. On se repose en comptant trente secondes les yeux fermés. Ça draine le sang depuis la tête. Après, vous êtes pâle mais en forme.

— Une petite sieste ? Bonne idée, si vous y arrivez.

Il tira du plastique le sac à main qu'il déposa sur la table. C'était un simple sac en tissu, avec un motif noir.

— Des empreintes sur ce sac ? demandai-je.

— Les siennes à elle, c'est tout. Il y a aussi différentes taches datant d'avant le meurtre.

Il vida sur la table le contenu d'une enveloppe brune : un poudrier de poche imitation écaille, un tube de rouge à lèvres, un paquet de Camel ouvert dans lequel manquaient trois cigarettes, vingt-cinq roubles en trois pièces de cinq et une de dix, une plaquette de pilules contraceptives... Je la retournai pour compter les jours indiqués sur la surface métallisée. Les pilules de la première semaine n'avaient pas servi.

— Il semble que Lydia Primalova avait commencé à prendre la pilule il y a dix jours. En tout cas, cette plaquette-là. Elle a pris la dernière hier matin, comme une bonne fille.

Je levai les yeux vers Dronski.

— Des pilules allemandes. Elles sont plutôt chères, non ?

Il sourit d'un air vague.

126

— Ça dépend de vos priorités, chef.

— Cette fille était employée de nettoyage dans une usine. Ou bien les pilules allemandes coûtent dix fois moins cher qu'à Mourmansk, ou Lydia n'avait pas les moyens de se les payer.

Dronski pinça les lèvres.

— Vous pensez qu'elle était la protégée de quelqu'un ? Un homme plus âgé qu'elle ?

— Quelque chose comme ça.

J'ajoutai en me levant :

— Vous avez un moyen de transport ?

— Une voiture de service.

— Parfait. La mienne est hors d'état. Allons à la recherche d'autres informations sur cette fille.

Tandis que nous traversions ensemble la Division des homicides, je demandai :

— Et Gromek, le veilleur de nuit ? Ils ont examiné ses vêtements ? Trouvé des traces de sang ?

— Il n'y avait rien.

— Je m'en doutais. Vous l'avez relâché ?

Dronski acquiesça. Était-il gêné par la question ?

— Qu'y a-t-il, Dronski ? C'est vous qui l'avez interrogé ?

— Oui, chef.

Il fallait lui tirer les vers du nez.

— Et vous avez l'impression qu'il a vu quelque chose ?

— Il *prétend* qu'il a vu le tueur.

— Et c'est maintenant que vous me le dites ! Il a vu quelque chose ?

— Je l'ai confié à un physionomiste pour un portrait-robot.

Je sentais l'adrénaline me courir dans les veines.

— Il a vu notre homme ? Pourquoi ne pas m'en avoir parlé ?

— Parce que Gromek est fou. Ivre ou à jeun, il est fou. Vous n'avez qu'à jeter un coup d'œil sur les indications qu'il a données pour le portrait-robot. Impossible à diffuser.

Nous venions de pénétrer dans le hall d'accueil. Des cris et des gémissements de femme nous parvinrent d'une autre entrée. Vingt ou trente personnes s'amassaient au seuil du Service d'identification pour essayer de voir quelque chose à l'intérieur.

— Mon Dieu, non ! s'écria Dronski en se précipitant.

Il se mit à hurler :

— Écartez-vous ! Dégagez de là !

Je lui emboîtai le pas. Il jouait des coudes pour traverser la foule. Il n'était pas difficile de comprendre ce qui intriguait ces gens. Le portrait du tueur réalisé sur les indications du veilleur de nuit était exposé sur un bureau, face à la fenêtre ouverte. Gromek avait cédé à son sens de l'humour et à son goût pour le surnaturel : le profil du Monstrum était une vision de cauchemar.

A partir de ce jour, c'est la vision de Gromek qui devait rester inscrite dans l'imagination des habitants de Presnia. A partir de ce jour, le Monstrum devait avoir une présence physique – un être chauve, large d'épaules, doté d'un visage incertain. Son sourire était celui du Mal. Il avait une figure énorme, un vaste front pareil à un dôme, et des yeux minuscules profondément enfouis dans une tête de poupon obèse.

16

— Vous êtes fou ? Alcoolique ? Ou juste un anarchiste dépourvu de conscience, qui s'amuse à propager des rumeurs ?

Gromek, en guise d'excuse, haussa les épaules.

— Si vous me forcez à vous répondre, inspecteur, je vous répondrais : un peu de tout ça.

Nous nous trouvions dans la remise en bois. De l'ascenseur de l'usine émanait une puissante odeur d'huile chaude. Gromek me tendit sa bouteille. Je la pris et bus au goulot jusqu'à voir l'inquiétude se répandre sur sa figure. Il restait un peu d'alcool au fond. Je sortis sur le toit et, m'approchant du bord, balançai la bouteille. Elle décrivit une parabole très pure dans le bleu du ciel.

Un gémissement profond se fit entendre derrière moi. La bouteille se brisa en bas, dans les ruines. Je me tournai vers Gromek.

— Vous en avez sûrement une autre en réserve.

— Non.

— Vous mentez, veilleur Gromek. Vous mentez à un officier de police.

— Je ne mens pas vraiment, répliqua-t-il, au désespoir.

— Vous avez une autre bouteille dans votre cabane.

— Oui, admit-il en baissant la voix. C'est vrai.

— Je vais aller voir ça.

— Non, inspecteur. Je vous en prie...

Il se détourna.

— S'il n'y en avait qu'une, soupira-t-il. Je suis prêt à subir un contrôle.

Il disparut dans la cabane. A travers la toiture en verre, on voyait les rangées de filles assises sur des bancs, penchées sur les machines à coudre. Pour gagner l'escalier menant sur le toit, j'avais traversé cet atelier encombré de sacs remplis de drapeaux blancs. Le responsable qui m'avait conduit jusqu'au pied de l'escalier m'avait dit qu'une autre usine devait être installée dans l'immeuble administratif du zoo ; ainsi Presnia deviendrait le plus important centre de production de drapeaux de tout l'*oblast* de Moscou. Il avait baissé la voix pour ajouter en confidence :

— L'an prochain, nous recevrons des commandes du monde entier.

— Des commandes de drapeaux russes ?

Il m'avait dévisagé comme s'il avait affaire à un incroyant.

C'est un Gromek inconsolable que je vis sortir de sa cabane. Il tenait en mains deux bouteilles. Je les lui pris et les posai sur le parapet.

— Est-ce que nous pourrions parler de ce que vous avez vu la nuit dernière ?

— De tout ce que vous voudrez, inspecteur. Maintenant que vous connaissez mon point faible…

Il fit une tentative pour sourire. Je m'aperçus que je l'aimais bien, en fait, mais il était trop tôt pour le lui laisser deviner. D'un revers, je balayai une des bouteilles qui bascula dans le vide. Le sourire de Gromek s'effaça ; il tressaillit au bruit sourd que fit la bouteille en s'écrasant.

— J'ai décrit ce que le physionomiste voulait que je décrive, dit-il. Je sentais bien qu'il dessinait sans s'occuper de moi. Des fois, inspecteur, je suis juste un fou. Un irresponsable. Je ne me serais jamais douté que le portrait pouvait être destiné à d'autres personnes qu'à quelques miliciens…

Il marqua une pause.

— Ce que je savais, par contre, c'est que ça risquait de vous inciter à revenir me voir.

— Vous vouliez me parler de quelque chose ?

— Au commissariat, c'était le bordel. Une maison de dingues. J'ai quelque chose à dire. Mais rien qu'à vous.

Je m'étais appuyé contre le parapet, une main tout près de la deuxième bouteille.

— Très bien, dis-je. Alors commencez depuis le début. Vous avez vu la fille sortir de l'usine ?

Il fronça les sourcils.

— Vous ne saviez pas que la victime était employée ici ? Lydia Primalova. Une femme de ménage.

— Oh, non.

Il avait l'air tourmenté.

— Oh, non...

J'attendis. Il prit une profonde respiration et jeta un coup d'œil à la bouteille. A mon hochement de tête, il tendit le bras pour l'attraper. Il dévissa le bouchon et se mit à boire. Il marqua une hésitation avant de m'en offrir une rasade. Je refusai sans un mot. Il reprit lentement :

— Je ne la connaissais pas aussi bien que ça, inspecteur. Est-ce que sa famille... Ils ont été prévenus ?

— J'ai envoyé quelqu'un dès que j'ai eu connaissance de l'adresse.

Je me tus un instant.

— Alors, vous ne l'avez pas vue partir ?

Ses lèvres tremblaient sous l'effet de l'angoisse.

— Lydia n'a pas travaillé tard, si c'est à ça que vous pensez, inspecteur. Les femmes de ménage finissent à 8 ou 9 heures.

— Alors qu'est-ce qu'elle pouvait être venue faire ici ?

Il répondit avec prudence :

— Peut-être voir sa sœur.

— A une heure du matin ?

Il haussa les épaules. J'insistai :

— Écoutez, Gromek, j'ai comme le sentiment que vous allez au-devant de graves ennuis.

— Je partage ce sentiment, inspecteur.

— Alors essayez de répondre clairement, d'accord ? Avez-vous vu Lydia la nuit dernière ?

— Non. Ça, je le jure. J'ai entendu ses talons. Je me suis penché par-dessus la bordure pour regarder en bas. Mais allez savoir pourquoi, je ne tenais pas bien sur mes jambes. Alors, j'ai fait un pas en arrière. C'était juste une fille qui passait.

— Des femmes, vous devez en entendre passer des centaines tous les matins...

— Le claquement de ses talons à elle doit être plus séduisant, soupira-t-il.

— Gromek, je vous pose une question. Pourquoi vous penchez-vous au-dessus du parapet quand passe cette fille-là en particulier ?

— C'est le hasard. Je suis un alcoolique libidineux.

Je le regardai fixement.

— Vous me cachez quelque chose, Gromek. Vous dites que vous n'avez rien vu.

— Sauf peut-être Monstrum en personne.

— Écoutez, Gromek...

Je tendis vers la bouteille une main menaçante.

— Non, inspecteur !

Il la prit et la serra contre lui en disant :

— Je n'ai pas vu cette grande face de Monstrum. Ni les petits yeux de démon. J'ai juste vu un homme. Là, en bas...

— Où étiez-vous exactement ?

— Ici.

Je me déplaçai le long de la gouttière pour venir me placer à l'endroit indiqué.

— C'est lui que j'ai vu le premier. A peu près dix minutes avant d'entendre les talons de la fille. Il attendait au coin.

Mon cœur s'emballait.

— Vous étiez bien placé pour l'observer, dis-je.

— Il faisait noir. C'est seulement éclairé par une lampe de l'usine, en bas. La seule lampe qui marche. En plus, j'étais bourré.

— Qu'est-ce que vous avez vu, Gromek ? insistai-je.

Il avala une rasade avant de répondre :

— Un homme de taille moyenne.

— 1,70 mètre... vous voulez dire ?

Il fit oui de la tête puis ajouta :

— Avec un grand pardessus. Peut-être même un pardessus de bonne qualité.

— Qu'est-ce qui vous fait dire ça ?

— Une impression. Il tombait bien, il me semble. On aurait dit un paletot d'officier.

Était-ce l'homme qui avait les moyens d'offrir des pilules contraceptives à sa petite amie ?

— Un paletot d'officier, répétai-je. Pourquoi dites-vous ça, Gromek ? Avez-vous jamais été officier vous-même ?

— Dans une vie antérieure, oui.

— Vous avez remarqué autre chose ?

— Il portait un sac. Un petit étui, plutôt. Mais pas très mince. Carré. Quelque chose d'inhabituel...

Gromek devança ma pensée :

— ... assez grand pour contenir un jeu de couteaux, poursuivit-il. Dans l'armée, les chirurgiens ont ce genre d'étuis.

— Vous avez été chirurgien militaire ?

— Officier spécialiste dans une unité médicale...

Il se hâta d'ajouter :

— Mais je vous jure que je ne m'occupais presque pas de chirurgie !

— Cet homme... vous avez vu son visage ?

— Il portait une toque de fourrure. Je n'y voyais pas grand-chose. Ni lunettes ni barbe ni moustache. C'est tout ce que je peux dire, inspecteur.

— Très bien. L'homme faisait les cent pas, donc. Il attendait. Et ensuite ?

— Je suis allé me réchauffer avec une autre bouteille. Ce n'était pas le genre de nuit à prendre une chaise et à rester tranquillement assis sur la terrasse, comme je fais des fois.

— Lydia...

— J'ai entendu les pas d'une fille dix minutes après.

— Alors vous êtes revenu sur le toit ?

— L'homme était toujours là. Mais il ne marchait plus de long en large. Il regardait du côté de la fille. En tout cas du côté d'où venaient les pas.

— Il a fait un geste ? Levé la main ? Quelque chose qui pourrait laisser supposer qu'ils avaient rendez-vous ?

— A ce moment-là, ce n'est plus lui que je regardais. J'avais failli tomber...

— Vous êtes retourné dans votre cabane ?

— Oui.

Il se tut un instant.

— Maintenant, vous dire si j'ai entendu un cri quelques minutes plus tard ou tout de suite... Je n'en sais plus rien, inspecteur.

— Réfléchissez.

Sa figure se crispa.

— J'ai d'abord entendu le cri, inspecteur.

— *Avant* d'avoir entendu les pas de la fille ?

— Oui. Quelques minutes avant, j'ai l'impression.

Il secouait la tête.

— Trop de vodka, reprit-il. Comment aurais-je pu entendre le cri de la fille avant d'avoir entendu ses pas ?

— Elle courait ? Ce que vous avez entendu, ce sont les pas d'une fille qui s'enfuit ?

— Non.

— Et vous êtes sorti de la remise dans les minutes qui ont suivi ?

— Vous me demandez si je l'ai vu transporter la fille jusqu'au piédestal de Staline ? Non.

— Qu'est-ce qui vous a poussé à sortir de la remise ?

133

— Le cri de Nellie Christiakova. Ce cri, je m'en souviens avec certitude. Mais c'était peut-être vingt minutes plus tard.

— Nellie Christiakova, dis-je, c'est la jeune femme qui a trouvé le corps.

Il répondit lentement :

— C'est aussi la sœur de Lydia Primalova.

— Mon Dieu !

Nos yeux se croisèrent.

— Qu'est-ce qu'elle faisait dehors à une heure pareille ?

Gromek regarda ses pieds.

— Je ne fais pas partie de la brigade des Mœurs, dis-je sans le quitter des yeux. Je n'enquête pas non plus sur des bricoles. J'enquête sur un homicide, Gromek. Vous n'avez rien à craindre, vous avez ma parole.

— Vous devriez parler à Nellie.

— J'en ai bien l'intention.

— Nellie venait juste de charger son van…

— Vous voulez dire qu'elle avait quelque chose à faire ici, à l'usine.

— Quelques balles de tissu, c'est tout. Bon, c'est fini, je peux avoir la paix ?

— Gromek, j'enquête sur quatre meurtres et…

— C'est bien ce que je dis. Alors le boulot de Nellie ne vous regarde pas.

— Probablement pas.

Tirant de ma poche un billet de cinq roubles, je le glissai entre les doigts que Gromek tenait serrés sur sa bouteille.

— Pour la vodka, dis-je.

Il esquissa une révérence, mais son visage demeurait tendu.

— Pauvre Lydia, dit-il. Qui aurait pu imaginer ça ? Elle attendait tellement que tout aille mieux…

— D'un point de vue matériel ?

Je songeais au riche amant.

— Matériellement ? Non. Elle n'était pas du tout comme Nellie. Je voulais dire spirituellement… Elle n'avait guère d'éducation et pourtant…

Il marqua une pause.

— Oui, elle avait toujours eu ce désir de se trouver. De trouver la vérité, comme elle disait.

De jour, le champ de ruines avait meilleure apparence – disons plutôt moins mauvaise. Mais plus important encore : j'étais en mesure de m'orienter tout seul. Au nord de la zone – un carré de terrain accidenté – se trouvait le mur de l'usine de drapeaux. Il était longé par cette route pleine d'ornières et de trous qu'avait empruntée Lydia. A son extrémité, le mur formait un angle. C'est à ce coin de rue que Gromek situait l'homme en train d'attendre. L'autre côté du carré était occupé par des immeubles bas dont manquait la façade. Et ici se trouvait le socle de Staline, dressé autrefois à un angle de rue, aujourd'hui dans une aire rasée par les bombardements. Les ruines s'étendaient entre le socle et le mur de l'usine sur une courte distance. Même de nuit, si Gromek avait observé un moment la scène après avoir entendu les pas de la fille, il aurait bénéficié d'une vue panoramique sur la scène du crime.

Je suivis Dronski jusqu'à un point situé à une vingtaine de mètres du piédestal.

— C'est ici qu'on a retrouvé le sac à main, chef.

Il indiquait un trou dans les gravats.

— Si Gromek dit vrai…

— Il dit vrai.

— Si le veilleur de nuit dit vrai, la fille marchait le long du mur de l'usine. Monstrum l'a agressée ici.

Je me tournai vers le socle du monument à Staline, à présent gardé par un milicien. En d'autres temps, ce milicien n'aurait jamais osé rejeter sa chapka en arrière, ni fumer une cigarette.

J'essayai de me représenter la frayeur de la fille engloutie soudainement dans des bras couverts de plastique, puis traînée ou portée sur ces vingt mètres, essayant de respirer tandis que ce dément lui enfonçait les dents dans le cou. A quel genre de créature avions-nous affaire ? Et moi, Constantin Vadim, même dans mes pires cauchemars, pouvais-je seulement concevoir un tel acte, pouvais-je m'imaginer prenant du plaisir à agir ainsi ? Je secouai la tête. Bien sûr, nous autres Russes sommes connus pour être familiers de la folie. Et à juste titre. Mon Dieu ! Comme j'aurais voulu retrouver Mourmansk, mes délits mineurs, mes receleurs dans le style Vassikin !

Je considérais les gravats à mes pieds et une tache brune sur une dalle de béton brisée, à moins d'un mètre de l'endroit où on avait retrouvé la fille. Pas besoin d'être un enquêteur expérimenté ou un spécialiste des homicides pour deviner que c'était du sang. Évidemment, j'aurais pu faire délimiter la zone par un cordon de plastique jaune, comme ils font à l'Ouest. J'aurais pu réclamer une équipe d'experts pour la passer au peigne fin et remuer la poussière en quête d'un indice sur l'identité du monstre. Je haussai les épaules. Du cordon jaune, de toute façon, nous n'en avions sûrement pas assez. Et mon expert, c'était le sergent Bitov.

Dronski avait ramassé un morceau de bois de construction, sans doute un chevron brisé de presque un mètre de long. Il le soupesait. Je me mis à genoux et j'examinai de plus près la plaque de béton. On voyait sous la lumière du soleil de minuscules particules noires parsemer la sombre tache de sang ; peut-être des lambeaux de chair.

— Il faut montrer ça à Karlova, dis-je à Dronski.

Mais Dronski indiquait quelque chose. Je relevai les yeux. Un petit van blanc se dirigeait vers nous. Il s'arrêta et Natacha Karlova en descendit. Ce qui me frappa en premier, c'était à quel point elle était jeune – pas plus de vingt-cinq ans – ainsi que la façon dont la brise gonflait ses cheveux blond foncé. Et le court manteau blanc porté sur une jupe en lin de couleur sombre qui lui arrivait aux genoux. Tout en s'approchant, elle nous salua d'un sourire.

— On ne vous a pas vus à la réunion de ce matin, me lança-t-elle.

Toujours ce troublant défi brillant dans les yeux.

— Du nouveau ? demandai-je.

— Elle a reçu aussi un violent coup dans le dos. Je ne l'avais pas remarqué, la nuit dernière, à cause des autres dommages.

— Donné par exemple par un objet comme celui-ci ?

Elle considéra le morceau de chevron entre les mains de Dronski.

— Possible, dit-elle. Voyons les mesures. J'ai une idée assez nette des contours de l'arme utilisée.

— L'autre coup, sur la jambe, a été porté avec le même instrument ?

— Sans le moindre doute. Les contours correspondent parfaitement. Il est arrivé par derrière et il a frappé le premier coup à la jambe, lui faisant perdre l'équilibre ; ensuite il l'a frappée une deuxième fois dans le dos.

J'indiquai la dalle de pierre.

— Elle est tombée sur les genoux ?

Karlova examina la dalle.

— Il faut que je regarde ça au labo. Vous pourriez peut-être la mettre dans le coffre de mon van ? dit-elle à Dronski. C'est ouvert.

Dronski mit le bout de chevron sous son bras et le porta jusqu'au van. Karlova avait tourné la tête pour le suivre des yeux. Il y eut un ins-

— Prenez bien soin de lui, lança Gromek. A Moscou, un inspecteur chargé des Homicides qui ne sait pas ce que c'est que la *stoke* possède une innocence précieuse. Il faut le protéger.

— La *stoke, stoker,* être *stoke…*

Karlova déclinait l'expression comme si elle la découvrait dans un dictionnaire des intoxications. Nous étions à bord du van blanc.

— La *stoke* est de nos jours une drogue très prisée par la jeunesse de Moscou. Un mélange de cocaïne et de LSD. De quoi vous mettre KO encore plus efficacement qu'un coup de chevron. Mais à la base, ça sert à stimuler les fantasmes sexuels.

— S'ils peuvent le faire quand ils sont sous *stoke*, alors pourquoi continuent-ils de violer dans les rues ?

Elle haussa les épaules. Je repris :

— Vous avez essayé ?

— Expérimentalement, répondit-elle avec un sourire. Je suis médecin, après tout.

Elle me lança un regard désolé.

— De quoi vouliez-vous me parler ?

Elle me regarda de nouveau, puis recommença à surveiller sa route.

— Je veux savoir qui vous êtes, reprit-elle comme si elle posait la question la plus simple du monde.

C'est justement de cette façon que je décidai de la jouer : simple et directe. J'écartai les mains et je répondis :

— Qui je suis ? Constantin Vadim, inspecteur chargé des Homicides, 13e district de Moscou.

— Et à part ça ?

— A part ça, pas grand-chose. Né à Mourmansk en 1977. Père capitaine d'un bateau de pêche, disparu en mer en 1992. Mère professeur d'anglais, infirmière dans l'armée nationale, décorée par le général Romanov en personne. Morte au combat sur le front de Pinsk… Ça ira ?

— C'est vous que je veux connaître.

— Moi ? Qu'est-ce que vous cherchez ? A percer à jour mon être profond ?

— Continuez, dit-elle.

— Comment pourrais-je parler de moi ? Je suis consciencieux, énergique, loyal… C'est ce que vous voulez entendre ?

— Je suis sérieuse.

Je jetai un coup d'œil vers elle : oui, elle l'était.

— D'accord, poursuivis-je. Études d'anglais à l'université de Mourmansk. Service dans la Marine. Les sous-marins. Ensuite, j'ai intégré la Milicia…

— Intégré quoi ?

Elle m'avait très bien entendu. Je répétai :

— Intégré la Milicia.

— La Milicia ou la Tcheka ?

Quelque chose sursauta dans ma tête.

— Mon Dieu, non ! C'est ce que vous croyez ? Vraiment ?

— Que vous êtes un officier de la Tcheka ? Oui.

Elle avait lâché ça froidement. Elle ajouta :

— C'est ce que pensent un tas de gens au 13e district. Et en particulier votre assistant, Dronski.

— Dronski ?

Certaines choses devenaient claires, à présent.

— C'est ce qu'il pense ?

— Pourquoi pas ? Pourquoi ne penserait-il pas que vous êtes de la Tcheka ? Pourquoi est-ce qu'on ne le penserait pas, tous autant que nous sommes ? Vous débarquez du Grand Nord. Vous vous présentez comme un inspecteur expérimenté. Mais tout ce qui touche au meurtre vous révulse.

— Qu'est-ce que ça peut vous faire, qui je suis ?

— Il faut que je fasse attention, c'est tout.

— Attention ?

— Je n'aimerais pas tomber folle amoureuse d'un officier de la Tcheka. J'imagine que vous pouvez comprendre ça, non ? Qui que vous soyez vraiment.

J'en restai bouche bée. *Amoureuse*. Alors c'était comme ça dans la grande ville, dans notre Mère Moscou ?

— Ne vous estimez pas flatté trop vite, Constantin.

Elle eut un petit sourire rapide.

— Vous pourriez vous imaginer qu'il n'y a rien de plus à dire. Et vous auriez peut-être raison. Vous êtes un homme pas vraiment du genre repoussant. Et, selon toute apparence, vos équipements essentiels sont en état de marche…

J'approuvai d'un haussement d'épaules. Elle afficha un large sourire et reprit :

— Tout ce que je suis en train de vous dire, Constantin, c'est que si par hasard mon désir se mettait à vagabonder dans votre direction, au moins les choses auraient été claires dès le début. Rien de plus.

— Très bien, dis-je d'un ton hésitant. La mise au point est faite. Autrement dit, *non*, je ne suis pas un officier de la Tcheka et *oui*, les équipements essentiels sont en état de marche. Je suis prêt à offrir toutes les assurances requises en ce qui concerne ces deux points.

— Parfait.

Elle freina pour garer le van devant le commissariat du 13ᵉ district.

— Alors on démarre sur ces bases-là, dit-elle vivement.

17

Je gagnai le Café du Parc en camion-bus. Des gens qui faisaient des courses, des gens qui pouvaient se permettre de faire des courses : voilà ce qu'on trouvait là-bas, derrière les vitres embuées. Les tables de la terrasse étaient occupées par de petits groupes de réfugiés réduits à la mendicité, des familles, des jeunes gens amputés d'un bras ou d'une jambe et qui montraient leurs blessures de guerre dans l'espoir d'une aumône. Je passai rapidement entre les tables en scrutant la foule à travers la buée qui recouvrait la vitre. J'étais si concentré que je trébuchai dans l'escalier ; mon retour à l'équilibre m'attira les rires et les applaudissements des réfugiés.

Comme je m'appuyais à un platane dénudé, je croisai son regard. Elle était seule, assise à l'une des tables les plus éloignées de la terrasse : la Sibérienne qui avait établi le contact pour Julia à Mourmansk.

Je restai un instant adossé à mon arbre. Le menton sur le poing, elle observait un groupe d'enfants en train de jouer près d'elle. *Garde ton calme, Costia.* Elle tourna la tête ; au-dessus du visage aux pommettes saillantes, les yeux sombres parcoururent la terrasse avant de revenir aux singeries des gosses. Elle portait un vieil anorak bleu, des jeans et des chaussures de sport ; de quoi passer inaperçue, pour une fille, dans le morne univers de Moscou. Mais je devais me montrer prudent. Comme disait madame Raïssa, il existait beaucoup de faux Dimitri. Était-il possible que ma petite Sibérienne ait été arrêtée, cuisinée par la Tcheka et envoyée ici, au Café du Parc, pour me tendre un piège ?

Je haussai les épaules, mécontent. *Il ne faut pas hésiter, Constantin.* Le billet était de la main de Julia – je n'avais aucun doute là-dessus. Elle avait joué la partition Vassili-Sonia dans le seul but de me convaincre que la lettre était authentique. C'était bien Julia. Une Julia qui avait besoin d'aide. Et cette Sibérienne était bien celle qui m'avait déjà été adressée. Je m'écartai du platane et traversai la terrasse.

A cet instant, une lourde main me saisit le bras. Je me pétrifiai. Et je me retrouvai face à face avec le visage barbu d'un mendiant.

— Un ou deux roubles, grogna-t-il. Avant j'avais une femme, une famille, une maison. Maintenant, je vous demande juste un ou deux roubles.

Je plongeai la main dans ma poche et lui donnai dix roubles. Il s'agrippait toujours à mon bras.

— Laissez-moi vous raconter mon histoire, commença-t-il. Vous avez l'air d'avoir un cœur. Chose rare à Moscou de nos jours…

Je secouai la tête.

— Pourquoi me faire l'aumône, reprit-il, si mon histoire ne vous intéresse pas?

Je desserrai l'étreinte de sa main et répondis :

— Parce que j'ai peur, mon frère. Pardonnez-moi.

Il gardait les yeux fixés sur moi. Je me détournai. La Sibérienne avait assisté à la scène. Quand je la rejoignis à sa table, elle souriait d'un air sinistre.

— Vous auriez dû voir votre tête, dit-elle en se levant.

Elle ajouta, penchée à mon oreille :

— L'inspecteur Constantin Vadim croyant sa dernière heure venue.

— Il n'y a pas de honte à cela, répondis-je.

Mais une tonalité stridente perçait dans ma voix : cette peur qui coule dans les veines des Russes. Mon père avait passé six ans dans un camp pour une raison qu'il n'avait *jamais* découverte. A son retour, il ressentait vis-à-vis de lui-même une colère qui contaminait toute la famille, et qui avait empoisonné mon enfance. En fait non. Ce n'était pas de la colère. C'était quelque chose de plus épouvantable encore : la culpabilité.

Je quittai la terrasse en compagnie de la fille.

— Où est-elle? demandai-je. Où est Julia?

— Patience.

Ses yeux furetaient partout, et c'est à peine si elle remuait la tête. Elle explora le chemin devant nous, le lac envahi par la végétation avec son pavillon d'été en ruine, les trous entre les arbres où commençaient à pousser les buissons.

— Que fait-elle à Moscou? Je la croyais en sécurité quelque part à l'Ouest.

— C'est une longue histoire, dit la fille.

— Alors conduisez-moi jusqu'à elle. Elle me racontera tout elle-même.

Elle fit non de la tête.

— Écoutez, repris-je, il y a l'amnistie…

— Pas pour Julia.

— J'ai vérifié son cas. Avec l'aide d'un ami haut placé à l'Okhrana.

Elle m'adressa un sourire et cet exaspérant regard de supériorité dont me gratifiaient les jeunes et brillantes amies de Julia à l'université.

— Très bien, dis-je. Vous savez mieux que moi. Vous connaissez les intentions de la Tcheka mieux que le gouvernement lui-même. Vous avez un message pour moi ? Encore de l'argent, c'est ça ?

C'est la seule chose qui me venait à l'esprit.

Un couple de canards nous coupèrent la route pour aller se poser sur le lac. Je répétai :

— De l'argent ?

— Ce n'est pas si simple. Ce n'est pas d'argent que Julia a besoin.

— Alors quoi ?

Elle continua de marcher à mes côtés sans répondre.

— Quoi ? repris-je, désespéré. De quoi a-t-elle besoin ?

— D'un médecin.

Cette réponse me retourna l'estomac. Je secouai le bras de la fille.

— Qu'est-ce qui ne va pas, pour l'amour du Ciel ?

— Tout ce que je peux vous dire, c'est qu'elle a besoin d'un doc-teur. Quelqu'un qui ait des connaissances en chirurgie. Et à qui on puisse se fier.

— Pour opérer clandestinement une anarchiste connue ? Au nom du Ciel, comment voulez-vous que je trouve quelqu'un pour faire ça ? Si Julia se présente elle-même comme candidate à l'amnistie…

— Elle n'est pas en état de se déplacer.

Je respirai profondément.

— Alors, je vais la faire enregistrer dans mon district… Non. Mieux ! Je vais en parler à mon ami de la Tcheka. Lui dire où elle est. Et qu'elle a besoin de soins médicaux.

— Julia a dit qu'elle vous faisait confiance : vous ne parleriez pas.

J'en avais le vertige.

— Elle a dit ça ?

— Oui. Elle a dit que vous sauriez vous débrouiller pour trouver un médecin.

Soudain, je ressentis une chaleur insupportable.

— Vous allez le faire ?

— Dites-moi d'abord ce qu'elle a.

La fille tourna pour s'éloigner et lança :

— Je ne sais rien de plus que ce que je vous ai dit. On se retrouve à minuit devant les portes de l'ancien zoo. Venez avec votre médecin.

— Je n'ai pas de médecin, répondis-je, dévoré par l'angoisse. Je viens d'arriver à Moscou. Je ne connais personne, pour l'amour du Ciel !

— Julia a confiance en vous, dit la Sibérienne.

Elle plissa les yeux comme si elle doutait maintenant de la sagesse de celle qui était son chef. Elle ajouta :

— Elle compte sur vous. Aveuglément.

— C'est grave ? Sérieux ? Dites-moi au moins ça.

La fille me dévisageait d'un air dur. Méprisant aussi.

— C'est sérieux, dit-elle. Un accident de voiture. Les autres personnes impliquées n'ont pas survécu.

Je changeai de tactique :

— Ce n'est pas pour moi que je vous demande ça.

Je mentais.

— N'importe quel médecin aura besoin d'en savoir plus. Quand est-ce arrivé ? Est-elle en danger ? Un médecin réclamera plus de détails.

— Rendez-vous aux portes du zoo. Ce soir. A minuit. J'y serai.

Elle fila en courant comme un animal en fuite, son grand manteau volant derrière elle sur le chemin qui menait au lac. Elle déclencha parmi les canards une tempête d'ailes et d'éclaboussures. En quelques secondes, elle avait atteint le couvert des arbres et des buissons derrière lesquels elle disparut.

Dans le camion-bus pour Presnia, je pris place à l'arrière, sur le hayon baissé, laissant mes jambes se balancer pendant la bruyante traversée de Moscou. Inventer de toutes pièces un accident de voiture dont je serais responsable... Faire hospitaliser Julia comme victime... Très bien, mais pour être acceptée dans un hôpital, il faut pouvoir présenter des papiers. Avait-elle sur elle de faux papiers ? Dans le cas contraire, de combien de temps aurais-je besoin pour lui en procurer ? A Mourmansk, il m'aurait suffi d'un après-midi. Ici, l'affaire prendrait une semaine – et je finirais sûrement en prison.

Sans compter un autre facteur. Le visage de Julia était connu. Plus dans la région de Pétersbourg qu'à Moscou, bien sûr : son unité avait opéré là-bas. Mais on l'avait sans doute vue ici à la télévision pendant les deux années où les anarchistes avaient tenu les médias. Après tout, elle figurait parmi leurs héros.

Je transpirais dans mon manteau. Faux papiers, mise en scène d'un accident de voiture – je ne croyais même pas à ces plans. Je savais trop bien ce que je cherchais à éviter. Je n'avais qu'un seul espoir. Je ne connaissais à Moscou d'autre médecin que Natacha Karlova.

Pas d'autre choix possible.

Je sautai du camion-bus avant le 13ᵉ district et parcourus à pied les cent derniers mètres.

Dronski surveillait déjà la porte de mon bureau. De nouveau, ses yeux pâles et soucieux, ses joues mal rasées, ses bottes et ses pantalons kaki ; il portait aujourd'hui un blouson bon marché. J'avais envie de lui dire que je ne représentais pas un danger pour lui, que je n'étais pas un officier de la Tcheka. Mais l'existence que je menais me l'interdisait. Mieux valait laisser le malheureux s'angoisser. Je levai les yeux vers lui. Il ne fit aucune allusion à mes deux heures d'absence.

— Je me demandais, inspecteur, si vous vouliez que je m'occupe d'interroger Nellie Christiakov.

— Non. On va tout de suite le faire ensemble. Autre chose ?

— Yakounine et Bitov ont préparé une liste d'hommes signalés pour agressions sexuelles dans la zone de Presnia.

— Je vais voir ça. Laissez-moi passer un coup de fil. Ensuite, envoyez-les moi.

Quand il fut parti, je composai le numéro du service de médecine légale, à l'autre bout du bâtiment. C'est Karlova qui décrocha. Je remarquai pour la première fois qu'elle parlait avec un léger accent du Sud.

— C'est Vadim, dis-je.

— Il y en a un autre ? Un autre cadavre, je veux dire…

— Non.

J'hésitai.

— Je me demandais si je pourrais passer vous voir à votre bureau.

— Venez, dit-elle. De toute façon, vous avez quelque chose à régler ici.

— De quoi s'agit-il ?

— Je préfère que vous le voyiez vous-même.

146

Ayant donné des instructions à Dronski, je traversai l'accueil pour gagner le couloir menant aux labos de pathologie. Je suivais les signalisations au sol quand me parvinrent des éclats de voix. Je levai les yeux. Une altercation entre Natacha et le docteur Shepherd.

— Tout ce que je vous demande, disait le docteur Shepherd, c'est de réagir à mon égard avec un minimum de courtoisie professionnelle.

Deux femmes d'apparence remarquable. Et toutes deux incroyablement en colère. Pourtant, il y avait une différence. Les traits du docteur Shepherd étaient maîtrisés, empreints d'une fureur glacée ; l'expression de Natacha était sombre comme le tonnerre. Natacha se tourna vers moi.

— Techniquement parlant, l'officier supérieur chargé des Homicides est responsable du corps. C'est sa décision.

Le médecin américain se tourna avec plus de lenteur, en affichant un sourire.

— J'étais seulement en train de demander la permission d'examiner la dernière victime de Monstrum, dit-elle.

— Pourquoi donc voulez-vous voir ça ? demandai-je.

J'étais sincèrement surpris.

— Examiner l'œuvre d'un meurtrier est utile pour établir son profil psychologique.

— Mais c'est nécessaire ?

— Ce n'est pas absolument nécessaire. Ça peut aider.

— Je ne vois absolument aucune raison de vous laisser examiner le corps, intervint Natacha, féroce.

— Il s'agit d'une question d'intérêt professionnel. « L'enfant est le père de l'homme. » Je vous ai déjà opposé cette citation, Natacha. Il y a assez longtemps.

Elle se tourna vers moi et poursuivit :

— Nous parlions alors, inspecteur, du lien existant entre les traumas des enfants sévèrement perturbés et leurs conséquences sur la vie adulte : vol, viol, meurtre… Votre Monstrum se trouve manifestement dans le champ extrême du comportement antisocial. Je pensais qu'entre scientifiques, le docteur Karlova pourrait m'autoriser à observer le cas d'échec le plus grave dans le domaine qui est le mien.

Voilà qui me paraissait très sensé. A condition d'aimer ce genre de spectacle. Natacha intervint brusquement.

— Je refuse la requête.

Puis, s'adressant à moi :

— Et j'espère que vous approuverez mon refus.

— Natacha, reprit le docteur Shepherd calmement, si c'est votre décision, alors d'accord. Mais le temps est venu de tourner la page.

Natacha ne me quittait pas des yeux.

— Vous approuvez ma décision, oui ou non?

Je regardai l'une, puis l'autre. Enfin, je dis à l'Américaine :

— Je regrette…

Elle accueillit ma réaction avec un sourire désabusé.

— Je comprends, dit-elle.

Et, après un temps :

— Enfin, je crois comprendre.

Après avoir défié Natacha d'un hochement de tête hostile, elle reprit le couloir. Je la regardai s'éloigner.

— Bon Dieu, dis-je, mais qu'est-ce que ça signifie?

— Ça signifie que le docteur Shepherd essaie de se mêler de tout ce que je fais. Quand j'ai commencé à Moscou, j'étais sa protégée. Le docteur Shepherd supporte mal que j'aie aujourd'hui mon propre service. Une question d'intérêt professionnel? Elle veut tout superviser, tout critiquer, oui!

Puis, me souriant :

— Pardon, dit-elle en frissonnant. Ingrid provoque chez moi des réactions de ce type. Ça ne devrait pas mais c'est comme ça. Vous m'avez appelée. Vous vouliez me demander quelque chose?

— Que diriez-vous si j'avais changé d'avis? Pour ce soir?

Ses sourcils se levèrent.

— Un emploi du temps moins chargé que prévu?

— Quelque chose comme ça, oui.

— Je ne suis pas fière de moi, Vadim. Je savais que vous ne pourriez pas résister à mes poulets.

Je notai son adresse.

Elle se dirigea vers la porte du labo et, au moment de la pousser, se retourna.

— Je suis heureuse que vous veniez, dit-elle.

— J'en suis heureux aussi.

Elle souffla de l'air dans ma direction, comme pour m'envoyer un baiser. Puis elle entra dans le laboratoire.

A peine avais-je regagné mon bureau que je voyais déjà, derrière la porte vitrée, Dronski en train de s'approcher. Je fermai les yeux. J'avais besoin de temps pour réfléchir. Julia était blessée. Son image se dessina sur mes paupières closes. Son pâle visage, ses lèvres qui murmuraient une ultime parole à mon intention. Idiot...

Dronski frappa et poussa la porte. Yakounine et Bitov lui emboîtaient le pas, tels des apprentis croque-morts dans leurs costumes Armani. Aujourd'hui, ils avaient mis des cravates noires. Il n'y avait que deux fauteuils, et Bitov dut rester debout : il s'adossa au mur. Chacun d'eux avait un dossier sous le bras. Je lançai un regard coupable à mon sac sur la table. Voilà trois jours que je m'occupais d'une affaire de meurtre et je n'avais pas encore lu les rapports concernant les précédentes victimes.

Chassant ces pensées de mon esprit, je me tournai vers Dronski.

— Je dois vous prévenir, commençai-je, que je peux être appelé à d'autres tâches à tout moment. Dans ce cas, c'est vous qui hériterez de l'affaire. Vous devez vous tenir prêt.

— Je comprends, chef.

Pouvais-je être à ce point mauvais ? Je n'avais aucune raison de m'attendre à être appelé à d'autres tâches. Mais la remarque produisit l'effet recherché sur Dronski et les deux sergents. Cela les renforçait dans leur certitude que j'étais un officier de la Tcheka impliqué dans des missions autrement plus importantes qu'une série de meurtres à Presnia. Et cela pouvait se révéler utile tant que Julia aurait besoin de moi.

— Bon, dis-je à mon adjoint, qu'avez-vous pour moi ?

Dronski se leva. J'observai son visage rond qui luisait, ses manches trop courtes qui lui donnaient l'air d'avoir été habillé avec les vêtements de son grand frère.

Aidé de Bitov, il se mit en peine de me fournir un rapport complet et épingla à cet effet de longues listes sur mon tableau. Le gouvernement précédent avait tenté de nous imposer l'alphabet romain et Dronski n'avait son traitement de texte que depuis quelques jours. Certains écoliers ne savaient lire que les caractères romains quand nous étions revenus au cyrillique ; mais les gens plus âgés, qui avaient appris à écrire en cyrillique, regardaient sans les comprendre les claviers des machines à écrire. Ainsi allait la Russie dans les premières années du siècle nouveau.

— Vous lisez les caractères romains, inspecteur ? demanda Dronski, anxieux.

— A contrecœur, quand il le faut, répondis-je. Mais je lis l'anglais, bien entendu. Alors ? Que signifie tout cela ?

— La liste des agressions sexuelles avec violences extrêmes commises à Moscou a disparu dans les bombardements, inspecteur. Mais, par chance, les archives de Presnia-la-Rouge sont presque complètes.

Je quittai mon bureau pour venir étudier ses listes. Les agressions sexuelles avec violences se répartissaient en trois catégories. Dans la première, on trouvait les exhibitionnistes, les voyeurs et les harceleurs.

— En quoi les harceleurs nous intéressent-ils ? demandai-je.

— C'est vrai qu'en général, ils ne font pas de mal, chef. Sauf du point de vue de la femme qui a le sentiment d'être harcelée. Cette idée peut lui rendre la vie infernale.

Je considérai Dronski. Il devenait humain, tout à coup.

— Les exhibitionnistes, les voyeurs et les harceleurs passent-ils souvent à l'acte ?

— Plus souvent qu'on ne l'imagine. On le sait maintenant, ce ne sont pas toujours de vieux vicelards inoffensifs. En fait, beaucoup sont jeunes et, en prenant de l'âge, ils peuvent devenir plus violents. Il arrive alors qu'on les retrouve dans la catégorie 2.

Je regardai le tableau.

— Agression criminelle ou viol, poursuivait Dronski. Viol précédé de menaces : chantage, violences effectives ou non – un couteau sur la gorge, par exemple. Même s'il n'y a pas de violence directe. L'individu peut s'arrêter juste à temps parce que sa haine des femmes n'est pas assez forte…

Je m'adressai à Yakounine :

— Vous pensez que les hommes violent par haine des femmes ?

— Conneries féministes, répondit-il.

— Parce qu'ils ont peur des femmes, peut-être ? dis-je à l'intention de son collègue.

— Conneries féministes, répondit-il.

Je repris :

— Ce n'est pas la première fois que vous réfléchissez à cette question, vous deux. Dronski, votre avis ?

— Mon avis est que les individus de la catégorie 2 violent comme d'autres volent. Tu possèdes quelque chose, je le prends. Mais il y a l'autre catégorie. Et ceux-là, oui, ils haïssent les femmes. Ou ils en ont peur.

Il pointait le doigt vers le tableau.

— Catégorie 1, dit-il. Viol avec violence. Souvent avec mutilation. Quelquefois suivi d'assassinat.

Nous considérions les listes en silence.

— Mais nous avons les noms, dis-je. Donc, aucun de ces hommes n'est en liberté.

Dronski secoua la tête.

— Quand les anarchistes contrôlaient Moscou, ils ont rempli les prisons puis enrôlé de force les prisonniers dans leur armée. Un genre de bataillon pénal. On ne sait absolument pas combien d'entre eux ont été tués, combien ont quitté Moscou ni même lesquels sont revenus ici, à Presnia.

Je poussai un grognement.

— Et ça représente combien de cas?

— On a seulement cinquante et un noms d'individus actuellement en liberté. Quatorze ont été remis en prison. Bitov, qui est né à Moscou, dit avoir les noms de trois hommes décédés avec certitude. Quand bien même ils n'ont pas été enregistrés.

— Cinquante et un moins dix-sept, dis-je. Il reste dans la catégorie 1 trente-quatre noms d'individus qui sont ou ne sont pas à Moscou.

Je me tournai vers Bitov.

— Vous êtes né ici?

— Oui, monsieur.

— Et Yakounine?

— J'ai grandi à l'est de l'Oural, inspecteur. Mais j'étais déjà dans le 13e district avant la guerre. Entre nous, Bitov et moi, on connaît tous les voyous de Presnia.

— Mais peut-être pas le nôtre.

— Sauf votre respect, intervint Bitov, il est sur cette liste. C'est un de ces noms-là. Ou alors il vient d'arriver à Moscou. Si c'est le cas, ce sera difficile. Sinon, il est sur la liste de votre adjoint.

J'observais les deux policiers.

— Très bien, dis-je. On va procéder de la façon la plus logique. Cet après-midi, mettez-vous en chasse. Commencez par la liste de trente-quatre. Essayez de savoir pour chacun d'eux s'ils ont été vus à Presnia ces dernières semaines.

Ayant claqué des talons avec respect, ils sortirent. J'allai m'asseoir à mon bureau où je restai à réfléchir. Quand je relevai la tête, mes yeux rencontrèrent les yeux pâles de Dronski.

— L'inspecteur n'est pas convaincu par cette méthode des catégories?

Je tordis la bouche.

— J'en saisis le côté logique, répondis-je. Le feu qui couve. On commence par les petits délits sexuels, puis on se met à poursuivre une femme... Le viol avec violence n'est pas loin. Jusqu'au jour où...

Dronski approuvait de la tête.

— Jusqu'au jour où la guerre arrive. Alors vient la première agression.

Je marquai un temps.

— Poignarder une fille. Lui arracher la moitié des entrailles... et c'est là que je ne suis plus.

— Pourquoi?

— Question de simple bon sens. Il y a deux sortes de violeurs. Votre catégorie 2 : viol avec un minimum de violence. L'individu veut baiser cette fille, point. Parce qu'il se sent exclu, pour des raisons d'apparence physique, de race, de circonstances économiques. Bref, une femme comme celle-là, il ne peut pas se la payer. Alors il la viole. Dans le cas de notre Monstrum, je ne peux pas m'empêcher de penser que le viol est accidentel. De croire que nous avons affaire à quelqu'un qui est dévoré par le mépris de la vie humaine, et des femmes en particulier. Pour moi, c'est une découverte. Je ne crois pas que nous soyons en train de rechercher un récidiviste. Je ne crois pas que l'on puisse *devenir* Monstrum, Dronski.

— Pourquoi pas?

— Espérons que les sergents arriveront à remonter toute la liste. On va la laisser au tableau, au cas où un nom nous dirait subitement quelque chose. Mais vous et moi, Dronski, je pense que nous allons devoir nous mettre en chasse d'un autre genre d'individu. En attendant, allons interroger Nellie Christiakova.

18

Nellie Christiakova avait une trentaine d'années, un visage rougeaud et un accent moscovite à couper au couteau. Nous l'avons trouvée dans son petit appartement, assise au milieu de produits volés ; et c'est de la vodka volée qu'elle offrit aux deux inspecteurs du 13e district. Nous n'avons pas dit non.

— Rien qu'avec ce qu'il y a ici, constata-t-elle, je pourrais en prendre pour deux ans.

J'explorai le contenu de la pièce. Elle haussa les épaules.

— Mais qu'est-ce que ça peut faire, maintenant ?

Elle se tut avant de marmonner :

— Ce démon. Ce bâtard…

Les larmes lui venaient aux yeux. Elle se prit la tête dans les mains.

— Pour l'amour du Christ, je l'ai vue sur ce socle ! Ma propre sœur ! Et je ne l'ai pas reconnue…

Nous avons attendu, le temps qu'elle se mouche et boive une nouvelle rasade de vodka. Elle était dodue, plutôt décontractée, un peu paysanne, même si je doutais qu'elle eût jamais vu le moindre carré d'herbe.

— Répondez avec vos mots à vous, commença Dronski. Quel genre de fille était-ce ?

— Oh ! Elle n'était pas comme moi. Ça sautait aux yeux. Elle n'est jamais tombée aussi bas…

Elle jeta un coup d'œil vers les rouleaux de tissu entassés dans la pièce.

— Si vous voyez ce que je veux dire, reprit-elle. Son temps libre, elle le passait à travailler au noir. A lire des livres.

Elle se leva et me tendit une poignée de brochures bon marché, du genre de celles que j'avais vues en vente à l'aéroport et aux kiosques des arrêts de bus : *Trouvez votre chemin dans la vie, Trouvez la Vérité avec Jésus, Trouvez l'espoir grâce à la Nouvelle Théosophie...*

— La plupart du temps, elle se dépêchait de rentrer et elle lisait.

— Un petit ami ? demanda Dronski.

— Elle parlait beaucoup de son envie d'avoir un copain. Mais elle parlait beaucoup d'un tas de choses dont elle avait envie. Elle était très jeune, inspecteur. Ne vous fiez pas à...

Elle décrocha un portrait dans son cadre : une fillette souriante qui levait les yeux de son livre. La fillette portait des lunettes. Elle avait les cheveux légèrement tirés en arrière. Je ne retrouvai pas les dents de lapin que j'avais observées chez la victime étendue sur le piédestal.

— C'était sa photo préférée, dit Nellie. Elle aurait voulu faire des études. Vraiment. Mais on n'avait pas les moyens.

— Vous saviez, dis-je, qu'elle prenait la pilule ?

— Jamais de la vie ! Lydia, prendre la pilule ? C'est vrai, ça ?

— Oui, confirmai-je. Je pense qu'il existe sûrement des aspects de la vie de Lydia, dont même vous n'étiez pas informée. Vous savez où elle allait, la nuit dernière ?

— Elle est sortie faire un tour, rien de plus. Avec un ami de l'usine. Je crois que c'est ce qu'elle a dit. Je n'ai pas posé de questions. Elle n'aimait pas ça. Des fois, elle allait à des réunions, à des conférences. Moi, toutes ces bêtises, ça ne m'intéressait pas.

— Vous saviez si elle fréquentait ou non une église ?

— Une église ? Pourquoi aurait-elle fait un truc pareil ? Et vous connaissez une église encore ouverte à une heure du matin, vous ?

— Parlez-nous de la soirée d'hier.

Elle nous regarda l'un après l'autre.

— J'avais pris l'habitude de me servir d'un vieux van, dit-elle. Gromek vous a dit pour quoi faire.

— Oui, dis-je.

— Numéro d'immatriculation, intervint Dronski. Juste pour vérifier...

Je repris :

— Dites-nous seulement la marque et la couleur du véhicule, Nellie.

— C'est un vieux Ford Kiev. Bleu.

— D'accord.

— Avant tout, je dois vous informer que nous étions convenues avec Lydia de nous retrouver à une heure environ aux portes de l'usine. Elle m'avait dit qu'elle serait par là. On rentrerait ensemble en voiture.

— A une heure environ aux portes de l'usine ?

— Oui. J'ai pris le van, et à minuit et quart à peu près, j'ai quitté le planétarium en direction de l'usine.

Je me penchai vers elle.

— A cette heure de la nuit, demandai-je, la zone autour de l'usine est vide ?

Elle secoua la tête.

— Et les clochards ? Les sans-abri ? Où voulez-vous qu'ils aillent ? Plus les gens qui travaillent de nuit, les commerçants qui commencent tôt… Et les putes, bien sûr. Même si elles préfèrent en général se tenir plus loin, là où c'est animé, le long du Bullfrog. Bref, le temps d'arriver devant l'usine, il devait être minuit et demi. J'ai remarqué que les rues étaient calmes. A l'arrière de l'usine, l'indicateur SORTIE était allumé. C'était convenu. Les balles de tissu que je devais embarquer étaient entreposées dans le couloir.

— Les balles de tissu ?

— Du tissu à drapeaux. Je le revends à un couturier. Un atelier clandestin, en fait. Vous savez, trois douzaines de femmes ouzbek bien contentes de bosser dix-huit heures par jour. Le fait qu'on ait opté pour le drapeau blanc, c'est une bénédiction pour le commerce. Quand Presnia était aux mains des anarchistes, c'était terrible. Vous vous rendez compte ? C'était presque impossible de trouver du tissu noir.

— Le drapeau blanc a stimulé le commerce.

Elle but une gorgée de vodka.

— Pour sûr, dit-elle. De toute façon, à Presnia, on a toujours été nationalistes. La Russie aux Russes : c'est notre devise.

— Donc, vous et Gromek avez chargé le tissu. Ça a pris combien de temps ?

— Même pas une demi-heure. A une heure, on avait fini.

— Vous vous êtes remise au volant ?

— Je voulais. Mais Gromek m'a proposé de prendre aussi cinq cents mètres de fil à drapeau…

— Du fil à drapeau ?

— Du fil en nylon. De la meilleure qualité. Facile à coudre. En bobines de cinquante mètres. On a marchandé, on s'est mis d'accord sur un prix, et j'ai dit que je prenais aussi. Mais il n'avait pas toute la quantité sous la main. Pendant qu'il allait en chercher, j'ai décidé de sortir voir si Lydia arrivait.

— Vous êtes sortie par les portes de l'usine ? Donc, vous n'étiez même pas à cinquante mètres du piédestal…

— C'est ça, oui.

Elle fit un effort pour garder le contrôle d'elle-même.

— Ce n'était pas encore arrivé. Il n'y avait rien sur le socle. Je suis sûre de ça. Quand on fait ce genre de trafic, on ouvre l'œil. A cause de la Milicia. Non, je l'aurais vue. Elle n'était pas là.

Dronski cessa de griffonner dans son carnet et leva les yeux.

— Mais il y avait du monde ?

— Pas beaucoup. Et dans ces ruines, vous ne savez jamais trop qui est là. Les gens dorment à n'importe quelle heure, ces temps-ci. Le plus souvent, le Bullfrog est encore plus animé la nuit que le jour. La vie est comme ça, maintenant. Des filles et des jeunes garçons qui font le tapin. Des trafiquants de bijoux et de faux dollars. D'autres qui vendent des listes de cimetière...

— Des listes de cimetière ?

— Où aller, à part au cimetière, pour retrouver la trace du mari que vous avez perdu ? Et qui peut visiter tous les cimetières ?

Elle ferma les yeux.

— J'ai voulu retourner dans l'usine. C'est à ce moment que j'ai vu. Et que j'ai vraiment pris peur...

— Qu'est-ce que vous avez vu ?

— Au bout de la rue qui mène à l'usine, au carrefour, j'ai vu une voiture. Tous phares éteints. A l'arrêt. Les voilà, je me suis dit. La Milicia. Je me suis accroupie derrière un vieux réservoir à eau et j'ai fait le guet.

— La voiture, à quoi elle ressemblait ? demanda Dronski.

— Une grosse voiture. Une limousine. Genre voiture officielle. Je n'ai pas bougé. Tout à coup, la voiture a démarré et s'est éloignée du carrefour, les phares toujours éteints... Je l'ai perdue de vue. Mais, quelques secondes après, un homme s'est pointé au coin. Plus ou moins sous le réverbère de l'usine.

— Vous pensez qu'il venait de la voiture ?

Elle haussa les épaules.

— Peut-être, peut-être pas...

— Qu'avez-vous fait alors, Nellie ?

— Je pensais toujours que c'était la Milicia. Mais j'ai commencé à me dire que cet homme ne ressemblait pas à un milicien. Et puis, s'il avait été de la Milicia, il n'aurait pas été seul.

— Essayez de nous décrire cet homme, s'il vous plaît.

Elle réfléchit, puis reprit :

— Age moyen. Il portait une toque de fourrure et un grand pardessus au col relevé pour se protéger du vent. Il tenait dans sa main droite une mallette.

D'un geste, elle dessina la forme d'un petit attaché-case.

— Une mallette carrée, dit-elle. Qui réfléchissait la lumière du réverbère. Ça avait l'air d'une espèce de mallette en métal, pas très épaisse.

Je me tournai vers Dronski. Il pinçait les lèvres.

— Il faisait les cent pas, dit-elle. Il attendait. Mais avec un air impatient. Il n'arrêtait pas de regarder sa montre.

Elle marqua un temps.

— J'ai pensé qu'il n'y avait pas de danger. Si j'avais su... Alors, j'ai quitté ma cachette pour revenir vers l'usine.

— Cet homme vous a remarquée?

— Ils nous remarquent toujours. Une femme seule en pleine nuit.

— Qu'a-t-il fait?

— Il a cessé de marcher pour me regarder, c'est tout.

— Et vous avez continué votre route.

— Oui.

— Il n'y avait personne d'autre dans les parages?

— Non. Personne.

— Bien. Vous arrivez dans la cour de l'usine...

— Les bobines de fil étaient là. Prêtes à être chargées. J'ai commencé le travail.

— Mais avant cela, vous avez signalé à Gromek la présence de cet homme.

— C'était juste comme ça. Il est monté jeter un coup d'œil. C'est à ce moment-là qu'il l'a entendue approcher. Lydia, je veux dire. C'était elle, sûrement.

— Vous n'avez pas dit à Gromek que vous aviez rendez-vous avec Lydia?

Elle secoua la tête en silence, puis continua.

— Il est redescendu dans la cour en disant qu'on ferait mieux d'attendre. Jusqu'à ce que l'homme soit parti.

— Et qu'avez-vous fait?

— On s'est assis et on a bu un coup. Pendant une dizaine de minutes. Je me sentais nerveuse. Trop peut-être. Tellement nerveuse que j'en ai oublié mon rendez-vous avec Lydia.

— Vous avez entendu un cri?

Elle eut un frisson.

— Pas un cri. Plutôt un hurlement. Mais à Presnia, s'il fallait aller voir dès qu'on entend quelqu'un hurler, on passerait sa nuit à courir.

— Alors vous êtes remontée en voiture et vous avez pris en direction du planétarium.

— Oui. Gromek est remonté pour s'assurer que la voie était libre. Quand il m'a donné le signal, j'ai démarré et j'ai descendu la rue où l'homme avait attendu. J'ai bien fait attention. Il n'était plus là. Et il n'y avait pas de voiture non plus. Mais j'étais vraiment à cran. Le rendez-vous avec Lydia m'était complètement sorti de l'esprit. Tout ce que je voulais, c'était filer de là au plus vite. J'ai pris à gauche, contourné le piédestal. Et c'est là que j'ai vu quelque chose dans les phares. Une forme…

— Vous avez vraiment su tout de suite que c'était une femme ?

— Oh, oui…

Ses joues avaient pâli.

— Oh ! oui, tout de suite… Ce que je ne pouvais pas voir avant de m'arrêter, c'est l'état dans lequel était la malheureuse.

— Alors, vous vous êtes mise à crier aussi.

— Si j'ai crié ? Et comment ! Je suis repartie en marche arrière en me cramponnant au volant comme une folle. J'ai foncé vers l'usine.

Elle prit la bouteille de vodka et, sans se soucier de Dronski dont le verre était vide, la termina au goulot.

— Gromek n'était pas assez ivre pour ne plus savoir ce qu'il faisait, poursuivit-elle. Il m'a dit de filer et d'aller planquer la marchandise. Pendant ce temps, il appellerait la police.

Les larmes commençaient à ruisseler sur ses joues.

— Et pendant tout ce temps, inspecteur, je n'ai pas pensé une seconde que ça pouvait être ma sœur.

— A quel moment y avez-vous pensé ?

— En arrivant ici…

Je la regardais. Ses lèvres tremblaient.

— J'ai été frappée par une pensée atroce. Terrible…

Nous sommes restés un instant silencieux.

— J'ai attendu une heure, reprit-elle. Après, j'ai téléphoné au commissariat du district. Un milicien m'a dit qu'ils ne savaient pas qui était la fille. Je suis restée ici, assise sur ma chaise. J'avais l'impression que je ne pourrais plus me relever. Ensuite, il y a eu de la lumière. On a sonné. Alors j'ai compris.

Sa voix s'étrangla.

— C'était la police. Pour me dire qu'on avait retrouvé Lydia.

Elle nous dévisagea d'un air accablé. Puis elle leva les mains, en un geste de désespoir.

— Un boucher! Je l'ai vue de mes yeux, là, sur ce piédestal. Ma propre sœur. Et je ne l'ai même pas reconnue...

Nous roulions en silence. Cette image d'une limousine et d'un homme arpentant le bitume se superposait à une autre, quelque part dans mes pensées.

— Alors, chef? dit Dronski.

Je gardai le silence. Il reprit :

— Elle n'était pas au courant, pour Lydia et cette église. A mon avis, c'est parce qu'il n'y avait pas d'église du tout. C'est des histoires qu'elle a racontées à Gromek. Il y a un homme, chef. Comme vous le disiez vous-même. Un vieux. C'est lui qui lui a procuré les pilules allemandes. Et c'est lui qui attendait. L'homme de la limousine.

Je me tus. L'image était toujours là. Quelque part. La fille seule marchant dans les rues sombres. La limousine derrière elle. D'où me venait cette vision? Sans réfléchir, je pris une des cigarettes de Dronski et la gardai aux lèvres tandis que nous cédions le passage au carrefour du planétarium à un gros bonnet du gouvernement. Et soudain, je compris. Ou il me sembla comprendre...

— Dronski, dis-je, vous vous rappelez Beria? Lavrenti Beria.

— Ce n'était pas un des hommes de main de Staline? Celui qui était chargé des camps de travail et tout ça?

Comme les Russes ont la mémoire courte!

— Crimes contre l'humanité, dis-je. Massacres à grande échelle. Le chef de la police secrète de Staline.

Dronski soupira.

— Que savez-vous de ses habitudes personnelles, Dronski?

Il lança un coup d'œil dans ma direction, puis regarda la route de nouveau.

— Ce que je sais des habitudes personnelles de Beria? Pas grand-chose, chef. Je n'étais pas né.

— Cet homme aurait pu tenir sous sa coupe la moitié des femmes de Moscou, personne ne se serait avisé de protester.

— Heureux homme.

— Dronski, repris-je d'un ton patient, Beria avait même fait arrêter la femme du ministre des Affaires étrangères. Molotov. Et vous savez comment Molotov a réagi ? Il a continué à recevoir des ambassadeurs, à donner des conférences. Comme si sa femme était toujours à la maison, en train de préparer tranquillement des blinis. Vous imaginez ? Bref : Lavrenti Beria, chef du NKVD ou du KGB, peu importe comment ça s'appelait alors, pouvait avoir – au sens littéral – toutes les femmes qu'il voulait, *toutes* !

— Je vous suis, chef. Et alors ?

— Et alors ? Ça ne lui suffisait pas. S'offrir des ballerines ou la séduisante épouse de quelque ministre important, ce n'était pas assez. Ce qui l'excitait, ce qui arrivait vraiment à éveiller quelque chose dans ses yeux, ces yeux qu'il cachait derrière un pince-nez à monture d'acier, c'était la peur. C'est ça qui le faisait bander, Beria.

— Quel rapport avec notre histoire, chef ?

— Eh bien ! tous les soirs, il quittait le Kremlin en limousine...

— En limousine ?

Il comprenait enfin.

— Exactement. Conduite par son chauffeur. Et il allait faire un tour derrière la place Rouge. Quand il avait repéré une fille qui l'attirait, il la prenait en chasse. Avec la limousine. En roulant doucement derrière elle. Jusqu'à ce qu'elle se retrouve acculée contre un mur ou une vitrine.

— Et après ? Il la faisait monter dans la voiture ?

— Pas lui. Son chauffeur. Et personne, vous m'entendez, Dronski, personne parmi ceux qui étaient sur la vieille perspective Karl Marx, ou place de l'Insurrection, n'aurait osé lever le petit doigt.

Dronski écarquillait les yeux.

— Le chauffeur roulait jusqu'à un coin tranquille. Là, il se garait et descendait de voiture. Il faisait quelques pas jusqu'au coin de la rue. Il fumait une cigarette en sifflotant... Pendant ce temps, à l'arrière de la limousine, Lavrenti Beria faisait tout ce qu'il voulait à la fille terrorisée.

— Il la tuait, vous voulez dire ?

— Pas forcément. Mais ça pouvait arriver...

Nous nous sommes garés sur le parking, derrière le 13ᵉ district. Je sentais Dronski mal à l'aise.

— Qu'est-ce qui vous a fait repenser à cette histoire, chef ?

Il avait posé la question en m'offrant une cigarette ; il vit que je n'avais pas l'intention de descendre de voiture.

— Quelque chose que Gromek a dit à propos du cri. J'ai l'impression que son histoire est bancale. On dirait qu'il a entendu crier alors que l'homme était encore en train d'attendre au coin de la rue. Et si c'était le cri de la fille au moment où le chauffeur la poussait dans la voiture?

Dronski alluma nos cigarettes.

— Autre hypothèse, Dronski : le chauffeur, c'est l'homme qui attend. Dans ce cas, le lieu véritable de l'action, c'est la limousine garée quelque part, à proximité.

Il souffla un nuage de fumée dans le volant.

— Qu'est-ce que vous en pensez, Dronski?

Il avait le teint pâle. Il marmonna :

— Je ne sais pas, chef. Un ministre haut placé... Je n'aimerais pas avoir à imaginer une chose pareille venant d'un membre de notre gouvernement.

Bien sûr. Le malheureux me prenait pour un officier de la Tcheka. Il pensait que je cherchais à le piéger. Je lui posai la main sur le bras.

— Dronski, je n'ai même pas insinué qu'il pouvait s'agir d'un membre du gouvernement. Ça pourrait être aussi un de nos hommes d'affaires mafieux, ou n'importe quel type disposant d'une limousine avec chauffeur et ayant envie de s'amuser un peu.

— Je préfère continuer de croire que c'est une hypothèse et rien de plus, chef.

Moi aussi. Pourtant, quelque chose était en train de prendre corps. L'homme qui avait attendu n'était pas forcément l'auteur du meurtre. Deux hommes différents, alors? Associés dans cet acte écœurant? Mais pourquoi? Je secouai la tête. Non. C'était un acte de sadisme individuel. Qui écartait l'hypothèse d'un chauffeur attendant que le tueur en ait fini avec la fille.

Et si je m'étais moi-même fourvoyé? L'homme qui attendait n'avait peut-être rien à voir avec l'affreuse boucherie sur le piédestal de Staline.

Au 13e district, une jeune femme patientait, assise devant le bureau de Dronski. Je le laissai s'occuper d'elle et regagnai mon propre bureau. Mon fauteuil, antique et solennel, vomissait son rembourrage. Mais il pivotait. Je le fis tourner et posai les pieds sur le radiateur, le dos tourné à la porte, à l'agitation des bureaux voisins et à la liste des agressions sexuelles. Ce soir, j'allais devoir persuader Natacha Karlova d'aller examiner une anarchiste – et même l'héroïne des anarchistes – vivant dans la clandestinité. Mon Dieu. Comment allais-je m'y prendre?

Derrière moi, on frappa à la porte. Dronski m'amenait la fille qu'il avait reçue dans son bureau : minijupe en cuir, talons hauts noirs, jambes nues, épais manteau de feutre brun. Son maquillage était délibérément voyant. Une pute. J'achevai de faire tourner mon fauteuil. J'avais maintenant cette fille en face de moi.

Les putes sont les meilleures amies du policier. Il y a les idiotes et les intelligentes, les gentilles et les vicieuses. Et j'ai toujours eu la conviction qu'elles possèdent un don d'observation supérieur à la moyenne. Pourquoi ? peut-être parce qu'il en va quelquefois de leur vie. Mais, quelle qu'en soit la raison, si une professionnelle décide de vous offrir son aide, il s'agira le plus souvent d'une aide précieuse.

— Je m'appelle Valentina, commença-t-elle. L'inspecteur adjoint Dronski m'a dit que vous étiez le boss.

— Et il a eu raison. Alors, Valentina. Qu'avez-vous à me dire ?

Elle prit une cigarette – une Belomors King Size – et l'alluma.

— Je me suis fait agresser la nuit dernière, dit-elle. A Presnia. A l'angle de cette usine où ils fabriquent des drapeaux.

Je me calai dans mon fauteuil.

— Bon Dieu...

— A moins de cent mètres de l'endroit où la fille a été tuée.

J'échangeai un regard avec Dronski. Il est difficile de considérer une agression comme un coup de chance, mais pour nous, ça pouvait être le cas. Je sentis l'excitation monter en moi. J'attendis que Dronski ait tiré son carnet et commençai l'interrogatoire :

— Ça s'est passé à quelle heure ?

— Je ne suis pas forte pour évaluer ces choses-là. Peut-être vers minuit, une heure... Je bossais du côté de l'usine...

Elle marqua une pause, le temps de s'assurer que j'avais bien compris ce qu'elle voulait dire.

— Pour nous, la soirée était assez animée, à cause d'une équipe de jeunes soldats qui écumait les bars à vodka du Bullfrog.

— Pour nous ?

— Je ne connais pas son nom. Une fille très grande. Maria la brune, on l'appelle. Ou bien la grande Maria. D'habitude, elle fait plutôt les gares. Biélorussie, Kievski... Je ne sais pas pourquoi elle avait changé de zone. Mais je n'allais pas lui poser des questions. Il y avait du boulot, avec ces soldats. Et j'étais contente d'avoir une copine de ce gabarit au cas où l'un d'eux se serait mis à tourner méchant.

— Voulez-vous un café, Valentina ?

162

Elle parut surprise. Dronski bondit et ouvrit la porte du bureau. Je demandai à la fille :

— Sucre ? Lait ?

Elle sourit. Je lançai un ordre à Dronski qui transmit à Bitov dans la Division des homicides. Valentina me sourit de nouveau.

— Où étiez-vous, toutes les deux, après en avoir fini avec les soldats ?

— Dans une cour. Derrière un immeuble. Peut-être à deux cents mètres de l'usine.

— C'est un immeuble occupé ?

— Oui. D'habitude, il y a assez de lumière pour qu'on voie ce que vous faites. Mais pas assez pour que les vieux vicieux puissent mater autre chose qu'une paire de jambes...

— Les vieux vicieux ?

— Il y en a toujours trois ou quatre derrière leurs fenêtres, qui nous regardent travailler.

— Donc, vous et Maria, vous étiez dans cette cour.

— Exactement.

— Qu'est-ce qui est arrivé, après les soldats ?

— On s'est assises sur un banc pour se détendre. Fumer une cigarette. Et finir d'exciter les vieux vicieux.

— Comment ça ?

— En leur montrant un peu nos jambes. Il y en avait un, on voulait qu'il se fasse coincer par sa femme. On la voyait dans l'autre pièce, prête à se mettre au lit.

Elle haussa les épaules.

— Juste histoire de s'amuser...

— Et après ?

— Après, on s'est séparées. J'ai pris vers le planétarium et l'usine de drapeaux...

— Et Maria ?

— Elle devait retrouver sa fille. A la maison, peut-être. Elle n'a pas dit où.

— Il y avait encore du monde dehors ?

— La zone est presque déserte, à cette heure-là. Vous trouvez des gens en train de marcher. Des réfugiés. Des filles en quête de travail. Des types qui rôdent à la recherche d'une fille. Parfois, une voiture de la Milicia. Pas souvent. Mais il y a un tas d'immeubles en ruine, de ce côté-là. Ce n'est pas tellement éclairé.

— Vous y passez souvent ?

— La plupart du temps, il y a trop de monde sur le Bullfrog. Certains soirs, vous avez jusqu'à trente filles alignées, et pas grand-chose à faire. Je préfère tenter ma chance du côté de l'usine. Comme cette nuit.

— Très bien, Valentina. Vous avez quitté Maria pour vous diriger vers l'usine. Avez-vous remarqué quelque chose ou quelqu'un devant vous, à l'angle du bâtiment?

— L'endroit était très sombre. Mais il y a un réverbère. J'ai aperçu un homme, là-bas. Bien habillé. Toque de fourrure, grand manteau. J'ai pensé que c'était sûrement l'officier responsable de ces jeunes soldats. Un officier qui cherchait à s'amuser un peu, lui aussi. C'est humain.

Elle laissa échapper un rire.

— Donc, vous vous dirigez vers lui. Il est à combien... soixante mètres? A cette distance, vous devez voir à quoi il ressemble?

— Oui. Sauf qu'il a relevé le col de son manteau à cause du froid. Il marche de long en large et disparaît parfois derrière l'usine. Je fais une vingtaine de mètres quand j'entends un bruit derrière moi. D'abord, je me dis que c'est un des soldats qui revient. Mais comme je continue de regarder ce type bien habillé, devant moi, je ne me retourne pas. Le bruit de pas se rapproche et, tout à coup, je reçois un coup terrible. Comme un coup de marteau dans le dos. Et je m'écroule.

— Vous avez crié? demanda Dronski.

— Bien sûr! Au bout de je ne sais combien de temps, peut-être juste quelques secondes, quelque chose a explosé devant moi. Une bouteille de vodka. On aurait dit un cocktail Molotov, moins les flammes. C'était Maria. Dieu la bénisse. Elle était en train de pisser dans les ruines quand elle a vu ce qui m'arrivait. Elle lui a lancé une bouteille dessus...

— Et l'homme, qu'est-ce qu'il a fait?

— Il a disparu. Comme un fantôme.

Je me tournai vers Dronski. Nous étions tout près du but. Quelqu'un avait vu Monstrum. Je ne m'étais peut-être jamais occupé de meurtres auparavant, mais quand une enquête était sur le point d'aboutir, je le savais. En tout cas, je pensais le savoir.

— Il ressemblait à quoi?

— Tout ce que j'ai vu, c'est une ombre qui s'enfuyait.

— Et Maria?

— Elle m'a aidée à me relever. J'avais le dos en compote. J'ai décidé de faire demi-tour. Elle m'a accompagnée jusqu'au bout du Bullfrog. Elle est bien, Maria. Elle s'inquiétait, des fois qu'il m'ait vraiment esquintée. Elle m'a dit qu'il m'avait frappée avec un truc épais comme ça...

Valentina écarta ses deux mains.

— Regardez la marque qu'il m'a faite.

Elle se leva et ôta son manteau. Dessous, elle portait un sweater noir qu'elle releva. Et elle se tint comme ça, bras levés, sans soutien-gorge. Ses seins étaient joliment fermes. Elle se tourna pour montrer son dos. Une ecchymose barrait son dos de l'épaule gauche jusqu'à la hanche droite.

— Il a frappé de la main gauche, dit Dronski.

— Vous en avez assez vu ? dit-elle en se retournant.

— Allez, cachez-moi ça, dis-je à contrecœur. Vous avez eu une sacrée veine, cette nuit.

— Vous croyez que je ne le sais pas ? C'est Monstrum, c'est ça ?

— Possible. Mais la fille qui était avec vous, Maria, elle a pu le voir, elle...

— Elle était assez près pour lui lancer une bouteille.

— Elle vous l'a décrit ?

— Ben... non.

Je la considérai, bouche bée.

— Quoi ? Pas la moindre description ?

Valentina eut un petit rire.

— C'est comme ça que la police voit les choses, hein ? « Mon Dieu ! Tu te rends compte, Valentina ? Le type qui vient de t'assommer, il mesure 1,90 mètre, il a les cheveux noirs et une cicatrice à la joue gauche... »

Elle éclata de rire.

— Elle doit pourtant bien avoir dit quelque chose ? repris-je, agacé. Quoi, exactement ?

— A ce moment-là, on n'avait pas fait le lien. Ni elle ni moi ne pensions à Monstrum. Pour nous, c'était un agresseur, c'est tout. Qui se serait occupé de savoir à quoi il ressemblait ?

— Autant qu'il vous en souvienne, Valentina, que vous a dit Maria ?

Elle haussa les épaules.

— Quelque chose du genre : « Quel bâtard ! Putain, si jamais je lui retombe dessus, je ne le raterai pas ! »

Évidemment.

— On peut la trouver où, Maria ?

— Je vous ai dit : les gares. C'est tout ce que je sais. Elle vit dans les nouveaux quartiers. A l'extérieur. Elle a une fille. Quand elle vient en ville, c'est pour se faire de la thune, j'imagine...

Dronski secouait la tête d'un air sinistre.

— Et l'homme bien habillé au coin de l'usine? demandai-je. Qu'est-ce qu'il a fait?

— Quand j'ai regardé dans sa direction, il était parti.

— Celui qui vous a frappée dans le dos, ça ne peut pas être lui?

— Je ne crois pas. Je m'étais arrêtée, je me rappelle. Je lui tournais le dos...

— Pourquoi vous étiez-vous arrêtée?

— C'est une chose de racoler le client. Mais ce n'est pas la peine de se montrer trop directe.

Dronski leva les sourcils et des plis apparurent sur son crâne rasé.

— Mais vous n'avez remarqué personne d'autre?

— Non. Et quand je suis revenue à moi, il était parti.

Dans une enquête, n'importe laquelle, si vous souhaitez savoir ce qui s'est vraiment passé, vous devez vous montrer impitoyable avec vos théories favorites. L'homme élégant n'avait peut-être rien à voir du tout avec le meurtre commis sur le piédestal quinze ou vingt minutes plus tard. Peut-être n'apprendrions-nous jamais ce que cet homme attendait. Peut-être avait-il été effrayé par le cri de Valentina. Et tant pis pour Beria et sa limousine. Sauf que Gromek, le veilleur de nuit, avait entendu le cri de Valentina. Et que, dix minutes plus tard, l'homme en pardessus était de nouveau là, et consultait sa montre. Valentina avait-elle été agressée pour de l'argent? Ou prise pour quelqu'un d'autre?

Quand nous en eûmes fini avec Valentina, je montai voir le commandant Brusilov et lui expliquai que j'avais besoin de renforts pour écumer les gares et trouver la grande Maria.

Derrière son bureau, Brusilov se frotta les mains comme s'il les lavait, puis considéra le résultat. Une fois satisfait, il me regarda.

— Constantin Sergeivitch, dit-il, avez-vous une idée de ce que signifie diriger un commissariat de district?

Sans parler du commerce de fruits et légumes pour son frère...

— Et ce commissariat en particulier? Où croyez-vous que la municipalité a choisi d'installer le quartier général de sa Commission d'amnistie? Ça occupe des hommes, Vadim. Dix inspecteurs, rien que pour la sécurité des délégués...

— Je demande six hommes, pas plus.

Il leva, pour me faire taire, une petite main rouge qu'il examina d'un air ravi puis reprit :

— Pas plus tard que ce matin, le 1er district a appelé pour affecter six de mes meilleurs éléments à la tentative d'assassinat contre Leonid Koba. Vous comprenez mon problème. C'est une affaire d'importance nationale. Et je ne dis pas ça pour diminuer votre propre enquête...

— Vous m'avez donné un mois.

— Je vois qu'il nous faudra augmenter le délai.

— Étant donné les circonstances...

— Trois hommes. C'est tout ce que je peux faire.

Je me détournai pour prendre congé.

— Encore une chose, dit-il. La déléguée à l'amnistie aimerait vous voir dans son bureau dès que possible.

Elle avait tombé la veste et travaillait à son bureau en chemisier rayé. Son air efficace, professionnel, la rendait encore plus désirable. Elle se leva et contourna le bureau pour m'accueillir avec un large sourire.

— Je suis désolée pour cet incident, en bas, dit-elle. Deux femmes dans un laboratoire, c'est comme deux femmes dans une cuisine. Natacha avait parfaitement raison de rejeter ma demande.

— C'est pour ça que vous vous vouliez me voir ?

— Pas du tout, répondit-elle en riant.

Et son regard, soudain, redevint sérieux. Elle m'indiqua un siège et retourna lentement derrière son bureau en laissant derrière elle un sillage de parfum.

— Bien sûr, tout cela reste entre nous.

Elle ne s'était pas assise. J'approuvai de la tête. Elle reprit :

— Comme déléguée, j'ai examiné les dossiers. Ceux des chefs anarchistes. Et celui d'une certaine Julia Petrovna. Une personnalité charismatique. Mariée autrefois avec un homme du nom de Vadim.

Elle marqua un temps.

— Évidemment, c'est un nom assez courant.

Elle gardait posés sur moi ses yeux sombres en forme d'amande.

— Mais il y a aussi un détail : Julia Petrovna est originaire de Mourmansk. Aurais-je tort d'imaginer que...

— Ce n'est pas un secret, dis-je. Mais je n'ai pas non plus de raison de le crier sur les toits.

— Je comprends. Inutile de vous inquiéter, Constantin. Je serai la discrétion même. Laissez-moi tout de même vous expliquer en quoi cette histoire m'intéresse. J'ai hâte, très hâte, que cette amnistie aboutisse, Constantin. Selon moi, ce sera une bonne chose pour la Russie. Et pour le reste du monde. Et j'ai hâte également de contribuer à son succès. Bien entendu, je sais que certains dirigeants anarchistes ont quelque peine à y croire. Il est clair que la reddition volontaire d'une figure aussi emblématique que celle de votre ex-femme serait d'une aide considérable. Pour convaincre les autres. Je vais être franche avec vous, Constantin. Je serais vraiment très heureuse si Julia Petrovna choisissait de se rendre en s'adressant à moi, personnellement.

— Si vous comptez sur moi pour provoquer cet événement, sachez que je n'ai pas vu Julia depuis plus de cinq ans.

Elle m'observa d'un air narquois.

— C'est la vérité, docteur.

— Appelez-moi Ingrid. Très bien. Je l'admets. Mais si elle décidait de se rendre en s'adressant à vous ? Ce n'est pas impossible…

— C'est hautement improbable. Julia est un gros poisson. Beaucoup plus gros que moi.

Elle agita les mains, comme pour effacer ce que je venais de dire.

— Formulons les choses ainsi, Constantin. Dans l'éventualité où Julia Petrovna entrait en contact avec vous, sachez que je serais disposée à la prendre sous ma protection personnelle, en tant que déléguée. A n'importe quelle heure du jour et de la nuit.

Je me levai.

— « Dans l'éventualité où », je vous promets de le lui dire.

Elle sourit et se dirigea lentement vers la porte.

— Et puis, nous avons un autre intérêt commun. En dépit de Natacha, je continue de m'intéresser à Monstrum.

J'attendis.

— Deux meurtres cette semaine. Qu'est-ce que ça donne, votre enquête ?

— Pas grand-chose. Pour moi, on en est encore au début.

— C'est la raison pour laquelle je voulais que nous parlions. Vous êtes plus intelligent que la moyenne des enquêteurs chargés des homicides…

Je souris.

— Plus réceptif aux idées nouvelles. Notamment aux idées américaines.

Elle se tenait près de moi, m'enveloppant de chaleur et de parfum.

— Peut-être.

Elle tendit la main vers la poignée de la porte. Approchant ses lèvres des miennes, comme sur le point de m'embrasser, elle reprit :

— Le profil du tueur. Tout est là. C'est le profil psychologique de la bête qui nous permettra de la capturer.

Elle ouvrit la porte.

— Ça m'a fait plaisir de parler avec vous, Constantin.

Dehors, je restai un moment à réfléchir. J'étais tout à coup exténué. Ingrid Shepherd me pompait mon énergie. Je considérai l'enfilade du couloir, puis descendis lentement l'escalier. Une idée me courait dans la tête. Ingrid avait proposé d'offrir sa protection personnelle. Et elle était médecin. Ces deux éléments pouvaient-ils être réunis ? Ingrid accepte-rait-elle de soigner Julia clandestinement ? Je m'arrêtai au milieu de l'escalier. C'est le vacarme de la foule, à l'accueil, qui me ramena à la réalité. Non. Les choses ne se passeraient pas ainsi. Julia n'était pas prête à se rendre, même malade. Et Ingrid était pédopsychiatre. Elle n'avait aucune expérience dans les soins d'urgence aux blessés, quelles que soient les blessures de Julia. En arrivant à l'accueil, je croisai Nata-cha Karlova, vêtue de son manteau blanc voyant. Elle m'adressa un signe en passant.

Mon seul espoir, c'était elle. Je le savais.

L'appartement de Natacha Karlova se trouvait dans un quartier de Moscou autrefois prospère, au-delà du boulevard Président Romanov. J'y détectai une touche de cette insignifiante ironie qui me plaît telle-ment : d'après la date en lettres Art nouveau gravée dans la pierre au-dessus de l'entrée, l'immeuble avait été construit en 1905, l'année qui avait vu la rébellion des masses opprimées de Presnia.

Qui habitait alors cet immeuble dont la façade aurait pu se dresser sur n'importe quel grand boulevard du Paris haussmannien ? Des membres des classes moyennes en pleine ascension, je suppose, dans leur appartement de six ou sept pièces avec chambres pour domes-tiques au dernier étage. Des hommes de loi, des commerçants – les propriétaires des usines de Presnia. Beaucoup devaient porter des noms allemands ou juifs. Comme souvent, la moralité de toute cette affaire me parut désespérément confuse. Avant la révolution bolché-vique, la Russie possédait une des premières croissances économiques d'Europe… Mais les gens qui habitaient ces appartements, les propriétaires des usines de Presnia, représentaient en Russie l'espoir d'un avenir décent et bourgeois.

Aujourd'hui, les appartements étaient divisés. Les portes d'entrée affichaient deux, voire trois noms de famille. Je cherchais le n° 25. Rez-de-chaussée. J'empruntai un couloir en demi-arc de cercle autour d'une cour occupée par une vieille automobile en train de rouiller sur ses jantes, et dont on avait brisé la calandre prétentieuse.

Trois noms figuraient au n° 25. J'appuyai deux fois sur le bouton, comme indiqué par une note. Après un temps assez long, j'entendis les talons d'une femme qui approchait. Les pas de Natacha. Des pas confiants. Le bruit me rappelait ce que j'avais à lui demander. Mon estomac se noua.

J'aurais pu battre en retraite le long du couloir. Ma mission me paraissait soudain scandaleuse : demander à une étrangère de risquer sa carrière, voire sa liberté… Étais-je devenu fou ?

J'entendis le loquet tourner.

Pouvais-je réellement m'obstiner dans cette idée ?

Quand la porte s'ouvrit, j'étais sur le point de tourner les talons.

Natacha portait une robe en laine rouge. Ses yeux s'élargirent.

— Vous alliez changer d'avis ?

— Non.

— Vous êtes sûr ? On aurait dit que vous alliez repartir…

— Absolument pas !

Elle me jeta un regard taquin.

— Non. Je vous le jure. Ce n'est pas vrai du tout.

Elle rit et s'effaça pour me laisser le passage.

— Entrez, Constantin. Vous êtes mon invité. Et le bienvenu.

19

C'était une grande pièce peinte en blanc, élégante, avec des moulures début du xxᵉ siècle et ses parquets vernis. L'éclairage était doux, les meubles savamment épurés, comme dans un décor de théâtre. Natacha me débarrassa de mon manteau. Pendant qu'elle le suspendait dans l'entrée, j'allai me réchauffer devant le feu de bois. Les hautes fenêtres moscovites à l'ancienne s'ornaient d'épais rideaux de velours rouge décolorés sur les bords par le soleil d'été. Sur un canapé au cuir noir et usé étaient disposés des coussins aux armes des Républiques du Sud. Une table était dressée pour un dîner aux chandelles, sous une grande peinture à l'huile représentant la bataille de Borodino. Un rideau séparait la pièce du coin cuisine d'où parvenaient le bouillonnement des casseroles sur le feu et l'odeur épaisse de l'ail en train de frire.

L'appartement me disait quelque chose. La plus grande partie de ma vie s'était déroulée dans des décors qui ressemblaient un peu à cela, reliquats du style soviétique. En les observant de plus près, je vis combien certains objets étaient abîmés, et cela me procura un sentiment inhabituel de chaleur et d'affection.

Natacha revint avec deux verres remplis de vin frais.

— J'espère que l'appartement vous plaît, dit-elle. J'étais heureuse d'en hériter. C'était celui du médecin que j'ai remplacé. Les meubles et cette horrible copie de la bataille de Borodino, je les ai achetés moi-même.

— Il me plaît autant que bien des lieux où j'ai vécu, dis-je.

— Pas un peu moins?

Je secouai la tête.

— Non, Natacha.

Je me sentais proche de cette femme. Et éloigné aussi. A table, nous nous sommes assis face à face, comme des acteurs sur scène. L'homme portait des jeans et une veste de sport anglaise. Ses cheveux noirs et

171

bouclés, trop longs, touchaient le col de son polo. Il parlait de sa vie avec une candeur désarmante, mais en en dissimulant les moments forts… La femme, plus jeune, avait revêtu une robe de laine rouge, et ses cheveux dorés comme une moisson de blé étaient ramassés en chignon. Elle jouait son rôle en riant avec insouciance, ignorant que le dramaturge avait prévu une fin désastreuse.

Pendant une heure, pendant deux heures, alors que nous mangions la soupe de betterave et le poulet rôti en buvant du vin moldave, je tins à distance cet autre monde, réel, un monde dominé par les appels au secours désespérés de Julia.

Natacha s'exprimait avec une sincérité qui me surprit. Pour un peu, si j'en avais été capable, je me serais senti détendu. Devant moi se tenait une fille née seulement vingt-cinq ans plus tôt, confiante dans son métier, dans sa façon de marcher et de s'habiller, bien dans sa peau. Elle venait de Saratov, une ville située sur la Volga au-dessus de Volgograd. Ses parents, tous deux anciens médecins, vivaient toujours là-bas une vie tranquille.

— Pourquoi êtes-vous venue à Moscou ?

— J'ai été invitée par un homme. Un homme que j'admirais énormément.

Elle indiqua une photo dans un cadre d'argent ; j'avais d'abord cru qu'il s'agissait de son grand-père.

— Le professeur Kandinski. Originaire de Saratov, lui aussi. Mais, le temps que j'obtienne mes diplômes, il était déjà devenu une personnalité médicale de premier plan à Moscou. Il a compris que j'avais besoin de m'éloigner de mes parents. Quand j'ai débarqué ici pour la première fois, j'ai vécu chez lui, dans sa famille.

— Pourquoi aviez-vous besoin de vous éloigner de vos parents ?

Elle eut un rire triste.

— Il fallait que je m'en aille. Je ne pouvais plus supporter d'entendre répéter à quel point la vie soviétique était idyllique, combien les Russes étaient respectés de par le monde, combien l'Occident nous enviait notre intégrité, nos sportifs, et même nos chaînes hi-fi.

— Votre professeur Kandinski avait compris tout ça.

— Plus ou moins. Même s'il avait grandi dans le système soviétique. Dès que j'ai eu mon diplôme de la faculté de Médecine de Saratov, il m'a invitée à Moscou. Il comprenait que je ne pouvais pas continuer à vivre dans les vestiges d'un âge d'or.

— L'âge d'or ne vous attirait pas ?

— C'était un miroir aux alouettes, dit-elle sèchement.

— Il y a quand même eu des réussites.

— Dites plutôt qu'on avait espéré des réussites. Pendant soixante-dix ans. Et puis, il y avait l'héritage. Notre vieille société russe. Encore vivante, mais dévastée. Les gens étaient devenus des demi-personnes qui croyaient en des demi-vérités et faisaient des demi-courbettes à des demi-imbéciles.

— Vous n'êtes pas patriote?

— Au contraire. J'aime la Russie. Et j'aime le peuple russe. Notre terrible volonté de survivre a ébloui le monde. En science, et dans les arts, nous avons accompli des miracles...

— Mais?

— Mais nous avons toujours échoué à créer une société juste.

— Nous ne sommes pas les seuls.

— Si. Les seuls. De toutes les sociétés occidentales.

Elle marqua un temps. Son regard s'était troublé.

— Inutile de jouer avec les mots. Les autres sociétés occidentales ne sont pas parfaites. Les démocraties ont leurs problèmes, leurs injustices. Mais la Russie n'a jamais approché le modèle d'une société juste. Je me demande quelquefois si les Russes aspirent vraiment à la justice.

— Vous voulez dire que nous serions différents des autres peuples?

— Un exemple, Constantin, lança-t-elle avec passion. Un exemple récent. Quand la période soviétique a pris fin, personne en Russie n'a cherché à dénoncer les responsables des vingt millions de crimes contre l'humanité. Pour tous les Russes, seul Joseph Staline était coupable. Mais il y avait forcément d'autres criminels; des centaines, des milliers d'autres qui ont commis des meurtres en son nom, qui ont tué, enchaîné, torturé, truqué des procès, précipité des hommes et des femmes dans la mort... Aujourd'hui, où sont-ils passés, que font-ils? Ils encaissent leur retraite de l'État, comme mon grand-père...

La colère l'avait rendue livide.

— Votre grand-père a travaillé dans le goulag sous les Soviets?

— Gardien à Magadan. Pendant vingt ans. Combien de centaines, de milliers de gens a-t-il écrasés dans la poussière des camps pendant son service? Mon Dieu... Il allait jusqu'à se vanter du régime qu'ils imposaient aux innocents! Et ne venez pas me dire qu'il obéissait aux lois légitimes d'un État légitime. L'Union soviétique avait moins de légitimité que la Russie tsariste. Elle s'est construite sur un coup d'État. Sur la force et sur le mensonge. Et elle a continué comme ça jusqu'à la fin.

Elle frappait la table avec colère.

— Croyez-moi, Constantin, la Russie ne sera jamais rien d'autre que l'arriérée mentale de l'Europe. Tant que nous n'aurons pas reconnu notre culpabilité. J'ai cru que vos démocrates nationalistes allaient le faire. Eh bien, non! J'ai cru que les anarchistes allaient obliger leurs alliés marxistes à le faire. Eh bien, non!

Je la regardais. Que pouvais-je faire d'autre? Est-ce ma destinée, d'être entouré de femmes animées de puissantes convictions? Elle but une gorgée de vin et sourit. Sa voix, soudain, se fit plus douce.

— Comme vous voyez, Constantin, je suis complètement neutre. Aujourd'hui, entre nationalistes et anarchistes, je ne choisis pas.

— Vous avez vécu sous les deux régimes?

— Oui.

— Vous avez vécu ici, à Moscou, la dernière année de guerre, le siège, la période anarchiste?

Ses lèvres se plissèrent.

— J'ai été chirurgienne dans un hôpital pour enfants sous les deux régimes. Un métier de boucher. Je me demande comment j'ai fait pour préserver ma santé mentale. Mais vous vous dites peut-être que je l'ai perdue…

Je faisais moi-même figure d'accusé. J'écoutais Natacha. Et, dans une autre région de mon esprit, je jouais un autre rôle. Je lui présentais l'histoire de Julia. Julia qui gisait, blessée. Julia qui avait besoin d'aide. Mais ces mots-là, je n'arrivais pas à les prononcer.

Tout en l'aidant à débarrasser la table, je meublai la conversation de détails triviaux sur la vie à Mourmansk. Je ne lui avais pas encore dit que j'avais été marié. Ni mentionné Julia. Pendant que Natacha préparait le café, j'allai m'asseoir sur le tapis devant le feu, le dos appuyé contre le canapé. Quand elle traversa la pièce avec deux tasses, je vis en elle une fille ordinaire et saine.

— Vous êtes ivre, Constantin.

Elle avait dit cela en se laissant glisser près de moi sur le tapis. Elle me tendit mon café.

— Quelles pensées d'ivrogne êtes-vous en train de caresser?

— J'expérimente une petite épiphanie politique, répondis-je.

— Politique? dit-elle en riant. Vraiment? Je vous écoute…

— Je vous vois comme le modèle idéal de notre statue de la Liberté. Le modèle russe. Bras levé, brandissant une torche. La robe tendue sur les seins…

— Où pensez-vous me faire ériger ?

— A chaque carrefour de notre histoire. A chaque fois que la Russie a pris le mauvais tournant, en fait. Ça nous fait un bon millier de statues...

Elle était là, à côté de moi, sur le tapis, un coude appuyé sur le canapé.

— Vous ne pensez pas un mot de ce que vous dites.

— Si. Je pense que vous feriez une bonne statue de la Liberté.

Elle me prit le menton et fit tourner mon visage vers elle. Puis elle dit :

— Êtes-vous vraiment un officier de la Tcheka, Constantin Sergei-vitch Vadim ? Si c'est le cas, alors vous aurez remarqué que, ce soir, je n'ai fait que critiquer le passé. J'ai eu la prudence d'éviter tout commentaire sur le présent.

De ses yeux couleur d'ambre émanait une chaude intensité ; c'était un tout autre regard que le regard bleu et inquiet de Julia.

— Je ne suis pas de la Tcheka, dis-je.

— Vraiment ?

— C'est important pour vous ?

Elle hésita.

— Parlez-moi de vos femmes, Constantin.

— Vous voulez une liste de mes conquêtes ?

— Vos conquêtes ? dit-elle en riant. A mon avis, la plupart du temps, c'est vous qui êtes conquis. Vous avez été marié.

Je tressaillis de surprise.

— Comment le savez-vous ?

— J'ai mes renseignements. Il y a eu une Julia dans votre vie. Aujourd'hui sur liste rouge. Elle est morte ?

— Non. Pas morte.

— Dites-moi, poursuivit-elle d'un ton calme.

L'occasion était là, telle une porte grande ouverte. Mon Dieu ! Pourquoi ne l'ai-je pas saisie ? Manque de fibre morale, disait toujours mon père. Que voulait-il dire par là ? Que je n'étais pas aussi brutal et gaffeur que lui ? J'avais l'habitude de le prendre ainsi. J'aurais dû deviner que cela signifiait bien plus.

— Julia et moi avons grandi dans le même quartier à Mourmansk. Nos familles se connaissaient. Son père et le mien étaient capitaines sur des bateaux de pêche. Sa mère et la mienne étaient ce qu'on appelle des intellectuelles. Ma mère enseignait l'anglais et étudiait l'histoire russe. Nationaliste jusqu'au bout des ongles. La mère de Julia était poète. A dix-sept ans, j'ai quitté Mourmansk. Julia était une grande fille de quinze ans. Deux ans plus tard, de retour de mon service dans la Marine, je l'ai trouvée extraordinairement changée. Ce n'était pas seulement les petits détails que vous pouvez imaginer. Ni que l'enfant était devenue une jeune femme. Je l'avais quittée timide et gauche. Je la retrouvais… franche, et même arrogante.

— Mon pauvre Constantin !

— C'est si prévisible que ça, comme histoire ?

— Vous deviez être fatalement attiré par une telle femme. Je le soupçonne.

— Fatalement ? Ce que j'éprouvais pour elle, c'était une passion qui ne devait jamais faiblir. Même avec le mariage.

— Et elle, elle vous aimait ?

— Je le crois. Au début, du moins.

— Pourquoi votre passion n'a-t-elle jamais faibli ?

— Parce que Julia ne m'a jamais permis de l'approcher. Quelles que soient les circonstances. J'étais son compagnon, son amant, son mari. Mais jamais une part d'elle-même. Jamais une part essentielle de son être.

— C'est ce que vous auriez voulu ?

— Oui. Je considère ce type d'échange comme… consubstantiel à l'amour.

Nous sommes restés un moment silencieux. Puis je repris :

— A l'époque de notre mariage, Julia était encore à l'université. Elle étudiait la philosophie politique, l'histoire des idées, ce genre de choses. Moi, je faisais l'école de police. J'imagine que ça devait l'amuser, de dire à ses copains de fac que son mari était flic.

— Et ça l'a menée où, l'histoire des idées ?

— Elle était marxiste – et de plus en plus attirée par l'anarchie.

Elle leva les sourcils.

— Alors, dit-elle, c'est bien ce que je pensais. C'est elle : Julia Petrovna. Le général de l'armée anarchiste.

— Oui. C'est elle. Julia Petrovna. L'anarchisme ne vous a jamais attirée ?

Son visage prit une expression sinistre.

— Je vais être brutale, dit-elle. Je pense que nous vivons trop près de l'anarchie pour qu'un être sain d'esprit puisse s'en faire l'avocat.

Elle se leva, emporta les tasses vides, puis revint quelques minutes plus tard avec des verres de brandy à la prune. Elle se tint au-dessus de moi et me regarda.

— Avez-vous eu des enfants ? demanda-t-elle.

— Un fils.

Le désespoir vibrait dans ma propre voix.

S'agenouillant, elle me tendit un verre et s'installa près de moi sur le tapis.

— Notre fils était né dans un nouveau siècle, repris-je. Un nouveau millénaire. Il tenait peut-être un peu de nous deux. Micha avait mes cheveux noirs. Mais il était plein de vie comme Julia. Arrogant aussi. Même s'il n'était encore qu'un petit garçon la dernière fois que je l'ai vu.

— Qu'est-ce qui est arrivé ?

— Je ne sais pas si vous vous rappelez l'avant-guerre. Tous les bouleversements. Les révoltes sans objet. Manifestations et contre-manifestations. Les gangs qui contrôlaient pratiquement tout.

— Je me rappelle. J'avais seize ans quand les combats ont commencé. Les petites guerres. Ensuite, il y a eu les sécessions, la Sibérie... Puis les combats entre forces rivales à Pétersbourg. Moscou elle-même a été touchée. Il a fallu un an ou deux pour que la folie gagne Saratov.

— A Mourmansk, il y a eu peu d'affrontements. Sauf dans les familles comme les nôtres. Julia et ses amis de la fac étaient tous anarchistes. Ils tenaient des meetings, prononçaient des discours sous les drapeaux noirs battant au vent. Je ne dirais pas que j'étais capable de débattre avec Julia. Elle avait un esprit plus aiguisé que le mien. Mais je ne pouvais pas non plus accepter ses opinions.

Karlova pinça les lèvres.

— La révolution permanente comme seule notion susceptible de nous purger, de nous libérer, de nous associer les uns aux autres dans une société anarchiste, c'est ça ?

— C'est un peu ça. Mais Julia vous expliquait ça d'une façon convaincante. Vous arriviez à comprendre. Je pense que, fondamentalement, c'est une croyante. Une vraie croyante.

— La promesse d'une communauté ethnique pour chacune des cent langues différentes de la Russie. Et la paix. Une paix parfaite descendue sur nous tous – plus de querelles de frontières, plus de conflits à propos du pétrole, de l'or, des diamants, du nickel, plus de taxes pour financer les armées, les adductions d'eau ou la recherche médicale...

La dérision donnait à sa voix une tonalité plus grave. Elle ajouta :

— Même à Saratov, on avait nos anarchistes.

— Je crois comprendre que vous n'en faisiez pas partie.

— Et vous, Constantin ? Vous n'êtes pas un révolutionnaire ?

Elle avait posé la main sur mon épaule ; de l'index, elle me caressait la nuque.

— Non, dis-je. Je ne suis pas un intellectuel. Mais je n'ai jamais cru à ce qu'ils disaient.

— Ni à ce que disait Julia ?

— Je savais qu'elle était sincère. Mais j'ai remarqué que les choses fonctionnent rarement comme les théoriciens l'annoncent.

— Vous ne ressentiez pas la nécessité d'un changement ?

— Mon Dieu, si ! Mais les révolutions ont-elles jamais été autre chose qu'un prétexte pour se débarrasser des opposants ?

Elle sourit. Dans mon cou, son index avait cessé de bouger.

— Alors, dit-elle, j'imagine qu'à son anarchisme, vous opposiez votre nationalisme démocratique. La Russie aux Russes. La certitude que notre histoire peut offrir à nos voisins une autre image que celle d'une disgrâce criminelle.

— Je vois de l'espoir, dis-je froidement, chez des gens simples. Des Russes simples. Comme le président Romanov. Chez un Leonid Koba en particulier. Il s'est montré assez prévoyant pour offrir une amnistie à tous ceux qui nous ont combattus pendant la guerre. La réconciliation nationale. Voilà de quoi nous avons surtout besoin. Pour réinventer la Russie. Pour qu'elle retrouve sa grandeur…

— Sa grandeur ? Vous voulez dire sa superficie ?

Je sentais qu'elle m'asticotait.

— Il n'y a pas de place, dans l'histoire, pour une Russie prostrée, repris-je. Même nos ennemis le savent : l'ours est plus dangereux blessé qu'en train de cueillir des baies.

Elle pinça les lèvres.

— Et voilà comment se brise un mariage, conclut-elle. Elle était anarchiste, vous étiez nationaliste.

Je buvais à petites gorgées. Le brandy me brûlait la gorge.

— Les différences d'opinions politiques, et même les disputes, avaient fini par faire partie de notre vie. Mais il est venu un moment, à Mourmansk, où chaque homme et chaque femme a dû choisir. Julia a décidé de rejoindre l'Armée anarchiste qui s'était formée en dehors de la ville.

— Et elle a emmené Micha avec elle.

— Oui.

Emmitouflé dans une couverture. Elle m'avait embrassé sur le nez. « Dis au revoir à papa ! » criait-elle en quittant l'appartement et en descendant l'escalier quatre à quatre. Une voiture l'attendait. J'étais resté là, planté dans le petit vestibule, à regarder la porte d'entrée battre sous le vent de décembre.

Pendant un instant, je fus incapable de parler.

— Et alors ?

— Il a été tué quelques mois plus tard. Au cours d'un bombardement. On l'a enterré dans un coin de cimetière, à Pavlovsk. Un village tout près de Pétersbourg. Il avait six ans.

Je finis cul sec mon verre. Si mon intention était de le lui demander, alors il fallait le faire maintenant. Elle était assise près de moi, vulnérable à cause de la sympathie que j'avais involontairement suscitée en elle. Mais l'idée de la manipuler en me servant de Micha m'insupportait. Quand bien même il s'agissait de sauver Julia. Je préférai stopper l'effusion.

— Alors je vous le jure, Natacha, sur la mémoire de Micha : je ne suis peut-être pas ce que j'ai l'air d'être, mais je ne suis pas un officier de la Tcheka.

Elle hésita.

— Cependant, vous n'êtes pas ce que vous avez l'air d'être.

— Peut-être, dis-je doucement. Mais vous ne devez pas vous en faire pour ça.

— Un jour, vous me direz ?

— Qui sait ? Pour le moment, sachez que, comme policier et comme citoyen, je ne porte pas la Tcheka dans mon cœur. J'espère qu'on arrivera rapidement à limiter ses pouvoirs.

— Je vous crois.

— Pas un mot de tout cela à Dronski, murmurai-je. Il vaut mieux le laisser imaginer le pire à mon sujet. Jusqu'à ce qu'il finisse par m'aimer pour ce que je suis.

Elle passa les mains dans ses cheveux, ôta l'épingle qui les retenait, et les laissa retomber. Puis elle dit d'un air songeur :

— Alors comme ça, notre beau Constantin n'est pas l'homme que l'on croit.

— Qui, parmi nous, est ce qu'il paraît être ?

Elle se pencha en avant et me passa le bras autour du cou. Elle posa les lèvres au coin de mes lèvres. Je lui caressai la joue. Une main partait en reconnaissance vers le haut de ma cuisse, ses ongles effleuraient la couture de mon jean.

J'aurais pu me laisser conduire où elle voulait. Encore quelques minutes sur cette voie et je succombais. Je le savais. Au lieu de quoi je repoussai sa main.

Elle baissa les yeux et sourit, déçue. Sans hâte, elle porta à ses lèvres son verre de brandy.

— Natacha, dis-je. Je ne suis pas un type très fréquentable...

Elle faillit renverser son verre dans le geste qu'elle fit pour m'interrompre.

— S'il vous plaît, Constantin, épargnez-moi ça, d'accord ? Je n'ai pas besoin d'explications. Je m'offre à vous jambes écartées et vous préférez me repousser. C'est votre choix.

Elle ajouta d'un ton tranchant :

— Si je vous avais laissé l'initiative, tout aurait été différent.

— Une autre fois...

— Bien sûr.

Elle se pencha et posa un doigt sur mes lèvres.

— Ne vous en faites pas, Constantin. Je me suis trompée. Mais pas complètement. Laissez-moi voler au secours de cette amitié. La délivrer de ce doux imbroglio sexuel. C'est possible ?

Elle se leva en riant.

— Bon, dit-elle. Il faut que j'aille me coucher maintenant. Qui sait ? c'est peut-être le soir d'essayer de goûter à cette fameuse *stoke*, après tout. Vous devriez partir vous aussi. On continuera à se voir...

— On travaille ensemble.

— Ce n'est pas ce que je voulais dire. On continuera à se voir. A parler. A construire une amitié. D'accord ?

Je me relevai et tentai un sourire. Elle me tapota les fesses.

— Ne soyez donc pas si morose, Constantin. Cette soirée a tout de même été une réussite.

— Ah bon ?

— Pour moi, oui. Vous avez remarqué ? Monstrum n'a pas été mentionné une seule fois...

— Ça signifie quelque chose ?

— J'aimerais le croire, dit-elle doucement. Ça signifie peut-être que vous avez des soucis plus importants en tête.

Elle avança vers la porte d'entrée. J'aurais dû répondre : « Oui, c'est vrai, Julia occupe mes pensées. Elle a désespérément besoin d'un médecin. » Mais quelque chose empêcha les mots de se former. Une lâcheté. J'essayai encore. J'avais les lèvres sèches.

— Vous m'avez dit que vous n'étiez pas vraiment celui que je croyais. J'en ai la confirmation : un inspecteur des Homicides qui passe toute une soirée sans faire allusion à Monstrum...

Elle ouvrit la porte. Je sortis.

— Ça me donne de l'espoir pour l'avenir.

Je faillis lui dire que je ne pouvais susciter aucun espoir. Mais elle avait déjà presque refermé la porte derrière moi. Dans l'entrebâillement, elle murmura :

— Je vous préviens, Constantin : mon but, c'est de vous faire tomber amoureux de moi. Je n'ai pas l'intention de jouer le rôle de la collègue avec qui vous partagez les potins de bureau…

20

Je pris la vodka des mains de Gromek et en bus une gorgée au goulot. Une petite gorgée. La quantité polie lorsque vous partagez un demi-litre avec quelqu'un. Nous étions sur le toit de l'usine. De là, on pouvait voir le quartier en ruine et une pluie neigeuse tomber sur le piédestal de Staline.

— De nouveaux progrès dans votre enquête, inspecteur? demanda Gromek en prenant la bouteille que je lui tendais.

Je consultai ma montre. Il me restait vingt minutes avant le rendez-vous avec la Sibérienne. Relevant les yeux, je vis que Gromek m'observait.

— Vous dites que vous avez été officier, Gromek. Officier spécialisé.

— Il y a longtemps. Je crois que c'est ce que j'ai dit.

— Combien de temps?

— Une vie.

Il siffla les notes d'un hymne familier.

— C'était pendant la période soviétique. J'avais trente-cinq ans. J'ai servi dans l'Armée rouge en Allemagne de l'Est.

— Les troupes d'élite.

— Oui. Mais je suis tombé amoureux d'une belle Allemande. Et, quand on a reçu l'ordre de faire nos paquetages et de rentrer…

— Vous êtes resté?

— Un an. Les autorités allemandes ont fini par me choper. Ils m'ont renvoyé au pays.

— Quelle était votre spécialité, Gromek?

— La guerre chimique.

— Vous n'étiez pas médecin? Quelque chose dans vos propos de l'autre soir m'a fait penser ça…

Il agita la bouteille de vodka vide : ça voulait dire non.

— Mais vous vous y connaissez suffisamment pour donner à quelqu'un des soins d'urgence, non?

— J'ai suivi un cours d'un mois. Médecine générale. Je connais deux ou trois mots, inspecteur. J'ai des connaissances anatomiques de base. Pourquoi ?

— Quelqu'un que je connais... a besoin de soins médicaux.

Il m'interrogea du regard, intrigué.

— Pourquoi vous n'appelez pas un médecin ?

Je restai silencieux.

— Parce que vous ne pouvez pas, reprit-il après un instant. Pour une raison...

— Gromek, dites-moi seulement si vous seriez capable de traiter une situation d'urgence.

Il secoua la tête.

— J'ai le cerveau liquéfié, dit-il. La vodka. Je ne peux pas vous répondre oui...

— Mais si vous étiez obligé de le faire ?

— Non ! s'écria-t-il.

Et il partit à grands pas en direction de la remise.

— Vous êtes fou, inspecteur. Non !

Il jeta la bouteille dans les ruines. J'entendis le verre se briser dans l'obscurité derrière moi.

— Écoutez ! Je vous trouverai les drogues. Toutes les drogues dont vous aurez besoin.

Il marcha vers moi et m'agrippa l'épaule en disant :

— Inspecteur, je ne suis pas médecin. J'ai appris la chimie, c'est tout...

— Restez ici, dis-je. Je reviens. Et, pour l'amour du Ciel, ne buvez pas !

Je courus jusqu'à l'échelle de sécurité.

— Ou je vous fais foutre en taule pour dix ans !

La Sibérienne plissait les yeux jusqu'à les fermer complètement.

— Pas de médecin ? dit-elle. Vous avez osé venir sans médecin ?

Nous avions l'air de deux amoureux en train de se disputer au coin d'une rue. La pluie scintillait sous l'unique réverbère.

— Il faut que je la voie, répondis-je. Comment voulez-vous que je cherche un médecin sans savoir ce qu'elle a ?

— Vous voulez être conduit auprès d'elle, c'est ça ?

— Oui. Je veux savoir de quels soins elle a besoin. De quelles drogues. Vous ne me dites rien. A part qu'il s'agit d'un accident.

— Vous n'avez pas besoin d'en savoir plus.

— Il y a eu un incendie ? Elle est brûlée ?

Elle m'observa à travers la fente étroite de ses paupières, puis répondit d'un ton prudent :

— Son problème, ce ne sont pas les brûlures.

— Bon sang ! Par pitié, dites-moi quelque chose ! A-t-elle des fractures ? Aux bras, aux jambes ? Est-elle consciente ? Y a-t-il une hémorragie ?

Son visage était tendu par une expression de mépris.

— Vous voulez d'abord faire votre propre diagnostic, hein ? Vous voulez décider par vous-même qu'elle est en train de mourir.

— *En train de mourir ?*

Je me mis à trembler.

— Julia est mourante ?

— Et vous nous avez fait perdre un temps précieux. Bon Dieu ! je vous poignarderais de mes mains si vous n'étiez pas le père de Micha !

— Micha… Vous connaissiez Micha ?

C'étaient pour moi des coups trop durs à encaisser.

— Trouvez-nous un médecin, espèce d'incapable ! Et cessez de pleurnicher !

Elle me crachait à la figure.

— J'attends encore une demi-heure. Si vous ne revenez pas…

Je la repoussai avec mon bras. Elle tomba sur un genou ; la lame de son couteau brilla.

— Gardez vos menaces pour vous, dis-je. S'il faut un médecin, j'en ramènerai un.

Je retournai chez Natacha en roulant à tombeau ouvert. Je franchis l'entrée en courant et contournai la cour intérieure. Je pressai la sonnette du n° 25 en insistant plusieurs fois.

Cette fois, aucun bruit de pas. Juste des sons légers et des froissements de tissu. Suivirent le bruit rassurant d'un verrou et le cliquetis d'une clef cherchant le trou de la serrure. La porte s'ouvrit sur un homme torse nu, portant un pantalon de l'armée de l'Air.

Sans lui laisser le temps de dire un mot, je sortis ma carte.

— Inspecteur Vadim, 13e district, Division des homicides.

Il fit un pas en arrière, peu rassuré. Derrière lui, j'aperçus Natacha, pieds nus, vêtue d'une longue robe blanche.

— Vous avez encore changé d'avis, Constantin ?

— Non. Puis-je entrer?

Elle tenait la porte ouverte. L'homme de l'armée de l'Air s'enfonça dans l'ombre en grommelant, puis disparut et referma sa porte. Je m'avançai lentement et pénétrai dans la grande pièce blanche, éclairée seulement par la lampe allumée dans l'alcôve de la chambre. Natacha resta un moment à m'observer. Puis elle referma la porte et alluma le plafonnier. Je tressaillis.

— Vous n'avez pas changé d'avis?

Elle était à présent au milieu de la pièce. Je fis non de la tête et m'aperçus soudain que j'étais incapable de prononcer un mot. Je me frottai la figure. Natacha s'approcha et m'entoura de ses bras.

— Qu'y a-t-il, mon pauvre Constantin?

Elle m'attira vers le canapé.

— Vous avez l'air si malheureux. Si désespéré. Perdu... Asseyez-vous, je vais préparer du café.

Assis, je me tournai vers le rideau de la cuisine. Je sentis soudain que je pouvais le lui dire. Elle pouvait refuser mais je pouvais lui parler.

— Pas de café, merci.

Elle revint lentement dans la pièce. Je ne bougeai pas.

— Dites-moi.

Elle s'assit sur le bras du canapé, tout près de moi mais sans me toucher; elle me considérait avec attention, comme si elle partageait mon inquiétude.

— Julia est en train de mourir.

Elle me caressa la nuque.

— Où est-elle?

— Ici, à Moscou.

— En prison?

— Non. Elle se cache.

Je sentis qu'elle se raidissait. Mais elle continua à me caresser.

— Que lui est-il arrivé, Constantin?

— Un accident de la route. Je n'ai aucun détail. Tout ce que je sais, c'est que c'est sérieux. Elle est mourante.

— Pourquoi ne l'a-t-on pas emmenée à l'hôpital?

— Ses camarades ne croient pas à l'amnistie.

J'eus à peine le temps de m'apercevoir qu'elle avait quitté le canapé. Déjà, le rideau de la chambre était tiré et la silhouette d'une femme s'habillant à la hâte se projetait sur le mur blanc. Une minute plus tard, Natacha reparaissait. Elle était en jean, avec une chemise écossaise de couleur sombre et une veste bleue. Elle avait ramassé sa chevelure blonde dans un bonnet de laine noire et tenait à la main sa trousse médicale.

Je me levai.

— Vous êtes prête à y aller ?

— Vous savez où elle est ?

— Quelqu'un attend à Presnia pour nous conduire.

— Alors en route, Constantin. Voyons ce qu'on peut faire.

Nous prîmes derrière Gorki Park puis, traversant la Moskova au pont Krimski, par le circulaire intérieur en direction du planétarium. Aucune parole ne fut échangée pendant presque tout le voyage. A un moment, Natacha alluma deux cigarettes et m'en tendit une. Je fumai sans réfléchir. A quoi pensai-je alors ? Je ne saurais le dire.

Comme nous nous arrêtions devant le planétarium, la Sibérienne jaillit de l'obscurité et s'approcha furtivement de la voiture. Sa figure sombre apparut par la fenêtre de mon côté. Elle examina Natacha.

— Elle est quoi ? Infirmière ?

— Médecin qualifié, répondis-je. Chirurgien.

La Sibérienne monta à l'arrière. J'observai que Natacha continuait de regarder devant elle, ignorant la passagère.

Suivant les indications de la fille, nous avons contourné le zoo pour revenir au point de départ et passer deux fois devant le métro Barricades. Ensuite, après avoir traversé la voie ferrée, nous avons pris plein sud pour nous retrouver le long du fleuve. Quand d'autres instructions arrivèrent, Natacha se retourna et dit froidement :

— Assez tourné en rond, s'il vous plaît. Si votre collègue est vraiment en train de mourir, il vaudrait mieux que j'arrive avant la fin.

Peut-être cette remarque s'adressait-elle à moi plus qu'à la Sibérienne. Quoi qu'il en soit, elle produisit un résultat. Dès le carrefour suivant, la fille m'avertit que j'allais devoir ralentir. Puis elle se pencha en avant et indiqua une allée sur la gauche.

— On entre là ?

— Oui. Et on s'arrête presque tout de suite. Il y a une sentinelle.

Je m'engageai dans la pénombre du chemin. Quand je freinai, des gravats crissèrent sous les pneus. Les phares éclairèrent l'arrière d'une rangée d'immeubles datant de la toute fin du xxe siècle. Celui qui était le plus proche avait été détruit.

— Éteignez vos phares, ordonna la Sibérienne.

Nous sommes restés un moment dans le noir.

— Maintenant, reprit-elle, deux appels de phares.

J'obéis. La réponse fut un double signal lancé par une torche au milieu des ruines.

— On descend ?

— Pas encore, dit la Sibérienne.

La torche s'alluma deux ou trois fois, comme indiquant un passage dans les gravats. Je passai une vitesse et fis avancer l'Economy en direction du signal lumineux. A présent, nous étions à couvert, sous le toit d'une espèce de hangar. J'arrêtai la voiture devant le mur du fond.

— On peut y aller, dit la fille.

Le personnage muni de la lampe torche m'évoqua une silhouette familière : une femme de grande taille, aux cheveux soignés. Elle me braqua la torche sur la figure, puis déplaça le rayon sur celle de Natacha.

— C'est le médecin ?

Je reconnus la voix de la grande femme qui était venue chez moi à Mourmansk.

— C'est le médecin, confirma Natacha. Et vous feriez bien de vous souvenir que je suis encore libre de m'en aller d'ici.

La grande femme éclata de rire.

— Vous pourriez bien vous apercevoir qu'il n'est pas très efficace de coller un pistolet sur la tempe d'un chirurgien si c'est ça que vous avez en tête, reprit Natacha. Conduisez-moi vers elle.

La femme se détourna sans rien dire et nous précéda dans les couloirs d'une usine. Mes jambes flageolaient sous l'effet de la peur. Si vifs étaient en moi les souvenirs de Julia ! Je la voyais encore telle que je l'avais connue. Impossible de faire autrement. Son caractère positif, son autorité... Ou bien je la voyais morte. Il n'y avait pas de place dans mon imagination pour une Julia couchée sur un lit de malade.

Nous stoppâmes devant une porte gardée par une fille assise sur une chaise de cuisine, une jeune paysanne à l'air fatigué, une Kalachnikov posée sur les genoux. L'adjointe de Julia ouvrit la porte sur une vaste pièce dont un mur était occupé par des armoires à dossiers. On avait collé des journaux sur les fenêtres. Il n'y avait qu'un seul lit, métallique et blanc, éclairé par une faible lampe.

J'en eus le souffle coupé. Julia avait les yeux fermés, son visage avait la couleur jaune et luisante du marbre. Natacha s'avança. La grande femme me retint par le bras. A cet instant, Julia ouvrit les yeux. Son regard se porta directement vers moi. Ses lèvres se séparèrent, formant un sourire, avant de disparaître derrière le corps de Natacha.

La femme m'entraîna hors de la pièce.

— Vous pourrez la voir plus tard, dit-elle.

Je la regardai. Nous étions presque de la même taille.

— Comment vous appelez-vous ? demandai-je.

— Appelez-moi Denisova.

La colère sourdait en moi.

— Je vous appellerai Sonia, dis-je. Vous devez connaître Sonia. C'est vous qui avez donné le billet à madame Raïssa, au Café du Parc. Donc vous connaissez très bien Sonia.

Ses traits étaient tendus.

— Je connais un dessin animé, dit-elle : Sonia et Vassili.

— Pas mal. Alors c'est Sonia. Très bien. Qu'est-ce qui s'est passé ? Ce vol vers l'Ouest que vous deviez prendre ?

— Ce ne sont pas vos affaires…

— Sonia… J'ai apporté l'argent. Vous avez oublié ?

Mon inquiétude pour Julia décuplait ma fureur.

— Mon nom, reprit la grande femme, c'est Denisova.

— Pour moi, vous êtes Sonia, répétai-je. Avez-vous jamais eu l'intention d'aller à l'Ouest ? A quoi a servi mon argent ?

La paysanne en sentinelle devant la porte s'était levée. Elle me colla dans le dos le canon de sa Kalachnikov. La grande femme lui dit :

— Veille à ce qu'il reste là jusqu'à ce que le médecin l'autorise à entrer.

Elle avait la main sur la poignée de la porte. La paysanne, intriguée, demanda :

— Il est des nôtres ?

— Non.

La fille approuva de la tête. La mission lui convenait.

— Assieds-toi là-bas, camarade, m'ordonna-t-elle. Et pas d'histoires.

Je remarquai son doigt sur la sécurité. Je m'assis sur un banc étroit où je devais rester deux heures durant. La construction avait abrité autrefois les bureaux d'un abattoir, et je commençai à lire en détail, sur un poster qui se décollait du mur, les descriptions des différentes pièces du mouton et du bœuf. En temps ordinaire, j'aurais détourné les yeux de ce genre de choses mais là, je me forçai à les lire, pendant de longues minutes, tandis que s'élevaient derrière la porte les plaintes aiguës de Julia. Quand j'eus terminé, je passai aux autres affiches. Les compléments de retraite en cas d'accident du travail. Les instructions de santé publique datant de l'époque Eltsine. Trente chapitres d'une littérature incompréhensible. Enfin, les cris derrière la porte cessèrent.

Un peu plus tard – ou beaucoup plus tard ? –, la porte s'ouvrit. Denisova vint dans le couloir. Après un coup d'œil à la paysanne, je me levai. Je n'eus pas besoin de demander comment allait Julia car sur le visage de Denisova se dessinait quelque chose qui évoquait un sourire.

— Entrez, dit-elle. Deux minutes.

Je distinguai la pièce derrière elle : le lit, les armoires à dossiers, les journaux collés sur les fenêtres. Pas de trace de Natacha.

— Natacha Karlova est dans l'autre pièce, dit la grande femme qui tenait la porte ouverte. Entrez. Julia veut vous parler.

J'obtempérai. La porte se referma derrière moi. Julia était assise, faiblement soutenue par un immense oreiller blanc. Grâce à une installation provisoire, elle avait une perfusion dans le poignet. Son visage était toujours du même jaune cireux. Mais ses yeux étaient ouverts. Et ses lèvres avaient repris quelque couleur.

Je m'assis près de son lit. Les draps n'étaient pas repassés mais ils semblaient assez propres. J'eus un haut-le-cœur en apercevant dans un coin de la pièce des pansements tachés de sang.

— Toi qui n'as jamais supporté la vue du sang, souffla-t-elle.

— C'est vrai.

Je croisai les mains.

— Dis-moi ce qui s'est passé.

Sa tête dodelina sur l'oreiller.

— Il ne faut pas me demander ça, Constantin. Promets-le-moi.

Deux perles de sueur roulèrent sur son front jusqu'aux sourcils. Je les essuyai avec précaution.

— Parle-moi, Julia. Qu'est-il arrivé ? Pourquoi être revenue, si ce n'est pas pour l'amnistie ?

Elle leva la tête vers moi. Ses yeux demeurèrent parfaitement immobiles. Sa bouche aussi. Jamais je n'avais admiré une telle beauté marmoréenne. Nulle Madone de la Renaissance n'atteignait une telle perfection.

— Ils se préparent à nous vendre, gémit-elle.

— Je ne comprends pas.

Elle respirait avec peine.

— Ton Koba essaie de signer des accords avec l'Ouest. Plusieurs milliers de nos camarades ont fui là-bas. Et Koba exige le retour de tous les anarchistes qui ont fait une demande d'asile.

— Et alors ? Où est le problème ? La Douma a entériné la loi de réconciliation et d'amnistie.

— Nous ne ferons jamais confiance à un nationaliste offrant une amnistie.

Dans sa voix faible perçait une résolution farouche.

Je transpirais moi aussi. Je lui pris la main.

— Ne parlons pas politique, Julia. Parlons de toi.

Même le dos de sa main était luisant de sueur.

— Tu m'as manqué, Constantin.

Mon cœur se mit à battre plus vite.

— A New York, quand je me promenais à Central Park, j'aurais tant voulu t'avoir près de moi. Tu parlais tellement de l'Amérique…

La phrase mourut dans un soupir.

— On en reparlera, Julia… Pas maintenant…

Mais je n'avais pas d'autre envie que de continuer à parler.

— Pas maintenant, répétai-je. Quand tu iras mieux.

— Je suis allée à un concert au Lincoln Center, reprit-elle faiblement. Tu m'as manqué, Costia. Jimmy Gabriel a chanté « *Not For You* »…

Les larmes me vinrent aux yeux. Après Micha, la passion pour le nouveau jazz américain était notre principal point commun.

— Tu pourras revenir me voir, dit-elle. Natacha Karlova te donnera des antibiotiques. Viens après-demain soir.

Derrière moi, on marchait dans la pièce voisine. Julia referma les yeux. Elle me fit adieu d'un sourire. Je lui pressai la main. Les yeux toujours clos, elle murmura alors :

— Merci, Costia.

Une main se posa sur mon bras. Quelqu'un me conduisit vers la porte. C'est seulement une fois dans le couloir que je reconnus Natacha.

Nous roulâmes sans rien dire le long de Goda 1905, jusqu'au pont Krimski. La pluie redoublait.

— J'aurais voulu rester auprès d'elle, dis-je.

— Il n'y avait pas de raison, répondit-elle en mettant les essuie-glaces. Elle va dormir 24 heures.

— Elle est hors de danger ?

— Il y a toujours du danger avec ce genre d'intervention. Une infection peut rester cachée pendant des heures.

— Comment vais-je pouvoir vous remercier ?

Nous longions Gorki Park. Je pouvais *sentir* sa colère.

190

— Écoutez, repris-je. Je sais que je suis un misérable. J'ai abusé de votre gentillesse comme aucun homme, sans doute, dans toute votre vie. Vous admettez au moins que j'avais le sentiment de ne pas avoir le choix ?

— Je peux l'admettre, dit-elle d'un ton égal.

— Vous lui avez parlé ?

— Elle a parlé un peu sous l'effet du Valium. Deux ou trois mots au sujet de votre fils, Micha.

— Elle a parlé de Micha ?

Je me tus un instant, puis ajoutai :

— N'importe quelle mère l'aurait fait en pareille circonstance.

Je jetai un coup d'œil au visage de Natacha. On aurait dit qu'elle n'allait plus jamais sourire.

— Elle a dit quelque chose à propos de l'accident ?

Elle soupira avec colère.

— L'accident !

— Oui. Je n'ai pas réussi à comprendre ce qui est arrivé. Elle n'a rien voulu dire...

— Ça vous étonne ?

— Non. Elle était trop faible.

— Je ne suis pas de cet avis, répliqua-t-elle sèchement.

Gorki Park était derrière nous, maintenant. Les essuie-glaces usés n'arrivaient pas à venir à bout de la pluie qui ruisselait en torrents sur le pare-brise. J'étais exténué. A peine capable de comprendre ce que Natacha disait. Et encore moins de suivre ses pensées.

— Ils étaient quatre, dit-elle. Votre Julia et trois autres.

— Impliqués dans l'accident, vous voulez dire ? Mais... j'ignorais qu'il y avait d'autres blessés. Comme je vous l'ai dit, je n'ai pu obtenir aucun détail.

Nous arrivions dans la rue de Natacha.

— Je vais vous en donner, dit-elle froidement.

Elle fouilla dans sa poche. Un cliquetis se fit entendre contre le pare-brise où elle jeta de minuscules morceaux métalliques. Elle s'écria :

— Les voilà, les détails, espèce d'enfoiré !

Je freinai brusquement. La voiture dérapa le long du trottoir à une cinquantaine de mètres de chez elle. Des bouts de métal avaient atterri sur mes genoux. Je les pris en demandant :

— Qu'est-ce que c'est ? D'où viennent-ils ?

— De votre bien-aimée. De ses reins. Et aussi de ses deux camarades qui agonisaient dans l'autre pièce. La troisième était morte. Crâne perforé et le cerveau en bouillie.

Chaque mot prononcé par elle était glacé comme la mort.

— Mais qu'est-ce que c'est, pour l'amour du Ciel?

— Vous avez servi dans l'armée. Vous ne voyez pas ce que c'est? Des éclats de grenade à fragmentation...

— Mon Dieu!

— Ah! Il commence à comprendre... Grenades à fragmentation, inspecteur Vadim. Comme dans les journaux de lundi: « Les grenades qui ont atteint la limousine de Leonid Koba ont été lancées depuis le bord de la route, tuant cinq civils et blessant un ou plusieurs terroristes... »

Elle descendit de voiture et claqua la portière. Puis, passant la tête par la vitre, elle me lança:

— Ça vous intéressera peut-être de savoir que trois des civils étaient des enfants. On les avait mis au premier rang pour qu'ils puissent applaudir leur président.

Elle s'éloigna, courut vers l'entrée de l'immeuble et disparut. J'étais à demi sorti de la voiture. Une risée de pluie courait sur le trottoir nu. J'entendis la porte claquer. Je me laissai retomber sur le siège du conducteur.

21

J'achevai la nuit dans la terreur. Vous croyez que j'exagère mais je vous jure que ce que j'éprouvais était bien de la terreur. D'abord, une peur aiguë pour la vie de Julia ; ensuite, un sentiment d'horreur pour ce qu'elle avait fait ; enfin, l'angoisse de savoir que j'étais désormais impliqué dans un attentat contre la vie de mon chef. Et tout cela aboutissait à la terreur.

Je passai les quelques heures qui me séparaient de l'aube dans un demi-sommeil tendu, et dont je m'éveillais souvent pour tendre le cou vers la porte, anticipant quelque terrible nouvelle. En somme, j'étais prêt, ou presque prêt, à recevoir un appel de K.

K désigne le bureau responsable de ma seconde vie. Je n'avais pas vraiment d'idée sur le lieu où K se situait, mais il me plaisait de l'imaginer dans les étages supérieurs d'une tour au Kremlin ; je me représentais un vaste double séjour avec des meubles en chêne, des tapis persans, et un portrait de Pierre le Grand au-dessus du bureau.

Bien entendu, il devait s'agir, en toute logique, d'une pièce sinistre cachée dans la prison Lubianka, siège du quartier général de la Tcheka. C'est là que Leonid Koba exerçait ses responsabilités ministérielles. C'est là que se décidait le sort des doubles tels que moi, mais je refusais que mon travail eût un lien quelconque avec la Lubianka. La vérité, c'est que l'idée de travailler directement pour le Kremlin millénaire me procurait un étrange bien-être.

Pendant des siècles, la plupart des Russes ont été tenus éloignés de ce qui se passait réellement dans leur pays. Même au cours du XXe siècle, quand les nouvelles se répandaient si vite de par le monde, il n'était pas permis au Russe ordinaire d'approcher les vérités simples concernant notre nation. Mais le fait de doubler l'un des chefs me donnait le sentiment d'être impliqué d'une façon inimaginable.

Il était tôt, le lendemain matin, quand je reconnus au bout du fil la voix monocorde d'un de mes gorilles. Il ne se présentait jamais avec plus de précision qu'en donnant l'identification du service. On m'envoyait en mission. On supposait que le commandant du district, le commandant Brusilov, serait prévenu – chose à laquelle je n'avais même pas pensé. Quand je téléphonai, Dronski était déjà au bureau.

— J'ai d'importantes affaires à régler aujourd'hui, dis-je. Je ne viendrai pas au bureau.

— Je comprends, chef.

— Mettez-moi au courant. La fille, Valentina. Vous l'avez emmenée faire le tour des gares?

— On l'a fait, chef, mais sans résultat. Pas de trace de sa copine Maria.

— Valentina est prête à essayer encore?

— Je n'en suis pas sûr, chef. Elle m'a faussé compagnie au bout de deux heures. Elle se plaignait sans arrêt, disait qu'on était en train de lui faire perdre une fortune. Elle a filé quelque part à la gare de Finlande. Ce n'était pas très difficile, inspecteur.

— D'accord. Je ne vous blâme pas. Mais vous avez essayé de la retrouver?

— Je suis revenu au Bullfrog. Je me suis renseigné. Rien. J'ai laissé passer une heure, puis je suis allé jusqu'à sa chambre, de l'autre côté du zoo. Rien non plus. Si elle a dormi quelque part, elle ne doit pas être rentrée, à l'heure qu'il est. J'essaierai de nouveau cet après-midi, chef.

— Il faut la retrouver, Dronski. C'est une priorité. Retrouver Valentina puis, grâce à elle, Maria. C'est notre unique témoin. La seule personne vivante qui ait vu Monstrum. Je vous verrai plus tard. Au bureau.

Je m'aperçus en raccrochant que Dronski ne m'avait posé aucune question sur la durée de mon absence.

Une heure plus tard, une voiture venait me prendre au coin du passage Semyon. Un chauffeur muet me conduisit dans une grande datcha, à une douzaine de kilomètres environ à l'ouest de Moscou. La route, le chemin, devrais-je dire, filait tout droit sur trois kilomètres à travers une forêt de pins. On arrivait ensuite dans une vaste clairière entourée de chaînes et de clôtures en fer au centre de laquelle trônait la datcha elle-même, imposante, en bois ocre. Le rouge des fenêtres tirait sur le rouille. Des portes vertes, massives, s'abritaient sous un porche. Il était clair que la propriété avait été autrefois bien entretenue; mais, aujourd'hui, elle paraissait à l'abandon. Nulle fumée ne s'échappait des cheminées de brique. Derrière la bâtisse se trouvait un lac dont l'embarcadère en bois menaçait de s'effondrer. L'allée de gravier était envahie par les herbes, et même par des arbustes.

L'intérieur de la datcha évoquait un labyrinthe. Des douzaines de pièces se répartissaient sur plusieurs niveaux desservis par des vestibules. Les meubles poussés dans les coins étaient protégés par des housses grises. Des souris, des rats peut-être, couraient sous les lambris.

Dans le hall, je fus pris en charge par deux hommes. Aucun d'eux n'était le gorille familier et peu communicatif qui m'avait appelé le matin. L'un, petit et trapu, avait des cheveux gris et l'accent géorgien. L'autre impressionnait par sa taille de colosse. Ils se présentèrent eux-mêmes. Ils ne dirent pas leurs noms, seulement qu'ils étaient professeurs à la Compagnie du Théâtre de Moscou. Mais vu leur air détaché et autoritaire, ils n'avaient sûrement pas passé leur vie à mettre en scène du Tchekhov.

Nous n'avons pratiquement échangé aucune de ces banalités destinées à faciliter les rapports humains. On ne s'inquiéta pas de savoir si j'avais fait bon voyage. Ni même si j'avais envie d'un café. Je fus tout de suite précipité dans le travail. Une servante me conduisit dans une chambre chauffée par un radiateur électrique. Quand j'eus le temps de jeter un coup d'œil par la fenêtre, mon regard fut attiré par une longue allée de gravier et, au-delà, sur un fond de colline grisâtre, par une sculpture en bronze représentant la famille soviétique. Mes pensées étaient pour Julia. Julia qui luttait pour continuer de vivre. Je ne pouvais être à ses côtés mais cela me rassurait profondément de savoir que Natacha s'occupait d'elle. Quoi que Natacha pût penser des opinions politiques de Julia, elle était médecin avant tout. Je savais qu'elle était fiable.

Le plateau avec les produits de maquillage, désormais familier, m'attendait sur une table de toilette près de la fenêtre. Suivant les instructions du professeur, j'appliquai la colle qui servirait à faire tenir ma moustache et je me mis de l'ombre à paupière sous les yeux pour accentuer l'aspect translucide, indéfinissable, de la peau des hommes du Sud. Puis je me coiffai, m'enfonçai des tampons d'ouate dans la bouche. Une fois satisfait du résultat, je troquai ma veste de cuir et mes jeans pour un costume de bonne qualité. Tout se passait comme lors des visites précédentes, à l'automne, quand j'avais commencé à tenir le rôle de Koba.

J'étais prêt. Je sonnai. Les professeurs vinrent me chercher. Nous redescendîmes l'escalier avant d'emprunter un long couloir orné de chandeliers hérissés de bougies à demi consumées. J'éprouvai de l'excitation.

195

A peine franchi le seuil de la chambre, j'avais adopté de moi-même le léger boitement. Être de nouveau Koba me procurait un réel plaisir.

Ils m'emmenèrent sur ce qui avait été une charmante véranda donnant sur le lac. Quelques vieilles chaises et tables en rotin la meublaient, et des tapis recouvraient le sol carrelé de rouge. Le souvenir me revint de la pièce *Un Mois à la campagne*, vue lorsque j'étais étudiant, dans une villa tsariste près de Mourmansk.

— Vous vous demandez ce que vous faites ici? commença l'un des professeurs. Eh bien, inspecteur Vadim, c'est que vos prestations en certains lieux n'ont pas été jugées satisfaisantes.

J'étais pétrifié et, en même temps, surpris de constater à quel point j'étais déçu. Je m'étais senti tellement *chez moi* dans la peau de Koba! Est-ce qu'on allait me congédier? Est-ce que je n'aurais pas droit à une dernière chance?

— Mais je ne comprends pas, bredouillai-je. A la fin du dernier voyage, mes gardes du corps m'ont dit que j'avais été très bien…

Le visage du plus grand était dépourvu d'expression. Le Géorgien eut un sourire désagréable et se frotta la tête à la façon d'un singe. J'ajoutai d'un ton désespéré:

— En plus, j'avais manqué de temps pour me préparer.

C'était pathétique, comme défense. Mais c'est ce que je ressentais. Le grand repoussa d'un geste mes protestations.

— Des amateurs, dit-il. Vos gardes du corps ne sont pas qualifiés pour commenter vos prestations. Mon collègue et moi évaluons vos capacités avec beaucoup plus de rigueur.

— L'œil de la caméra est impitoyable, inspecteur. Vous devez encore beaucoup travailler avant d'apparaître à l'écran.

Mon soulagement fut aussi intense et mystérieux que ma déception une minute plus tôt: je n'étais pas renvoyé.

Les leçons commencèrent autour du café et des croissants, devant trois écrans de télévision où passaient et repassaient des images de Leonid Koba buvant du café. J'appris que le vice-président prenait chaque matin son café avec des croissants français. Il avait cette habitude de rompre le croissant de la main gauche tout en écoutant ce que lui disaient les personnes présentes, puis de l'émietter consciencieusement. Vingt ou trente séquences montraient Koba parmi de petits groupes ou lors de conférences devant cinquante personnes. Très souvent, il n'en mangeait que la moitié. Surtout s'il devenait trop croustillant.

— Bon, on commence, dit le plus petit des deux en déposant près de moi, sur la table basse, une assiette contenant un croissant.

— Vous voulez que je l'émiette ? demandai-je, saisi d'un doute.

— Évidemment, répondit le professeur en élevant la voix.

Je dus tripoter vingt croissants avant que les professeurs s'estiment satisfaits. En d'autres circonstances, j'aurais peut-être ressenti, voire exprimé, le ridicule de tout cela, mais ma douleur et ma déception devant la critique étaient encore vives. C'est pourquoi je continuai à émietter des croissants en suivant scrupuleusement les instructions.

Cet entraînement occupa presque toute la matinée. Puis les professeurs s'intéressèrent à ma démarche. A l'écran, ils avaient jugé ma claudication perfectible. J'en faisais un peu trop. Ils conseillaient un mouvement du pied gauche à peine moins appuyé. Après tout, le vice-président ne boitait pas beaucoup, et il surveillait sa démarche. Donc, le boitillement était très faible et, cependant, capital. Mes professeurs s'accroupirent pour examiner mon pas tandis que j'arpentais la véranda. L'un me filmait à l'aide d'un caméscope japonais, l'autre prenait des notes.

Il fut procédé à d'infimes ajustements : un pas légèrement plus long, en dégageant le pied un peu plus. Ils travaillèrent pendant presque trois heures avec une concentration qui me stupéfiait. Cinq pas de la porte à la table, filmés, filmés et encore filmés. Les professeurs échangeaient leurs points de vue avec passion, allant jusqu'à se disputer. Des images de moi-même et de Leonid Koba sautaient sur les écrans à une vitesse qui me désorientait. Qui étions-nous en train d'observer ? Koba ou moi ? Où était le vrai Koba ? Et où, l'acteur ?

On me laissa déjeuner seul. La servante, une femme d'âge moyen aussi peu diserte que le chauffeur, m'apporta de la soupe, du poisson, du fromage et une carafe d'eau. Je me demandai où étaient les professeurs pendant ce temps, dans cette étrange maison, et ce qu'ils pouvaient bien faire. Tout en buvant ma soupe, je les entendis poursuivre leur dispute à travers le hall.

Je mourais d'envie d'un bon coup de vodka. Et j'en avais plein la tête, de ces instructions martelées par des voix tendues et nerveuses qui chassaient toutes les autres pensées. Même celles de Julia. De ses souffrances. De ses chances de récupérer.

Une demi-heure plus tard, quand les professeurs firent leur retour, je sursautai. La session suivante serait consacrée à la façon de parler. J'appris incidemment que l'on me préparait à gravir un échelon supplémentaire dans l'univers des apparences. Au cours des prochaines semaines, j'aurais à prononcer quelques mots de politesse – et il était possible que cette prestation vienne à être filmée par des chaînes d'infos locales.

Le travail reprit, toujours avec les écrans et les caméras. Je répétai mes « bonjour » et mes « au revoir », mes « au revoir » et mes « bonjour » ; les professeurs m'ordonnaient de parler plus lentement, plus fort, moins fort, d'insister sur telle ou telle syllabe.

Mon accent du Nord, plus dur et plus russe que celui de Koba, les faisait particulièrement enrager. Ils avaient décidé à présent de se relayer ; ils s'absentaient à tour de rôle (ils se reposaient, j'imagine). Ce soir-là, vers 20 h 30, alors que la nuit répandait sur le lac une lueur neigeuse, je commençai à avoir du mal à fixer mon attention et à entendre mes propres phrases ; il m'était impossible désormais de dire si l'homme que je voyais à l'écran était Koba ou moi.

Juste après 9 heures, le grand s'en alla sans être remplacé une minute plus tard par son collègue. J'étais affalé dans mon fauteuil en rotin. J'avais un tic à l'œil gauche. Ma tête continuait à vomir des formules de politesse. Dans le hall, une porte claqua. Quelques secondes après, une voiture se mit en marche et disparut dans la nuit. Exténué, je me levai, me dirigeai vers les écrans de télévision et les éteignis.

Je restai assis dans le silence de la grande véranda. Mes muscles faciaux tremblaient, annonçant un sanglot. Je le ravalai. Et je laissai monter la colère. On m'avait torturé. Ces deux fanatiques avaient cherché à me faire craquer. Comme une simple recrue à qui l'on fait subir un lavage de cerveau pour qu'il réagisse vite aux ordres. Maintenant, j'étais debout, prêt à sortir, et la fureur explosait dans ma poitrine. C'est alors que la porte s'ouvrit. La femme entra avec un plateau.

— Où sont les professeurs ? demandai-je. Ils sont partis ?
Elle inclina la tête.
— Ils vont revenir ?
Je lorgnai le plateau et vis une bouteille de vodka, un verre ; cela me calma un peu.
— Ils reviendront demain matin, dit-elle. A 7 h 30.
— J'ai besoin d'une voiture, dis-je.
En voiture, je pouvais être à Moscou en une heure. Et au chevet de Julia quelques minutes plus tard.
— Il n'y a pas de voiture. Et même s'il y en avait une, les gardes ne vous laisseraient jamais passer. Ils patrouillent dans le bois toute la nuit. Même se tenir à l'entrée est dangereux.
— Dans ce cas...

Je marquai un temps et fis un geste qui échappait à mon contrôle.

— ... apportez-moi un autre verre.

— Monsieur ?

— Un autre verre. Pour vous. Je ne peux pas rester là à boire tout seul.

Durant les trois jours qui suivirent, mes beuveries nocturnes en compagnie d'Olga Karma Nova furent mon seul rempart contre la folie. Chaque beuverie s'achevait par une visite dans sa chambre. Là, elle insistait pour que je garde ma moustache et mon costume de prix ; et je la baisais alors, tout en l'insultant avec la voix de son héros.

Tôt le matin du troisième jour, il y eut un changement de routine. Sans explication, les deux professeurs me laissèrent seul. Deux minutes plus tard, Olga apparut, accompagnée d'une étrangère, une jeune femme vêtue d'une triste robe à fleurs. On m'entraîna jusqu'à ma chambre, où Olga me laissa seul avec elle.

Faisant comme si je n'étais pas là, la jeune femme commença par inspecter la table de toilette. De temps en temps, j'essayais de lui demander ce que cela signifiait mais elle ignorait mes questions. Elle reniflait les préparations, elle trempait un doigt humide dans le fard à paupière, elle testait la qualité des brosses en les frottant sur sa paume.

Je la considérai pendant quelques minutes, assis sur le lit. Et quand elle me fit signe de m'approcher, je restai où j'étais.

Elle était plantée au milieu de la chambre, droite sur ses jambes courtes et fortes. Elle me jaugeait, hésitant entre désapprobation et anxiété. Plus brave avec cette femme seule qu'avec mes deux professeurs, je lançai :

— Vous vous rendez compte que vous ne m'avez pas dit un mot ? Vous avez reçu l'ordre d'éviter tout contact humain ? Ce sont les professeurs qui vous l'ont demandé ? La Tcheka ? Celui qui se charge de cette opération, quel qu'il soit ? Ne pas exprimer le moindre son humain. Ne pas laisser s'établir entre nous le moindre contact.

Je me tus. La pauvre fille pointait l'index vers sa bouche ouverte.

Je m'en voulus énormément. Je bondis aussitôt pour aller lui prendre la main et demander humblement :

— Êtes-vous capable de comprendre ? Est-ce qu'il est seulement interdit de parler ?

Nos regards se croisèrent, très près l'un de l'autre. Puis elle recula d'un pas et m'indiqua la table de maquillage. Cette fois, j'inclinai la tête. Ce fut presque une révérence. Et j'allai m'asseoir.

Lorsqu'elle fut satisfaite, et moi convenablement installé, tandis que les lampes du miroir illuminaient la moindre ride et la moindre fossette de mon visage, elle commença à se déplacer avec une adresse extraordinaire.

Je fus maquillé comme je ne l'avais encore jamais été. Ma moustache Koba fut appliquée sur plusieurs couches de colle. Mes cheveux furent blanchis, reblanchis, peignés et repeignés jusqu'à atteindre le niveau de perfection que la femme avait en tête.

Elle avait apporté un nouveau costume bleu à fines rayures noires. Je l'enfilai et me tins devant un haut miroir. J'étais métamorphosé. Enfin, je la suivis. Les deux professeurs nous attendaient en bas dans le hall. Je m'avançai avec naturel, en marchant comme Leonid Koba.

A ma grande surprise, ces professeurs qui m'avaient torturé pendant soixante-douze heures reculaient à présent avec respect. Le petit alla même jusqu'à m'ouvrir la porte.

Dans le stade, toutes les places étaient prises. Écoliers, ouvriers, paysans s'entassaient sur les gradins en ciment. Je me tenais dans une cage de verre, en compagnie de mes deux anges gardiens. Juste en dessous, on avait tendu sur les gradins en béton des kilomètres de tissu rouge à l'intention des officiels.

Dans un coin de la pièce, la jeune femme qui m'avait maquillé donnait des directives au cameraman chargé d'enregistrer le moindre de mes gestes. Il m'était interdit de prononcer un mot. Et je n'avais pas le temps de désobéir à cet ordre. C'était la Russie. Pourquoi vouloir chercher une explication rationnelle? Quand l'orchestre, en bas, attaqua *La Rodina*, je franchis un épais rideau et commençai à descendre les marches vers la tribune officielle.

Je pris une part minime à une cérémonie qui dura tout de même presque deux heures. Les maires d'une douzaine de districts de Moscou lurent sous le feu des projecteurs de longues déclarations sur les vertus civiques.

Le moment était venu pour l'orchestre d'attaquer la *Marche de Moscou*. Les projecteurs capturèrent la silhouette solitaire qui grimpait le large escalier menant à la tribune. Quand il ou elle serait devant moi, je me lèverais de mon fauteuil. Un des gorilles me glisserait entre les doigts une médaille de bronze.

C'est ainsi qu'il me fut donné de récompenser un boucher. Cet homme avait caché vingt moutons sur une voie de garage du chemin de fer avec l'intention d'en faire des chiche-kebab destinés à fêter les soldats nationalistes qui se battaient sur la perspective Kropotkine, rebaptisée depuis boulevard Lermontov.

Je récompensai aussi plusieurs femmes dont les anarchistes avaient pendu les fils ou les maris accusés d'espionnage. Je récompensai enfin un certain père Alexandre, un brave prêtre, d'après la citation, qui avait fondé et installé une communauté dans le vieux réseau d'abris nucléaires de Moscou. Il avait guidé l'avance des nationalistes à travers les tunnels, et c'est grâce à lui qu'avait pu avoir lieu l'attaque surprise du Kremlin. Pour lui, pas de médaille. C'est une croix d'argent que je serrais dans ma main, tandis que la silhouette barbue s'élevait jusqu'à moi.

Le père Alexandre était jeune. Pas plus vieux que moi, en tout cas. Il portait la barbe mais pas de moustache. Il me fit penser à Soljenitsyne. Ses épaules faisaient un mètre de large. Il montait en fixant sur moi de petits yeux ronds. « Père Sa-cha! Père Sa-cha! » scandaient des dizaines de jeunes voix alors que scintillait sous les projecteurs le prêtre en chapka d'or et robe blanche frangée.

Je fus surpris en le voyant tomber à genoux à quelques mètres de moi. Il s'avança dans cette position maladroite, poussant un genou devant l'autre. A cette seconde précise, Koba s'échappa de moi. Ce n'était pas normal. Pas normal de s'abaisser ainsi. Mais le stade jubilait. La clameur formait un véritable mur sonore chargé d'une excitation intense, incroyablement sensuelle. C'est Constantin Vadim qui s'avança et prit la main de cet homme. Mais c'est de nouveau Leonid Koba qui l'aida à se remettre debout. Je refoulais mes larmes. Élevant la croix d'argent au-dessus de ma tête, je m'écriai :

— La Russie a besoin de toi. Et d'hommes tels que toi.

— Notre Russie se relèvera, gronda le prêtre. Notre Russie ressuscitera.

De nouveau, cette excitante déflagration sonore.

Je lui passai autour du cou le ruban de première casse de l'Ordre de Moscou. Lui leva son bâton pour me bénir. Spontanément, la foule se mit à rugir *La Rodina*. L'orchestre enchaîna aussitôt.

Minuit approchait quand le chauffeur muet me déposa dans mon faubourg à Fili. Je remontai la rue en affrontant une bourrasque de neige. Ayant tourné au coin, je courus m'abriter sous une porte cochère. J'y restai quelques minutes. Le froid me tenaillait. Moscou semblait complètement silencieuse. Pas de bruit de tram, pas de voix d'ivrogne, pas de grondement de train. Un pareil silence est rare dans une ville. En tendant l'oreille, on aurait entendu tomber la neige. Quand je fus certain de n'être pas suivi, je quittai ma porte cochère. Je me dirigeai alors vers le garage et montai dans la voiture.

La crainte d'être filé par quelqu'un des services de Roy me hantait. Allais-je les conduire moi-même à Julia ? Je m'éloignai des boulevards, préférant me faufiler entre les blocs silencieux. De temps en temps, je m'arrêtais deux ou trois minutes, phares éteints et moteur coupé, et j'allais à pied m'assurer que personne ne me suivait, qu'aucune voiture ne se cachait dans l'ombre, avec ses essuie-glaces qui continuaient de balayer la neige du pare-brise et, à l'intérieur, à peine visible, le bout d'une cigarette allumée. Mais je ne vis rien de tel.

C'est finalement plus d'une heure après que je m'approchai de la vieille usine.

Le visage des femmes affichait un mélange de peur et de colère. Le canon de la Kalachnikov enfoncé dans mon dos me forçait à une posture raide et absurde, comme si j'essayais de me délivrer de la tension exercée derrière moi par cette femme mécontente, invisible, qui gardait le doigt sur la gâchette. Enfin apparut Denisova – l'adjointe de Julia. Une partie des femmes sortit de la pièce et la Kalachnikov quitta le creux de mes reins.

Mais Denisova aussi était pâle et tendue.

— Où étiez-vous passé, Vadim ?

C'est à peine si elle maîtrisait sa voix.

— J'exige de savoir où vous étiez.

Elle semblait prête à me gifler. Mais c'est tout à fait autre chose qui m'alertait. Je demandai à mon tour :

— Que s'est-il passé, ici ? Pourquoi avez-vous eu besoin de moi ? Il est arrivé quelque chose à Julia ?

En plus de la fureur, son visage trahissait l'incertitude.

— On a essayé d'entrer en contact avec le médecin.

— Natacha Karlova ? Pourquoi ? Il y a eu un autre problème ?

Elle pinça les lèvres.

— Julia a eu une crise. Le lendemain de l'intervention.

— Mon Dieu! Et la crise est passée? Julia s'en est sortie?

— De justesse. On s'est même demandé, au début, si la crise n'avait pas été provoquée délibérément.

— Par Natacha? Vous êtes folles, ou quoi?

— On a essayé de vous joindre. Et vous étiez introuvable. Votre médecin n'est venue qu'au matin, au plus fort de la crise. Elle a passé la nuit auprès de Julia. Elle nous a dit de ne pas l'emmener ailleurs, dans un endroit plus sûr. Ça risquait de la tuer.

Elle avait haussé le ton jusqu'à pousser un cri bizarre.

— Et pendant tout ce temps, nous n'avions aucun moyen de savoir si vous n'étiez pas allé nous dénoncer à la Tcheka, espèce de salaud!

— Et vous, pauvre cinglée! m'énervai-je à mon tour, oubliant la présence de la Kalachnikov. Est-ce que j'irais trahir Julia?

Je dus m'appuyer au mur pour garder mon équilibre. Le sang me battait les tempes.

— Emmenez-moi auprès d'elle, dis-je. Tout de suite.

— Pas tant que vous ne m'aurez pas répondu. Vous avez disparu pendant trois jours. Où étiez-vous?

Je détournai mon regard de ses petits yeux. Avaient-elles lancé quelqu'un sur mes traces? Je savais que j'étais obligé de répondre.

— Oui, dis-je. J'étais avec la Tcheka. Ils m'ont interrogé. Dans une datcha, à une vingtaine de kilomètres de Moscou. Deux colonels. Ils ne m'ont pas torturé.

— Ils savent que Julia est à Moscou?

— Ils ont des soupçons. Ils ne m'ont pas dit pourquoi. J'ai eu l'impression que, pour eux, c'était une hypothèse, rien de plus. La dernière fois que la présence de Julia leur été confirmée, c'était à Paris.

— Et ça a pris trois jours?

— Vous connaissez les méthodes de la Tcheka. On attend pendant des heures. Ils ne sont pas tenus de donner des explications.

Le masque de Denisova se fit moins dur.

— Et vous ne leur avez rien dit, reprit-elle.

— Servez-vous donc de votre bon sens, grondai-je. Si j'avais parlé, ils seraient venus il y a deux jours. Maintenant, laissez-moi voir Julia. Où est-elle?

— Attendez ici.

Elle me laissa en compagnie de la femme à la Kalachnikov. J'entendis ses pas s'éloigner dans le couloir.

— Vous avez eu de la chance, dit la femme.

Elle pouvait avoir dix-huit ans. Elle souriait.

— Hier, elle vous aurait tué sur-le-champ.

De l'index, je soulevai doucement le canon de la Kalachnikov jusqu'à ce qu'il pointe vers le plafond.

— Hier, elle croyait que j'allais débarquer ici avec la Tcheka.

Denisova était de retour.

— Vous ne pourrez pas la voir ce soir, lâcha-t-elle.

— C'est Julia qui a dit cela ?

— Elle dort.

— Je resterai auprès d'elle.

Ses petits yeux exprimèrent une ironie cruelle.

— Allez vous faire foutre. Julia a été ma femme. La mère de mon fils.

Denisova haussa les épaules.

— Elle est sous calmants, dit-elle. Vous devrez attendre longtemps.

Elle me précéda dans le couloir puis m'ouvrit la porte de la chambre.

— Ne laissez pas le fourneau s'éteindre, me recommanda-t-elle.

Julia était couchée sur le côté, tournée vers moi, la main à demi cramponnée à l'oreiller. J'en eus le souffle coupé. Au souvenir du temps passé, peut-être, quand en m'éveillant je la trouvais auprès de moi, dans cette même position. La façon dont ses cheveux retombaient. La courbe du sourcil…

Je tirai une chaise, puis posai la main sur l'oreiller, près des siennes, afin de sentir passer entre mes doigts son souffle rassurant. Ainsi, je pouvais m'imaginer que nous n'avions jamais été séparés. Cependant, la vérité était plus cruelle. Je venais de passer cinq ans à essayer de comprendre. Et je songeais maintenant aux heures perdues après que Julia avait quitté Mourmansk, quand j'essayais de me rappeler nos discussions.

Comme un amoureux transi, j'avais retranscrit nos dernières disputes dans mon journal intime. Après son départ, c'est avec horreur que j'avais relu ces pages. Jour après jour, dans les paroles échangées, je voyais s'attiser colère et émotion. Chaque dispute finissait par produire quelque chose qui dépassait la volonté ou le désir des participants. Quelque chose d'informe et de vain. Quelque chose de destructeur.

Durant ces nuits, seul avec ma bouteille de vodka, je m'étais posé mille fois la question : tout n'était-il pas dû à ma propre passivité, à ma propre impuissance ? Et, des années plus tard, j'en étais venu à considérer mon journal comme un mensonge, un tableau trompeur de ce qui nous était arrivé. Alors, je l'avais détruit. Je sais maintenant que même le dialogue le plus simple possède une structure moléculaire trop complexe pour pouvoir être suivi ou dirigé. Nos dialogues, à Julia et à moi, avaient commencé à l'école. Mais déjà, ils indiquaient des orientations différentes. Sans doute Julia avait-elle compris plus de choses que moi. Pourtant, elle n'avait pu diriger notre dialogue. Ni deviner, jusqu'à cette dernière année, qu'il était voué à l'échec.

Observant à présent le mouvement de son épaule au rythme de sa respiration, je voyais comment le cours des événements avait été rompu par une seule décision cruciale. Aurais-je dû m'incliner devant les analyses des anarchistes ? Quitter Mourmansk avec Julia ? Refuser de la laisser partir avec Micha ? L'obliger à vivre avec moi dans une ville nationaliste ? Défendre avec plus de force la cause de la mère patrie, *La Rodina*, les valeurs simples en lesquelles je croyais ? Une dispute, je le sais maintenant, est une danse infiniment changeante. Un pas un peu plus court d'un côté, un peu plus long de l'autre, et la chorégraphie n'est plus la même.

Il m'aurait été facile de décréter que notre rupture était prévisible. Facile de dire que nous étions différents comme deux peuples sont différents. Que nous n'avions alors pas la moindre idée de ce que nous étions en train de vivre en ce début de XXIe siècle. Ainsi, je me serais libéré du poids de mes responsabilités. Mais cela aurait signifié aussi que je devais m'éloigner de Julia pour toujours. Au contraire, cette responsabilité, je m'en saisis à pleines mains, et elle fut mon seul réconfort après le départ de Julia. Si faute il y avait, elle m'incombait entièrement.

Au cours de la nuit, je me levai à deux ou trois reprises pour entretenir le feu. Le fourneau carrelé semblait un monstre capable d'avaler des bûches d'un mètre. Il pouvait en brûler jusqu'à ce que le tuyau devienne rouge incandescent.

A un moment, comme je retournais m'asseoir, je vis que Julia avait les yeux ouverts. Je mis la main près d'elle. Elle la prit. Elle souriait.

— Ne fais pas attention aux autres, Costia. Moi, je n'ai pas cru un instant que tu me trahirais.

Je respirais avec peine ; je ne pouvais parler. Elle murmura :

— Je leur ai dit que tu étais là pour m'aider.

— Je vais t'aider, murmurai-je. Bien sûr.

J'avais tellement envie de la convaincre ! Comme si j'avais la certitude que sa guérison passait par là.

— Je ferai tout ce que je pourrai. Tout ce qu'il faudra.

— Promis?

— Promis.

Ses yeux se refermèrent. Le sourire mit quelques secondes avant de s'effacer. Alors, sa respiration redevint profonde et régulière.

22

Au 13ᵉ district, la Division des homicides baignait dans une atmosphère studieuse. Des hommes traversaient la salle en portant des dossiers, d'autres parlaient à voix basse au téléphone, penchés sur leurs documents. Personne ne me salua, fût-ce d'un signe de tête, quand je me dirigeai vers mon bureau.

Dès que j'eus ouvert la porte, l'odeur me prit à la gorge. Poisson et oignons. Frits. Assis derrière mon bureau, Dronski s'alarmait déjà de l'expression qu'il lisait sur ma figure. Il se leva, tâtonna le bouton de son col et resserra sa cravate en bafouillant d'un air coupable :

— Je pensais que vous auriez besoin d'un petit déjeuner, chef.

Un café attendait sur mon bureau près de deux hamburgers – l'odeur, c'étaient eux – posés sur du papier journal.

— Vous ne pensiez pas que j'allais revenir ce matin, Dronski. Ils sont à quoi ?

— Un à la viande, l'autre au poisson. Je n'ai pas de préférence, chef.

— Montrez-moi ça... Bon, soupirai-je. Vous étiez en train de prendre votre petit déjeuner. Je vais aller me chercher un café, et vous me mettrez au courant.

Je pris mon temps pour aller jusqu'à la machine, puis revins vers mon bureau. Au passage, je saisis des bribes de conversations à voix basse.

— Quinze régimes de bananes... Un quart de tonne de petits pois congelés, des américains...

Voilà qui confirmait les dires de Dronski. Je continuai à me balader dans la salle en buvant mon café.

Quand je rouvris la porte du bureau, Dronski se léchait les doigts. Le journal était roulé en boule dans la corbeille à papier vide. Dans l'air flottait une odeur persistante de poisson et d'oignons frits. Dronski tira sur sa veste, ajusta le col et déclara :

— Pendant votre absence, chef, on a vérifié quelques hypothèses. Les sergents Bitov et Yakounine sont en bas. Ils vont vous en dire plus.

Quand j'eus fini mon café, je descendis au sous-sol. Je trouvai les deux sergents dans le couloir desservant les cellules, en compagnie d'une douzaine d'hommes assis sur des bancs le long du mur. Ils avaient tous les mains dans le dos, attachées par des menottes reliées à une chaîne unique. De temps en temps, l'un d'eux, pris d'un accès de fureur, faisait mine de vouloir se lever et criait à l'abus de pouvoir en prenant à témoin les autres prisonniers dans les cellules. Dronski expliqua. Ces hommes étaient quelques-uns des agresseurs sexuels ayant survécu aux combats récents. Yakounine et Bitov les interrogeaient pour établir leur alibi au moment des meurtres de Monstrum.

Dronski me tendit le paquet de dossiers. Je les lus debout, adossé à la porte, pendant que les prisonniers hurlaient et répondaient aux insultes des autres prisonniers derrière les barreaux. En principe, c'était le genre de manœuvre qui avait des chances de donner des résultats. Pourtant, j'avais des doutes sur la pertinence d'une telle démarche, la moitié des dossiers ayant été détruit pendant la guerre civile.

De toute façon, comme enquêteur, j'avais toujours préféré me coltiner un individu, un adversaire unique. Quelqu'un qui vous faisait réfléchir et stimulait votre imagination, votre intelligence. J'observai ces hommes alignés sur le banc. Des violeurs, des agresseurs, des assassins même, qui avaient purgé leurs vingt ou vingt-cinq ans de peine. Le dixième, pas plus, des délinquants faciles à repérer à Presnia et aux alentours. Il aurait fallu un coup de chance miraculeux pour que Monstrum se trouve parmi cette douzaine de types débraillés, de tous âges, aux cheveux longs ou ras, les bras tatoués ou couverts de cicatrices.

J'appelai Bitov. Tournant le dos aux hommes enchaînés, je lui demandai s'il y en avait un d'intéressant.

— Le troisième, répondit-il. Vladimir Simakov. Il a fait dix ans avant la guerre. Viol, coups et blessures. A l'armée, il aurait développé de vilaines habitudes avec les femmes.

— Qui dit cela ?

— Ses voisins.

— Quel genre de vilaines habitudes ?

— Il paraît que, quand il a bu son demi-litre de vodka, il se vante d'avoir tailladé des villageoises qui refusaient ses avances.

— Il combattait de quel côté?

— Du nôtre, chef. La plupart du temps. Mais il a passé aussi une partie de la guerre à Moscou.

Je me tournai vers Simakov. Il avait la quarantaine. Ses larges épaules dépassaient d'un maillot de corps en lambeaux. Son crâne rasé montrait deux cicatrices rose clair. Ses yeux étaient petits et rouges. Il avait une barbe de deux jours. Il se tenait penché en avant, les avant-bras sur les cuisses, les mains croisées. Quand il leva un bras enchaîné pour se gratter l'oreille, je vis que ses ongles étaient coupés si court que ses doigts semblaient couverts d'un petit tampon de peau. Je revins à Bitov.

— Groupe sanguin?

— On est en train de vérifier.

— Alibi?

— On vérifie aussi. Mais, à mon avis, il n'a rien de solide.

Il souriait. Je soulevai les sourcils.

— Il connaissait la dernière fille. Lydia Primalova. Il vivait dans le même immeuble qu'elle. Deux ou trois étages en dessous.

— Ça me plaît, dis-je doucement.

Je regardai de nouveau Simakov. Cette fois, il s'en aperçut. C'était une brute. Ses yeux rouges clignèrent vers moi, il se pencha de nouveau vers le linoléum vert, puis il revint à moi. Je me passai lentement la langue sur la lèvre supérieure. Était-ce notre homme? Je l'imaginai avec ses grands sacs en plastique, se faufilant dans les allées de Presnia-la-Rouge... Le couteau...

Soudain, Simakov releva la tête. Les muscles de ses épaules enflèrent et ondulèrent. Il se mit à aboyer après le prisonnier enfermé dans la cellule face à moi.

— Qu'est-ce que tu regardes, espèce de merde anarchiste? Tu veux que je prenne les clefs et que je vienne m'occuper de toi?

Il sourit. Un mince sourire de triomphe à la pensée de l'effet produit sur l'homme derrière les barreaux. Mes yeux restèrent un instant posés sur lui, tandis qu'il feignait de s'intéresser à ses bottes de l'armée. Était-ce lui, l'homme capable de traquer une femme à travers les ruines, puis de bondir sur elle pour la violer, la tuer, avant de la mutiler? Aucun doute qu'il cadrait bien avec ce genre de crimes. Mais cadrait-il avec les faits? Bien sûr, les empreintes génétiques auraient permis de le coincer. Si c'était lui. Le mois prochain peut-être...

— Vous avez des empreintes digitales?

— Les vieux dossiers ont disparu, inspecteur. Mais on va leur prendre leurs empreintes à tous. Dès que la division des Vols nous aura prêté un tampon encreur.

— Continuez à interroger les autres, Bitov. Pour le moment, concentrez-vous sur Simakov. Voyez si vous arrivez à établir un lien entre lui et les autres filles assassinées. Ne le libérez pas sans mon autorisation.

Je me tournai vers Dronski.

— Sans mon autorisation ou celle de l'adjoint Dronski, bien sûr.

— Très bien, inspecteur.

Dronski avait l'air satisfait.

— Du nouveau sur Valentina ? lui demandai-je.

— Aucun signe d'elle à l'endroit habituel. Pas de nouvelles non plus sur le Bullfrog. Pendant votre absence, j'ai passé, durant deux heures, les gares au peigne fin. Personne n'accepte de dire qu'il connaît Maria, son amie. Il y a des filles qui changent de nom plus souvent que de culotte. Et on cherche une grande brune. La moitié des femmes de Moscou sont comme ça. Notre seule chance, c'est que Valentina nous la montre elle-même.

— Elle a des gosses ?

— Une fille. D'après Valentina.

— Elle a peut-être décidé de passer deux ou trois soirées avec elle. Et de retourner au travail quand le fric manquera.

— Je vais continuer de la chercher.

— Espérons seulement que Valentina n'a pas décidé de changer de zone.

Il approuva.

— Ça suffirait à n'importe quelle fille d'avoir échappé une fois à Monstrum. Elle a peut-être décidé de travailler en hôtel. Elle m'a dit qu'une fille comme elle pouvait rester dans le métier tant qu'elle était jeune. On va continuer les recherches.

Quand nous fûmes à nouveau dans mon bureau, je me laissai tomber sur le fauteuil pivotant. Dronski alluma une cigarette, inhala la fumée et laissa un filet s'échapper de ses lèvres. Moi aussi, autrefois, j'aimais fumer. Je me balançai sur mon fauteuil. La fatigue m'obscurcissait l'esprit. Le souvenir me revint des retours de fête au petit jour, à Mourmansk, quand la brume printanière enveloppait le port et les navires… J'avais le bras sur l'épaule de Julia.

Je m'aperçus soudain que Dronski m'observait, comme s'il attendait quelque chose. Je clignai des yeux, puis les ouvris tout grand.

— Bon, on fait quoi maintenant, chef?

Brusquement, j'éprouvai une bouffée de sympathie pour cet homme. Allais-je oser lui promettre que Monstrum serait derrière les barreaux avant la fin du mois? C'était absurde. Un résultat pour cet après-midi, alors? J'avais le sentiment que c'était ce que Dronski attendait. Je serrai plus fort les accoudoirs du fauteuil. Je n'avais rien. Aucun résultat à offrir à Dronski. Ma tête était vide.

Dronski se dirigeait vers la porte. Avant de sortir, il se tourna à demi en disant:

— Ne vous en faites pas, chef. J'ai cru que vous alliez me sortir quelque chose de votre manche mais c'était une erreur.

Je levai les bras pour lui montrer mes manches vides. C'est tout juste s'il ne m'envoya pas un clin d'œil. J'attendis que la porte soit refermée pour m'affaisser dans mon fauteuil. L'odeur grasse de fishburger montait toujours de la corbeille.

A l'entrée de l'Institut médico-légal de Moscou, une plaque de bronze fixée à un pilier rendait hommage à l'équipe stakhanoviste qui avait construit l'immeuble pendant le cinglant hiver de 1969. Quarante-cinq jours s'étaient écoulés entre la première pierre et l'achèvement de la toiture. Les héros du travail qui avaient mené leur équipe à ce triomphe avaient reçu la médaille des Maçons soviétiques. Mais aujourd'hui, sous la plaque, était affiché cet avis: « Vous entrez dans un immeuble dangereux. Vous êtes officiellement prévenus qu'il s'agit d'une construction de structure fragile. En cas d'apparition de fissures ou de craquements suspects, veuillez donner l'alarme au moyen des sonneries installées à chaque étage, avant de quitter les lieux rapidement et dans le calme. »

Une fois les portes battantes franchies, on se retrouvait dans un vaste hall bas et mal éclairé. Un milicien en uniforme était assis derrière un bureau. Sur un banc, une jeune femme attendait: bottes, long pardessus noir, toque de fourrure noire. C'était Natacha. Elle se tenait immobile, les jambes croisées et les mains sur les genoux. Je traversai lentement le hall, m'arrêtai devant elle et laissai l'air froid sortir de mes poumons.

— Je ne sais absolument pas comment vous remercier, dis-je après un instant.

Elle fit comme si elle n'avait pas entendu.

— Je ne peux rien vous dire de plus, Natacha. Je ne vais pas m'excuser ni essayer de m'expliquer. Mais je ne sais pas comment vous remercier pour ce que vous avez fait. Vous avez sauvé la vie de Julia.

— C'était incertain, lâcha-t-elle en se levant.

— Je sais.

— J'ai pris ma décision. D'un côté, le serment d'Hippocrate. De l'autre, le bénéfice que le monde allait en retirer. J'ai bien failli la laisser retourner à son Créateur. Et je ne suis toujours pas sûre d'avoir fait ce qu'il fallait.

Sa réaction me choqua.

— Vous ne parlez pas sérieusement.

— Pourquoi ? Mon opinion est que les crimes méritent d'être punis...

— Mais laisser mourir quelqu'un. Un être humain...

— A peine humain.

Je fermai les yeux. Natacha se tenait toujours devant moi.

— Qu'est-ce qu'elle avait à vous dire sur cette attaque à la grenade, ces innocents tués et blessés ? Elle justifie ça comment ?

— Elle était sous tranquillisants. Trop faible pour répondre.

Natacha redressa d'un geste sa toque de fourrure.

— Et les autres ? Qu'est-ce qu'elles ont dit ? Denisova, la Sibérienne ? Ou n'importe laquelle de ces fanatiques ? Vous devez bien en avoir mis une devant les faits, non ?

— Non...

— C'est pourtant ce qu'il faut faire, avec ces gens-là. Leur enfoncer les faits dans la gorge. Et vous, c'est pareil.

Elle se tourna pour ouvrir sa serviette et en tirer une grande photo.

— Voyons comment votre belle âme réagit à *ça*.

La photo brillait tellement qu'on l'aurait crue nappée de sang. Elle montrait une table dans une morgue, équipée d'une gouttière pour le sang. Et sur la table reposait une enfant d'à peu près huit ans, pleine de sang. On aurait dit qu'une tornade lui avait arraché ses vêtements. Il ne restait presque rien pour cacher sa nudité. Elle était pratiquement chauve. Il lui manquait une main. Elle avait une jambe tordue à partir du genou.

— Une des victimes de votre ex-femme, dit Natacha en me jetant la photo dans les mains. Vous pouvez la garder. Et la remettre à Julia en guise de médaille. Deux autres enfants resteront traumatisés à vie. L'un d'eux a reçu un éclat de grenade dans l'œil.

— Elle ne savait pas tout cela quand elle a lancé la grenade.

Ma voix se brisait mais c'est à peine si je m'en rendais compte. Un moment, je crus que Natacha allait me gifler.

— Écoutez, Constantin. Il arrive qu'un peuple normalement constitué décide de tuer son tyran. Essayer d'assassiner Hitler était un acte juste et courageux. Mais tuer un tyran dans un lieu public, en balançant des grenades par-dessus cinq rangs d'écoliers, ça s'appelle du terrorisme. N'importe quel terroriste sait que tuer des innocents fait partie du jeu. Mettez-vous ça dans ce qui vous sert de tête : votre ex-femme s'en fiche ! Tous les terroristes s'en fichent. Ou alors, ils ne passent pas à l'acte. Et si leur conscience leur dit qu'il n'y a pas d'autre solution, alors ils choisissent le bon endroit et le bon moment.

Elle pencha la tête vers moi et reprit :

— Les principes, on peut en discuter des nuits entières. Ça, non.

Elle montrait la photo.

— Parce que c'est d'une simplicité enfantine.

Je pliai la photo et la glissai dans ma poche. Natacha avait déjà tourné les talons pour se diriger vers l'escalier et me lança :

— Vous devez demander un badge au bureau. On a du travail tous les deux. Et il est temps de nous y mettre.

J'allai chercher mon badge auprès du gardien puis gravis à mon tour l'escalier de béton. Je la rattrapai au premier palier, et nous marchâmes côte à côte sans rien dire, le long des fenêtres aux vitres brisées dont les huisseries de métal s'affaissaient. Parfois, il fallait enjamber une fissure dans le sol en béton.

— Pour ça aussi, ils méritent une médaille, fut son seul commentaire.

Le bureau du labo était occupé par une forte femme d'environ trente ans, qui nous accueillit avec des manières viriles. Andrei, son assistant, était un petit homme barbu du même âge qu'elle. De vieux collaborateurs de Natacha, manifestement, qui d'ailleurs commencèrent par me saluer d'un ton amical avant de prendre leurs distances en constatant la froideur de Natacha à mon égard.

Pendant cinq minutes, il fallut écouter des plaintes. Lena Ivanova était déjà responsable du labo avant le siège, et n'était en fait de retour que depuis dix jours. Enveloppant le bâtiment d'un geste, elle dit :

— J'ai d'abord cru qu'il avait reçu un obus pendant notre absence. Mais mon chef me dit de ne pas m'inquiéter. Il n'y a pas eu d'obus. L'immeuble glisse de la colline, c'est tout.

— Il meurt de mort naturelle, dit Natacha. Bien. Dites-nous ce que vous avez pour nous, Lena Ivanova. J'ai cru comprendre, quand vous m'avez appelée ce matin, que vous aviez une surprise en magasin.

— Et même une grosse, intervint l'assistant avec un large sourire.

Lena, d'un regard, réprima son enthousiasme. Il était évident que c'était elle qui dirigeait le labo. Elle se pencha sur le bureau où reposaient plusieurs plateaux en plastique.

— D'abord, dit-elle, les éléments périphériques.

Elle avait parlé à l'intention de Natacha, en prenant soin de me laisser en dehors de son champ de vision. Elle reprit :

— C'est au sujet du quatrième meurtre de Monstrum. Lydia Primalova.

— D'abord le plus important, l'interrompis-je. Avez-vous des empreintes susceptibles d'être celles du tueur ?

Lena eut une expression tendue.

— C'est Andrei qui s'occupe des empreintes.

Je me tournai vers lui.

— Pas d'empreintes. Je pensais qu'il y en aurait sur ces sacs en plastique qui lui servent de gants, mais non. Ils étaient pleins de sueur. Et trop gluants...

— Gluants ?

— Des sécrétions de la victime. Il y en a fatalement qui arrivent dans le sac. On va encore essayer. Mais je n'ai guère d'espoir.

— Et en ce qui concerne les trois premiers meurtres ?

Il fit une grimace.

— Le seul élément intéressant, ce sont des morceaux de plastique trouvés près du corps de la victime n° 2. Mais, pour être franc, le relevé a vraiment été fait par un amateur. Tout ce que j'ai, c'est une empreinte de pouce. Et encore, à peine exploitable.

— On aurait peut-être un suspect, dis-je. Ça vaut le coup d'envoyer cette empreinte ?

— Non, inspecteur. Ne vous fatiguez pas. Si vous aviez une autre preuve, l'empreinte du pouce pourrait servir à confirmer. Mais prise toute seule...

Il haussa les épaules. Lena s'immisça entre lui et moi et sourit à Natacha en disant :

— Laissez-moi vous montrer ce que nous avons.

Elle nous entraîna vers un bureau et fit signe à Andrei. Ce dernier souleva le premier plateau. Lena écarta de l'index les petits sachets en plastique.

— Le sac n° 1 contient dix-sept cheveux, dont onze proviennent sans doute de la victime.

Elle prit un autre sachet, que signalait une pastille autocollante verte.

— Mais les six autres sont plus noirs, poursuivit-elle. Plus petits aussi. Et ils frisent naturellement. Des cheveux d'homme, très probablement. Ils vous seront utiles si vous avez un suspect.

Je pensais à Simakov. Sa tête rasée.

— Et la surprise dont vous parliez ? intervins-je.

Lena Ivanova reprit, sans me regarder :

— La deuxième enveloppe de preuves est très intéressante.

Andrei présenta un second plateau, plus grand que le premier, où reposaient de nombreuses petits sachets en plastique. La femme les examina.

— La plupart de ces éléments ne valent sans doute pas grand-chose, dit-elle. Nous avons récolté une belle variété de fibres, un peu comme quand on a traversé une foule. Mais, au milieu de tout ça, il pourrait bien se trouver quelque chose de significatif. Le problème, c'est que nous n'avons encore aucun moyen de le savoir, étant donné l'état d'avancement de l'enquête. Je les mets de côté. Ils seront à votre disposition quand vous voudrez. Et puis, il y a ceci...

Elle prit un sachet marqué d'une pastille rouge.

— Un élément du plus grand intérêt.

Elle s'adressait à Natacha, en me tournant presque le dos.

— D'après votre compte rendu, ces peluches pourraient provenir d'un tapis. Eh bien ! je dirais qu'il s'agit d'un tapis tout neuf et très cher.

— Quelles chances avons-nous de découvrir d'où viennent ces fibres ?

— Il va falloir du temps. Ce sont des recherches minutieuses. Et qui n'aboutiront peut-être jamais.

— Pourquoi donc ? demandai-je.

Lena se tourna lentement vers moi.

— Parce que ces fibres ne proviennent pas seulement d'un tapis très cher. Elles viennent de l'Ouest, inspecteur Vadim. Et que nous cherchons toujours le moyen de renouer des contacts avec l'Ouest.

Natacha intervint :

— Vous voulez dire que la victime, ou le meurtrier, a fait récemment un séjour à l'Ouest ?

— Ou dans une maison décorée avec des tapis venus de l'Ouest ?

— Ça y ressemble, en tout cas.

215

— Votre surprise, c'était ça ? demanda Natacha.

— Non, dit Andrei en levant un doigt. Il y a mieux.

Cette fois, Lena le gratifia d'un regard indulgent.

— Passons à notre trophée…

— Attendez, dis-je. Restons encore un peu sur ce tapis. Il y a deux ou trois choses que j'aimerais savoir. La couleur, par exemple.

— Gris acier. Bleu-gris, si vous voulez.

Pour la première fois, Lena m'accordait de l'attention.

— Vous pensez à un tapis d'appartement ?

— Oui.

— Est-ce que ça pourrait être une moquette d'avion ? Une moquette bleu métallisé ?

— Je suppose, répondit Lena Ivanova sans enthousiasme.

— Un tapis de voiture ? De limousine, peut-être…

— Une voiture de l'Ouest, alors. Haut de gamme.

Je vis Natacha tourner la tête vers moi.

— Une limousine, dit-elle. Voilà une idée.

Je haussai les épaules, puis repris :

— Très bien. Maintenant, voyons ce trophée.

Lena Ivanova se dirigea d'un pas lourd vers une longue table installée sous une grande fenêtre dont la vitre, fissurée d'un angle à l'autre, était traversée par une bande d'adhésif marron. Elle tira une chaise et se pencha sur le microscope. Elle hocha la tête, puis tourna sur sa chaise en disant :

— Pas de doute là-dessus.

Andrei, son assistant, se balançait d'un pied sur l'autre.

— Le test Adamov. Pratiqué sur du sperme. Prélèvement effectué sur la cuisse de la victime n° 4. L'agresseur appartient à la catégorie A.

— Qu'est-ce que ça signifie ? demandai-je.

Lena Ivanova me lança un regard furieux.

— Vous êtes inspecteur aux Homicides et vous n'avez jamais entendu parler d'une sécrétion de type A ?

— Je n'ai pas dit que je n'en avais jamais entendu parler, répondis-je. Je voudrais seulement que vous m'expliquiez ce que ça signifie dans ce cas précis.

Lena Ivanova était calmée. Natacha s'autorisa un semblant de sourire.

— Bien sûr, reprit Lena, ce n'est qu'une catégorie. En elle-même, elle n'a pas de signification particulière…

— Mais encore ?

— Pensez à Modina et Golikova.

Je vis que Natacha semblait choquée.

— Quelque chose m'a échappé? hasardai-je.

Lena se leva et se tourna vers nous.

— Je sais, vous avez pris l'enquête en cours de route, dit-elle.

Elle avait l'air de savourer cet instant.

— Nous avons quatre victimes…

Beaucoup plus, sans doute, mais il était inutile de la faire dévier de son sujet.

— Tania Chekova. La victime de la semaine dernière. On l'a découverte sous une pluie battante. Le corps était trempé. Rien à faire pour y trouver quelque chose, en particulier une éventuelle trace de sperme.

Le visage de Natacha était sombre.

— Il reste trois victimes, poursuivait Lena. Les n° 1, n° 2 et n° 4. Anastasia Modina, Nina Golikova, Lydia Primalova. Ce n'est pas moi qui ai fait les deux premiers tests. Cela dit, inspecteur Vadim, l'assassin de la victime n° 4 appartient au type A, mais pas celui des victimes n° 1 et n° 2.

— Mon Dieu, m'exclamai-je, stupéfait. Vous voulez dire que ce n'est pas le même assassin?

— Exactement, inspecteur, répondit Lena Ivanova avec un sourire triomphal. Monstrum a fait des émules…

La journée était froide. Il avait neigé durant la nuit et le soleil scintillait au sommet des toits. J'étais encore assez provincial pour être impressionné par l'immense étendue de la place Rouge, les créneaux en queue d'hirondelle du Kremlin et les scintillements de Saint-Basile avec son dôme en forme de bulbe rayé.

Nous avancions lentement mais d'un pas résolu. Natacha baissait la tête, ses mains gantées enfoncées dans les poches de son manteau.

— Vous devez penser que je n'ai pas le droit de prendre position sur votre relation avec votre ex-femme.

— Vous en avez le droit puisque que je vous ai demandé votre aide.

Elle hocha la tête. Nous avons continué de marcher en silence. Et soudain elle explosa:

— Oh, mon Dieu, Constantin! Vous êtes d'une telle naïveté! Un innocent en liberté dans la jungle des villes… Qu'est-ce que je vais faire de vous?

— Est-ce que nous ne pouvons pas être amis? suggérai-je.

Elle s'arrêta et me prit le bras.

— J'en doute. Tous mes instincts me disent que nous sommes programmés pour être plus que des amis. Des amants. Ou des ennemis mortels.

— Je suis un homme simple, dis-je. Je ne me mêle pas de prévoir l'avenir.

— Ne soyez pas ridicule. Tous, nous essayons de prévoir l'avenir. Nous passons notre vie à essayer de lui donner la forme de nos désirs.

— Je ne vous comprends pas. J'avais l'impression que vous vouliez que je vous considère comme apolitique.

— Je ne suis pas neutre, Constantin. Et j'espère vous entendre dire un jour que nous avons les mêmes idées.

— Je croirais entendre Julia.

— Ce ne serait pas le cas si vous faisiez l'effort d'écouter.

— Je vous en prie, Natacha. Nous devons parler de choses importantes. Soit nous avons maintenant deux assassins qui travaillent ensemble, soit, comme Lena Ivanova le suggère, notre premier *copycat*[1].

Elle s'écarta, puis dit :

— Oui. Le travail nous attend. Pas le temps de badiner. Tant pis.

— Bien, repris-je, commençons par oublier tous les meurtres qui pourraient avoir été commis pendant les combats...

Elle me regarda du coin de l'œil.

— Vous avez raison. Pour des raisons pratiques, partons sur une hypothèse de quatre meurtres. Et de deux assassins travaillant ensemble – ou d'un assassin doublé d'un imitateur. Franchement, je ne crois à aucune des deux possibilités.

— Une erreur, alors ? Ce test, il est vraiment sûr ?

— Oui. Et puis, on peut faire confiance à Lena.

— Dans ce cas, il faut bien accepter que nous ayons affaire à deux hommes. Un tueur pour les deux premières filles. Puis un second. Un homme inspiré par cette hystérie autour de Monstrum ?

— L'assassin des deux premières filles, commença-t-elle...

Elle avait l'air exaspéré.

— Pourquoi refusez-vous d'admettre que vous n'avez même pas lu les dossiers ? Tout à l'heure, les noms d'Anastasia Modina et de Nina Golikova ne vous disaient rien. Nos victimes n° 1 et n° 2, inspecteur

---

1. Terme par lequel les Américains désignent les tueurs en série qui s'inspirent des meurtres d'un autre tueur. (NdT.)

Vadim. Éviscérées, toutes les deux. Amputées de divers organes. Frappées dans le dos. Puis d'un coup dans la gorge pour les empêcher de crier. Ces détails n'ont pas été rendus publics. Pourtant, on les retrouve dans le cas de Lydia Primalova.

— Donc c'est le même meurtrier. C'est ce que vous dites. Et Lena Ivanova s'est trompée.

— Possible…

— C'est ça ?

— Je ne sais pas.

— Je comprends : vous hésitez à mettre en doute les conclusions d'une collaboratrice.

Sans crier gare, elle accéléra le pas et poussa la porte d'un salon de thé. J'entrai derrière elle. L'endroit était bien chauffé. A des tables minuscules étaient assis des couples penchés en avant, leurs fronts se touchant presque. Natacha, déjà installée près de la fenêtre, ôtait son chapeau et ses gants sans même s'inquiéter de savoir si je l'avais suivie ou non. Elle plaqua ses cheveux en arrière.

Je m'assis en face d'elle. Elle évita de croiser mon regard. Quand la serveuse s'approcha, je commandai du thé. J'essuyai la buée sur la vitre, j'observai les ombres qui couraient dans la rue, puis revins à Natacha qui affichait une expression à la fois déterminée et troublée. On nous apporta une petite théière. Je payai et servis.

Natacha porta sa tasse à hauteur du nez et respira la vapeur du thé.

— Ce n'est pas Lena qui a effectué les deux premiers tests, dit-elle. Son labo n'avait pas encore été rouvert…

— Je sais. Qui les a effectués ?

— Je me suis débrouillée pour les faire faire par un ami.

J'attendais la suite.

— Le professeur Kandinski, mon ancien patron.

— Et… il aurait pu commettre une erreur ?

— Je ne crois pas, dit-elle avec hésitation. Par le passé, son travail était reconnu internationalement.

— Par le passé ? Ce n'est plus le cas maintenant ? Il boit ?

— Non, poursuivit-elle lentement. Ici, à Moscou, les gens ont vécu une période très difficile. La monnaie anarchiste s'est effondrée. Et nous avons tous eu besoin de nouveaux roubles pour vivre. Je n'aurais peut-être pas dû lui confier ce travail.

— Il n'est pas fiable, vous voulez dire ?

— Si. Mais pas d'un point de vue nationaliste.

— Il est anarchiste?

Elle répondit tristement :

— Non, Constantin. Il est démocrate.

— Démocrate? Notre parti est le Parti national démocrate. Quel mal y a-t-il à être démocrate, au nom du Ciel?

— C'est à vous de me le dire. Mais laissez-moi vous assurer d'abord que le professeur Kandinski est un *authentique* démocrate. Il croit en la valeur des lois, Constantin. En ce qui concerne le fond des choses, c'est un vieil ami de notre président Romanov.

— Un ami du président? Dans ce cas, s'il a eu des ennuis, il a sûrement pu compter sur cet appui.

— Le président, intervenir contre Koba? Vous êtes fou ou quoi?

Je lui lançai un regard furieux. Je n'aimais pas le tour pris par la discussion.

— Bon, mais votre professeur Kandinski, il est compétent ou pas? C'est tout ce qui m'importe.

— Il est tout à fait compétent. Mais à la réflexion, admit-elle vivement, il est possible qu'il n'ait pas eu accès aux équipements nécessaires.

— Vous voulez dire qu'il n'a peut-être pas effectué lui-même les tests?

— Je vais le lui demander…

— Il répondra que oui.

— Non. Pas le professeur Kandinski. S'il ne les a pas faits, il le dira.

— Il a besoin d'argent. Et vous êtes sans doute le seul médecin à lui donner du travail. Vous le croyez assez idiot pour avouer qu'il n'a pas effectué les tests sur le corps n° 1 *et* sur le corps n° 2?

— Appelez-les par leurs noms, à la fin! Ce sont des femmes. Pas des choses.

— Je n'ai pas la mémoire des noms…

— Vous n'avez pas la mémoire de grand-chose, à part Julia.

Elle donna un coup sur la table et enchaîna :

— Où étiez-vous ces trois derniers jours? Vous lui faisiez ses commissions? Vous risquiez votre vie pour porter des messages à ses collègues anarchistes?

Je lançai autour de nous un regard inquiet, mais il y avait un fort bruit de fond, personne ne pouvait avoir entendu.

— Non, répondis-je. J'étais en mission officielle.

— Quelle mission?

Elle posa sa tasse à moitié pleine et se leva. Je la suivis. Dehors, je glissai sur la neige pour la rattraper. Elle était rouge de colère.

— Que ce soit clair, Constantin. Je vous le dis ici et maintenant : si vous avez pris part d'une façon ou d'une autre à son boulot dégueulasse, je la dénonce. Si elle vous entraîne avec elle, je la dénonce à la Tcheka. J'ai commis une grave erreur. Serment d'Hippocrate ou pas, j'aurais dû laisser crever la Gorgone et vous envoyer paître !

— Pour l'amour du Christ, Natacha !

Elle se tourna vers moi :

— Non. Pour l'amour de vous, Constantin. Mais je me demande si vous en valez la peine. En fait, j'en doute beaucoup !

Les gens s'arrêtaient sur le large trottoir pour nous observer. Natacha me fixa un moment avec le même air furieux, puis elle se détourna et disparut dans la foule.

23

— Votre principal suspect, Simakov, dis-je à Dronski. Je voudrais connaître la couleur de ses poils pubiens.

Il tira lentement une cigarette et la fit glisser entre ses doigts : un truc à lui.

— Vous voulez que je vérifie ?

J'acquiesçai.

Il se pencha, décrocha mon téléphone et demanda à parler à Bitov au sous-sol. Pendant qu'ils discutaient, mon esprit se mit à vagabonder. D'une façon ou d'une autre, j'allais devoir renouer avec Natacha, au moins dans l'intérêt de Julia. Une femme bafouée est une femme dangereuse. Irait-elle jusqu'à dénoncer sa rivale ? Jusqu'à risquer de s'impliquer elle-même dans cette histoire ? Elle pourrait toujours déclarer qu'elle avait soigné Julia sans savoir qui elle était. Je me mordis les lèvres. Oui, j'étais bel et bien forcé de me raccommoder avec elle. Plus tard, je pourrais aller voir Julia ; mais d'abord, Natacha.

Dronski était toujours au téléphone, et il me fallut quelques secondes pour me rappeler ce qu'il fabriquait. Il grommela un remerciement et raccrocha.

— Un rouquin dégueulasse, dit-il. Ça correspond ?

— Ils ont trouvé des poils pubiens noirs et bouclés sur la dernière fille. Et ce n'étaient pas ses poils à elle.

— Merde.

Il réfléchit un instant, puis :

— En plus, pas d'empreintes pour le coincer...

— Chez lui, c'est comment ?

— Ça ressemble plus à la caverne d'un ours qu'à un logement humain. Mais rien qui puisse être mis en rapport avec les meurtres. Un pistolet – mais qui n'est pas armé, de nos jours, à Presnia ? – et un couteau. Sans doute pas l'arme du crime, d'après le docteur Karlova.

— Vous n'êtes guère optimiste, alors.

— Ses alibis sont plus ou moins sérieux. Mais on sait qu'il vivait dans le même immeuble que la victime n° 4, Lydia Primalova.

— Essayez de voir s'il a aussi des liens avec les autres victimes. Et si ça ne donne rien…

— Eh bien ! il faudra regarder les choses en face, chef. Nous ne tenons pas le bon coupable…

— Vous avez des enfants, Dronski ?

— Un garçon et une fille. Cinq et trois ans. Je prie pour que la Russie ait changé quand ils auront grandi.

— Et votre femme… Elle s'appelle comment ?

— Nina.

— Une femme, deux enfants et un chat.

— Deux chats. Ils laissent leur odeur sur mes vêtements et…

— Merci, Dronski. Allez plutôt écouter la baratin de Simakov. Et après, rentrez chez vous pour aider votre femme à s'occuper des gosses, comme un bon Russe.

Au seuil de la porte, il hésita.

— Vous saviez que Nina avait été blessée dans les bombardements ?

— Ah ? Non, non. Je l'ignorais.

Il ouvrit la porte et dit :

— Excusez-moi, chef. J'ai cru que vous faisiez allusion à ça.

Je n'eus pas le temps de lui répondre ; déjà il refermait la porte derrière lui.

Il avait oublié son briquet et ses cigarettes sur mon bureau. J'en pris une et essayai de la faire glisser entre mes doigts, comme lui. Sans résultat. Je l'allumai et appelai le bureau de Natacha. Au bout de quelques minutes, sa voix résonna dans le récepteur.

— Je suis en train de fumer ma première vraie cigarette depuis des mois, dis-je.

— Et moi je m'apprête à ouvrir le ventre d'un homme qui est resté dans l'eau pendant des mois, répondit-elle.

Il y eut un coup, suivi d'un sifflement.

— Voilà. J'ai enfoncé la lame… et des petits morceaux de tissu se sont envolés. A cause des gaz.

— On se parlera plus tard.

— Uniquement si c'est à propos du dossier.

— Natacha, vous dites vous-même qu'il y a quelque chose entre nous...

— J'ouvre le ventre, maintenant...

— Ça suffit !

— Entièrement d'accord, Constantin.

Elle raccrocha.

Je m'habillai sobrement : jean noir et veste noire. Les rues et les ruines se couvraient d'une neige si sale, sous le maigre éclairage public, qu'elles offraient un décor monotone. Je roulai jusqu'aux abords du fleuve, puis quittai prudemment la route pour me garer sur un terrain vague. Les derniers cinq cents mètres, je les parcourus à pied à travers les décombres, en me cachant de temps en temps pour m'assurer que la Tcheka n'était pas à mes trousses.

Aucun signe. Cependant je continuai à progresser lentement. Quelquefois, je revenais même sur mes pas avant de prendre une nouvelle direction. La température avait beau être proche du gel, je sentais dans mon cou le picotement de la sueur. Je m'arrêtai. Accroupi sous un porche, j'observai la rue déserte. J'étais excité à l'idée de revoir Julia, et plus encore en songeant à ce qu'elle m'avait dit au sujet de New York. Ce concert de Jimmy Gabriel. *Tu m'as manqué, Costia.*

J'avais envie de lui parler de différentes choses. De Leonid Koba. De mes convictions à son égard – il était selon moi le principal espoir de la Russie. Peut-être même lui dirais-je un mot du petit rôle prévu pour moi dans la Russie de demain.

En vérité, j'étais en train de reprendre espoir. Je semais une graine d'espérance. Julia, après tout ça, allait peut-être se décider enfin à jeter l'ancre quelque part. A tourner le dos à ses anarchistes. A revenir en pleine lumière.

Une heure plus tard, j'atteignis la rue de la vieille usine. A droite de l'entrée, le mur s'effondrait en plusieurs endroits. Je me frayai facilement un chemin, gagnai la cour. Je m'accroupis, scrutant l'obscurité, sachant qu'il y avait une sentinelle. Je tirai ma lampe torche, la couvris de mes doigts de façon à produire le minimum de lumière, et allumai à trois reprises.

Pas de réponse. Pourtant, à présent que mes yeux s'accoutumaient à la pénombre, il me semblait distinguer l'ombre d'une femme adossée au mur à l'angle du bâtiment. Pourquoi ne répondait-elle pas ?

Je recommençai : trois signaux... Encore trois signaux...

La fille à la Kalachnikov traversa mes pensées. Je m'imaginai que c'était elle. Elle avait peut-être fermé les yeux. Dormi quelques secondes, comme les sentinelles apprennent à le faire. J'avais vu cela à l'armée. On sortait parfois désorienté de ces micro-sommeils, le doigt pressé sur la gâchette. Ayant reposé ma lampe, je pris un morceau de ciment de la taille d'une balle de golf et, sans quitter ma position, le lançai au milieu de la cour. La pierre roula vers la sentinelle.

L'ombre contre le mur ne fit pas un mouvement.

A présent, j'étais troublé. La lune était trop claire : impossible de traverser la cour sans être vu. Et contourner le bâtiment du côté du fleuve, c'était s'exposer à une rafale de Kalachnikov. J'étais au désespoir. A cinq ou six reprises, je recommençai à émettre des signaux, lançai de nouveau des morceaux de brique et de ciment. J'allai même jusqu'à appeler doucement. Mais la femme restait immobile.

Et si elle était morte ? Cette idée me glaça – mais ne me rapprocha pas de Julia.

La neige trempait ma veste. J'avais le visage engourdi, tendu par le froid et l'anxiété. Je pris ma décision sans réfléchir, sans peser les risques. Je me redressai et commençai à avancer, les bras en l'air, dans la cour éclairée par la lune. Des morceaux de verre brisé crissèrent sous mes chaussures. Je baissai lentement les bras. Quand j'eus fait les trois quarts du chemin, je tirai la lampe de ma poche et en braquai le faisceau vers la femme. Ce n'était pas une femme. C'était un grand tuyau cylindrique appuyé contre le mur.

Ayant repris ma respiration, je m'avançai dans l'allée où je m'étais engagé avec la voiture en suivant les instructions de la Sibérienne. Je trouvai bientôt la porte que nous avions franchie, Natacha et moi, lors de la première visite. Elle était ouverte.

Pas de bruit à l'intérieur. Aucune voix. Le couloir où j'avais attendu était désert. Sur la table, les restes d'un repas inachevé. Deux chaises étaient renversées. Une bouteille d'eau minérale avait roulé sur le sol. Personne dans la pièce où reposait Julia. Le lit était défait, comme si on avait traîné la blessée. Une fraction de seconde, l'image me traversa de Roy Rolkin jetant Julia sur le sol. Roy qui l'avait toujours désirée.

Le bruit de mon propre halètement me surprit. Je traversai les pièces en courant, fis claquer les portes, renversai les meubles en criant le nom de Julia. Comme un dément...

J'écartai sans ménagement l'officier de l'armée de l'air pour aller frapper à la chambre de Natacha. Elle ouvrit, je poussai violemment la porte et entrai dans la pièce.

Elle referma sans un mot. Elle portait encore ses vêtements de travail. Ou elle était rentrée tard du labo, ou elle avait reçu une visite de la Tcheka.

— Vous êtes ivre ou quoi, Constantin ?

Je secouai la tête. La haine crispait mes lèvres.

— Alors vous voulez boire quelque chose ?

J'avais envie de me jeter sur elle et de l'étrangler. Je criai d'une voix rauque :

— Il n'y a plus personne à l'usine ! Julia a été arrêtée !

Elle resta un instant à m'observer.

— Arrêtée ! répétai-je.

— Elle a peut-être décidé de filer tranquillement ?

A ces mots, je m'immobilisai et restai penché vers elle. Du temps passa. Des secondes, des minutes peut-être. *Décidé de filer tranquillement.* Natacha était là, les bras croisés, à me fixer de ses yeux d'ambre froid.

— Pourquoi pas ? reprit-elle d'un ton neutre. Elle n'avait plus besoin de mes soins. Et vous ne lui serviez plus à rien. Qu'est-ce qui l'empêchait de déménager sans rien dire ? C'est ça, le mode de vie des terroristes, non ? On prend et on s'en va...

Mes mains tremblaient.

— Asseyez-vous, Constantin, ou vous allez finir par tomber. Je ne suis pas allée voir la Tcheka, si c'est à ça que vous pensez. C'est vrai que j'avais envie de dénoncer Julia. Mais pas vous.

Elle se tut un instant, puis ajouta :

— Vous, je ne pourrais pas. Je ne pourrais pas le faire *moi-même.*

Elle s'avança d'un pas. Je l'écartai et quittai la chambre, puis l'appartement. Dehors, il neigeait. Je mis longtemps pour rentrer à pied chez moi. De temps en temps, une voiture en passant m'éclaboussait d'une boue noirâtre.

24

Des freins crissèrent derrière moi. Les phares projetèrent mon ombre sur la route. De quel côté me précipiter ? J'optai pour la gauche. La voiture me frôla l'épaule droite, dérapa, déchiqueta un panneau de signalisation, rebondit sur un réverbère en ciment et tourna comme une toupie avant d'aller s'écraser contre un mur d'usine.

Je relevai les yeux. J'étais toujours sur le trottoir. La voiture de police se trouvait à une vingtaine de mètres. Son radiateur fumait, un phare clignotait.

Deux officiers sautèrent de l'épave. Il leur fallut plusieurs minutes pour passer du choc à la peur et, quand ils me tombèrent dessus, ce fut avec la fureur de l'effroi. L'un essaya de me soulever du trottoir, l'autre semblait vouloir me frapper.

— Espèce d'ivrogne ! criait-il. Connard ! Tu te rends compte que tu as failli nous tuer ?

C'est seulement alors que la prudence montra le bout de son nez.

— Commence plutôt par lui retourner les poches, Oleg, intervint le premier d'une voix calme.

On me roula pour me mettre sur le dos. Des mains fourragèrent dans mes poches. Je restai étendu, les yeux fermés, n'opposant aucune résistance. Il n'y avait plus ni temps ni espace. J'étais dans ma bulle de torpeur. Au-dessus de moi, le silence n'était plus troublé que par la lourde respiration des deux officiers et le sifflement ininterrompu du radiateur de leur voiture.

— Inspecteur Vadim ?

La voix était toute proche. L'officier était agenouillé près de moi. Je rouvris les yeux. Il était en train de comparer mon visage à la photo qui figurait sur ma carte de police. Il lança à son collègue un regard attristé.

Je tendis la main pour reprendre mon portefeuille puis me remis debout avec peine. Le deuxième homme dit d'une voix hésitante :

— Vous marchiez au milieu de la chaussée, inspecteur. En plein virage. J'ai dû piler pour vous éviter...

Un silence s'ensuivit, au cours duquel je me frottai les côtes.

— C'est ma faute, dis-je. Vous deux, ça va ?

— Rien de cassé, répondit le premier policier en souriant, l'air soulagé. On est un peu secoués, c'est tout. Mais la voiture est bonne pour la casse.

— Accident du travail.

Les deux hommes hochèrent la tête.

— Votre commissariat est loin d'ici ?

— Dans la prochaine rue, monsieur.

— Alors allons-y.

Je me massai l'épaule pendant qu'ils allaient chercher leurs affaires dans l'épave. Quand ils furent prêts, je repris :

— Je ferai un rapport. Accident pendant le service. Le suspect s'est envolé. Heureusement, les trois officiers qui s'étaient lancés à sa poursuite s'en sont tirés sains et saufs. C'est bien ce qui s'est passé, non ?

— C'est ce qui s'est passé, confirma l'officier Oleg. Et aucune trace de notre suspect, inspecteur.

Dans les locaux de la Milicia, je signai un rapport d'accident et deux demandes de récompenses pour les officiers. Je mentionnai au passage les dégâts causés à la voiture pendant la course-poursuite. Je remis le document en trois exemplaires au sergent de service. Après quoi je demandai que l'on me prête un bureau avec téléphone, et fus introduit dans une pièce de la taille d'un box, équipée d'une table en métal et d'une chaise pliante.

L'accident avait eu sur moi l'effet d'une catharsis. J'étais comme purgé, et de nouveau en mesure de réfléchir clairement. Il me fallait découvrir ce qui était arrivé à Julia, et il n'y avait qu'une alternative. Ou elle avait déménagé, comme le suggérait Natacha, ou elle et ses compagnes d'arme avaient été arrêtées par la Tcheka. Et le seul à le savoir, c'était Roy Rolkin. Je le joignis chez lui.

— Le Dynamo Hockey Club est en train de battre les Canadiens ! hurla-t-il dans le combiné. Je suis devant mon poste, là...

— Roy, écoute-moi. Il y a une rumeur qui court. Un important leader anarchiste serait venu hier soir demander l'amnistie...

Il grogna. Je repris :

— Certains disent que ce leader est une femme. Je ne pense pas que ce soit Julia, si ?

Il explosa :

— Si c'était Julia, je le saurais, non ? Julia, c'est mon dossier ! Je serais le premier à en être informé.

— C'est bien ce que je pensais...

— J'ai encore parlé à mon chef il y a dix minutes. Il n'a fait allusion à aucune reddition chez les anarchistes. Ça vient d'où, cette info bidon ?

— Des bavardages d'officiers au district. L'amnistie est dans l'air. Tu sais comment c'est. Et on a hérité d'une Américaine. Une sacrée bonne femme. Déléguée à l'amnistie. Alors tout le monde essaie d'avoir l'air dans le coup. Ça se comprend...

— Dis à ton officier que s'il ouvre encore sa grande gueule, je lui fais sauter les dents ! Si on vient à choper Julia, j'en serai informé dans la minute qui suit. Et je n'ai eu aucune nouvelle.

Il grogna de nouveau.

— Putain, les Canadiens ont égalisé ! Tu ferais mieux de raccrocher et de venir regarder le match ici...

Je décidai de ne pas aller chez Roy. Un véhicule de service me déposa à l'endroit où j'avais laissé ma voiture. De là, je rentrai chez moi à Fili. J'avais lu des passages de la Bible. Entendu parler de l'abîme du découragement. A présent, je savais ce que c'était. Ce que l'on éprouvait. Julia n'avait pas été trahie par Natacha ni enlevée par un commando spécial : elle était partie de son plein gré. Quelques heures, peut-être moins, avant ma visite.

Elle était partie sans me prévenir. A dessein, sans aucun doute. Natacha avait raison. Je ne servais plus à rien. Une fois encore, elle m'avait écarté de sa vie.

Il y avait des moments où je n'arrivais pas à distinguer la forme de mon propre univers émotionnel. Tout en conduisant, j'imaginais de quelle façon Julia avait annoncé à ses officiers la décision de lever le camp. Je croyais entendre la Sibérienne lui poser une question à mon sujet. Que fallait-il me dire ? Quelqu'un devait-il aller prévenir l'inspecteur Vadim ? Le visage de Julia m'apparut alors en pleine lumière. Le pli de sa bouche se faisait plus dur. Elle se taisait. Denisova, son lieutenant, répétait la question. Il n'y avait pas un mouvement chez les quatre femmes réunies autour de la table.

229

— Avec votre respect, insistait Denisova, il faut prendre une décision. Vadim doit-il être informé de notre départ ? Ou doit-on le laisser tirer lui-même ses propres conclusions ?

L'espace d'une seconde, Julia avait eu une expression plus douce. Puis ses traits s'étaient de nouveaux durcis. Elle répondit alors :

— Laissons Constantin Vadim tirer ses propres conclusions.

Je me jouais cette comédie à moi-même, et je savais que c'était un mensonge. Julia avait fait son choix. Sans hésiter. Délibérément. Elle avait décidé en pleine conscience de m'exclure de sa vie. Voilà l'idée que je devais garder en tête. Je devais à tout prix éviter de lui chercher des excuses. Je donnai un coup sur le volant : un geste de rage. Du cinéma, en fait. Car ce que j'éprouvais, c'était bien du désespoir. Natacha avait raison. Elle n'avait pas trahi Julia. Elle avait seulement vu clair en elle.

Ai-je éprouvé des remords, d'avoir soupçonné Natacha ? Ai-je fait demi-tour pour aller lui dire qu'elle avait raison ? Non. Rien de tout cela. Je n'ai pas agi comme un individu normal. J'ai continué de rouler au volant de mon Economy. Je suis passé devant chez moi sans m'arrêter. Et je me suis bientôt retrouvé devant un vieil immeuble de la nomenklatura soviétique qui abritait l'appartement du docteur Ingrid. J'arrivai à convaincre le gardien de demander au docteur si elle acceptait de recevoir la visite de l'inspecteur Constantin Vadim.

Pour comprendre le déroulement de ce qui va suivre, il faut accepter de me considérer comme un acteur jouant un rôle dans un film hollywoodien des années 30. Ingrid me reçut. Elle portait une robe de soirée noire et courte, des talons hauts. Elle avait en main un grand verre empli aux trois quarts de whisky et de glace. Il fallait la voir bouger. Son long corps souple et sinueux. La perfection lumineuse de ses lèvres. Une Lauren Bacall aux cheveux noirs. Quant à moi, avec mon air débraillé et ma veste humide, je m'efforçais péniblement d'évoquer Humphrey Bogart. Et je me sentais devenir lui. Elle hocha la tête en direction du bar, qui occupait tout le fond de la vaste pièce.

— Servez-vous, Constantin. Je vais voir si je peux trouver quelque chose à grignoter.

Je passai derrière le bar. Les étagères éclairées accueillaient une profusion de bouteilles. Une vodka ? Trop grossier, trop prévisible. Et qui a jamais vu Bogart boire de la vodka ? J'optai pour un scotch. Un Glenmorangie. Pur malt, comme le proclamait l'étiquette. Avec juste un peu d'eau plate, en espérant que c'était bien la marche à suivre. Puis je revins dans la pièce.

J'étudiai la disposition des sièges. Un de ces fauteuils trop rembourrés ? Non. Cela aurait risqué de m'isoler pour le reste de la soirée. Le sofa ? Trop évident. Dans une production hollywoodienne, tout aurait commencé près du bar. C'est là qu'un peu d'intimité pouvait se glisser dans la conversation. Ensuite bouger. Pourquoi pas en direction de la chambre ?

Elle ne tarda pas à revenir avec un plateau de saumon fumé avec des tranches de pain de seigle. L'odeur forte du jus de citron me piqua les narines. Elle déposa le plateau sur le bar et hocha la tête à la vue du Glenmorangie.

— La plupart des hommes de ma connaissance auraient foncé droit sur la vodka.

Tout en parlant, elle s'était hissée sur un tabouret de bar, soulevant lentement une jambe et posant ses talons sur le repose-pieds. L'autre jambe, s'élevant à son tour, vint recouvrir la cuisse nue – tous ces gestes accomplis avec un léger sourire, un plissement quasi imperceptible des lèvres, une façon de prendre acte de son emprise sur moi.

— J'ai un aveu à vous faire, Constantin, commença-t-elle. Quand nous nous sommes vus pour la première fois, dans le bureau de ce petit homme ridicule, Brusilov, j'ai fait un pari avec moi-même. Dix jours. C'est ce que je me suis dit. Il ne s'écoulera pas dix jours avant que nous ne passions une soirée ensemble.

— Vous avez gagné, dis-je.

Mais je pensais : c'est moi qui ai gagné. Elle rit.

— J'ai cru comprendre que vous étiez parti. Pas avec une nouvelle petite amie, j'espère ?

— Non, non. Pas avec une petite amie.

Il y eut un silence.

— Cette fille du département de pathologie, Natacha Karlova... Il faut reconnaître qu'elle est très séduisante.

— Je la connais à peine. Je débarque à Moscou, rappelez-vous.

— Ah ! Autrement dit, vous n'avez pas eu le temps de vous lier d'amitié.

— Avec le docteur Karlova ? On travaille ensemble...

— Alors n'allez pas plus loin, Constantin. Fiez-vous à mon instinct en ce qui concerne cette femme.

— Vous piquez ma curiosité...

231

— Elle fait des histoires. Elle a travaillé pour moi. Rien que des histoires. Non qu'elle soit rebelle ou déloyale...

Elle marqua un temps avant d'ajouter :

— Nous sommes des rivales naturelles, elle et moi.

De sa main couverte de bagues, elle écarta le sujet Natacha.

— Et maintenant, cher Constantin...

Son parfum me berçait comme des vagues de pure sensualité.

— Laissez-moi deviner le but de votre visite.

Je fis tourner le Glenmorangie dans mon verre. De ma main libre, je remis en place ma poche déchirée. Enfin, je relevai les yeux.

— Vous avez besoin de mon avis sur le profil psychologique de Monstrum. Je me trompe ?

— J'aimerais en apprendre un peu plus un de ces jours, répondis-je d'un ton évasif. On pourrait peut-être prévoir un rendez-vous.

— Pourquoi ne pas en parler maintenant ? Mes idées ne vous intéressent pas ?

— Au contraire.

— OK, reprit-elle lentement. Je voudrais que vous réfléchissiez à ceci. Je le vois comme un individu qui a été traumatisé par la guerre. Oui. D'abord et avant tout, c'est une victime de la guerre.

— Une victime.

— Parfaitement. Les flics ont tendance à se faire une opinion très étroite des victimes. Et les flics russes, de ce point de vue, ont les mêmes œillères que leurs collègues du NYPD...

— Le NYPD ?

— Les flics de New York.

— C'est peut-être parce que le NYPD est confronté à de vraies victimes. Les pauvres vieilles assommées sur le trottoir. Les jeunes femmes du genre de celle que j'ai vue de mes yeux sur ce piédestal, devant l'usine de drapeaux. Découpée en morceaux par ce fou que vous appelez victime.

Plus une femme est belle et plus l'homme est prêt à céder aux arguments de son intelligence. Mais Ingrid avait beau avoir des cuisses magnifiques, la sympathie due aux victimes ne pouvait s'étendre au cas de Monstrum. Elle pinça les lèvres, légèrement irritée à présent.

— Servez-vous un autre verre, dit-elle.

— Vous en prendrez un aussi ?

Elle secoua la tête.

— Où en étais-je ?

Ce que je savais, c'est où j'en étais *moi*. Maintenant, me dis-je, force-toi à écouter. Pose des questions mais essaie de ne pas l'interrompre. Voilà une femme qui aime suivre son idée. Caresse-la dans le sens du poil, et son idée deviendra ton idée.

Je me levai et passai derrière le bar afin de remplir à nouveau mon verre. De ma vie, je n'avais goûté pareil whisky. Je me promis de demander à la vieille Polina, à la boutique du district, si elle avait jamais eu entre les mains quelque chose du nom de Glenmorangie. Cette fois, je le pris sans eau.

— OK, dit-elle. Traumatisé par la guerre... Lorsque la paix survient, il est perdu, isolé...

Je ne pus m'empêcher de l'interrompre.

— On a la preuve que les premières agressions datent d'avant la guerre.

— Je l'ignorais. Combien d'agressions ?

— Une confirmée. Et de fortes présomptions pour une douzaine d'autres.

— Des présomptions, Constantin ? Vraiment ? Enquêter sur des meurtres est une science. Même s'il est vrai qu'il y a eu des victimes avant Anastasia Modina, cela n'infirme pas mon hypothèse.

— Et quelle est votre hypothèse ?

Cette fois, me dis-je, tu ferais mieux d'écouter jusqu'au bout. Elle s'installa plus confortablement sur le tabouret.

— A l'origine d'une telle brutalité, il y a peut-être une histoire antérieure. Une histoire familiale. Abus sexuels par le père. Voire par la mère.

Je buvais mon whisky à petites gorgées. Je savais les Américains friands de ces histoires de victimes d'abus sexuels.

— Par la mère ? dis-je.

— Oui... Ça arrive tous les jours. La victime concentre tous ses efforts sur une façon d'échapper au souvenir de ces événements et bascule dans un monde effrayant et sombre.

— Mais comment savoir qu'il s'agit de lui quand je le verrai, quand je l'interrogerai ? Jusqu'où votre portrait psychologique peut-il aller dans la précision ?

— Je ne peux pas vous décrire la forme de son visage. Ni vous donner son groupe sanguin. Mais un portrait peut être assez précis.

Elle se pencha sur le bar.

— Dans le cas présent, je parlerais d'un obsessionnel complet. Et même de quelqu'un dont la moitié du plaisir vient de la chasse dont il fait l'objet. Le plaisir d'échapper au chasseur. De le faire courir… malgré les risques. Son obsession l'empêche, et même lui interdit, d'avoir une vie normale. Il n'est pas capable d'arriver à quelque chose dans son travail. Tout ce qu'il peut faire, c'est se plier à une routine.

Elle fronçait les sourcils sous l'effet de la concentration.

— Un travail répétitif, poursuivit-elle. Ça lui permet de fixer son esprit sur quelque chose. Il sera souvent ouvrier journalier. Peut-être dans le bâtiment. Ou, mieux encore, dans la construction des routes. Une activité physique pénible : ça lui sert de palliatif. Vous verrez souvent des cas de ce type rechercher volontairement des activités physiques très dures. La musculation, par exemple. Des activités qui les obligent à franchir le seuil de la douleur. Des sortes d'autopunitions.

J'approuvai de la tête, et baissai les yeux vers ses jambes quand elle descendit du tabouret. Elle se servit un verre. J'étais fasciné par la façon dont l'éclairage de l'étagère jouait dans ses cheveux. Par la façon dont sa robe lui colla au corps quand elle tendit la main vers la bouteille.

— Vous auriez dû me laisser vous servir, dis-je.

Elle ne releva pas. Elle continua à parler d'une voix monotone ; on aurait dit qu'elle observait l'avenir.

— Ces individus-là obéiront à des modèles de conduites obsessionnels. Ils seront collectionneurs – de n'importe quoi : de cailloux, de vieux bouts de métal… L'idée peut aussi les prendre de rester debout toute la nuit et de dormir le jour. Ou de crier après les chiens. Ou de passer et repasser sur le même bout de trottoir… Et tous ces comportements peuvent annoncer une crise…

— Provoquée par quoi ?

— Par tout événement traumatique dans la vie du sujet.

— Comme par exemple ?

— Je vous laisse imaginer.

— Je n'y arrive pas.

— Ne vous faites pas plus obtus que vous ne l'êtes, Costia. La mort d'une mère, par exemple, peut fort bien déclencher une crise.

— Cette même mère qui l'a abusé quand il était enfant ?

— Pourquoi pas ? J'ai observé le cas d'un sujet entrant en crise à la mort d'un enfant qu'il avait lui-même abusé pendant des années. Il faut comprendre que ces violences exercées contre la personne sont elles-mêmes des tentatives désespérées. Des tentatives pour mettre un peu de vie, un peu d'animation, dans une existence insupportablement morne.

Je restai silencieux.

— Alors ? dit-elle.

— Je réfléchis.

— Il faut essayer d'avoir l'esprit ouvert.

— Je l'ai.

Elle plissa les yeux, mécontente, et leva brusquement les mains.

— Vous êtes parfaitement ridicule, Constantin. Vous vous intéressez plus à ma façon de croiser les jambes qu'à mes idées sur le profil de Monstrum. Je trouve votre attitude insultante. Décevante.

J'ouvris les bras en forme d'excuse.

— Tout cela est tellement nouveau pour moi. Mais j'écoute. Vraiment.

Elle eut une hésitation.

— C'est vrai ?

Je fis oui de la tête avec enthousiasme. Elle sourit.

— Très bien, reprit-elle avec prudence. Alors tant mieux.

— Donc la crise peut même être provoquée par la mort de quelqu'un que le sujet abusait...

— Oui.

— Un de nos suspects s'appelle Vladimir Simakov. Il a perdu sa jeune sœur récemment. Tuberculose. Elle avait dans les huit ans. Et son corps était couvert de vilaines ecchymoses. Des blessures assez anciennes. Simakov a prétendu qu'elle avait eu des ennuis avec une bande de rôdeurs. La police l'a cru.

— Et alors ?

— C'est cette même nuit qu'Anastasia Modina a été tuée.

Elle leva les sourcils.

— Et il est valable, comme suspect ?

— On a des problèmes avec le labo mais il pourrait être valable...

— Et vous n'aviez pas fait le rapprochement ? La mort de sa jeune sœur... et presque tout de suite après, un acte de violence.

— Minute, on vient juste d'arrêter Simakov. Et la police travaille encore avec les vieilles méthodes. Ce que vous dites change tout.

— Mais quand vous l'avez arrêté, quand vous avez commencé à l'interroger, vous n'avez pas fait le lien ?

— Mon adjoint, Dronski, a suggéré que la mort de sa sœur lui avait peut-être fait péter les plombs...

— C'est aussi mon avis. Comment avez-vous mis la main sur cet homme ?

— Son nom est ressorti quand mon équipe a examiné les listes d'individus impliqués dans des agressions sexuelles...

— Et vous avez des preuves pour corroborer? dit-elle avec une soudaine passion.

— Je n'irais pas jusque-là. Il connaissait Lydia Primalova, la quatrième victime...

— Il commence à correspondre à mon portrait psychologique.

Ses yeux brillaient.

— Si on veut.

— Récapitulons : il perd sa sœur. Vous voyez autre chose?

— Il travaille sur un chantier de construction. Et il est dingue de musculation.

— Les choses prennent une tournure vraiment intéressante. Des comportements obsessionnels?

— Pas que je sache.

— Ça vaudrait le coup de vérifier.

— Je préférerais de loin de bonnes empreintes digitales.

— Peut-être. Mais vous seriez étonné de voir les résultats obtenus aux États-Unis avec ces profils psychologiques. Très étonné, Constantin...

Elle se tut, puis reprit :

— Vous avez lu le livre du professeur Benson?

— Je ne l'ai pas encore fini. Mais c'est très intéressant... Je peux le garder quelque temps?

— Si vous pensez qu'il vous sera utile.

Elle glissa de son tabouret en laissant sa jupe monter assez haut. J'eus le temps d'apercevoir quelques centimètres carrés de chair nue, et même une chaude pénombre. Et je fus envahi par une envie soudaine, compulsive, de m'enfoncer en elle. Elle s'en rendit parfaitement compte. Je descendis laborieusement de mon tabouret. Elle me prit la main et, comme dans un rêve, elle me conduisit vers la chambre vaste et luxueuse.

25

Une heure avant le lever du jour, je roulais sur perspective Maréchal Zhukov en direction de Fili. A l'est, une clarté jaune citron commençait à baigner le ciel. Des bouffées de triomphe me traversaient le corps. Tout était si clair, désormais. La crainte torturante d'avoir été trahi par Julia était passée au second plan. J'étais sûr qu'elle reparaîtrait au cours des prochaines heures. Et, pour le moment, je me sentais presque apaisé. Pour la première fois de ma vie, j'avais couché avec une femme venue de l'Ouest. J'étais tenté de dire qu'il n'y avait guère de différence, et pourtant! L'amour avec Ingrid, *c'était* différent. Les femmes russes sont connues pour adorer prendre des initiatives. Julia était comme ça. Elle avait dans l'idée que le mâle russe est une brute dans la salle à manger et un agneau au lit. Je n'avais pas d'opinion à ce sujet. Ce que je savais, en revanche, c'est qu'Ingrid avait réclamé que nous parlions pendant l'expérience, et que cette demande extraordinaire avait rendu les choses très différentes de tout ce que j'avais connu. C'est elle qui avait pris les commandes. Cela dit, j'étais loin d'être réduit à l'état de doux agneau. Ce n'était pas ce qu'elle attendait de moi. Elle m'avait donné du plaisir et j'avais dû lui en donner à mon tour. Parfois, les deux avaient coïncidé et parfois non. Et ma pruderie avait été mise à mal toute la nuit…

J'allais devoir assimiler ce qui m'était arrivé. Sur le plan émotionnel, je ne suis pas un rapide. Mais je savais que quelque chose s'était passé. Quelque chose de bien plus important qu'une simple coucherie sans lendemain. De cela, au moins, je pouvais être sûr.

J'avais encore ces réflexions en tête quand je descendis de voiture passage Semyon pour rejoindre mon immeuble. Un réflexe me poussa à lever les yeux vers les fenêtres. L'endroit ne m'était toujours pas familier. J'eus d'abord l'impression qu'il y avait de la lumière chez madame Raïssa. Puis je m'aperçus que c'était chez moi.

Que fallait-il en penser? J'étais certain d'avoir éteint en sortant. Je m'arrêtai, les yeux fixés sur le vieux bâtiment. Il me fallut trente secondes pour comprendre que mon appartement n'était pas le seul à être éclairé. Une très faible lumière brillait chez Dimitri, l'inspecteur des Eaux.

Je me dépêchai d'entrer. Dédaignant l'ascenseur, je montai l'escalier d'un pas léger. La purge de cette nuit avait libéré en moi toutes sortes d'énergies et de pulsions agressives. Ce nabot de faux Dimitri était en train de visiter mon appartement! Je grimpai une dernière volée de marches, prêt à le prendre la main dans le sac.

Il y avait de la lumière sur le palier. La porte de Dimitri était entrebâillée. D'où cette faible clarté que j'avais aperçue d'en bas. Je tournai doucement le bouton de ma porte. Puis, ayant rassemblé mes forces, j'ouvris brusquement.

La voix de Roy cria dans le séjour:

— Arrête de jouer les cow-boys, fils de pute! Tu es bourré ou quoi? Viens donc te joindre à nous.

Il était sur le canapé, en uniforme mais la veste déboutonnée. Le carton de vin français offert par Ingrid était ouvert à ses pieds. Il rouspéta:

— Rien d'intéressant à boire, dans cette taule.

Il écarta une bouteille vide et enfonça le tire-bouchon dans une autre. Dans un coin, l'inspecteur des Eaux Dimitri grimaça un sourire d'excuse et but à même la bouteille une rasade de château-margaux. Je m'avançai.

— Bon Dieu, Roy. Mais qu'est-ce qui se passe?

J'entendais montrer à Dimitri que j'avais des liens avec un officier de la Tcheka, s'il ne le savait déjà. Ce genre de pensées montre combien j'avais peur.

— Il y a du nouveau, dit Roy en levant les yeux. Tu connais ton voisin, le sergent Dimitri... Dimitri Machintruc. Un ancien du KGB. Travaille aujourd'hui pour notre chère Tcheka nationaliste...

Je considérai le faux inspecteur des Eaux, puis revins à Roy.

— Du nouveau, alors?

— Ne te mets pas en rogne après moi, Costia. Mais qu'est-ce que tu fous dehors toute la nuit pendant que je suis là à me branler les couilles avec Dimitri? Ne réponds pas! Je sens l'odeur. Une odeur dégueu. C'était comment, alors? Ce serait pas cette Amerloque, des fois?

— Du nouveau, tu disais?

238

— Regarde-le, Dimitri. Il a eu sa part de butin, alors maintenant tout ce qu'il veut, c'est aller roupiller un bon coup. Eh bien, pas question, mon cher Costia. Une longue journée t'attend. On t'emmène.

— C'est Julia ? Dis-moi au moins ça.

Il remua la tête, puis admit :

— C'est au sujet de Julia. Je t'expliquerai le reste en route. On va à la Lubianka.

Je l'ai déjà dit, un Russe ne peut entendre prononcer ce nom sans ressentir un frisson de terreur. Le quartier général de la Tcheka. Le théâtre de Dieu sait combien de malheurs et de souffrances. En presque un siècle. Depuis les Soviets. On m'emmenait à la Lubianka. Pour quoi faire ? Roy savait-il que j'étais entré en contact avec Julia ? Savait-il que Natacha l'avait soignée ? Mes angoisses devaient se lire sur ma figure. Nous quittâmes l'immeuble sans tarder. Alors que nous traversions la chaussée, une grande voiture sans immatriculation s'approcha. Roy me donna un coup de coude et me fit un clin d'œil.

— Au nom du Ciel, Roy…

Même moi, je percevais la tension de ma voix.

— Dis-lui, Dimitri, enchaîna Roy d'un ton aimable.

Le petit homme s'arrêta au bord du trottoir. Le chauffeur descendit de la voiture. Dimitri grimaça de nouveau un sourire.

— Madame Raïssa est là-bas, dit-il. Dans les sous-sols. Je l'ai travaillée toute la nuit. Avec un de nos gars.

Travaillée. C'était leur expression à la Tcheka. En principe, ça voulait dire interroger, mais tout le monde savait que ça signifiait tabasser. Roy, à sa façon imprudente, s'était souvent vanté de ce genre de séances.

Madame Raïssa n'était qu'une messagère parfaitement innocente. S'ils étaient en train de la torturer dans les sous-sols de la Lubianka, alors j'étais de tout cœur avec elle. Mais j'avais peur, moi aussi. Car je savais qu'on ne pouvait leur résister. Elle serait obligée d'avouer qu'elle avait transmis des messages. Et moi ? Quand ils m'auraient branché leurs électrodes sur le pénis, avouerais-je que les messages venaient de Julia ? Quel mal cela pourrait-il faire, désormais ? Julia, comme tu avais bien fait de ne pas me dire où se trouvait votre nouveau quartier général !

Ce qui frappait le plus, à la Lubianka, c'étaient ces couloirs d'un vert crémeux. Au premier niveau, la peinture du sol s'écaillait. Et dans l'escalier de ciment qui descendait encore, les murs étaient tachés de brun.

Nous avons suivi un couloir, puis Roy m'a pris par la manche pour me pousser dans une salle d'interrogatoire qui faisait face aux portes noires et silencieuses des cellules. Il referma la porte sans laisser à Dimitri le temps de nous suivre.

— Assieds-toi, Costia. Je vais te mettre au parfum.

Je pris une chaise, Roy se posa sur la table.

— Dimitri Machintruc tenait beaucoup à faire ce travail, commença-t-il.

Il tira un cigarillo de la poche de sa veste et l'agita sous mon nez. Je fis oui de la tête. Il en prit un autre. Je me levai pour qu'il me donne du feu, aspirai une bouffée de fumée et la gardai dans mes poumons avant de la recracher lentement. Ça prend une vie, de s'arrêter de fumer. Je me rassis.

— Naturellement, j'ai envoyé Dimitri s'installer près de ton appartement dès que tu as débarqué à Moscou...

— Tu avais oublié de me prévenir.

— Ah ? Tu sais quel distrait je suis, Costia. J'oublie tout...

De nouveau un clin d'œil.

— Quand ça t'arrange.

— Combien de vos petites escapades, à Katia et toi, ai-je oublié ! murmura-t-il, songeur.

— Nos petites escapades ?

— Pendant les réceptions... Deux ou trois verres...

Il redescendit du bureau.

— Deux ou trois verres, un peu de musique...

La fumée du cigarillo s'élevait en volutes vers le plafond.

— On danse, on se pelote...

Il se tut et afficha un énorme sourire.

— Mais je suis distrait. J'oublie. C'est tout moi, ça. Espèce d'enfoiré.

Je me sentis malade, tout à coup.

— D'accord, d'accord, reprit-il. Dimitri t'espionnait. C'était juste au cas où Julia prendrait contact avec toi. Elle ne voudrait pas que je le sache. Je me demande bien pourquoi.

— Arrête, Roy... Tu savais parfaitement que Julia se méfiait des nôtres. Malgré l'amnistie. Il y a eu tellement de fausses promesses. Tu le sais et moi aussi.

— C'est vrai, Costia. Et c'est pour ça que j'ai mis Dimitri sur le coup. Bien entendu, il revenait tous les jours les mains vides. Jusqu'à hier.

— Qu'est-ce qui est arrivé ?

240

La peur me faisait frissonner et j'avais beaucoup de peine à le dissimuler. En tendant chaque muscle, je parvenais à contrôler les tremblements de mes mains et de mes lèvres. Mais rien de tout cela n'échappait à Roy.

— Hier, reprit-il, Dimitri était dans le parc. Pour faire des courses, apparemment. Soudain, il voit passer sa voisine. Madame Raïssa. Tu as dû la croiser...

— Dans l'escalier, oui.

— Dimitri m'a avoué qu'il avait un petit béguin pour elle – c'est comme ça qu'on disait, dans le temps, non ? Surtout pour son tour de taille. Elle m'a pourtant l'air plutôt forte. Tu as vu son cul ? Une vraie figure de proue ! Personnellement, je les préfère plus petits. Bref...

— Continue, Roy, s'il te plaît.

— C'était juste histoire de te brosser le tableau. Parce que rien de tout cela ne serait arrivé si le petit Dimitri n'avait pas convoité madame Raïssa. Les hommes petits sont souvent attirés par les grosses femmes, tu as remarqué ?

— Roy...

— Très bien. Dimitri est dans le parc. Et madame Raïssa à cinquante mètres de lui. Il avait fini ses emplettes. Des harengs, je crois. Beaucoup auraient estimé qu'un sac de harengs n'est pas le meilleur accessoire pour draguer. Peu importe : Dimitri, lui, ça ne le dérange pas...

Je me renversai en arrière sur ma chaise.

— J'y viens, Costia. Ne t'impatiente pas. Dimitri voit madame Raïssa se diriger vers le café, il lui emboîte le pas mais, au moment où elle va entrer, la porte s'ouvre et une jeune femme sort... Une jeune femme aux traits asiatiques. Peut-être une Sibérienne. Une belle fille, dans son genre. Pas de doute. Même pour un Européen comme moi. Bref, sous les yeux de Dimitri, cette fille s'approche de madame Raïssa et échange quelques mots avec elle.

Il fallait que je pose une question. Vite.

— Mais cette Asiatique, c'est qui ? Ça donnerait un sens à ton histoire, de le savoir...

— En effet. Je ne connais pas son vrai nom. En revanche, je connais son nom de guerre : Slavina.

Sans me quitter des yeux, il ajouta :

— Durant la dernière année de la guerre, c'était un membre important de l'état-major de Julia.

— Ah... dis-je en hochant la tête. Et ensuite ?

— Dimitri a essayé de l'appréhender. Mais, entre nous, Costia, entre officiers, je crois qu'il a eu du retard à l'allumage. La fille s'est envolée.

J'avais pu l'expérimenter moi-même.

— Et alors ? Vous ne l'avez pas arrêtée.

— Elle a eu le temps de parler à madame Raïssa.

Il s'éloigna de la table et ajouta :

— Dimitri en est sûr. Un message a été transmis.

— Il peut avoir inventé ça. Vu qu'il n'avait pas réussi à arrêter la fille...

— Peut-être. Mais peut-être pas. Il n'y a qu'un moyen de le savoir.

— Et ce moyen, c'est de l'amener ici. La pauvre femme. Elle est ici ?

— On aurait dû attendre qu'elle nous appelle ? Tu n'as pas envie de connaître le contenu du message ? Tu ne te demandes pas pourquoi madame Raïssa a été choisie comme boîte aux lettres ?

Inutile de faire semblant.

— Non, dis-je. Je ne me demande pas pourquoi. Je sais pourquoi. Si un membre de l'équipe de Julia entre en contact avec ma voisine de palier, c'est qu'elle cherche à me contacter. Point.

Mais la joie et l'horreur se mêlaient en moi dans une confusion atroce. La joie parce que Julia avait voulu me contacter, me dire où elle était maintenant. L'horreur à la pensée qu'ils avaient traîné cette malheureuse ici. Mais la Sibérienne avait-elle dit à madame Raïssa où se cachait Julia ? Julia n'aurait jamais permis qu'une telle information soit communiquée à une tierce personne.

— Vous retenez madame Raïssa depuis plusieurs heures. Vous avez eu le temps de la faire parler.

— Oui, Dimitri a eu du temps. Mais il a affaire à une vieille carne plutôt coriace. Crois-moi si tu veux. Ils l'ont travaillée pendant six heures. Et sévèrement. Eh bien ! elle n'a rien lâché. Elle prétend qu'elle ne connaît pas la Sibérienne. Ça, je veux bien le croire. Elle dit aussi qu'il n'y a eu aucun message. Elle prétend que la Sibérienne lui a fait des propositions... sexuelles. Il y a un tas de putes sibériennes autour du Café du Parc. Assez en tout cas pour satisfaire une femme d'âge mûr, si elle est portée sur ce genre de choses.

— C'est peut-être la vérité. Si ça se trouve, en plus d'être lent, Dimitri y voit mal.

Roy éclata de rire.

— Quelle mauvaise langue ! Sacré Costia. Mais tu ne crois pas toi-même à ce que tu dis. Non. Voilà ce que je veux que tu fasses.

Je veux que tu prennes ce couloir, là, et que tu ailles dire un mot à madame Raïssa.

— Un mot? demandai-je, horrifié. Quel mot?

— Je ne te demande pas d'aller lui taper dessus, Costia. Elle a un message pour toi. Crois-moi, à l'heure qu'il est, ça lui fera vraiment plaisir d'être délivrée de cette responsabilité.

Roy me laissa seul avec elle. Il ne m'avait encore jamais été donné de sonder la profondeur de sa fourberie. La cellule était éclairée par une lampe unique en verre épais. Je baissai les yeux vers la silhouette couchée sur le lit, vêtue d'une robe à fleurs. Elle s'était détournée pour me cacher son visage. Ses cheveux roux s'emmêlaient au sommet de sa tête. Des boucles humides reposaient sur sa nuque. Ses jambes épaisses étaient nues, un bas déchiré pendait à l'une de ses chevilles. Sans quitter le centre de la pièce, je murmurai:

— Madame Raïssa. C'est Constantin Vadim.

Presque aussitôt, elle se tourna lentement, avec peine. Elle avait la figure pleine de sang et les lèvres enflées. On avait déchiré sa robe à hauteur des seins. Quand elle se tourna entièrement, j'aperçus une tache sombre sur le tissu entre ses jambes. Mon regard ne lui avait pas échappé: elle confirma d'un signe de tête, en soupirant.

— Ces bourreaux-là, Constantin, ils sont sans pitié.

La voix était faible. Elle respirait difficilement.

— Des brutes, reprit-elle. Des sauvages. Est-ce que je ne vous avais pas mis en garde contre le faux Dimitri?

Elle tenta un sourire; c'était pitié de voir l'effort de ses lèvres enflées.

Je ressentis une absurde bouffée de fierté. Seule une femme russe pouvait encore tenir le coup au bout de seize heures passées avec… Mais ce sentiment vacilla bientôt. Les bourreaux aussi étaient des Russes. Je m'assis au bord du lit et lui pris le poignet. Son pouls battait trop vite. Peut-être deux cents à la minute. Comme une mitraillette légère. J'en étais malade. Ils lui avaient fait *ça*. Et je n'avais aucun moyen de l'aider. Si Roy décidait qu'elle n'était plus utile à rien, il la relâcherait. S'il décidait qu'elle pouvait encore parler, alors Dimitri et son acolyte n'auraient plus qu'à s'y remettre.

Je voulus lui soutenir la tête mais elle tressaillit lorsque je touchai ses cheveux mouillés. Comme je changeais de position et la soulevais par les épaules, une tache de sang s'imprima dans ma paume.

Je n'avais pas les idées claires mais je savais que Roy ne se trompait pas. C'est à moi qu'il revenait de la délivrer de cette responsabilité.

— Cette Sibérienne, dis-je. Elle avait un message de Sonia.

Madame Raïssa acquiesça. Sa tête tomba en avant. Ses oreilles saignaient. De ma main libre, je lui soutins le menton. Le sang s'amassa dans la cavité minuscule au-dessus du lobe, puis déborda pour glisser le long du cou.

— Elle a dit qu'elle voulait vous voir. Dans deux jours. Au Café du Parc.

Je chuchotai aussitôt tout près de son oreille ensanglantée :

— Non. A l'usine de la rue Vatutine. S'ils reviennent, dites-leur ça.

Elle était trop faible pour demander des explications. Elle approuva d'un signe et répéta :

— L'usine de la rue Vatutine. Je leur dirai ça.

— Maintenant, reposez-vous.

Je l'aidai à s'étendre à nouveau. C'est alors qu'elle reprit :

— Ah, Constantin. Vous auriez dû me voir dans la *Manon* de Massenet. Comme j'étais habillée. C'est moi qui ai inauguré la saison 1995 à Smolensk...

Sa figure blessée avait pris une inquiétante couleur grise. Que lui dire ? J'avais affreusement honte. Je restai assis à la regarder. Ses paupières battaient. Pouls et respiration continuaient leur vilaine course, tantôt bondissant, tantôt s'arrêtant. Je crus qu'elle allait mourir sur-le-champ. Mais elle rouvrit les yeux et sourit de sa bouche épaisse.

— Je ne leur ai rien dit, murmura-t-elle.

— Je le savais.

— Je vous le jure, Constantin. Sur ma vie.

Elle avait fermé les yeux. J'aurais pu essayer de reprendre son pouls mais c'était inutile.

— L'usine de la rue Vatutine, souffla-t-elle entre ses lèvres gonflées.

26

— Pas le moindre doute, dit Roy. Ils se sont planqués ici.

Nous étions dans la pièce où Julia reposait encore deux nuits plus tôt. Roy examina le matelas.

— L'une d'elles m'a l'air d'avoir perdu pas mal de sang, dit-il. Qu'est-ce que tu en penses, Costia ?

— On dirait, oui.

Des membres de l'équipe spéciale de Roy allaient et venaient dans la pièce, sous la direction de Dimitri. L'un d'eux demanda :

— On peut relever les empreintes, colonel ?

Roy réfléchit. Je retenais mon souffle.

— M'étonnerait que ça vaille le coup, dit-il. La vieille chanteuse d'opéra a sûrement donné cette adresse avant de chanter sa dernière aria.

Il me fixa soudain et ajouta :

— Julia était ici. C'est tout juste si je ne renifle pas son odeur.

Beaucoup de mots insultants sortaient de la bouche de Roy, mais cette phrase-là, je ne sais pourquoi, me donna encore plus envie de le frapper. Il respira profondément.

— Une odeur agréable, note bien.

Nous savions tous les deux de quoi il parlait.

Il se détourna de moi pour aller explorer les autres bureaux et discuter avec Dimitri. Je me plantai devant le fourneau que j'avais entretenu toute cette fameuse nuit. Il était à présent éteint. La porte du foyer était ouverte sur des cendres, des restes de papiers calcinés et gris dans la lumière matinale. J'eus à peine le temps de m'accroupir que Roy était déjà là.

— Tu as trouvé quelque chose ?

Il s'accroupit aussi et plongea dans le foyer une main prudente.

— Tous les signes d'un départ précipité, constata-t-il.

— Elles pouvaient difficilement faire autrement, sachant que vous teniez madame Raïssa.

— Exact. On peut imaginer qu'elles ont nettoyé la place et brûlé leurs documents dès le retour de la Sibérienne, Slavina. Autrement dit, il y a quelques heures à peine.

Je fis oui de la tête.

— Sauf qu'il y a ceci, dit-il.

Il se leva en tirant du foyer une poignée de cendre qu'il laissa s'écouler entre ses doigts.

— Des cendres complètement froides.

— Tu en conclus quoi ?

— Tu es policier, non ?

Il sourit en voyant la tête que je faisais.

— J'aurais peur de sortir une bêtise, dis-je. Quelle est l'opinion de l'officier chargé de l'enquête ?

— Qu'elles étaient déjà parties *avant* l'arrestation de madame Raïssa.

Roy n'ajouta rien. Il était toujours accroupi devant le fourneau. Il réfléchissait.

— J'imagine, Costia, que tu n'étais jamais venu ici. Ce ne serait pas possible…

Il se tourna vers moi et me regarda droit dans les yeux.

— Non, répondis-je. Ce ne serait pas possible.

Roy se releva.

— Très bien, dit-il. Je te crois. De toute façon, les empreintes diront si c'est vrai ou non.

— Je croyais que tu avais renoncé aux empreintes ?

— Changé d'avis. C'est une habitude chez les femmes et les officiers de la police secrète.

Il fit un clin d'œil.

— Elle est maligne, notre Julia. Mais je n'ai qu'une petite longueur de retard sur elle, Costia.

Un cri retentit à l'extérieur. Des hommes venaient de trouver une tombe peu profonde creusée dans la cour de l'usine, dans un ancien massif de fleurs. Je songeai tout de suite à l'autre femme blessée lors de l'attentat à la grenade contre Koba mais, l'espace d'un instant, Roy eut l'air de penser qu'il pouvait s'agir de la propre tombe de Julia. C'est avec une tête sinistre qu'il ordonna d'exhumer le corps.

Deux hommes mirent la main sur des pelles et ne tardèrent pas à exhumer le corps d'une femme enveloppé dans un drap. Je me détournai et fis quelques pas. Je n'ai jamais aimé voir des restes humains en décomposition. Roy crut que j'avais peur de voir apparaître le visage de Julia quand ils ouvriraient le linceul. A distance, je le sentis qui m'observait.

— Ce n'est pas elle, me lança-t-il. C'est une de ses acolytes.

Cette petite scène eut plus ou moins pour effet de le convaincre que je n'avais pas été en contact avec Julia. Comme toujours, il m'était impossible de deviner comment fonctionnait son esprit. Mais, tandis que nous retournions vers sa voiture, il me prit le bras, comme pour me réconforter après l'horrible sentiment d'angoisse que je venais d'éprouver.

27

Bien qu'exténué, je ne pouvais me résoudre à regagner mon appartement. Je demandai au chauffeur de Roy Rolkin de me déposer au bureau. J'échangeai une poignée de main avec Roy en priant le ciel pour qu'il ne voie pas la haine qu'il m'inspirait. Et quand ce rat de Dimitri me fit adieu de la main, je dus contenir une bouffée de rage meurtrière. Je ne voyais plus rien, à part les lèvres bouffies de madame Raïssa et la grande tache rouge qui salissait sa robe entre ses jambes.

Je grimpai les marches vers les trois lampes jaunes suspendues au-dessus de l'entrée. Le sergent de garde était en train de quitter son service. Je traversai le grand hall circulaire. Mes pas claquaient sur les dalles. Quelques lumières brillaient derrière les portes vitrées des bureaux mais aucun téléphone ne sonnait. Pas d'inspecteurs affairés. Pas de file d'attente. Je traversai une Division des homicides déserte. La porte de mon bureau était ouverte. J'allai m'effondrer dans mon fauteuil pivotant. Mes dents s'entrechoquaient comme lorsque, enfant, j'entendais les cris violents échangés par mon père et ma mère dans leur chambre à coucher.

Je frissonnai en songeant au faux Dimitri. Je pensai aussi à Roy Rolkin. Une dame innocente frappée et violée sur les ordres d'un type avec qui je regardais des matches de foot à la télé. Tous les autres aspects de cette longue nuit disparaissaient.

Le téléphone grelotta tout près de mon oreille. La tête me fit mal quand je la relevai. Des rêves finissaient de se consumer dans mon cerveau. Je tendis la main vers le combiné.

— District de Moscou, marmonnai-je en me léchant les lèvres pour les humecter de salive. Presnia-la-Rouge. Division des homicides. Inspecteur Vadim.

— Constantin?

Encore un rêve? Je regardai le combiné. Je n'arrivais pas à le croire. Je considérai la pénombre au-delà de ma porte. Non, j'étais réveillé. Complètement réveillé. Et c'était la voix de Julia.

— Tu peux parler? dit-elle.

— Au nom du Ciel, qu'est-ce que tu fais? Appeler ici…

— Ce n'est pas mieux ailleurs.

Je savais qu'elle souriait.

— Je t'ai fait suivre, après ta visite à l'usine. Je voulais te parler. Te dire de ne pas t'inquiéter…

— Ne pas m'inquiéter!

Le murmure de son rire dans le combiné.

— Il faut que tu viennes me voir, reprit-elle. Les appartements Pasternak. Bloc A. C'est en banlieue. Dans les nouveaux quartiers. Babouchkine. Tu trouveras?

— Je trouverai. Quand?

— Laisse passer deux ou trois jours. Ensuite, dès que tu pourras. Je suis restée trop longtemps sans te voir, Costia.

Le risque qu'elle prenait! Me parler ainsi!

Je raccrochai. Et je restai assis. J'avais des chansons plein la tête.

28

Dronski me laissa dormir sur mon bureau presque jusqu'à 10 heures, puis me réveilla avec un café. Il m'offrit aussi de partager son fishburger.

— Ne restez pas le ventre vide, chef. Les nouvelles sont mauvaises.

Je le regardai par-dessus mon café. Il reprit :

— Le suspect Simakov est hors de cause. En tout cas, dans la mesure où on travaille toujours sur l'hypothèse d'un Monstrum unique.

— C'est toujours sur cette hypothèse qu'on travaille, oui.

— Il a un alibi en béton. Le soir du deuxième meurtre, il se trouvait à cent kilomètres de Moscou. Une opération du gouvernement qui a duré toute la nuit.

Je hochai la tête. Je n'avais pas fondé de grands espoirs sur ce suspect, même après avoir entendu les arguments du docteur Shepherd.

— Vous l'avez relâché ?

— Il part ce matin, inspecteur. Avec votre accord. Le responsable des matons refuse de le garder une nuit de plus.

— C'est un type qui crée des problèmes ?

— Pas au sens habituel. Il reste assis sur sa couchette toute la nuit, à se balancer des gifles à lui-même. Il a commencé à faire ça quand on l'a arrêté. Ce matin, il était couvert de bleus. Et il criait de douleur chaque fois qu'il se donnait une nouvelle baffe.

Soudain, j'étais complètement réveillé. Qu'avait dit Ingrid, déjà ? Conduite obsessionnelle… Autopunition… Ça se rapprochait curieusement de son comportement. Mais les tests le mettaient hors de cause.

— Dronski… Le docteur Shepherd vous a-t-elle posé des questions au sujet de Simakov ?

— Non, chef. Quel genre de questions ?

— Sur son comportement.

— Non. Rien du tout.

Il se mit à genoux et commença à rassembler les fax dispersés sur le sol. Je bâillai. Pas de doute, elle n'était pas tombée loin. Étrange. Mais je cessai d'y penser. J'avais d'autres soucis en tête.

Je pris mon café et me dirigeai vers la fenêtre. Presnia n'était pas de nature à inspirer même un mauvais poète. Je vis un renard rouge se faufiler le long d'un mur effondré. Ces bêtes étaient dodues, avec le poil brillant : elles s'étaient nourries de cadavres pendant les combats. Mes pensées vagabondèrent vers ces renards arctiques que nous poursuivions dans les forêts quand nous étions enfants. En ce temps-là, les chasseurs vous indiquaient les pistes fraîches pour cent roubles. Étrange comme Roy Rolkin était devenu habile à flairer une piste.

Je me tournai vers Dronski.

— Alors on n'a rien. Quatre meurtres identiques. Mais seulement deux assassins, à en croire le professeur à la retraite chargé des tests.

— Vous pouvez vous fier à lui, lança froidement Natacha par la porte ouverte. Et si vous refusez de me croire, sachez que vous pourrez le rencontrer en personne quand vous voudrez.

Elle jeta sur mon bureau une chemise bourrée de documents.

— Demande d'inhumation pour Lydia Primalova. J'en ai fini avec elle. Pauvre âme. Vous voyez une raison de ne pas remettre le corps à sa sœur ?

— Non, dis-je en levant les yeux vers elle. Je la signerai ce matin.

Je voulais parler à Natacha mais pas devant Dronski.

— On pourrait peut-être se voir un peu plus tard, repris-je. Nous avons à discuter.

Elle était là à me regarder, vêtue de son manteau blanc, les cheveux relevés en chignon. Elle parut s'adoucir.

— On dirait que la nuit a été longue, inspecteur. Même en tant que médecin, je vous conseillerais de prendre un peu de repos.

Quand elle fut partie, Dronski gratta son crâne rasé et reprit :

— *Même* en tant que médecin… Qu'est-ce qu'elle veut dire ?

J'étais sûr qu'il connaissait la réponse.

C'est le sergent Bitov qui interrompit ma sieste de la mi-journée, introduit dans mon bureau par Dronski. Il tenait, coincée sous le bras, une liasse de documents d'une épaisseur impressionnante.

251

— J'ai pensé qu'il fallait que vous entendiez ça, dit Dronski en venant se placer à côté de mon bureau.

— Entendre quoi ?

Dronski fit signe à Bitov de commencer. Je ravalai un bâillement et me frottai la figure. La barbe me racla les paumes. Je devais avoir une tête...

— Ça ne peut pas attendre ? dis-je.

J'essayais de ne pas avoir une voix trop suppliante.

— Non, chef, répondit Dronski sur un ton que je ne lui connaissais pas.

D'un signe, j'invitai donc Bitov à s'asseoir. Il eut quelque peine à ne pas laisser la satisfaction éclairer sa petite figure canine.

— J'ai repris les dépositions des parents des victimes impliquées dans le dossier 4320, désigné aussi sous le nom « affaire Monstrum »...

— Vous venez de relire tout ça ?

— Oui, inspecteur.

— Parfait. Et, bien entendu, vous avez trouvé quelque chose qui nous avait échappé...

— En effet, inspecteur. Du moins, je le crois. Vous y avez peut-être déjà pensé vous-même.

Je secouai la tête.

— Dronski, offrez-moi une cigarette, voulez-vous ?

Je pris la cigarette. Dronski l'alluma. Je fis signe à Bitov.

— Allez-y, je vous en prie.

— En lisant le compte rendu de votre entretien avec la sœur de la dernière victime, Lydia Primalova, j'ai noté que vous aviez soulevé un point intéressant : elle fréquentait une église.

— C'est Gromek qui a dit ça. Le veilleur de nuit. La sœur n'était pas au courant.

— Réfléchissons-y une minute, chef. Elle va à l'église, d'accord ?

Il fourragea dans la pile de papiers posée sur ses genoux.

— Première victime, dit-il. Anastasia Modina... Interrogée par le sergent Yakounine. J'ai pris des notes aussi. La mère, Vera Modina, fait une déposition un peu plus tard dans la journée...

Il feuilleta encore des papiers.

— ... à 14 h 30, pour être précis...

Il mit la déposition sur mon bureau.

— Ça, c'est le rapport que vous avez dû lire quand vous avez eu le dossier...

— Oui.

Je voyais ce document pour la première fois. Bitov continuait :

— En comparant mes notes avec les questions du sergent Yakounine, je me suis aperçu qu'il existait chez moi un élément qu'on ne retrouve pas dans la déposition.

J'attendais la suite.

— Si vous prenez la page 5 de la déposition, inspecteur...

Il patienta, le temps que je trouve la page 5, puis enchaîna :

— ... vous remarquerez cette phrase : « Ma fille Anna, comme toujours, est rentrée tard de cette réunion... »

Je luttais contre des vagues de sommeil. J'allais m'évanouir au milieu de la grande démonstration de Bitov. Je me tournai vers Dronski :

— De la vodka, Dronski. Si Bitov a vraiment trouvé quelque chose...

— J'en ai dans mon bureau, chef.

Dronski se hâta de filer. Il fut de retour aussitôt. Une bouteille de Borodino et trois gobelets atterrirent sur mon bureau.

— Vous pouvez servir.

La première secousse m'éclaircit formidablement les idées. Je pris la bouteille et servis les deux autres. Puis je demandai :

— C'était quoi, ces réunions ?

Je savais que je devais me méfier. La réponse figurait sans doute dans les pages que je n'avais toujours pas lues.

Bitov avala une seconde gorgée de vodka et s'écria, enthousiaste :

— La mère parle de réunions de jeunes ! Ce qui m'intrigue, c'est l'heure à laquelle elle est rentrée. 1 h 30. Elle n'avait que dix-sept ans. Bizarre, non ?

J'aurais pu lui demander pourquoi ça ne l'avait pas intrigué plus tôt, mais j'étais mal placé pour lui jeter la pierre. Je préférai remplir de nouveau les gobelets.

— J'y ai repensé cette nuit, inspecteur. Je me suis levé, j'ai allumé la lampe et j'ai commencé à relire mes notes. Ma femme n'était pas contente mais tant pis...

Il tendit son verre.

— J'ai fini par retrouver ce que la mère de la première victime avait déclaré quand on l'avait interrogée, le sergent Yakounine et moi. Je cite l'interrogatoire à partir de mes propres notes. « *Vera Modina :* La soirée d'après, c'est le dimanche. *Yakounine :* Autrement dit ? *Vera Modina :* C'est le jour de sa réunion. *Yakounine :* Elle allait à une réunion tous les dimanches ? C'est ça ? *Vera :* Exactement. »

Ce n'était pas vraiment une nouvelle fracassante, semblait-il. Je considérai Bitov et Dronski.

— C'est tout ? demandai-je.

— C'est beaucoup ! s'exclama Bitov, triomphal. La soirée *d'après*, c'est dimanche.

Était-il devenu fou ? Ou complètement stupide ?

— Et alors ? Il va falloir que vous en veniez au fait.

— Et comment, inspecteur. Il y a ici, à Presnia, un prêtre appelé père Alexandre. Enfin, ce n'est pas un vrai prêtre, à ce qu'on dit. Une espèce de prêtre officieux...

Je le connaissais, naturellement. Je lui avais même remis une médaille dans ce stade de banlieue. Le père Alexandre de Presnia-la-Rouge.

— J'étais tellement excité en relisant ça que je me suis cogné à la lampe, inspecteur. Parce que ceux qui suivent le père Alexandre, on les appelle les fidèles d'Après. C'est leur nom. Donc, quand Vera Modina déclare : « La soirée d'après, c'est le dimanche », elle veut dire « La soirée d'Après. » La soirée des fidèles d'Après, c'est le dimanche !

Bitov parlait sur un ton victorieux. Il continua :

— Lydia Primalova aussi, fréquentait une église. Et sans en avoir parlé à sa sœur. Pourquoi ? Parce que ce n'était pas une église officielle. Une église recommandable. C'était celle du père Alexandre. Je suis prêt à parier mon salaire !

Je remplis les verres d'une généreuse rasade. Deux victimes sur quatre étaient membres des fidèles d'Après...

— Dronski, dis-je. Prenez Bitov avec vous et allez interroger toutes les personnes qui connaissaient les victimes 2 et 3. Recueillez tout ce qui peut laisser croire qu'elles appartenaient à une église – et en particulier à ces fidèles d'Après.

Ils allaient franchir le seuil du bureau quand je les rappelai.

— Encore une minute. Cette église, elle se trouve où ?

— Difficile de le dire avec certitude, répondit Dronski. Elle est localisée dans le vieux complexe de galeries que Brejnev avait fait construire. Mais une entrée donne sur la limite du district, à la gare de Biélorussie. Il y a un panneau pour l'indiquer.

Je me tournai vers Bitov.

— Dites à votre femme que ça mérite une sacrée récompense.

— Je savais que j'allais casser la baraque sur ce dossier !

Sa tête de chien brillait faiblement sous le doux effet de l'alcool.

— Simakov, reprit-il, c'était du temps perdu. Vous le savez, inspecteur. Malgré ce qu'a pu raconter la doctoresse américaine.

Je vis derrière lui Dronski prendre un air crispé. Je fis signe à Bitov de revenir dans la pièce.

— Et qu'a raconté la doctoresse américaine, Bitov? demandai-je.

— Elle cherchait à savoir où en était l'enquête…

— Elle a posé des questions sur Simakov?

— Elle était convaincue…

— Que Simakov a tué les filles, c'est ça?

— C'est ça.

— Alors que nous, on sait qu'il n'a pas pu les tuer.

— Oui, chef.

Il n'avait pas l'air très sûr de lui.

— Et ces questions, c'était quand?

— Le jour où on a arrêté Simakov. Elle est descendue de son bureau pour voir les suspects. On a discuté de Simakov. Elle voulait savoir qui c'était. Ses antécédents, ses habitudes, ses loisirs. S'il pratiquait le bodybuilding…

Le bodybuilding, la musculation… Je leur donnai congé à tous les deux, puis je restai les yeux dans le vague.

Étrange. Vraiment étrange.

29

C'était un petit parc, juste derrière la rue de la Vieille Barricade. Une mince couche de neige recouvrait la pelouse, tandis que l'allée de ciment reparaissait sous les traces de pas. Le vieil homme en fauteuil roulant s'approchait et s'arrêta devant une statue figurant un enfant. Natacha courut à sa rencontre. Elle embrassa le vieil homme sur les joues. Puis elle passa derrière le fauteuil et le poussa vers moi.

Enveloppé d'un épais pardessus, coiffé d'une toque à oreilles, il donnait l'impression d'avoir été autrefois grand et fort. Il devait avoir un peu plus de soixante-dix ans. Il était bien rasé, doté d'une solide mâchoire. Je ne m'étais pas attendu à un aspect aussi redoutable chez celui qui bénéficiait de la générosité de Natacha.

Elle arrêta le fauteuil. L'homme tendit la main.

— Ivan Kandinski. Natacha m'a beaucoup parlé de vous.

— Il n'y a pourtant pas grand-chose à raconter, Ivan Sergeivitch, répondis-je froidement.

Je pense que je m'efforçais déjà de ne pas céder au charme qui émanait de lui, bien qu'il n'eût rien du vieux professeur adorable et distrait. Il me surprit en allant droit au but.

— Vous avez des inquiétudes au sujet des travaux récents dont je me suis chargé pour Natacha, inspecteur Vadim.

— Je voudrais vous demander certaines précisions, oui.

Il ouvrit ses grandes mains comme pour dire : « A votre service. »

— Avez-vous l'équipement qui permet de déterminer si un spécimen appartient au type A ?

— Oui.

— Avez-vous pratiqué ces tests sur les échantillons de Natacha ?

Il tira d'une chemise marron une liasse de notes serrées.

— Anastasia Modina et Nina Golikova. Voici le déroulement des tests.

Je remis les notes à Natacha.

— Je les ai déjà lues, dit-elle. Le professeur m'en avait fourni une copie. Si vous voulez, Constantin, je peux comparer les deux.

J'acquiesçai et repris, m'adressant à Kandinski :

— Vous comprenez le sens de ma question, professeur.

— Parfaitement.

Il ne cherchait pas à éviter mon regard.

— Et je vois bien pourquoi vous avez des doutes.

Il fit une grimace.

— Si j'étais à votre place, je me poserais les mêmes questions. Mais il n'y a pas lieu de douter de ces résultats. Vous avez quatre meurtres, inspecteur. Et plusieurs meurtriers, apparemment.

Natacha fit pivoter le fauteuil et nous avançâmes en direction de la statue.

— Vous connaissez ce parc, inspecteur ?

Je secouai la tête.

— Je suis nouveau à Moscou.

— Il s'appelle *toujours* le parc Pavlik Morozov.

— On aurait dû le rebaptiser ?

— A vous de décider, Constantin.

Il avait glissé facilement vers le prénom. Il ajouta :

— Chacun décide pour ce qui le concerne.

— C'est donc si important ? Le nom d'un petit parc ?

Sa voix se fit emphatique.

— Pavlik Morozov était le fils d'un paysan. Au temps de Staline. C'est lui, la statue. En l'honneur de son geste : il avait dénoncé ses parents qui faisaient des réserves de grains.

Sur un signe, Natacha tourna le fauteuil face à la statue.

— Vous voyez que c'est important, dit-il. On a décidé que la statue devait rester là. Faut-il approuver le geste d'un enfant qui a dénoncé ses parents ?

Le garçon portait l'uniforme des Pionniers, cet uniforme que j'avais moi-même porté, enfant, au temps de l'Union soviétique. J'étais trop jeune pour me rappeler l'histoire de Pavlik Morozov ; pourtant on me l'avait racontée.

— Qu'est-il arrivé aux parents ? demandai-je.

— Déportés dans un camp de travail. C'est la seule trace que l'Histoire ait conservée à leur sujet.

— Et l'enfant ?

257

— Tué par les autres paysans. D'où la statue. Le plus jeune martyr soviétique. Un exemple pour tous. Qu'en pensez-vous, Constantin ? Faut-il changer le nom de ce parc ?

Je regardais toujours la statue.

— Oui. Je crois qu'il faudrait rebaptiser le parc. Mais la statue devrait rester là.

Il haussa les sourcils.

— Comme exemple, précisai-je.

Il approuva de la tête.

— Vous avez remarqué ? dit-il. Le sculpteur lui a fait des yeux morts.

Il sourit. Toute dureté s'effaça de son visage.

— Quand vous aurez une heure à perdre, reprit-il, venez me voir avec Natacha.

Il la regarda.

— Je dois y aller, ma chère enfant.

— Je vous raccompagne, dit-elle. Vous nous avez convaincus.

Je les regardai s'éloigner. J'observai les longues jambes de Natacha. Sa façon de se pencher pour pousser le fauteuil. Quand ils eurent disparu à l'entrée du parc, je restai un moment assis sur un banc sous la statue. Le professeur Kandinski avait bien effectué les tests. J'en étais sûr, maintenant. Et je ne pensais pas que le labo ait pu commettre une erreur avec les autres échantillons. Il y avait donc deux assassins. Au moins. CQFD.

Je m'aperçus que j'avais la bouche ouverte. Le froid me piquait les dents. Il n'avait pas été facile d'admettre l'idée d'un Monstrum. D'un être capable de dépecer des femmes avec sauvagerie. Mais deux... voire trois...

Je me mis debout. Pavlik Morozov me regardait. Je relevai la tête vers ce visage sûr de lui. Les yeux étaient morts, oui. Mais les lèvres semblaient se fendre en un sourire de dérision.

Je marchai une heure durant, puis j'appelai Natacha à son bureau.

— Je vous présente mes excuses, dis-je.

— Pourquoi ?

— Pour tout. D'abord, pour avoir douté de votre professeur.

J'ajoutai aussitôt :

— Y a-t-il une possibilité pour que Lena, au laboratoire, ait commis une erreur sur la dernière fille, Lydia Primalova ?

— Trouver des traces de type A là où il n'y en a pas ? Non.

— Bien sûr que non…

Je commençai à me sentir mal.

— Vous avez relâché votre suspect, Constantin ?

— Vladimir Simakov. Il n'y a pas de raison de le garder. C'est peut-être un fou furieux mais ses alibis me font penser qu'il ne s'agit pas de Monstrum. Ça vous dirait de faire un tour avec moi ?

— Tout de suite ? Cet après-midi ? Alors que vous êtes débordé ?

Je ne laissai pas voir mon abattement.

— Écoutez, je ne suis pas débordé. Je pourrais l'être mais ce n'est pas le cas. J'ai la tête honteusement vide. Ça vous dirait d'aller faire un tour ? J'attends des nouvelles d'un de mes sergents. Il y aurait un lien entre les victimes et un certain prêtre qui officie dans les souterrains de Moscou…

— Le père Alexandre ?

— Vous le connaissez ?

— Tout le monde le connaît. Il n'a jamais été ordonné prêtre, bien entendu. Mais c'est devenu une telle personnalité, un patriote si renommé… Sa Sainteté le Métropolite lui-même n'oserait jamais le condamner. Il a même été décoré pour ses services rendus aux nationalistes par Koba en personne.

— C'est vrai…

— Il y a un lien avec les premières filles ?

— Avec la première. Peut-être aussi avec Lydia.

Elle se taisait ; j'insistai :

— On peut se voir ?

— Loin de tout ça, alors. Le pont de la Trinité, vous trouverez ?

— Je trouverai.

— Le mur du Kremlin. Passez l'arche Kutafaya. Je vous attends là-bas.

Il faisait nuit quand je passai sous l'arche de pierre pour franchir le pont de la Trinité et gagner un quai désert. J'attendis un moment. La neige semblait un rideau tiré derrière la tour de la Trinité. Les flocons flottaient et tourbillonnaient sur le mur du Kremlin. Quand j'étais enfant, à Mourmansk, ma mère m'emmenait voir le mur des Héros. On restait là tous les deux, à écouter la neige tomber. A six ou sept ans, je n'étais pas difficile à impressionner. Mais, aujourd'hui encore, je fermais les yeux et j'écoutais.

Quand je les rouvris, Natacha apparut sur le pont, dans la lumière jaune tombant des globes de verre des réverbères Art nouveau. Elle portait une toque en fourrure et un long pardessus noir, et luttait contre la neige.

Nous nous approchâmes l'un de l'autre sans nous toucher, tels deux escrimeurs attentifs au moindre mouvement de l'adversaire, dans le cercle d'intimité dessiné par la clarté jaune sur la neige. Elle leva les yeux.

— Dites-moi, Constantin. Qu'est-il arrivé, la nuit dernière, après que vous m'avez quittée ? Qu'est-ce qui vous a brusquement convaincu que ça pourrait valoir le coup de parler avec moi ?

En route, j'avais réfléchi à ce que je devais lui apprendre concernant la nuit dernière. Pas question, bien sûr, de lui parler de ma visite à Ingrid Shepherd. Mais je voulais qu'elle sache pour madame Raïssa. Je lui parlai du courage montré par cette femme. Je lui appris aussi que Julia, qu'elle avait accusée avec mépris, ne m'avait pas laissé tomber.

— D'accord. Madame Raïssa ne leur a pas dit où se cache votre Julia, récapitula-t-elle froidement. Et à *vous*, elle l'a dit ?

Je restai silencieux. Appuyé contre le mur, je regardais la tour s'élancer vers le ciel moucheté de neige. Le pont était désert.

— Oui, répondis-je. Elle me l'a dit.

— Donc, vous allez bientôt revoir Julia.

— On ne pourrait pas parler d'autre chose ?

— Nous pouvons parler de tout ce que vous voulez, Constantin.

— Il y a quelque chose dont je voulais vous parler. Au sujet de votre professeur. C'est étrange. Il m'a touché.

Elle ne semblait pas surprise.

— Il a ce talent, dit-elle. Et c'est une chose rare. Quand vous êtes avec lui, à moins d'être complètement refermé sur vous-même, vous savez que vous êtes avec quelqu'un d'important. Quant à expliquer pourquoi, ce serait trop long.

— Je voulais seulement dire qu'il m'a frappé comme un homme digne de confiance. Honnête. Qu'est-ce qui le rend si important à vos yeux ?

Elle rit en me regardant du coin de l'œil.

— Je ne crois pas que vous soyez prêt à comprendre, Constantin.

Ayant essuyé la neige du parapet, elle s'y adossa. Puis elle pointa le ciel en disant :

— Vous connaissez cette tour ?

Elle montrait une des tours qui marquaient l'entrée du Kremlin.

— Non. Qu'est-ce que c'est ?

— On l'appelle la Porte secrète. A mon avis, elle représente toutes les portes secrètes de Russie. Comme un monument en mémoire des millions de Russes qui, depuis cinq cents ans, se font battre et torturer à mort derrière des portes secrètes...

— Tout cela appartient au passé, Natacha.

— Vous osez dire ça ? Alors que votre amie, madame Raïssa, vient de subir la torture ? Où est votre sens de l'histoire, Constantin ? Votre sens de la continuité ?

— Je ne vous comprends pas, répliquai-je vivement. C'est trop facile, ces comparaisons entre le passé et le présent. Aujourd'hui, l'enjeu, c'est l'âme de la Russie. Le temps des jérémiades est révolu.

Elle s'éloigna. Quand elle fut à une dizaine de pas, elle lança :

— Ça justifie ce qu'ils ont fait à madame Raïssa, peut-être ?

— Bien sûr que non. Mais les gens comme Roy Rolkin finiront par être traînés en justice.

— Vous le croyez vraiment ?

— Oui, ça finit toujours comme ça.

— Dans un autre monde, peut-être. Mais pas chez nous.

Son regard me mettait au défi de répondre.

— Pas dans le monde de Leonid Koba, vous voulez dire ?

Elle hocha la tête, imperceptiblement.

— C'est aussi ce que pense votre professeur Kandinski ?

Même acquiescement silencieux.

— Vous êtes opposée au gouvernement ? Quand bien même le président Romanov est à sa tête ?

— Romanov est tombé dans un piège. Un piège de velours mais un piège. C'est Koba qui est aux commandes.

J'aspirai une grande bouffée d'air – un air glacé, chargé de neige.

— C'est une sorte... d'organisation, c'est ça ?

Mais je m'arrêtai aussitôt. Avais-je vraiment besoin de connaître la réponse à cette question ?

— Ne répondez pas ! criai-je.

— Vous vous rappelez l'alliance des nationalistes et des démocrates ?

Elle parlait lentement, comme si la discussion avait lieu dans son salon.

— Un mariage de raison, dit-elle.

— Tous les autres partis risquaient d'être submergés par le Front populaire anarcho-marxiste.

— Certains démocrates refusaient de s'allier à Leonid Koba.

— Le professeur Kandinski, par exemple ?

— Il a rompu avec son vieil ami Romanov à cause de ça, oui.

— Et vous êtes en train de m'expliquer qu'il a eu raison.

— Romanov est un homme honnête mais orgueilleux. Facile à manipuler, pour un individu comme Leonid Koba. Koba l'a pris au piège en lui donnant le grand bureau du Kremlin. L'illusion de gouverner. Les Américains sont contents. Ils se souviennent que notre président a écrit des poèmes émouvants. Un poète ne risque pas de mettre sur pied une police d'État, n'est-ce pas ?

— Une police d'État ?

La neige nous fouettait le visage et s'éparpillait autour de nous.

— Rejoignez-nous, Constantin. Rejoignez ceux qui essaient de convaincre le président Romanov de changer de bord.

Elle s'approcha, m'entoura la taille avec ses bras et plongea son regard dans le mien.

— Vous êtes un type bien, Constantin. Je le sais. Mais votre Leonid Koba, c'est un nouveau Staline. Avec lui, la Russie retournera aux années noires...

— Non !

Une vague de panique s'emparait de moi. Je repoussai Natacha.

— Il faut agir, Constantin. Pendant que le monde a les yeux tournés vers nous.

— Agir ?

— Soutenir le président Romanov comme le vrai chef de la Russie.

— Mais comment ?

Je la regardais à travers un transparent rideau de neige.

— Par des manifestations ? Avec des banderoles ? Vous voulez agiter des drapeaux en faveur du président Romanov ?

— J'ai dit *agir*, répéta-t-elle d'un ton glacé. Ce qu'il faut, c'est faire tomber ce gouvernement. Bientôt, le reste du monde le reconnaîtra officiellement et ce sera trop tard. Koba aura mis sur pied sa police d'État...

— Natacha... calmez-vous...

— Madame Raïssa n'est pas un cas isolé.

Elle me fixait toujours.

— Mais on sort à peine d'une guerre civile, bon Dieu ! Les choses vont forcément s'arranger.

— C'est ce qu'ont toujours dit les Russes, répliqua-t-elle, amère. Depuis des temps immémoriaux.

Je restai immobile, face à elle, le visage giflé par la neige. Elle secoua la tête.

— Vous jouez les innocents, dit-elle. C'est une façon de choisir. De rester du mauvais côté. Rejoignez-nous, Constantin. Ou vous le regretterez toute votre vie.

30

Je garai ma voiture et regagnai le 13e district par le Bullfrog. Je gardais l'espoir d'apercevoir Valentina parmi les groupes de putains qui se bousculaient au coin des rues. Et c'est ainsi que je me retrouvai là, tel un provincial, stupéfait de la façon qu'avaient les filles d'exhiber leurs charmes et de se jeter sur les hommes seuls. Elles étaient si nombreuses qu'elles en devenaient effrayantes, dépourvues de sensualité, avec leurs talons qui claquaient sur les pavés et leurs grands manteaux garnis de fourrure, de cuir et de clous, qu'elles ouvraient brusquement, dévoilant leur corps nu pour le cacher aussitôt. On n'était pas dans un peep-show, ici : l'air nocturne avoisinait le zéro.

Il est vrai qu'il y avait aussi des femmes d'apparence normale. Des filles qui ressemblaient à des filles. Mais le plus fort pourcentage se composait de créatures grotesques, hommes et femmes portant des masques de clown aux lèvres mouvantes, exhibant un crâne rasé, des joues couvertes de cicatrices ou de points de suture. Dans l'ombre, un ivrogne chaloupa d'une porte cochère à l'autre avant de se jeter en criant sur un groupe de filles qui s'enfuirent dans tous les sens.

D'autres exhibitions se déroulaient au-dessus de l'entrée des bars à vodka : des filles à demi nues assises sous une lumière verte dans une vitrine au cadre peint en rose. Elles lisaient, regardaient la télévision ou bavardaient en riant. Certaines jouaient des saynètes minables, d'un érotisme suranné. Elles se penchaient et soulevaient leurs jupes pour montrer leurs cuisses et leurs fesses. Autant de scènes inimaginables dans les rues de Mourmansk.

Bitov et Yakounine, qui avaient déjà visité toutes ces maisons plusieurs fois, disaient que ce n'étaient jamais les mêmes filles. Il était possible que Valentina vienne racoler le client par ici, mais j'en doutais. Valentina avait échappé à une agression. Elle savait que le moment était venu pour elle d'aller se mettre au vert quelque temps, n'importe où loin de Moscou. En tout cas, c'est ce que j'imaginais. Autrement dit, le fil ténu qui nous reliait à une personne ayant réellement vu Monstrum était coupé. Mais à quoi servait ce fil, s'il y avait plusieurs meurtriers ? Je secouai la tête. Cette idée m'énervait. Je n'y croyais pas. Et pourtant *je croyais* le professeur de Natacha. Si je le croyais, lui, alors je devais croire aussi en l'existence de plusieurs Monstrum.

Je traversai un groupe de filles en leur montrant mon badge. Mais une main s'élança pour me le prendre, tandis qu'une autre, aux ongles peints, fourrageait déjà du côté de ma braguette. Je me débattis pour m'arracher à leurs rires, regagnai le Bullfrog et pris la direction du district. J'empruntai une rue dont un côté était en ruine et l'autre, occupé par un long immeuble bas qui avait accueilli autrefois des boutiques et des bureaux. Les obus avaient détruit les façades des magasins à présent emplis de décombres. Certaines pièces, à l'étage, avaient encore des fenêtres. On y voyait parfois briller une lumière. Beaucoup d'hommes qui traînaient par là levaient les yeux vers ces fenêtres. L'activité du Bullfrog devait s'étendre en fait jusque dans les rues adjacentes.

J'en avais assez vu sur le Bullfrog et je ne regardai pas les fenêtres, même s'il était évident que des filles travaillaient là aussi. J'avais l'esprit occupé par Monstrum. Quelle satisfaction y avait-il à arracher à une fille ses organes internes ?

Plus loin, une demi-douzaine d'hommes se rassemblaient sur le trottoir, tournés vers une vitrine où se préparait une saynète. Une séance de fouet dans une prison du XVIIIe siècle. Un racoleur passait d'un spectateur à l'autre et réclamait un rouble à chacun. Je m'arrêtai, attiré sans doute par la réaction de la victime masquée. Elle n'était pas encore attachée au chevalet. Vêtue d'une couverture, elle fumait une cigarette en compagnie de son bourreau, pendant que le racoleur décrivait les délices auxquelles nous allions assister. Le bourreau était une femme aux cheveux noirs, chaussée de bottes de cheval, coiffée d'un tricorne. Je m'étais arrêté quelques pas derrière les spectateurs. Quand le racoleur vint à moi, je lui montrai mon badge.

C'est alors que la fille masquée me vit, et qu'il se passa quelque chose. Elle avait légèrement tressailli, comme lorsque l'on reconnaît quelqu'un... et aussitôt elle haussa les épaules, se souvenant qu'elle était masquée. Écartant ses cheveux blonds, elle se détourna et se serra dans sa couverture tout en continuant de bavarder avec son amie.

Je pris l'escalier de ciment qui menait à cette pièce. Mais, le temps d'arriver à la porte, j'entendis déjà les sifflements du fouet et les coups. Je tournai le bouton de la porte, entrai, et attendis la fin du spectacle. Pour les types qui se pressaient en bas dans le froid, la victime masquée devait avoir l'air de souffrir affreusement. Mais, de là où j'étais, on voyait que le fouet n'entrait jamais en contact avec la peau. Le sang qui s'écoulait des « blessures » était en fait un mélange d'eau et de ketchup tombant d'un petit récipient suspendu au-dessus de la victime, invisible du public.

Quand ce numéro grotesque fut terminé, on tira le rideau. Valentina ôta son masque et me regarda en faisant la moue.

— J'ai fait tout mon possible pour vous aider, dit-elle. Maria est partie. Elle a quitté cette zone. Elle travaille ailleurs. Essayez de comprendre, inspecteur.

— Vous croyez vraiment à cette histoire ?

— Allez, venez. Buvez quelque chose.

Elle me servit un verre et s'assit, nue jusqu'à la taille. Sa camarade essuyait le ketchup qui lui souillait le dos.

— Je passerais une semaine à écumer les gares avec vous, si je pensais que ça pourrait servir à quelque chose. Mais c'est inutile. A mon avis, voilà ce qui est arrivé. Maria est rentrée chez elle, elle a bu un demi-litre de vodka, et elle a tout raconté à quelqu'un. Alors, elle a compris.

— Elle a compris qu'elle avait vu Monstrum, vous voulez dire ?

— J'en suis sûre. Si elle avait su que c'était lui, ça ne se serait pas passé comme ça. Elle n'aurait jamais gueulé après lui...

— Ça semble plausible.

— Et maintenant, elle se planque. Elle doit s'occuper de sa fille. Elle n'a pas envie d'être mêlée à tout ça.

— Je ne le lui reproche pas.

— Vous n'êtes pas un vrai inspecteur, c'est ça ?

Ses seins nus tremblaient pendant que son amie lui frottait le dos.

— Je suis un vrai inspecteur. Aussi vrai qu'on peut l'être.

Elle rit.

— Je finis la soirée et je m'en vais pour quelque temps chez ma sœur. Je serai de retour dans dix jours. Je reprendrai le boulot. Alors, on se reverra.

Je vidai mon verre.

— Faites attention à vous, dis-je. Appelez le district dès votre retour.

Quand j'arrivai dans la rue, elles avaient déjà rouvert le rideau. Le bourreau faisait les cent pas derrière la fenêtre en faisant claquer son fouet. Le racoleur avait déjà réussi à rassembler huit ou neuf spectateurs.

Assis dans mon fauteuil pivotant, je bondissais à chaque sonnerie du téléphone, à la fois impatient et anxieux d'entendre la voix de Julia. La plupart du temps, c'était un faux numéro. Ou bien il n'y avait personne. L'installation qui permettait de passer les communications était défectueuse. Et si, par hasard, il avait quelqu'un au bout du fil, c'était une fille qui voulait offrir ses services aux officiers du district. Alors, pour passer le temps, je l'interrogeais sur ses qualifications. Je m'amusais des efforts qu'elle fournissait pour se décrire elle-même. Sonia Toukinine était petite, dodue et jolie. Avec des seins qui rendaient toutes ses copines jalouses…

Quand le téléphone sonna de nouveau, c'était Ingrid Shepherd. Elle ne fit aucune allusion à notre nuit.

— Constantin, est-ce que mon profil psychologique correspond? Tu as interrogé Simakov sérieusement?

— Ce n'est pas notre homme, dis-je doucement. Mais penses-tu que tu pourrais le réécrire, ton profil? Avec pour modèle un prêtre, cette fois…

Elle réagit avec colère :

— Je n'apprécie pas ta désinvolture, Constantin !

— C'est notre principal suspect, maintenant. Le prêtre.

L'exaspération la fit soupirer. J'aurais eu mauvaise grâce à le lui reprocher.

— Constantin, veux-tu avoir la gentillesse de me dire de quoi tu parles?

Je fis tourner mon fauteuil. Dehors, au-dessus du chemin de fer, une lampe unique clignota bravement, puis s'éteignit.

— On a un nom, répondis-je. Le nom d'une espèce de prêtre. Je regrette pour Simakov, mais le prêtre est vraiment mieux.

— Qu'est-ce que tu dis?

Sa voix se brisait comme de la glace.

— Le père Alexandre. C'est son nom. Il pourrait représenter un lien entre toutes les filles.

— Tu l'as interrogé?

— Pas encore.

— Pourquoi dis-tu que c'est lui?

— Je ne dis pas que c'est lui. Je réfléchis. Il était lié à trois des victimes. Peut-être aux quatre.

— Quel est le mobile ?

— Si c'est notre homme, le mobile pourrait être le sacrifice humain. Si ça se trouve, il correspond même à ton profil.

— Tu me parles sur un ton insultant, je trouve. Et pas très professionnel. Ce sont des hypothèses, rien de plus.

— C'est vrai pour l'essentiel, admis-je. Mais je le verrai bientôt. Tout ce que je sais de lui, c'est que c'est un troglodyte…

— Pour l'amour du Ciel, Constantin ! Sois sérieux. Viens tout de suite chez moi.

— J'allais partir pour la gare de Biélorussie. Voir le père Alexandre.

Il y eut un silence sur la ligne. Ingrid reprit d'une voix plus douce :

— Cette nuit, c'était bien. Très bien. Tu as du talent. J'apprécie.

Elle marqua une pause.

— Viens après. Une fois que tu auras interrogé le père Alexandre.

Aurais-je dû éprouver un tressaillement ? Ce ne fut pas le cas. Je ne ressentis rien du tout. Pas le moindre enthousiasme. Je veux dire, à l'idée d'aller là-bas…

— Constantin… Tu as entendu ce que j'ai dit ?

La voix montait dans les aigus.

— Je t'ai invité à venir me voir ce soir…

— Il sera tard, quand j'en aurai fini avec ce prêtre. Ce faux prêtre, en fait, mais peu importe…

— Il sera tard mais ça m'est égal, dit-elle. Tu viendras ?

— Ça dépend de la tournure que prendront les choses.

— Alors c'est non ?

On sentait à sa voix qu'elle avait peine à le croire.

— C'est ça ? Tu ne veux pas venir ?

— Je n'aimerais mieux pas, ce soir.

Je l'entendis reprendre son souffle. Elle reprit froidement :

— Tu ne serais pas en train de me mentir, Constantin ? Il y a une autre femme, c'est ça ? Alors, laisse-moi être franche avec toi. Je n'ai aucune intention d'attendre mon tour…

— Il n'y a personne d'autre, la coupai-je, irrité.

— C'est la Karlova ?

— Natacha est une collègue. Une amie.

— Je pourrais t'en apprendre pas mal sur son compte, tu sais. Elle n'est pas du tout ce qu'elle a l'air d'être…

Je l'interrompis encore :

— Ingrid, il sera plus de minuit quand j'en aurai fini. Et de toute façon, après notre dernière nuit...

J'essayai de m'éclaircir la voix mais elle enchaîna d'un ton sévère :

— Après notre dernière nuit, je me sens trahie. Et je n'aime pas ça. Aucune femme n'aime ça.

Elle me raccrocha au nez.

Je me rendis en voiture avec Dronski à la gare de Biélorussie, une grande construction du XIXᵉ siècle à armature d'acier. Quelque part au-delà, se trouvaient les ruines d'une gare de triage. Nous abandonnâmes la voiture sur un parking gardé d'où l'on voyait des lampes tempête vertes et rouges s'agiter dans le noir. Des cris, des coups de sifflet et même les soupirs des locomotives à vapeur résonnaient dans la nuit.

Je m'éloignai le premier, laissant Dronski verrouiller la voiture. Je pris lentement le grand escalier de pierre. L'entrée était occupée par des mendiants assis, couchés, debout, qui fumaient, crachaient, discutaient sous l'auvent. Un fleuve incessant de voyageurs pénétrait dans la gare. Peu d'entre eux portaient des bagages. Dronski me rejoignit au sommet des marches. Le hall où se trouvaient les guichets était surpeuplé. Dans les faibles interstices entre les êtres humains, on distinguait sur le sol un motif de carrelage et au mur, des statues datant du temps des tsars.

— Respirez un grand coup, dit Dronski en poussant la porte vitrée.

Une odeur lourde et fétide s'empara de nous. Je grognai. Il fallait lutter contre la nausée. C'était une odeur pauvre. Une odeur de respiration. Ou peut-être de mort. Je regardai Dronski, dont le visage brillait d'une clarté bizarre, bleue et rose, due au néon qui éclairait la porte du buffet – du moins l'espérais-je.

Malgré les lampes faiblardes aux murs et aux plafonds, le hall semblait plongé dans un brouillard sinistre, comme si la foule compacte et sombre, vaguement humaine, absorbait la moindre lumière. Je fus stupéfait d'apercevoir trois ou quatre fourneaux à bois dressés sur le carrelage au milieu des guichets.

— L'enfer de Biélorussie, dit Dronski à côté de moi. C'est dégueulasse, c'est dangereux, mais il fait chaud.

Les gens commençaient à se différencier. Les hommes des femmes, les femmes des enfants, les voyageurs des désœuvrés. On aurait dit que la plupart de ces êtres avaient établi ici leur campement.

— Ils viennent là quand ils ne trouvent plus rien à voler, commenta Dronski.

— De quoi vivent-ils ?

— Ils se volent les uns les autres. Ils font un peu la manche… Évidemment, ça marche mieux si vous avez une jeune fille dans votre famille…

— Combien d'hommes faut-il pour assurer la sécurité d'un endroit pareil ?

Il sourit.

— Ils se chargent plus ou moins de leur propre sécurité, chef. Ceux qui s'en occupent, ce sont les jeunes. Vous leur payez un droit. En échange, ils vous attribuent un emplacement et ils vous protègent.

— Et nous ? demandai-je en regardant alentour. Les flics en civil ? Ils les perçoivent comment ?

— Ils ne nous aiment pas beaucoup, reconnut Dronski. Mais ils essaient de nous foutre la paix.

— Ils essaient… Et ça marche ?

— C'est comme ça, chef. C'est la seule règle.

Il ne m'est pas facile de vous raconter ce qui s'est passé durant les deux heures qui ont suivi. Même à Mourmansk, pendant la guerre civile, je n'avais rien vu de tel. Là-haut, dans nos bleds gelés du Grand Nord, nous menions une vie somme toute normale. Nous n'étions jamais envahis par des soldats blessés, des ivrognes, des mendiants, des gosses de treize ans vendant leur corps. Sur les pas de Dronski, mon Virgile laconique, je traversai une foule d'épaves. On leur parlait, on les interrogeait. Et on rencontrait une telle pauvreté, une telle misère, que j'en avais le cœur soulevé. Vladimira fut un spectre parmi tant d'autres.

C'était une vieille femme – pas si vieille en fait, dans les cinquante ans. Mais sa figure brune striée de crasse lui en donnait vingt de plus. Elle n'avait qu'une jambe ; l'autre était un moignon qui suintait à travers un pansement de journaux poisseux. Elle se tenait contre le mur du fond, dans un antique fauteuil roulant, sous une lampe si faible qu'elle y voyait à peine pour lire. Et elle lisait pourtant. Un livre ouvert sur ses genoux. *Les Souffrances du jeune Werther*.

C'était la fille d'un amiral, née à Odessa au temps où l'Union soviétique – c'était en tout cas le point de vue des Soviets – se préparait à hériter de la terre entière. Elle avait grandi dans une maison sur les quais de la Moskova, menant une vie protégée et privilégiée, comme au temps des tsars. Elle avait perdu sa jambe à cause d'un obus tombé ce jour de 1990 où Eltsine avait fait bombarder le Parlement. Depuis, elle n'avait cessé de dégringoler la pente.

Son seul privilège, à présent, c'était ce fauteuil cassé et cette place sous une lampe, à l'écart des gosses qui pillaient la gare. Le fauteuil lui avait été acheté par sa fille, Claudia, une forte femme adossée derrière elle contre le mur. Claudia travaillait dans les sleepings des officiers et faisait fréquemment le voyage de Minsk aller-retour. Elle avait réussi à épargner un peu et à aider sa mère.

— On cherche une fille plus grande que la moyenne, dis-je. Pas loin d'1,80 mètre. Épaules larges. Cheveux noirs coupés court. Certains l'appellent Maria...

Cette Claudia prenait soin de sa toilette, de façon à passer clairement pour ce qu'elle était : une poule élégante. Mais on lui voyait un bleu sur la joue, que le maquillage n'arrivait pas à recouvrir. Et, durant les deux minutes que dura l'entretien, elle bâilla au moins deux fois, en mettant poliment la main devant sa bouche.

— Elle travaille ici ? A la gare de Biélorussie ?

— Aux gares de Finlande et de Yaraslavl aussi, répondit Dronski. Dans la plupart des grandes gares, en fait.

— Elle est connue également à Presnia, ajoutai-je.

— Presnia-la-Rouge, dit Claudia en frissonnant. Ce n'est pas moi qui irais bosser sur le Bullfrog, en ce moment. Avec l'autre qui rôde...

— Monstrum, intervint la mère. C'est après lui que vous êtes. Mais ce n'est plus comme avant, hein, inspecteur ? De mon temps, la loi c'était la loi.

La fille baissa les yeux vers sa mère et dit en se penchant pour lui prendre la main :

— Ne t'en fais pas, maman. Je n'irai pas à Presnia.

— Chez ces officiers, il y en a qui ne valent pas beaucoup mieux que lui, reprit la mère.

Elle lâcha la main de Claudia et chercha une meilleure position dans son fauteuil.

— De mon temps, les officiers soviétiques étaient des gentlemen ! Regardez le bleu qu'elle a sur la figure. C'est un colonel qui lui a fait ça !

— Ce n'est pas vrai, dit Claudia. Je suis rentrée dans un réverbère.

Elle souriait à demi. S'adressant à moi, elle reprit :

— Votre Maria, c'est quoi, ses clients ? Hommes d'affaires étrangers ? Officiers...

— Ça m'étonnerait, répondis-je. Elle ne fait pas les trains. Les gares mais pas les trains…

— Elle fait le trottoir, quoi…

— C'est ça, dit Dronski.

— Alors, je ne la connais pas.

Elle bâilla encore, puis ajouta avec un sourire :

— Excusez-moi. Ça fait trois jours que je vais à Minsk. Et ils n'aiment pas nous regarder dormir. Rien d'étonnant. Je ne vois pas qui c'est, cette Maria. Presque toutes les filles changent de nom chaque semaine. Qu'elles fassent les officiers ou les deuxième classe. C'est à cause des maquereaux. Pour brouiller les pistes. Les maquereaux sont tout le temps après nous.

Je m'adressai à Dronski :

— En fait, on cherche une grande fille qui vient *de temps en temps* faire le trottoir à la gare de Biélorussie. C'est sans espoir.

Claudia se tourna brusquement en criant :

— Lemon ! Viens voir… Viens ici… Ici, ici…

Elle essayait d'attirer un garçon aveugle de douze ou treize ans. Quand il fut près de nous, elle lui toucha l'épaule.

— C'est mon pote, dit-elle. Lemon l'Aveugle. Il est au courant de tout, ici. S'il peut vous aider, il le fera.

— Salut, Lemon, dis-je. Je cherche une fille. Une femme, disons. Elle s'appelle peut-être Maria. Et tout ce que je sais d'elle, c'est qu'elle est très grande. Plus grande que moi, si tu peux juger d'après la voix.

— Elle fait le trottoir, ajouta Claudia.

Il se tenait près d'elle. Il ne lui arrivait même pas à l'épaule. Il la prit par la taille le plus naturellement du monde, et commença à la caresser. Quand il lui toucha le sexe, elle le repoussa gentiment. Puis elle lui donna une tape sur la tête en disant :

— On verra si tu es un gentil garçon. Si tu nous aides.

— Il faudra que je demande à Sexboy. Ou à Doc Martens. Peut-être qu'ils sauront.

— C'est ça, reprit-elle. Demande-leur. Et reviens voir Vladimira. Après on verra.

Elle lui donna encore une tape amicale.

— Sexboy ? dis-je. Doc Martens ?

— Des gosses qui n'ont jamais su comment ils s'appelaient, expliqua la mère de Claudia en se tortillant sur sa chaise roulante. C'est eux qui se sont choisi un nom. Celui-là, là-bas, c'est Mick Jagger. Et celui qui est avec lui, c'est Burger King. En plus, ils en changent sans arrêt. Comme les putains.

Elle sourit en haussant les sourcils.

— Une société où tout change tout le temps, pas vrai, inspecteur?

— Si ce gosse revient avec quelque chose, lui dis-je...

— Je ferai suivre le message, promit-elle.

— Je dois y aller, dit Claudia en consultant sa montre. L'express pour Minsk part à 10 h 15.

Elle se pencha pour embrasser sa mère et lui murmurer quelque chose. Je peinais à réunir ensemble ces éléments disparates de la Russie moderne: la vieille au visage crasseux, avec son moignon qui suppurait dans le pansement de journaux, et les chaussures en cuir de sa fille, la jupe rouge et serrée sur les jambes gainées de nylon.

Nous avons regagné le hall et la foule. Il y avait des enfants partout. Des gosses de tous âges. Les plus jeunes se pourchassaient en criant. Les grands – onze, douze, treize ans – tiraient sur leurs cigarettes, adossés au mur, l'air maussade, guettant une occasion. Même dans un endroit pareil, on sentait l'influence de la mode sur les jeunes. Le cuir noir dominait, et le plastique. Plus la faucille et le marteau qui rappelaient l'Union soviétique. Les garçons comme les filles se faisaient raser la tête. Une minorité seulement portait les cheveux longs et raides, non coiffés. La chaussure à la mode avait l'air d'être la botte de l'armée russe sans lacets, trop grande de plusieurs pointures.

— Ils sont aussi dangereux qu'ils en ont l'air, dit Dronski. Dès onze ou douze ans, ils ont quelque chose sur eux. Ça va du simple couteau au revolver réglementaire de la police, le 7.59. On a intérêt à faire vite, ou c'est eux qui feront la loi dans la Russie de demain. D'ailleurs qui s'en préoccupe?

Je le regardai. Depuis que je le connaissais, ses remarques avaient toujours été empreintes d'une prudente neutralité, soigneusement expurgées du moindre commentaire dangereux sur le monde où nous vivions. Que lui arrivait-il?

— Et vous, Dronski? Vous vous en préoccupez?

— J'ai deux fils à la maison, dit-il. Si je ne m'en faisais pas pour eux, je ne m'en ferais pas pour tout ça...

— Mais vous vous en faites pour eux.

Il hocha la tête et serra les lèvres.

— Et vous, chef?

Je lui lançai un regard dur.

— Natacha dit que vous êtes un type bien. Vous avez l'esprit ouvert.

— Vous discutez beaucoup avec Natacha Karlova ?

— Un peu.

C'était un autre Dronski, subitement. Je repris :

— Quelque chose me dit qu'un de ces jours, on devrait aller boire un verre, tous les deux.

Il eut un mouvement des sourcils à la Groucho Marx.

— Ça me plairait bien, chef.

Nous finissions de traverser le hall. La fumée échappée des fourneaux s'accumulait au-dessus de nous en un brouillard épais à travers lequel les lampes du plafond perçaient à peine. Dronski me montrait quelque chose. Une arche du bâtiment datant de 1860. Une banderole s'y déployait, où se lisait en noir sur fond blanc : « Bienvenue à tous dans l'église des Catacombes ! » Comme nous poursuivions notre route à travers la foule, je vis sous cette arche une double porte d'acier fermée par des verrous de dix centimètres d'épaisseur. Elle devait remonter à un siècle en arrière, quand on avait installé les abris antinucléaires. Ce qu'on voyait là, c'était l'une des sorties de secours.

Nous nous en approchions quand cinq ou six garçons surgirent de quelque part sur notre droite et formèrent un barrage pour nous empêcher d'aller plus loin. Ils avaient douze ou treize ans, l'air dur, la tête rasée. Ils étaient vêtus d'une façon bizarre, disparate : blousons en cuir, casquettes bariolées et bonnets de laine. Leur chef portait une casquette à visière de l'armée allemande, dont il avait rabattu les couvre-oreilles.

— Vous allez où, comme ça ?

Dronski fit un mouvement vers lui mais je le retins par le coude.

— Et toi ? demandai-je. Tu es qui ?

Le gosse passa rapidement derrière moi, puis revint m'observer de très près. Un des autres prit la parole :

— Il s'appelle Sexboy. C'est le vigile du père Alexandre.

— Sexboy ? dis-je. Vraiment ?

Il fit oui de la tête, puis ajouta :

— Il faut payer.

— Ce n'est pas écrit « Bienvenue » ? demandai-je en montrant la banderole.

— Si, mais pas pour les flics.

— Je viens voir le père Alexandre, dis-je. Et c'est écrit : « Bienvenue *à tous.* »

Un groupe de filles du même âge, au crâne rasé, s'alignèrent le long du mur pour voir la suite des événements. Sexboy leur jeta un coup d'œil puis reprit :

— L'un de vous deux peut entrer. Un seul.

Les filles rirent bêtement. Je sentais Dronski prêt à réagir.

— Ilia, dis-je. Si vous alliez vous coucher de bonne heure pour une fois ? J'irai seul voir le père.

Dronski me considéra d'un air hésitant, puis regarda la foule. Revenant à moi, il répondit :

— Comme vous voudrez, chef. Ma femme va se demander pourquoi je rentre si tôt mais d'accord.

— Faites-lui mes amitiés.

— Fais-lui aussi les miennes, intervint Sexboy.

Les filles éclatèrent de rire. Je me demandai si Dronski n'allait pas le frapper mais non, il laissa tomber ; il se contenta de marmonner :

— Bonne nuit, chef.

— Par ici, chef, enchaîna Sexboy en m'indiquant l'entrée. Invité payant, c'est bien ça ?

Il avait adopté une posture arrogante. Je fis oui de la tête.

Un escalier en béton s'enfonçait dans la terre. Trois ou quatre garçons me suivirent à quelque distance. J'avais Sexboy à mes côtés. Je lui demandai d'où il venait.

— Je n'en sais rien.

La conversation n'alla pas plus loin. Les murs nus de la galerie étaient éclairés tous les quarante mètres par des lampes bleues grillagées. De temps en temps, la ventilation soufflait une bouffée d'air chaud. Au bout d'une centaine de mètres, une voix s'éleva dans mon escorte.

— C'est dix roubles, dit Sexboy en montrant un tunnel sur ma droite.

Je payai. Il s'en alla. Les autres gosses ricanaient. Je tendis l'oreille un moment au bruit de leurs bottes militaires ; puis ce bruit s'éloigna, comme absorbé par un monde parallèle. Je m'avançai vers le tunnel.

Vers les tunnels, en fait. Car il y en avait plusieurs qui partaient de la galerie principale pour s'enfoncer dans la terre. Ils paraissaient sans fin. Avez-vous observé que seul le béton offre l'impression d'être à la fois humide et poussiéreux ? Je marchai une dizaine de minutes peut-être dans ce terrier de lapin en ciment. L'écho répétait le bruit de mes pas de façon surnaturelle, comme si j'étais suivi par moi-même.

J'aurais pu me perdre. Facilement. Cette idée commençait d'ailleurs à se frayer un chemin dans ma tête. J'avais parcouru la distance d'un tunnel, puis d'un autre identique ; je voulais maintenant revenir sur mes pas mais il m'était impossible de savoir quelle était la galerie principale. Au-dessus de ma tête, les ampoules bleues dans leurs cages se rejoignaient pour former une longue ligne droite. Toutes les vingt secondes, un souffle d'air passait près de moi. Était-ce le domaine de Monstrum ? Était-ce là que vivait la bête ? Était-ce le long de ces galeries qu'il errait, courbé sur son butin sanglant ?

Au fond, j'étais un lâche, je le savais bien. Tout honnête homme sait qu'il est un lâche. Non que je fusse incapable de montrer du courage quand c'était nécessaire – mais la lâcheté était ma position de repli, pour ainsi dire. Et le courage, lui, n'est pas toujours au rendez-vous.

Comme c'était justement le cas.

Mais arrêtons-nous un instant. Mon univers était en train de se modifier. J'observai que plusieurs lampes étaient mortes. Une explosion s'était produite ici. Les murs étaient noircis. Du plafond pendaient des supports de lampes cassés et des câbles. J'avais les nerfs à vif. Le tunnel fit un coude, puis une fourche. A droite ou à gauche ? Là où plusieurs lampes étaient mortes se succédaient de grandes zones obscures. Je me dépêchai de les franchir. De l'épaule, je frôlais le mur. Et je bondis comme une gazelle lorsque mon pied heurta quelque chose.

Un homme était couché à terre, les vêtements en lambeaux. Non, ce n'était pas un homme. C'était un squelette. Un tas d'ossements…

Mon cœur mit du temps à se calmer. Je m'obligeai à regarder. On distinguait encore l'uniforme. Il y avait eu des combats, dans ces galeries. L'attaque de Moscou par les nationalistes. Ensuite, les insectes et autres vermines s'y étaient mis.

Nouveau carrefour. Un espace couvert d'une coupole d'où partaient six ou huit boyaux. Mes craintes devinrent plus raisonnables. Je m'étais fait des idées en imaginant que des gens vivaient là puisqu'il y avait des lampes et une ventilation. Et que j'allais finir par rencontrer des fidèles d'Après, le mouvement du père Alexandre. Bien entendu, ces lampes ne signifiaient rien du tout. Ce souterrain était éclairé et ventilé depuis Brejnev.

Je m'assis sur le muret circulaire qui formait un rond-point au centre du carrefour. Je mis les coudes sur mes genoux et la tête dans mes mains. Je comptai les soupirs de la ventilation. Depuis Brejnev. Et j'écoutai. Les acouphènes bourdonnaient dans mes oreilles. Le bruit était là de nouveau – plus fort. De la musique.

Je me levai et me mis à courir. Puis je m'arrêtai, de crainte qu'elle ne s'en aille. Alors je l'entendis à nouveau. De la musique, oui. Mais de la musique d'église.

C'était une église somptueuse, si elle avait jamais été considérée comme une église. Plus vraisemblablement, cette immense caverne avait dû accueillir les meetings du Parti communiste. La salle en fer à cheval était équipée de bancs couverts de cuir rouge. L'autel où scintillaient des bougies accueillait des sculptures en bois et des tapisseries brodées d'or.

Tout autour étaient agenouillés une cinquantaine de fidèles, peut-être, parmi lesquels se déplaçaient deux prêtres.

Je ne saurais dire si c'était la musique, les chaudes lumières des milliers de cierges ou le soulagement d'être enfin sorti du labyrinthe, mais je me sentis profondément troublé. Je restai quelques minutes dans l'ombre, puis m'aperçus qu'une femme s'était approchée de moi – une femme forte, plus vraiment jeune, vêtue d'un long caftan gris, éclaboussé de taches d'eau, qui accentuait ses formes proéminentes.

— Viens, dit-elle en me prenant le bras. Bienvenue à tous dans la maison de Dieu.

Je me détachai d'elle et me hâtai de répondre :

— Je ne suis pas venu rejoindre l'Église, ma mère. Je suis là pour une affaire importante. Je dois rencontrer tout de suite le père Alexandre.

Elle secoua la tête et dit gravement :

— Ce soir, c'est la cérémonie mensuelle du baptême. Ton affaire devra passer après celle de Dieu. Mais tu peux regarder. Tu es le bienvenu. Tu es même invité à les rejoindre dans le bassin.

Devant mon refus, elle reprit :

— Engage-toi, mon frère. Tu ne le regretteras jamais.

Le père Alexandre se trouvait dans le bain, entouré de femmes et de jeunes filles – ils étaient plus de cinquante, en fait.

C'était une salle haute, décorée comme au temps des tsars avec de riches peintures murales rouge et or. Des chandeliers brillaient au-dessus du bassin et de la vapeur flottait au-dessus de l'eau verte. Tout autour, des cabines et des arcades accueillaient des groupes de filles nues ;

d'autres, sur des bancs de bois, plaisantaient avec celles qui nageaient. Il y en avait aussi qui formaient des couples, des jeunes pour la plupart, même si certaines avaient trente ou cinquante ans : elles se tenaient par la main, comme elles l'auraient fait dans un parc en été.

Je me présentai au père Alexandre qui venait de rejoindre les degrés du bassin et se tenait à présent dans l'eau peu profonde, tel un Neptune russe, la barbe ruisselante et les génitoires à l'air, ainsi qu'il convient assez mal à un prêtre en train d'administrer le baptême – si c'était bien d'un baptême qu'il s'agissait. Il gronda :

— Viens. Rejoins-nous. Le baptême, ça se pratique en communauté.

Plusieurs filles s'étaient rassemblées autour de lui.

— Je ne peux pas te parler comme ça. Déshabille-toi et pose tes vêtements sur ce banc, là-bas.

— Il s'agit d'une enquête policière, dis-je.

Son bras levé montrait des muscles épais.

— Rejoins-nous, mon ami. Avant que ces jeunes filles ne se mettent en tête de te faire piquer un plongeon au nom du Seigneur.

J'envisageai de lui brandir mon insigne sous le nez et de lui dire qu'un inspecteur de la Division des homicides de Moscou n'interrogeait pas un suspect nu dans un bain, mais je renonçai car les filles pouffaient déjà de rire. Voyant qu'elles allaient se jeter sur moi, je me détournai et commençai à me déshabiller. Puis, au mépris des rires et des applaudissements, j'entrai dans l'eau chaude du bassin. Je cachai ma nudité et m'approchai du père. L'eau me ruisselait sur les épaules.

— Pardonnez-leur, inspecteur. Il faut bien que jeunesse s'amuse.

Il se tourna vers les filles et frappa dans ses mains.

— Laissez-nous, maintenant, mes amies. Vous avez entendu : l'inspecteur est là pour m'interroger.

Il revint à moi. L'eau nous arrivait aux genoux.

— En quoi puis-je vous aider, inspecteur Vadim ?

Je m'enfonçai dans une eau plus profonde et m'appuyai au bord du bassin. Je détournai mon regard du père. C'était notre première confrontation et il m'avait déjà tondu comme un mouton. J'étais là, à poil dans la flotte, face à un homme qui pouvait fort bien être le meurtrier sadique de plusieurs filles.

— Superbe, non ? lança-t-il à travers sa barbe. Construit pour les *vlasti*, au temps de Brejnev. Dieu sait si ça a jamais servi à quelque chose. Mais le passé se montre toujours généreux.

Il enveloppa d'un geste les eaux fumantes et les chandeliers.

— Vous vous demandez qui paie pour tout ça, reprit-il en me fixant du regard. Vous n'êtes pas le seul. L'ensemble du système est raccordé aux canalisations de Moscou. Et personne n'a jamais trouvé comment s'effectuait le raccordement. Quand ils auront trouvé…

Il haussa les épaules.

— Alors, nous n'aurons plus qu'à déménager. J'ai une certaine attirance pour les côtes de la mer Noire. Vous avez déjà voyagé là-bas, inspecteur ?

Autour de nous, les filles nageaient sous l'eau en se tortillant comme des vairons. J'essayais de chasser les effets de cette magie tissée par le père ; et je m'efforçais de le regarder comme le sinistre satyre qu'il était peut-être réellement.

— Sortez de cette piscine, lui ordonnai-je.

Ses yeux étaient sombres. Un de ces regards qu'on dit magnétiques. Et je savais que je ne devais pas tomber sous le charme. Je repris :

— Vous devez bien avoir un bureau, non ?

— Bien sûr. Si vous préférez discuter là-bas.

— Je suis là pour vous interroger sur les meurtres commis à Presnia-la-Rouge.

Il leva les yeux vers les plafonds.

— La rue Goda 1905 passe juste au-dessus de nous, dit-il. Vous êtes l'officier chargé de l'enquête ?

— Oui.

— Alors bientôt, inspecteur, tout le monde à Moscou connaîtra votre nom. Vous allez devenir aussi célèbre que Sherlock Holmes. L'homme qui a résolu les meurtres de Jack l'Éventreur…

— J'espère au moins résoudre ceux des filles qui appartenaient à votre Église.

Il me regarda sans répondre.

— Allons dans votre bureau.

Je me rhabillai en vitesse sous l'une des arches étroites qui formaient un cloître autour du bassin. Le prêtre me rejoignit chaussé de sandales, vêtu d'une chasuble à croix en or brodée sur la poitrine, et porteur d'un bâton d'ébène. Son attitude tranchait avec le personnage à qui j'avais parlé dans le bassin.

— Voyons, dit-il. A votre accent, je parierais que vous venez du Nord. J'ai un faible pour les gens du Nord. J'ai longtemps vécu à Pétersbourg. J'aimais cette ville. Ce sont les hasards de la guerre qui m'ont amené à Moscou…

Je l'interrompis rudement :

— Commençons par ce qui se passe ici.

J'étais furieux de m'être laissé avoir. Il avait commencé par m'attirer dans l'eau en mêlant persuasion et menaces ; il essayait maintenant de m'embobiner avec ses souvenirs. Je devais absolument sortir de la position absurde où il m'avait maintenu.

— Ce qui se passe ici ? dit-il sobrement. Beaucoup plus de choses qu'il n'y paraît. Nous pratiquons les orgies. C'est notre credo. L'orgie. Nous croyons que le sexe a besoin d'exutoires, et qu'une société très permissive sur le plan sexuel sera moins violente, moins cupide, moins... *antisociale* que les autres, celles que nous avons façonnées jusqu'ici.

Il lissait sa barbe qui séchait en prenant du volume.

— Je constate qu'il y a beaucoup de jeunes femmes parmi vos adeptes.

— Bien sûr. Je regarde vos yeux, inspecteur. Et je devine que vous serez parmi les derniers à m'en tenir rigueur.

Son bureau semblait plus récent que le réseau de tunnels. On entrait dans une antichambre faite de cloisons de verre coloré, où une lourde porte donnait sur le bureau proprement dit. Une grande table xixᵉ et un fauteuil à haut dossier se dressaient sur un riche tapis turc, entourés de cinq ou six sofas profonds disposés en arc de cercle.

— Votre credo, disiez-vous, c'est l'orgie.

Il m'invita d'un signe à prendre place dans un sofa, puis alla chercher dans une armoire une bouteille de vodka et deux verres.

— C'est un fait. Nous croyons au Paradis. Tous. Même si nous ne croyons pas en Dieu.

— C'est ça, votre foi ? Un paradis sans Dieu ?

— Pourquoi pas ? Bien sûr, chacun peut le définir à sa façon. A sa façon singulière. Ici, devant les fidèles d'Après, je prêche la chose suivante : ne pas usurper aux individus le droit de définir eux-mêmes leur propre paradis. Ne pas leur imposer *nos* images. Les laisser choisir leurs images eux-mêmes.

— Dans ce cas, quel est votre rôle en tant que prêtre ?

— Mon rôle ? Vous avez pu l'observer dans le bain. Il n'y a pas de condition à la connaissance du paradis. Le paradis ne vient ni avec la foi ni avec les bonnes actions. Il dépend de votre habileté à le définir. C'est tout. C'est une idée fort simple. D'ailleurs, elle laisse les théologiens sans voix.

J'avalai une bonne rasade de sa douce et onctueuse vodka.

— Et les orgies ?

— Nous sommes des partisans de l'orgie. Après une longue orgie, nous prions dans l'espoir de voir à quoi ressemble le Paradis. Pour que le soleil éclaire d'un rayon de lumière ses dômes et ses tourelles...

— Mais qui priez-vous puisqu'il n'y a pas de Dieu ?

— Nous-mêmes, bien sûr ! Nous nous prions les uns les autres.

Il souriait. De quoi cet homme parlait-il ? Un paradis sans Dieu. Nous nous prions les uns les autres. Une violente orgie chaque week-end. En tout cas, il avait le sens de la formule.

— Au cours des deux derniers mois, repris-je, quatre filles ont été assassinées à Presnia. Et peut-être beaucoup d'autres encore durant la guerre. Vous connaissiez certaines d'entre elles.

Il hocha la tête, l'air de s'être préparé depuis longtemps à cette question.

— Je connaissais la première. Anastasia Modina. Très bien même.

— Vous aviez eu des relations sexuelles ensemble ?

— C'est le rôle du pasteur, d'aller chercher la brebis égarée.

— Vous vous moquez de moi, père Alexandre.

Il secoua la tête.

— Pire, je pense que vous vous moquez d'Anastasia Modina...

— Au contraire ! s'écria-t-il, soudain très pâle.

— Pourquoi ne vous êtes-vous pas signalé ?

— A la police ? Pour leur dire quoi ? Qu'Anastasia avait été membre d'Après ? Qu'une heure à peine avant d'être assassinée, elle se trouvait ici ? Je savais que la police ne découvrirait jamais l'assassin. Il régnait un tel chaos, à la fin de la guerre, dans des endroits comme Presnia ! C'étaient des meurtres tous les soirs. Toutes les statistiques étaient dépassées. Et les viols... Croyez-vous que cela aurait fait plaisir aux parents d'une Anastasia, d'apprendre que leur fille passait sa soirée du dimanche dans les bras de parfaits inconnus ?

— Mais quand les autres filles ont été tuées ?

— J'ai réagi de la même façon à la mort de Nina Golikova. J'avais donné des ordres. Les filles devaient toujours sortir par deux. Ou accompagnées de l'un des nôtres. Apparemment, mes instructions n'ont pas été respectées à la lettre.

— La quatrième victime, Lydia Primalova. Elle aussi était membre d'Après.

— Oui.

— On a retrouvé des pilules contraceptives dans son sac.

— Des pilules allemandes? J'encourage les filles à en prendre. Là-haut, inspecteur, dans la gare de Biélorussie, vous avez pu constater vous-même le résultat des grossesses non désirées.

— Vos orgies ont lieu régulièrement?

— Tous les week-ends.

— Le dimanche soir. Le soir du crime.

Il hocha doucement la tête. Impossible de savoir ce qu'il pensait. On aurait dit qu'un mur se dressait entre lui et les conséquences de ses actes. Était-ce une réaction de psychopathe? Ou, simplement, de l'adepte d'un culte?

— Lydia Primalova, la dernière victime, est la seule à n'avoir pas été tuée un dimanche. Vous voyez une explication à ça?

Il continua de brosser sa barbe à plat sur sa poitrine, comme s'il y avait renversé du vin ou des miettes de pain.

— Les nouveaux membres, répondit-il, doivent se soumettre à certaines formalités. Il y a un processus d'admission.

Je ne pus retenir un sourire. Un ricanement plutôt. Le prêtre, lui, hochait gravement la tête.

— Je sais ce que vous pensez. Et vous avez raison. Lydia Primalova était vierge. Les vierges ne sont pas autorisées à devenir membres d'Après. Il y a un rituel. Un rituel de défloration.

— Et c'est vous qui vous chargez de ce rituel.

— Naturellement. D'autres membres sont présents. Mais la défloration proprement dite, en principe, c'est moi qui m'en charge.

— A quelle heure est-elle partie d'ici?

— Il était presque 0 h 30. Elle a dit qu'elle rentrait chez sa sœur. Deux des nôtres l'ont accompagnée jusqu'à la porte du square Maiski.

— Je veux leur parler.

Où tout cela allait-il me conduire? Près du but, je le savais. Et pas assez près cependant. J'observai les yeux impénétrables du prêtre, ses lèvres charnues rouges comme des cerises. J'avais sans doute à portée de la main les éléments essentiels menant à la bête.

— Vous vivez ici? demandai-je.

— Oui.

— Et le dimanche soir, après vos cérémonies, vous faites quoi?

Il me fixait du regard, les paupières à demi fermées.

— Je ne vais pas courir les rues avec un scalpel et des ciseaux de chirurgien, si c'est à ça que vous pensez.

— Quelqu'un pourrait témoigner que vous êtes resté ici après le départ de Lydia Primalova ?

— Plusieurs des nôtres. Nous sommes plus de vingt à vivre ici. Oui. Des témoins, il y en a.

— Les adeptes qui vivent avec vous, ce sont des femmes ?

— Des femmes et des hommes.

— Parmi ces hommes, y en a-t-il qui...

Je pensais aux orgies, et au père Alexandre lui-même.

— ... qui ont des goûts spéciaux ?

Il secoua la tête devant pareille naïveté avant de répondre :

— Nous sommes en train de parler de gens qui ont vécu des horreurs pendant les dernières années du xxe siècle. Et ça a continué après. La peur. Les bains de sang. Et vous me posez tranquillement cette question... Rejoignez-nous, Constantin. Vous êtes innocent. C'est ce que nous recherchons. Parce que nos orgies, voyez-vous, sont innocentes. Nous ne sommes pas membres d'Après pour nous blesser les uns les autres. Mais pour nous apprécier les uns les autres. Pour réfléchir aussi. Pour prier. Avec l'espoir que l'avenir sera meilleur que le passé. Quel mal y a-t-il ?

Il parlait si calmement ! C'était comme être pris par la manche, guidé d'une légère pression de la main.

— Écoutez, m'exclamai-je d'une voix furieuse. Essayez de comprendre. J'enquête sur des homicides. Et vous êtes un des principaux suspects. Vous et les hommes qui vous servent d'assistants ici. Tous ceux qui savent à quelle heure les filles sont parties...

— Ça fait plusieurs douzaines de fidèles.

— Je commencerai par les membres permanents. Combien sont-ils ?

— Tous les permanents ont été blessés au cours des derniers combats. Sérieusement blessés, pour la plupart. Je doute fort que vous trouviez votre Monstrum parmi eux.

— Tant pis. Je veux une liste complète. Il y a sûrement chez eux des hommes physiquement capables de faire ce qu'on a fait à ces filles.

Le père écarta les bras.

— Je ne suis pas votre assassin, Constantin. Je ne répandrais pas le sang.

— Vous avez servi de guide à une patrouille nationaliste dans ces galeries. Koba vous a même décoré pour ça. Il y avait du sang...

— J'ai servi de guide à une équipe médicale. Je les ai conduits à des hommes blessés. Des anarchistes qui avaient capitulé. C'était peu de chose mais les nationalistes ont tenu à me décorer. Qui suis-je pour refuser une médaille ? Une médaille et l'autorisation d'occuper ces locaux... Soyez assuré que je suis prêt à coopérer.

Il vida sa vodka d'un trait. Puis, d'un revers de la main, il s'essuya les lèvres. Enfin, il se remit à caresser sa barbe brune. Il ne m'avait pas quitté des yeux.

Suivit un silence au cours duquel mon attention fut brièvement attirée par quelque chose : une ombre qui se profilait derrière la cloison de verre.

— Une visite, dit le père. Excusez-moi.

Il alla ouvrir. Pendant qu'il était au seuil du bureau, parlant au visiteur dans l'antichambre, je décrochai son téléphone et composai le numéro du district. C'est le sergent Bitov qui répondit.

— Je suis dans les galeries, dis-je. Les catacombes, vous savez. L'église du père Alexandre. Prenez Yakounine avec vous et venez tout de suite me rejoindre. Je voudrais les noms de tous ceux qui étaient présents ici quand les meurtres ont été commis. A quelle heure ils sont partis. Et avec qui.

— Il y aura combien de personnes à interroger, chef ?

— Je ne sais pas. Une centaine, peut-être.

Il y eut un silence à l'autre bout de la ligne.

— Je sais, dis-je. Prenez des renforts. Cinq ou six hommes en uniformes si vous estimez que c'est nécessaire. C'est un coup important.

Le père Alexandre refermait la porte.

— Comment mes hommes doivent-ils faire pour arriver ici ? Ne me dites pas qu'il faut passer par la gare de Biélorussie...

— L'entrée se trouve rue Grachev. Il existe des dizaines d'ouvertures menant aux tunnels. Je sais que des gosses font payer l'entrée dans la gare, mais je ne suis pas responsable.

Je décrochai de nouveau le téléphone afin de répéter ces informations à Bitov. Je lui recommandai de se méfier des jeunes voyous qui sévissaient dans la gare. Le père attendait, les yeux fixés sur ses sandales. Derrière le panneau de verre, son visiteur était toujours là.

— Mes hommes vont arriver, dis-je. Vous m'avez promis de coopérer.

Il releva la tête.

— Et je tiendrai ma promesse.

Je quittai le bureau du père Alexandre par une autre porte et trouvai presque tout de suite un carrefour et des poteaux indicateurs. Je pus prendre l'escalier, puis un tunnel à droite menant à l'entrée de la rue Grachev. Le tunnel de gauche affichait un avertissement : « Ce tunnel mène aux sorties Bullfrog, Biélorussie et square Maiski. Il est recommandé aux frères de se montrer prudents. Les éclairages peuvent être défectueux, et les couloirs utilisés par des intrus. »

Je me laissai guider par ma lâcheté. Je pris directement à droite vers la rue Grachev. Mais je m'arrêtai bientôt, intrigué par la liste des autres sorties indiquées sur ce panneau.

Le Bullfrog, la gare de Biélorussie, le square Maiski. Aucun de ces endroits n'était éloigné de plus de cent mètres des lieux où s'étaient déroulés les meurtres. L'assassin pouvait avoir quitté les catacombes et rejoint en surface un endroit où il était sûr de voir passer Anastasia Modina. Elle ou toute autre victime qu'il avait choisie. Si l'assassin était le père Alexandre, il savait à quelle heure la fille était partie. Il pouvait facilement deviner l'heure à laquelle elle arriverait en haut – et le chemin qu'elle emprunterait pour rentrer chez elle.

J'étais revenu à l'embranchement des tunnels. L'assassin… Je secouai la tête. Je dus me rappeler qu'il n'y avait pas un assassin unique. On avait retrouvé, sur les cuisses des filles, les traces de plusieurs types de spermes mélangés à du sang. Il y avait plusieurs Monstrum…

Bon sang ! C'était le genre de révélation qui vous frappe de temps en temps. Même un Constantin Vadim pouvait y être sujet. *Plusieurs types de spermes*. Bien sûr, puisque les victimes *sortaient d'une partouze* !

J'étais déjà loin dans les profondeurs du tunnel mal éclairé, quand je compris ce que j'étais en train de faire. Le sperme répandu sur les cuisses des filles provenait des hommes qui avaient participé à l'orgie. Si ça ce trouve, Monstrum n'avait même pas laissé de sperme sur les filles ! Il se contentait peut-être de les couper en morceaux. Ensuite, il courait vers l'entrée des catacombes, puis dans les galeries. Chargé de son trophée sanglant.

Un réflexe me fit regarder à terre, certain d'apercevoir une trace de sang sur le sol. Je me sentais victorieux. Victorieux et excité. Il n'y avait en réalité qu'un seul Monstrum. J'avais ressuscité le Monstrum unique. Je relevai les yeux. Un panneau indiquait : « Vers Biélorussie ».

31

Je ne me retrouvai pas dans le hall, comme je m'y étais attendu. J'émergeai au contraire en pleine gare de triage, au sortir d'une espèce de couloir bas.

Il ne neigeait plus. Des bouquets de lumière éclairaient de longs convois où se succédaient wagons-citernes et voitures de voyageurs plongées dans le noir. Les aiguillages claquaient au passage des locos à vapeur. Aucun autre bruit ne retentissait dans cette étendue blanche et morte. Tout était désert, à l'exception d'une zone lointaine où se déplaçaient des hommes avec des lampes, et d'où me parvinrent bientôt les aboiements des chiens.

Je m'avançai avec prudence à travers l'enchevêtrement de rails enneigés. La plus vive des lumières devait marquer l'entrée de la gare de triage. Je pris dans cette direction. Au-delà s'étendait l'immense gare de Biélorussie à peine éclairée.

Tous les quatre ou cinq pas, je devais ralentir pour franchir une voie ou une traverse. Ou bien je me trouvais nez à nez avec un convoi, et j'étais obligé de me faufiler sous les tampons pour passer entre deux wagons. Je ne tardai pas à avoir les mains abîmées par l'acier glacé des chaînes et des crochets. La neige avait transformé en carton les semelles de mes chaussures. Mon pantalon était trempé jusqu'aux genoux.

Alors que je me relevais, après avoir franchi un nouveau convoi, je fus accueilli par un jet de lumière. Cloué sur place, j'assistai au départ du train de Minsk. Celui des officiers. Il avait surgi de l'obscurité sur ma gauche, roulant avec lenteur dans le claquement des rails. Je vis passer les fenêtres des compartiments bien éclairés. Les colonels avaient ouvert le col de leurs uniformes. Les commandants se lissaient les cheveux. Ou bien ils levaient leurs verres. Il y avait des femmes dans presque tous les compartiments. Des jeunes femmes comme Claudia. Et qui en étaient déjà à leur deuxième ou troisième trajet en vingt-quatre heures.

Mais ces détails se brouillèrent tandis que le train prenait de la vitesse. J'eus le temps de voir des stewards porter des piles de couvertures bleues ou préparer le thé dans les samovars ; je vis aussi des officiers en bretelles rouges et des filles à moitié nues. Chaque image racontait une histoire. Enfin, le convoi disparut.

De nouveau, cette étendue neigeuse et désolée.

L'entrée n'était plus qu'à deux cents mètres mais plusieurs trains encore faisaient barrage. Je mis près de dix minutes à les franchir. Je venais juste d'en passer un quand une voix rauque grinça derrière moi :

— Pour l'amour de la charité, mon frère. Une tasse de neige.

Ce que j'avais pris pour un wagon de marchandises vide était en fait un wagon à bestiaux percé d'une petite ouverture avec un grillage. Une main pendait de cette ouverture et tenait un gobelet en fer. Le poignet tourna. Le gobelet tomba dans la neige à mes pieds. Je le ramassai et relevai les yeux vers le grillage. La main avait disparu et cédé la place à la figure d'un homme qui roulait des yeux blancs.

— Qui êtes-vous ? demandai-je. Où est-ce qu'ils vous emmènent ?

— Une tasse de neige, répéta la voix rauque. Qui que vous soyez, vous ne pouvez pas nous refuser une tasse de neige…

Je me penchai et je remplis le gobelet avec de la neige. Puis, cramponné au lourd cadenas qui fermait la porte à glissière du wagon, je me soulevai jusqu'à atteindre le grillage. Il régnait là-dedans une puanteur écœurante. Une main s'empara du gobelet. Me parvinrent des reniflements humides et, venus de plus loin, des cris implorant pitié. Il y avait des femmes. Le gobelet reparut, poussé à travers le grillage ; je m'en saisis et je sautai en bas. Et comme j'étais occupé à le remplir, quatre ou cinq autres tombèrent autour de moi avec un bruit sourd.

Je les remplis tous à ras bord. Puis, en les tenant accrochés par l'anse à mes doigts, je me hissai de nouveau jusqu'à l'ouverture.

Je crus que j'allais y laisser mes doigts. Des mains jaillissaient pour saisir les gobelets. Mes phalanges craquaient. Ma main tournait dans tous les sens. Quand ils m'eurent arraché le dernier gobelet, je sautai dans la neige et me massai. J'avais l'impression d'avoir été attaqué par une bête édentée mais féroce. Après quoi je remontai au niveau du grillage. Le visage de l'homme aperçu tout à l'heure occupait l'ouverture.

— Il y a des morts, là-dedans, dit-il. Ça fait trois jours qu'on est sans eau. Le dernier quignon de pain remonte à une semaine.

— Mais qui êtes-vous ?

— Des soldats de la vieille armée anarchiste. Hommes et femmes.

— Des prisonniers ? Vous avez été capturés pendant la bataille de Moscou ?

Il laissa échapper un rire – un coassement plutôt.

— Des prisonniers ? Non, l'ami, non. Seulement des idiots qui ont accepté de se rendre quand le général Koba a décrété son amnistie.

Je considérai le spectre sans rien dire.

— Et toi ? reprit-il. Tu fais quoi ? Cheminot ?

— Oui, répondis-je. Cheminot.

— Ça m'étonne que la Tcheka laisse les gars comme toi rôder autour de ce train. Méfie-toi, l'ami. Ils ont des chiens. Et des cravaches.

Je recouvrais mes esprits, maintenant. Je me hâtai de demander :

— Quand vous êtes-vous rendus ?

— Pour la plupart d'entre nous, ça ne fait même pas deux semaines. Une nuit, on nous a rassemblés dans un entrepôt. On était déjà à moitié morts de faim. Ils nous ont embarqués dans ce train. C'était il y a trois jours. Quatre, peut-être.

— Vous êtes combien ?

J'étais tellement choqué que je ne trouvai rien d'autre à dire.

— Soixante par wagon, répondit la voix. Et déjà huit morts.

De nouveau, on essayait de pousser des gobelets à travers le grillage. Je m'aperçus que je gagnerais du temps en les remplissant avec la neige du toit. J'en remplis ainsi une douzaine. Puis la discussion reprit.

— Tu sais où ils ont l'intention de vous emmener ? Les gardes vous ont dit quelque chose ?

— Les gardes, quand on leur demande, ils rigolent. Et ils répondent : « Magadan. » On ne sait pas ce que ça veut dire. Ici, il y en a qui disent avoir entendu parler de Magadan. Un sale endroit. Qu'est-ce que c'est, Magadan ? Tu le sais, toi, l'ami ? Toi qui es cheminot. C'est où ? C'est quoi ?

Magadan. Je savais où c'était. Et je savais ce que c'était.

— Dis-le-nous, l'ami ! reprit la voix d'un ton pressant.

— Je ne connais pas Magadan. Je n'en ai jamais entendu parler.

Tous ceux qui ont étudié l'histoire russe connaissent Magadan. La plus à l'est des colonies pénitentiaires. Le centre d'un réseau de cent soixante camps sous Staline. Et le sujet d'un terrible paradoxe : « Le voyage pour Magadan est le pire du monde. Alors, tu préfères quoi ? Aller à Magadan ou être arrivé à Magadan ? »

Le froid, la faim, le travail, le sadisme des gardiens de Staline… Un immense marché aux esclaves. Ces gens-là connaîtraient-ils à Magadan un sort différent ?

— Cheminot ! Tu veux bien prendre nos lettres ?

C'était une voix venue du fond du wagon.

— Je posterai vos lettres, répondis-je à travers le grillage.

Je pus entendre et sentir le mouvement des corps. Des mains poussèrent dans l'ouverture des feuilles de papier crasseux, des lambeaux de livres glissés parfois dans des enveloppes. Je les pris et les fourrai dans mes poches. A l'autre bout du train, les chiens aboyèrent.

— Bonne chance, lançai-je par le grillage.

Je savais qu'ils n'en avaient aucune de s'en sortir. Je me laissai retomber sur le sol.

Je n'osai pas regarder en arrière les mains qui s'agitaient entre les fils du grillage. Je plongeai sous les tampons d'un autre wagon, me cognai la tête aux crochets d'acier en voulant me relever – mais je vous jure que je n'ai rien senti. Je me retournai. Ce train aussi était un immense convoi de wagons à bestiaux d'où jaillissaient de faibles cris, des gémissements, et le choc pitoyable des gobelets contre les ouvertures grillagées.

J'arrivai à l'entrée purgé de toute peur. On braqua des lumières sur moi. Les chiens bondirent et tirèrent sur leurs chaînes. Ayant appelé en hurlant un sergent de la Tcheka, je lui crachai mon identité à la figure.

Le fils de Vassikin s'était trompé. Ce n'était pas la victoire des honnêtes gens.

32

Nous avions à Mourmansk des ruines, quelques bâtiments effondrés à la suite du seul raid aérien que la ville avait eu à subir pendant la guerre. Mais cela n'avait rien à voir avec Babouchkine. Un jour que j'avais quitté la perspective Mira, je m'étais retrouvé soudain perdu dans des amas de béton pareils à des dents de dragons éparpillées à travers la banlieue. Beaucoup n'étaient plus que des restes d'immeubles percés de fenêtres noires sur cinq ou six étages. On aurait dit quelquefois qu'un animal immense avait arraché un mur ou deux, dévoilant l'intérieur des appartements. Presnia-la-Rouge n'était pas le seul quartier de Moscou à avoir lourdement souffert des combats.

Dans plusieurs blocs, on distinguait des lumières aux fenêtres des façades craquelées. Mais, entre les immeubles, les rues étaient désertes, jonchées de débris, sans aucune voiture et à peine éclairées. Je traversai cette banlieue grise et maussade en cherchant ma route sur une carte de la police dépliée à même le tableau de bord.

Les rues étaient à peine signalées, de même les numéros des immeubles. Et c'était heureux : l'effort de concentration auquel j'étais forcé m'aidait à oublier les anarchistes dans leur wagon à bestiaux. Le marché aux esclaves de Magadan. Les six, sept, huit millions de vies que les mines d'or et de diamants avaient englouties au siècle dernier. Les centaines de milliers qui allaient suivre le même chemin.

Ayant fini par localiser le bloc Pasternak A, je dissimulai ma voiture derrière des palissades de tôle ondulée.

Je devais à Julia la vérité. Elle avait raison depuis le début. J'avais de la Russie passée et future une vision enfantine et complètement erronée. Le fil qui nous reliait à la vieille communauté villageoise était rompu depuis belle lurette ; ou, s'il existait encore, il nous entraînait vers un monde bien différent.

— Tu sais que tu as l'air d'avoir vu un fantôme ? me dit Julia quand nous fûmes seuls.

Elle avait installé son quartier général dans un appartement aux murs couverts de graffiti.

— *Des* fantômes, rectifiai-je. Pas plus tard que cette nuit. Des fantômes surgis du passé.

Elle me prit par le bras et me fit asseoir près du fourneau dont le tuyau disparaissait dans un trou bourré de chiffons. Mais le feu flambait assez fort pour chauffer la pièce.

J'étais arrivé jusqu'ici sous la conduite de plusieurs lieutenants qui m'avaient entraîné à travers une douzaine d'appartements reliés entre eux par des portes ménagées dans les murs de béton. C'était un surprenant labyrinthe de pièces et d'escaliers où se cachaient des centaines de personnes : hors-la-loi, voleurs à la tire, dealers de *stoke*, individus recherchés et militants politiques comme les camarades de Julia. La police, à l'en croire, ne venait jamais par ici. Il aurait fallu un bataillon d'infanterie pour nettoyer le Pasternak A.

Nous étions assis face à face près du fourneau. Elle m'avait servi de la vodka et déposé le verre à mes pieds. Elle était pâle, d'une pâleur renforcée par son sweater et son jean noirs. Mais ses mouvements avaient retrouvé cette étonnante vigueur et cette précision héritées de sa mère – ou copiées sur elle. Elle attendait, les mains à plat sur ses jambes croisées.

Je devais être choqué car, d'abord, je ne pus rien dire. Je n'arrivais même pas à tendre le bras vers le verre ébréché. Je regardai Julia. Ma bouche s'ouvrait pour se refermer aussitôt. J'avais la gorge nouée. Il fallut que Julia me vienne en aide, comme elle avait tant de fois essayé de le faire, sans doute :

— Parle-moi de madame Raïssa.

Ça, je pouvais le faire. En termes prudents, je dis ce qui était arrivé. Je voulais croire que c'était une exception...

— Tu crois que ces pratiques-là vont s'améliorer ?

— Oui. Il *faut* qu'elles s'améliorent.

Ces pratiques-là. Ce mal ordinaire qu'un Roy Rolkin incarne en période de troubles et qui finit par atteindre des sommets. Jusqu'au jour où la marmite menace d'exploser... Je continuais de penser que la Démocratie nationale était une bonne solution pour la Russie. Que Leonid Koba était l'homme qui devait nous gouverner. Et que la loi d'amnistie représentait un geste de réconciliation unique, admiré du monde entier.

Pauvre innocent que j'étais! Incapable d'admettre que la Démocratie nationale continuait de mijoter toujours la même vieille soupe russe dans les mêmes vieilles casseroles cabossées...

Et maintenant, je regardais Julia. Julia assise sur cette chaise de bois poussée contre le mur effondré. Dans une pièce qui donnait sur d'autres pièces en ruine. Et ainsi de suite à l'infini. Julia si pâle. Je lui avais dit ce que j'avais vu à la gare de Biélorussie, et ses yeux s'étaient embués.

— Au moins trois convois, dis-je. Des hommes. Et sûrement des femmes aussi. Traités comme on n'oserait pas traiter des bêtes. Tes camarades. Des soldats anarchistes qui avaient accepté l'amnistie. Ils ne seront pas plus de dix par wagon à survivre au voyage. Ils vont à Magadan, Julia. Le régime auquel je crois envoie des prisonniers à Magadan.

Elle secoua la tête.

— Tu n'as aucune raison d'avoir honte. Tu as fait un choix honnête. Conforme à ta conception de la Russie. D'autres, les Roy, les Koba, avaient inclus Magadan dans leur conception, c'est tout. Mais pas toi, Constantin. Tu n'avais jamais vu l'avenir comme ça. Et tu demeures libre de choisir.

Je bus ma vodka. Julia me quitta le temps de préparer un plateau repas. Je restai là, le visage à hauteur du fourneau. *Libre de choisir.* Qu'avait-elle voulu dire? Que je pouvais encore faire le bon choix politique? Bien sûr. Entre ma honteuse Démocratie nationale et ses idées à elle. Ces idées plus sophistiquées que les miennes, naturellement. Mais si froides. Si intellectuelles.

Libre de choisir. Julia pouvait-elle avoir suggéré autre chose? Que j'avais, *moi*, voulu notre séparation? Essayait-elle de me forcer à prendre ma part de responsabilité dans sa décision de quitter Mourmansk avec Micha? De me dire que j'avais encore le choix de revenir là-dessus?

Je jure qu'à cet instant, je sentais mon sang battre jusque dans mes doigts cramponnés au verre.

Julia revint. Elle portait un petit tapis de paille roulé sous son bras et un plateau avec du pain, du fromage et une assiette de viande froide. Elle déposa le plateau sur sa chaise et déroula le tapis sur le sol.

— On n'a pas de table, dit-elle en souriant. Assieds-toi par terre avec moi, Constantin. Nous allons déjeuner sur l'herbe.

Des yeux, je fis le tour de cette pièce sans fenêtre. J'étais ému – je l'avais été si souvent – par l'habileté avec laquelle Julia savait m'entraîner dans *son* imaginaire. Un déjeuner sur l'herbe. Nous avons déroulé le tapis sur le sol en ciment de sa misérable maison. Et nous avons commencé à pique-niquer...

Je me demande aujourd'hui comment j'avais pu me laisser berner aussi facilement... J'avais cru à tous ces petits détails : la façon qu'avait Koba de s'exprimer, de prendre son petit déjeuner, d'arpenter la pièce. J'avais fini par me convaincre que cela suffisait pour connaître son vrai visage.

— Moi qui croyais savoir mille choses sur Koba...

— Il n'y a qu'une chose à connaître, dit-elle.

Nous étions allongés à terre, en appui sur les avant-bras, séparés par le tapis, le repas, la boisson.

— La Russie est sous le joug d'un nouveau Staline.

Je brûlais de lui dire que je travaillais pour Koba. Que j'étais son double. Mais je me retins, par peur du ridicule. Et plus encore de l'effet que pareil aveu risquait de produire sur elle. Dans cette région qui sépare, dit-on, l'amour de la haine, n'allait-elle pas éprouver soudain du dégoût pour un corps capable de se fondre si facilement dans une forme qu'elle détestait ?

— J'ai des informations, Constantin, reprit-elle. Grâce à un réseau de sympathisants. Il paraît qu'on est en train de remettre sur pied le vieux système des camps des années 30, 40 et 50. Ils doivent avoir raison, ceux qui disent que rien n'a changé ; et que la seule façon pour un Russe d'échapper au servage, c'est de fuir vers l'Ouest.

— Tu veux dire que nous ne devrions pas hésiter à quitter le pays natal ?

— Je pense qu'il faudrait reprendre les armes. Le problème, c'est qu'il est trop tard. La Tcheka contrôle maintenant l'armée et la bureaucratie. Encore plus qu'au temps de Beria. Il faut croire que la seule institution à laquelle nous ne renoncerons jamais, nous autres Russes, c'est notre police secrète. D'après mes sources anarchistes, je sais déjà qu'on est allé arrêter des Juifs, en pleine nuit, pour « délit de cosmopolitisme » ; et qu'on a expédié des Tchétchènes dans des ghettos à l'extérieur des villes.

Je ne pouvais rien faire, à part soupirer à ces nouvelles. Hier encore, j'aurais voulu de toutes mes forces jeter le doute sur ces faits. Aujourd'hui, j'étais incapable de leur résister. Je n'en avais plus la volonté ni le désir. Natacha, que je respectais, avait parlé de Koba comme d'un nouveau Staline. Julia, que j'aimais, ne disait pas autre chose. J'étais au désespoir. Je demandai :

— N'y a-t-il vraiment rien de commun entre ton combat et la Démocratie nationale ? Le mot démocratie...

Elle sourit.

— Rien. Je rejette la démocratie. Aussi facilement que je rejette le gouvernement nationaliste. Il n'y a pas de terrain d'entente. Tu es en train de quitter le camp nationaliste, Constantin. Ne t'imagine pas que tu vas pouvoir t'arrêter en route pour passer la nuit dans une gentille auberge démocrate.

— Il y a des choses que tu dois savoir. Roy Rolkin. Il te recherche.

— Je sais.

— Il a un mandat spécial du général Koba. Avec mission de t'arrêter.

— J'en suis flattée.

Elle ramassa les assiettes et les transporta hors de la pièce. J'étais ébloui par la grâce de chacun de ses gestes. Elle revint avec trois ou quatre coussins brodés qu'elle me jeta en riant.

— Si tu veux dormir ici, Costia, il te faudra quelque chose de plus doux qu'un tapis de paille.

Elle s'allongea près de moi. Je disposai les coussins sous nos têtes. Elle me prit alors dans ses bras. Son corps épousa le mien. En quelques secondes, je revis les années lointaines. En lui caressant le creux des reins, je sentis son pansement. Comme je passais la main derrière sa cuisse et la pressais contre moi, elle murmura :

— Tu souffres, Costia. Mais c'est une bonne souffrance. Une souffrance créatrice.

Je n'avais jamais aimé ce genre de phrases. Pourtant, n'avais-je pas eu tort de les rejeter, autrefois ? Je me voyais comme un homme simple. Et pour un homme simple, la souffrance est la souffrance. Je me laissai rouler en arrière.

— Une douleur ne s'efface jamais, dis-je. La blessure de Micha n'a jamais pu se refermer.

Elle hocha lentement la tête, puis me baisa délicatement les lèvres.

— J'aurais vraiment besoin d'en savoir plus, Julia.

— A propos de sa mort ? Tu te fais du mal inutilement, Constantin. Je t'ai déjà tout raconté...

— Mais sa vie ? La dernière année, quand il était avec toi. Quel genre de garçon était-ce ?

Je m'appuyai sur un coude pour mieux observer son visage.

— Il était comment ? Gentil ? Drôle ? Colérique ? Dis-moi quelque chose. Quelque chose que je puisse ajouter à mes propres souvenirs.

Ses lèvres parfaites se séparèrent faiblement.

— La dernière année, murmura-t-elle, il était plein d'entrain. Encore plus qu'à Mourmansk...

— Plein d'entrain?

— Encore plus conscient du monde autour de lui. C'est ce que je veux dire... Il parlait de toi. A la fin, j'en avais le cœur brisé. J'essayais de lui dire que la vie nous impose parfois de choisir entre deux choses que l'on aime autant l'une que l'autre...

— Et que mon choix à moi était mauvais, l'interrompis-je. Que j'étais resté à Mourmansk, séparé de mon enfant et de la femme que j'aimais.

Elle posa la main sur mon cou et me caressa la joue avec son pouce.

— C'est le passé, dit-elle. La cause anarchiste a échoué. Qu'elle ait été juste ou non. Maintenant, c'est hors sujet.

— Je n'aurais jamais cru t'entendre dire ça.

Elle sourit. Sa paume glissa de ma joue à mon menton.

— Écoute bien ce que je vais te dire, Costia. Aujourd'hui, toutes les informations convergent vers un constat unique : Leonid Koba est l'ennemi mortel de la Russie.

Ma conviction avait peut-être mis des mois à se forger mais, depuis mon expérience à la gare de Biélorussie, j'étais convaincu comme jamais. Et j'avais grand besoin, désormais, de prononcer les mots.

— Leonid Koba, répétai-je, est l'ennemi mortel de la Russie.

Elle me prit la main.

— Tu le crois. Comme je le crois moi aussi.

— Oui.

Ses yeux extraordinaires étaient plongés dans les miens.

— Nous dédierons sa mort à la mémoire de notre fils, dit-elle. Qu'en dis-tu?

Elle se pencha au-dessus de moi, les mains sur mes épaules.

— Il va mourir? Se faire tuer, tu veux dire?

— Et cette fois, on ne le ratera pas.

Je songeai à Natacha, à son mépris mordant.

— Et il n'y aura pas de victimes innocentes?

Ses yeux étaient tout près des miens.

— Cela peut exiger des sacrifices. Notre devoir est d'agir. L'avenir ne nous réclamera pas des comptes pour ça.

Je me tus. Je voyais, je ressentais, autant qu'elle-même, la nécessité d'éliminer Koba. Mais quelque chose me retenait : les paroles de Natacha. Même pour le meurtre d'un tyran, l'heure des comptes sonnerait...

— Comment va-t-il mourir ? demandai-je.

Je sentis son corps se détendre.

— Je vais le tuer moi-même. Mais j'aurai besoin de ton aide. Nous manquons d'armes. Des explosifs. Des grenades. Constantin, il faut que tu me procures des grenades. Une caisse. C'est combien de grenades, une caisse ? Vingt ?

Je fis oui de la tête.

— Alors une demi-caisse. Ça devrait suffire. Dix grenades et un bon détonateur. Tu peux me procurer ça ?

J'avais la tête qui tournait.

— Julia ! m'exclamai-je. Restons calmes ! Laisse-moi le temps de réfléchir...

Elle me serra plus fort.

— Il n'y a pas à réfléchir, murmura-t-elle d'un ton pressant. Il faut agir. Et agir ensemble, toi et moi. Pour Micha.

33

L'aube était encore loin, et je roulais déjà sur la perspective Mira en direction du sud. J'avais encore en tête les paroles d'adieu de Julia :

— Tu avais raison, Constantin. Et j'avais raison aussi. L'anarchisme a échoué à rassembler la Russie contre Koba.

— Tu es prête à abandonner des convictions en lesquelles tu as cru si longtemps ? Auxquelles tu as tout sacrifié ?

Le courage avec lequel elle se remettait en question m'impressionnait.

— L'idéologie est un ornement, avait-elle répondu. Le Front populaire a perdu. S'il y a une leçon à tirer de cet échec, c'est que le temps n'est plus aux idéologies. Les idées sont en train de mourir sous nos yeux. L'action : c'est la seule source de pureté. La seule morale.

C'est à peine si j'avais pu dormir deux heures, et encore, d'un sommeil entrecoupé de cauchemars. J'avais mal à la tête. Dans mes oreilles sifflaient les acouphènes. Je m'approchais du centre ville : le trafic était plus dense. Les camions, en doublant, éclaboussaient ma voiture de grandes giclées de boue.

Sur la voie rapide, il n'y avait presque plus de camions. Et, sur la route de Fili, le trafic était quasi nul. Je descendis de voiture passage Semyon. Je refermai la porte du garage et remis la chaîne. Je cherchais la clef du cadenas quand un appel de phares projeta mon ombre contre le mur. Je me retournai, tremblant de voir apparaître la BMW de Roy. Mais c'était le van blanc de Natacha. Ayant levé la main, je marchai dans sa direction.

Elle avait baissé la vitre. Je me penchai à l'intérieur, l'avant-bras en appui sur le toit du véhicule. Je savais qu'elle était ivre.

— Vous traversez des moments assez durs, dit-elle.

— C'est le métier qui veut ça…

Elle fit la grimace. Je repris :

— Vous voulez monter chez moi ?

— Non. On ferait mieux d'aller chez moi.

Je passai de l'autre côté du van.

— Qu'est-ce qu'il y a ? demandai-je.

Elle ramassa près du levier de vitesses une bouteille de vodka à moitié pleine.

— Il y a ça.

— Depuis combien de temps êtes-vous ici ?

Elle leva de nouveau la bouteille et répondit :

— Depuis une demi-bouteille. Peut-être un peu plus. J'ai commencé par fumer deux ou trois cigarettes…

Je saisis la bouteille, la débouchai et la portai à mes lèvres. Le feu de l'alcool me vida et me nettoya. Certains curés de campagne affirment que l'eau-de-vie est capable de vous purifier aussi radicalement que la sainteté. J'ouvris la portière et m'assis à la place du passager. Natacha reprit la bouteille et la tint un moment sans goûter à l'alcool. Puis elle commença :

— Ce que je vais vous dire, c'est parce que je suis ivre…

Elle but une rasade de vodka.

— Mais *in vino, audax…*

Elle me fixa de ses grands yeux d'ambre et reprit :

— Aussi loin qu'il m'en souvienne, je n'ai jamais rien vécu d'aussi désespérant que de parler d'avenir avec vous.

Je n'avais rien à répondre à cela. J'acceptai la cigarette qu'elle me tendit et la présentai à la flamme de son briquet. Sous cette faible lumière, je remarquai des traces de larmes sur ses joues.

— Je sais que ça ne présente pas un grand intérêt pour vous. Mais je vous invite quand même à venir chez moi. A finir la nuit avec moi. Vous voulez bien, Constantin ?

— Non, Natacha…

— Non, Natacha… Pas ce soir, Natacha…

Elle se mit à fourrager dans son sac avec rage.

— Vous vivez dans un rêve, inspecteur Vadim. Un rêve morbide.

Elle glissa quelque chose dans la poche de ma veste.

— Tant pis. Si vous ne pouvez accepter les avances d'une vraie femme, d'une femme qui vous aime, alors tenez. Une barrette de *stoke*. C'est sûrement ce qu'il vous faut…

— Natacha, enfin !

J'essayai de retirer la barrette de ma poche mais elle avait glissé tout au fond.

— Vous êtes allé la voir. C'est de chez elle que vous rentrez.

Sa voix était paisible. Sans me quitter des yeux, elle écrasa sa cigarette.

— Ça se voit à votre regard. Cette brume dans votre regard. Comme si vous reveniez d'un autre monde...

Je levai la main.

— Attendez, Natacha...

Quelque chose sur mon visage avait attiré son attention. J'eus le réflexe d'essuyer les larmes sur mes joues.

— Qu'y a-t-il, Constantin ?

— Cette nuit, je suis allé à la gare de Biélorussie.

— Voir le prêtre ?

— S'il vous plaît... Laissez-moi parler. En sortant des catacombes, après avoir rencontré le père Alexandre, je me suis retrouvé derrière la gare de marchandises. Par erreur. Un vrai labyrinthe. Et je suis tombé sur des wagons pleins de prisonniers anarchistes. Hommes et femmes. Parqués comme des bêtes. Ils me suppliaient de leur remplir leur gobelet avec de la neige... Ils étaient là depuis trois jours déjà. Certains étaient morts.

Elle eut une expression d'horreur – cette horreur que je ressentais moi-même.

— Mon Dieu, Constantin, gémit-elle dans un souffle. Des anarchistes qui ont demandé l'amnistie ?

— Oui. Ils ont cru Leonid Koba sur parole.

Elle était choquée.

— Ces prisonniers... Que vont-ils devenir ?

— Ils ont entendu leurs gardiens parler de Magadan. Ils ignorent ce que ça signifie. C'est peut-être mieux, d'ailleurs...

Apparemment, ce n'était pas la peine de lui faire un dessin.

— Vous n'avez pas l'air surprise.

— Surprise, non. Choquée. Vous comptez faire quoi ?

Comme je ne répondais rien, elle pinça les lèvres. Puis :

— Je vois. Vous avez *déjà* fait. Vous êtes allé raconter tout ça à Julia, pas vrai ? Lui dire qu'elle avait raison depuis le début. Que votre Leonid Koba était un digne fils de notre mère Russie...

— La Russie a d'autres fils. D'autres filles, aussi.

— Elle vous a demandé de vous joindre à eux ?

Je détournai la tête. Une famille de mendiants passait, colonne de misérables de tous âges, adultes et enfants. Natacha répéta :

— Elle vous a demandé de vous joindre à eux ?

— Ne parlons pas de ça. C'est préférable.

Elle frappa le volant de ses mains gantées.

— Vous feriez mieux d'en parler, au contraire. Je m'inquiète pour vous, Constantin. Je suis également malade de jalousie, si vous voulez tout savoir. Mais, surtout, je m'inquiète. En ce moment précis. Qu'est-ce qu'elle attend de vous?

Je repris la bouteille et bus une rasade d'alcool.

— Des armes. Des grenades.

Pourquoi ai-je dit cela? Je n'en sais rien. Je n'ai pas d'excuse. Peut-être ai-je voulu lui annoncer – en même temps qu'à moi-même – la fin de Constantin Vadim, ce pauvre idiot grugé. Le partisan de Koba. L'admirateur de Koba. Le double physique de la bête immonde.

— Des armes? Où allez-vous les trouver?

— L'arsenal de la police. Au district.

Je l'entendais respirer entre ses dents.

— Et vous avez dit oui. Vous lui avez promis de le faire?

Je perdais courage.

— J'ai dit que j'allais réfléchir.

— Descendez de cette voiture, Constantin. Descendez de cette voiture et sortez de ma vie.

Je descendis en gardant la portière ouverte. J'étais en quête d'une formule pour mettre fin à notre relation. J'y réfléchissais encore quand la voiture accéléra brusquement. La portière s'échappa de ma main. Les pneus glissèrent sur la glace. Le van blanc s'élança dans la rue et tourna au carrefour.

34

A 7 heures du matin, je décrochai le téléphone et composai le numéro d'Ingrid. Quels que fussent mes doutes à son sujet, elle appartenait à la Commission d'amnistie du district. Elle devait être mise au courant pour la gare de Biélorussie – sinon pour toutes les gares de Russie.

— Vous en avez fini avec votre prêtre du sexe?

La voix était langoureuse. Le prêtre du sexe? Quand nous en avions parlé, elle et moi, j'ignorais encore qu'il s'agissait d'un culte de l'orgie.

— Vous connaissez le père Alexandre? demandai-je.

— Comme tout le monde à Moscou, répondit-elle d'une voix changée. De réputation. Écoutez, Constantin, vous me surprenez dans mon bain...

J'entendis un doux clapotis.

— Mais ça n'a pas d'importance. Contente de vous savoir rentré au bercail...

— Je voudrais vous voir.

— Bien sûr. Venez tout de suite.

La voix était veloutée.

— Je parle sérieusement, Ingrid. Je dois vous parler...

— A propos de Monstrum?

— Non. A propos de l'amnistie. Vous êtes déléguée. Il y a des choses que vous devez savoir...

— Constantin... soupira-t-elle, ennuyée.

Je criai:

— Toute cette putain d'histoire, c'est du bidon! Du début à la fin. Les gens qui se présentent, on les expédie en Sibérie!

— Je vous assure, Constantin...

De nouveau le clapotis.

— … J'ai visité des unités de rééducation en banlieue. Les conditions sont irréprochables. Bonne nourriture. Soupe au chou, porridge. Viande ou poisson un jour sur deux. Vidéos occidentales tous les week-ends…

— Ingrid ! A la gare de Biélorussie. J'ai vu les convois de mes yeux. Des wagons à bestiaux. Comme avant. Je les ai vus *de mes yeux* !

Elle se tut. Je repris :

— L'amnistie est une arnaque. Ça ne vous gêne pas, d'être déléguée dans ces conditions ?

— Très bien, dit-elle doucement. Vous souhaitez me fournir des informations en vue d'une plainte en bonne et due forme ?

— Exactement.

— Ça prend du temps, une plainte en bonne et due forme…

— Alors je dépose une plainte informelle. A l'intention du chargé d'affaires américain…

— Un peu de patience, dit-elle, onctueuse. Laissez-moi prendre ça en main.

Je l'entendis remuer dans son bain – et la communication fut coupée. Je ne savais pas ce qu'Ingrid était en train de faire dans son bain. Mais il était clair que l'amnistie était le dernier de ses soucis.

Je considérai le téléphone. Je n'avais pas dit oui à Julia pour les armes. En aucune façon. Même avec elle, je devais utiliser la ruse. J'avais considéré la déléguée à l'amnistie comme un atout, comme un recours en cas de situation désespérée. Et maintenant, j'avais joué mon atout. Quel choix me restait-il ?

La vodka de Natacha m'avait redonné le goût des boissons fortes. Ayant déniché une bouteille encore à moitié pleine, je voulus regarder à la télévision les infos du matin. L'inévitable Leonid Koba (ou l'un de ses doubles) en visite sur un site pollué par des fuites industrielles. Mais, un instant plus tard, l'actualité était au Kremlin : Koba en compagnie de la chargée d'affaires allemande. Tout en sirotant ma vodka, j'étudiai le personnage. Son sourire. Sa moustache qui rappelait un vieux tyran irakien, à la fin du siècle dernier. Parfaitement à l'aise, il bavardait avec la chargée d'affaires. Il souriait, répondait aux questions sur les progrès de l'amnistie, répétait combien il était important que l'Occident la regarde comme un succès.

Étonné par la violence de ma propre haine, j'éteignis le téléviseur. Dédaignant la vodka, je me mis à errer dans l'appartement. J'étais au désespoir. Je voulais Julia. Je voulais revoir mon fils. Ou bien avoir un autre fils. Je voulais un autre enfant de Julia.

Je retombai sur le canapé et plongeai les doigts dans la poche de ma veste. Il n'était pas encore 8 heures. Ma poche contenait une petite enveloppe. La barrette de *stoke*. Je ramenai l'enveloppe à la lumière. Je l'ouvris, me versai sur la langue un peu de poudre blanche. Une poudre légèrement salée. Je chiffonnai l'enveloppe et la jetai sur la table basse. Puis je m'allongeai. Et je fermai les yeux.

Mon esprit avait l'air de fonctionner sur deux niveaux. Ou c'était mon corps qui occupait deux endroits différents. Non. Mon esprit et mes sensations étaient distincts. Du haut de mes pensées, je pouvais observer, comme depuis une fenêtre élevée, le monde de mes propres sensations. Oui...

J'allais lentement, tel un enfant sur ses premiers patins à glace... Je faillis tomber. Mais je continuai. J'évoluais à travers des scènes nées de mon cerveau. L'appartement de Mourmansk, non pas revu en mémoire... plutôt *évoqué* dans ses moindres détails. La sensation de progresser dans un rêve. Ce courant d'air frais venu de la fenêtre ouverte : je suis là-bas.

Micha est assis sur le sol. Il incline la tête – sa tête sombre et bouclée. Il se concentre. Il joue avec ses trains. Mais Julia ? Où est-elle ?

Ah ! oui. Une réunion anarchiste. A l'université. Ne parlons pas de club ni même de groupe. Cela suggérerait une organisation et ils ont jeté l'anathème sur toute organisation. Du pédantisme, en fait. Julia en rit. Pourtant, elle est aussi fière de son mouvement anarchiste que Micha de ses trains.

Un déclic triomphal sur le sol, suivi d'un cri :

— Ça marche, papa !

Les yeux brillants de mon fils. Il brandit un wagon.

— Celui-là va avec celui-là.

Il tient une locomotive dans l'autre main. Il les attache ensemble. Je souris – je sens les muscles de mon visage sourire.

— Ils ont été faits pour aller ensemble, Micha.

— Non, papa. Tu n'y connais rien. Ça, c'est un wagon français. Le Cosmos. Et ça...

Il poursuit sa démonstration avec emphase.

— ... c'est une loco soviétique du temps de Brejnev. J'ai changé les raccordements moi-même.

Une bouffée de joie m'envahit l'esprit. Nous jouons pendant des heures, mon fils et moi. Les motifs du tapis représentent les voies de chemin de fer. J'essaie de lancer des trains vers Moscou, vers Smolensk, et jusqu'à l'Oural. Mais, pour Micha, toutes les voies mènent à Pétersbourg...

Je me lève pour aller me chercher une bière. Mes genoux me font mal.

— Papa...

Sa tête de géant sur ses petites épaules.

— Papa, s'il fallait qu'on se sépare, tous les deux, je serais triste.

Je m'étire.

— Pourquoi on devrait se séparer, mon bonhomme ?

— C'est maman qui dit ça.

Il se détourne. Une grande boîte en carton représente la gare Nevski. A Pétersbourg, naturellement. Avec adresse, Micha manœuvre une loco et trois wagons de marchandises. Il les pousse sous l'arche en carton.

J'ai froid. J'ai peur. On a beaucoup parlé, Julia et moi. Mais il n'a jamais été question de séparation. Je me renseigne d'un ton désinvolte :

— Partir ? Pourquoi, tu voudrais quitter Mourmansk ?

— C'est maman.

Il fait demi-tour sur le tapis et lève les yeux.

— Toi aussi tu serais triste, si je partais avec maman ?

— Je serais très triste, oui.

— Ne t'en fais pas, papa. Ce ne sera pas pour longtemps.

Je m'adosse au montant de la porte. *Je sens encore* le montant de la porte s'enfoncer entre mes épaules.

— Ce sera pour combien de temps, Micha ?

Il se lève. Il me prend la main. Il m'entraîne vers le canapé. Il se hisse lui-même sur mes genoux.

— Tu es capable de garder un secret, papa ?

— Je garde très bien les secrets. Je suis policier.

— Tu promets de ne pas tout répéter à maman ?

— Dis-moi, Micha.

— Hier, elle m'a montré les billets de train.

Pour Pétersbourg, naturellement.

Vers la mi-journée, après avoir passé la matinée à dormir, je me retrouvai à la Lubianka, devant le sergent responsable de la morgue.

— Je souhaite voir le corps d'une citoyenne décédée au cours d'un interrogatoire, tôt hier matin. Madame Raïssa Persilov.

Le sergent souffrait d'embonpoint et approchait de la retraite. Il me considéra un moment, puis consulta son registre.

— Madame Raïssa Persilov ?

— On l'a amenée ici dans la nuit de jeudi.

Il secouait la tête.

— Elle n'est pas enregistrée.

— C'est possible, mais le corps est ici.

Je m'efforçais de garder une voix neutre.

— Je ne vois pas comment nous pourrions avoir le corps d'une personne dont l'arrestation n'est pas signalée.

Il feuilleta les pages ; son pouce glissa le long d'une colonne.

— Non. Personne. Pas de trace de cette arrestation. Désolé, citoyen.

Il se leva, posa les mains à plat de part et d'autre de son livre, et m'adressa un clin d'œil malveillant.

— Adressez-vous au commissariat de votre quartier, reprit-il. Mais si c'est juste que votre copine est allée faire un tour, ils ne seront pas contents. Ils diront qu'ils n'ont pas de temps à perdre, citoyen.

— Elle était ici, dis-je.

— Le livre dit que non. Donc, c'est non. Essayez de comprendre, citoyen. Je suis très occupé…

Il se tut brusquement. J'avais sorti ma carte. Je l'ouvris tout grand sur la table.

— Elle est morte ici. Dans la nuit de jeudi à vendredi. J'étais auprès d'elle quand elle est morte. Il y a un signalement. Trouvez-le-moi.

Il se rassit, gêné. Il n'arrivait plus à quitter ma carte des yeux.

— Toutes mes excuses, inspecteur. Je ne pouvais pas savoir. Vous auriez dû me dire…

— Ça fait une différence ?

— Bien sûr. C'est pour rédiger votre propre rapport *post mortem* ?

— Non. Je souhaite que le corps me soit confié. Pour les funérailles.

Il hochait la tête, l'air de n'y rien comprendre. J'étais avec elle au moment du décès, pendant l'interrogatoire. Est-ce qu'elle appartenait à une famille influente ? Je n'étais pas sans savoir que le corps ne pouvait être remis qu'à la famille. Il m'adressa un sourire onctueux.

— Je ne pense pas que vous ayez besoin de vous occuper de ça, inspecteur. C'est notre boulot. Faites-nous confiance…

Sa paume glissa sur les pages du registre.

— Tout ce que m'apprend le livre, reprit-il, c'est qu'un de vos collègues s'est déjà occupé de tout.

— Je suis ici en tant qu'ami, dis-je. Je tiens à ce qu'elle soit enterrée décemment.

Cette fois, il était perdu. Il murmura :

— En tant qu'ami…

Et changeant aussitôt d'attitude :

— J'avais cru comprendre que vous étiez dans l'exercice de vos fonctions.

— C'était ma voisine. Allez voir. Elle est ici. Quelque part.

Nous nous regardâmes par-dessus le bureau et ce registre qui ne mentionnait pas le nom de madame Raïssa. Puis il se redressa.

— Attendez ici, s'il vous plaît.

Il se détourna, fit mine de sortir, se ravisa, revint à son bureau et souleva le registre pour prendre un trousseau de clefs ; enfin il disparut.

Dix minutes plus tard, c'est Dimitri que je vis revenir – le prétendu inspecteur des Eaux.

— Inspecteur Vadim, dit-il. Pourquoi diable venez-vous réclamer le corps de madame Raïssa ? Expliquez-moi. Je ne comprends pas…

— Vous ne pouvez pas. Vous n'avez pas le gène pour ça. Le gène de la décence, comme disent les savants. On l'a ou on ne l'a pas.

Il avait croisé les bras et rentré le cou entre ses épaules, où sa petite tête ronde semblait maintenant posée en équilibre instable, prête à rouler sur le bureau.

— Je veux qu'on me rende le corps, dis-je. Je veux m'assurer qu'elle est enterrée décemment.

— Vous vivez dangereusement, inspecteur. Vous vous arrogez le droit de venir me parler comme ça, ici, dans l'enceinte de la Lubianka. Tout ça parce que vous êtes ami avec le colonel Rolkin. Mais les vieilles amitiés finissent par s'user, quelquefois. Quand ça arrivera, vous ne me parlerez plus sur ce ton.

Il renifla, puis reprit :

— Le colonel Rolkin m'a donné l'ordre de ne remettre le corps à personne, inspecteur Vadim. Que je sache, il est déjà passé au crématoire, d'ailleurs.

Il se leva.

— L'affaire Raïssa Persilov est classée.

Regagnant mon immeuble, je trouvai dans le hall un jeune homme planté là avec ses meubles, ses tapis roulés et ses caisses de livres. Une femme du même âge apparut dans l'ascenseur dont elle coinça la grille avec son pied pour l'empêcher de se refermer. Elle avait un visage ordinaire mais assez joli. Elle lança au jeune homme :

— Tu ne le croiras jamais, Kolya. L'appart est meublé. Complètement. Draps, couvertures, couverts... Il y a même des disques et un électrophone. Une collection de musiques d'opéra. Enregistrées à New York. Tu te rends compte ?

Je m'avançai.

— Je suis un ami de l'ancienne locataire, dis-je. Vous avez trouvé des effets personnels ? Des vêtements, des photos ?

— Tout ça, répondit-elle, le gardien de l'immeuble l'a pris. Il vient juste de descendre avec le dernier sac. Il allait le brûler dehors...

Je contournai l'ascenseur et gagnai la porte qui donnait derrière sur la cour. Dans le jardin, la neige avait écrasé les mauvaises herbes. Un homme à casquette blanche et pardessus bleu – l'uniforme des pilotes de ligne – était accroupi près d'un petit feu qu'alimentaient des vêtements et des papiers. Une femme bien habillée se tenait debout à côté de lui.

Comme je m'approchais, la colonne de fumée se dirigea vers moi et m'emplit les narines d'une odeur forte et amère. C'est la femme qui me vit la première. Elle avait les lèvres peintes en rouge, portait des gants de prix fabriqués à l'étranger. L'homme tourna la tête à son tour, ramassa des photos sauvées des flammes, et se mit debout. Il me considéra d'un air prudent.

— Constantin Vadim, dis-je. Raïssa était ma voisine. Et une amie.

Je m'étais exprimé avec calme pour dissiper leurs craintes. L'homme me serra la main.

— Capitaine Nicolai Persilov. Je suis son frère.

Il regarda sa femme mais ne fit pas les présentations.

— La police m'a prévenu qu'elle s'était donné la mort hier matin.

— On est venu chercher ses affaires, enchaîna la femme. Mais tout était déjà ici. Brûlé dans l'arrière-cour. Quelle sauvagerie. Je ne comprends pas. Vous expliquez ça comment ?

Son mari voulut lui toucher le bras pour l'inciter à la prudence, mais elle le repoussa et continua :

— Ils disent qu'on a retrouvé son corps dans le fleuve.

La colère perçait dans sa voix.

— Dans le fleuve ! Il est resté gelé toute la semaine !

— Mme Persilov, dis-je, ils n'essaient même pas de vous le faire croire. Ils se fichent bien que vous le croyiez ou non.

L'homme, à présent, était inquiet. Il n'était pas sûr de moi. Il prit sa femme par le bras.

— Je suis officier de police. Inspecteur Vadim. Je sais ce que je dis. Ils s'en fichent, d'être crédibles ou non.

— Qui ça, « ils » ? demanda-t-elle. La Tcheka ?

Son mari était de plus en plus tendu.

— Oui, répondis-je. La Tcheka.

Le capitaine reprit :

— Vous dites que vous étiez ami avec elle. Est-ce que vous êtes impliqué dans… dans ce qui lui est arrivé ?

Je les invitai à monter chez moi, préparai du café et leur racontai toute l'histoire. Cela pouvait sembler dangereux, mais je m'arrangeai pour que mon récit corresponde à ce que Roy savait déjà.

Ils restèrent un moment choqués et silencieux. De temps en temps, l'un ou l'autre tendait la main vers sa tasse, buvait une gorgée et la reposait aussitôt en faisant tinter légèrement la soucoupe. Même la femme était muette, à présent. A un moment, elle hocha la tête, et ils se levèrent.

— Nous ne vous remercierons jamais assez, dit-elle.

— C'était un problème pour moi, les risques qu'elle encourait…

— Un problème comme on en rencontre par tout le pays. Les remerciements, c'était pour nous avoir dit ce qui s'était vraiment passé.

Le pilote s'approchait déjà de la porte, anxieux – si anxieux que sa femme n'ajouta pas un mot. Je passai devant pour leur ouvrir. La femme avait un parfum occidental : musc et encens.

Les jeunes gens qui emménageaient dans l'appartement de Raïssa avaient réquisitionné l'ascenseur. J'accompagnai le pilote et sa femme jusqu'au pied de l'escalier. En arrivant en bas, j'en étais absolument sûr : musc et encens. Sur le moment, lorsque j'étais dans le bureau du père Alexandre, je ne m'étais pas inquiété de savoir qui était ce visiteur qui l'attendait avec impatience derrière la cloison de verre. Maintenant je le savais. C'était la seule femme de ma connaissance à porter un parfum de prix acheté à l'Ouest. Si je ne me trompais pas, elle connaissait le prêtre du sexe. Et pas seulement de réputation.

Ils étaient dans la rue, maintenant. Le capitaine avec sa casquette blanche. Elle dans ses vêtements américains impeccables. Elle tenait un paquet de photos carbonisées.

— S'il y a quelque chose que je puisse faire pour vous remercier, dit le pilote. Quelque chose que je pourrais vous rapporter de l'Ouest… Je vais à New York trois fois par semaine.

Je secouai la tête.

— Non. Je n'ai besoin de rien.

— Alors au revoir, inspecteur.

Il allait faire demi-tour quand une idée me traversa l'esprit.

— Capitaine... Si. Il y aurait peut-être quelque chose. Puis-je vous demander si vous parlez bien l'anglais ?

— Dans la navigation aérienne, c'est le langage international.

La femme afficha un sourire désabusé et ajouta :

— Il essaie de ne pas vous dire que sa première femme était américaine.

— Je parle anglais, inspecteur. Y a-t-il quelque chose que je puisse faire pour vous à New York ?

— Oui. Il s'agit d'un médecin. Une femme du nom d'Ingrid Shepherd...

Je tirai mon carnet et y écrivis le nom.

— Elle est diplômée de Columbia. A New York...

— Vous voulez que je vérifie ses références ? Ses qualifications ?

— Tout ce que vous pouvez, dis-je.

Je n'avais pas une idée très précise de ce que je désirais savoir.

— Tout ce que vous trouverez sur elle.

Nous échangeâmes une poignée de mains.

— Je reviens avant le week-end, dit-il. Je vous rappellerai.

35

Je me sentais mal à l'aise vis-à-vis de Natacha et de la façon avec laquelle nous nous étions quittés au petit jour. De retour chez moi, j'appelai à son bureau. Une voix inconnue m'apprit que le docteur Karlova était absente. La voix appartenait au docteur Olga Brodski. La remplaçante du docteur Karlova.

— Pour combien de temps est-elle absente ?

— On m'a réquisitionnée jusqu'à la fin de la semaine.

Je me présentai.

— Le docteur Karlova, dis-je, ne m'a pas parlé de cette absence.

— J'ai cru comprendre qu'elle avait des recherches très importantes à effectuer à Pétersbourg.

— Au sujet de Monstrum ?

— C'est ce que j'ai cru comprendre, inspecteur.

— Et elle est partie sans m'en parler. Bon Dieu !

— Ça trahit un certain manque de professionnalisme, inspecteur.

Le docteur Brodski m'avait lancé cela d'un ton satisfait. Elle reprit :

— Mais elle est jeune. On peut comprendre. Elle a sûrement des chansons américaines plein la tête. J'espère que vous apprécierez mes compétences. Pour illustrer la façon dont je vois personnellement les choses, laissez-moi vous raconter une anecdote…

J'éloignai de mon oreille le bourdonnement de son accent du Sud. Au bout d'un moment, je décidai d'en finir :

— Je vous remercie, docteur Brodski.

— Je suis impatiente de discuter de l'affaire Monstrum, dit-elle vivement. On ouvre nos agendas ?

— Non, non…

Je trébuchai mais sans tomber.

— Peut-être plus tard. Je n'ai pas mon agenda sur moi. Mais dès que je l'ai, je vous recontacte.

— Parfait. Je serai toute la journée dans le formol. J'ai quelque chose à vérifier. Une théorie intéressante sur la technique utilisée par Monstrum pour tailler ses victimes en pièces.

— Je vois. Le formol.

Cette pensée me soulevait le cœur.

— Oui. Ils ont mis des spécimens dans le formol. Et je souhaiterais les étudier de plus près. Examiner notamment la texture des tissus, leur résistance. Je parle des tissus humains, bien entendu...

— Bien entendu.

Je la remerciai et raccrochai.

Ainsi Natacha était à Pétersbourg. Pourquoi Pétersbourg ? Et pourquoi ne pas m'avoir prévenu ? Est-ce qu'elle essayait de me doubler ? Non. Ridicule. Ce n'était pas son genre. A moins qu'elle soit folle de rage depuis notre dernière conversation.

Je me couvris le visage avec les mains. Pétersbourg. Quel rapport entre l'affaire Monstrum et Pétersbourg ? Pétersbourg... Le prêtre venait de là-bas. Était-ce pour ça ? Était-elle à la recherche de dossiers sur des affaires de jeunes filles mutilées à Pétersbourg ? Dans ce cas, pourquoi ne pas m'en avoir parlé ? A moi ou à quelqu'un d'autre. A quelqu'un d'autre que cette idiote de docteur Brodski.

Je dus fournir un effort pour cesser de penser à Natacha. J'étais maintenant embarqué dans une entreprise désespérée. Rien ne devait entraver ma course. L'enjeu, c'était de recouvrer le respect de Julia. Et, peut-être, son amour.

Je rappelai le district. A la Division des homicides, j'obtins Dronski.

— Je me suis fait du souci pour vous, chef, quand je vous ai vu disparaître dans cette saloperie d'escalier. J'ai attendu une heure, ensuite j'ai appelé du renfort. On a essayé de vous retrouver. On a obligé ces voyous à nous aider, putain. Des heures, ça a pris. Et quand on est arrivés chez le prêtre, Bitov et Yakounine étaient déjà là. Avec toute une brochette de témoins...

Il en était encore bouleversé.

— Ilia, dis-je. Je suis sain et sauf... D'accord ?

— Vous pourriez ne pas l'être, chef.

— Exact. Bitov et Yakounine, ils avancent ?

— Lentement. Ils ont dressé un grand tableau à partir d'une

cinquantaine de témoins. A quelle heure est partie la fille, avec qui, et d'après le témoignage de qui. Vous me suivez ?

Je le suivais. Ils en avaient encore au moins pour vingt-quatre heures.

— Écoutez, repris-je. Vous avez parlé à Natacha ?

— Pas aujourd'hui, répondit-il d'un ton prudent.

— Elle vous a dit qu'elle partait à Pétersbourg ?

— A Pétersbourg ? Non. Pour quoi faire ?

— C'est ce que j'ignore. Peut-être pour suivre une piste. C'est inadmissible. Elle aurait dû en informer son supérieur hiérarchique.

— C'est vrai que ce n'est pas bien, chef. Pas bien du tout.

Je croyais voir s'agiter ses sourcils épais. Et j'avais des doutes sur ce « pas bien du tout ». J'avais une sensation de mort. Étaient-ce les retombées de la barrette de *stoke* ? J'avais l'impression d'avoir encore besoin de quelques heures de sommeil avant de pouvoir recommencer à vivre.

— Dronski, il faut que je dorme, là. Je serai au bureau dans deux ou trois heures. Allez chercher le prêtre. Je veux le voir. On doit bien avoir quelques questions à lui poser.

J'avais deux bouteilles de vodka dans mon sac et un désir ardent de parvenir à mon but. Mais rien de plus. Pas de stratégie. Une esquisse de plan. Une forme vague. Une illusion.

Je garai mon Economy dans le garage du district et gagnai par l'escalier le dernier niveau du sous-sol. Là se trouvait l'armurerie et rien d'autre.

J'avais déjà rencontré le sergent de garde quand j'étais venu retirer mon arme de service. Devant le comptoir, j'ôtai mon sac de mon épaule et le posai à terre. Puis je montrai ma carte.

— Inspecteur Vadim, dit-il. Bien sûr. Que puis-je pour vous ?

Un sourire flottait sur son visage mais ses yeux furetaient partout. Il avait l'air si sournois que je me demandai si le mieux n'était pas de lui proposer carrément de m'entendre avec lui. J'hésitai. J'essayai de capter son regard. Je finis par plonger la main dans ma veste. Je sortis mon pistolet de son holster et je le posai sur la table en disant avec mauvaise humeur :

— Je n'en veux plus de cette saloperie. Moscou est une ville trop dangereuse pour s'y traîner avec une arme dont le chien est tordu.

— Inspecteur...

Il me regardait, maintenant.

— Je vous jure que quand vous l'avez retiré... Faites-moi voir...

Il prit le pistolet, en vérifia le numéro et ouvrit son registre.

— Voilà, inspecteur. 100 %. Autrement dit, l'arme était en parfait état.

— Le chien est tordu, répétai-je, têtu. Trois fois sur dix, la mise à feu ne se fait pas. Ça suffit largement pour se faire descendre.

Il comprenait, quand on lui parlait ainsi. Il se reconnaissait.

— Je vais vous donner un autre modèle, inspecteur...

— Et comment.

— Je pense à quelque chose de nouveau. Un 38 modèle américain. Ils viennent d'arriver. Je les ai nettoyés pas plus tard que ce matin. Est-ce que ça ira ?

Je marmonnai que ça irait.

— Les formalités ne prendront pas plus de deux minutes...

— OK. Parce que je ne vais pas pouvoir y passer la journée...

— Très bien, très bien. Les documents sont derrière.

Il leva les yeux vers une grille d'acier suspendue au-dessus du comptoir, puis reprit :

— En principe, chef, je suis obligé de fermer la grille. Si je ne suis pas derrière mon comptoir, la grille doit être baissée...

— Je surveillerai la boutique, dis-je. Pour l'amour du Ciel, vous ne faites jamais qu'échanger mon arme de service !

— Les ordres sont très précis...

Je tirai de mon sac une des bouteilles de vodka. Je la déposai sur le comptoir avec précaution, en la tenant par le col. Puis, avec le doigt, je la poussai doucement vers lui.

— Mon frère, dis-je. Il a une propriété en dehors de Moscou. Un endroit formidable. Avec sa femme, ils élèvent des poulets. Quelques vaches aussi... La terre est bonne. C'est en pleine forêt. Une clairière défrichée dans le temps pour y construire un camp de travail...

Quittant la bouteille des yeux, il hocha la tête.

— La maison est formidable, continuai-je. En fait, c'était la maison du commandant. Le commandant du camp. Ça fait aujourd'hui une jolie datcha...

Il tenta un sourire. Je poursuivis :

— Le problème, c'est les miradors. Ils sont toujours là. Le matin, quand ils regardent par leur fenêtre, ils ont l'impression d'être dans une saloperie de camp.

Je m'efforçais de retenir son regard.

313

— Des échafaudages d'acier, dis-je. Sur leurs fondations en ciment. Comment vous voulez faire pour démolir ça ?

Ses sourcils se soulevèrent.

— Ce qu'il lui faudrait, dit-il, c'est une scie hyperpuissante. Et encore. Toute la construction risque de lui tomber dessus.

— En fait, c'est un des miradors, surtout, qui pose un problème. Les autres se cachent plus ou moins derrière les arbres. Je me demande si un explosif et un bon détonateur ne feraient pas l'affaire.

Il haussa les épaules. Le regard demeurait prudent.

— Vous voyez ce que je veux dire, repris-je. On enroule la camelote autour du pilier. On déclenche. Et pan ! Coupé net.

— Ça peut marcher, dit-il.

Je poussai la bouteille vers lui.

— Votre explosif, dis-je. Vous le rangez où ?

Ses yeux roulèrent dans leurs orbites. Il pointa le pouce vers la gauche. Je me baissai et attrapai la deuxième bouteille de vodka. Je la mis sur le comptoir, près de l'autre.

— Allez donc chercher le formulaire pour ce 38 modèle américain, dis-je. Et prenez votre temps.

Il cligna des yeux, puis me regarda fixement.

— C'est ce que je vais faire, inspecteur. Pas de problème.

Il secoua au moins cinq ou six fois la tête avant de s'éloigner entre les râteliers de pistolets, une bouteille dans chaque main, et de disparaître par la porte du fond.

Je parcourus un premier râtelier, puis un deuxième. On y trouvait toutes les catégories d'armes, et de tous les âges : armes de poing, fusils Thompson, Kalachnikov. Mais il n'y avait pas de grenades. Je cherchais ce modèle de grenades que l'on porte dans des ceintures vertes à douze poches. J'en avais déjà vu à Mourmansk. Apparemment, il n'y en avait pas ici.

Quand j'arrivai au bout de la dernière rangée d'étagères, déception et soulagement se mêlaient en moi. C'est alors que je tombai sur une pile de boîtes. Des boîtes de grenades. Je soulevai un couvercle et trouvai vingt ou trente grenades bien rangées – quoique plongées dans un lit épais de graisse protectrice. De la main gauche, j'en prélevai six. Elles se libérèrent avec un bruit de succion. Les poignées et les goupilles étaient à part. J'en fourrai plusieurs dans mon sac.

Puis je me mis en quête d'explosif. Mes yeux tombèrent bientôt sur une rangée de bobines perchées en haut d'une étagère. Les bobines étaient noires pour une mise à feu lente, rouge et jaune pour une mise à feu rapide, orange pour une mise à feu immédiate. Le reste ne présentait pas de difficulté. J'étais sûr de trouver les détonateurs derrière les explosifs.

La porte du fond se rouvrit et le sergent reparut avec le registre et le 38 spécial, canon pointé vers le plafond. J'étais de nouveau derrière le comptoir.

Avec adresse, il retourna le pistolet et me le tendit. Il avait mis la sécurité. Puis il fit pivoter le registre d'un seul doigt. Ma signature. L'air confiant, il roulait les épaules dans sa chemise.

— De nos jours, personne n'a envie d'avoir des miradors sur sa propriété, dit-il sur le ton de la conversation. Si votre frère veut les faire sauter, inspecteur, vous n'aurez qu'à revenir m'en parler.

Mes pas qui résonnaient dans le garage semblaient mettre au défi les employés du district de venir inspecter mon sac. Je me faufilai entre les voitures. L'odeur d'essence me serrait les poumons.

C'est en respirant avec peine que j'atteignis mon véhicule. J'avais entendu parler de crises déclenchées par la panique ; c'en était peut-être une. Le sac traînant à terre, je m'appuyai contre la voiture. J'étais essoufflé. J'avais accompli un geste irrévocable. Volé six grenades au dépôt. Mon Dieu. Comment avais-je pu croire que le sergent ne ferait pas le lien entre ce larcin et moi ? Je me croyais à Mourmansk, ou quoi ? Je m'étais attendu à trouver mes grenades bien nettoyées de leur graisse, rangées dans des ceintures vertes. Une grenade qui manque dans une ceinture, cela se remarque à peine. Surtout en période de paix.

Mais les choses ne s'étaient pas passées comme ça. Mes mains tremblaient sur la carrosserie glacée. Mon visage était pétrifié. La panique m'étouffait – une vraie panique.

Des pas derrière moi. Des voix. Des pas rapides. Mais c'était comme dans l'univers de la *stoke*. J'assistais à ma propre chute.

La main de Dronski sur mon épaule. J'entendais sa voix. Je voyais remuer ses lèvres. Mais je ne comprenais pas ce qu'il disait. Et tout à coup mes tympans s'éclaircirent, comme quand on revient à la surface. Je le recevais cinq sur cinq.

— Un rapport du 15e district. A Nagotino, au bord du fleuve. Une mort d'un autre genre. Mais une mort quand même.

36

Elle se balançait au bout d'une corde. Une femme forte, avec des cheveux noirs. Dans les quarante ans, même s'il n'est pas facile de donner un âge à quelqu'un qui présente une figure violette et enflée, des yeux exorbités et une langue bleue, comme dans une bande dessinée.

Son enfant pleurait dans la pièce voisine. Les sanglots avaient cessé dès notre arrivée. L'enfant était une fille de huit ans. Elle rentrait de l'école quand elle avait trouvé sa mère pendue à la lucarne. Une voisine allait s'en occuper, me dit Dronski.

Une chambre de trois mètres sur trois dans un immeuble locatif, avec un grand lit en cuivre où mère et fille dormaient ensemble – quand la mère était là. Une cuvette trop écaillée pour être utilisable. Un tub avec une cruche et du savon sur une tablette en marbre. Les rideaux rouges avaient l'air presque neufs. Il y avait aussi un petit fourneau éteint pour le moment, mais encore chaud. Et le sol? Le sol était un plancher nu couvert d'une bande de lino vert foncé, et d'un bout de tapis près du lit.

Ce n'était pas la chambre d'une putain à deux cents dollars la passe écumant les grands hôtels.

Les hommes du 15e district, arrivés rapidement sur les lieux, s'étaient montrés efficaces. Chez eux, quelqu'un avait dû faire le rapport, quand avait été mentionnée la grande taille de la victime et sa zone de prédilection, la gare de Biélorussie. Ils avaient consulté tout de suite la liste des « personnes recherchées ». La liste les avait menés jusqu'à nous. La découverte remontait à une heure.

Les vols à la tire et les petits délits exigent moins de vous que ce genre d'expérience. De nouveau, je levai la tête vers le corps qui pendait dans sa robe à fleurs de style arménien. Il me tournait le dos. Bientôt, un autre coup d'épaule le ferait pivoter. Alors les yeux gris, exorbités, recommenceraient à me fixer.

Ces yeux qui avaient vu Monstrum. Ces yeux qui l'avaient vu frapper d'un coup de chevron et faire tomber à genoux la pute nommée Valentina. Ces yeux qui l'avaient observé de si près.

Maria la Brune : c'était elle. La grande Maria. Née Madelena Kassarian, en Arménie, sans doute au milieu des années 70. Épouse légitime d'un homme qui avait combattu en Afghanistan pour les Soviets, participé au coup d'État militaire et, finalement, rejoint les rangs anarchistes. Ce soldat avait trouvé la mort ici, en protégeant Moscou contre l'avance de *nos* troupes.

Madelena Kassarian, une prostituée dure et réaliste. Elle avait vendu son corps pour élever sa fille. D'après les voisins, elle avait cessé de fréquenter la gare de Biélorussie quand elle avait appris que la police de Presnia voulait lui parler.

Le palier était envahi. Il y avait là un type qui occupait la chambre voisine, et qui avait peut-être été, ou peut-être pas, son maquereau ou son amant.

— Elle ne t'a jamais dit pourquoi elle n'allait plus à la gare de Biélorussie ? l'interrogeait Dronski.

— Ah bon ? s'étonna l'autre. Elle n'y allait plus ?

Gleb était le nom de cet homme en bras de chemise ; un mégot éteint était fiché sous sa moustache bien dessinée. Avec ses cheveux gominés, il avait l'air tout droit sorti d'un film de propagande des années 30 sur les triomphes du socialisme. Avec adresse, du bout de la langue, il déplaça son mégot. Puis il dit :

— Elle allait d'un endroit à l'autre. La gare de Biélorussie, c'était pas spécialement sa zone.

— Les deux dernières semaines, elle travaillait où ?

— Dans quelques-uns de ces bars, là, sur la perspective du Prolétariat.

Je me déplaçai pour ne pas voir ce qui se passait à côté : ils allaient couper la corde et étendre le corps sur un brancard.

— Elle savait qu'on voulait lui parler à propos de cette fameuse nuit où elle travaillait avec Valentina ?

— Ou elle l'avait deviné...

— Et elle ne voulait pas être mêlée à cette histoire, c'est ça ?

Il approuva d'un haussement d'épaules.

— Des heures d'interrogatoires, reprit-il, des formulaires qui ne servent à rien... Du temps perdu, tout ça.

C'est ainsi qu'on se représentait le travail des policiers dans l'univers des Gleb et des Maria.

317

— A part le fait de ne plus aller à la gare de Biélorussie, quelque chose avait changé ces derniers temps ?

— Non.

— Pas de signe de déprime ? enchaîna Dronski. Elle ne t'a rien dit sur sa vie ?

Il eut un geste de dénégation. Puis, d'un ton qui se voulait cassant, il ajouta :

— Quelqu'un est monté ici en plein jour, l'a frappée à la tête et l'a pendue...

— Tu ne crois pas au suicide ? demanda Dronski sans cesser de griffonner dans son petit carnet.

L'homme se tut. Il tressaillit quand je lui touchai l'épaule.

— Frappée à la tête, tu as dit ?

— De bas en haut. A la base du crâne.

Il remuait les épaules comme un ancien boxeur. Il précisa :

— La blessure se trouve à la limite des cheveux.

Nous nous sommes écartés devant le brancard poussé par les auxiliaires médicaux. Dronski se pencha et, vivement, souleva le drap vert. De sa main libre, il souleva la tête du cadavre. La blessure s'était étendue sur toute la nuque.

— Tu aurais fait un bon médecin légiste, dit-il à Gleb.

Un frisson parcourut les muscles noueux de ses avant-bras tatoués. Gleb accompagna des yeux le brancard jusqu'à l'escalier, puis se tourna vers nous.

— Quand vous avez travaillé trente ans dans des abattoirs, dit-il, vous savez un peu ce que c'est que la mort.

— Nous recherchons quelque chose qui ressemble à un morceau de charpente, du bois de construction, d'accord ?

Je m'appuyai au chambranle de la porte et poursuivis :

— Si Madelena a été tuée, pourquoi de cette façon ? Avec un couteau, c'est bien plus facile, non ? Et il n'a frappé qu'une fois...

Gleb réfléchit, puis tira de sa poche un briquet à essence qu'il parvint à allumer après plusieurs essais. Le mégot glissa de nouveau entre ses lèvres.

— Votre tueur, dit-il, veut que la Milicia croie à un suicide. Il y en a pas mal, en ce moment, à Moscou, non ?

— Pas mal, admis-je.

— Et les miliciens, poursuivit-il, ils sont cons comme leurs pieds. Ce n'est pas eux qui feront le rapport entre Madelena Kassarian et la fille de Biélorussie.

— Sauf qu'ils ne sont pas tous cons comme leurs pieds, dis-je. Quelqu'un du 15ᵉ district a fait le rapport, justement.

Gleb avait l'air de tomber des nues, tout à coup.

— Tu es resté chez toi toute la journée?

— Je me couche tard. A 10 heures, je vais aux abattoirs, voir s'il y a du boulot. C'est irrégulier, ces temps-ci.

— Donc, tu dormais quand c'est arrivé.

— Et j'ai le sommeil lourd. Je suis rentré à 2 heures...

— 14 heures? C'est ça?

— C'est ce que j'ai dit...

— Et tu as fait quoi en rentrant?

— Je suis allé frapper chez elle. C'est dans nos habitudes. Des fois, elle dort encore, alors je rentre chez moi. D'autres fois, on boit un thé. On cause. Un peu de tout. De la vie en général.

— Aujourd'hui, tu t'es dit qu'elle dormait.

— Elle ne répondait pas. C'est tout. Je suis rentré et j'ai pris la *Pravda*. L'édition d'hier. J'ai dû m'endormir une heure. Après, j'ai entendu des cris terribles, là, sur le palier...

— Sa fille.

Il approuva.

— D'après le légiste, la mort est intervenue à 2 heures.

Gleb détacha le mégot de ses lèvres et en fit tomber la cendre dans la cage d'escalier.

— Je savais que vous vous en prendriez à moi, maugréa-t-il.

La fureur se lisait dans les crispations de ses mâchoires et de ses bras tatoués. Il ne bougeait pas, mais tout son corps semblait en mouvement.

— Au 15ᵉ district, ils auront deux ou trois questions à te poser, sur tes relations avec Madelena.

— Je leur ai tout dit. Et à vous, pareil.

Sans le mégot, sa bouche semblait aussi mince qu'une lame de rasoir.

— Pendant vos conversations sur la vie en général, repris-je, elle t'a parlé de ce qu'elle avait vu cette nuit-là, avec Valentina?

Il fixait sur moi ses yeux noirs.

— Je ne suis pas au courant.

— Tu as dit qu'elle t'en avait parlé...

— Je mentais. J'exagérais, plus exactement.

— Elle a forcément parlé de l'homme qui a attaqué Valentina, non?

— Je ne m'en souviens pas.

— Bon sang ! Ne me dis pas que tu laisserais ce monstre agir à sa guise, simplement parce que tu ne veux pas t'en mêler !

Il fit de nouveau glisser son mégot d'un bord à l'autre de sa bouche.

— La police n'attrape jamais le bon bonhomme. Ils chopent ceux qu'ils ont envie de choper. Un type comme moi, plus ils lui causent, plus ils voudront lui attirer des ennuis. C'est *comme ça*, inspecteur. C'est de ce genre de vie-là, qu'on discutait, avec Madelena.

— Les hommes du 15ᵉ district vont t'embarquer et t'interroger. Tu le sais ?

Les muscles de ses épaules frissonnèrent. Il serra les mâchoires. En un geste de dérision, il souffla la fumée par les narines.

Je voyais bien que je m'y étais très mal pris avec ce gars-là.

L'arme qui avait assommé Madelena Kassarian fut retrouvée. Du moins avais-je la certitude qu'il s'agissait de la bonne arme. Dans le hall de l'immeuble, derrière la porte. C'était le bon poids, la bonne taille. Un morceau de bois d'un mètre de long, taillé dans une vieille solive, plus grosse aux deux bouts. Ce Gleb n'avait eu aucune peine à diagnostiquer un coup de bas en haut. Pareil à un coup de batte de base-ball – ce sport qui, depuis quelque temps, rivalisait avec le football, en Russie.

Nous avions aussi interrogé les autres locataires. Une femme aux cheveux gris, au visage jeune, enveloppée d'une légère vapeur d'alcool, et dont je n'arrive plus à me rappeler le nom, se trouvait chez elle à 14 heures. Elle vivait sur le même palier que Madelena. Elle gardait sa porte ouverte pour chasser les gosses qui venaient jouer dans l'immeuble – jouer, baiser, fumer, picoler ou Dieu sait quoi encore. Ainsi, Madelena pouvait se reposer tranquillement. Elle lui donnait même un peu d'argent, semblait-il, en échange de ce service.

Elle m'apprit que Gleb s'était installé là juste après que les anarchistes avaient été chassés de Moscou. Tout le monde l'avait pris pour un ancien soldat. Un des nôtres, évidemment. Dès le début, il s'était lié d'amitié avec Madelena. De temps en temps, il allait passer un moment chez elle. Mais la femme n'aurait su dire si c'était un client de Maria ou non.

— Cet après-midi, vous aviez laissé votre porte ouverte ?

— Je faisais un peu de lessive, inspecteur. Mais doucement, comme vous pensez. Je ne suis plus toute jeune…

— Avec la porte ouverte, vous voyez ce qui se passe sur le palier ?

Elle secoua la tête.

— C'est novembre. Il fait noir, l'après-midi. Et il n'y a pas de lumière sur le palier… Mais je ne suis pas encore sourde. Rien ne m'échappe.

— Vous avez entendu quelque chose ?

— D'abord, vers 13 heures, il y a des gosses qui ont monté l'escalier. En criant. Ils brutalisaient un plus petit. Ils lui tapaient dessus. Vous savez comment sont les gosses. Je suis descendue leur dire de déguerpir ou je leur lâchais mon chien dessus…

— Vous avez un chien ?

— J'avais. Il est mort le mois dernier.

— Bon. Les enfants sont partis. Et après ?

— Après, vers 13 h 30, peut-être un peu plus, j'ai entendu quelque chose, là, sur le palier.

— Des pas ?

— Ne me demandez pas ce que c'était. Un bruit. C'est tout ce que je peux dire. Ensuite, il y a eu des voix chez Madelena.

— Vous n'aviez entendu personne monter l'escalier ?

— Non.

— Donc, personne n'est monté. Est-ce que ça pourrait être Gleb ?

Je l'observai un moment. Elle finit par répondre :

— Si c'était lui, alors pourquoi serait-il allé frapper à sa porte cinq ou dix minutes plus tard ?

— C'est ce que vous avez entendu ?

— Sûr. Il a frappé. Pas de réponse. Alors il est rentré chez lui.

— OK, dis-je. Revenons au premier bruit. Aux voix. Combien de voix y avait-il ?

— Une seule. Et celle de Madelena.

— Deux personnes, donc. Et qui discutaient.

— Sauf que l'autre femme ne disait pas grand-chose.

— L'autre femme ?

Je ressentis un picotement dans mes veines.

— Le visiteur, repris-je. C'était une *femme* ?

Doucement, elle fit oui de la tête.

— Ça fait froid dans le dos, pas vrai ?

Avec un frisson, elle serra son châle sur ses épaules.

— Vous en êtes bien certaine ?

Un trouble sérieux se lisait sur son visage entre deux âges.

— Je n'irais pas jusqu'à le jurer sur la tête de saint Vladimir, inspecteur. Mais, croyez-moi, quand vous perdez la vue, vous avez intérêt à pouvoir vous fier à vos oreilles.

De retour au 13ᵉ district, je grimpai le large escalier et traversai l'entrée circulaire surmontée d'une coupole. Je n'y avais pas remis les pieds depuis ma visite en gare de Biélorussie. Je fus cloué sur place. La longue file d'hommes et de femmes était toujours là. Ces gens qui venaient réclamer le statut d'amnistiés et que l'on embarquerait bientôt pour le long voyage vers Magadan.

Je ne m'attardai pas et regagnai la Division des homicides. La porte de mon bureau était ouverte. Le père Alexandre y prenait ses aises en compagnie de mon chef, le rondouillard commandant Brusilov. Une épaisse fumée de cigare flottait dans l'air. Une bouteille de cognac français se dressait sur mon bureau. Le père Alexandre s'était installé dans mon fauteuil pivotant ; on avait apporté pour Brusilov une confortable chaise de toile, et il avait posé ses courtes jambes sur un tabouret.

— Vadim ! s'exclama-t-il en tournant la tête vers moi. Entrez donc. Apprenez que le père Alexandre vous attend depuis bientôt une heure.

Il avait la figure toute rouge. Le prêtre, lui, paraissait à jeun.

— Reprenez votre fauteuil, inspecteur.

Il alla en chercher un autre pour lui et s'installa à côté du bureau.

— Le commandant Brusilov m'a traité comme un roi, dit-il.

Brusilov s'était remis sur ses jambes. Il brossa les plis de son uniforme, passa un doigt dans son col et lança :

— Montez dans mon bureau quand vous aurez fini, mon père.

Ses yeux brillaient sous l'effet de l'alcool.

— On reparlera de votre mouvement. L'Après. Ça m'intéresse.

Il se tourna à demi, comme à la parade, et m'observa un instant. Puis son regard vacilla et il se mit en route, marchant au pas.

Quand il fut sorti, je tombai dans mon fauteuil et pris un verre dans le tiroir du bureau. Je me servis du cognac et m'installai confortablement pour examiner le prêtre.

— J'ai reçu votre message, dit-il. Je suis venu tout de suite.

Les petites gorgées de cognac laissaient sur ma langue une impression de douceur.

— Vous avez des questions à me poser ? reprit-il.

— Oui.

Il ouvrit les mains.

Maintenant, Constantin, fais bien attention. D'abord, Pétersbourg.

— Vous dites venir de Pétersbourg...

322

— En fait je n'y suis pas né. C'est seulement que j'y ai passé des années heureuses, avant la guerre civile.

— Avez-vous dirigé un culte, là-bas ? L'Après...

— J'y avais des fidèles, oui. Le Village de l'amour.

Il sourit.

— Je crois me rappeler que nous avons presque atteint la cinquantaine de membres. C'est surprenant, pour une ville comme Pétersbourg.

— Qu'est-il arrivé ?

— Je n'avais pas encore appris à organiser mes croyances. A les projeter dans l'avenir. La police et l'Église nous harcelaient sans cesse. Nous vivions dans les galeries creusées sous la ville pour prévenir les inondations. Oh ! Notre installation était beaucoup moins impressionnante qu'ici à Moscou...

— Y a-t-il eu des disparitions chez vos filles ?

— Les filles entraient dans la communauté, elles en sortaient...

— Vous avez gardé une liste de vos membres ?

— Je me rappelle quelques noms, si ça peut vous aider.

Je secouai la tête. Il était vraiment trop onctueux, trop détendu.

— Père Alexandre, dis-je, le docteur Ingrid Shepherd compte-t-elle parmi les membres d'Après ?

Il sourit.

— Vous le croyez ?

— Vous la connaissez. Je pense que c'est elle qui attendait dans l'antichambre, l'autre jour, lorsque j'étais avec vous.

— Elle vient de temps en temps, reconnut-il.

— Et pourquoi donc ?

— Elle étudie la vie, inspecteur. Chez moi, c'est l'endroit idéal pour observer des Russes en train de lutter avec leur destinée.

Je ne pus m'empêcher de lui lancer un regard noir. Il répondit par un sourire. Il avait l'air parfaitement satisfait.

— J'enquête sur un criminel sanguinaire, père Alexandre. Quatre filles, membres de votre confrérie, ont été violées, puis tuées et dépecées. Je serais peut-être plus enclin à vous prendre au sérieux si toute cette histoire n'avait pas l'air de vous amuser autant.

Il se recomposa une expression.

— Je comprends votre point de vue, inspecteur. Pour la police, un crime est un crime, n'est-ce pas ? Quatre jeunes femmes assassinées. Mais vous êtes-vous jamais penché sur la liste des gens qui se sont suicidés au cours du dernier mois ? Deux cent vingt corps ont été repêchés de la Moskova, inspecteur. Des jeunes femmes, bien souvent. Avec leur bébé serré contre elles. Des filles de treize, quatorze ans... Mutilées au cours d'un bombardement, et incapables d'affronter la vie avec une jambe en moins.

Il reprit sa respiration et continua :

— Personne n'est heureux de voir arriver quatre cadavres de plus. Mais, vu l'état des choses en Russie, de nos jours... Ce chaos, cette sauvagerie...

Ce discours ne me plaisait pas ; je ne savais comment le prendre.

— Que faisait vraiment le docteur Shepherd chez vous ? demandai-je brutalement.

Il s'adossa au fauteuil et croisa les mains derrière sa tête.

— Nous sommes de vieux amis, inspecteur. Je lui ai donné refuge pendant la bataille de Moscou. Une jolie femme comme ça... Elle aurait fait une proie idéale pour les combattants des deux bords.

— Et vous aviez la possibilité de l'aider.

— Pendant une semaine ou deux. Au moment le plus critique. Quand on ne savait pas trop comment tout ça allait tourner. Elle dirigeait une clinique, à ce moment-là. Une clinique d'enfants, à Petrovka, près du ministère de la Santé. L'établissement a été détruit par un obus incendiaire. Elle est venue se réfugier dans nos galeries. On était des milliers à se cacher là.

— Et maintenant ? Quelle relation entretenez-vous avec elle ?

— Elle me rend des services. Des services médicaux.

— Mais encore ?

Il s'éclaircit la gorge et se caressa la barbe.

— La pratique d'un culte orgiaque tel que le nôtre, voyez-vous, doit pouvoir s'effectuer naturellement, sans être entravé par des soucis, des craintes...

Je reposai mon verre de cognac.

— Vous voulez dire que c'est le docteur Shepherd qui s'occupe de faire passer le test du sida aux membres d'Après ?

— Je n'aime pas beaucoup aborder ce sujet, inspecteur.

Il se tut un instant, puis reprit :

— J'ai parlé au docteur Ingrid cet après-midi même. Elle est venue aux catacombes...

— Cet après-midi ? A quelle heure ?

— En fin de matinée, je dirais...

— Pourriez-vous être un peu plus précis ?

Il réfléchit.

— Au plus tard entre 12 h 30 et 13 heures…

— Elle est restée longtemps ?

— Elle avait six ou sept nouvelles filles à tester. Elle est restée dans mon bureau un peu plus de deux heures. Deux femmes plus âgées étaient avec elle pour l'aider…

— Vous l'avez vue partir ?

— Oui. Vers 15 h 30. Les autres aussi.

Ainsi, la voix de femme, dans la chambre de Maria, n'était pas celle d'Ingrid. Au cours des deux dernières heures, cette pensée peut-être irrationnelle avait creusé sa route dans mon esprit. Je savais que je n'étais pas un détective très doué pour l'analyse. Je comptais beaucoup sur mes intuitions, lesquelles étaient souvent fausses. Mais depuis que la vieille femme m'avait parlé d'une présence féminine chez Maria, les idées tourbillonnaient dans ma tête comme des lucioles. Et, surtout, je continuais de penser aux témoignages de Gromek, le veilleur de nuit, de Nellie, de Valentina. A cet homme en pardessus qui attendait au coin de l'usine de drapeaux, le soir où Lydia Primalova avait été tuée. Les mots me revenaient en mémoire : svelte, propre… une allure d'officier… Et si cet homme était une *femme* ?

Je respirai profondément. Il fallait que j'apprenne à chasser ce genre de conjectures de mon esprit. Il était clair qu'Ingrid n'avait pas rendu visite à Maria. J'en avais la preuve grâce au père Alexandre ; et elle serait confirmée par les filles testées par l'Américaine. Ingrid Shepherd n'avait pas tué Maria.

Le prêtre me regardait.

— Ce sont des éléments importants ?

Je secouai la tête.

— J'ai cru qu'ils pouvaient l'être. Mais non…

Je me levai en ajoutant :

— Il va falloir procéder à différents tests.

Des tests dont les résultats, je le savais, seraient sans valeur, puisque nous n'avions aucun élément de comparaison. J'avais dit cela pour l'intimider.

— Vous ne vous y opposez pas ? repris-je.

— Pas du tout.

Sa confiance en lui était inébranlable. Coupable ou innocent, il aurait répondu sur le même ton tranquille.

— C'est tout, inspecteur ?

— Une dernière chose : connaissez-vous une femme du nom de Madelena Kassarian ?

— Non.

Il secouait la tête. Il ajouta :

— Elle est peut-être passée dans les catacombes. C'est possible. Mais le nom ne me dit rien… Kassarian. Une Arménienne, je suppose ?

— Elle travaillait dans le secteur de Biélorussie. Une grande fille. Costaud. Maria. C'est comme ça qu'on l'appelait.

— Aux fidèles d'Après, on n'accepte pas les prostituées. Pour des raisons sanitaires évidentes. Dois-je comprendre que cette fille est morte ?

— Oui.

— Et elle est morte cet après-midi, entre 13 heures et 15 heures ?

J'approuvai d'un hochement.

— Je vois, dit-il en se levant à son tour.

Il recommença à se caresser la barbe d'un air concentré. Puis il releva la tête et nos regards se croisèrent.

— Pas coupable, inspecteur. Ni sur ce coup-là, ni sur un autre.

— Vous êtes vraiment sûr de votre timing, pour le docteur Shepherd ?

— A cinq minutes près, oui.

Je lui ouvris la porte. Il traversa la Division des homicides. Le père Alexandre n'était toujours pas hors de cause, selon moi. Mais je devais admettre que ce n'était pas le docteur Shepherd qui s'était trouvée dans la chambre de Maria.

Mais alors, qui était-ce ?

37

Le club de Roy se trouvait dans le Moscou chic. A force de traverser des quartiers détruits, on finissait par oublier qu'un autre Moscou avait survécu au siège de la ville. C'était le cas de la zone qui s'étendait le long de la perspective Démocratie nationale. Les boutiques y étaient surveillées par des vigiles en armes. Les femmes s'y rendaient en voiture avec chauffeur pour acheter des vêtements importés de Paris, Rome et Berlin. On y trouvait aussi de grands hôtels qui attiraient la richesse et offraient des garanties de sécurité suffisantes pour que nombre d'industriels russes y louent des suites immenses. Les magazines « people », si caractéristiques du Moscou d'après-guerre, se nourrissaient des histoires qui filtraient des appartements, aux étages supérieurs du Tsar Nicolas ou du Pouchkine Palace.

La rumeur voulait qu'il existe encore un autre Moscou, derrière les façades moroses des immeubles officiels. Un Moscou que les masses ne voyaient jamais. Une fois, Bitov et Yakounine avaient parlé de restaurants de grand luxe dont le personnel se composait uniquement de travestis et où le ticket d'entrée pour l'orgie hebdomadaire atteignait le millier de dollars. Après tout, le père Alexandre organisait ses orgies dans les sous-sols de Presnia ; pourquoi les *vlasti* eux-mêmes ne s'offriraient-ils pas des rituels du même ordre ?

Mais les conversations sur les clubs chic et les plaisirs orgiaques faisaient partie du quotidien, à Moscou. C'était presque une nécessité, pour des gens soumis à une vie morne et étriquée. Je découvris l'existence réelle de cet autre monde quand je fus convoqué par Roy Rolkin au 4335, perspective Démocratie nationale.

Le palais avait appartenu à l'une des plus puissantes familles de la vieille Russie avant d'être démoli en 1930. Mais les sous-sols étaient restés intacts. Sous le règne des tsars, ils avaient servi de lieux de réunions et de magasins de meubles. On y accédait désormais par un escalier peu accueillant. Des vigiles munis de listes contrôlaient et recontrôlaient les visiteurs. Je finis par être autorisé à pénétrer dans un hall magnifiquement carrelé de dalles noires et blanches sous une voûte de brique. A ma gauche, des portiques munis de rideaux laissaient échapper de la musique et de virils éclats de rire.

Serveurs en veste noire et officiers en uniforme franchissaient ces rideaux. Je fermai le col de ma chemise et resserrai mon nœud de cravate, tout en sachant que cet effort serait dérisoire. Roy serait en uniforme, naturellement. Comme beaucoup d'officiers présents, il porterait un pantalon gris ou vert, à large bande rouge. Pour la veste, nombre d'entre eux avaient adopté le blanc de l'ancien uniforme tsariste.

Le portier qui s'avança était un gros type fagoté comme un paysan de 1880. Je lui indiquai mon nom et demandai le colonel Rolkin.

— Le colonel est en rendez-vous, inspecteur Vadim.

La réponse me décontenança un instant.

— Il vous a demandé de me faire attendre ?

— Non, monsieur.

Monsieur ! Je le regardai dans les yeux.

— Je suis invité par le colonel Rolkin. Allez l'avertir que je suis arrivé, s'il vous plaît.

Il sourit. Manifestement, je ne connaissais pas les habitudes du club.

— En rendez-vous avec une dame, reprit-il. C'est ce que je voulais dire.

— Ah…

— Mais j'ai cru comprendre qu'elle s'en allait.

— Alors, prévenez-moi quand elle sera partie.

Je m'assis dans un fauteuil confortable et pris l'un des journaux empilés sur la table.

Le paysan disparut dans une large ouverture masquée par un rideau qui ne se referma pas complètement, de sorte que l'on apercevait une grande pièce meublée d'une vingtaine de tables basses. Des officiers en uniforme y avaient pris place, presque tous en compagnie d'une jeune femme. Ils devaient apprécier particulièrement le champagne car sur chaque table trônait un seau à glace.

Je reposai le journal et me levai. J'allai me placer devant le rideau et je regardai par l'ouverture. Je ne tardai pas à reconnaître Roy, assis près d'une cheminée, sanglé dans son uniforme. Il regardait dans ma direction. De la femme qui était auprès de lui, je ne distinguai que la silhouette. Pourtant, je frissonnai. Cette silhouette m'était familière. C'est alors que, me reconnaissant, Roy m'adressa un large sourire, puis un geste d'invite, comme pour me mettre au défi de le rejoindre.

J'écartai le rideau. La peur me serrait le cœur. Je cherchais fébrilement une réponse à lui donner. Les acouphènes se réveillèrent dans un bourdonnement de panique. La femme se leva. Elle ne souriait pas. C'était Denisova. L'adjointe de Julia. Nos regards se croisèrent. Son visage ne trahit aucune expression, aucun signe indiquant qu'elle m'avait reconnu. Un signal se déclencha dans ma tête. Je regardai Roy à nouveau. Il était debout à côté d'elle. Il était un peu plus petit qu'elle. Il la tenait par le coude. Mais c'est moi qu'il observait.

J'avais traversé la moitié de la pièce. Roy conduisait déjà la fille vers une autre sortie. Je rejoignis la table près de la cheminée et me laissai tomber dans un fauteuil. Le paysan me demanda si je désirais du champagne. J'ai dû faire oui de la tête. Roy et Denisova avaient disparu.

Quand le paysan revint avec une coupe pour moi, je lui demandai où conduisait cette porte. Il répondit simplement qu'il s'agissait d'une sortie donnant sur l'arrière. Aucun doute, Roy avait voulu que je voie Denisova. Je me forçai à réfléchir. Je ne suis pas expert en ambiguïtés, mais certaines choses du moins étaient claires. Si Denisova touchait de l'argent de Roy, alors Roy savait où était Julia. Il devait même le savoir depuis quelque temps. Et Denisova lui avait sûrement déjà dit que j'étais en contact avec Julia.

Dans ce cas, pourquoi ne me faisait-il pas arrêter? Je me sentais impuissant. Je n'y comprenais rien. J'étais une mouche prise dans une toile d'araignée.

Roy revint d'excellente humeur. Il se frotta un instant les mains devant le feu, me considéra, puis dit :

— Enfin des progrès, mon vieux Costia. Enfin !

J'aurais voulu prendre un air encourageant ; mais j'avais conscience de ne produire qu'un pauvre sourire. Roy vint s'asseoir à côté de moi.

— Regarde ces dingues autour de toi, dit-il. Quand ils ont obtenu leur galon de général, la plupart avaient dépassé les soixante-dix ans.

Il claqua dans ses doigts pour qu'on resserve du champagne.

— Moi, si tout va bien, ce sera pour cette année. Ma première étoile.

Je levai mon verre.

329

— Je bois à cette bonne nouvelle !

Je sentais qu'il me fallait ajouter quelque chose. Je déglutis avec peine, puis, avec toute l'assurance dont j'étais capable, je demandai :

— La fille, c'était qui ?

— A ton avis ?

Il s'était penché vers moi.

— C'est une devinette ?

— Si c'en était une, tu répondrais quoi ?

— Une femme de qualité, assurément. Appartenant à une vieille famille. Une Yousoupov, une Vronski...

Il souriait. Mais sans détourner son regard froid.

— ... pourquoi pas une Romanov, continuais-je lamentablement. Pas une Romanov de la famille de notre président, non ! Mais peut-être de la vieille famille des premiers tsars. J'ai lu quelque part qu'on trouvait des Romanov dans le monde entier. Et que les femmes ont toutes cet air tragique...

Je me tus. Roy souriait toujours.

— Une Romanov qui viendrait de Mourmansk pour vendre sa petite camelote ici, c'est ça ? Allez, Costia. Tu peux faire mieux.

Une serveuse en minijupe noire et chemisier blanc apporta une *zakuska* d'esturgeon fumé et des toasts grillés.

— Ah ! dit Roy. Parfait, parfait. Et une autre bouteille de champagne, voulez-vous ? J'ai dans l'idée que mon vieil ami va en avoir besoin.

La fille s'éloigna.

— Essayons encore, Constantin. Tu veux ?

— Une autre devinette ?

Il secoua la tête. Bien calé dans son fauteuil, il me fixait du regard en mâchonnant un toast.

— Tu sais qui c'est, dit-il.

— Jamais vue. Tu la connais depuis longtemps ?

— Costia. Je t'ai dit que si jamais tu essayais de me doubler...

— ... ça te ferait beaucoup de peine. C'était dans les sous-sols du couvent, non ?

J'étais nerveux. Je réagissais trop vite. Il m'emmenait où il voulait.

— Je sens que je commence à avoir de la peine, soupira-t-il. Tu ne manges pas ?

Il montrait la table.

— Ne me dis pas qu'ils vous servent de l'esturgeon tous les jours, dans les cantines de la police...

— Non, Roy.

Je me penchai pour attraper un toast. Le serveur s'approcha et ouvrit avec des précautions exagérées une autre bouteille de champagne. Les yeux de Roy restaient fixés sur moi. Après le départ du serveur, il prit une cigarette entre ses doigts.

— Je t'ai observé, reprit-il, pendant que tu traversais cette salle.

— Et alors?

— Quand tu as vu cette fille.

Il marqua un temps, puis ajouta :

— Tu étais électrisé, mon vieux ! Électrisé…

— Roy, je ne connais pas cette femme. Je ne sais pas de quoi tu veux parler. Qu'est-ce qui te prend?

— Si tu mens, je te ferai transformer en pâtée pour chien…

— Arrête de me parler sur ce ton, bon sang !

J'étais rouge. Mes yeux s'égaraient sous l'effet de la panique. Les acouphènes sifflaient de plus en plus fort. Il répéta :

— En pâtée pour chien.

— Je n'ai pas à supporter ça, dis-je, sachant pourtant que je n'avais pas le choix. Roy, on est des amis d'enfance, non? On était à l'école ensemble. Tu ne pourrais pas me dire ce qui se passe?

— Tu connais cette femme, dit-il d'un ton calme.

— Écoute, si j'ai paru électrisé, c'est parce que j'étais gêné. L'espèce de paysan, là, m'avait dit que tu étais avec une dame. Apparemment, je ne pourrais pas être reçu tant qu'elle serait là…

Je me forçai à rire.

— Là-dessus, tu me surprends en train de reluquer par le rideau. Bon, si j'ai vu quelque chose que je n'aurais pas dû voir, alors toutes mes excuses. Voilà, Roy. C'est la vérité. Maintenant, quelle est *ton* interprétation?

Il reprit des toasts en oubliant l'esturgeon. Il avait un doute, maintenant. Un petit doute mais un doute.

— Mon interprétation…

Il parlait d'un air résolu – faussement résolu, espérais-je.

— … est que tu l'avais déjà vue.

— Non, Roy. Jamais.

Il remua la tête, puis reprit :

— Dimitri et ses copains meurent d'envie de s'occuper de toi. Ce serait peut-être la solution, après tout.

Il haussa les épaules.

— L'autre solution consiste à passer à côté tous les deux. Il y a une salle avec télé à écran large. On peut regarder un match en buvant de la bière servie par des filles canon. Qu'est-ce que tu en penses ?

Un aimable et large sourire éclairait de nouveau son visage.

— J'en pense que j'ai beaucoup de travail, répondis-je.

Je me levai, priant pour que mes genoux ne me trahissent pas.

— On a un autre meurtre sur les bras depuis cet après-midi.

Il se leva à son tour et me tapota l'épaule.

— Viens d'abord jeter un coup d'œil à mes serveuses. Elles viennent des quatre coins du monde. De Paris, de Londres, de Berlin, même de New York. Il y aurait un livre à écrire sur les différences entre elles…

Il remuait son gros doigt de façon obscène.

C'est en frissonnant de désespoir que je regagnai ma voiture. Denisova était payée par la Tcheka mais, pour quelque incompréhensible raison, elle n'avait pas dit à Roy que j'étais en contact avec Julia. Peut-être n'étais-je pas assez important. Je n'arrivais plus à me défaire de l'idée qu'il me fallait prévenir Julia au plus vite.

Je conduisis comme un dément, alternant grandes avenues, rues adjacentes et allées obscures. Je longeai des voies de chemin de fer, zigzaguai dans la neige, effaçai toutes mes traces. Je mis une heure pour faire un voyage de trente minutes. Mais, en arrivant, j'étais sûr d'avoir semé mes éventuels poursuivants.

J'abandonnai ma voiture au même endroit que la première fois. Je la recouvris de planches de contreplaqué et de tôles rouillées puis me dirigeai vers le bloc Pasternak sans avoir repéré aucun signe de la Tcheka. Je croisai peu de gens. Seulement des familles avec leurs paquets.

J'entrai en passant par un trou dans un appartement du rez-de-chaussée. Je traversai des chambres saccagées. Puis je montai au troisième en empruntant un escalier en ciment. J'avais atteint le domaine de Julia. Je m'attendis à être arrêté par une sentinelle – une de celles que je connaissais, peut-être. En m'éclairant avec la lampe torche de la voiture, je suivis un long couloir jusqu'à l'arrière du bâtiment et le quartier général. C'est alors que je m'arrêtai. Je sentis la présence d'une fille armée de sa Kalachnikov. Je levai les mains en disant :

— Constantin Vadim. Je viens voir Julia.

Des morceaux de verre crissèrent sous un pas lourd. Une silhouette emplissait le cadre d'une porte. Je savais que c'était celle de Roy – du moins je crois que je le savais. Je crois aussi que, si j'avais réfléchi, fût-ce quelques minutes, en sortant du club des officiers, je ne serais jamais revenu ici.

Car Roy, sachant que j'avais reconnu Denisova, savait que je me précipiterais pour prévenir Julia. Si je n'avais pas reconnu Denisova, j'aurais accepté l'invitation à regarder un match, servi par des filles canon venues des quatre coins du monde.

Voilà. Roy commença par me frapper au visage. Je tombai dans les gravats, la poussière et le verre brisé. Quand je relevai la tête, je me trouvai nez à nez avec plusieurs paires de bottes. Le temps que je me relève, ils étaient au moins dix autour de moi. La Tcheka. Dimitri portait un sac. Il le montra à Roy en disant :

— Six grenades à main. Et de l'explosif. C'était dans le coffre de sa voiture.

— Je suis vraiment triste, soupira Roy en soupesant le sac.

Le sac s'éleva. Je tins bon. Puis le poids de six grenades me frappa à la tête. Je tombai comme une pierre. Le sac s'abattit sur moi de nouveau. Puis une troisième fois...

J'eus conscience d'être traîné dans une autre pièce. Mais je n'arrivais pas à saisir le sens des phrases que j'entendais. J'avais du sang plein les narines. J'ouvris les yeux. C'était une petite chambre. Une chambre à coucher avec du papier jaune semé de points bleus et des oursons qui dansaient. Mais sous les oursons, il y avait six ou sept femmes adossées au mur, la tête baissée sur la poitrine. Entre chaque tête, sur le mur, s'étalait une tache de sang noir.

Les coups de sac avaient émoussé mes sensations. Je notai tout de même que les filles appartenaient au groupe de Julia. La Sibérienne avait les cheveux pleins de sang. La fille à la Kalachnikov avait presque l'air de sourire. Denisova était couchée dans l'angle, bouche ouverte, vêtue de ce même tailleur qu'elle portait au club, à présent ensanglanté.

Roy se tenait au-dessus de moi.

— Julia, hoquetai-je. Où est-elle ?

Il rit.

— Elle est où elle aurait dû être depuis longtemps.

— Mon Dieu...

— Écoute, reprit-il en m'aidant à me redresser. Elle est vivante. J'ai toujours eu un faible pour elle. Tu le sais, non ?

— Tu m'avais promis...

Je montrai Denisova. Je n'étais pas certain de ce que je voulais dire. De toute façon, j'étais incapable de parler.

— Tu es un petit rouage, Costia. Tu m'entends ? Un tout petit rouage parmi des millions d'autres. J'ai toujours su que les gens comme toi étaient incapables de faire tourner la grande machine. Ce n'est pas leur place. Alors maintenant, tu vas rentrer chez toi. Tu vas faire ton boulot de flic. Et marcher à l'ombre.

Il me frappa amicalement l'épaule.

— Pigé ?

Je fis oui de la tête. Je crus que mon crâne allait exploser.

— Tu es un bon bougre, dit Roy en m'ébouriffant les cheveux. Mais nous autres, on a encore du boulot ici.

Il se tourna avec dégoût vers les cadavres le long du mur.

— Qui croirait que les femmes ont tant de sang dans le corps ?

Des vagues nauséeuses me submergeaient. J'avais des haut-le-cœur. Je laissai retomber ma tête.

— Tu as bien compris ce que je t'ai dit ?

Il me força à relever la tête ; il la retint par le menton.

— Un petit rouage. D'accord ? Rien qu'un petit rouage. Alors rentre chez toi. Va jouer au gendarme et au voleur avec ton Monstrum.

38

Ce furent les jours les plus longs de ma vie. Tous les soirs, j'allais attendre Roy à l'heure où il rentrait chez lui et je le suppliais de m'autoriser à la voir. Je ne pense pas qu'il se moquait de moi. Ni qu'il s'amusait de tout ça. Il me répondait qu'elle allait bien. Il ne pouvait en dire plus. Je voulais savoir où elle était détenue. Il refusait de répondre. Quand je lui demandais si on l'avait torturée, si elle était entre les mains de Dimitri, il se taisait.

Je le suppliais de me laisser lui parler : il refusait. Je savais que je dépassais les limites mais je continuais néanmoins. Un jour, je l'avais tellement exaspéré que sa réponse fut de m'inviter à monter chez lui boire un coup et regarder un porno italien qu'il venait d'acheter. Je tournai les talons.

Mais le lendemain soir, j'étais encore là.

Savoir un être aimé détenu à la Lubianka, à Lefortovo ou dans toute autre prison de la Tcheka est une expérience qui vous infecte à chaque seconde d'un indescriptible sentiment de panique. Vous ne pouvez plus manger. Vos pensées sont livrées à la peur et aux fantasmes. Le seul calmant, c'est la vodka.

Des visions me hantaient. Ces traces d'ongle laissées par les victimes sur le plâtre des murs au couvent de Mourmansk. Les sanglots dans le noir. La tache entre les jambes de madame Raïssa. Pour moi, le pire était peut-être de connaître le caractère de Julia. Jamais elle ne capitulerait. Jamais elle n'accepterait de confesser par écrit aucune atrocité. Autrement dit, elle était condamnée à souffrir toujours plus. J'imaginais avec une terrible clairvoyance son corps détruit par la force même de son esprit.

Je n'essayai pas de contacter Dronski. Les « si » et les « peut-être » qui émaillaient cette enquête dépassaient complètement mes capacités de réflexion. Le pire, c'est que Natacha n'était plus là. Je n'avais personne avec qui partager mon fardeau. Oui, mon fardeau. Car c'est en me filant que Roy avait pu rattraper Denisova.

Au quatrième jour de ce purgatoire, le téléphone sonna.

C'était mon ange gardien. S'il avait commencé à me donner des instructions pour que je me tienne prêt à me rendre ici ou là, je lui aurais raccroché au nez. Mais il avait une voix différente, ce matin-là. Une voix optimiste.

— Constantin, dit-il, tu as fait tes classes. Tu vas assister à une réception chez le chargé d'affaires américain. Et, la semaine prochaine, ce sera carrément l'ambassade. C'est un grand pas dans ta carrière. Et c'est ce soir. Je passe te prendre à 14 heures.

Une réception chez le chargé d'affaires américain. Ma première idée fut de sortir et de me saouler assez pour n'avoir aucune chance de récupérer à temps. Mais je considérai le téléphone. Et c'est alors qu'une autre idée se présenta. Puisque c'est moi qui avais été choisi, cela voulait dire que le chargé d'affaires ne serait pas présent. C'était une réception pour son équipe. Une équipe composée d'importants dignitaires. De gens dont la mission était de négocier le nouveau statut de l'ambassade. Ils devaient avoir une certaine ouverture d'esprit. C'était peut-être une occasion de placer un mot sur ce qui se passait à la gare de Biélorussie. Sur ces convois. Sur le sort de Julia, aussi. Sa réputation avait franchi les frontières. Et l'amnistie était un enjeu diplomatique pour Koba. Si j'arrivais avec la preuve qu'elle était bafouée…

Tous ces hommes, toutes ces femmes expédiés à Magadan. Julia condamnée à la mort lente dans les mines du Nord-Est. J'arpentai la pièce. Le destin m'envoyait une occasion de défendre Julia. Peut-être de défendre tous mes frères russes trahis par Koba. Il fallait la saisir.

Décidément, j'étais monté en grade. J'en pris conscience quand mon ange gardien m'offrit de m'asseoir à côté de lui, sur le siège avant. Il était au volant d'une voiture immense. C'est lui-même qui avait mis mon sac dans le coffre, chose qui ne s'était encore jamais produite. Cela étant, je ne connaissais toujours pas son nom.

En montant dans la voiture, j'eus la sensation que je ne reverrais sans doute plus cet appartement. Cela ne me dérangeait pas. Mon cercle de relations était des plus restreints. Madame Raïssa était morte. Natacha avait quitté Moscou. Seul restait Dronski. Je pouvais penser à lui comme à un ami. La voiture fila vers Presnia et passa devant le district. Je souris. Ilia Dronski : son crâne rasé penché sur la liste à double entrée des témoins impliqués dans l'affaire du père Alexandre. Son fishburger. Son gobelet de mauvais café. Il y avait des millions de Russes comme Ilia. Et tous ces braves gens attendaient désespérément que le vent tourne. Que le bateau se mette en route. Que quelqu'un leur indique enfin le bon cap.

Nous roulâmes une demi-heure. Au milieu de l'après-midi, le soleil était déjà bas sur l'horizon quand je vis Arkhangelsk pour la première fois. Je sentis battre mon cœur, malgré l'amertume. Un soleil pâle jetait des reflets d'argent sur les dômes qui paraissaient flotter dans un paysage de neige. Comme nous approchions, l'angle de la lumière changea. Bientôt, nous découvririons les murs blancs de l'église qui supportait cette splendeur.

Se dressait à présent devant nous un magnifique palais de bois couleur ocre. Au-delà du portail sinuait un chemin déblayé. Mon garde du corps gara la voiture devant une rangée de colonnes.

Un employé de maison en gants beurre frais et gilet vert à rayures prit mon sac et me conduisit d'abord dans un grand hall ; il y eut ensuite un escalier, des couloirs, et enfin une chambre bleue donnant sur les jardins.

J'eus droit à un petit comité d'accueil : la maquilleuse muette et les deux professeurs. Mon garde du corps avisa le plus petit et plus gros des deux.

— Le professeur Rulov et le professeur Dériabine. Ils vont vous aider pendant toute la soirée. Ils serviront d'interprètes. Ce sont eux qui mettront au point les réponses que vous ferez à toutes les questions sur Arkhangelsk…

— On va me poser des questions ?

— Les Américains sont connus pour être des gens très indiscrets, répondit mon ange gardien. Mais les professeurs auront tout le temps de vous y préparer…

C'était le genre de réception que les magazines, avant la guerre civile, auraient qualifié de brillante. Tandis que l'on me guidait discrètement vers le grand hall ovale, je fus frappé par la beauté du décor. Mes professeurs m'avaient préalablement fait visiter les lieux, cette salle de musique où étaient accrochés depuis peu des Tiepolo et des Van Dyck. J'y entrai avec le sentiment d'être le centre de tous les regards.

Je n'avais pas encore arrêté de décision sur la façon dont j'allais m'y prendre. Je pouvais faire une déclaration à l'intention d'une poignée de hauts représentants. Il y avait aussi la possibilité d'adresser d'emblée aux convives un discours sur l'amnistie qui serait immédiatement répercuté à Washington et aux quatre coins du monde.

J'étais dans un état d'excitation extrême. Les décharges d'adrénaline me faisaient frissonner. On me fit passer devant une rangée d'Américains. Je leur distribuai des sourires et des hochements de tête. De temps en temps, je posais une question simple, comme « Depuis combien de temps êtes-vous à Moscou ? » ou « D'où venez-vous aux États-Unis ? ». J'étais concentré sur le personnage de Koba. Je souriais, j'inclinais la tête, je me déplaçais dans la foule. J'avais reçu de mon gorille des consignes très strictes. Une question simple, une réplique si la réponse le nécessitait – ensuite, passer à quelqu'un d'autre.

Il devait y avoir deux cents invités. Aussi ne remarquai-je pas la présence d'Ingrid Shepherd avant une dizaine de minutes. Elle était au bras d'un membre de l'ambassade à qui je venais de parler.

— Puis-je vous présenter le docteur Shepherd, me dit-il. Déléguée à l'amnistie...

Elle portait une grande robe bleu électrique. Sa chevelure noire jetée en arrière dévoilait des boucles d'oreilles qui faisaient paraître son cou plus long encore. Je retins mon souffle et lui tendis la main. Son corps dégageait un parfum familier.

— C'est un grand honneur de vous connaître, général.

Elle ne me lâchait pas la main. Elle ajouta :

— Surtout en tant que déléguée à l'amnistie.

J'essayai de reprendre possession de ma main mais elle la garda encore un instant. Quand ma paume eut enfin glissé hors de la sienne, je dis :

— Donnez-moi un avis impartial, docteur. Le travail de la Commission est-il en progrès ? Vous estimez-vous en mesure de fournir un rapport favorable au gouvernement des États-Unis, le moment venu ?

— Ce que j'ai vu jusqu'ici, général, montre à quel point la réconciliation tient à cœur à chacun. Même à vos anciens adversaires.

— Vraiment ? Vous trouvez ?

J'éprouvais un fabuleux sentiment de puissance.

— Vous trouvez que la confiance est rétablie ?

— Oui, général.

— Les réactions sont positives, alors.

— Extraordinairement positives…

— Il doit pourtant bien y avoir des réactions… plus critiques ?

— Je n'en ai pas rencontré. Vos ennemis d'autrefois, général, acceptent avec enthousiasme les assurances du gouvernement. J'irai même plus loin : dans de très nombreux cas, vos anciens ennemis ne sont plus des ennemis.

J'aurais pu faire dire à cette femme n'importe quoi. Son regard pétillait d'enthousiasme. Impossible qu'elle me reconnaisse. Elle était hypnotisée. Et bien décidée à m'hypnotiser à son tour.

Mais je sentais mon ange gardien mal à l'aise.

— Très heureux de vous avoir rencontrée, dis-je.

— Tout l'honneur est pour moi, répondit-elle.

Et elle ajouta hardiment :

— Je serais très heureuse de pouvoir aborder de nouveau ce sujet de l'amnistie.

— Je verrai ce que je peux faire, dis-je.

— Quelle audace, murmura mon gorille tandis que nous passions à un autre groupe. Un peu plus et elle vous violait carrément sur le tapis. Mais vous avez très bien géré ça.

L'Américain à cheveux gris s'approchait de nouveau, avec une autre femme cette fois, plus âgée. Le garde du corps se raidit.

— Putain, siffla-t-il entre ses dents. Elle n'était pas censée être là.

— Qui est-ce ? demandai-je vivement.

— La chargée d'affaires, idiot !

Il parlait à toute vitesse, entre ses dents.

— Diana Hilton. Veuve. Deux filles avec elle ici à Moscou. Parle très bien le russe. Arrivée il y a deux semaines. Tu l'as déjà rencontrée mardi dernier. Le dîner du président Romanov.

Ils étaient devant nous. Nous échangeâmes des poignées de mains. La chargée d'affaires était une grande femme séduisante d'une cinquantaine d'années.

— Général Koba, commença-t-elle avec un sourire, je suis venue comme mère plutôt que comme représentante officielle. Mes filles font partie de la chorale qui va chanter tout à l'heure. La fierté maternelle, vous savez ! Je n'ai pas pu résister. J'espère que vous me pardonnerez. Mon équipe, elle, ne me le pardonnera jamais…

— Très heureux, Mrs Hilton. J'espère avoir la chance de saluer vos filles après le concert.

— Elles ont très envie de vous rencontrer.

Je souris.

— Général…

Elle jeta un coup d'œil à mon ange gardien et fit un pas de côté, m'obligeant à la suivre. Les battements de mon cœur accélérèrent. Je tenais l'occasion idéale. La chargée d'affaires. Rien de moins !

— Il faut que je vous dise quelque chose, reprit-elle. Et tant pis si nous ne sommes pas dans une rencontre officielle. Peut-être même est-ce mieux ainsi…

— Allez-y, dis-je. Parlez franchement. Je vous en prie.

— C'est au sujet de l'amnistie…

Mon gorille fit un pas vers nous. Je l'arrêtai d'un geste et surpris ses regards anxieux. Je lui tournai le dos et me penchai vers Diana Hilton en hochant sombrement la tête.

— L'amnistie ? répétai-je.

Comment allais-je faire pour lui parler de la gare de Biélorussie ? Allait-elle me tendre une perche ?

— Je viens de lire votre note à ce sujet.

Je dus avoir l'air perplexe car elle sourit.

— On me l'a apportée juste quand j'allais sortir, poursuivit-elle. Et, très franchement, elle m'offrait une raison supplémentaire de venir…

— Une information vous est parvenue ? De la part des délégués à l'amnistie ? Avez-vous une doléance à m'adresser concernant notre façon d'opérer ?

Elle rit.

— Au contraire, général. Je pense que vos intentions sont très louables.

— Et vous les approuvez ?

Je croisai les mains dans mon dos et me penchai encore en haussant les sourcils.

— Entièrement. Non… plus que ça ! Avec enthousiasme. Le fait d'avoir offert à une ex-anarchiste un poste au ministère de la Réconciliation… Un coup de maître.

Une ex-anarchiste.

— Je peux vous dire que le peuple américain approuvera ce geste. Vous pouvez dire aux délégués à l'amnistie de rentrer chez eux. Maintenant, vous avez le peuple américain derrière vous.

Elle me secouait vigoureusement la main.

— Sans compter que cette ex-anarchiste est très connue aux États-Unis. Comme général et comme femme. Elle continuera de capter l'attention de tous les médias.

Il fallait que je sache. Il fallait que je sois sûr d'une chose. Le stratagème était grossier mais désespéré. Je voulais savoir...

— Mais va-t-elle accepter? dis-je. C'est là tout le problème.

Elle fronça les sourcils.

— Mais... d'après votre note, c'est chose faite. Il y a un délai pour le communiqué officiel, bien sûr, mais elle a accepté...

— A l'exception de... quelques petits détails. C'est ce que je voulais dire.

Le sol se dérobait sous moi.

— Mais en effet, repris-je. C'est fait. Julia Petrovna a accepté.

39

J'étais pétrifié. Je restai encore un peu à cette réception mais pus partir avant la fin – les deux professeurs jugeant plus sage de me dispenser de la chorale américaine et du petit discours d'adieu. En me reconduisant à Fili, mon ange gardien se montra nettement moins amical.

Chez moi, je ne cessai de passer d'une pièce à l'autre avec mon verre de vodka. J'espérais que l'alcool diluerait le sirop qui coulait dans mes veines. Et, surtout, je savais qu'il me fallait avoir une explication avec Julia.

J'arrivai chez Roy à minuit passé. Comme il m'ouvrait la porte, je vis une femme derrière lui. Il portait pour tout vêtement son pantalon de pyjama. Aux poils de sa poitrine se mêlaient d'épais cheveux couleur de cuivre ; d'autres lui couvraient les épaules. Ma visite ne lui faisait guère plaisir.

— Il faut que je la voie, dis-je. Julia…

— Nom de Dieu ! explosa-t-il. La réponse est non ! Et tu le sais. Je t'assure qu'elle va *bien*. Ça te suffit ?

Je reculai d'un pas mais il bondit et me saisit par le revers de ma veste. Il m'entraîna dans l'appartement où la fille, à moitié nue, nous considérait d'un air inquiet.

— Va m'attendre dans la chambre. J'en ai pour cinq minutes.

Je remis de l'ordre dans ma veste. Des boutons manquaient à ma chemise. J'étais beaucoup plus costaud que Roy mais qui oserait lever la main sur un officier de la Tcheka ?

— Tu as perdu la tête, ou quoi ? Tu ne sais plus réfléchir ? Maintenant, écoute-moi bien.

Il me gifla d'une main légère et amicale.

— Tu ne peux pas la voir. Mais elle est vivante. Saine et sauve. Elle a même une vie confortable. Personne n'est en train de la travailler dans un quelconque sous-sol. Je te le jure. Tu me crois ?

Il me fixa du regard. Ayant lu quelque chose dans mon expression, il fit un pas en arrière.

— Quoi ?

— Je suis au courant pour Julia.

Il croisa les bras sur sa poitrine.

— De quoi ?

— Je suis au courant, Roy.

Il se détourna et se servit un verre de whisky.

— Tu en veux ? demanda-t-il en agitant la bouteille.

Je hochai la tête.

— Comment tu as fait ? reprit-il. C'est elle qui te l'a dit ? Non. Impossible. Alors ?

— Il y a eu une réception à Arkhangelsk, tout à l'heure.

— La chorale des gosses ?

— La chargée d'affaires était là. On a parlé. Fini de jouer, Roy. Elle est passée à l'ennemi…

— Elle nous a rejoints, bordel !

Il me tendit un verre à demi plein. Je secouai la tête.

— Tu penses qu'elle s'est assise sur ses principes, c'est ça ?

— Je veux savoir ce qui s'est passé.

— Tu te fais des idées, Costia. Rien ne dit que tu as le droit de savoir.

— Denisova l'a trahie ? Il y a eu une fusillade à Pasternak ?

Il but une gorgée de whisky et fronça les sourcils.

— Qu'est-ce que tu racontes ?

— Tu lui as offert la vie sauve si elle changeait de camp ?

Il éclata de rire.

— Mon pauvre Costia ! Tu crois vraiment que ce genre de choses arrive, comme ça ?

— Alors, raconte-moi.

Il déglutit. Son regard se fit plus dur. Il plissa les yeux.

— A mon retour à Mourmansk, dit-il, le général Koba m'a désigné pour la trouver. On lui avait dit que j'avais connu Julia, autrefois. Qu'on avait été à la même école. Bref, j'ai été choisi – rien de spécial. Ce qui était spécial, c'était la mission qui m'était confiée : la convaincre de se rallier à notre cause !

Il reprit sa respiration.

— Mais, d'abord, il fallait que je la trouve.

Je me raidis.

— C'est grâce à moi que tu l'as retrouvée ? Tu as fait mettre ma photo dans la *Pravda* de Presnia… C'était pour ça, alors. Tu voulais qu'elle sache que j'étais à Moscou ? Tu savais qu'elle me contacterait ?

Il haussa les épaules.

— Ne te tourmente pas pour ça, Costia. Tout est bien qui finit bien.

— Dis-moi comment ça s'est passé.

Il se gratta la poitrine, jeta un coup d'œil en direction de la chambre et finit son whisky.

— Tu as bien joué, Costia. Tes premiers contacts avec elle nous ont tous échappé. Mais j'avais sorti d'autres antennes. J'ai pu me mettre directement en rapport avec elle il y a une semaine, grâce à l'un de mes informateurs. Un anarchiste. Le général Koba suivait mes progrès à la trace. Mais ça restait un contact incertain. Julia est habile. On était en liaison mais sans l'être…

— Tu ne savais pas où elle se cachait.

— Pas encore, à ce stade. Mais je pouvais ouvrir les négociations. J'ai fini par lui demander d'envoyer un émissaire. Mieux : un plénipotentiaire.

— Denisova.

— Une dame très compétente. Pour le moins troublée par le marché que je lui mettais en main, mais très dévouée. Par son intermédiaire, j'ai pu faire ma proposition à Julia. La proposition du général Koba, en fait.

— Et Julia a accepté.

— Les grandes lignes, d'abord. Ensuite, on a discuté. Et elle a dit oui. Mais ça traînait pour la mise au point. Le général Koba me pressait de conclure. Le problème, c'est que je ne traitais toujours pas directement avec Julia. Officiellement, je ne savais pas où elle était.

— Officiellement ?

— J'avais fait filer Denisova, bien entendu. Mais c'était contraire à nos accords avec Julia. Si jamais elle s'en apercevait, toute l'opération risquait de tomber à l'eau.

— Alors tu t'es débrouillé pour que je tombe sur Denisova au club. Tu voulais que je pense qu'elle trahissait Julia…

— Tu as filé tout droit chez elle. Et j'ai pu dire à Julia que tu nous avais conduits jusqu'à elle. Pas Denisova.

Il rit.

— Le vin était tiré, dit-il. Il ne restait plus qu'à régler les derniers détails. Ça a pris quelques minutes. Comme je l'avais prévu. Tu peux te vanter de nous avoir rendu service à tous, mon pote. Tu nous as permis de boucler l'affaire.

L'idée de m'être laissé manipuler ainsi me rendait malade. Le tableau était net ; il restait pourtant des zones floues sur les bords.

— Roy, dis-je, puisque Julia était prête à accepter ton offre, pourquoi les autres ont-elles résisté ? Ses fidèles camarades…

— Résisté ?

Il sourit d'un air satisfait.

— Tu les as tuées comme ça, pour rien ?

Il laissa échapper un ricanement.

— Bon, ça va, maintenant, Costia ! Je suis occupé, là.

Il regarda en direction de la chambre.

— Tu déranges, au cas où tu n'aurais pas remarqué. J'ai pris le temps d'apaiser les angoisses d'un vieux copain mais, bon, tu ne vas pas non plus me foutre toute ma nuit en l'air !

— Il faut que je voie Julia, Roy. *Tout de suite.*

Il me regarda en pinçant les lèvres.

— Roy…

Il tourna les talons et marcha vers la porte de la chambre en me lançant par-dessus son épaule :

— Quel emmerdeur tu fais. Un emmerdeur et un ingrat. Très bien. Va te présenter à la Lubianka. Je vais demander à Dimitri de te recevoir. Il t'emmènera la voir. Personne n'est censé savoir où elle est. Tu as compris ? Il faudra que tu acceptes qu'on te mette un bandeau.

J'approuvai. Roy s'était arrêté au seuil de la chambre. Il rota en silence, puis conclut :

— Qu'est-ce que je ne ferais pas pour un ami !

Son attitude était celle d'un officier de commandement. Elle était assise derrière son bureau dans une pièce haute aux plafonds richement décorés de stuc. Des chevaux de bronze cabrés dans la bataille servaient de socle à des lampes tamisées. Un portrait à l'huile de la reine Victoria était suspendu au manteau de la cheminée. Nous étions séparés par un vaste tapis de soie.

Elle portait une robe sévère, noire. Une chaîne en or pendait entre ses seins. Elle souriait.

— Constantin…

Je refermai la double porte derrière moi. Elle se leva, bras tendus.

— Comment pourrai-je jamais te remercier ? Tu es le seul à m'avoir aidée quand j'étais si mal. Ta loyauté : c'était un phare pour moi…

345

Je m'arrêtai au milieu de la pièce. Mon manteau était ouvert. J'avais plongé les mains dans mes poches. Elle vint se placer devant moi.

— Je sais ce que tu penses, dit-elle. Je te connais si bien. Tu ne comprends pas. C'est ça ?

Son sourire de bienvenue s'effaçait.

— Laisse-moi t'offrir quelque chose. Café ?

Je restai sans voix.

— Quelque chose de plus fort ?

Elle retourna à son bureau et agita une clochette.

— Ç'aurait été mieux d'attendre demain matin. Mais Roy m'a dit que tu avais insisté…

— J'ai insisté, confirmai-je.

Un serviteur en veste blanche apparut ; elle lui ordonna d'apporter du café. Puis elle se composa une autre sorte de sourire, une expression désabusée, avant de se mettre à parler vivement.

— Assieds-toi, Constantin. Ne reste pas planté là à ruminer ton ressentiment comme un vieux Russe. Tu as l'air un peu *ridicule*. Tu ne t'en rends pas compte ?

L'écho de nos querelles, vieilles de cinq ans, me vrilla les oreilles encore plus violemment que les acouphènes.

— Tu as raison, admis-je. Je suis ridicule. Et c'est vrai : je ne comprends pas. J'aurais pu interroger Roy, évidemment. Mais je crois que j'ai besoin de l'entendre de ta bouche.

Elle haussa les épaules.

— Tu te demandes comment j'ai pu…

— Non ! Je suis ridicule. Tu viens de le dire. Je suis ridicule et mes questions aussi !

— Constantin, ne crie pas, pour l'amour du Ciel. Contrôle-toi.

— Je veux savoir si c'est vrai. Je veux juste en être absolument sûr. Je veux dire : que tu as accepté la proposition de Koba.

Ses pommettes brillèrent sous la clarté d'une des grandes lampes de bronze. Elle répondit froidement :

— J'ai accepté. C'est vrai.

— De ton plein gré ? Tu as accepté cette proposition ignoble de ton plein gré ? Après ce que je t'ai dit au sujet de l'amnistie ? Après que je t'ai parlé des convois en gare de Biélorussie ? Plein de camarades à toi…

— Constantin…

Elle retourna s'asseoir derrière son bureau. L'éclairage donna à son visage un aspect dramatique.

— Il y a tellement de choses que tu ne comprends pas.

D'un geste, j'écartai la lampe qui tomba sur le tapis.

— Ce que je comprends, repris-je, c'est que tu as accepté cette offre même en sachant qu'elle risquait d'entraîner la mort de ces femmes qui t'avaient juré fidélité.

Je me penchai sur le bureau.

— Devant n'importe qui, devant Roy, devant Koba en personne, j'aurais affirmé que tu vivais pour tes principes. Que toute ta vie se fondait sur des principes. Que tu ne prenais jamais une décision sans la mettre à l'épreuve de tes principes. Devant le monde entier, j'aurais proclamé la même chose…

Je ne contrôlais plus ma voix.

— Mon Dieu, soufflai-je. Je ne te connaissais pas…

Elle me regardait sans tressaillir.

— Je t'ai laissé prendre avec moi des libertés que je n'aurais consenties à personne d'autre, répondit-elle. Et tu sais pourquoi? Parce que nous partageons quelque chose d'infiniment précieux. Maintenant, écoute. Je serai bientôt ministre de la Réconciliation. Et surtout, chose plus importante encore, adjointe du ministre de l'Intérieur. L'année prochaine…

Je sentis mes mâchoires se relâcher.

— Adjointe de *Koba*?

— Ne me regarde pas avec cet air de chien battu, Constantin!

Elle se leva, se dirigea vers la cheminée et me fit face à nouveau.

— Nous vivons dans une réalité, reprit-elle. Une seule. Et cette réalité s'appelle la conquête du pouvoir. C'est ce que j'ai appris au cours des six derniers mois. La bataille pour le pouvoir est un combat total. L'idéologie n'est qu'une façon de l'habiller.

Elle serrait les poings.

— Je te l'ai dit, Constantin. Nous vivons dans un monde post-idéologique. Le choix, pour moi, était le suivant: rester en dehors du coup ou être au centre du problème. Qu'est-ce que tu aurais fait à ma place?

Je secouai la tête.

— Mais tu avais des convictions… Même erronées, elles faisaient partie de toi! Tu avais des principes.

Elle prit un air excédé.

— L'idéologie est morte, Constantin. Je t'ai expliqué ça. Les principes honnêtes, on ne peut pas les respecter. C'est impossible. Tu te rappelles cette citation de John Donne : « Celui qui prétend vivre selon des préceptes ne pourra vivre honnêtement. »

— Il a dit ça ? Et ta mère, elle ne disait pas que l'Angleterre était infestée de poètes ? Qu'on pouvait toujours trouver un poète susceptible de soutenir n'importe quelle thèse ?

— Je répète : qu'aurais-tu fait à ma place ?

Je la regardais, maintenant.

— J'espère que je serais resté avec mes camarades, répondis-je. Au lieu de m'en aller pendant que Roy et ses tchékistes les massacraient.

— Tu as beaucoup à apprendre, Constantin. Ces gens, c'étaient de petits rouages. Tu vois ce que je veux dire ?

— Roy m'a déjà expliqué tout ça, oui.

Le serviteur revint avec le café sur un plateau qu'il déposa sur la table basse, sous le portrait de Victoria. Avant de sortir, il remarqua la lampe tombée et la reposa sur le bureau. Puis il me regarda, et ensuite Julia, attendant l'ordre de me ficher dehors. Mais sur un signe de la main, il s'en alla.

— De petits rouages, tu disais. Tes camarades.

Ma voix grondait.

— Tu es vraiment trop naïf. Denisova et les autres savaient que j'étais impliquée dans l'attentat contre Koba. Elles savaient même que j'en avais programmé un autre. Comme Roy l'a observé à juste raison, c'était une information qu'il valait mieux ne pas laisser s'ébruiter.

Ses yeux s'étaient élargis. Elle s'amusait. Je jure qu'elle s'amusait.

— Tu imagines la presse étrangère : « L'adjointe du général Koba accusée d'avoir voulu attenter à la vie de son chef. »

— Non. Tu ne peux pas avoir fait ça. Ce n'est pas possible…

Son regard était une énigme. Elle souleva la cafetière.

— Vraiment ? Tu crois ?

— Oui.

— Alors c'était ça, ton problème.

Elle m'observait par-dessus la cafetière.

— C'est pour ça que tu as tellement insisté pour venir me parler. Tu avais peur que je manque à mes principes. Que je trahisse toutes ces amies anarchistes avec lesquelles, de toute façon, tu n'aurais jamais voulu frayer. Costia, mon amour. Je n'arrive pas à prendre tes objections au sérieux. Je pensais qu'au contraire, tu te serais félicité de ma décision. Après tout, j'ai fini par rejoindre ton camp.

Il faisait une chaleur étouffante dans cette pièce.

— Très bien, Julia, dis-je doucement. J'arrête de t'opposer tes propres principes. Tu dois avoir raison. Les principes sont le déguise-

348

ment de l'appétit de pouvoir. Il y a pourtant une objection que tu devrais prendre au sérieux.

— Laquelle ?

— Si les principes qui nous ont séparés à Mourmansk étaient sans objet, comme le sont tous les principes, alors sur quoi ta décision d'emmener Micha, de l'éloigner de moi, reposait-elle ? Sur ton propre désir de t'en aller ?

— C'est du passé, Constantin. Ne viens pas me reprocher ça.

— Micha est mort.

Elle fit un pas vers moi. La fureur lui embrasait les yeux.

— On l'aimait. Tous les deux. Je n'accepterai pas que tu me reproches sa mort.

Elle frissonna. Puis elle fit un autre pas et me prit la main.

— Fais attention, Costia. Quoi que tu penses de ma décision, prends garde à toi. Denisova et les autres sont mortes parce qu'elles savaient, pour l'attentat. Et toi, tu sais aussi.

Elle voulut me donner un baiser mais j'eus le temps de m'écarter.

Dimitri attendait dehors, près des pins enneigés. Il tirait sur une cigarette, tenant de l'autre main une bouteille de vodka presque vide. Je descendis les marches et m'avançai vers la limousine. Un instant plus tard, j'étais assis à côté de lui – l'abominable Dimitri. Je le laissai me mettre le bandeau sur les yeux. Sous le bandeau, je fermai les paupières. Je ne voulais rien savoir. Absolument rien.

40

Stoke et vodka ne font pas bon ménage. Chacun annule les béné-
fices de l'autre, de sorte qu'il n'en résulte qu'une terrifiante psychose.
J'écoutais de la musique dans ce jazz-club du Bullfrog. Un groupe noir.
Des musiciens comme je les aime. En face de moi, Dimitri s'était effondré sur la table, le menton sur les bras, la langue pendante comme
celle d'un chien, les paupières à demi fermées sur ses yeux sombres.
Un instant, je caressai le projet de le tuer.

Il était hypnotisé par la chanteuse noire qui chantait « Georgia ».

— T'as déjà vu, bredouilla-t-il…

Il dut s'y reprendre à deux fois.

— T'as déjà vu une fille avec un aussi gros cul ?

Je fis signe au serveur d'apporter un litre de vodka. De quelle dose
d'alcool Dimitri avait-il besoin, avant de mourir empoisonné ?

— Toi et moi, Costia, reprit-il. On pourrait devenir très, très bons amis.
Un officier de la Tcheka a souvent besoin d'un ami digne de confiance…

Il agitait le doigt.

— … et vice versa.

Dans ce genre d'ambiance, assommé par le bruit et l'alcool, des
paroles comme celles-là, venues d'un pareil rebut, vous donnent l'impression d'être très seul.

— Personnellement, Costia, je pense que Julia sera aux commandes
du pays avant cinq ans. C'est une sacrée bonne femme.

Où était Natacha, pendant que je discutais avec ce Dimitri ? Combien
de temps mettrais-je pour arriver à Pétersbourg en partant tout de suite ?
J'essayai de calculer. Puis je m'assoupis. A peu près vingt jours, à raison
de trente kilomètres par jour.

La *stoke* commençait à produire son effet. Mon esprit glissait sans effort
sur la neige. J'entendais les sabots des poneys, le sifflement des roues. Je

descendais vers le village. Une calèche projetait dans la rue la lumière jaune de ses lanternes. Il y avait une auberge. Des dômes luisaient sous la lune. Natacha attendait à la porte, enveloppée de fourrures...

Je rouvris les yeux. La face de rat de Dimitri n'était plus qu'à quelques centimètres de moi.

— Seigneur! disait-il. J'aime les grandes femmes. Tu sais, avec ses talons, madame Raïssa, elle me dépassait d'une bonne tête... Regarde-moi ces deux-là.

Je tournai la tête avec difficulté. Peut-être ai-je seulement tourné les yeux. Deux femmes étaient assises à une table, près de la sortie. Elles nous adressaient des clins d'œil vulgaires. Quand elles se levèrent pour danser ensemble, Dimitri fut enchanté. Leurs robes laissaient voir leurs seins en transparence.

Dans l'allée, le vacarme semblait insupportable. Les poubelles roulaient et s'écrasaient sur les pavés. La tête de Dimitri cogna contre une porte avec un bruit sourd. Il se déchira la main dans une fenêtre. Les deux grands travestis le traînèrent sur les pavés et le rouèrent de coups. Puis son corps passa devant moi en traversant les airs. Les travestis hurlaient. J'eus des visions de talons roses et de jupons à frou-frou. Il me fallut plusieurs minutes pour comprendre. J'étais par terre. Ma tête reposait contre les roues avant d'une voiture en stationnement.

Dimitri occupa de nouveau mon champ visuel. Il était couché sur le capot de la voiture, et le sang qui ruisselait de son nez me tombait dans les yeux. Des lumières bleues s'allumèrent dans l'allée. Il y eut des bruits de pas. On courait. Une voix retentit, pareille à celle d'Ilia Dronski. Quelqu'un m'aida à me relever.

Je trébuchai dans l'allée, cramponné à son épaule.

— Qu'est-ce qui s'est passé, bon dieu?

Je dus répéter cette question plusieurs fois.

— Un des hommes en patrouille a vu cette espèce de maquereau à face de rat vous entraîner vers le club. J'ai voulu en avoir le cœur net...

— Il y a eu une bagarre.

— A la télé, on dit toujours que les petits malfrats se volent entre eux pour se payer les uns les autres. Ce n'est pas un ami à vous, chef?

Je secouai la tête.

— Tant mieux, dit-il. On a laissé les *filles* s'occuper de ça. Elles ont l'air d'avoir fait du bon boulot.

Je m'éveillai pour découvrir de grands yeux noirs plongés dans les miens. Il me fallut un temps pour accommoder. Le visage était rond et dodu. Il ne ressemblait pas du tout à celui de Dimitri.

— Je m'appelle Lydia, dit l'enfant.

Je me mis avec peine en appui sur un coude. Un petit garçon se tenait à côté de sa sœur.

— Et moi c'est Georgi.

Apparut une femme qui ajouta en souriant :

— Mon nom à moi, c'est Nina Andreyevna...

Je m'obligeai à m'asseoir sur le sofa et pris la tasse de café qu'elle me tendait. Je bredouillai un merci. Mes yeux tombèrent sur le pied en plastique qui dépassait sous la jambe droite du pantalon.

— Dronski, dit-elle. Nina Andreyevna Dronski. L'épouse d'Ilia.

Je me soulevai pour lui serrer la main avant de retomber en arrière. Par chance, j'avais réussi à ne pas renverser le café.

— Ilia vous demande de l'excuser, reprit-elle. Il est au bureau.

Au mur, la pendule indiquait un peu plus de 7 h 30. Et le seul fait de regarder l'heure me faisait venir une douleur dans la nuque. J'essayai de sourire. La pièce était petite, rectangulaire. Sans doute située dans les étages supérieurs d'un bloc car la fenêtre en métal standard ne découpait qu'un carré de ciel bas et gris. Derrière Nina Andreyevna, on voyait une cuisine bien propre. Rien n'aurait pu guérir mon mal d'estomac, mais la chaleur qui émanait de cet intérieur accueillant m'aidait à me détendre. Je glissai vers le bord du sofa. La douleur irradia dans mes épaules. Je tressaillis.

— Les enfants vous ennuient, peut-être ? demanda Nina Andreyevna.

— Pas du tout. Laissez-moi vous remercier pour m'avoir accueilli.

La petite fille se colla à sa mère. Georgi me donna un coup de coude au genou. Je tapotai ses cheveux noirs et bouclés.

— Vous avez des enfants, inspecteur ?

— Non.

J'avais toujours la main sur la nuque du garçon ; je n'étais pas loin de pleurer. C'était absurde. Je bus une gorgée de café.

— Avoir des enfants, aujourd'hui, à Moscou, reprit-elle, c'est une grande responsabilité.

— Sûrement, dis-je en la regardant.

Je sentis qu'elle ne parlait pas seulement des films porno à la télé.

— Ilia se fait beaucoup de souci. Il a raison, non ?

— Sans doute.

— Il dit qu'on ne saurait être assez prudent, en ce qui concerne les gens à qui nous confions l'avenir de nos enfants. Si vous aviez des enfants, inspecteur, vous auriez confiance ?

J'avais beau avoir la gueule de bois, je voyais bien qu'on me soumettait à la question.

— Avez-vous jamais rencontré une collègue d'Ilia ? demandai-je. Le docteur Karlova ?

Elle regarda ses pieds.

— C'est elle qui m'a opérée, dit-elle. Sans elle, c'est toute la jambe que j'aurais perdue. Un bloc de béton m'est tombé dessus. Trois, quatre tonnes, je ne sais plus. Pas d'équipement pour le déplacer. J'étais coincée là-dessous depuis huit heures quand Ilia m'a retrouvée. Il a supplié Natacha de venir. Elle a décidé d'amputer le pied. Elle a sauvé la jambe. Et ma vie.

Elle marqua un temps avant de reprendre.

— Natacha est la femme la plus positive que je connaisse.

— Que pense-t-elle de ceux à qui nous confions l'avenir de nos enfants ?

Nina sourit avec chaleur. Comme une amie.

— Je pense que vous connaissez la réponse, inspecteur.

Je me levai en posant la main sur l'épaule de Georgi.

— Ilia a laissé un message pour moi, vous disiez ?

— Il vous demande de l'excuser. Deux ou trois choses à faire au district avant.

Je fis rire Georgi en lui chatouillant le cou.

— Avant ? Avant quoi ?

— Il a juste dit : rendez-vous au cimetière.

Georgi leva vers moi ses grands yeux noirs. Nina Dronski savait que je ne voyais pas du tout ce qu'elle voulait dire.

— L'enterrement de Madelena Kassarian, précisa-t-elle.

— Merci. Mais je ne vais pas essayer de faire semblant. Il a lieu où ?

— Au cimetière Vagankov, sourit-elle. A 9 heures.

Le téléphone sonna. Elle alla répondre. C'était une femme séduisante mais à qui sa jambe donnait un air maladroit. Elle revint vers moi.

— Quelqu'un qui appelle d'un jet, dit-elle. Ilia lui a donné notre numéro. Cette personne demande que vous alliez tout de suite l'attendre à l'aéroport.

Depuis le salon des pilotes, je vis le jet s'avancer puis s'arrêter sur le tarmac, parmi une demi-douzaine d'autres aux armes du monde entier, qui attendaient leur plein de carburant ou les travaux d'entretien courant. J'avais toujours aimé les aéroports, leur activité, leur animation. On poussa l'escabeau sous le cockpit de l'Airbus Ilyouchine d'Air Russia. C'est alors qu'un autre Airbus, de la British Airways celui-là, s'arrêta à son tour et me boucha la vue. Je me détournai. Non loin de moi, plusieurs hommes et femmes en uniformes prenaient un petit déjeuner autour d'une table. D'autres lisaient les journaux dans leurs confortables fauteuils club. Je trouvai cela rassurant, de voir ces services fonctionner à nouveau.

Un employé vint me demander si je désirais boire quelque chose. Je pris le risque de commander une coupe de champagne géorgien. A cet instant, le capitaine Nicolai Persilov entra dans la pièce.

Après la poignée de mains, il posa sa serviette sur la table et commanda une vodka. Il avait les yeux cernés, et ses joues auraient eu besoin d'un bon rasage. Sa veste avait dû rester suspendue à un cintre depuis le décollage de New York car elle était immaculée ; en revanche, il avait l'air d'avoir dormi avec son pantalon. Il m'invita à prendre un fauteuil et se laissa tomber dans un autre. Puis il étira ses jambes avant de se rasseoir bien droit.

— D'après votre message, commençai-je, c'est important.

Il me regarda – d'un air narquois, me sembla-t-il.

— J'espère que je ne vous ai pas obligé à venir ici en roulant comme un fou, répondit-il. Mais vous êtes un ami du docteur Shepherd, c'est bien ça ?

— C'est une relation, disons. Une collègue. Elle fait partie de la Commission d'amnistie, ici, à Moscou.

De nouveau ce regard narquois. L'employé apporta mon champagne et la vodka du capitaine. Nous fîmes *prosit*.

— Et ça fait partie de votre enquête sur Monstrum ?

Je confirmai d'un signe de tête et repris :

— Vous avez trouvé le docteur Shepherd sur la liste des praticiens ?

— Oui.

Il ouvrit sa serviette dont il tira une feuille et il lut :

— Docteur Ingrid Shepherd. Née à Lincoln, Alaska, le 5 juillet 1965.

Je sursautai. Elle ne faisait pas son âge. Voyons… Elle était vraiment *très* âgée !

— Diplômée de Loxton Collège, dans le Nebraska, continuait le capitaine Persilov. Études de médecine à Columbia, New York. Ensuite, divers diplômes et emplois à l'université.

J'étais très impressionné. Je considérais Ingrid comme une fille très douée, mais à ce point-là...

— 1995-1996 : Hôpital universitaire de Londres, Grande-Bretagne. De 1998 à 2000 : Centre Hospitalier de Toulouse, France... Je continue ?

Je secouai la tête – et elle me fit mal.

— Non... Quel est son dernier emploi ?

— Voyons... C'est qu'il y en a pas mal. Le dernier... Voilà : Boston. C'est là que l'accident s'est produit.

Je glissai vers le bord de mon fauteuil.

— L'accident ?

Mais je savais déjà ce qu'il allait répondre.

— Un accident de la route, oui. A Boston. Elle s'est tuée en voiture.

41

A la réception, j'avisai le sergent de garde et lui demandai où se trouvait le docteur Shepherd.

Elle venait d'arriver. Je traversai le hall en courant, grimpai l'escalier et tournai dans le couloir en direction de son bureau. Je la trouvai à sa porte, les clefs en mains.

— Constantin ! s'exclama-t-elle. Où étiez-vous passé ? Vous n'êtes jamais dans votre bureau…

Je la poussai dans le sien, refermai la porte. D'abord, elle parut amusée, ensuite inquiète.

— Qu'y a-t-il ? Je n'aime pas l'expression de votre visage.

— Oubliez mon visage, dis-je. C'est le vôtre qui m'intéresse.

Elle ôta sa toque de fourrure et la jeta sur un fauteuil. Son manteau couleur sable sur les épaules, elle alla s'asseoir.

— Mon visage ? Dois-je me sentir flattée ?

Je la considérai sans répondre.

— Non, reprit-elle. Il n'y a aucune raison. Alors ? Qu'est-ce qui vous inquiète dans mon visage ?

— Je me demande à qui il appartient. Je sais que ce n'est pas celui du docteur Ingrid Shepherd. Car Ingrid Shepherd est morte.

— C'est vrai, reconnut-elle avec douceur.

Elle ne semblait pas ébranlée le moins du monde. Je m'étais attendu à une tout autre réaction.

— Ainsi, vous avez mené votre petite enquête, murmura-t-elle d'un air songeur. Je regrette que vous ne soyez pas allé plus loin, Constantin. Si vous aviez consulté les listes électorales américaines, vous auriez découvert que le docteur Ingrid Harrow avait changé de nom pour devenir Ingrid Shepherd. Et ceci à Boston, États-Unis, le 14 octobre 2012.

— Ingrid Harrow, c'est vous ?

— *Docteur* Ingrid Harrow. *C'était* moi, oui.

— Les dates ne correspondent pas, dis-je.

— Bien sûr qu'elles ne correspondent pas. Ingrid Shepherd, la première, je veux dire... Elle était bien plus âgée que moi. Elle est née en 1965.

J'hésitai, à présent. Je demandai :

— Pourquoi avez-vous pris le nom d'une autre femme ?

Elle jeta un coup d'œil par la fenêtre, puis revint à moi.

— J'ai rencontré Ingrid Shepherd pour la première fois voilà dix ans. A un congrès médical à Atlanta.

Elle baissa brièvement les yeux vers son bureau avant de poursuivre.

— Une de ces coïncidences banales. Vous êtes dans une salle pleine de monde, quelqu'un appelle « Ingrid ! » et vous êtes deux à vous retourner. Ce n'est pas un prénom très commun. Rires dans la salle, on commence à bavarder, on devient amies. Des amies très proches.

Elle prit une profonde respiration.

— Enfin... c'est surtout elle, qui se sentait très proche de moi. Si vous voyez ce que je veux dire.

Elle rejeta sa chevelure en arrière.

— Elle était plus âgée que moi. Très masculine... Bref. Elle est tombée amoureuse. Je n'ai pu lui offrir que mon amitié. Elle a vécu ça comme une tragédie.

Je ne savais que dire.

— C'est une longue histoire, Constantin. Je vous l'ai résumée en quelques mots. Elle était mon mentor. Ma confidente. Quand elle est morte dans cet accident sur une autoroute du Massachusetts, ça m'a détruite.

Ses yeux s'étaient assombris à ce souvenir.

— C'était il y a trois ans. Ingrid avait laissé un testament dans lequel elle me désignait comme sa compagne. Elle disait que, si la loi avait accepté ce genre de relations, elle m'aurait demandée en mariage. Elle avait l'espoir que j'accepterais de porter son nom. Nous avons tous nos rêves, Constantin.

Elle marqua une pause.

— Elle m'a tout laissé. Ses recherches. Son immense fortune. A condition...

— ... que vous preniez son nom.

Elle se leva lentement, reprit son chapeau et me sourit.

— Je l'admirais énormément. Une femme remarquable. Changer de nom ne me dérangeait pas. Si vous souhaitez que nous en reparlions, je serai de retour avant le déjeuner. J'ai rendez-vous à 9 h 30 avec le ministre de la Justice.

Elle me donna un baiser sur la joue.

Et je restai assis là, tandis qu'elle refermait la porte. J'entendis s'éloigner le bruit de ses pas le long du couloir. J'étais comme immergé dans son parfum chaud et familier. Avait-elle dit la vérité? Je secouai la tête jusqu'à réveiller mes douleurs. La vérité? Bien sûr que non! Je bondis vers la porte, saisis la poignée qui résista. Je forçai – sans résultat.

J'étais enfermé.

J'avais la gueule de bois et j'avais honte, tandis que Dronski cognait à la porte de l'appartement d'Ingrid. C'est le commandant Brusilov lui-même qui avait dû venir m'ouvrir le bureau d'Ingrid, et ça ne s'était pas bien passé du tout.

— Bon Dieu, dis-je. Quand j'étais inspecteur adjoint, à la 7ᵉ section de Mourmansk, j'avais toujours ma collection de passes, au cas où mon chef en aurait besoin.

— Il suffit de demander, chef, répondit-il.

Il tira de la poche de sa veste un lourd trousseau de clefs.

L'opération prit plus de temps que prévu. Quand la dernière serrure finit par céder, la porte s'ouvrit. Dronski laissa échapper un sifflement.

— Je ne savais pas qu'on avait encore ce genre d'apparts à Moscou.

Les dimensions du séjour étaient surprenantes, de même la richesse du mobilier, le bar habillé de cuir et l'épaisse moquette blanche. Ce décor moderne accueillait des objets du plus pur style russe, comme le buffet aux fermetures d'acier dressé sous l'une des fenêtres, ou les panneaux de bois peint décorés d'icônes et d'inscriptions religieuses : « Ô toi, Mère Russie, terre de sacrifice, terre toujours prête à répondre aux appels de l'Histoire… »

Moins d'une semaine plus tôt, mon corps tout entier aurait frissonné à cette lecture. J'en aurais serré les poings de rage. Oui, la voilà bien ma chère Russie. Mais depuis, la réalité s'était faite plus répugnante. Le sacrifice, c'était toujours les mêmes qui le subissaient. Dirigeants et politiciens étaient toujours épargnés. Cela faisait des siècles que le Russe ordinaire était victime de cette notion de sacrifice. Pour une Natacha, j'en étais certain, le temps était venu de dire « Assez ».

Considérant Dronski, je songeai à sa femme, à ses enfants, à leur propre appartement. Il était planté là, le corps voûté dans sa grande parka, les mains au fond des poches, en train de secouer sa tête rasée. Pourquoi avait-il l'air à ce point déplacé?

Deux valises de cuir attendaient dans le vestibule. Elles contenaient des toques de fourrure. Luxueuses. Très chères (je suis de Mourmansk et, à Mourmansk, on s'y connaît, question fourrures).

— Elle aurait décidé de partir sans les emporter? demanda Dronski. Ou alors elle a l'intention de revenir les chercher...

Il réfléchit, puis conclut:

— Non. Elle est partie sans les emporter.

Nous explorâmes chacune des pièces. Dronski n'arrêtait pas de siffler et de secouer la tête devant les étagères de verres où s'alignaient des miniatures russes ou chinoises et des clochettes en argent. A part dans les musées, il n'avait jamais vu autant d'objets anciens. Mais je pense qu'il était surtout impressionné par la camelote occidentale.

Pendant qu'il inspectait les lieux, j'allai dans le bureau d'Ingrid consulter son carnet d'adresses. Celle de la délégation américaine figurait sur la première page. J'en composai le numéro en essayant, non sans mal, de me rappeler les noms de membres de l'ambassade, ces gens que j'avais rencontrés en tant que Leonid Koba. Il y avait, voyons... un M. McMillan... une Mme Singleton... Je demandai à parler à Mme Singleton en me présentant comme un membre du cabinet de Koba. Mais elle n'était pas là. J'eus plus de succès avec M. McMillan.

— Monsieur McMillan? Bonjour, nous nous sommes rencontrés à la réception en l'honneur du général Koba.

Il ne me connaissait pas plus que Mikhail Gorbatchev mais cela n'avait pas d'importance. Il me mit en attente pour aller consulter la banque de données de la délégation.

Trois minutes plus tard, je rejoignis Dronski. Il ouvrait une porte, puis une autre. Les chambres, la bibliothèque, une petite salle de musculation.

— J'aurais dû venir une heure plus tôt, dis-je.

— Ne vous en faites pas, chef. Allez savoir ce qui est vrai et ce qui est faux dans cette histoire. La vieille pratiquait quelle spécialité? La pédiatrie?

— Non, répondis-je froidement, tandis qu'un frisson me balayait la nuque. Le docteur Shepherd occupait une place de premier plan. En chirurgie. Les transplantations...

— Mon Dieu... les transplantations?

— La chirurgie des femmes. Transplantation de l'utérus. C'était ça, la vraie spécialité du vrai docteur Shepherd.

Dronski prit une profonde inspiration en agitant ses sourcils à la Groucho Marx.

— Qu'est-ce que vous en dites ? lui demandai-je.

Il explorait la plus grande des chambres.

— J'en dis qu'il n'y a de moquette grise nulle part, répondit-il.

Je hochai la tête. Il pensait aux fibres de moquette prélevées sur les deux premiers corps. Mais quoi d'autre ? Il frotta son crâne rasé.

— Voyons, reprit-il. Elle est ici sous une fausse identité. Celle d'une femme spécialisée en chirurgie gynécologique. Oubliez l'histoire des deux Ingrid. Soit le vrai docteur Shepherd lui a tout appris sur les transplantations d'organes aux États-Unis, soit elle savait déjà et elle a eu besoin d'approfondir ses connaissances. Elle arrive ici en pleine guerre. Personne n'est là pour lui demander ses diplômes. Et elle trouve un réservoir infini d'organes disponibles... Ça vous va ?

Je me tus.

— On a quatre meurtres, chef. Peut-être beaucoup plus. Des meurtres avec prélèvement d'organes. Différents organes, certes, mais toujours l'utérus.

Il avait raison.

— Continuez, dis-je.

Il se tourna vers la fenêtre.

— On retrouve le docteur Ingrid – peu importe son vrai nom – dans l'église du père Alexandre. Comme médecin. En position d'examiner les filles. Elle repère celles qui sont en bonne santé. Non contaminées. Ça ressemble à une première étape : le repérage des filles intéressantes. La deuxième étape, c'est le meurtre.

Il était meilleur détective que moi.

— Vous ne pensez tout de même pas qu'elle a traqué elle-même les filles à leur sortie de l'église, si ?

— Je ne sais pas encore, chef. Mais je continue de penser à cette limousine. Et à votre histoire au sujet du camarade Beria, quand il sillonnait les rues avec son chauffeur. Elle a peut-être un chauffeur, elle aussi...

— C'est lui qui manierait le couteau ?

Je lui fis part de ma théorie selon laquelle Gromek, la nuit où Lydia était morte assassinée, avait vu *une femme* faire les cent pas. Une femme de grande taille avec un manteau bien coupé et une toque en fourrure.

— Ça me plaît, dit Dronski. Mais on n'a toujours pas cassé son alibi pour le meurtre de Maria. La vieille a entendu une voix de femme, mais pas sa voix à elle.

Il se tourna vers moi.

— Si ça se trouve, elle a une complice.

— Non. Ça, ça ne me plaît pas.

Pourtant, il m'avait cloué le bec. Je le regardai ouvrir les tiroirs remplis de sous-vêtements en soie noirs ou couleur pêche. Mes idées se précisèrent.

— Écoutez, Dronski. Essayons de procéder logiquement. On ne sait même pas ce qu'on cherche, là. Partageons-nous les pièces…

Il traversa la chambre et se planta devant un écran vidéo face au lit. Je ne me souvenais pas d'avoir vu cet écran ici, pourtant je ne fus pas surpris. Il y avait par terre une pile de cassettes vidéo. Dronski se baissa et les examina.

— Elle filme ses parties de baise, dit-il.

— Ah…

— Vous êtes déjà venu ici, chef ?

Il désignait le lit avec son pouce.

— Une fois, répondis-je. Une seule nuit.

Il se releva en souriant.

— Ça vous amusera peut-être de jeter un coup d'œil.

Il se dirigea vers la porte, puis se retourna pour m'observer. Je me mis à fourrager à mon tour dans la pile de cassettes, toutes soigneusement libellées. « Volodya, appartement, 23 juin. » « Général V.I. Ruskin, hôtel Majestic, Pétersbourg, 3 octobre. » « Borya, appartement, 26 juillet. » Quand Dronski fut parti, je pris une des cassettes et la fourrai dans ma poche.

L'autre chambre ne révéla rien, ou presque rien. Pourtant, j'étais de plus en plus convaincu que cet appartement avait quelque chose à dire. Cette femme filmait ses moments les plus intimes. C'était une collectionneuse. Peut-être tenait-elle un journal. Je fus parcouru d'un frisson.

Le bureau du grand séjour était jonché de papiers qui tous paraissaient concerner le travail d'Ingrid à la Commission. Nous cherchâmes partout – derrière les livres, sous la moquette. En vain.

Dans une des chambres, je m'assis au bord du lit, les yeux plongés dans les miroirs de la table de toilette. C'est alors que mon regard se focalisa de lui-même sur quelque chose. Ou bien c'est mon cerveau qui se focalisa. Bref, j'eus le sentiment de *voir* pour la première fois ce que je regardais depuis deux minutes. Une lampe pendait du plafond, un gros globe en verre dépoli suspendu à son fil électrique – en fait, une lourde chaîne dorée autour de laquelle s'enroulait le fil. Dronski se trouvait sur le seuil de la chambre, et ma façon d'examiner l'image reflétée par ce miroir devait lui sembler bizarre.

— A quoi vous pensez ?

Il se gratta la nuque et examina le plafonnier à son tour.

— Là-dedans ? me demanda-t-il.

Resté où j'étais, je l'observai. A l'aide d'un bougeoir en argent, il brisa le globe. Un petit coffre en fer de la taille d'un livre était accroché sous l'ampoule. Dronski le décrocha. Le laissant se débrouiller avec cette trouvaille, je continuai à explorer l'appartement.

Il me rejoignit dans le vestibule. Il avait ouvert la boîte avec son vieux couteau de l'armée soviétique. Elle contenait un livre à couverture de cuir si bien ajusté à la boîte qu'elle avait l'air d'avoir été fabriquée spécialement. Je le pris avec précaution.

C'était un album de photos. Des photos de jeunes filles, page après page. Certaines étaient jolies, d'autres quelconques. Trente ou quarante portraits peut-être. Avec les noms et les dates. Avec une note descriptive aussi : « Beaux cheveux bruns... Superbes yeux bleus... Sourire adorable... » Les noms des quatre dernières filles ne m'étaient pas inconnus : Anastasia Modina, Nina Golikova, Tania Chékova, Lydia Primalova.

Dronski hochait la tête et disait, comme se parlant à lui-même :

— J'ai l'impression que nous avons trouvé notre Monstrum.

Je remis l'album dans le coffre.

— Je ne crois pas, répondis-je. Ce que nous avons trouvé, c'est le gardien du Monstrum.

A présent, nous avions hâte de partir. Nous pensions que l'appartement avait rendu tous ses secrets. Dronski insista cependant pour me montrer quelques mots qu'il avait vus écrits en anglais dans la cuisine. Quelques mots tracés à la craie sur un tableau mémo. Mais ici, pas de notes du genre « dentiste lundi » ou « livres à rendre à la bibliothèque ». Un seul message : « Boîte HCHO à la datcha. »

— Elle a une datcha, dis-je. Elle va y chercher une boîte...

— HCHO, lut Dronski comme s'il lisait les caractères cyrilliques : NSNO.

— Lisez-le en caractères romains, dis-je. HCHO. Qu'est-ce que c'est ? C'est l'abréviation de quoi ?

— Du formol. C'est la formule chimique du formol…

— Bon Dieu !

Je fis des yeux le tour de la cuisine immaculée, avec ses rangées de casseroles en cuivre et son impeccable support à couteaux Sabatier.

— Dites à Bitov et Yakounine de se tenir à disposition, toutes affaires cessantes. Il faut que nous sachions où est cette datcha.

Il tira son mobile de sa poche.

— Elle ne s'est peut-être pas envolée pour New York, chef. Si cette note est récente, elle peut s'y trouver en ce moment…

— Si la note est récente, elle est partie chercher une nouvelle boîte et du formol.

— Pour quoi faire, selon vous ? demanda-t-il en composant son numéro.

— Je ne sais pas… je pense au profil de Monstrum. Celui qu'elle nous a brossé. « La moitié du plaisir vient de la chasse dont il fait l'objet. Le plaisir d'échapper au chasseur. De le faire courir malgré les risques. »

Il me fixait d'un regard interrogatif.

— Collectionner, c'était un des aspects marquants du profil. Et on en a trouvé ici de nombreuses preuves. Pour l'activité physique répétitive, il y a la mini salle de gym…

— Vous voulez dire que son profil, ce serait… son autoportrait ?

— Je veux dire qu'elle a sûrement programmé un dernier meurtre avant de s'envoler.

Il siffla entre ses lèvres.

— Pour son plaisir personnel ?

— Regardez les photos dans le coffret, les notes qu'elle a prises… A mon avis, elle a commis tous ces meurtres pour son plaisir personnel.

— Alors qui sera la dernière victime ?

La réponse nous traversa l'esprit en même temps.

Il me fallut une heure pour convaincre le commandant Brusilov de lancer un avis de recherche général sur la personne d'Ingrid Shepherd. Même devant les photos des filles assassinées, il hésitait encore.

— Si ça trouve, ces photos ont pour elle un intérêt purement professionnel, Vadim… Qui peut savoir ?

Il se tut. Dronski le considérait avec un mépris glacé. Finalement, Brusilov céda quand on lui exposa les conséquences d'une erreur.

J'attendis dans mon bureau pendant que Dronski appelait les différents aéroports. Ses contacts à Cheremetievo l'assurèrent que le filet serait tendu en moins d'une heure.

— Le problème, chef, c'est les lignes intérieures. Là, il va falloir croiser les doigts. A moins qu'elle ne soit déjà passée à travers les mailles, évidemment.

Sur ce, il sortit avec l'intention de vérifier au Bureau des enregistrements si une Ingrid Shepherd avait loué quelque chose qui ressemblait à une datcha ou une clinique. Je m'étais servi un verre en guise de déjeuner. Je le bus à petites gorgées, renversé dans mon fauteuil. C'est alors que le téléphone sonna. On m'annonça le docteur Karlova au bout du fil.

On aurait dit un appel longue distance d'il y a cinquante ans : crachotements et musique sur la ligne. Soudain sa voix me parvint au milieu des bruits de voix et des clics.

— Natacha, bredouillai-je précipitamment. Pour l'amour du Ciel, où êtes-vous ? A Pétersbourg ?

— C'est presque ça, répondit-elle.

— Alors ne bougez pas. Surtout, restez loin de Moscou.

— C'est à moi d'en décider, répliqua-t-elle froidement.

D'autres voix discutaient sur la ligne. La panique me gagnait ; j'avais l'impression qu'on allait nous couper d'une seconde à l'autre.

— Écoutez, je préférerais que vous rentriez ici, croyez-moi. Mais c'est trop tôt. Restez loin de Moscou pour le moment. Après, vous reviendrez. Natacha, je voudrais tellement que reveniez...

La ligne se mit à craquer. Quand elle parlait, le son faiblissait.

— C'est toujours pareil, Constantin. Je comprends à peine la moitié de ce que vous me dites.

— Restez à Pétersbourg ! criai-je.

— J'ai procédé à des recherches, dit-elle. Je crois que j'ai trouvé quelque chose...

— Natacha ! Oubliez vos recherches pour le moment. L'affaire est résolue. Tout a changé.

— Vous ne m'aviez encore jamais appelée Natacha...

— C'est vrai.

Il s'ensuivit un long silence. Peut-être attendait-elle que j'en dise plus. Mais quoi ? Devais-je lui dire pour Julia ? Là, sur cette ligne peu sûre ? Elle finit par demander :

— En quoi les choses ont-elles changé, Constantin ? Entre vous et votre ex-femme ? Dites-moi.

— Il faut me croire, Natacha. Les choses ont changé. Au pire sens du terme.

Un bruit sec retentit sur la ligne. Puis j'entendis sa voix de nouveau :

— Je vous ai cru, Constantin. Pour toutes sortes de choses. Je ne crois pas que vous me mentiez, non. C'est à vous-même que vous mentez. Vous avez pris cette dangereuse habitude...

Sa voix se faisait plus animée. Elle continua :

— J'espère que tout va bien pour vous à Moscou. Transmettez mes meilleures pensées à Ilia Dronski...

— Attendez. Ne raccrochez pas. Il faut que je vous parle. J'ai des choses à vous demander...

— Je répondrai à toutes les questions que vous voudrez, à condition qu'elles concernent l'affaire et rien d'autre.

— D'accord. Première question. Avez-vous connaissance d'une datcha qui appartiendrait au docteur Shepherd, ou qu'elle louerait près de Moscou ?

— Quand je travaillais pour elle, elle louait une datcha dans les collines. Mais elle a brûlé. Elle en a peut-être trouvé une autre, je ne sais pas. Pourquoi ?

— Nous devons la retrouver, Natacha.

— On dirait que vous n'avez plus vos écailles devant les yeux, Constantin. Pourquoi recherchez-vous le docteur Shepherd ?

— Le docteur Shepherd est morte.

Je l'entendis qui reprenait son souffle.

— Quand ?

— Il y a trois ans. A Boston, en Amérique. C'était une gynécologue. Spécialiste des transplantations.

— Vous en êtes sûr ?

— Absolument.

— Les transplantations... Je ne sais pas si je vous suis bien, Constantin. C'est elle, vous voulez dire ?

Je devinais à sa voix qu'elle était choquée.

— Oui. C'est elle. Mais elle a un complice... Un cinglé qui obéit à sa volonté. Elle s'intéresse au marché des transplantations d'organes. Des utérus neufs pour des femmes âgées...

— Mon Dieu. Elle est toujours à Moscou ?

— Je l'ignore. On a lancé une alerte générale. On surveille les aéroports. Mais, pour le moment, elle a disparu.

Je marquai une hésitation.

— Ilia et moi avons visité son appartement ce matin.

— Et qu'avez-vous trouvé ?

— Des preuves. Tout ce qu'il faut. Ce qu'on ne sait pas, c'est où elle est maintenant. Il y avait un message dans la cuisine au sujet d'une datcha.

— C'est tout ? Et à propos d'elle ?

— C'est une collectionneuse… Elle filme ses ébats amoureux…

— Qu'est-ce que vous dites ?

— Je dis que je suis dans une de ses cassettes.

Il y eut un temps assez long.

— J'y suis moi aussi, reprit-elle.

— Je sais.

J'avalai une grande lampée de vodka.

— Je l'ai ici, dis-je.

Je retournai la cassette sur mon bureau. « Natacha Karlova. Chambre 701. Hôtel International. Nuit de la Saint-Valentin. 2014. »

— Une expérience, Constantin. Une expérience ratée. Je le lui ai dit.

— C'est pour ça qu'elle vous a virée ?

— Oui.

Elle eut un rire gêné.

— Mon excitation s'était évanouie en même pas cinq minutes. Je me suis levée, je me suis rhabillée. Je n'avais même pas atteint la porte que j'étais virée. Elle ne m'a jamais pardonné ça.

— Le pardon, ce n'est pas son genre.

— Vous avez visionné la cassette ? dit-elle d'une voix hésitante.

— Pas encore, répondis-je.

Elle rit faiblement, puis proposa :

— On pourrait peut-être la regarder ensemble à mon retour.

Je ne donnai pas suite. Je repris, d'un ton prudent :

— Il y a autre chose. Ingrid pourrait s'être mise en quête de… d'une autre victime.

— Ce n'est pas évident. Surtout si elle sait que vous êtes à sa recherche.

— Je pense qu'en plus de l'intérêt commercial, il y a une motivation personnelle à tous ses actes… une motivation encore plus intime…

— Et la dernière victime ? C'est à moi que vous pensez ?

— Je n'en suis pas sûr, mais…. Je ne veux pas que vous rentriez tout de suite à Moscou.

Elle demeura un moment silencieuse, puis dit :

— Elle n'aime pas trop qu'on lui mette des bâtons dans les roues.

— Et c'est ce que vous avez fait.

— Vous aussi, Constantin. Méfiez-vous.

— Vous vous inquiétez vraiment pour moi ?

— Bien sûr, idiot.

— Et ces recherches que vous faites ?

— Ça va prendre encore un peu de temps. Mais je rentre à Moscou dès que j'ai fini.

— Avec des informations sur Ingrid Shepherd ?

— Mes recherches ne concernent pas Ingrid Shepherd. C'est d'une autre vie qu'il s'agit, Constantin… mon amour.

Elle ajouta à voix très basse quelque chose que je ne saisis pas très bien, puis elle raccrocha. Il me sembla qu'elle avait dit : « notre vie *ensemble*. »

42

Quand le cortège funèbre s'avança vers la rue Malaïa Dekabrskaïa, j'attendais avec Dronski derrière les portes du cimetière. Je regardais sans rien voir. Je pensais à Julia. Je me remémorais notre vie commune – à la lumière des nouvelles données la concernant.

Et je me rendis compte que j'avais en fait rêvé d'elle toute la nuit. Un rêve érotique. Une sortie d'étudiants dans les bois avec pêche au saumon, à laquelle participaient Roy et Katia. L'idée était de camper au bord de la rivière Kol. On avait dressé de grands feux en arc de cercle sur la berge. J'ai déjà dit que les températures peuvent être assez basses, en septembre, sur la péninsule de Kola. Danses et nourriture tournoyaient dans le rêve. Tout s'imprégnait de cette excitation étrange ressentie par ceux qui se préparent à passer la nuit avec la femme aimée.

Les feux dressés, chaque couple s'était retiré sous sa tente pour se glisser nu dans les sacs de couchage et commencer à faire l'amour. C'est seulement au terme d'un long moment de félicité – il n'y a pas d'autre mot –, que je prenais conscience d'avoir auprès de moi, éclairée par la lueur vacillante des feux, non pas Julia mais Katia. Katia qui ricanait et gloussait en disant « Costia, Costia, je ne t'avais pas prévenu que je finirais par t'avoir ? » Tout à coup, je me retrouvais debout à l'entrée d'une seconde tente où se dessinait l'ombre mouvante de Roy et Julia.

Même là, au cimetière Vagankov, j'éprouvais la puissance d'un rejet qui n'appartenait pas seulement au rêve.

— Ça va, chef ? demanda Dronski. Vous tremblez.

— J'ai passé une sale nuit, grognai-je.

Il détourna son attention vers le cortège funèbre en train de franchir les portes. Je fis de même et cela exigea un effort. Ce qui me frappa d'abord, c'est une silhouette solitaire qui venait derrière le cercueil : Gleb, l'ami de Maria. Les autres vingt ou trente personnes étaient toutes des jeunes femmes.

— Elles sortent pour l'occasion, dit Ilia en me lançant un regard en coin. C'est à chaque fois pareil.

— Elles sont habillées comme si elles allaient au travail après l'enterrement.

Il hocha la tête. Il les examinait toutes. Il avait neigé durant la nuit, même si c'était plutôt une belle journée pour un début décembre. Cependant un vent vif soufflait, qui soulevait les jupes courtes des filles aux mains gantées, tandis que l'allée se couvrait de traces de pas.

Le temps que passe le cortège, le mobile sonna deux fois. Il y eut d'abord un appel de Bitov puis de Yakounine. Ils n'avaient obtenu aucune information sur une villa louée par ou appartenant à Ingrid Shepherd. Je leur dis de continuer à chercher, mais quelque chose s'agitait dans un coin de ma tête, tel un titre à la une d'un journal – un titre que je n'arrivais à lire qu'à moitié. Pourtant, je l'avais vu quelque part. Et il se rapportait à la datcha d'Ingrid.

La cérémonie commençait. Nous nous tenions un peu à l'écart, sous un pin dont les branches secouées par le vent laissaient tomber de la neige sur nos épaules. Dronski fumait en cachant sa cigarette dans son dos et en libérant avec adresse de minces filets de fumée dans l'air froid.

— Où avez-vous appris à fumer en cachette de cette façon ?

Il pinça son mégot et balaya la cendre d'un coup de talon.

— J'ai fait cinq ans dans un camp de travail. Dans la péninsule de Kola. Votre pays.

— C'était sous quel gouvernement ?

— Qu'est-ce que ça change ? dit-il avec un sourire. C'était juste avant la guerre civile…

— Le gouvernement militaire ?

Il fit oui de la tête.

— J'avais dix-neuf ans. Je venais de me marier. Et je m'étais octroyé une nuit de permission pour ma lune de miel. Les généraux, à ce moment-là, essayaient de montrer qu'ils avaient rétabli la discipline. Que c'était comme avant dans la Sovietschina. Alors, ils faisaient des exemples.

— Et vous avez réussi à effacer ça de votre dossier ?

— Ça m'a coûté cinq cents roubles. Un an de salaire de l'époque.

Je fus touché de cette confidence.

— Alors, dis-je, vous ne me prenez plus pour un officier de la Tcheka ?

— Natacha pense que ça n'a pas d'importance, ce que vous êtes.

— Comment dois-je prendre ça ?

Il me lança une grimace amicale.

— Venant d'elle, c'est plutôt bon. Elle dit que vous êtes des nôtres. Par le cœur.

— Ça veut dire quoi, Ilia ? C'est qui, les nôtres ?

— Des gens...

— Des gens qui ont un but commun ?

— Pourquoi pas ? dit-il en détournant les yeux.

— Et Natacha pense que je fais partie de ces gens ?

— Bien sûr. Autrement, elle ne serait pas amoureuse de vous.

Une bouffée de chaleur m'envahit.

— Amoureuse de moi ?

— Ne me dites pas que c'est nouveau, chef.

— En ce moment, tout est nouveau pour moi.

— Ça n'a pas l'air de vous déplaire. Mais je ne sais pas pourquoi, j'ai l'impression qu'elle pense n'avoir aucune chance avec vous.

Il me regardait en se frottant la joue.

— Elle pense peut-être qu'il y a une autre femme dans votre vie.

Je ne répondis rien. Dronski fit mine de réfléchir très sérieusement au problème.

— Cette autre femme, reprit-il, ne pourrait pas être le docteur Shepherd, n'est-ce pas ? Même si vous avez fait une ou deux galipettes avec elle...

— Une seule, rectifiai-je.

— Non, coupa-t-il, catégorique. Ça ne pourrait pas être elle.

— Pourquoi ?

Je n'étais pas encore prêt à lui parler de Julia.

— Pourquoi ? Parce que quand le docteur Shepherd est arrivée, elle a tout de suite essayé de gratter des infos sur vos femmes...

— Mes femmes ! Je ne suis même pas à Moscou depuis un mois et vous parlez comme si j'avais déjà un harem. C'est à ça que vous passez vos journées ? A enquêter sur ma vie sexuelle ?

Il m'adressa un regard souriant.

— C'était juste pour boucler la boucle. Le docteur Shepherd, ça la faisait suer que vous vous intéressiez à Natacha. Et Natacha est partie parce que vous vous intéressiez à une autre femme. Alors ? A quelle femme vous intéressez-vous, en fait ?

— Vous êtes un enfoiré, Ilia. Un sympathique enfoiré.

L'enterrement était fini. Autour du monticule de terre brune mouchetée de neige, l'assistance se dispersait.

— Demandez à Gleb de venir. Il ne nous a pas tout dit. Cette fois, il va falloir qu'il se mette à table.

L'homme de Maria portait un anorak noir et une toque bordée de fourrure qui se rabattait sur les oreilles, comme un casque de pilote. Il n'avait pas l'air ravi de me voir.

— Ça s'est passé comment, au 15e district ? lui demandai-je.

Il répondit entre ses lèvres serrées :

— Ils ont essayé de me faire parler.

J'observai son visage dur. Faire parler ce type-là ne devait pas être chose facile.

— Heureusement, j'ai échappé au pire. Grâce à votre Dronski.

— Je suis passé au 15e district hier, enchaîna ce dernier, voyant que je l'interrogeais du regard. Je leur ai dit qu'ils perdaient leur temps.

— S'il n'était pas intervenu, reprit Gleb, je ne serais pas ici en train de causer avec vous.

— Nous pensons qu'un nouveau meurtre pourrait avoir lieu ce soir, dis-je.

Son visage se décolora brusquement.

— Bon Dieu, grimaça-t-il. Où ça ?

— Pour l'instant, ce n'est qu'une supposition. Mais je me disais que vous aimeriez peut-être pouvoir vous dire que vous nous avez aidés de votre mieux.

— Qu'est-ce que vous voulez que ça me fasse, répliqua-t-il, si une autre pute se fait planter ?

Je me tournai vers cette entaille creusée dans la terre, la tombe de Maria désormais. Il fit de même, aspirant de l'air froid qu'il laissait échapper de ses lèvres sous forme de vapeur.

— Qu'est-ce que vous voulez savoir ?

— Elle vous a parlé de ce qui s'est passé la nuit où elle travaillait du côté de l'usine de drapeaux ?

— Croyez-le ou pas. La plupart du temps, elle ne me parlait de rien. Mais, cette nuit-là, je me rappelle, elle a dit que quelqu'un avait essayé d'agresser une autre fille...

— Valentina.

Il approuva.

— A quoi ressemblait l'agresseur ? Vous devez bien avoir une idée.

Il eut un petit rire.

— Pour les filles qui font ça, vous savez, les hommes ressemblent à une assiette avec deux trous pour les yeux.

A la sortie du cimetière, quand je l'invitai à monter à l'arrière de la voiture de Dronski, Gleb demanda :

— Vous voulez finir le travail commencé par ceux du 15ᵉ district ?

— Non, répondit Dronski en lui tendant une cigarette.

Gleb se pencha pour avoir du feu. Je me tournai vers lui en disant :

— Elle doit bien avoir dit quelque chose, bon Dieu !

Toujours penché sur la flamme, il leva les yeux vers moi.

— Elle a dit qu'il devait venir de la gare de Biélorussie.

C'était un pas en avant. Il en fallait un autre. Je me tus et hochai la tête en direction de Dronski

— De la gare de Biélorussie ? Ou de chez le père Alexandre ?

— Elle n'a pas parlé du prêtre.

Une pensée terrifiante s'insinuait dans mes pensées. Mais j'avais besoin de vérifier qu'il ne s'agissait pas d'une fausse piste.

— Vous savez, dis-je, que l'agresseur était presque certainement Monstrum ?

— Bien sûr.

Je me tournai sur mon siège pour lui faire face. Ses yeux perçants se fixèrent sur les miens. Les battements de mon cœur s'accélérèrent. Je jetai un coup d'œil vers Ilia qui retenait son souffle.

— Elle a donné une description du type ? demandai-je.

Il souffla un nuage de fumée dans la voiture.

— Gleb, s'il vous plaît...

— Elle a dit qu'il avait mis des sacs en plastique par-dessus ses chaussures. Et sur ses mains aussi. Elle a parlé aussi d'un... d'un tablier en plastique... Elle a pensé tout de suite à une agression.

Des sacs en plastique sur les mains. Un tablier en plastique. Bon Dieu ! Aucun doute, c'était lui. Le collaborateur d'Ingrid. La Bête.

— Et son visage ? demandai-je doucement. Elle l'a vu ?

— Elle n'était pas sûre de bien l'avoir vu...

— Elle a vu quelque chose...

— Il portait une casquette de laine. Avec une calotte en cuir et des rabats sur les oreilles...

— D'accord. Mais elle l'a reconnu ?

Il avait l'air exaspéré.

— C'est pour ça qu'elle n'est pas allée à la police, putain ! Elle avait peur. Et elle n'était pas *sûre*...

Mon sang battait dans mes veines. Je continuai :

— Elle n'en était pas sûre mais elle *pensait* l'avoir reconnu.

Il me souffla un nuage de fumée dans la figure, puis répondit :

— Si elle ne s'est pas trompée, votre Monstrum est un gosse de treize ans qui se fait appeler Sexboy.

43

On n'était qu'au milieu de l'après-midi mais le ciel s'assombrissait déjà au-dessus de la gare de Biélorussie. J'appréhendais de retrouver ce lieu, son odeur, la tristesse des voyageurs au regard perdu, le flot humain qui se répandait sur le sol dallé. La cité des apparences et des contrastes : c'était trop pour moi, sans doute.

Avec Dronski, nous avions laissé la voiture de service pour traverser ensemble le parking. Trois autres voitures banalisées nous accompagnaient. Bitov et Yakounine avaient posté six hommes en civil aux entrées de la place.

Passé les portes battantes, la puanteur me saisit. En plein jour, le spectacle était encore pire. La nuit enveloppait l'endroit d'une atmosphère à la Dickens ; là, tout était gris et froid. Les gens s'étaient resserrés en petits groupes, debout, assis, couchés à même le sol… Une compagnie d'infanterie lourdement chargée se fraya un chemin à travers la salle des pas perdus. J'observai le visage des soldats. Des garçons de la Volga ou de l'Oural découvrant Moscou avec un regard lugubre et désorienté. Je partageais leur sentiment. Nous étions l'un des pays les plus riches du monde. Nous avions du pétrole, du gaz, de l'or, des minerais. Nous avions pris la tête de la course aux étoiles. Nos artistes, nos écrivains et nos musiciens avaient enrichi la culture européenne. Mais, politiquement, nous en étions restés au servage et aux coups de cravache. Politiquement, nous n'étions pas encore entrés dans *le XIXe siècle*.

Aucune trace de Sexboy aux portes des catacombes. Dronski ordonna aux officiers de surveiller les sorties. Nous nous dirigeâmes ensuite vers le coin où avait élu domicile la mère de Claudia, cette fille qui travaillait dans les trains des officiers.

Il me sembla que la vieille Vladimira était contente de nous voir. Elle nous apprit que Claudia venait juste de rentrer de la frontière estonienne. Elle était allée acheter à manger à la cantine.

— Lemon, poursuivit-elle, s'adressant au garçon aveugle assis à côté d'elle, va la prévenir que M. Vadim et son ami sont là.

Le garçon bondit sur ses jambes et entreprit de traverser la salle, les bras tendus comme un somnambule. Nous nous accroupîmes près de la vieille.

— On cherche un des garçons, dis-je. Sexboy. Vous le connaissez ?

— Tout le monde connaît Sexboy, inspecteur.

— Ah bon ? demanda Dronski en lui tendant une cigarette. C'est une personnalité, ici ?

Elle haussa les épaules.

— Des fois, il est cruel avec les autres. Mais ils l'adorent. Tous. Peut-être parce qu'il a toujours de quoi les fournir en *stoke*. Ce pauvre Lemon, tenez. Il ne jure que par lui.

— Où est-il, en ce moment ?

Elle fronça les sourcils.

— Le matin, il doit récupérer. Mais il n'est pas difficile à trouver. Qu'est-ce que vous lui voulez, inspecteur ?

— La routine, répondis-je en me remettant debout.

Claudia et le garçon aveugle se frayaient un chemin vers nous à travers les familles rassemblées autour des bagages et les files de voyageurs stagnant devant les guichets. En nous apercevant, elle sourit. Puis elle tendit des hamburgers à sa mère et au garçon.

— Désolée, inspecteur. Je n'en ai pas pris pour vous. Toujours à la recherche de Maria ?

— Non. Je ne la cherche plus.

Le ton de ma réponse l'intrigua.

— Vous l'avez trouvée ?

Je l'informai en quelques mots. Elle hocha lentement la tête.

— Alors vous cherchez qui, maintenant ?

— Sexboy, répondis-je. Vous ne l'auriez pas vu ?

Elle secoua la tête. Le gosse aveugle, assis contre le mur, se tourna brusquement dans ma direction. Je ne le quittai pas des yeux tandis que je demandais à Claudia :

— Sexboy, c'est monsieur *stoke*, si j'ai bien compris.

Elle fit la grimace. J'allai m'asseoir auprès de Lemon.

— Lemon, lui dis-je, tu es copain avec lui. Tu peux me dire où je pourrais le trouver ?

— Vous êtes de la police.

— Il faut que je lui parle. Où est-il?

— Parti.

— Où ça?

— Ils sont tous partis. Burger, Doc Marten, Macdo, Sparkplug... Il n'y a plus personne.

— Ils ont changé de gare?

— Ils ont pris le train.

Je levai les yeux vers Claudia.

— Dans des wagons de marchandises, précisa-t-elle. Beaucoup de gosses voyagent comme ça. Il y en a dans tous les convois. S'ils savent que vous êtes après eux, inspecteur, vous ne les retrouverez pas. Ils se sont envolés. Dispersés dans tout le pays.

Mes genoux craquèrent quand je me relevai. Le garçon aveugle mordit dans son hamburger. M'adressant de nouveau à lui, je repris :

— Je crois que Sexboy a fait des trucs vraiment moches, tu sais.

Il mâchait vigoureusement, l'air de ne pas saisir.

— Lemon, tu sais ce qu'il a fait?

Il se détourna. Dronski alla près de lui, se mit à genoux et lui prit le hamburger.

— Quand l'inspecteur te pose une question, Lemon, tu réponds, d'accord?

L'accent de Moscou fit réagir le gosse qui écarquilla ses yeux sans vie.

— Tu sais quelque chose? insistai-je.

— Tu ferais mieux de leur dire, intervint Claudia.

Il baissa les yeux et marmonna :

— Sexboy bosse pour le docteur américain. Le docteur du père Alexandre. Ce qu'il fait, je ne sais pas. Il ne l'a pas dit. Un sale boulot, d'après les autres...

Il tendit la main en un geste sauvage pour tenter d'attraper le hamburger. Dronski lui saisit le poignet et l'aida à le prendre entre ses doigts. J'observai Claudia : elle était très pâle. Elle reprit dans un souffle :

— Ce sale boulot, Lemon, il le fait tout seul?

Le garçon approuva brièvement de la tête.

— Des fois, les autres l'aident. C'est la nuit.

— Sainte Mère de Dieu, soupira Claudia.

Lemon avait l'air de considérer fixement son hamburger. D'un mouvement rapide, il en arracha un morceau avec les dents. La bouche pleine, il se mit à mâchonner. On aurait dit un animal affamé.

Debout au bord du bassin, nous observions la file d'hommes et de femmes nus descendre les marches en chantant. Ils pataugèrent en direction du père Alexandre qui se tenait de l'autre côté, immergé jusqu'à mi-cuisses. Il nous tournait en partie son large dos. Des tissus d'or couvraient ses épaules et des cordons de crucifix pendaient autour du cou. A chaque fidèle, il imposait les mains en récitant des paroles que nous n'entendions pas ; puis il le baptisait en lui enfonçant la tête dans l'eau. La salle voûtée retentissait de musique mêlée aux cris de joie des baptisés. Nous avions demandé à l'une des filles de prévenir le père. Quand elle fut devant lui, il se retourna et nous adressa un signe.

Nous attendions près du grand bassin, dans une pièce richement carrelée envahie de vapeur. Il n'était pas facile d'en estimer les dimensions, mais des couloirs et des cabines en partaient dans toutes les directions. Des filles enveloppées de brume versaient de l'eau sur les fours en émail, une serviette autour de la taille ou négligemment jetée sur les épaules. On entendait des cloches et des chants orthodoxes. Dronski avait passé un doigt dans le col de sa chemise. Il avait le teint rose saumon.

— Je n'en peux plus, chef. Je ne sais pas si c'est la chaleur ou les filles…

Le père finit par s'approcher, vêtu d'un long peignoir blanc, la barbe humide et emmêlée sous un regard méphistophélique.

— J'ai essayé de vous joindre, inspecteur. Mais au poste, personne n'a pu me dire où vous étiez.

Je présentai Dronski au prêtre qui nous précéda, le long d'une série de tunnels, jusqu'à son bureau. Là, il nous offrit de la vodka. Je vis que son attitude avait changé. Il se contenta de nous tendre les verres sans rien dire, les yeux baissés vers la moquette. Enfin, il alla se planter derrière son bureau.

— J'ignore ce qui vous amène ici, dit-il.

En bons policiers, nous gardâmes le silence. Il nous regardait tour à tour, visiblement mal à l'aise. Il reprit :

— Vous cherchez le docteur Shepherd ? C'est ça ?

— Elle n'est pas chez elle. Où est-elle, selon vous ?

Il secoua la tête.

— Auriez-vous des informations à propos d'une datcha ?

— Elle avait une maison qu'elle appelait comme ça. Une plaisanterie dans le goût américain, peut-être. Près de Nikulino. Une banlieue industrielle. En fait, il s'agit d'une église en ruine, en partie réhabilitée. Mais elle n'est pas là-bas. Elle a quitté Moscou.

Dronski intervint :

— J'ai l'impression que vous avez pas mal de choses à nous raconter, Sacha.

Sacha était le diminutif d'Alexandre, en principe une familiarité amicale ; mais le ton de Dronski n'était pas du tout amical.

— On n'a pas le temps de vous tirer les vers du nez. Qu'est-ce qui vous fait penser qu'elle a quitté Moscou ?

— Elle a même quitté le pays, poursuivit le père, catégorique. Aujourd'hui même.

Il ne savait pas s'il devait ou non rester debout. J'allai m'asseoir sur le bras d'un sofa, dans un angle de la pièce. Dronski resta au milieu. Le père enchaîna :

— Je pense qu'Ingrid Shepherd avait ses raisons de vouloir s'occuper ici du suivi médical des fidèles… En fait, elle montrait de légères déviances sexuelles. Lesbianisme, attrait pour les adolescents. Mais elle faisait du bon travail. Je l'ai expliqué à l'inspecteur…

Dronski hochait la tête.

— Son vrai but, continua le prêtre, c'était autre chose. Je m'en rends compte maintenant. Elle s'assurait que les filles n'étaient pas contaminées, notamment par le sida. Elle vérifiait aussi qu'elles convenaient, d'un point de vue génétique. Elle leur a fait subir à toutes des tests ADN. Quand elle était satisfaite du résultat, elle inscrivait la fille sur sa liste.

Il marqua un temps, puis conclut :

— Sa liste des filles à assassiner.

— Mais encore, Sacha ? insista Dronski. Le but de tout ça ?

— Le but ? Pouvoir rencontrer les garçons de la gare sans prendre de risques. Ma communauté les attire comme des mouches… Pas étonnant : des filles nues passant leurs journées à se baigner toutes ensemble…

Dronski serrait les dents. Le prêtre poursuivit :

— Je vois que vous désapprouvez, adjoint Dronski. Mais il n'y a pas de violence. Je suis croyant, voyez-vous. En fait, je crois que le sexe a le pouvoir de soulager nos esprits.

— Continuez, Sacha, coupa Dronski.

— Souvent, ils descendent ici. Ingrid me demandait de lui en amener quelques-uns. Dans ce bureau. Pour parler, disait-elle. Pour étudier leurs cas. Vous savez qu'elle s'intéresse à la psychiatrie légale. Elle en parle beaucoup…

— Ici même, dans ce bureau, vous lui ameniez des gosses perturbés?

La fureur de Dronski était perceptible mais je m'abstins d'intervenir.

— Au début, je croyais vraiment avoir affaire à un médecin américain hautement qualifié, manifestant pour eux un intérêt purement... hippocratique.

— A quel moment avez-vous changé d'avis? demandai-je.

Il me considéra avec soulagement.

— Ça a pris du temps. Mais j'ai commencé à m'apercevoir qu'elle n'aidait ces garçons en aucune manière. Le groupe qu'elle avait sélectionné – Sexboy, Macdo, Sparkplug et les autres... Ils étaient encore pires qu'avant. Un jour j'ai compris qu'elle leur fournissait de la *stoke*.

— Elle les payait avec ça?

— J'en suis sûr. En tant que médecin, c'était facile. Je lui ai dit que je ne voulais pas voir de *stoke* ici. Elle a essayé de me faire croire que c'était dans un but scientifique. Elle savait se montrer très persuasive...

Dronski grogna.

— Ce matin, dit le père, elle est venue de bonne heure. Chercher des documents dans le coffre. Des résultats de tests pratiqués sur les filles. Quand je suis arrivée, elle les brûlait dans le conduit de ventilation. C'est là qu'elle m'a dit qu'elle quittait Moscou.

— Et vous n'avez pas appelé la police, fit remarquer Dronski. Vous l'avez laissée s'envoler. Vous vous êtes dit que le nuage qui planait sur votre communauté bidon se serait bientôt évaporé avec elle.

Le prêtre se tourna vers moi et avoua :

— C'est un peu ça, oui...

— Vous ne vous êtes pas soucié des filles assassinées.

— Je n'avais pas encore les idées claires sur ce qui s'était produit. Je n'avais pas parlé à Sexboy...

Je quittai le sofa.

— Vous avez parlé à Sexboy aujourd'hui?

— Il est venu. Pour la voir. Un des garçons l'avait aperçue dans la gare...

— Qu'est-ce que vous lui avez dit?

— Qu'Ingrid quittait Moscou. Qu'elle était déjà partie.

Je scrutais le visage du prêtre.

— Continuez.

— Il a craqué. Il s'est mis à pleurer. Un enfant, tout à coup.

Dronski semblait écœuré.

— Un enfant qui a ouvert le ventre à quatre filles ! cracha-t-il. Et à une douzaine d'autres peut-être...

— Ensuite, qu'est-ce qui s'est passé ?

— Il m'a tout raconté. Il s'est assis sur un banc, dehors, et il m'a tout dit. Comment elle lui a couru après. Elle lui donnait à manger...

Le prêtre marqua une hésitation, puis reprit :

— Je pense qu'il y avait quelque chose de sexuel. Ensuite, bien sûr, est venue la *stoke*. Elle le tenait complètement sous son emprise. Certaines femmes, inspecteur... vous savez bien... elles ont cette obsession des jeunes garçons. Elles les dominent...

Dronski l'interrompit brutalement :

— Il s'est confessé à vous ou quoi ?

— Il s'est confessé, oui. Au début, il m'a parlé d'une prostituée, Maria quelque chose, qui a été pendue...

— C'est lui qui l'a tuée ?

— Avec deux ou trois autres, oui.

Voilà qui était clair. La voix de femme entendue dans la chambre de Maria n'était pas du tout une voix de femme. C'était celle de Sexboy. Une voix qui n'avait pas encore fait sa mue. La sienne ou celle d'un complice, tandis qu'ils suspendaient le corps à une corde. Je m'approchai du prêtre et le pris par l'épaule.

— Continuez. Il a avoué autre chose ?

Alexandre fit oui de la tête. Puis, d'une voix brisée :

— Quand ils étaient drogués, elle leur expliquait ce qu'ils devaient faire. Dieu sait que c'étaient des gosses violents. Livrés à eux-mêmes pendant la guerre. Obligés de se battre pour rester en vie. Tous avaient déjà tué. Le docteur américain a tout appris à Sexboy. Ce qu'elle attendait de lui. Sexboy m'a dit que ce n'était pas difficile.

— Il s'y prenait comment ? Pour planifier les meurtres, je veux dire.

— Elle lui indiquait une fille et elle l'attirait dans les ruines. Ensuite, elle attendait qu'il ait terminé. Un peu à l'écart.

Je repensai aux témoignages du veilleur de nuit Gromek et de Nellie sa complice. Eux avaient distingué une silhouette grande et mince. Celle d'un homme, pensaient-ils. Vêtu d'un manteau de bonne coupe et faisant les cent pas. Manifestement, Ingrid avait besoin d'être elle-même sur le lieu du crime. Assez près pour assister à la poursuite, puis au meurtre... Le père Alexandre leva vers moi une figure blême.

— Elle apportait une trousse chirurgicale, dit-il. Et une boîte de glace. Après, ils s'arrangeaient pour maquiller le crime. Comme si un fou furieux s'était acharné sur le corps...

Dronski se mit à hurler :

— Et il n'y avait toujours pas matière à appeler la police ! Espèce d'enfoiré !

— J'ai essayé de le retenir mais il a filé. Pas moyen de le retrouver. Je vous le jure. Il connaît ces galeries mieux que personne. Il est parti. Sexboy a disparu. Et avec lui son nom.

— Et si nous n'étions pas venus ? Vous auriez laissé toute l'affaire suivre son cours ?

— C'est terminé. Il n'y aura plus de victime. J'ai pensé qu'il n'y avait pas de raison de mêler les fidèles d'Après à tout ça. De détruire ce que j'avais construit...

— La belle excuse, conclut Dronski. Et le père Sacha aurait continué à se taper les jeunes filles de Presnia.

— C'est vrai. Vous avez raison.

Il posa les mains sur le bureau et baissa la tête.

— Mais voyez-vous, adjoint Dronski, je ne suis pas le seul, sur cette terre, à confondre ce que je crois et ce que j'aimerais croire.

44

Je laissai Dronski s'occuper des aéroports et je filai tout droit vers Nikulino, une banlieue éclairée par des réverbères au sodium, hérissée de tours, dévorée par le développement de Moscou, mais où l'on pouvait encore tomber ici et là sur un bosquet de pins, une grange, un champ coincé entre les usines.

Je trouvai facilement l'église grâce aux indications du père Alexandre. Un mauvais chemin partait de la route principale et conduisait à une construction délabrée, une nef donnant de la gîte surmontée de trois dômes verts – le quatrième avait disparu. Le petit cimetière à l'abandon, semé de tombes vides béantes comme des yeux morts, servait à présent de décharge. Des tracteurs enfoncés dans la boue achevaient d'y rouiller. Trois remises, abandonnées ou non, avaient poussé au pied de la nef comme des champignons. Une lampe dressée dans la décharge diffusait une lumière jaunâtre. L'endroit était sinistre.

Je descendis de voiture en ouvrant mon holster pour libérer le pistolet, et me dirigeai vers la double porte en chêne cloutée d'acier. Fermée.

On n'entendait rien, à part le bruit de la circulation venu de la route. Je fis le tour et longeai le mur blanc. Je finis par trouver une autre porte, plus petite mais guère plus engageante. Je levai les yeux vers une étroite fenêtre fermée par une vitre, trois mètres plus haut. Ayant amassé du bois au pied du mur, je me hissai péniblement jusqu'à cette ouverture – dans la manœuvre, mon pistolet glissa du holster et tomba sur le sol.

J'aurais pu facilement sauter pour aller le récupérer mais je m'étais déjà écorché un genou pour arriver là-haut. De plus, je sentais qu'il n'y avait personne à l'intérieur.

Je vérifiai que j'avais sur moi ma lampe de poche et brisai la vitre avec mon coude. J'élargis encore l'ouverture puis rampai jusqu'au rebord intérieur de la fenêtre. Peu à peu, mes yeux s'accommodèrent à l'obscurité. Je vis que la nef avait servi récemment à parquer du bétail. Le peu de lumière qui tombait par un trou dans le toit permettait de distinguer des stalles rudimentaires en bois.

Je ne m'étais pas du tout attendu à cela. Je vérifiai au moyen de ma lampe qu'aucun obstacle ne se dressait en bas et me laissai tomber sur le sol de pierre. Je me rétablis, me redressai, retins mon souffle... L'atmosphère était humide, chargée de l'odeur des bêtes. Mais les rais de lumière filtrant par la toiture endommagée évoquaient des parfums d'encens et des chants religieux. Cette église était vieille déjà quand Pierre le Grand avait bâti Saint-Pétersbourg, et le tsar Nicolas, Mourmansk. Vieille aussi quand la Révolution de 1917 en avait chassé les prêtres pour la transformer en étable.

Je sursautai. Pourquoi m'était-il à ce point difficile de vivre dans le présent? Pourquoi le passé me faisait-il toujours signe? Était-ce parce que nous étions tous, coupables ou innocents, enfermés dans la passion d'une histoire sanglante? Étions-nous condamnés à être à jamais gouvernés par des illusionnistes? A être le pays de Raspoutine et de Staline?

Je marchai vers le milieu de la nef en balayant du faisceau de ma lampe les débris de bois et les stalles. Je m'étais trompé d'endroit, c'était évident. Le père m'avait-il mis délibérément sur une mauvaise piste? Ou m'avait-il envoyé ici dans un but précis?

Il y eut un bruit.

Je tendis l'oreille. C'était derrière moi. Et ce n'était pas une bête. Plutôt quelqu'un qui traînait les pieds. Qui marchait, s'arrêtait, marchait, s'arrêtait. Passant ainsi d'un pilier à l'autre. Un cliquetis maintenant. Net. La lame d'un couteau? Une pierre? Le bruit résonna dans ma tête.

Où est ton pistolet, Constantin? A quelques mètres seulement, mais de l'autre côté de ce mur. Et, pendant ce temps, tu trembles de peur dans l'obscurité et la puanteur d'un parc à bestiaux. Tu es paralysé.

Devant moi se dressait un écran de bois troué d'ouvertures assez larges pour me permettre de passer. Mais je n'avais pas fait quatre pas que le coup de feu retentit, brisant des tuiles, soulevant de la poussière, dérangeant même les chauves-souris. Je roulai à terre sous une pluie de débris.

Je restai étendu sur le dos. Je ne pouvais plus bouger. Une douzaine de chauves-souris voletaient sous les poutres. Il y avait aussi cette vieille femme au-dessus de moi. Une babouchka en longue jupe, coiffée d'une casquette de base-ball par-dessus son fichu, et qui pointait sur moi un fusil à double canon.

Je n'étais pas blessé.

— Petite mère, dis-je en écartant les bras, tel un bébé dans son berceau. Je ne suis pas là pour voler vos bêtes. Je suis inspecteur de police...

Le visage sombre et ridé me considérait. La vieille avait le doigt crispé sur la deuxième gâchette. J'avais peur mais d'une peur ordinaire, que j'arrivais à maîtriser.

— J'aimerais me relever...

— N'essaie même pas d'y penser, répondit-elle.

Avais-je affaire à une fanatique de séries américaines ?

— Je suis officier de police. Presnia, 13ᵉ district de Moscou... J'enquête sur des meurtres...

Elle fit un pas en arrière en secouant le canon de son fusil. Je me remis debout avec précaution.

— Comment es-tu entré ?

Je levai les yeux vers la fenêtre brisée.

— Inspecteur de police, hein ?

— On m'a donné un mauvais renseignement, dis-je. Si j'avais su que l'église était utilisée par une honnête femme pour y garder ses vaches...

— Il n'y a plus de vaches, ici. Le docteur américain a acheté l'église.

Ces mots me firent l'effet d'un autre coup de fusil. Le prêtre ne m'avait pas menti.

— Regardez-moi bien, dis-je. Je vais sortir ma carte et vous la donner.

— Avec deux doigts, alors. Et *très lentement*...

Une fanatique de séries américaines, décidément. Je lui obéis, les yeux fixés sur les deux trous noirs du fusil. Puis je tendis le bras pour lui faire lire ma carte.

— Ça a l'air d'être vous. C'est ressemblant...

— Avez-vous l'intention de baisser ce fusil, maintenant ?

— Il reste une cartouche. Dites-moi d'abord ce que vous fichez ici.

Je n'avais pas droit à l'erreur.

— Le docteur Shepherd a quitté le pays.

La babouchka eut une expression douloureuse et troublée.

— Comment est-ce possible ? Elle était ici pas plus tard que cet après-midi.

— Elle ne reviendra plus, petite mère. Quand est-elle venue ?

— Il y a une heure. Peut-être deux. Elle a pris des affaires et elle est partie.

Elle semblait complètement déboussolée.

— Vraiment, elle ne va pas revenir?

— Non. Elle a filé à l'aéroport pour s'envoler vers l'Amérique.

Je repris au bout d'un moment :

— Elle est recherchée par la police, petite mère.

Elle eut une expression résignée et ne posa plus aucune question. Elle acceptait ce changement d'autorité avec un fatalisme paysan. L'Américaine était partie ; la police était là. Ainsi soit-il. Elle ouvrit son fusil et en retira la cartouche restante. Puis elle secoua la tête en direction du dehors.

— Si vous voulez voir la ferme, dit-elle.

Le fusil dans le creux du bras, elle traversa la nef pour aller franchir la palissade en passant par un trou entre les planches. Elle tira un trousseau de clefs et s'en servit pour ouvrir une petite porte latérale. Un souffle d'air froid pénétra dans l'église.

La ferme était d'un seul tenant, avec une grange attenante et une cour étroite, enneigée, striée de pavés noirs. On avait récemment réparé la cheminée. Mais il n'y avait pas de lumière, et les fenêtres sans rideaux réfléchirent nos silhouettes.

Dans le vestibule sombre, la babouchka referma la porte et alluma la lumière. Les murs étaient des parois métalliques peintes en blanc. Il ne restait ici aucune trace de l'ancienne ferme. Devant nous, une porte elle aussi métallique, verrouillée par un digicode surmonté d'une grille circulaire et d'une lampe rouge.

— Vous connaissez le code, petite mère?

— Je l'ai en tête, répondit-elle avec fierté.

Elle appuya le fusil contre le mur. J'allais dire quelque chose mais elle m'en empêcha en posant le doigt sur ses lèvres.

— L'année de la mort du grand camarade Staline… 1953… Comment pourrais-je l'oublier? J'avais treize ans. C'est comme si la terre avait cessé de tourner. Je n'imaginais pas comment nous allions pouvoir vivre sans notre guide. Ma mère en a pleuré pendant toute une semaine. Nous savions que c'était un complot des Occidentaux…

Elle avait les larmes aux yeux.

— Le code?

— Après est venu ce fou de Khrouchtchev. Il nous a fait tomber en disgrâce aux yeux du monde entier… Cette façon de frapper avec sa chaussure sur la table aux Nations unies! Un vrai paysan…

— Le code! répétai-je.

— La dernière grande année de notre histoire. 1, 9, 5, 3...

Elle composa les chiffres. « Identification », répondit l'appareil en anglais. La babouchka approcha les lèvres de la grille sous la lampe.

— Anna Fyodorovna, articula-t-elle distinctement.

La lumière rouge faiblit. Il y eut un bruit de verrou.

— De quand date cette construction ? demandai-je.

Elle pinça les lèvres.

— Trois ans. Peut-être plus. Après la prise de Moscou par les anarchistes. Le docteur en a fait une clinique pour jeunes femmes. C'était seulement pour les cas les plus graves. En général, il n'y avait plus rien à faire pour elles. On les enterrait là-bas, derrière l'église.

Elle soupira.

— Pendant le siège de Moscou, on n'a pas arrêté.

A l'intérieur, les lampes s'allumèrent automatiquement. Je sus tout de suite où j'étais à cause du bourdonnement. Et mon ventre se serra lorsque je vis le long du mur la rangée de petits réfrigérateurs médicaux. La babouchka était restée dehors.

Je tirai sur une des poignées. Un plateau glissa vers moi. Je ne m'étais pas armé contre une telle découverte. Une forme assez longue, rouge et noir, était enfermée dans un sac en plastique. Je repoussai brutalement le plateau. J'en essayai d'autres : certains étaient vides, d'autres contenaient le même genre d'horreurs. Chaque sac était soigneusement numéroté et identifié. A un moment, je grattai la glace avec le doigt. C'était l'utérus de Valentina Matski. Valentina...

Je refermai le dernier frigo. Mes découvertes avaient l'air de laisser la babouchka indifférente. A l'évidence, elle ignorait la signification de tout cela. Avisant une autre porte au fond, je demandai :

— Elle conduit où ?

— C'est le laboratoire du docteur, camarade inspecteur. De l'autre côté, vous avez le garage. Ce n'est pas fermé. Vous pouvez entrer...

— Passez devant, répondis-je.

Je n'avais aucune envie de me retrouver enfermé dans une morgue.

Obéissante, elle s'avança en traînant les pieds, puis me précéda dans un petit labo éclairé par un gros projecteur. Il y avait là une table d'opération et des éviers en acier dont les robinets se déclenchaient avec le coude. Je songeai d'abord que cette pièce, comme la précédente, était à peine fonctionnelle. Puis je tombai sur une photo accrochée au mur, le portrait d'une femme séduisante d'environ cinquante-cinq ans. Une Américaine, j'en étais sûr. Un visage agréable, volontaire, souriant. Aucune mention ne figurait sur la photo mais il était évident que j'avais devant moi la *véritable* Ingrid Shepherd.

— Elle est entrée ici, ce matin ?

— Juste le temps de prendre une boîte d'échantillons…

— Une boîte d'échantillons ?

La vieille traversa le labo et ouvrit une autre porte, découvrant un petit garage où resplendissait une grande Mercedes noire. J'ouvris la portière du conducteur. Les sièges avant étaient en cuir noir et une fine moquette grise recouvrait le sol. Mais à l'arrière, la banquette avait été retirée et la moquette remplacée par une toile de caoutchouc.

— Voilà les boîtes d'échantillons, dit la babouchka.

Elle indiquait une demi-douzaine de boîtes de la taille d'un panier de pique-nique rangées à la place de la banquette. J'en soulevai une et l'ouvris. Elle était divisée en compartiments et équipée d'une batterie pour la réfrigération.

C'était un commerce parfaitement organisé. Mais je savais que ce n'était ni ce labo ni l'équipement de réfrigération ni cette Mercedes aménagée qui me resteraient en mémoire… Une autre image allait me hanter, bien différente. Celle d'une tente en plastique vert dressée sur l'ancien piédestal de Staline et d'un corps blanc, saccagé.

45

Au retour, je trouvai mon bureau vide. Épuisé, j'allai m'asseoir à ma place. J'avais les paupières lourdes, brûlantes. Je pris une cigarette dans le tiroir et l'allumai. A quoi ça rimait, de prétendre avoir arrêté de fumer ? Je me retrouvai le coude sur la table et le menton dans la main, submergé par des vagues de lassitude. De désespoir aussi. Les événements des dernières heures n'avaient pas chassé Julia de mes pensées – seulement adouci la gravité de son attitude. Des visions me traversaient : des hommes et des femmes en habits rayés poussés dans leurs abominables baraquements, pétrifiés par le froid sibérien, à jamais arrachés à leurs familles, à ceux qu'ils aimaient – comme je l'étais moi-même par la faute de Julia.

Je payais le prix de l'innocence. Comme des milliers de Russes avant moi sous le communisme. Comme des milliers d'autres, demain, paieraient pour leur loyauté envers Julia ou prendraient pour argent comptant ses promesses d'amnistie, avant de subir sa cruauté. Car ils seraient nombreux à se rendre. Nombreux aussi à rentrer d'Europe ou des États-Unis.

Un bip-bip aigu m'arracha à cette rêverie. Le fax. Je sortis les feuillets un par un. Je crus d'abord aux sempiternels décrets du gouvernement, puis reconnus le logo d'Air Russia. Je bondis. Le message n'était pas signé mais je savais qu'il venait du frère de madame Raïssa.

« Viens juste de recevoir infos grâce à un contact à la police de New York.

Jean Lucy Harrow, née à Cleveland, Ohio, en 1983.

1995 : Maison de correction de Mayapple.

1996 : Séjour à l'hôpital psychiatrique Hodge-Dower pour sa participation à une agression sérieuse. Libérée en 1997.

2001 : Sous l'identité de Mary Roan : condamnée à 31 reprises pour prostitution et à 9 reprises pour agression dans 5 États différents.

2005 : Sous d'autres identités – McKenzie, Parton, Salvatore, Nyquist –, condamnée pour importation illégale de substances humaines.

2008 : Vit à Londres sous sa véritable identité, Jean Lucy Harrow. 5 condamnations pour importation illégale de substances humaines.

2012 : Revendique publiquement l'héritage du docteur Ingrid Shepherd, soit 2 millions de dollars, en vertu du fait qu'elle partageait sa vie. »

Le frère de Raïssa avait de la suite dans les idées. Jean Lucy Harrow s'était fondue dans le brouillard. Bientôt, elle ouvrirait un nouveau commerce dans quelque autre pays livré au chaos ou à la guerre civile. En fermant les yeux, je pouvais presque respirer son parfum, la voir juchée sur son tabouret de bar. Un monstre élégant et séduisant.

Une femme qui s'était rendue jusqu'à Nikulino dans le seul but de récupérer une boîte à échantillons *vide*. Une boîte conçue pour abriter l'utérus d'Ingrid. Ou de Jean Lucy Harrow.

Elle avait pris la fuite. Sexboy aussi. Des idées de vengeance l'avaient-elles visitée à Nikulino ? Il était trop tard pour les accomplir.

Le téléphone sonna. C'était Dronski. Il appelait de l'aéroport.

— Pas de chance, chef.

— Vous savez quel vol elle a pris ?

— Pas encore, chef. C'est le bordel, ici. Ils attendent une visite officielle. Il y a des flics et des militaires partout. Et personne pour répondre à de simples questions sur les listes de passagers.

— Faites de votre mieux, Ilia. Mais ne vous cramponnez pas trop aux vols pour New York. A mon avis, elle a pris une ligne moins importante : Varsovie, Berlin, Paris si ça se trouve. C'est plus sûr, pour elle.

— Peut-être.

Et après un temps :

— Constantin...

C'était la première fois qu'il m'appelait par mon prénom.

— ... Je voulais vous dire... La nouvelle me fait vraiment plaisir...

— La nouvelle ?

— Pour Micha. C'est formidable. Vraiment formidable.

J'étais secoué.

— Micha ? De quoi vous parlez, Ilia ?

L'espoir me dévorait déjà le cœur.

— Vous n'êtes pas au courant? Bon Dieu! Mais vous n'écoutez pas vos messages ou quoi?

Je raccrochai aussitôt pour appuyer sur le bouton *play*. C'était la voix – très excitée – de Natacha : « Ce n'est encore qu'une hypothèse, Constantin. Mais la plus merveilleuse de toutes. Souvenez-vous-en, s'il vous plaît. Je suis allée au cimetière de Pavlovsk, près de Pétersbourg. Julia vous a dit quelque chose sous anesthésie, Constantin. Juste une allusion. Mais bon, j'ai voulu vérifier. Il n'y a aucune tombe dans ce cimetière qui corresponde à sa description. Mieux, on parle d'un groupe d'enfants abandonnés puis récupérés par des moines d'ici. L'espoir est infime. Je rentre par le prochain avion. Je vous aime. Je vous aime, un point c'est tout. »

J'étais fou d'espérance. Fou de peur aussi. J'imaginais un enfant de six ans affrontant le vent et la neige avec d'autres gosses abandonnés. Ces visions me terrifiaient. Je voyais les garçons les plus âgés en tête de colonne, leurs lanternes accrochées à des perches, tandis que les forces de Micha faiblissaient... A la fin, il trébuchait dans la neige.

Je voulais savoir. J'en aurais hurlé. Je bondis de mon bureau et me précipitai dans la Division des homicides. Les têtes se dressèrent, puis se penchèrent vers les téléphones. Il n'y avait donc personne pour me dire que mon fils était vivant! De retour dans mon bureau, j'écoutai à nouveau le message de Natacha, chaque intonation de chaque phrase ; je voulais lui en faire dire plus qu'il ne contenait... Je finis par me servir un verre en tremblant. D'autres messages suivirent. Rien de nouveau du côté des aéroports. J'étais sur le point de fracasser le répondeur quand s'éleva la voix à nulle autre pareille du docteur Brodski, la remplaçante de Natacha au labo. Le ton était agressif :

— Je vous préviens, inspecteur Vadim. Je vais me plaindre au commandant Brusilov. Il m'est impossible de travailler ainsi...

Je cherchais mes cigarettes.

— ... En tant que médecin légiste en charge de l'affaire, j'insiste...

— Insiste tant que tu veux, chérie, murmurai-je en allumant ma cigarette.

— ... pour être tenue informée. Il semble qu'il s'agisse d'un nouveau crime de Monstrum...

Quittant le bureau, je traversai en courant la Division des homicides et le hall d'accueil. Je m'engageai dans le couloir où flottait l'atroce odeur. Je m'engouffrai dans le labo en essayant de ne pas prêter attention à ce qui traînait sur les tables d'opération. Une fille en blouse verte tachée de sang coagulé s'approcha. Elle avait son masque sur le nez.

— Je suis l'inspecteur Vadim, dis-je. Division des homicides. Je voudrais voir le docteur Brodski. Elle est dans son bureau ?

Les sourcils de la fille se soulevèrent encore plus. Elle rabattit son masque.

— Mon Dieu, non, dit-elle. Elle était furieuse. Elle a même déposé une plainte auprès du commandant…

— Il y a eu un appel ? C'est ça ? Un autre crime ?

— Il y a une demi-heure, oui…

Je voulus la prendre par la manche et regrettai aussitôt mon geste : j'avais les doigts pleins de sang.

— Où ? dis-je. Où est-ce arrivé ?

Elle m'offrit de m'essuyer sur son autre manche.

— A l'aéroport de Cheremetievo, dit-elle. Le docteur est en route.

— Qui a appelé ? L'adjoint Dronski ?

— Non. C'est moi qui ai pris l'appel. C'était la police de l'aéroport, il me semble…

— Il vous semble ? Ils se sont présentés comment ?

Elle haussa les épaules.

— C'était une voix de femme, dit-elle. Une opératrice…

Une idée se frayait un chemin en moi. Je repris :

— Une opératrice avec un accent ?

— Tout le monde a un accent, à Moscou, de nos jours.

J'allai décrocher un téléphone.

— Passez-moi Cheremetievo, dis-je. La police de l'aéroport.

Une sonnerie retentit quelque part. On décrocha.

— Inspecteur Vadim, dis-je. 13e district. Presnia. Vous avez eu connaissance d'un meurtre dans votre secteur ?

— On en a eu des centaines ! répondit une voix joyeuse.

— Je n'ai pas le temps de déconner, répliquai-je. Répondez clairement. Avez-vous eu connaissance d'un meurtre cet après-midi ou ce soir ?

— Non, inspecteur.

— Vous êtes sûr ?

— J'ai sous les yeux le tableau des incidents.

— Aucune trace d'un appel adressé au 13ᵉ district ? Au légiste ?

— Ne quittez pas…

Couvrant à demi le combiné avec sa main, il cria quelque chose. Puis :

— Non. Personne n'a le souvenir d'un appel au 13ᵉ district.

Je raccrochai. Maintenant, la fille me considérait d'un air anxieux.

— J'ai fait une bêtise ? dit-elle.

Je n'arrivais pas à réfléchir assez vite, mais j'avais un pressentiment terrible. De nouveau, je pris la fille par le bras, oubliant les taches de sang.

— Quel était le problème du docteur Brodski ? demandai-je. Pour quel motif est-elle allée se plaindre à Brusilov ? Puisqu'on appelait le 13ᵉ district pour avoir un légiste, il suffisait d'y aller…

La fille me dévisageait comme si j'étais fou.

— Parce que ce n'était plus son boulot, dit-elle.

— Plus son boulot ?

— Elle était remplaçante. Et comme le docteur Karlova est revenue de Pétersbourg…

46

— C'est une affaire délicate, inspecteur.

J'avais le sergent de l'aéroport en ligne sur mon portable.

— On attend l'arrivée d'une personnalité diplomatique arabe – et, vu l'état des relations entre la Russie et les islamistes...

— Débrouillez-vous ! hurlai-je.

Je conduisais la Renault d'une main, tout en écrasant l'accélérateur. J'avais branché la sirène et le gyrophare.

— Ça change quoi, un diplomate arabe ?

— Ça change tout. Ça mobilise cinquante hommes. Mon équipe d'intervention rapide est réquisitionnée dans le hall d'arrivée. Ordres venus d'en haut. Je peux vous céder un policier, inspecteur.

Je faillis quitter la route. Mais je me mordis les lèvres. On ne gueule pas après un sergent en service.

— Vous avez l'adjoint Dronski avec vous ? dis-je.

— Je vous le passe, répondit le sergent, soulagé.

— Pour les Arabes, dit Dronski, on ne peut rien faire. Il ne nous reste plus qu'à fouiller l'aéroport avec cinquante hommes...

— Cinquante hommes pour cent cinquante hectares !

— Ne lâchez pas le volant, chef. Ils font du bon boulot. Ils cherchent avec méthode... Je dirige l'opération d'ici, avec la vidéo. La communication est bonne. Vous serez là dans combien de temps ?

Je bifurquai vers un parking et passai sous le panneau Cheremetievo. Dronski m'expliqua comment rejoindre le poste de contrôle. Je me garai et sautai de voiture, laissant la portière grande ouverte et le gyrophare en action.

Je franchis les portes battantes. Une voix calme résonnait dans le hall :

— Message à l'intention de Natacha Karlova. Ici, Ilia Dronski. L'appel à la police était un faux. Vous êtes en danger. Je répète : en danger. Ne restez pas seule et présentez-vous à un homme de la Sécurité.

J'aurais ajouté : « Méfiez-vous d'Ingrid Shepherd. » Cette partie du hall était pleine de policiers. J'avais ralenti mon pas mais je fus repéré tout de suite par des hommes armés de Kalachnikov.

— Où tu fonces comme ça, grand-père ?

Un gosse blond de vingt ans me braquait son canon sur la poitrine. Bouillant de frustration, je lui présentai ma carte. Il la saisit et l'examina en prenant son temps. Il la montra même à son camarade avant de me la rendre en disant avec un salut :

— Désolé, inspecteur. On est jamais trop prudent...

J'approuvai et me dirigeai vers l'escalier.

Je trouvai Dronski debout devant une rangée de moniteurs. Dès qu'il me vit, il m'indiqua une immense carte lumineuse représentant l'aéroport, les voies de circulation, les hangars d'entretien et les zones voyageurs correspondant aux écrans. Le système était simple. Pour observer une zone, il suffisait de taper son numéro et le secteur s'éclairait sur la carte. En même temps, l'ordinateur mettait la caméra en route.

— Vous avez aussi ça, dit Dronski en me montrant un autre dispositif. Chaque caméra est équipée d'un projecteur. C'est ce bouton, là. Le zoom, c'est ici. Et le grand angle, là.

— Mais on n'a que cinquante hommes...

Il alluma une cigarette et me la tendit avant d'en allumer une autre pour lui.

— Je les ai divisés en dix équipes, reprit-il. Chacune en contact radio avec nous. Je me suis arrangé pour que toutes les équipes puissent se retrouver en moins de cinq minutes au même endroit...

Les images défilaient sur les écrans : des hangars où des employés travaillaient à l'entretien des Tupolev et des Boeing. Des zones désertes, mal éclairées. L'entrée d'une cantine pour le personnel. Des voies de circulation. Des entrepôts. Un groupe de miliciens perdu dans l'immensité sinistre de l'aéroport. Dronski reprit :

— Le colonel chargé de la protection diplomatique est d'accord pour nous signaler toute info concernant des voyageurs interpellés ici ou là.

Je considérai le grand hall. Un flot de voyageurs poussant des chariots franchissait les portes « Arrivée ». Je songeai à la délégation diplomatique. J'aurais volontiers refilé un petit bakchich à tous les soldats pour qu'ils s'occupent de *notre* enquête.

Dronski balayait la carte lumineuse.

— Dites-moi, chef. Natacha, elle aurait dû arriver à quelle heure ?

— Environ une demi-heure avant moi. C'est une assistante qui a pris l'appel d'Ingrid. Le rendez-vous était fixé à l'accueil du grand hall.

Il réfléchissait plus vite que moi. Il avait appuyé sur un bouton. Il était déjà en communication avec l'accueil.

— Poste de contrôle de la Milicia, dit-il. On recherche une Américaine de trente-cinq ans. Cheveux noirs. Identité inconnue. Une femme de ce signalement a-t-elle laissé un message à l'intention du docteur Natacha Karlova dans les dernières trente minutes ?

Il mit l'amplificateur. Une voix féminine répondit :

— Je me souviens de cette Américaine, oui. Jean Lucy Harrow ?

— C'est elle ! criai-je.

— Elle était très agitée. Je lui demandé de m'indiquer son vol. Elle n'a pas répondu.

— L'autre femme, vous l'avez vue arriver ?

— Le docteur Karlova. Grande, blonde, cheveux tirés en arrière. Elle portait une trousse médicale verte.

— Quel était le message ?

— Attendez... il est noté là... Voilà : « Zone d'entretien de la Lufthansa. » C'est tout.

— Ça remonte à quand ?

— A une dizaine de minutes. Peut-être quinze...

Dronski orientait déjà une unité de la Milicia vers le secteur de la Lufthansa ; on entendait la fille feuilleter ses notes.

— Il y a exactement une demi-heure, reprit-elle. Mais elle a été interpellée dans le hall par deux soldats qui lui ont demandé ses papiers. C'est toujours pareil, pendant les exercices de sécurité. Les soldats savent qu'il n'y a pas vraiment d'urgence. Alors ils en profitent pour arrêter les jolies femmes. Vous voyez ce que je veux dire...

— Comment ça, pas d'urgence ? m'écriai-je, furieux. Les dignitaires arabes, c'est du bidon ?

— Un exercice, c'est tout. Mais ça reste entre nous...

— Attendez, dit Dronski en posant la main sur mon bras. C'est bon pour nous. Si elle a été interpellée il y a une demi-heure, alors on a juste quelques minutes de retard sur elle.

Il se tourna vers l'écran principal et commença à travailler méthodiquement. Pendant ce temps, je surveillai les images sur les autres écrans plus petits. Les cinq secondes d'attente entre chaque image paraissaient interminables. J'avais l'estomac noué. Je voulais tellement voir Natacha apparaître sur un moniteur que je croyais toujours distinguer sa silhouette. Et j'étais terrifié à l'idée d'une ombre l'attaquant par derrière, armée d'un couteau.

C'est alors que Dronski poussa un cri.

— Zone 12 !

Contre-plongée sur une longue allée et des murs d'entrepôts en brique. Sur le petit écran, je pus seulement faire apparaître un visage de femme, aussitôt transféré sur l'écran principal. Natacha, sa trousse de secours à la main. Sans chapeau. Elle courait. Le vent soulevait ses cheveux blonds.

Dronski donna des ordres à l'équipe la plus proche. J'avais bondi de mon siège et je me mis à hurler vers Natacha... Dronski me força à me rasseoir.

— Surveillez plutôt l'écran, merde !

Jamais je ne m'étais senti à ce point impuissant. Natacha tourna à l'angle d'un mur et consulta un panneau. Puis elle reprit sa route. Un tracteur avec son chargement venait vers elle. Une bouffée d'espoir m'envahit. J'entendais Dronski parler aux hommes de la Milicia.

— Au sud de la piste 6 ! Elles ont trois minutes d'avance sur nous.

La caméra offrait maintenant un plan large de la zone qui s'étendait devant Natacha.

— A droite, dit Dronski. A droite, merde !

Paniqué, je scrutai l'écran sans rien voir d'autre qu'une ombre profonde. Mais quelque chose bougea. Ingrid. Sa boîte en métal reflétant la lumière.

Sur l'écran principal, on distinguait tous les détails. Ingrid avait rabattu le col de son manteau noir. Un foulard était noué sous son menton. Son visage non maquillé, aux lèvres minces, faisait froid dans le dos. On percevait même le rythme de sa respiration grâce aux nuages de vapeur qui s'échappaient de sa bouche. Soudain, elle tourna la tête. Elle avait dû voir ou entendre quelque chose. Un instant, son visage apparut de face : une figure blême, tendue, aux yeux plissés. Pour la première fois de ma vie, peut-être, je contemplai l'expression de la folie absolue.

Changement de décor sur l'écran principal. Natacha franchissait l'entrée des hangars de la Lufthansa. Elle marchait avec prudence, à présent. On lisait dans ses pensées. « Il devrait y avoir du monde. Des bruits d'appels radio. Des gyrophares. Qu'est-ce qui se passe ? » Elle continua pourtant à marcher, de moins en moins vite, en jetant des regards autour d'elle.

— Fiche le camp, murmurai-je. Pour l'amour du ciel, sauve-toi...

Allais-je le même jour retrouver mon fils et perdre la femme que j'aimais ?

— Ça va aller, dit Dronski en appuyant les mains sur mes épaules. Il y a deux Jeeps sur la piste. C'est une question de secondes...

Un grand angle. A droite, Ingrid se détachait de l'ombre. Avait-elle appelé ? Natacha s'arrêta, pétrifiée, puis fit un pas en arrière. Un rideau de neige séparait les deux femmes. Elles avaient l'air de se parler, séparées par une distance d'une soixantaine de mètres. Ingrid progressait inexorablement vers Natacha qui reculait.

Derrière moi, Dronski retint son souffle. Il appuya sur un bouton. A l'écran, l'image s'évanouit. A présent, on ne voyait plus que la neige tombant sur les entrepôts.

— Écran de gauche, dit Dronski. Mon Dieu...

Je tournai les yeux. Sur un écran, à l'extrême gauche, une silhouette se dessinait : Sexboy.

Mais le garçon, sitôt apparu, s'effaça à l'angle d'un bâtiment. Dronski appela les images sur l'écran principal. Sexboy courait le long d'un mur de l'entrepôt. Dronski changea d'angle et saisit le garçon au moment où il s'accroupissait dans l'ombre. On le distinguait très nettement. Il portait un anorak et un bonnet de laine. Il tenait un lourd bâton.

J'avais bondi sur mes pieds. Natacha allait devoir passer près de l'endroit où se cachait Sexboy. Je ne pouvais rien faire. Soudain, Sexboy se releva.

— Le projecteur ! lançai-je à Dronski.

Il appuya sur un bouton, emplissant l'écran de lumière. Le garçon tourna brusquement la tête. Dronski zooma sur lui. Sexboy retroussa les lèvres puis fit demi-tour, brandissant son bâton, et courut vers l'angle de l'entrepôt.

Natacha courait elle aussi. Elle essayait de sauver sa vie. Mais c'était sans espoir. Je hurlai quand Sexboy frappa d'un coup violent entre les épaules de Natacha. En bas de l'écran, Ingrid avait éclaté d'un rire silencieux.

Je me précipitai dans la Jeep de Dronski. Je me retrouvai au volant et lui à côté de moi. Les pneus dérapèrent sur la neige. Je fonçai en direction des hangars. Ce fut une course de trois minutes entre les tas de neige. Dronski me hurlait des indications aux oreilles.

Je reconnus l'entrepôt de la Lufthansa. Le projecteur était toujours braqué sur l'endroit où Sexboy s'était planqué. Je garai la Jeep et sautai à terre.

Les Jeeps de la Milicia arrivaient derrière moi. Je criai au lieutenant de déployer ses hommes et de fouiller l'arrière des bâtiments. Il y avait des lumières partout : projecteurs, phares, feux arrière des voitures, réverbères. Dans ma tête, le temps s'accéléra.

Je ne sais au bout de combien de minutes je vis un jeune soldat équipé d'une lampe torche reculer devant quelque chose qu'il venait de trouver derrière une pile de cageots vides. Il lâcha sa lampe et commença à vomir. Tournant vers moi son visage livide, il lança :

— Il y a une femme…

Et il se remit à vomir.

J'étais paralysé.

— Putain ! dit-il. Une vraie bête…

Il n'était qu'à cinq mètres de moi.

— Les deux, reprit-il. Il les a tuées toutes les deux.

Je m'approchai avec Dronski. Les cageots s'empilaient contre le mur à hauteur d'homme. Ingrid se trouvait derrière eux, étendue sur le dos dans une mare de sang. Le corps de Natacha était face contre terre. Elle avait du sang sur les mains et la nuque.

A genoux, je la soulevai, découvrant sur son visage une expression d'intense épouvante. Mais ce n'était pas le visage d'une morte. Les lèvres remuaient faiblement. Elle cherchait de l'air.

— Ne touchez à rien, chef. Une ambulance arrive.

Le temps qu'elle soit là, Natacha avait essayé à trois reprises d'esquisser un sourire, et y était parvenue une fois.

L'équipe d'urgence se montra efficace. Natacha fut rapidement attachée sur un brancard. Je lui tenais la main. Ils l'installaient dans la voiture quand mon portable sonna. Le poste de contrôle de l'aéroport. Une voix de femme :

— Inspecteur ? On a repéré quelqu'un sur l'allée 41-C. Mais c'est un jeune homme, on dirait. Douze ou treize ans…

— Qu'est-ce qu'il fait ?

— Il est appuyé contre un mur. Ne quittez pas, je zoome… Il pleure. Il est couvert de… on dirait que c'est du sang.

L'intérieur de l'ambulance était éclairé. Un médecin faisait une injection à Natacha. Les portes se refermèrent.

Je sentis la main de Dronski sur mon épaule. J'étais tombé à genoux sans même m'en rendre compte. Dronski criait :

— Elle va s'en tirer, chef !

Pourquoi criait-il comme ça ? Pourquoi mon corps tremblait-il à ce point ? Natacha était sauvée. Je repoussai Dronski et, pendant qu'il reprenait son équilibre, je me précipitai vers la Jeep.

47

Je fonçai dans la lumière des phares, guidé par la femme toujours du poste de contrôle qui poursuivait de sa voix tranquille :

— On l'a repéré maintenant sur la 51-B, inspecteur. Ce sera la deuxième allée à votre droite...

— Qu'est-ce qu'il fait ?

— Il court en direction du carrefour 51-C...

— Je fais demi-tour ?

— Oui. Ensuite, roulez parallèlement à lui. Vous prenez à gauche, la bande de service. Vous lui tomberez dessus à l'intersection.

Je fis demi-tour. La neige, épaisse à cet endroit, formait un profond canyon. J'éteignis mes phares et roulai à faible allure. A quelques mètres de l'intersection, je freinai. Les pneus glissèrent sur le ciment neigeux. Je descendis de voiture sans couper le moteur. Ayant tiré mon arme du holster, j'en vidai le chargeur dans la neige.

Je ne réfléchissais pas comme un policier au moment d'effectuer une arrestation. Mon esprit avait cessé de fonctionner quand s'étaient refermées les portes de l'ambulance. Natacha était sauve. Je savais ce qui m'attendait. Pourtant, ce fut un choc d'entendre des sanglots, au coin d'un bâtiment, à dix ou quinze pas devant moi.

Je continuai. Mon ombre recouvrit le gosse. Il était dos au mur. Tête nue, à présent. Son visage était minuscule, livide, strié de sang séché. C'est alors que je me mis à hurler. Je pensais qu'il allait me reconnaître. Il *devait* me reconnaître. Et moi, comment aurais-je pu oublier ces yeux noirs ?

— Micha ! hurlai-je.

Il essuya le sang et les larmes sur sa joue.

— Je m'appelle Sexboy, répondit-il.

Je secouai la tête.

— Tu es Micha.

Je glissai et m'écroulai. Quand je fus à terre, il se pencha vers moi – et il me cracha au visage. Je sursautai. Il fit demi-tour et s'enfuit.

Je suivis ses traces dans l'épaisse couche neigeuse. J'avais coupé le contact avec le poste de contrôle. Mon pistolet n'était pas chargé. Je cherchais mon fils.

Je trouvai au fond du hangar un espace dégagé où la neige était tachée de flaques d'huile. Les traces s'enfonçaient dans le noir. Je courus, puis m'arrêtai brusquement. Il était là. Devant moi. Assis sur un muret, les jambes pendantes. Je m'arrêtai à trois mètres de lui.

— D'accord, dit-il. Vas-y. Viens me chercher. Viens m'arrêter...

Il me faisait signe d'avancer.

— On n'est pas à la télé. Dans quelques heures, tu pourras pleurer tant que tu voudras.

Je m'approchai encore. Je voyais – je *sentais* sa souffrance. Mais il gardait une expression tendue, fermée, ironique.

— Micha...

Il éclata de rire. Je répétai plus fermement :

— Micha.

Il m'écouta en secouant la tête... Il avait l'air satisfait de ce qu'il entendait. Soudain, il bascula en arrière et se jeta dans le vide par-dessus le muret.

Je n'avais pas entendu le train rapide approcher. Je descendis sur la voie accompagné de cinq ou six miliciens. Je n'essayai même pas de toucher le corps déchiqueté quand ils le roulèrent sans précaution dans un sac à fermeture Velcro.

48

A quatre ou cinq reprises, au cours de la nuit, elle devait se réveiller et se blottir contre moi. Je contemplais alors ses yeux d'ambre plongés dans les miens ; puis ses paupières se refermaient, tandis que sa respiration redevenait régulière.

Je ne crois pas avoir dormi beaucoup. Peut-être vingt minutes par-ci par-là. Serré contre le corps nu, je songeais à Micha : le monument à Mourmansk, l'avion de guerre anglais qu'il aimait tant, mes explications sur le fait qu'Anglais et Américains avaient livré ce genre d'appareils à la Russie, ainsi que des camions, des Jeeps et de la nourriture, il y avait bien longtemps…

— Quel genre de nourriture ? demandait-il chaque fois qu'était abordé ce point d'histoire.

Je répondais que mon grand-père m'avait parlé de boîtes de corned-beef et de barres de chocolat. Il se remettait alors à jouer avec son avion.

Vers 7 heures, peu avant l'aube, Natacha se réveilla pour de bon. Cette fois, elle se détacha de moi et s'assit dans le lit, enveloppée du drap. On voyait sa cicatrice sous les cheveux, à la base de la nuque. Le docteur l'avait prévenue : elle aurait mal à la tête et au dos pendant deux jours.

— Qu'est-ce qu'il y a ? demandai-je en m'asseyant aussi.

— Je dois te dire… certaines choses.

Au sujet de Micha. Je hochai la tête.

— Je vais faire du café, repris-je. Après, tu me diras.

Quand je revins, vêtu de mon pantalon et d'une chemise, elle était toujours assise dans le lit, mais elle avait enfilé une robe de chambre. Elle se brossait les cheveux. Je m'installai auprès d'elle et lui tendis son café. Dehors, à moins de deux kilomètres, le jour se levait sur les tours et les dômes du Kremlin. Il y avait de la lumière aux fenêtres ; les bureaux, pensai-je. Julia était-elle là-bas ?

— Quand j'ai fait ce voyage dans le Nord, commença Natacha, j'étais désespérée. A cause des quelques mots prononcés par Julia quand je retirais de son dos les éclats de grenade. Des mots sans signification, sûrement. Mais c'était suffisant pour que j'aie envie d'aller jusqu'à Pavlovsk.

Je ne lui avais encore rien dit à propos de Micha. Ni à elle ni à personne. Je n'arrivais pas à mettre des paroles là-dessus. Elle continua :

— J'ai emprunté une Jeep. Mes espoirs pouvaient être déçus mais je voulais au moins voir la tombe... la tombe de quelqu'un qui avait tant compté pour toi.

Elle mentait, même si c'était un doux mensonge. Elle était allée à Pavlovsk pour que je sache qui était vraiment Julia. Mais quelle importance, maintenant ?

— J'ai trouvé le cimetière. L'if aussi. Mais il n'y avait aucune pierre. Aucune tombe.

Elle me caressa la joue. J'avalai péniblement ma salive. J'aurais voulu lui parler mais je ne trouvais pas les mots.

— J'ai interrogé un prêtre. Il m'a dit qu'il n'y avait jamais eu à cet endroit de pierre répondant à ma description.

Elle glissa un bras autour de moi.

— Constantin, je voulais t'appeler tout de suite. Mais j'ai pensé que ce serait tellement cruel, pour toi, d'apprendre que Micha n'avait pas survécu à la guerre.

J'approuvai sans rien dire.

— Écoute, mon amour. Je suis allée à l'orphelinat de Pavlovsk. Il n'y avait rien. Seulement des listes de noms avec des descriptions. Quinze listes d'enfants venus de partout.

Je serrai sa main dans la mienne. J'étais au désespoir. Comment lui dire...

— J'ai tout de même fini par trouver quelque chose. Le nom d'un orphelinat, près de Moscou. A Borisovo. Près du terrain d'aviation... Là-bas, jusqu'à l'année dernière, était inscrit un enfant du nom de Mikhail Constantinovitch Vadim...

— Mais il est parti.

— L'an dernier. Il s'est échappé. Il avait douze ans. Il a fait le mur avec d'autres.

Elle marqua une pause, puis reprit :

— Mais j'ai rencontré la femme qui avait ramené Micha depuis Pavlovsk.

Borisovo était un ancien camp de travail : des barbelés, des baraquements, des miradors. Nous y arrivâmes à 16 heures, quand les enfants se mettaient en rang pour le dîner. Le directeur arrêta sa voiture pour nous permettre d'assister au défilé des enfants.

Ils avaient entre cinq et treize ans. Tous portaient des anoraks bleus et des toques de fourrure trop grandes. Chacun avait une gamelle en fer autour du cou, ainsi qu'une cuillère et un gobelet. On ne distinguait pas les filles des garçons.

Nous descendions de voiture quand commença l'appel. On inspectait aussi les gamelles. Des nuages de respiration s'élevaient dans les airs. Les gardiens faisaient les cent pas en frappant dans leurs mains gantées.

L'inspection ne dura pas plus d'un quart d'heure. Ensuite, les enfants marchèrent en rang jusqu'au baraquement qui abritait le réfectoire. Ces rituels-là ne changeaient jamais. Ni l'air satisfait des gardiens. Natacha glissa la main dans la mienne.

Le directeur, Oleg Sinkovski, ne cachait pas sa satisfaction. Il nous conduisit à son bureau, relança le feu dans le poêle, passa un coup de fil à sa femme et, enfin, ayant convoqué Nadia Rybine, nous laissa avec elle.

C'était une grande femme mince d'environ quarante ans, vêtue de la robe grise des employés de l'orphelinat. Son visage triste s'éclaira d'un sourire amical. Elle referma la porte, puis nous serra la main. Après les présentations, elle eut l'air gêné.

— Asseyons-nous, proposai-je. Nous serons plus à l'aise. Natacha m'a dit que vous aviez eu la gentillesse de répondre à quelques questions au sujet de mon fils, Micha.

Ces phrases, je les avais prononcées avec assurance, comme si j'étais réellement un père essayant de remplir les vides laissés par la très longue absence de son fils. Mais la réalité était bien différente. Je me haïssais d'être là. Je n'en ressentais aucun soulagement. Mon fils, je l'avais vu assis sur ce mur, au-dessus de la voie ferrée. Pourtant, il était resté l'enfant qui jouait sur la moquette dans notre appartement de Mourmansk. Et je n'avais nulle envie de connaître en détail tous les incidents survenus ici ; ni de savoir comment il avait fini par devenir ce psychopathe de treize ans qui s'était moqué de moi à Cheremetievo.

Nadia Rybine était assise au bord d'une chaise, un classeur en plastique sur les genoux. Natacha s'installa sur le canapé. Je m'appuyai contre le bureau du directeur. La femme se mit à chercher dans le classeur.

— Peut-être voudrez-vous d'abord regarder ceci, inspecteur.

C'était Micha. Aucun doute. Âgé de six ans. Avec ses boucles noires et ses yeux vifs. Six mois peut-être après que Julia avait rejoint le Front. Deux autres photos le montraient un an plus tard : sa figure était maigre et fermée, comme celle d'un être obligé d'endurer la faim et le froid. Ma souffrance devenait insupportable.

Il y avait une dernière photo. Un cliché flou. Un portrait de groupe dans un camp. Micha avait les cheveux rasés, et la bouche fermée par ce rictus qui semble la marque du vice. J'aurais voulu le nier mais c'était lui. Indubitablement.

Je rendis ses photos à cette femme. Je ne pouvais parler. Je fis le tour du bureau. Natacha me regardait ; je détournai les yeux. D'une voix faible, je repris :

— Natacha m'a dit que vous aviez rencontré Julia Petrovna dans l'armée anarchiste.

Elle rangea les photos dans le dossier et acquiesça.

— J'étais sous-officier, dit-elle. Capitaine. J'ai fait une déposition à ce sujet, inspecteur. J'ai changé de camp pendant la guerre. On m'a graciée.

Je souris.

— Je vous assure que je ne suis pas là pour établir votre culpabilité.

C'était *ma* culpabilité, que j'étais venu établir.

— Merci, dit-elle. J'espère que je pourrai vous aider à retrouver la trace de votre fils.

Natacha était blême. Il fallait que je lui dise. Dans un jour ou deux. Dans une semaine.

Le fourneau répandait sa chaleur dans la petite pièce aux murs de bois où résonnait le tic-tac d'une pendule, un modèle chinois bon marché. Nadia Ivanova commença lentement :

— Nous avons battu en retraite devant la principale attaque nationaliste. On essayait de se regrouper. De former un front. Ce qui signifiait tenir le carrefour ferroviaire de Pavlovsk.

— Quand vous dites *nous*, vous parlez de la division de femmes ? intervint Natacha.

— La division *Petrovna*. On l'appelait ainsi. Nous étions 15 000 femmes. Deux compagnies d'infanterie motorisée et une brigade de combat.

Je redressai la tête. Elle esquissa un sourire de fierté. Elle continua :

— Nous étions bien entraînées et bien ravitaillées. Et nous savions que Julia ne laisserait pas les généraux nous envoyer à la mort pour sauver les compagnies d'hommes, ou leur propre vanité.

— Vous aviez foi en elle...

Elle plissa le visage dans un effort pour rassembler ses souvenirs. Quand elle reprit, elle se tourna vers Natacha :

— Vous n'imaginez pas ce que signifie être commandée par des femmes. Se battre aux côtés des femmes. Gagner leur amitié. Leur donner tout ça...

Elle revint à moi :

— On ne se battait pas pour le Front populaire, inspecteur. Mais pour nous-mêmes. Pour Julia Petrovna...

— Pourtant, dit Natacha...

— Pourtant j'ai quitté la division, oui.

— Pourquoi ? demandai-je.

— Parce que nous étions moins mobiles.

— A cause des enfants ?

— Oui.

— Qu'est-il arrivé ?

— Un jour, nous allions prendre position. C'était à Pavlovsk. Je me suis aperçue tout d'un coup que quelque chose ne tournait pas rond. Comme officier, j'étais en mesure de me rendre compte que *toutes* les unités faisaient route vers le front.

— Quelque chose d'anormal ? demandai-je.

— Jusque-là, un bataillon avait toujours été désigné pour veiller sur les enfants. Trois ou quatre cents enfants de tous âges.

— Et ce jour-là, vous avez compris que c'était différent.

— J'avais deux garçons. De l'âge de Micha. Ils étaient très bons amis.

Elle lutta un moment pour garder le contrôle d'elle-même, puis essuya les larmes qui lui venaient au coin des yeux.

— On avait donné l'ordre... Julia Petrovna avait donné l'ordre... Elle était comme ça. Elle savait qu'il valait mieux ne pas demander leur avis à ces femmes. Leur demander si elles étaient prêtes à renoncer à leurs enfants. Alors, elle a agi.

— Qu'est-ce qu'elle a fait ?

— Ce qu'elle avait déjà fait avant. Elle a donné à chaque enfant trois jours de rations...

— Et elle les a abandonnés ?

— On leur a montré la direction du plus proche bastion nationaliste. Novgorod, je crois… Et on leur a dit de marcher en colonne.

— En janvier ? Dans la neige ?

Elle prit une profonde respiration.

— Il m'a fallu trois jours pour les retrouver, dit-elle. Pendant ce temps, trente ou quarante femmes avaient fait comme moi. Elles avaient déserté pour les rattraper. Les gosses étaient en piteux état. Les petits avaient déjà mangé ou perdu leur ration. Beaucoup avaient des engelures. Certains étaient en hypothermie. Les plus jeunes étaient morts de froid ou d'épuisement.

— Qu'est-ce que vous avez fait ?

— On a trouvé un monastère. Des lumières dans la tempête de neige. Les moines nous ont aidés. Pour certains, c'était trop tard. Pour mes deux garçons, notamment.

Nous avons attendu la suite en silence, dans cette pièce surchauffée.

— Micha a survécu, reprit-elle. Et la plupart des autres.

— Vous êtes restés au monastère ?

— A peu près une semaine. Mais c'était une zone de combats. Les moines ont profité d'une accalmie pour nous conduire vers un autre monastère, sur les collines de Demiansk. Après, on n'a pas arrêté de déménager. On essayait d'éviter les combats. Près de Yaraslavl, les nationalistes nous ont pris. Et ils ont ouvert un orphelinat *officiel*.

J'étais allé trop loin, désormais, pour ne pas continuer.

— Micha. Quel genre d'enfant était-ce ?

Elle haussa les épaules.

— Vous allez me trouver sentimentale mais… je l'ai considéré comme mon propre fils. J'ai essayé de l'adopter. Mais Julia était trop forte pour moi.

— Que voulez-vous dire ?

— Micha n'avait pas besoin d'une autre mère. Les autres enfants l'admiraient. Il faut croire que c'est un meneur. Comme sa mère.

Ce fut comme si je n'avais jamais été son père.

— Il est devenu… comment dire ? Conscient de sa force. Il sentait qu'il pouvait dominer les autres. Il s'est fait plus dur. Et puis il y a eu cette nuit atroce où une fille a été tuée dans le camp. C'est lui qu'on a soupçonné…

— Avec raison ?

— La fille avait treize ans, Micha onze. C'était sa copine. Ce genre de chose a beau être interdit ici, ça arrive tout le temps. Il y a des avortements toutes les semaines. On a interrogé Micha, il a nié. Mais il a eu l'imprudence de nier aussi qu'il connaissait la fille. Alors que tout le monde savait. L'affaire allait finir devant le directeur quand quatre enfants ont fugué. Entraînés par Micha, sans aucun doute.

Nous avons remis nos manteaux, remercié le directeur et regagné la voiture, au-delà des portes grillagées. Le flot des enfants sortait du réfectoire sous les cris des gardiens.

— A première vue, fis-je observer, ça ne ressemble guère à un orphelinat.

— Le directeur croit aux vertus du régime militaire.

— Et ça marche ?

— Ça les impressionne. Mais ils ne rêvent que de se faire la belle... Je dois vous avertir, inspecteur. Votre fils, attendez-vous à le trouver changé. Ces gosses ressemblent à des bêtes affamées, de nos jours. Pourtant, il reste quelque chose de bon en eux. Je le crois.

— Savez-vous si Julia a essayé d'enquêter ? demanda Natacha. Elle a cherché à savoir ce qu'était devenu son fils ?

— Si c'est le cas, je n'en ai jamais entendu parler.

— Elle ne pouvait savoir où il était, dis-je.

Je tentais encore de lui trouver des excuses. Nadia reprit :

— Avant la fin de la guerre, j'ai adressé des messages à la division. Et à Julia en personne...

— Elle a reçu le message ?

— J'ai envoyé une liste des enfants au quartier général. Beaucoup de femmes ont répondu en renvoyant des photos, de petits cadeaux. Il y en a même deux ou trois qui ont déserté pour venir ici réclamer leur petit.

Elle me tendit la main et conclut :

— Mais ces femmes-là, bien sûr, n'étaient pas des officiers supérieurs.

Apparemment, Natacha n'avait pas d'autre question. Elle s'était détournée. Je demandai à Nadia :

— Est-ce que vous blâmeriez Julia Petrovna pour son attitude ?

Il y eut un silence. Nadia finit par répondre :

— Julia Petrovna était un chef. Un chef n'est pas un chef s'il est incapable de prendre des décisions difficiles. Comment pourrais-je la blâmer ?

Nous étions maintenant dans la voiture. On emmenait au travail la colonne d'enfants qui marchaient d'un pas lourd, la pelle à l'épaule, la tête enfoncée dans le col de leur anorak. Un ordre ayant retenti en tête de colonne, ils entonnèrent *La Rodina*, notre hymne national.

Mes mains gantées reposaient sur le volant. Nadia quitta le bureau du directeur et s'arrêta sur les marches, le temps de laisser passer les enfants ; puis elle fit demi-tour pour se diriger vers le baraquement des gardiens.

— Une femme honnête, dit Natacha. Comme nous tous, elle est forcée de lutter contre son passé. Elle n'en est pas encore à pouvoir condamner Julia.

— Personne n'a encore jamais condamné Julia, dis-je.

49

Je passai la journée suivante en état de choc. Des lambeaux de souvenirs visitaient ma mémoire comme des fragments de film. Dronski me tendant mon café. Le visage concentré de Natacha. Les moments les plus réels étaient encore ceux où je rentrais chez moi après avoir persuadé Natacha de me donner des barrettes de *stoke*. J'en prenais deux, je buvais par-dessus, et je rêvais de Micha jouant avec son train.

— Micha, disais-je, qu'est-ce que tu penses de nous ? Ton père et ta mère ? A quoi tu pensais, à six ans, quand tu marchais avec les autres enfants dans la neige et le vent ?

Il relevait la tête de son circuit électrique. Il remuait les lèvres. Et, soudain, Sexboy était là, assis sur son muret, tandis que l'obscurité s'emplissait du grondement d'un vrai train.

Bien sûr, j'ai pensé au suicide. Mais, surtout, je me suis senti coupable. Qui avait fait le premier pas fatal à Mourmansk ? Était-ce moi ou Julia ? Était-ce moi ou elle qui nous avait réellement séparés ? Je voulais savoir. Et j'y réfléchissais en rôdant à travers la gare de Biélorussie. Ou en buvant un coup avec la mère infirme de Claudia.

Je ne sais pourquoi je choisis Vladimira. Parce que c'était une oreille neutre, j'imagine. Je lui expliquai tout. Et je lui demandai :

— Il faut que je sache, Vladimira. Est-ce ma faute ou la sienne ?

— Elle t'a quitté, Constantin. Seul un Russe peut voir les choses autrement. Un Russe ou un fou.

Elle me tapota la main, se servit un autre verre. Elle se demandait à quelle heure arriverait le train de Claudia.

Le plus souvent, j'étais dans mon bureau. Je savais qu'Ilia Dronski préférait garder ses distances. Natacha avait dû lui dire que c'était mieux ainsi. Il restait dans son bureau, lui aussi, essayait de boucler le dossier. Quand il me l'apporta à signer, je n'en lus que la dernière page. Il avait répertorié quarante-sept meurtres. Je n'avais pas de raison de contester ce chiffre. Les coupables étaient Jean Lucy Harlow, alias Ingrid Shepherd, citoyenne américaine ; ainsi qu'un mineur de treize ans, de nationalité russe, surnommé Sexboy mais dont la véritable identité était inconnue.

Je pris mon stylo et inscrivis mon nom au bas de la page.

L'hiver était bien installé, à présent. Il neigeait tous les jours, et quelquefois sans interruption. J'étais familier de ces températures. Un soir, j'allai chez Natacha. Je ne l'avais pas vue depuis plusieurs jours et, la dernière fois, elle m'avait gratifié d'un baiser rapide et mélancolique, comme on embrasse un ancien amant.

Ce soir-là, elle m'ouvrit la porte avec son grand sourire... Sans rien dire, elle me fit signe d'entrer. Elle me servit un verre de vin.

— Tu viens chercher ta dose de *stoke*, c'est ça ?

Je secouai la tête. Elle était en jean, avec un pull blanc à col roulé.

— Vraiment ?

— Vraiment. La *stoke*, c'est fini. J'ai besoin de rêves, pas de cauchemars. Comment vas-tu, Natacha ? Dronski dit que tu n'es pas souvent chez toi en ce moment.

— J'ai été très occupée au labo.

— Il dit aussi qu'on ne te voit pas souvent au labo.

— Je n'ai pas de compte à te rendre, Constantin.

— C'est vrai.

Après un temps, je repris :

— Tu as l'intention de quitter Moscou ?

— Ça t'embêterait ?

Je ne réussis même pas à hocher la tête. Je bus une gorgée de vin.

— Et le professeur Kandinski, tu l'as revu ?

— Oui. Tu veux que j'arrange un rendez-vous avec lui ? Maintenant que tu n'as plus d'engagement politique. Personne envers qui te montrer loyal...

Je ne relevai pas. Les événements m'avaient dépouillé de tout. Je ne pouvais même plus m'abriter sous le manteau confortable de l'engagement politique. J'allais partir. Natacha me prit le bras.

— Pourquoi es-tu venu, Constantin ?

— Tu vas rire mais... j'ai un ami qui organise une soirée.

Elle laissa échapper un rire bref, pas même joyeux.

— Vraiment ? Je n'aurais jamais pensé à ça. Tu viens me chercher pour aller à une soirée ? C'est vrai ?

— C'est vrai, dis-je en rougissant. Tu peux me croire.

— Quel genre de soirée ?

— Mon ami fête sa nomination au grade de général.

— Rien que ça !

Elle plissa les yeux.

— Et l'arrivée de sa femme à Moscou.

— Il doit y avoir autre chose. Tu ne raffoles pas de ce genre de soirées, il me semble. Dis-moi la vérité. Dis-moi, mon pauvre amour...

— Ne dis pas ça. Mets ta robe rouge. Ce collier de pierres bleues que tu portais une fois. Et accompagne-moi à cette soirée. Tu veux bien ?

— Ton ami, ça ne va pas le déranger ?

— Au contraire. Roy sera très heureux de pouvoir parader avec ses galons devant une belle femme. Pour être honnête, c'est sa femme qui risque d'être déçue. Alors ?

— Alors je viens. Avec plaisir.

Elle sourit. Puis elle m'embrassa.

— J'ai trouvé quelque chose, dit-elle dans la voiture. La meilleure banque de données sur les enfants disparus dans tout le pays. Consultation payante, évidemment. Cent dollars pour une première recherche...

— Ça fait un paquet de fric.

Elle se tourna vers moi. Je me concentrai sur les lacs de lumières reflétés par la neige.

— Qu'est-ce que tu racontes, Constantin ? C'est une occasion inespérée de retrouver Micha...

C'était le moment. Je rassemblai les phrases dans ma tête. J'en choisis une, puis une autre. Je finis par lâcher brutalement :

— Sexboy... c'est Micha.

Je sentis son mouvement de recul.

— Quoi ?

On sentait la détresse dans sa voix.

— Tu plaisantes ? C'est de la folie. De la perversité, même.

— C'est la vérité, et je dois la regarder en face, repris-je. Je l'ai fait si peu souvent dans ma vie. Mon fils et Sexboy étaient le même garçon.

Nous étions arrivés au restaurant où Roy donnait sa réception. Natacha posa sa main sur mon visage et le tourna vers elle.

— Comment peux-tu croire ça? dit-elle dans un souffle.

— Je lui ai parlé. Avant qu'il ne tombe sur la voie...

— Tu n'as pas vu ton fils depuis cinq ans, Constantin! Ça change, un visage. C'était une hallucination. Un cauchemar.

Mon cerveau se déchirait. Ma voix se durcit :

— Il faut que j'apprenne à regarder la réalité en face. C'est toi-même qui l'as dit. Je suis trop crédule, trop innocent...

— J'ai dit aussi que c'était ce qui m'avait fait tomber amoureuse de toi. Maintenant, regarde-moi. Tu ne dois pas croire une chose pareille...

— C'est pourtant le cas, répondis-je en descendant de voiture.

Elle descendit à son tour et claqua la portière.

— Tu avais déjà vu Sexboy à la gare de Biélorussie. Tu ne l'avais pas reconnu la première fois?

— La première fois, il portait une casquette qui lui tombait sur les yeux...

— Tu l'aurais reconnu quand même. Ton fils!

Je secouai la tête. Elle reprit avec passion :

— C'est du masochisme, Constantin. Tu cherches à te rabaisser. A te punir d'avoir cru en Julia.

Je m'obstinai :

— C'était le même garçon.

— Non! J'ai visionné les cassettes de la sécurité à la gare de Biélorussie. Et les photos à l'orphelinat. Ce n'était pas Micha. Je suis médecin légiste. J'ai une longue expérience des structures faciales. Pas toi.

Elle ajouta :

— Tu cherches à te rendre fou. C'est un fantasme. Tu ne vois donc pas que c'est parce que tu te sens coupable que tu imagines ces horreurs?

Elle se trompait. J'étais sûr qu'elle se trompait.

Parmi les meilleurs restaurants de Moscou, Roy avait choisi de fêter sa promotion chez Maxim's, dans un décor somptueux tout en cuivre et acajou. Il était dans l'entrée, flanqué de deux serveurs en livrée et de son aide de camp en uniforme.

— Costia, Costia!

Il avait reculé d'un pas pour mieux m'observer.

— Tu as l'air... comment dirai-je? Tu es pâle. Pire. On dirait une fille malade.

413

Il me gifla gentiment et reprit :

— Entre donc prendre un verre. Ça te donnera des couleurs.

— Alors ça y est, Roy. Les galons de général. Avant même d'avoir commencé à perdre tes cheveux...

— Félicitations, général, dit Natacha.

Roy lui baisa la main, puis ajouta tandis qu'on la délivrait de son manteau :

— C'est Costia qu'il faut féliciter. Il débarque en compagnie d'une femme mystérieuse capable d'éclipser toutes nos femmes. En plus, il a arrêté son Monstrum.

Il la prit par la taille et continua :

— Il est doué, notre Costia. Et pas facile, comme garçon.

— Je pense que vous exagérez, général.

Il la fixa droit dans les yeux.

— Bientôt je vous demanderai de m'appeler Roy, dit-il. Mais pas tout de suite. J'ai envie d'entendre de jolies femmes m'appeler général. Je n'y suis pas encore habitué. J'adore ça.

— Alors profitez-en.

Il me lança par-dessus son épaule :

— Elle est formidable. Ta mystérieuse amie est formidable.

Et, revenant à elle :

— J'ai connu Costia quand on était grands comme ça. Les femmes lui ont toujours couru après. Mais à mon avis, il est prévisible à 99 %...

— C'est pourquoi le 1 % qui reste est tellement excitant.

— Je ne vous le fais pas dire ! s'écria Roy, ravi. Costia, va dire bonjour à Katia. Je m'occupe d'initier Natacha aux délices du champagne français.

En bas, une longue table occupait la longueur d'un mur et une dizaine d'autres, rondes, se répartissaient dans la grande salle, toutes couvertes d'une nappe rose. Verres et couverts étincelaient dans la clarté des chandelles. Cent personnes, peut-être, étaient là, beaucoup en uniforme ou en habit. Les femmes étaient couvertes de bijoux.

Je n'avais aucune envie d'échanger des blagues avec Katia. Adossé au mur, je me mis à observer l'énergie frénétique dépensée ici. Je reconnus des personnalités de la presse et de la télévision. Le ministre des Chemins de fer aussi. Le secrétaire d'État aux Transports maritimes. Le ministre de l'Exploitation minière en Sibérie. Et même celui des Affaires étrangères. Cette femme à l'épaisse chevelure noire, ficelée de colliers de perles, était une comédienne éminente du théâtre de Moscou ; cet homme à l'apparence négligée, un artiste connu jusqu'à Mourmansk. Un ou deux des généraux présents s'étaient taillé une réputation pendant la guerre civile...

Et tous étaient là pour Roy Rolkin. Dans le meilleur restaurant de Moscou. Pour célébrer ses galons de général. Je n'arrivais pas à le croire. J'aperçus Katia à l'autre bout de la salle. Elle m'avait repéré. Impossible d'ignorer ses signaux.

Rien de mal ne pouvait plus m'arriver. Je pouvais aller prendre Katia par le bras, l'arracher à la compagnie de ses officiers, la jeter sur une table, lui arracher ses vêtements et l'exposer aux regards pendant qu'elle se cachait les cuisses avec ses mains... Je pouvais aussi me mettre à rugir comme un singe en rut...

Je pris une coupe de champagne au passage d'un plateau. Oui, j'aurais pu faire ça. Mais je n'avais pas l'intention de me condamner à mort. Pourquoi étais-je venu ? En vérité ? Pas pour féliciter mon vieil ami Roy. Pas même pour son excellent champagne. Je soupçonnais quelque chose. Et c'est pour ça que j'étais là. Je m'attendais à une visite.

Tournant le dos à Katia, je m'approchais d'un groupe. Une femme à cheveux gris vêtue d'une vilaine robe à fleurs disait :

— L'incompétence des médias, dans cette affaire de Monstrum ! C'est incompréhensible. On a essayé d'obtenir des détails dans toutes les agences de Russie : impossible.

— Quel genre de détails ? demandai-je.

— Les Occidentaux ne s'intéressent pas à nous, que nous soyons des bourreaux ou des victimes. Les Occidentaux s'intéressent à l'Occident. Selon eux, l'Américaine est une invention pour étouffer l'affaire.

— Pourquoi aurait-on étouffé l'affaire ?

— Ils ne savent pas. Alors, ils se débrouillent pour trouver une explication. Inévitablement, le souvenir de Lavrenti Beria leur traverse l'esprit. Il faisait pareil, dans sa limousine, quand il dirigeait la Tcheka. En ce moment, vous avez tous les jours la photo de Beria dans les tabloïds occidentaux. Et on répond quoi, nous ? Rien.

— Qu'est-ce que vous voulez répondre ? Les deux assassins sont morts.

— Mon Dieu, comme ça tombe bien ! C'est ce qu'ils disent. Ils pensent que Monstrum est sûrement un général ou un ministre. Comme Beria. Tous leurs journaux grouillent d'insinuations de ce genre.

Je restai impassible. Elle reprit :

— Vous vous intéressez à l'affaire ?

— J'étais l'officier chargé de l'enquête.

— Vraiment?

Elle ramena en arrière sa chevelure grise.

— Alors, laissez-moi vous dire, jeune homme, que vous feriez bien de donner des instructions sur la façon de traiter la presse occidentale.

Je me baladai pendant une demi-heure. Natacha était constamment entourée d'une demi-douzaine d'hommes. Quant à Katia, heureusement, elle avait disparu. A n'en pas douter, elle devait être en train de se taper un des serveurs, ou un aide de camp, sur une table jonchée de paletots militaires et de casquettes à feuilles de chêne. Je me débrouillai pour intercepter Roy.

— Qu'est-ce qu'il y a, vieux frère? Quelqu'un a filé avec ta ravissante créature?

— Roy, il faut que je parle à Julia.

Il écarta les bras en signe d'impuissance.

— Ne joue pas au plus malin avec moi, Roy. Tu veux que ta soirée finisse mal?

Il se raidit.

— Écoute, Costia. J'ai l'impression que le monde tourne un peu trop vite pour toi. Tu n'arrives pas à suivre le mouvement. Et ça, c'est *ton* problème. Pas celui de Julia. Et encore moins le mien.

— Où est-elle? Ici? A Moscou?

— Ne fais pas l'idiot. Laisse-la tranquille.

— Je veux savoir où elle est.

Il me dévisagea. Et que lut-il sur ma figure? La fureur d'un faible. C'est pourquoi il éclata de rire.

— Bon Dieu, Roy! Dis-moi où elle est!

Il repoussa ma main de son bras.

— J'ai été bon avec toi, Costia.

Il me frappa la poitrine avec son doigt.

— Mais dis-toi que ça peut changer. Tu me suis?

— Je te suis mais je veux savoir où elle est.

— Tu le sauras demain soir, vieux. En même temps que le reste du monde.

Il fit mine de consulter sa montre.

— A 18 heures, heure de Moscou. La déclaration sera faite par le général Koba et Julia. Ensemble. Demain, elle rejoint officiellement le gouvernement. En attendant, profite de la soirée. Après, tu emmènes ton adorable amie chez toi et tu prends ton pied avec elle. J'aimerais bien avoir cette chance.

416

— Qu'est-ce que tu racontes?

J'avais envie d'attraper sa gorge dodue et la lui enfoncer dans le col de son uniforme de général. Il reprit :

— Ton ex-épouse et ta nouvelle nana comptent toutes les deux parmi les femmes les plus séduisantes de Moscou...

Déjà il s'éloignait.

— Tu vas en baiser une, dit-il, pendant que l'autre te réchauffera de sa gloire.

Deux ou trois coupes de champagne, encore. Quelques mouvements habiles pour me dérober au champ de vision de Katia. Et nous voilà tous à table. Dieu merci, j'avais Natacha à ma droite. Des maîtres d'hôtel aussi efficaces que discrets servaient de l'esturgeon fumé et des blinis. Sous la nappe rose, Natacha prit ma main dans la sienne. Nos regards furent attirés par des officiers de la Tcheka gantés de blanc.

— Qu'est-ce qui se passe? demanda-t-elle.

— Tu ne devines pas?

Lâchant sa main, je me tournai vers le haut de la table où Roy et Katia étaient en train de prendre place. Natacha appuya son front contre le mien.

— Peut-être.

Roy frappait la table avec une cuillère d'argent. Les voix s'éteignirent peu à peu. Il commença :

— Mes chers amis, j'ai un aveu à vous faire. Vous avez eu la gentillesse de venir célébrer ce soir ma promotion au rang de général. En fait, c'est pour autre chose que je vous ai attirés ici.

Il éclata d'un rire jovial.

— Non qu'on m'ait cousu de faux galons, reprit-il en se tapotant l'épaule. Mais c'est un événement mineur du programme. Beaucoup plus important est le fait que vous aurez ce soir l'occasion de rencontrer un nouveau membre du gouvernement. Avant même la conférence de presse et la convocation des médias.

Natacha se raidit. Sa main se crispa dans la mienne.

— Un nouvel allié à notre cause, poursuivait Roy. Et je suis fier d'avoir joué un rôle modeste dans ce recrutement.

On fronçait les sourcils. Personne ne les avait prévenus. Ministres et généraux s'interrogeaient. Seul Merkovski, le ministres des Affaires étrangères, affichait un léger sourire.

— Mais d'abord...

Roy jetait des coups d'œil vers un couloir sombre sur sa droite.

— J'ai l'immense plaisir d'accueillir mon chef, le responsable de tous les succès remportés en Russie au cours des derniers mois, le général Leonid Koba en personne !

La salle se dressa dans un tonnerre d'applaudissements. Koba s'était matérialisé dans l'obscurité du couloir. Il portait, chose inhabituelle, l'uniforme de la Tcheka. Il s'avança de quelques pas, affichant un large sourire. Je pouvais deviner à l'avance chacun de ses gestes : il allait effleurer le bord de sa moustache, pincer les lèvres... Il jouait avec l'assemblée. Il savait que les applaudissements ne cesseraient pas tant qu'il serait debout. Il finit par se tourner, le bras tendu – et c'est alors que Julia entra dans la lumière, vêtue d'une robe qui laissait ses épaules nues et tombait jusqu'à terre. L'assemblée marqua sa surprise par une seconde de silence. Puis les applaudissements reprirent, frénétiques.

— Constantin, Constantin, me répétait Natacha à l'oreille. Il faut que tu viennes avec moi chez le professeur Kandinski. C'est une alliance des forces de mort. Les gens honnêtes doivent absolument réagir. Ou nous allons tous devenir fous.

J'écartai sa main. Toute mon attention se concentrait sur Julia qui s'asseyait en bout de table, à côté de Leonid Koba. Elle leva son verre dans sa direction, puis dans celle de Roy. Koba lui glissa un mot à l'oreille. Elle se leva.

— Je n'assisterai pas à ça, dit Natacha à voix basse. Je crois qu'il faut partir, Constantin. On se lève et on sort.

Je secouai la tête. Je ne quittais pas Julia des yeux. Elle frappait en rythme dans ses mains et souriait aux membres de l'assemblée. A la fin, elle leva les bras et les applaudissements cessèrent.

Derrière elle, Koba affichait un large sourire. J'eus le réflexe de me toucher le lobe de l'oreille juste au moment où il faisait le même geste. Alors retentit la belle voix claire de Julia.

— Je vois que je n'ai pas besoin de me présenter.

Rires dans la salle. Koba était aux anges. Certains frappèrent sur la table du plat de la main.

Puis la salle se fit silencieuse. Julia parla des épreuves passées et de nos espoirs. Elle fit l'éloge de Koba, de sa profonde capacité à se projeter dans l'avenir. Ses épaules nues étincelaient sous les chandeliers.

— Tout à l'heure, dit-elle, je regardais par ma fenêtre une allée bordée de châtaigniers aux branches nues. Au bout de l'allée, se trouve une statue. Et cette statue représente la famille russe. L'homme, la femme, l'enfant. Un monument dans le plus pur style réaliste soviétique.

Une œuvre sans grande beauté, diraient les artistes et les critiques qui sont parmi nous ce soir. Et, pourtant, je sens qu'elle recèle une vérité considérable. Une vérité que Leonid Koba n'a jamais cessé de répéter devant les Russes et le reste du monde : marxistes, anarchistes, nationalistes, nous appartenons tous à la Russie de demain, comme nous appartenons à celle d'hier…

Les applaudissements retentirent. Natacha se pencha vers moi.

— Est-ce que tu vas enfin te décider à la condamner ?

Je ne répondis rien. J'étais déjà au-delà de la condamnation.

50

Je quittai la route principale à Nikulino où les trois dômes se profilaient dans la clarté orange des nuits urbaines. A peine pouvais-je entendre le crissement des pneus sur la neige. Beaucoup de voitures avaient emprunté ce chemin au cours des derniers jours, damant la piste au point que mon Economy semblait maintenant glisser sur une patinoire.

Je roulais lentement, vitre baissée. Avec la nuit, la température était tombée en dessous de zéro. Un vent glacé m'effleurait la joue, mais j'étais de Mourmansk. Le froid était mon univers.

Je n'avais pas allumé les phares. Je progressais dans la clarté des réverbères. Sur le côté, on distinguait des traces de pneus laissées par les voitures de police. A l'approche de l'église, la zone était délimitée par des bandes de plastique ornées d'étoiles rouges qui rappelaient l'ère soviétique. Mais aucun homme n'avait été laissé en faction.

Je descendis de la Renault, défis le cordon de plastique et le roulai pour le mettre dans le coffre. C'est alors que je vis une lanterne s'agiter dans la nuit au bout d'une perche. Je me remis au volant. Je rattrapai bientôt la babouchka.

— Ah, inspecteur! dit-elle en m'accueillant comme si j'étais un vieil ami. Vous n'imaginez pas les heures que j'ai vécues. La police, la police, la police. Ils ont fouillé partout.

— Le docteur Shepherd était une femme très méchante, vous savez.

Elle hocha la tête, l'air de réfléchir.

— Méchante, oui, inspecteur.

Comment deviner ce qu'elle avait vraiment su? Elle blâmait Ingrid à présent, mais n'était-ce pas seulement pour se faire bien voir des autorités? Les Russes ont un sens aigu des changements politiques. Il faut savoir quand le vent tourne, comme on dit dans le Nord...

— Que puis-je pour vous, inspecteur, à une heure si tardive ? Voulez-vous manger quelque chose ?

— Je viens chercher la voiture, petite mère.

— Ah, dit-elle en se frottant le menton de sa main gantée de laine.

— Vous n'avez pas besoin de vous en faire pour ça. Ni même d'en parler à qui que ce soit. Je la prends et je la ramène demain matin.

— Le problème, c'est que la voiture du docteur ne roule pas. Les policiers ont tout essayé. Pas moyen de la faire démarrer. Il manque une pièce essentielle, ils ont dit.

Je serrais dans ma poche le rotor que j'avais prélevé sur le moteur de la Mercedes. C'était la procédure normale, quand une voiture doit être examinée dans le cadre d'une recherche de preuves.

Pourquoi avoir fait cela ? Un projet était-il déjà en train de naître dans le secret de mes pensées ?

Est-ce ainsi que fonctionne l'esprit ? Ou est-ce seulement le fonctionnement d'un esprit malade ? Une chose est sûre : quelque chose me poussait à agir. Et ce quelque chose était le désir de revoir Julia.

A présent, je savais comment la retrouver.

Je garai ma Renault dans l'église. Puis, accompagné de la babouchka, je me dirigeai vers le garage de la Mercedes. La vieille me laissa entrer et, d'un air impavide, me regarda remettre en place le rotor. Je démarrai la voiture et la sortis du garage.

— Ne refermez pas la porte à clef, demandai-je. Et rentrez chez vous. En tant qu'officier de la Tcheka, ma visite s'arrête là. Vous avez compris, petite mère ?

Elle avait compris. Elle se détourna en marmottant et s'éloigna d'un pas lourd avec sa lanterne.

Jamais je n'avais conduit une telle voiture. Le moteur ronronnait. Je traversai Moscou et pris la route de Yaroslav. A un moment, je dus m'arrêter à un stop et des gens me reconnurent. Puis ce fut le tour d'un couple de vieux : ils se penchèrent pour observer la magnifique limousine et la surprise les fit reculer quand ils crurent voir Leonid Koba. Je démarrai, puis jetai un coup d'œil au rétroviseur. La femme agitait la main pour me saluer.

J'étais parfaitement serein. Après les rangées d'immeubles, une longue route droite s'enfonça dans une forêt de pins.

421

Je connaissais bien cette route. Les premières lumières de la datcha apparurent bientôt. Il y avait des voitures partout. Les équipes de la presse et de la télévision étaient là.

J'abandonnai la Mercedes dans l'allée et grimpai les marches. C'est un Russe en costume traditionnel – large pantalon enfoncé dans les bottes, chemise blanche sans col boutonnée jusqu'au cou – qui m'ouvrit la porte. Je vis que les pièces du bas avaient été réaménagées pour les caméras. On avait repeint en vert foncé les panneaux de bois de l'entrée. Les bannières blanc et or qui tombaient du plafond étaient frappées de l'aigle russe à deux têtes.

Six ou sept gardiens surveillaient les lieux, parmi lesquels Olga, cette femme avec qui je faisais l'amour toutes les nuits, déguisé en Koba, quand j'essayais de recouvrer ma santé mentale après des heures en compagnie des deux professeurs.

Je n'avais pas reconnu la maison lors de ma dernière visite à Julia : Dimitri m'avait bandé les yeux et introduit directement chez elle. Je me dirigeai avec nonchalance vers la terrasse où les professeurs m'avaient tant fait souffrir. Je considérai par la fenêtre le jardin jonché de feuilles de châtaigniers et, au bout de l'allée, la statue représentant la famille soviétique. Une famille honnête, endurante, indépendante et libre, dressée sur son socle, baignée de lumière neigeuse. Cette famille dont Julia avait fait l'éloge à la soirée de Roy.

Je savais maintenant que l'appartement de Julia devait se trouver juste au-dessus de moi. Pour tout dire, c'était la chambre que j'avais moi-même occupée.

Je restai un moment à observer cet agréable jardin couvert de neige. Les feux des vigiles, derrière la statue et le bois de sapin, créaient une atmosphère de conte de fées. Je me sentais toujours aussi calme. Je ne craignais pas de voir arriver le vrai Leonid Koba : il était encore trop tôt. J'avais tout mon temps.

Un domestique vint me proposer un rafraîchissement ; je déclinai avec un geste de la main à la Koba. Puis je me sentis accablé. J'avais obéi à un moment de faiblesse en acceptant de me glisser dans la peau de cet homme. C'était un sentiment profondément russe : le désir de voir revivre un monde qui, en réalité, n'avait jamais existé. Mais les regrets se dissipèrent comme brume du matin. Ma haine était sans bornes et j'y puisais une énergie folle.

Je fis demi-tour, traversai le hall et pris l'escalier. On me regarda passer en silence.

Je longeai la galerie. De nouveau, ces épais tapis sous mes pieds. Dans moins d'une heure, le hall, en bas, serait envahi par les caméras de télévision. Les journalistes attendraient l'apparition de Julia, en haut de l'escalier…

Je frappai brièvement à la porte, puis entrai.

Les lieux avaient changé. Ce n'était plus la chambre nue que j'avais vue, mais une pièce somptueusement décorée, conforme au nouveau statut de Julia. Elle était assise devant une coiffeuse, à demi tournée vers moi. Reposant sa brosse, elle se leva.

Sa beauté était toujours aussi troublante. Elle portait une veste bleu-noir, une jupe blanche qui lui recouvrait les genoux, un chemisier de soie blanc ouvert sur un cou dépourvu de bijou. Jamais je ne l'avais vue aussi belle depuis le jour de notre mariage. Je m'adossai contre la porte refermée.

— Tu es en avance, Leonid. Tu as failli me surprendre… dans une tenue peu convenable.

Le ton était à la plaisanterie, à la séduction. Elle confirmait par ces quelques mots l'inévitable issue de leur rencontre.

— Je suis venu te parler de Micha, dis-je.

Je n'avais pas fait l'effort d'imiter l'accent de Koba mais, apparemment, elle ne s'était aperçue de rien. Elle se tourna légèrement pour me faire face.

— Micha? dit-elle avec prudence. Mon fils? Je ne comprends pas, Leonid. Micha est mort pendant la guerre. Comme des centaines de milliers d'enfants des deux camps…

— Micha est mort, en effet. Mais pas pendant la guerre.

Elle se leva. Et pour la première fois, je la vis déstabilisée. Elle sentit que les choses, soudain, tournaient mal. Pas seulement à cause de Micha. A cause de ma voix, aussi.

— Micha? reprit-elle avec un tremblement de la tête. Mon fils…

Elle venait de reconnaître cette voix – la mienne.

— Leonid, balbutia-t-elle…

Elle forçait son trouble et se laissait emporter par lui – comme je l'avais vue faire si souvent.

— Leonid, j'ai enterré mon fils moi-même. Le moment le plus terrible de ma vie…

— Tu l'as enterré toi-même? la coupai-je d'une voix crispée. Le moment le plus triste de ta vie?

Elle réfléchissait rapidement, essayant de garder son sang-froid. Le triangle de peau dessiné par son chemisier ouvert avait pris une teinte rose. Elle lança vivement :

— Inutile d'essayer de me donner de faux espoirs avec des histoires d'enfants trouvés dans les orphelinats. C'est triste mais je sais que c'est impossible.

Son geste exprimait presque la colère.

— Micha est enterré quelque part près de Pavlovsk.

— Micha n'est pas enterré. Son corps est à la morgue de Marisilov. Tiroir 26.

Elle luttait mais gardait le contrôle d'elle-même.

— Pourquoi dis-tu cela ?

Elle avait l'air de ne plus trop savoir à qui elle s'adressait.

— Après s'être enfui de l'orphelinat, répondis-je doucement, Micha est devenu un de ces gosses qui rôdent dans les gares.

Elle s'appuyait maintenant contre la coiffeuse. Son maquillage ne pouvait plus rien pour elle. Elle me regardait en plissant les traits. Elle était sur le point de me reconnaître.

— Il se faisait appeler Sexboy, Julia. *Notre* Micha.

Elle reprit sa respiration avec peine, puis balbutia :

— Constantin... Constantin...

Sa voix atteignait des hauteurs insoupçonnées. Je sus à ce moment précis qu'elle était touchée là où aucun homme, jamais, ne l'avait touchée. Je la vis libérer toute sa peur. Elle était choquée. Soulagée aussi. Mais, surtout, terrifiée.

Je m'avançai vers elle. Elle conserva son immobilité de statue. Nous étions tout près l'un de l'autre, maintenant. Elle frissonnait dans des spasmes d'effroi orgastique. Ses yeux s'embuaient. La sueur perlait au-dessus de ses lèvres... Tout cela, je le vis avant de lui avoir porté le premier coup de couteau. Ensuite, je me retrouvai en train de hurler, m'acharnant sur elle tandis que le sang éclaboussait le miroir de la coiffeuse, le couvre-lit crème, les murs jusqu'au plafond.

51

Je quittai la chambre, longeai la galerie, redescendis l'escalier et traversai le hall tendu de bannières. Deux gardiens accoururent mais je les repoussai. Ils reculèrent, stupéfaits. Je passai devant eux, ouvris moi-même la porte et sortis dans l'air froid.

L'un des hommes eut le courage de s'élancer derrière moi. En passant, je l'avais effleuré et sa chemise était tachée de sang.

— Général Koba...

Il se tut quand je me tournai lentement vers lui avec un geste impérieux qui voulait signifier : « Hors de ma vue ! » Il s'inclina.

Je descendis les marches et commençai à laisser des traces de sang dans la neige. La Mercedes était toujours au même endroit. Je me mis au volant et démarrai. Quelques flashes crépitèrent : les journalistes. Un instant plus tard, je roulais comme un fou sur la route étroite. J'avais des chants plein la tête. De déploration ou de triomphe ? Des chants funèbres ? Non. C'était une chanson des Beatles. « *The Fool on the Hill.* »

Je crois que je pleurais : le sang séché au dos de ma main était de nouveau humide. Je pleurais et la route fuyait devant moi tandis que j'écrasais l'accélérateur, fou ou sain d'esprit, fou ou désespéré au point de me réfugier dans la folie. Je roulais entre les pins chargés de neige, si vite que j'avais de la peine à suivre les traces sur la route. Si vite que je ne pus voir qu'à la dernière minute la barrière de lumières rouges. Si vite que la voiture fit une ruade quand j'écrasai de toutes mes forces la pédale de frein.

Dans les larmes et le sang, dans des larmes de sang, je distinguai la clarté des lampes rouges. Deux ou trois silhouettes couraient. Des visages masqués. Les armes étincelèrent dans la lumière des phares. Eusse-je été capable de réfléchir, je me serais assis pour attendre la suite.

Mais je ne pouvais plus penser. Je bondis hors de la voiture, me mis à courir et à trébucher entre les pins. Des balles sifflèrent autour de moi.

Quand une grenade explosa, je ne fus pas surpris. Je m'y attendais presque. Non pas au fracas de tonnerre mais aux échardes brûlantes qui se fichèrent dans mon dos. De l'air! C'est ce dont vous avez le plus besoin quand tout explose autour de vous. Vous suffoquez. Vous déglutissez. Vous paniquez. Vous poussez votre cri silencieux. Parce que, soudain, le monde, *votre* monde, est privé d'air.

Quand le vent froid pénétra dans mes poumons, j'étais à terre, à quatre pattes. Dans les explosions, j'avais perdu la moustache et les sourcils de Koba. Les pas d'un homme retentissaient derrière moi.

Je tournai la tête. On me braqua une torche sur la figure. A trois mètres, un personnage masqué me menaçait d'un revolver.

Je m'étais lentement tourné vers lui. J'avais écarté les bras. Et j'avais éclaté de rire.

Le canon du revolver vacilla puis s'abaissa doucement. Un cri de surprise se fit entendre. Puis une voix – *sa* voix à elle :

— Constantin, Constantin !

Le personnage ôta son masque. Natacha me dévisageait comme si j'étais revenu du pays des morts.

52

Ce qui, en un sens, était bien le cas.

Je ne fus pas présent un peu plus tard, à l'instant décisif où toute la mise en scène de l'embuscade fut refaite : la limousine du vrai général Leonid Koba arrivant de Moscou, ma douce Natacha le tuant de ses mains, lui s'effondrant au milieu des pins.

Pendant ce temps, je ramenais la Mercedes à son garage. Je retirai le rotor. Puis je gagnai l'appartement de Natacha où je me couchai, m'abandonnant à un sentiment de paix que je n'aurais jamais cru pouvoir ressentir.

J'avais commis un tyranicide. Et Natacha aussi.

Nos actes obéissent rarement à un motif unique. De même qu'un seul argument, si fort soit-il, emporte rarement l'adhésion.

A un certain moment de la nuit, j'entendis Natacha rentrer. Elle savait que j'étais là. Elle vint s'asseoir au bord du lit sans allumer la lampe. Elle me prit la main. Demain, peut-être, nous parlerions de ce que nous avions fait. Il suffisait pour le moment que chacun écoute la respiration de l'autre. Elle se leva pour aller prendre une douche. Je la rejoignis.

J'avais mis des bûches dans le feu. La pièce se réchauffait. Debout devant la fenêtre, enveloppés dans le duvet du lit, nous écoutions Moscou s'éveiller à un nouveau jour.

Épilogue

Pour les photographes rassemblés à la datcha, ce fut une nuit fructueuse. A peine avaient-ils investi les lieux du crime – la moquette trempée du sang de Julia Petrovna, les murs maculés – qu'ils étaient appelés pour mitrailler un autre cadavre.

Là-bas, à moins de cinq kilomètres de la datcha, dans la forêt de pins, gisait le corps du général Leonid Koba, amputé de la moitié du crâne. Selon toute apparence, un suicide.

Le président Romanov avait promptement réagi. A minuit, il s'adressait au peuple à la télévision et réclamait la *glasnost*, la transparence la plus totale, sur le meurtre dans la datcha et le suicide du général.

La plupart des Russes qui regardaient l'émission – c'est-à-dire la plupart des Russes – observèrent dès les toutes premières minutes que le vieux président semblait montrer plus d'autorité et plus de confiance qu'à l'ordinaire.

« On a vu le général Koba pénétrer dans la datcha, puis la quitter bouleversé quelques minutes plus tard. Plusieurs témoins ont noté qu'il était alors couvert de sang. Entre-temps, la leader anarchiste Julia Petrovna avait été tuée sauvagement, d'une façon qui rappelle les meurtres récents imputés à Monstrum dans la banlieue moscovite de Presnia. Moins d'une heure plus tard, on retrouvait le corps sans vie du général Koba. Tout indiquait qu'il s'était tiré une balle dans la tête. L'affaire est d'autant plus complexe que, durant la période qui a vu ces crimes se succéder à Presnia, des témoins rapportent la présence d'une grande limousine sur les lieux du crime. Un complément d'enquête a été exigé pour déterminer s'il existe un rapport entre la limousine du gouvernement et les événements de Presnia. L'inspecteur Vadim avait présenté une hypothèse permettant d'expliquer ces crimes mais elle n'a pu être retenue par les autorités. L'inspecteur a été renvoyé à son affectation précédente, et remplacé par son adjoint, l'inspecteur Dronski. »

Le président russe conclut son intervention en révélant les raisons de la présence des médias à la datcha : Julia Petrovna devait y prononcer une courte allocution en tant que nouvelle ministre en charge de l'amnistie. C'est au distingué professeur Ivan Kandinski qu'avait finalement été confié le poste laissé vacant par la disparition tragique de Julia Petrovna.

J'étais avec Ilia et Natacha dans mon bureau – ou plutôt dans le bureau de Dronski. Je nous servis à tous les trois de la vodka, puis portai un toast.

— Buvons à la santé du plus méritant d'entre nous ! Vous avez hérité du meilleur boulot de la maison, Ilia. Je vous souhaite bonne chance.

Dronski nous regarda.

— Dans la tradition russe, dit-il, un bon officier de police sait exactement ce que donnera l'enquête avant même d'avoir entendu le premier témoin. Êtes-vous intéressés de savoir comment je vais m'y prendre ?

— Nous vous écoutons, répondit Natacha.

Dronski s'installa plus confortablement dans son fauteuil.

— D'abord, je pense qu'il sera établi que le général Koba entretenait, depuis plusieurs mois, une liaison avec Julia Petrovna. Ensuite, nous allons découvrir que l'ancien tchékiste Roy Rolkin fournissait à Leonid Koba des photos et des documents concernant les filles assassinées. Autrement dit, Koba nourrissait un intérêt malsain pour les meurtres de Monstrum…

J'approuvai d'un sourire.

— Enfin, et si surprenant que cela paraisse, des témoins feront également état d'une liaison entre Julia Petrovna et Roy Rolkin. Cette liaison avait été portée à la connaissance de Koba le soir du drame à la datcha.

Dronski leva son verre.

— Je ne peux en dire plus.

Natacha l'embrassa. Nous échangeâmes une longue poignée de main.

J'aurais pu passer le reste de mes jours à tenter de retrouver Micha. Car la mort de Julia m'avait délivré de l'illusion qui hantait mon esprit malade : Micha et Sexboy confondus dans la même image.

Je sais aujourd'hui que ce n'était pas lui. Je sais que Micha est vivant. Il doit être dans un camp de travail pour enfants, ou il squatte les trains entre Yaroslav et Orel, entre Orel et Perm, entre Perm et Dieu sait quelle autre ville... Mais je sais aussi que, même si je le retrouvais, il resterait pour moi aussi mort que si Julia l'avait enterré pour de bon dans ce cimetière de Pavlovsk.

Nous nous sommes définitivement posés à Mourmansk, Natacha et moi. Notre appartement donne sur la place de l'Unité. Ma Natacha est extraordinaire. C'est la femme la plus forte que j'aie jamais connue. J'admets aujourd'hui que ce que j'ai toujours pris pour de la force, chez les hommes comme chez les femmes, n'était rien d'autre que la volonté de sacrifier autrui sur l'autel de son intérêt personnel. Natacha est forte d'une autre façon : elle *donne*. A nos voisins, à ses patients, à moi.

Elle aussi pense que Micha est perdu à jamais. Pourtant, elle continue ses recherches dans les bases de données. Elle va visiter des camps jusque dans des régions lointaines. Elle échafaude des stratégies de recherche. Et tout cela bien qu'elle soit enceinte.

Vous vous inquiétez de savoir ce qu'il est advenu de Roy Rolkin ? Je me le demandais moi-même jusqu'à ces derniers jours. Puis j'ai reçu une lettre postée en Hongrie – j'avoue que j'ai senti mon pouls s'accélérer brusquement. Il s'appelle désormais Roy Nekrassov. Il dit qu'il a gagné Budapest pour des raisons de santé. Il n'en garde pas moins des contacts en Russie. La lettre contenait une invitation à assister à un match de son équipe de football, le Janus Athletic. Il l'a achetée avec ses économies, lesquelles étaient considérables puisqu'il était officier de la Tcheka. Il dit que l'équipe m'est dédiée. Janus : le dieu aux deux visages.

Car Roy *sait*. Mais, aussi longtemps que je resterai discret sur sa véritable identité, il continuera de mener une vie discrète à Budapest. En période de conflit, m'explique-t-il, il est incroyablement difficile de s'en tirer avec une seule identité.

Et notre mère patrie ? Elle sort peu à peu des ténèbres. En trébuchant, certes. Même s'il subsiste des zones d'ombre – peut-être subsisteront-elles à jamais. Mais nous arrivons maintenant à opposer au pire le meilleur, c'est-à-dire notre extraordinaire souplesse et notre capacité à croire en nous-mêmes.

Bien sûr, cette démocratie toute neuve est extrêmement impopulaire. Et pour cause : elle n'offre encore ni le pain ni les jeux. Elle est éreintée par les journaux et moquée par une jeunesse arrogante. Beaucoup ne voient en elle qu'un produit d'importation destiné à faire entrer le ver dans le fruit.

La démocratie, je commence à le comprendre, ne va pas de soi. Mais dans une nation qui aime l'illégalité autant que la nôtre, c'est déjà un miracle que nous arrivions à tracer notre route en respectant un minimum de règles.

Je suis à la fenêtre et je vois Natacha descendre la rue qui mène à notre immeuble. Elle porte un manteau léger aux couleurs pastel. Ses cheveux dansent au rythme de ses pas. Elle sourit aux gens, les salue. C'est une Russe qui irradie l'espoir. La semaine prochaine, Ilia Dronski viendra avec sa famille passer quelques jours avec nous. Des plaisirs simples…

Et je songe à ceux qui sont assez chanceux pour vivre sous le régime de la loi. Et je me dis qu'ils feraient bien de prendre note de ce qui s'est passé ici.

CHEZ LE MÊME ÉDITEUR

Mary Jane CLARK, *Puis-je vous dire un secret ?*

Tom CLANCY, *Code SSN*

Thomas H. COOK, *Les Instruments de la nuit*

Michael DiMERCURIO, *Piranha*

Richard DOOLING, *Soins à hauts risques*

Thomas DRESDEN, *Ne te retourne pas*

Thomas DRESDEN, *Un rire dans la nuit*

Ben ELTON, *Popcorn*

Paul ERDMAN, *Délit d'initié*

Lisa GARDNER, *Jusqu'à ce que la mort nous sépare*

Karen HALL, *L'Empreinte du diable*

Jean HELLER, *Mortelle Mélodie*

Nicholas HICKS-BEACH, Shelley MILLER, *Lettres d'un assassin*

David IGNATIUS, *Le Scoop*

Iris JOHANSEN, *Bien après minuit*

Iris JOHANSEN, *Mort sur objectif*

Jonathan KELLERMAN, *Le Nid de l'araignée*

Heather LEWIS, *Le Second Suspect*

Anne McLEAN MATTHEWS, *La Cave*

Philippe MADELIN, Yves RAMONET, *23 heures pour sauver Paris*

Philippe MADELIN, Yves RAMONET, *A midi, Versailles flambera*

Ken McCLURE, *Examen clinique*

Phillip MARGOLIN, *Une pierre dans le cœur*

Susanna MOORE, *A vif*

Christopher NEWMAN, *Choc en retour*

Richard NORTH PATTERSON, *Un témoin silencieux*

Richard NORTH PATTERSON, *Nulle part au monde*

Robert POE, *Retour à la Maison Usher*

Nancy Taylor ROSENBERG, *La Proie du feu*

Nancy Taylor ROSENBERG, *Justice aveugle*